PANAGIOTIS
MARINOGLOU

SARETORIUM

BLUTENDE
WAHRHEIT
II

W0097095

Liebe Leserin, lieber Leser,
dieser Roman enthält eine Inhaltswarnung.
Am Romanende findest du eine genaue Themenübersicht, die Spoiler enthält.
Solltest du dieses Buch elektronisch erwerben möchten und somit nicht
nach hinten schauen können, findest du unter diesem Abschnitt eine
Kurzliste mit den potenziell triggernden Inhalten.

Bitte entscheide, ob du diese Warnung lesen möchtest oder nicht.
Achte auf dich selbst und lege besonderen Wert auf dein Wohlbefinden.
Solltest du oder jemand den du kennst von dem angesprochenen Thema
betroffen sein, möchte ich, dass du eins weißt:

Ich glaube dir. Du bist nicht allein. Danke, dass du nicht aufgegeben hast.

KURZLISTE POTENZIELLER TRIGGER:

Eine genauere Erläuterung und betroffene Kapitel werden hinten im Buch aufgelistet.
(Achtung Spoiler!)

Folter; sexueller, ritueller, physischer und emotionaler Missbrauch
an Erwachsenen und Kindern; Mordversuch durch ein Elternteil;
Kindestod; Versklavung; körperlich und geistig manipulierende
und missbrauchende Experimente.

Für alle Kinder dieser Welt,
die wegen des Missverstehens Erwachsener leiden müssen.

Abchasien, Afghanistan, Ägypten, Albanien, Algerien, Andorra, Angola, **Anguilla**, Antarktis, Antigua und Barbuda, Äquatorialguinea, Argentinien, Arktis, Armenien, Aruba, Aserbaidschan, Äthiopien, Australien, Azoren, Bahamas, Bahrain, Bangladesch, Barbados, Belarus, Belgien, Belize, Benin, Bhutan, Bolivien, Bosnien und Herzegowina, Botsuana, Brasilien, Brunei, Bulgarien, Burkina Faso, Birma/Burma, Burundi, Chile, China, Cookinseln, Costa Rica, Dänemark, Demokratische Republik Kongo, Deutschland, Dominica, Dominikanische Republik, Dschibuti, Ecuador, Elfenbeinküste, El Salvador, Eritrea, Estland, Eswatini, Falklandinseln, Fidschi, Finnland, Föderierte Staaten von Mikronesien, Frankreich, Französisch-Polynesien, Französisch-Guayana, Gabun, Gambia, Georgien, Ghana, Grenada, Griechenland, Großbritannien, Grönland, Guadeloupe, Guatemala, Guinea, Guinea-Bissau, Guyana, Haiti, Honduras, Indien, Indonesien, Irak, Iran, Irland, Island, Israel, Italien, Jamaika, Japan, Jemen, Jordanien, Kambodscha, Kamerun, Kanada, Kap Verde, Kasachstan, Katar, Kenia, Kirgisistan, Kiribati, Kolumbien, Komoren, Kongo (Republik), Kroatien, Kuba, Kuwait, Kosovo, Laos, Lesotho, Lettland, Libanon, Liberia, Libyen, Liechtenstein, Litauen, Luxemburg, Madagaskar, Madeira, Malawi, Malaysia, Malediven, Mali, Malta, Marokko, Marshallinseln, Martinique, Mauretanien, Mauritius, Mexiko, (Föderierte Staaten von) Mikronesien, Moldau, Monaco, Mongolei, Montenegro, Mosambik, Myanmar, Namibia, Nauru, Nepal, Neuseeland, Nicaragua, Niederlande, Niederländische Antillen, Niger, Nigeria, Nordkorea, Nordmazedonien, Nordzypern, Norwegen, Oman, Österreich, Osttimor, Pakistan, Palau, Palästina, Panama, Papua-Neuguinea, Paraguay, Peru, Philippinen, Polen, Portugal, Puerto Rico, Réunion, Ruanda, Rumänien, Russland, Saint Kitts und Nevis, Saint Lucia, Saint Pierre und Miquelon, Saint Vincent und die Grenadinen, Salomonen, Sambia, Samoa, San Marino, São Tomé und Príncipe, Saudi-Arabien, Schweden, Schweiz, Senegal, Serbien, Seychellen, Sierra Leone, Singapur, Simbabwe, Slowakei, Slowenien, Somalia, Spanien, Sri Lanka, Südafrika, Sudan, Südkorea, Südsudan, Suriname, Syrien, Tadschikistan, Taiwan, Tansania, Thailand, Togo, Tokelau, Tonga, Trinidad und Tobago, Tschad, Tschechien, Tunesien, Türkei, Turkmenistan, Tuvalu, Uganda, Ukraine, Ungarn, USA, Uruguay, Usbekistan, Vanuatu, Vatikan, Venezuela, Vereinigte Arabische Emirate, Vereinigtes Königreich, Vereinigte Staaten von Amerika, Vietnam, Wallis und Futuna, Westsahara, Zentralafrikanische Republik, Zypern, Amerikanisch-Samoa, Ceuta, Falklandinseln, Gibraltar, Kanarische Inseln, Kaliningrad, Melilla.

INHALTSANGABE BAND I
(SARETORIUM – LODERNDER STERN)

Das Saretorium. Eine scheinbar friedvolle, harmonische Welt, erschaffen von dem Kristall der Schöpfung. Doch als eines Tages der Kristall außer Kontrolle gerät, bringt er Chaos über das ganze Königreich. Annabel und Sir Lenard, Bruder des Königs, begeben sich auf eine Mission, die zerstörerische Energie des Kristalles in ein magisches Siegel zu sichern. Anders als geplant versiegelt Sir Lenard die Energie in Annabel selbst. Überwältigt von seiner Entscheidung nimmt sie ihm sein Leben.

Als Meleoidy, Annabels Halbschwester, sie bewusstlos und verletzt auffindet, verhilft sie ihr zur Burg des Dorfes zurück. Am nächsten Tag erklärt ihr Annabel was in der gestrigen Nacht geschehen war. Nachdem sie am gleichen Abend Meleoidy tot auffindet, versinkt sie im Glauben, dass König Leon hinter dem versuchten Mord steckt und tötet ihn. Doch Meleoidy findet durch einen verbotenen Zauber zurück ins Leben und erklärt, dass Iuel, ein verbannter Prediger des Landes, hinter dem versuchten Mord steckt, weil er den Sturz des Königreiches plant. Annabel glaubt ihr und nimmt Leons Thron ein. Sie wird zur ersten Königin des Saretoriums.

Als wäre dies nicht verwirrend genug, bemerkt Annabel etwas Unmögliches: sie ist schwanger. Unmöglich, weil Annabel aufgrund einer Krankheit keine Kinder bekommen kann. Tenna, der begabteste Wissenschaftler des Saretoriums, erklärt ihr, dass die Energie des Kristalles sich gespalten und sie somit befruchtet hat. Neun Monate vergehen und ihre Tochter, Annelya, wird geboren. Am gleichen Abend ihrer Geburt wird ein kleiner Junge vor den Toren der Burg abgelegt. Annabel nimmt ihn als ihren eigenen Sohn auf und schenkt ihm den Namen Surnei. Doch bald folgen grausame Attentate auf das Königreich, für die Iuel verantwortlich zu sein scheint.

Sechzehn Jahre vergehen, in denen Annelya und Surnei mit einer Mission aufwachsen: Die Attentate auf das Königreich zu beenden und Iuel zu stoppen. Nachdem einer der Anschläge Annabels Berater, Gion, umbringt, begeben sich Annelya und Surnei auf die Jagd nach Iuel.

Doch als Annelya endlich auf ihren Erzfeind stößt, offenbart sich eine grausame Wahrheit. Nicht Iuel, sondern Gion, ist für die Attentate verantwortlich. Er täuschte seinen Tod vor, um auf Iuel zu lenken. Vor langer Zeit plante er die Versiegelung der Energie, weil er wusste, dass sich sie spalten und ein Kind erschaffen würde. Ein Kind, welches die vollständige Kontrolle der Energie der Schöpfung beherrschen und unter seinem Einfluss aufwachsen würde. So möchte Gion Annelya nutzen, um ein antikes Ritual zu vollziehen: das Ritual der sieben Droknen. Dämonische Drachen, die vor zehntausend Jahren über das Saretorium herrschten, bevor man sie mit einem mächtigen Zauber versiegelte, der durch die Energie gebrochen werden kann. Er ist der Meinung, dass jede Krankheit, jeder Tod einem Ungleichgewicht der Natur entspringt. Gion glaubt, dass durch das antike Opfer wieder Gleichgewicht herrschen wird: Zwölf Kinderleben, zu jedem Vollmond eines Monats.

Annelya kehrt verzweifelt zur Burg zurück, bevor sie Annabel tot auffindet. Meleoidy, Annabels Mörderin, offenbart sich als Gions Komplizin und stellt Annelya vor eine schwierige Entscheidung. Entweder, sie hilft Gion dabei die sieben Droknen zu beschwören, oder Surnei stirbt. Gebrochen von der Wahrheit über ihre Vergangenheit und ihr gesamtes Leben, besorgt um ihren Bruder, entscheidet sie sich Gion zu helfen. Gions Königreich findet seinen Anfang. Die Weltordnung des Antiken Opfers ist geboren.

1

DIE WAHRHEIT
KOMMT IMMER ANS LICHT

Seine Schreie trafen auf den brutalen Knall des Donners. Eiskaltes Wasser, rotgefärbt von seinem Blut. Er schnappte nach Luft und die Schreie wurden lauter, bildeten eine Melodie aus Angst und Zorn.

So viel Blut …

In jener Nacht erschuf diese Welt etwas Neues. Während das Licht schwand, formten die Blitze ihr Werk, schlugen Weisheit in seine Haut und Macht in seine Hände.

Mit jedem Hilferuf klang er ein Stück gebrochener. Er tauchte immer wieder auf, immer wieder ein, während das Wasser seine Schreie verschlang und seine Lungen füllte, während das Lichterspiel der Wolken sein angstgebadetes Gesicht offenbarte.

»Hilfe!«

Es war ein furchteinflößender Anblick: dieser riesige dunkle Ozean, der von noch dunkleren Wolken bedeckt war. Dieser blasse, schwache Körper, der inmitten seiner Größe versank. Immer wieder schlugen Blitze aufs Wasser und erhellten den Nachthimmel, nachdem der Donner seine finstere Symphonie von Hilflosigkeit und Furcht komponierte.

»Annelya!«, schrie er. Doch jeder Schrei kostete ihn mehr Kraft.

»Annelya!« Er tauchte wieder unter Wasser, sank tief hinein, doch sein Blut stieg wie eine nebelige Spur hoch hinauf.

Wie konnte jemand so viel bluten?

Seine Rüstung war zerbrochen. Es blieben nur ein paar weiße, zerrissene Fetzen zurück, die manche Stellen seines Körpers bedeckten.

»Annelya …«, versuchte er unter dem nassen Stoff zu sprechen, der sich wie ein Umhang über sein Gesicht legte und ihm den Atem raubte. Während das Gewitter lauter wurde, wurde er leiser. Während der Himmel tobte, verloren seine zappelnden Arme und Beine an Kampfgeist.

Mit letzter Kraft brach er durch die schleichende Bewusstlosigkeit und stieß sich brüllend übers Wasser. Doch auch jener Versuch nach Luft zu schnappen, erstickte unter dem blutbeschmierten Stoff, der seinen Mund in einen dunklen Schatten verwandelte.

»Annelya …«

Das war wohl seine letzte Bemühung gewesen, gegen die peinigenden Wellen anzukämpfen. Ein leiser Hauch entfloh seinen Lippen. Während seine starren Augen ins Mondlicht tauchten, streiften seine Finger ruhend übers tobende Wasser. Es schien, als würde er Frieden im absoluten Chaos finden. Und die Atmosphäre folgte seiner Stille. Alles wirkte plötzlich so viel langsamer, ruhiger. Die Wellen über seinem Gesicht, die Blitze über seinem Körper.

Kein Widerstand mehr. Er schwamm nicht mehr in Wasser, sondern in Blut. Es herrschte Ruhe. Ruhe, die nicht lange anhalten sollte, denn dieser laute Knall raubte jene Stille.

Was als nächstes geschah, war etwas, das sich kein Saretorianer jemals hätte erklären können. Niemand hätte von winzigen Blitzen berichten können, die wie beschworen zwischen Fingern tanzten.

Blitze, die langsam, wie winzige Stromketten, seine ganze Hand hinaufwanderten und eine elektrische Melodie erschufen.

Und diese wütenden Wolken schienen nicht mehr so wütend zu

sein, nein. Sie bündelten sich, schienen sich selbst in ihrem eigenen wirbelnden Kreis zu verschlucken.

Das Zischen der Blitze tanzte auf seinen Händen und Lippen, auf seinen Beinen und auf seiner Brust. Sie schmückten ihn, wanderten seinen ganzen Körper auf und ab. Es sah so aus, als ob sie nach etwas suchen würden. Aus Willkürlichkeit wurde Fokus. Sie rasten hoch, strichen immer wieder über seine offenen Wunden und mit jedem Impuls schlossen sich diese ein Stückchen mehr, bevor sie in einem Wimpernschlag erloschen.

Ruhe.

Ein weiterer Knall erklang, noch lauter als zuvor, bevor der rasende Blitz den Himmel zweiteilte. Brüllend brach er durch alle Wolken, knallte ohne Gnade auf Surneis Brust. Wie gerufen, ja, als würden die Blitze *ihn* rufen, riss er seine Augen auf. Sein Braun – es leuchtete blutrot.

Konhama, schallte es in seinen Gedanken, als er mit einem mächtigen Atemzug erwachte. Da waren sie wieder, die Blitze, welche den Stoff auf seinem Gesicht in Fetzen rissen.

»Annelya«, flüsterte er, als ein zweiter Blitz durch seine Venen raste. Surneis Wunden verwandelten sich in Narben, die mit jedem weiteren Blitz auch nach und nach verschwanden.

Was vorhin wie ein hilfloses Zappeln aussah, wirkte nun wie eiserne Stärke. Sein Körper heilte und der Sturm schien ihm zu gehorchen. Kein einziger Blitz schlug mehr aufs Wasser ein, keiner verirrte sich.

Surnei zog die gesamte Gewalt des Himmels, all das Leuchten, wie ein Magnet auf sich, doch kein einziger Blitzschlag verbrannte ihn. Im Gegenteil. Sie gehorchten ihm.

»Was im Namen Saretums …« Langsam schwenkte sein Blick zwischen seinen nassen Fingern. Vorsichtig streckte er sie hoch gegen das schimmernde Mondlicht. Er spürte sie, konnte sie lenken, die Blitze auf seinen Fingerkuppen, auf seinem Körper.

II

»Bei den Schatten …«

In diesem Moment riss das Gewitter seine ganze Aufmerksamkeit auf sich. Es erhellte den ganzen Ozean und schuf Hoffnung.

»Land«, flüsterte Surnei, als er die großen Palmen vor sich erblickte.

Entschlossen schwamm er mit voller Kraft voran. *Sand*, dachte er, als seine Zehen zum ersten Mal Land berührten. Mit einem lauten Schrei zog er sich nach vorn und ließ sich ans Ufer fallen. Brüllend kroch er über den Boden, bis die Wellen nur noch seine Waden trafen.

Mit einem letzten Ruck nach vorn erlosch jeder Blitz. Sein Bewusstsein schwand samt seiner Kraft, bevor Wangen und Haare den Sand unter ihnen grüßten. Der Windzug, der über seine nassen Lippen strich, war genauso warm, wie sich das Rascheln der Palmblätter anhörte.

Endlich. Der Sturm hatte sein Ende gefunden.

»Papa, was ist das?«, flüsterte der kleine schwarzhaarige Junge. Seine großen, runden Augen funkelnden im Mondlicht, das durch die dunkelgrünen Palmblätter brach. Langsam streifte er die Blätter zur Seite, blickte staunend auf Surnei.

»Ich weiß es nicht, Paco. Scheint ein Mann zu sein?«, antwortete Jango leise und legte seine Hand auf Pacos Schulter, während er seinen Blick auf Surnei richtete. Sein lockiges, kurzes Haar war so schwarz wie Surneis. Sein Bartschatten war genauso dunkel wie seine dichten Augenbrauen und so glänzend wie seine goldbraunen Augen.

Er sprach nicht, doch die drei Männer hinter ihm folgten, ohne zu zögern, seinen Fingern, mit denen er auf Surnei zeigte. Rote und braune Tücher bedeckten ihre Münder. Sie hatten die gleiche Farbe wie die Tücher um ihre Speere. Barfuß näherten sie sich Surnei. Sie richteten die Spitzen ihrer scharfen Waffen in seine Richtung und machten langsame, vorsichtige Schritte.

»Paco, bleib hier. Komm nicht raus, bevor ich es dir sage!«, murmelte Jango. Sein Blick war warm und fürsorglich.

Paco versteckte sich hinter den großen Blättern, doch er beobachtete alles aufmerksam.

»Er scheint tot zu sein«, behauptete einer der drei Männer.

»Dafür hat seine Haut aber eine ziemlich gute Farbe«, stellte ein anderer fest, während er mit seinem Speer ein Stück Stoff zur Seite schob. »Das ist Blut, aber … ich sehe keine Wunden.«

»Jango, was sollen wir tun?«

Jango musterte jeden Teil von Surneis Körper. Der leichte Wind verwehte die Spuren seiner Schritte auf dem Sand.

»Wie bist du hierhergekommen …«, flüsterte er und hockte sich langsam hin. Er wurde aufmerksamer, als er das klauenähnliche Mal auf Surneis Schulter sah.

»Verflucht, ist das …« Vorsichtig streckte er seine Hand aus, zog Surneis Augenlid auf.

»Oh verdammt!«, rief einer der Männer erschrocken, als er seinen Speer näher an Surnei positionierte.

Die beiden anderen Männer folgten seiner Bewegung. Alle Spitzen zeigten nach unten. Das Einzige, das ihnen im Weg stand, war Jangos ausgestreckte Hand.

»Ein – ein Drokne!?«, stotterte einer der Männer.

»Wer auch immer die Droknen beschworen hat, erlangt völlige Kontrolle über sie. Ein Drokne würde nicht einfach so hier stranden«, erklärte Jango und sah seine Truppe an. »Keiner würde seinen Droknen verlieren wollen.«

»Nach einem Blutzauber sieht es auch nicht aus, sein Haar ist schwarz«, sagte einer der Männer, während er mit seinem Speer durch Surneis Haar streifte.

»Ein Lar.« Jeder einzelne Mann blickte sich mit gleichem Staunen an, als dieses Wort Jangos Lippen verließ.

Pacos Atem wirbelte den Staub der Blätter gegen sein Gesicht.

»Paco! Was tust du, wo ist dein Vater?«, fragte Anma mit unter-drückter Sorge in der Stimme. Schnell lief sie auf Paco zu. Ihr rotes Kopftuch reichte bis zum Boden. Mal streifte es einige Sandkörner mit sich, mal tanzte es im Wind. Dieser Ausdruck in ihren Augen war so bekannt, so einnehmend. Er zeugte von ruhiger Dunkelheit. Die Nacht schien ihr zu gehorchen.

»Mama! Da ist ein Mann, er kam aus dem Wasser!« Fasst riss er ihr das Tuch vom Kopf, bevor sie sich vorsichtig neben Paco hin-kniete.

»Ein Mann aus dem Wasser?« Sie warf einen Blick zwischen die Blätter. »Bleib hier Paco!«, forderte sie den Jungen auf. Die großen Palmblätter berührten ihren Körper, als sie hastig voraneilte.

»Anma, was machst du hier!?« Jango ließ Surneis Auge wieder zufallen und stellte sich schnell vor Anma.

»Was ist das. Wer?« Immer wieder versuchte sie, über Jangos Schulter zu schauen.

»Männer, wir bringen ihn rein«, befahl Jango und

Anmas Augen weiteten sich ums Dreifache. Sie wurden fast so groß wie Pacos.

»Zum Clan? Bist du wahnsinnig? Wir wissen nicht, wer oder was das ist«, flüsterte sie, Surnei musternd. Nervös schaute sie zu-rück, bevor sie an Jango herantrat. Ihre langen Finger schmiegten sich an seine Wangen. »Jango, wir sind hier sicher. Der Sturm hat uns für die letzten Jahrhunderte beschützt. Und jetzt ist er plötzlich fort, als dieser Mann – dieser … Junge hier strandet? Du denkst, das kann Zufall sein?«

»Anma«, erklang seine tiefe, weiche Stimme. Nur ihre Wange fühlte sich noch weicher an. »Der Sturm hat aufgehört, weil das Siegel gebrochen wurde. Vielleicht ist er kein Feind, sondern ein Freund. Diese Insel erreicht man nicht durch puren Zufall. Ver-traue.«

Anma umfasste fest seine Hände. Ihre Finger verschränkten sich mit seinen, als Jangos Lippen ihre Stirn berührten.

Mit verschlossenen Augen flüsterte sie:

»Ich hoffe, du weißt, was du tust.«

Jango nickte lächelnd. Seine Füße sanken im feuchten Sand ein. Er schaute zu Paco.

Während die Männer Surnei durch den Wald trugen, versuchte Paco immer wieder einen genaueren Blick zu erwischen. Wie sah Surnei aus? Was machte er hier?

»Ist er tot, Mama?«

»Komm.« Anma schubste ihn leicht voran.

Alle verschwanden in den Tiefen der Wälder. Der Sturm war fort. Die gleiche Luft, diese Kühle, breitete sich im ganzen Saretorium aus. Es war der Anfang einer unglaublichen Dunkelheit.

Eine verschwommene Erinnerung.

»Hey, wo bist du?«

Ihr kindliches Lachen wanderte durch alle Gänge. Sie kicherte, streifte immer wieder mit ihren Fingern eine imaginäre Spur in der Luft. Der Schmetterling war blau, violett. Manche Nuancen seiner Flügel waren dunkel, manche hell. Nur er schaffte es, wenn auch ganz kurz, ihre Aufmerksamkeit an sich zu reißen. Sie folgte seinem Flügelschlag. Ein Schmetterling.

»Meleoidy!«, rief der Mann. Das Lachen wurde lauter. »Hab dich!«

Ihre schwarzen Locken wirbelten freudig in der Luft. Das Lachen wurde leiser. Seine Stimme hörte sich immer weiter entfernt an.

Stille.

Im Untergrund des Palastes.

Es tropfte Wasser von den hohen feuchten Decken. Ein dunkles Echo füllte den ganzen Raum, das mit jedem Tropfen lauter und dunkler wurde.

Ihr Haar bedeckte ihr ganzes Gesicht. Ihr Körper, nach vorne gebeugt, hängend von den Ketten. Waren es Tränen oder Blut, die Annelyas Wangen markiert hatten?

Meleoidys Augen glänzten so klar wie noch nie zuvor. Mit jedem tiefen Atemzug hob ihr Brustkorb die dunkelrote Mähne.

War es Schuld? War es Angst?

»Du hättest niemals geboren werden dürfen …«, flüsterte sie, während ihr zittriger Blick über Annelyas toten Körper schweifte. Solch eine Blässe. So viel Dunkelheit, dass selbst sie diese zu spüren begann. Sie wagte sich einige Schritte nach vorn, dann schaute sie nach oben. Als wäre es nicht schon grausam genug gewesen, als hätte es nicht schon gereicht, Annelya ein Leben lang durch eine bittere Lüge zu ziehen.

Ihm schien es nicht zu reichen. Dieser Anblick sollte eine Botschaft sein. Unterstreichen, dass das Licht nun fort sei. Annelyas Arme und Beine waren angekettet an den gekreuzten Pfählen.

Meleoidy schaute genau hin. Solch ein Bild hatte sie schon einmal gesehen. *Utakata.* Das Gefühl in ihrem Herzen hatte sie schon damals gespürt. Doch erst jetzt hatte es die Chance, hinaufzuwandern, ihre Kehle zu umschlingen und ihre Augen zu erfassen.

»Er hat es tatsächlich geschafft. Schau dich an.« Ihre Stimme brach, als eine Träne ihre Wange hinunterrollte. Mit einem Atemzug schaute sie auf ihre Hand. Die goldene Spitze des kleinen Stabes glitt aus ihrem schwarzen Ärmel hervor, ehe sie ihn erschrocken wieder einsteckte. Schnell wischte sie sich die Träne von ihrem Gesicht.

»Schau es dir an!«, jubelte Uce mit breitem Grinsen, der gerade in den Raum trat.

Meleoidy schaute über ihre Schulter.

»Ein Gott, ha? Sieh dir an, wie er fällt. Gott hat geblutet und Gott ist gefallen.« Uce lachte leise.

Meleoidy hatte kein selbstbewusstes Auftreten mehr. Sie sprach kein Widerwort, sie hörte nur noch still zu.

»Nicht einmal Gott entkommt seinem Schicksal, nicht wahr, kleiner Schmetterling?«

Ohne hinzuschauen, spürte sie seinen kühlen Blick.

»Nenn mich nicht so …«

Langsam drehte er sich in ihre Richtung. Sie war komplett versteift. Kurz zuckte sie zusammen, denn seine Finger waren genauso kalt wie seine Augen.

»Aber das bist du doch«, flüsterte Uce, als er ihr eine Strähne hinters Ohr strich.

»Fass mich nicht an, du B–«, begann sie zu fluchen, bevor sich Uce nach vorne drückte und ihre Kehle packte. Meleoidys Hände rutschten von seinen weg. Keuchend starrte sie ihn an.

»Jetzt hörst du mir genau zu, Kleines«, murmelte er knapp vor ihrer Nase. »Mir ist es egal, was Gion in dir sah, mir ist es egal, ob du ein gelungenes Werk warst oder nicht. Das Einzige, das ich weiß, ist, dass du schwach bist. Du bist ein schwaches, kleines, hilfloses Mädchen, das niemals vergessen sollte, wie ersetzbar es ist«. Seine raue, dunkle Stimme kitzelte an ihrem Ohr.

Ekel war das Einzige, das sie empfinden konnte. Doch alles, was sie äußern konnte, war ein schwaches Husten.

»Ein wunderschöner kleiner Schmetterling …«, flüsterte er, als er sie mit voller Wucht nach hinten schmiss und, ohne auch nur einmal nach ihr zu schauen, zum Ausgang lief. Ihre Schritte, verfangen. Während sie nach Luft schnappte, knickte sie zu Boden.

Ein wunderschöner kleiner Schmetterling. Dieser Satz hallte in ihren Gedanken wie ein durchbohrender Rhythmus, der immer wieder kam, immer lauter wurde.

»Nein«, rief sie im Versuch, ihren Kopf zu halten. Ihre Gedanken wieder hineinzudrücken.

»*Nein!*«, hallte es in ihrer Erinnerung.

Ihre Finger wanderten ihre Schläfen hoch, zogen leicht am Haar. Bilder von Uce, Bilder von Soldaten. Eine Art Garten, ein Käfig.

»*Wenn es nicht gehorcht!*«, hörte sie im Kopf.

»Nein, nein!« Sie versuchte, zu entkommen. Normalerweise funktionierte es. Normalerweise konnte sie die Stimmen und Bilder zum Verstummen bringen, doch dieses Mal war etwas anders. Etwas ließ es nicht zu. War es der Anblick vor ihr? Ihr Atem raste, tobte durch ihren Körper, als wäre er seit Jahrzehnten nicht ausgedrungen.

»Nein!«, rief sie lauter und legte sich auf den Boden. Ihr Atem wurde immer schneller.

»Papa, was ist das?«, flüsterte das kleine Mädchen in ihrem Kopf mit großen, neugierigen Augen und streckte seinen Finger in die Luft. Das Licht war verschwommen. Diese weiche Stimme, die antwortete, hatte sie schon lange nicht mehr gehört.

»Das, Kleines, ist ein Schmetterling.«

»Bitte nicht ... nein!«, stotterte Meleoidy, während das Mädchen ihrer Erinnerung weitersprach.

Der Mann strich ihm eine schwarze Locke hinters Ohr.

»Ein Schmetterling ist eines der schönsten Wesen dieser Welt«, sagte er und setzte das Mädchen auf seinen Schoß, während beide leise den wunderschönen Schmetterling betrachteten. Er tanzte von Blüte zu Blüte. Seine Bewegungen waren elegant und fließend, als wäre er aus Wasser gewesen.

»Erst ist der Schmetterling nur eine kleine Raupe«, sprach der Mann, bevor das Mädchen ihn unterbrach:

»Ih! Eine Raupe! Raupen sind eklig!«

Er umarmte es mit freudigem Lachen.

»Aber genau das ist es. Man sieht dieses wunderschöne Geschöpf und weiß nicht, welche Verwandlung es hinter sich hat. Ein Schmetterling ist das Symbol der Verwandlung, des Wachstums und der Entfaltung. Er ist das Symbol wahrer Schönheit. Ein Schmetterling war einst eine kleine Raupe, doch sie hat sich verwandelt. Sie hat Flügel und Farben bekommen. Mit Geduld und mit Zeit lernte sie zu fliegen. Und weißt du, was die Magie hinter all dem ist?«

Das Mädchen knabberte ganz vertieft an dem Finger, während es nachdenklich auf seinen Vater schaute.

»Dass er fliegen kann?«, fragte es euphorisch.

»Haha, ja das auch, aber die wahre Magie dahinter ist ...«, flüsterte er, als er es wieder aufrechtstellte. Leicht beugte er sich hinter das Kind, das seinem Finger über seine Schulter folgte. Er zeigte auf den Schmetterling. Riesige, erwartungsvolle Augen. Das Mädchen hörte zu. »Ein Schmetterling kann nie, niemals wieder eine Raupe sein. Einst verwandelt, schwinden seine Farben nie. Und sterben wird er eines Tages als dieses wunderschöne, freie, magische Geschöpf.«

Kurz zögerte die Kleine, denn sie vertiefte sich immer weiter in diese rotblau schimmernden Flügel. Sie schlugen langsam, bedächtig und doch so frei. Sie waren anziehend, ja, gar hypnotisierend.

»Woah ... ich möchte auch ein Schmetterling sein!«, rief das Mädchen mit schnellem Blick auf seinen Vater.

»Haha, na da hast du aber Glück gehabt!«

»Warum, Papa?«

»Weißt du, wie man Schmetterlinge früher nannte? Lange, bevor wir geboren waren?«

»Bevor du geboren warst?«, fragte das Mädchen schockiert.

Er lachte, anders konnte er nicht.

»Ja, ganz, ganz lange davor.«

»Wie denn?« fragte das kleine Mädchen, wieder vertieft in die Farben dieses Geschöpfes.

Der Mann schaute auf den Schmetterling, als die Zeit plötzlich langsamer zu werden schien. Das Licht strahlte heller. Jedes einzelne Partikel dieser rotblauen Farben schimmerte intensiver.
»Meleoidy. Man nannte sie Meleoidy.«

Es waren keine Tränen mehr. Es war ein Wasserfall.
Erschrocken von sich selbst, schnappte sie nach Luft. Was war das? Sie hatte lange nicht mehr so geweint, sich lange nicht mehr so gefühlt. Jammernd, ja flennend, strich sie ihr gesamtes Haar nach hinten. Ihre rote Kleiderschleppe bedeckte wie ein königlicher Teppich den kalten Marmorboden. Die Brust hob und senkte sich.
»Nein«, stotterte sie, als sie in Schmerzen aufschrie.
Das Gesicht, nass gebadet in Scham.

»Lass mich – nein – lass mich los!«, rief das kleine Mädchen. »Paaapaaa!«, schrie es, als die Ketten um die Arme seines Vaters gegen den eisernen Stuhl krachten.
»Gehorchen«, sprach Uce und die Bilder wurden klarer.
Ein Stoß. Er hielt ihre Arme fest. Noch ein Stoß.
Den Schmerz in der Stimme ihres Vaters konnte man nicht beschreiben. So eine Art von Schmerz konnte man nur verstehen, wenn man sie erlebt hatte. Er kreischte und riss. Das Blut tropfte die Armlehnen herunter, denn die Ketten hatten sich schon in seine Haut gebohrt.
»Wirst du jetzt gehorchen!?«, fragte Uce, als das kleine Mädchen lauter schrie.

Auf einmal hörten die Bilder auf. Keine Stimmen mehr. Meleoidy zitterte so stark, dass sie sich nicht mehr bewegen konnte. Sie konnte nur kniend hinaufschauen. Uce war schon längst verschwunden und ihr Gesicht und ihre offenen Handflächen waren von Tränen bedeckt. Es sah nach Ergebung aus, als sie hoch hinauf zu Annelya schaute.

»Was habe ich getan?« Zitternd inspizierte sie ihre eigenen Hände. »Was habe ich getan!?«

Ein Ruck nach oben und der ganze Schweif folgte ihrer Bewegung. Ihr Atem tobte noch, doch das war keine Angst mehr. Das war Wille.

Licht folgte ihrem Haar, Echo ihrem Schritt. Schnell ließ sie den Stab aus ihrem Ärmel fallen, packte ihn fest mit ihrer Hand und ließ ihre Ringe fließen. Ihr Blick haftete an Annelya, ihr Schwung traf ganz genau dort, wo er treffen sollte.

Metall und Eisen schallte, als Meleoidy Annelyas Fesseln zertrennte. Stück für Stück fielen die Ketten, endlich auch Annelya.

Meleoidy schnellte nach vorn, fing mit voller Kraft den noch warmen Körper ihrer Nichte auf.

»Komm schon, komm«, flüsterte sie stöhnend, während sie sich mit aller Mühe zurückzog. Annelyas Beine streiften über den Boden. Meleoidy schwang ihr Haar zur Seite und kniete sich schnell hin. »Komm schon ...«

Knopf für Knopf, Schnalle für Schnalle öffnete sie Annelyas Brustrüstung. Annelyas Haar verteilt auf ihrem Schoß, ihre Augen fest verschlossen.

Meleoidy stoppte für einen Augenblick und sah nach vorn. Es war so, als ob tausend Gedanken auf einmal auf sie einstürmten. Ausatmend schloss sie ihre Augen, während der Griff um den goldenen Stab fester wurde. Die Energie in ihm bebte wie ein weit entfernter Sturm. Je näher sie an Annelya kam, desto rasender wurde sie. Licht spiegelte sich auf dem Stab wider und wanderte herunter, je höher Meleoidy ihn hob. Ihre Hände hielten ihn umschlungen, als wäre er das Wichtigste, das sie jemals halten würde. Sie schaute auf Annelyas entblößten Brustkorb, auf ihr blasses Gesicht.

Ihre Gedanken brachen in einem leisen Schrei, gefolgt vom Schwung, mit welchem sie den Stab tief in Annelyas Herz stach.

»Heiliger Kristall, bitte ...« Hastig zog Meleoidy ihre Hände wieder zurück. Die Energie tobte, fand ihren Weg hinaus, drang schleichend, pulsierend in Annelyas Brustkorb. Dieses Geräusch?

Das war Schöpfung.

»Komm schon. Bitte. Bitte«, flüsterte sie, als der letzte Hauch der Energie aus dem Stabbehälter in Annelyas Körper verschwand.

Und plötzlich herrschte absolute Stille.

II

FREUND ODER FEIND

Auf der Insel der Lar.

Manche Blicke strahlten heller als andere. Die Funken des Lagerfeuers mischten blaue, grüne und braune Farben zusammen. Einige Inselbewohner saßen still davor und betrachteten die Schönheit der rotgelben Flammen, während andere frische Stücke Fleisch grillten.

Es saßen hauptsächlich Kinder und Ältere am Platz. Die meisten Männer trugen Holzteile durch die Gegend. Manche legten sie ab, andere trugen sie in die Zelte, die auf dem ganzen Gebiet verteilt waren. Einige der Zelte waren größer als andere, die Abstände dazwischen unterschiedlich. Es machte den Anschein, als wären alle nur vorübergehend hier.

Dafür waren sie ziemlich entspannt. Dem älteren Mann tropfte sogar etwas vom Saft der Keule auf den Bart. Verträumt folgte er den Flammenfunken, die nach den Sternen dursteten. Sie stiegen hoch hinauf, wärmten die Nacht mit ihrem Licht.

Kinder lachten und spielten. Außer Paco. Paco war an anderen Dingen interessiert.

»Papa, der Mann bewegt sich«, flüsterte er mit zugebissenen Zähnen, während er hastig an Jangos Hand zog und sich schnell hinter dessen Rücken versteckte.

Zügig schnappte Jango seinen Speer und richtete ihn nach vorn.

Das Zelt, in dem die beiden waren, schien hochwertiger als die anderen. Sie saßen auf einem Holzbett mit großen Kissen und Decken. Weiße, braune und beige Stoffe schmückten den Innenraum. Die Holzpfeiler, die das Zelt aufrechthielten, waren aus dickem Holz.

Sogar die Karten auf den feingeschliffenen Tischen sahen wichtig aus. Es war nicht nur das leise Feuer, nicht nur der Mond, die das Zelt erhellten. Die hängenden Laternen warfen ihr Licht von den Säulen auf den Innenraum und schmückten Jangos Gesicht.

Ein kaltes Klimpern erklang, doch der Windzug konnte es nicht gewesen sein. Dafür war er zu schwach.

Langsam zog Surnei seine Beine zurück, rieb fest an seinem Gesicht. »Was …«, flüsterte er, seine Hände anschauend.

Erschrocken ließ er beide Hände zur Seite fallen, musterte den Raum um sich und bemerkte die Ketten um seine Arme und Beine. Sie waren es, die so klimperten. Immer wieder stieß er mit beiden Armen nach vorn, doch die Ketten hielten ihn am Pfeiler fest.

»Wo bin ich!? Wo ist Annelya!?«

Jango musterte ihn. Erstaunlich, wie entspannt er wirkte, dafür, dass ein völliger Fremder mit blutroten Augen in seinem Zelt saß. Vielleicht waren es die Ketten, die ihn sich so sicher fühlen ließen.

Surneis Blick war auffordernd, doch immer noch verwirrt.

Langsam beugte sich Jango nach vorne. Neugierig starrte er ihn an und sein Speer berührte leicht den Sandboden.

»Wer ist Annelya?«

Das Unverständnis auf Surneis Gesicht konnte er nicht verstehen.

»Das ist ein Witz, oder?« Kurz erwischte Surnei Pacos Blick. »Hm, seltsam.«

Er lehnte seinen Kopf gegen den Holzpfeiler. Fragend spickte er zu Paco, der sich schnell hinter seinem Vater versteckte. Obwohl er Angst zu haben schien, war seine Neugierde auffällig größer.

Immer wieder lugte er mit großen Augen hinter dem Mann hervor. Immer, wenn sich ihre Blicke trafen, versteckte er sich.

Surnei lächelte, während langsam Entspannung in ihm einkehrte.

»Wie ist dein Name?«, fragte Jango auffordernd, aber sanft, als ihn Surneis belustigtes Lächeln traf.

»Noch seltsamer«, murmelte Surnei und streckte seine Hände so weit wie möglich aus. »Erst dachte ich, dass ihr nicht organisiert genug seid, so etwas nicht oft genug macht«, spaßte er herum, während Jango verwirrter und verwirrter zu werden schien. »Na, Leute entführen. Vor allem kampftrainierte Leute.« Er rüttelte mit den Ketten. »Lockere Ketten, viel Raum, um mich zu bewegen …« Er zeigte auf den Tisch etwas weiter neben ihm. »Genug Raum, um dieses Messer zu packen«, flüsterte er und Jangos Griff um den Speer wurde fester. »Aber die Kleidung!«, betonte Surnei, während seine Finger über seine weiß gekleidete Brust glitten. Verwundert blickte er tief in Jangos Augen, was Jangos Griff lockerer werden ließ. »Das ist Seide. Ich bin kein Gefangener.«

Kurz herrschte Stille. Man hörte nur die friedlichen Gespräche der Inselbewohner außerhalb des Zeltes.

»Du bist aufmerksam, Fremder.« Jango lehnte seinen Speer locker zur Seite.

Paco wagte sich über seine Schulter zu schauen.

»Hey, Kleiner«, murmelte Surnei, bevor der Kleine wieder komplett hinter dem Rücken seines Vaters verschwand.

»Paco, es ist schon okay.« Jango drehte sich langsam um, den Jungen offenbarend. Pacos Finger pressten sich stramm in seine Arme. Er suchte Schutz in der Umarmung seines Vaters, doch sein Blick war Surnei gewidmet.

Verwirrt erwiderte Surnei diesen.

»Ich – ich kann seinen Herzschlag hören …« Nachdenklich sah Surnei zu Jango rüber. »Genauso wie deinen. Du – du hast keine Angst vor mir.«

»Du kannst mein Herz schlagen hören?«, fragte Jango. »Wie?«
Paco wagte einen weiteren Blick. Dieses Mal zog er sich nicht
zurück.

»Ich weiß es nicht …«, flüsterte Surnei mit gesenktem Kopf.
Er schaute auf die Ketten, spielte mit seinen verschrumpelten Fingern. »Wie bin ich hierher gekommen?«

»Nun, Fremder, das ist die große Frage. Seit Tausenden von Jahren hat kein Außenweltler hier Fuß gefasst.« Jango hatte seinen
Speer nun komplett abgelegt. »Hol Mama und Djinjo«, forderte
er Paco auf.

Doch Paco folgte seiner Aufforderung nicht, dafür hätte er ja
den schützenden Rücken seines Vaters verlassen müssen.

»Keine Sorge, Kleiner.« Surnei bewegte seine Arme, um auf die
Ketten aufmerksam zu machen. »Du wärst sowieso viel schneller
als ich.«

Vielleicht hatte Surneis ehrliches Lächeln etwas in Paco bewirkt.
Erst zögerte er, sprang dann aber schnell vom Kissen und rannte
zügig aus dem Zelt heraus. War das auf seinem Gesicht auch ein
Lächeln, als er auf Surnei zurückschaute?

»Die einzigen Saretorianer, die auf dieser Insel stranden, sind
tote Saretorianer, Fremder.«

»Surnei«, unterbrach er ihn.

»Hm?« Jango lehnte sich leicht zurück.

»Mein Name. Ich heiße Surnei.«

Jango nickte zustimmend.

»Du bist unversehrt. Wie ist das möglich, Surnei?«

Verwirrt fasste Surnei an seinen Bauch und zog vorsichtig den Stoff
zur Seite, wodurch er seinen muskulösen Oberkörper offenbarte.

Jango folgte der Bewegung seiner Finger.

»Unversehrt?«, stockte Surnei verwundert. »Das Letzte, woran
ich mich erinnern kann, ist, von meinem Truppenleiter erdolcht zu
werden …«

»Trupp? Also bist du von der Armee?«

Surnei sah nun wirklich verblüfft aus. Das Lachen konnte er sich auch nicht mehr ersparen.

»Du scheinst es ernst zu meinen. Hat keiner von euch Kontakt zur Außenwelt gehabt? Du hast noch nie von mir gehört?«

»Wir leben ein sehr einfaches Leben hier, Surnei. Ohne jeglichen Kontakt zum Land. Der Sturm hat uns davor bewahrt … Dann war er fort und du bist hier gestrandet. Ich möchte wissen, warum.« Langsam stand er auf.

Diesmal war es Surnei, der mit Nervosität zu kämpfen hatte.

Mit selbstbewussten Schritten lief Jango auf ihn zu, bückte sich direkt vor ihm und seine Augen trafen auf Surneis. Trotz der Ungewissheit schien das einzige Gefühl Vertrauen zu sein. Dieser warme Blick wurde erwidert.

»Erstochen …«, wisperte Jango und streckte seine Finger nach Surneis Bauch aus. Bedächtig zog er den Stoff zur Seite und begutachtete den jungen Prinz.

Surnei schaute auf Jangos Finger und strich mit seinen eigenen über die gleiche Stelle. Kurz trafen sie sich, bevor Jangos weiterstreiften, Surneis ganzen Oberkörper musterten. Sein Blick folgte seiner langsamen Bewegung.

»Du hast keine einzige Wunde an dir, Fremder.« Staunend sah er in Surneis nervöses Gesicht. »Tut mir leid. Surnei, meinte ich.«

»Ich verstehe es nicht … Diese Blitze, ich dachte, sie würden mich schneller in den Tod führen, aber sie – sie schienen …« Surnei stoppte, wusste nicht, ob er weitersprechen sollte. Ob ihm überhaupt jemand glauben würde? Doch Jangos Blick war nicht nur durchdringend warm, er war auch auffordernd. Er war sicher. Surnei zögerte, während Jango wartete. »Sie schienen meine Wunden zu heilen.«

Jangos Augen wurden groß und sein Kopf hob sich genauso schnell wie sein Körper. »Blitze!?« Schnell lief er zur anderen Seite des Zeltes.

Irritiert schaute Surnei hinterher. Die Ketten an seinen Füßen zogen leichte Spuren in den Sand.

»Was ist los?«

»Er ist wach«, hörte er die weibliche Stimme ins Zelt durchdringen, dann sah er das rote Kopftuch, das sie schnell über ihre Schulter legte. Sie warf Surnei nur einen kurzen Blick zu und näherte sich stillschweigend Jango.

»Und? Was wissen wir?«

Jango hatte keine Zeit zum Überlegen. Eine Frage folgte der anderen.

»Ist er ein Drokne?«, fragte sie besorgt.

»Ein was?«, flüsterte Surnei.

Anma schaute noch einmal auf ihn. Ihr angespannter Kiefer und ihre leicht zusammengekniffenen schwarzen Augen zeugten von Misstrauen.

»Nein, nicht ganz«, murmelte Jango und blickte über die Schulter zurück. »Ich glaube, er ist nur ein Halber.«

Surneis Verwirrung wuchs, ein Wort verlor er trotzdem nicht.

»Ein Lar?«, hauchte Anma. Sie ließ nicht locker. »Ist das möglich?« Verlor sie an Misstrauen? Denn ihre Augen weiteten sich immer mehr. Es wirkte schon fast so, als sei sie plötzlich froh drum, dass Surnei da saß.

Jango hingegen wirkte wie in Gedanken verloren.

»Djinjo«, rief er lauter und der muskulöse Wachmann mit dem roten Tuch um den Mund lugte vor dem Zelt hinein. »Nimm seine Ketten ab.«

»Seine Ketten abnehmen?« Anmas Hände tasteten auf Jangos Schultern, ihr Blick folgte Djinjos Schritten. »Jango!«

»Keine Sorge. Ich glaube nicht, dass er eine Gefahr ist.«

Kurz schauten sich die beiden an und Anma verschluckte die Worte ihrer versteckten Sorge.

»Sooo, Fremder«, stöhnte Djinjo unter dem Tuch, als er die letzte Schnalle löste.

Das muss sich befreiend angefühlt haben. »Danke.« Surnei rieb an seinen Handgelenken, während er Anma förmlich anstarrte, bis es ihn einfach überkam und er sich ihr mit sprunghaftem Schwung näherte. Wahrscheinlich war es seine militärische und königliche Ausbildung, die im Respekt und Etikette beigebracht hatte.

»Surnei Elim. Sohn von Königin Annabel Elim«, sagte er stramm.

Jangos Lächeln glänzte in Surneis Augen, als er leise lachte. »Klingt wie einstudiert.«

Anmas kritischer Blick wich von Jango auf Surnei und wurde noch kritischer. »Königin, hm?« Surneis Hand ließ sie eine Weile in der Luft hängen, bis sie die nervösen Augen sah, die sie anschauten. »Die Welt da draußen scheint sich verändert zu haben ...« Endlich! Sie erwiderte seinen Gruß, statt ihn seinem peinlichen Schicksal zu überlassen. »Anma Herim.« Mit solch einem Gruß hätte Surnei jedoch niemals gerechnet. In völligem Schrecken zog er hastig seine Hand zurück.

Anma, Djinjo und Jango trugen die gleiche Verwirrung auf den Gesichtern.

»Surnei?«, fragte Jango verwundert.

Surnei schien wieder unter Wasser zu tauchen. Seine Lungen kämpften um ein klein wenig Luft.

»Herim? So wie – wie Iuel Herim?«, stotterte er.

»Du kennst meinen Bruder?«, fragte Anma verblüfft, während Surneis Augen sich weiteten.

»Iuel Herim ist dein Bruder!?«

»Nun ... so wie du reagierst, Fremder, sollte ich vielleicht mit Nein antworten.«

»Du sagtest, niemand habe diese Insel seit Jahrhunderten verlassen«, betonte Surnei und guckte auf Jango.

»Ich sagte, dass uns dieser Sturm seit Jahrhunderten beschützt hat. Iuel wusste, was er tat, als er heraustrat«. Seine Stimme klang jedes Mal so warm.

»Er würde nie wieder zurückkehren können.« Anmas Worte verbargen mehr Gefühl, als sie sich zu zeigen erlaubte. Das war das erste Mal, dass sie Surnei ganz normal anschaute.

»Doch er wollte unbedingt die Welt da draußen sehen! Aber ... woher kennst du ihn, Surnei Elim?«

»Woher ich ihn kenne!? Ist – meinst du das ernst!?«

Er klang aufbrausend, wütend sogar. Jango und Anma beobachteten, wie er einen Schritt zurücklief.

»Ich muss Annelya finden, ich ...«

»Hey, hey, Surnei«, flüsterte Jango, während er versuchte, Surnei zu beruhigen.

Surnei hörte nicht hin. Er schaute sich um, als müsste er Gepäck, das er nicht hatte, zusammenpacken, um sofort loszuziehen. Doch nichts von dem hier gehörte ihm, nicht einmal die Seide an seinem Körper.

»Hey, Surnei!«. Diesmal klang Jango lauter. Anma sah verängstigt Surnei an.

»Dein Bruder«, stotterte er, ehe seine braunen Augen langsam wieder in rotem Licht aufleuchteten.

»Hey, hey!«, rief Jango und Djinjo griff nach seinem Speer.

»Dein Bruder will sie umbringen!«, zischte Surnei zornig und die kleinen Blitze zwischen seinen Fingern entfachten.

»Wovon redest du!?« Anmas Kopfschütteln zeugte von Empörung. Sie klang angewidert von jener respektlosen Beschuldigung.

»Surnei, du musst dich beruhigen«, redete Jango auf ihn ein. Der sanfte Ton bewirkte nicht wirklich viel. Die Blitze zwischen Surneis Fingern häuften sich.

»Surnei!« Alle schreckten zurück. So streng erlebten Anma und Djinjo Jango selten. Anma schwieg und die Blitze stoppten. »Wer ist Annelya?«

»Meine Schwester.«

»Und du sagst, dass Iuel sie töten möchte?«, fragte Jango.

Surnei nickte.

Neugieriger, vorsichtiger trat Jango näher, auf Surneis zittrige Lippen schauend.

»Und wieso sollte er das wollen?«

Surnei blickte zögernd in Anmas nervöses Gesicht, suchend nach irgendeinem Indiz, einer noch so kleinen Bewegung, die ihm verraten würde, ob sie wusste, wovon er sprach.

»Um die Energie der Schöpfung zu vernichten.«

Jangos Kopfschütteln verriet Ahnungslosigkeit. »Surnei, wieso sollte … Was hat Annelya mit dem Kristall der Schöpfung zu tun?«

»Ihr habt wirklich keine Ahnung … Annelya wurde vom Kristall selbst erschaffen. Sie *ist* der Kristall der Schöpfung.«

So wie Jango Anma anschaute, genauso schaute auch sie zurück, mit dem gleichen Staunen und mit gleichem Schrecken.

III

EINE ZWEITE CHANCE

Im Untergrund des Palastes.

Dieser Klang war so vertraut. Mal tobte er, mal schwieg er. Mal pulsierte er, mal nicht. Die Energie der Schöpfung schien zu schwächeln.

»Komm schon«, bettelte Meleoidy. »Komm schon«.

Der Klang wurde immer leiser, schrie immer seltener auf, bis kein Impuls mehr durch Annelyas Körper raste, kein Licht mehr schien. Meleoidys Atem sank in die Stille. Sie schaute zwischen ihre Arme, hinunter auf ihren Schoß, auf dem Annelya lag. »Nein …«

Die weit hallenden Schritte aus den Gängen des Untergrundes drangen näher.

»Nein – nein –«

Sie stoppte. Schockiert streckte sie sich zurück, brachte ihr Staunen hinter den Händen auf ihrem Mund zum Verstummen. Die Schritte drangen schlendernd näher, doch Annelyas Atem stürmte durch den ganzen Raum.

Ihre Augen rissen die Horizonte aller Welten auseinander und sie sog die ganze Luft des Raumes in ihre Lungen.

Ihr Leuchten – fort.

Dafür war ihre Haut in lebendige Farbe getunkt und der Frost auf ihren Lippen im Klang der Energie geschmolzen. Noch nie hatte ein Blick so viel Verwirrung, so viel Schock vermittelt.

Mit einem weiteren tiefen Atemzug schoss sie nach oben. Sie war in Schweiß gebadet und schaute sich zittrig um, als ihre Hände von Meleoidys rutschten.

»Es hat geklappt!« Meleoidy klang erleichtert.

»M-Mel?« Annelya war völlig desorientiert. Noch viel verwirrender war Meleoidys tränenbedecktes Gesicht. »Was – wo?« Sie blickte um sich, schaute auf ihre Hände, auf ihre Brust. Es dauerte eine Weile, doch Stück für Stück kehrten ihre Erinnerungen zurück. »Mel …« Diesmal klang Annelya leerer, brüchiger.

Ihr Blick brachte Scham in den Meleoidys.

»Du hast sie getötet … Du hast meine Mutter getötet.«

Auch wenn Meleoidy eine Antwort parat gehabt hätte, die Schritte im Gang raubten ihr die Konzentration. Schnell wischte sie sich eine Träne vom Gesicht, bevor sie sprach:

»Wir haben keine Zeit, du musst hier verschwinden!« Meleoidy stand zügig auf und griff nach ihren Fingern.

Annelya beobachtete wortlos jede einzelne Bewegung. Sie wollte sprechen, sie wollte schreien, doch der auf sie zugeworfene goldene Gegenstand unterbrach jeglichen Gedanken.

»Hier«, flüsterte Meleoidy, als Annelya den schlangenähnlichen Ring auffing. »Zweimal rechts, einmal links, Treppen hoch«, erklärte sie schnell, während sie sich noch schneller dem Quietschen des Holztores näherte. Ihre roten Locken schlugen immer wieder sanft über ihre Hüften.

»Miss, alles in Ord–«, wollte der Soldat fragen, bevor sein Satz im Blut ertrank, das auf Meleoidys Gesicht spritze. Ein entschlossener Schnitt – sie hatte seine Kehle aufgeschlitzt.

Spätestens jetzt hatte Annelyas Verwirrung ihren Höhepunkt erreicht. Erschrocken stand sie auf und schaute auf die blutigen Lippen ihrer Tante, die nur ein kurzes Wort formten:

»Renn.«

Bevor der andere Soldat überhaupt in den Raum treten konnte, hatte Meleoidy ihren Schlangendolch bereits in sein Auge gerammt.

»Renn!«

Annelya stürmte zum anderen Ende des Raumes auf das hintere Tor zu. Jeder Schritt, jede Bewegung: Instinkt. Sie riss das Tor auf und flüchtete in den Gang.

Entschlossen zog Meleoidy den Dolch aus dem blutbeschmierten Gesicht des Soldaten, bevor sie in den Schatten verschwand.

Dunkel. Feucht. Das Klirren eisiger Ketten und verängstigte Stimmen schallten durch alle Gänge. Ihre Gedanken waren immer noch zerstreut. Zumindest hielten sie sie nicht mehr fest. Vor einigen Momenten war alles in ihr leer gewesen. Und jetzt, obwohl sie wieder Licht vor ihren Augen hatte, war das Einzige, das sie sah, immer noch Finsternis.

Ruckartig stoppte sie, drückte sich so fest gegen die Wand, als ob sie mit ihr verschmelzen wollte. Drei, vier – nein. Fünf. Es waren fünf Soldaten. Sie hörte genau hin.

…

Keine Schritte mehr, jetzt war ihre Chance. Sie musste rennen. Das Licht der Fackeln verpasste ihr immer wieder einen Schrecken, doch immer wieder verstand sie, dass es ihr eigener Schatten und kein fremder war, der Adrenalin in ihre Adern pumpte.

»Rechts«, hauchte sie und bog rechts ab. Ihre Blicke wanderten wie eine ängstliche Maus durchs Labyrinth. Der nächste Gang wollte nicht näherkommen!

Sechzehn Jahre. All das hatte sich sechzehn Jahre unter ihren Füßen befunden.

Rechts …

Die Gänge schienen schmaler zu werden, die Stimmen schwanden, genauso wie die Lichter der Fackeln. Es wurde immer dunkler.

Links! Da, die Treppe! Davon muss Meleoidy gesprochen haben!

Ohne zu zögern, stürmte sie knapp zehn Stufen nach oben. Statt eines Ausganges fand sie eine Mauer. Kein Hebel, kein Tor, nichts.

»Was zum …« Mit ihren Fingern strich sie über die ganze Wand, inspizierte jede Rille, doch fand nur Staub.

»Komm schon, irgendwie musst du doch aufgehen«, murmelte sie und erstarrte.

Das Geräusch, das sie erschreckte, kam von ihrer Hand und ließ ein Kribbeln entstehen. Staunend schaute sie zu, wie der Ring sich wand, wie er sich schlangenartig über ihre Handfläche bewegte.

Annelya sah wieder zur Mauer.

»Rechts …« Langsam zog sie ihre Hand von der Mitte der Wand vorsichtig nach rechts. Der Ring reagierte mit jedem Millimeter, den sie sich bewegte. »Rechts …« Plötzlich umschlang er ihren Finger, rollte schleichend nach vorn.

»Links.« Die Schlange biss zu, schleuderte wuchtig nach vorne, während Annelya zurückschreckte. Der fließende Ring: nur noch starres, steifes Gold, das sich in eine Rille der Wand hineinbohrte.

Ein Schlüssel?

Langsam griff sie nach dem goldenen Schlüssel, bevor ihr Schrei die Gänge des Untergrundes entlangwanderte.

»Keine Bewegung!«, befahl der schwarzgepanzerte Soldat, der die Stufen hochgeeilt war und ihren Arm gepackt hatte.

Annelya blickte auf seinen Griff, bevor die Wut in ihren Augen seine Angst kreuzte.

»Das möchtest du nicht tun«, warnte sie ihn, während sie krampfhaft zuckte.

Jeder neue Ruck ließ mehr Angst vom Gesicht des Mannes schwinden. Annelyas ausgestreckte Hand versuchte etwas zu tun, doch was auch immer es war, es schien nicht zu funktionieren und Verwirrung verwandelte sich allmählich in Schrecken.

»Was zum …« Zwischen ihren Fingern passierte nichts, kein Funke Licht war zu sehen, es war nur das spöttische Gelächter des Soldaten zu hören.

»Alles klar, Kleines, nun zurück mit dir!« Sein fester Griff zog Annelya einige Stufen herunter.

»Lass mich los!«

Verflucht, er war zu stark. Erschrocken schaute sie sich um, versuchte das Gedankenchaos mit blitzschnellem Handeln zu ersticken, als sie die Klinge in der Dolchscheide seiner Hüfte erfasste. Diese Idee ergab sich als die beste, also griff sie direkt zu.

»Hey! Du!«

Mit einem Hieb zerschnitt Annelya seine Handfläche und lockte ein schmerzerfülltes Grölen aus ihm heraus.

»Du kleine Schla–«, wollte er fluchen, bevor sie mit einem Kampfschrei die Klinge in sein Knie rammte. Sein Schrei erschreckte sie nicht nur, er hallte auch durch alle Gänge, machte die herannahenden Soldaten auf sich aufmerksam.

Annelyas Herz sprang fast aus ihrer Brust, während sie die Stufen wieder hochrannte.

Die Soldatenstimmen verstummten im Ton des Schlüssels, der im entstehenden Mosaik vor ihr verschwand und Annelya ins Staunen versetzte.

Mondlicht. Sie sah den Strand.

»Stehen bleiben!«

Diesen Befehl würde sie nicht befolgen. Flink drang sie in den offenen Spalt in der verwandelten Wand.

»Lasst sie nicht entkommen!«

Der erste Schritt nach außen fühlte sich befreiend an, der aufkommende Griff des Soldaten hingegen bedrohlich.

Sie handelte schnell. Mit einem Kampfschrei trat sie fest gegen die Brust des Soldaten, wodurch er sein Gleichgewicht verlor und an der Stufe abrutschte. Er fiel auf die anderen Männer, riss sie mit sich hinunter, bevor Annelya den Schlüssel herauszog und das Mosaik vor ihrer Nase wieder zur Mauer wurde.

Schneller Atem. Doch für Gedanken war immer noch keine Zeit. Mit jedem Haarschwung traf das Mondlicht auf ihre Wangen und erkundete einen neuen Ort ihres Körpers, während sie ihr Umfeld erkundete. Sollte sie in den Wald laufen? Sie schüttelte den Kopf.

»Sie haben Pferde«, flüsterte sie sich selbst zu. Kurz darauf entdeckte sie das abgebrochene Holzstück in der Brandung.

Ein tiefer Atemzug. Zügig näherte sie sich dem Wasser und warf den Schlüssel weg. Jeder ihrer Schritte wirbelte mehr und mehr Sand in die Luft. Sie brüllte, drückte mit voller Wucht gegen den Stamm und Wasserperlen vermischten sich mit Sandkörnern, Wellenrauschen mit Schreien. Diese Schreie, oh sie ließen alles heraus. Die Trauer, den Schmerz, die Tränen.

Denn als sie ins Wasser hineinlief, als das Gurgeln um ihre Beine herum weiter und weiter vordrang, umso lauter wurde ihr Heulen. Umso nasser wurde ihr Haar, umso stärker reflektierte es das grelle Mondlicht.

Sie trug Wunden, die sie noch nie zuvor getragen hatte. Schmerz, den sie vorher nie gekannt hatte. Angst. Solch eine Angst kannte sie noch nicht. Und als auch ihre Brust ins Wasser tauchte und das Holz sie in den Ozean begleitete, als sie sicher war vor den raubenden, kalten Händen – da war sie ausgeliefert – jedem einzelnen ihrer Gedanken.

Auf der Insel der Lar.

»Mein Bruder ist kein Mörder!« Anmas Finger stach demonstrativ in die Luft vor Surneis Gesicht.

»Genug!«, brüllte Jango. Auch wenn Surnei und Anma vorgehabt hätten, weiterzusprechen, waren sie jetzt in erwartungsvoller, angespannter Stille versunken. »Als Iuel von dieser Insel ging, war er sechzehn. Das ist über zwanzig Jahre her. Anma, du warst vier, ich noch nicht mal geboren. Alles, was wir von Iuel kennen, sind kindliche Erinnerungen und Erzählungen. Was da draußen passiert ist, wissen wir nicht«, flüsterte Jango in Anmas enttäuschtes Gesicht.

»Jango …«

»Trotzdem weiß ich, dass dieser Clan keine Verräter großzieht.« Aus seiner Stimme war Mitgefühl herauszuhören. Und es wirkte, denn Anmas Enttäuschung schien zu schwinden, je länger er sie anschaute. »Das liegt nicht in unserem Blut.« Er wandte sich wieder Surnei zu. »Das bedeutet, dass du etwas an dieser Situation ziemlich missverstanden hast, Fremder. Lass mich dir helfen, herauszufinden, was.« Da war sie wieder, diese Wärme in seiner Stimme.

Spürte nur Surnei sie? Es dauerte eine Weile, doch er stimmte ihm nickend zu.

»Gut«, flüsterte Jango. »Lasst uns etwas essen gehen, ich verhungere. Djinjo, du kannst gehen. Ich übernehme ab hier.«

Im Untergrund des Palastes.

Eine der beiden Wachen lachte höhnisch. »Sie hat nichts geahnt.«

Die kleinen Fackeln warfen gerade genug Licht in den Kerker, um ein paar Umrisse erkennbar zu machen.

»Kein einziger. Der Meister hat es drauf«, sagte der andere Mann, bevor er ziellos auf den Boden spuckte.

»Hm«, ertönte plötzlich eine andere Stimme hinter ihnen.

Beide schauten zurück und versuchten dieses kurze, provozierende Geräusch zu orten.

»Wer?«, fragte der eine Mann mit seinen Daumen hinter seinem ledernen Gürtel. Die schwarze Kettenrüstung klapperte mit jeder Bewegung und er starrte in jede dunkle Ecke.

»Ihr seid die wissenschaftliche Definition einer Ratte«, murmelte die angewiderte männliche Stimme. Tennas Haar klebte leicht an der feuchten, kühlen Wand des Kerkers. Es war so feucht, dass Wassertropfen an den Gitterstangen der Zellen entlangliefen.

»Was hast du gesagt, Bastard?«, grölte der etwas kleinere Soldat, als er nach einer der Fackeln griff.

»Ich nehme an, dass ihr mich schon richtig verstanden habt. Eure Frage scheint rhetorischen Ursprungs zu sein. Ich erwarte nicht, dass ihr das Wort Definition versteht.«

»Verstehst du das, du kleiner Weichling?« Der Soldat schlug mit seiner Klinge laut gegen Tennas Zelle. Sein Gestank vermischte sich mit dem Klang der Klinge, der sich mit den gepeinigten Stimmen der Gefangenen vermischte. »Ich werde dir deine Kehle aufschlitzen.«

Beide Soldaten lachten. Einer griff nach den Schlüsseln, als plötzlich nur noch einer lachte.

Verwundert schaute Tenna ihn an.

»Bonarth? Was ist los mit dir?«, fragte der andere Soldat.

Tenna griff die Stangen fest. Die Ketten an seinen Händen klangen genauso kalt wie Bonarths Keuchen. »Heiliger Kristall …«

Das Blut floss vom Hals über Bonarths ganze Brust.

»Bonarth!? Bonarth!?«, klagte der Soldat und tastete verängstigt nach seiner Klinge.

»Gute Idee, Bonarth«, erklang die weibliche Stimme aus dem Nichts. Plötzlich schien die Luft hinter Bonarth Gestalt anzunehmen. Es wirkte so, als würde sie sich verformen, sich neuformieren. Licht und Dunkelheit vermischt. Ein Prisma aus Schatten, aus denen sich langsam ein Dolch offenbarte, der Bonarths Hals durchbohrt hatte.

»Meleoidy …«, flüsterte Tenna.

»Bei den Schatten!« Der Schrei des Soldaten war so zwecklos wie sein unsicherer Schwertschwung. Während Bonarth vor Meleoidys Füßen zu Boden krachte, wich sie dem Schwung aus und stach präzise durch eine kleine Lücke in seiner Brustplatte in die Rippen hinein.

Ruckartig wich Tenna nach hinten.

»Keine Sorge, mein Hübscher. Dein Freund muss dich nicht lange vermissen«, zischte Meleoidy, als auch das Blut dieses Soldaten durch die Luft spritzte.

»Wie hast du –« Selbst in solchen Situationen versuchte Tenna zu verstehen, zu kalkulieren.

»Kleiner Trick aus dem Buch der Schatten. Hat mir Iuel Herim beigebracht.« Meleoidy klang verspielt, während sie mit einem Hieb Tennas Zellenschloss zweiteilte.

»Bonarth hatte Schlüssel«, wies Tenna sie hin.

»Aha.« Meleoidy zuckte mit den Schultern. Hastig wollte sie Tennas Ketten packen, doch Tenna wich zurück. Ihre rotglänzenden Augen trafen auf sein goldenes Braun.

Sie wurde stiller. Da war sie wieder, die Scham in ihren Blicken.

»Auf wessen Seite stehst du, Mel?«

»Bisher? Auf keiner.« Bestimmend griff sie nach seinen Ketten. Sie steckte den Dolch hinein, drehte schnell und gekonnt – mal nach rechts, mal nach links.

»Bonarth hat Schlüssel …«

Kurz schaute sie hinauf, auf seine Lippen. Sie sah seine Schweißperlen heruntertropfen.

»Aha.« Ihre Blicke, noch näher. Sie musterte ihn. Doch was war das, was sich in ihm abspielte? War es Bewunderung? Oder Verachtung? »Komm, wir müssen gehen!«

Meleoidy drehte sich in die andere Richtung, bevor sie wie erstarrt stehenblieb. Das Geräusch hinter ihr wurde leiser und erhellte den halben Raum, erhellte ihr blasses, wunderschönes Gesicht. Das Rot wirkte tiefer und sie achtsamer. Je weiter sie sich traute umzudrehen, desto heller leuchteten ihre Augen. Vorsichtig sah sie Tenna an.

»Tenna …«

»Gib mir nur einen guten Grund, warum ich dein falsches Gesicht nicht in tausend Fetzen sprengen soll.« Die Wut mit der er sprach, hatte sie bisher nicht bei ihm erlebt. Seine Plasmakugel war nur einen halben Meter von ihrer Nase entfernt.

»Die Kinder.« Ihre Augen zuckten wie seine.

»Kinder?« Langsam schaute er sich um. Er blickte auf die toten Soldaten, dann auf Meleoidy. Sie rührte sich keinen Millimeter, während Tennas Plasmakugel immer näher an ihr Gesicht drang. Ihre Zähne, fest zusammengebissen.

»Wo ist Annelya?«, flüsterte Tenna, während er sich noch umschaute.

»Annelya ist in Sicherheit. Aber Hunderte und bald Tausende werden es nicht sein, wenn wir uns nicht sofort beeilen.«

Tenna zögerte. Wie denn auch nicht? Jeder würde in dieser Situation zögern, schließlich hinterließ Verrat seine Spuren. Allerdings gab es keinen Grund für Meleoidy, ihn zu befreien. Wofür? Um ihn anzulügen? Nein, das wäre unlogisch. »In Ordnung.«

Tennas Plasmakugel erlosch und Meleoidy eilte voran, bevor sie wieder nach hinten schaute. »Was tust du?«

Tenna hockte auf dem Boden und griff nach den Schlüsseln.

»Ich befreie den Rest.«

»Das sind Kriminelle, Räuber, Mörder –«

»So wie du?« Tenna blieb vor einer der Zellen stehen.

»Vergewaltiger …« Meleoidys Stimme klang brüchiger.

Tenna zögerte eine Weile, er musterte sie, bis er zurücktrat und die Schlüssel auf den Boden warf. Meloidys Erleichterung war nicht zu übersehen.

»Wo sind die Kinder?«, fragte er voraneilend.

»Im vorderen Bereich!«, antwortete Meleoidy und sie stürmten aus dem Kerkerraum.

Während die beiden die Gänge entlangschlichen, tastete sich Tenna immer wieder ab, als ob er nach etwas suchen würde.

»Wo?«, fragte er.

»Wir sind immer noch in der Burg, Tenna, nur etwas weiter unten.«

»Nein, ich meine die Markierung. Ihr habt ein Schattenportal direkt vor mir geöffnet, was nur in der Nähe eines mit einem Schattensiegel markierten Gegenstandes oder Ortes geöffnet werden kann. Ich habe die letzten Stunden damit verbracht, danach zu suchen, doch ich finde –«

»Zwischen dem Innenfutter und dem Metall deiner Plasmahandschuhe.« Meleoidy sah kurz zu ihm über ihre Schulter. Das Entsetzen auf seinem Gesicht schien grenzenlos. »Ich habe den Stoff entfernt, das Siegel ins Metall geritzt und den Stoff wieder drangenäht.«

»Du bist unglaublich ...« Er seufzte voller Ironie.

»Sie wussten nichts davon.«

»Hm?«

»Gion und der Rest, sie wussten nichts davon. Weder von der Markierung noch, dass ich Schattenportale beschwören kann.«

Vermutlich waren es tausend Fragen, die Tenna stellen wollte, das verriet die steile Falte zwischen seinen Augenbrauen. Doch es war nur eine, die mit Kopfschütteln seine Lippen verließ:

»Dieses ganze Konstrukt ...« Er schaute sich haargenau um. Die Rillen, die Wände, die Leisten. So viele Details. »Das ist eine zweite Burg, verdammt! Wie konnte ich es nur übersehen?«

»Der Untergrund wurde lange vor der Burg errichtet.« Meleoidy drückte ihn mit dem Arm gegen die Wand und flüsterte nah an seinem Gesicht: »Soldaten.«

Tenna wagte sich einen kurzen Blick in den anderen Seitengang zu werfen, auch wenn das bedeutete, dass er dieser Verräterin näherkommen musste. Tatsächlich, es waren drei in Schwarz gerüstete Männer.

»Verdammt, sie bleiben stehen«, murmelte Meleoidy.

Diese Soldaten sahen anders aus als Bonarth und sein Freund. Es waren Panzer, nicht Ketten, die ihre Körper schützten. Lange, messerscharfe Klingen, die ihrem Schritt folgten.

»Was – was tust du?«, wisperte Tenna, als Meleoidy den Arm von seiner Brust nahm und nach hinten zurückwich.

»Du bist der Gefangene, nicht ich. Bleib hier.« Einen Schritt nach dem anderen kam sie dem flackernden Licht neben den Männern näher.

»Miss Meleoidy«, grüßte der Soldat in der Mitte, bevor sich die anderen zwei zu ihr umwandten.

»Miss.« Sie verbeugten sich knapp.

Meleoidy blieb vor allen drei stehen und musterte die Rüstungen der Männer. »Nicht schlecht.«

»Ha, oder? Die sind aus dem Exil«, sprach der mittlere Soldat voller Stolz, als er selbst auf seine Rüstung schaute.

»Meister Gion hat sich ins Zeug gelegt«, lobte der andere.

Meleoidy nickte mit versteiftem Lächeln, bevor sie nach unten zeigte. Alle Männer folgten ihrem Blick.

»Sind die gesichert?« Sie meinte die Schwertscheiden, die an ihrer Gürtelrüstung befestigt waren.

Verwirrt schauten sich die Männer an. Wer würde sprechen?

»Oh – eh, ja, natürlich, sonst könnte die doch jeder rausziehen«, spottete der rechte Soldat etwas nervös.

»Gut, das ist gut. Das verschafft mir genug Zeit ...«

»Zeit? Zeit wofür?«, fragte der mittlere Soldat.

»Dafür.« In einer blitzschnellen Umdrehung zerschnitt sie mit ihrem Schuhabsatz, der eine kleine scharfe Klinge verbarg, den Knöchel des linken Soldaten. Sein Schrei raste durch die Gänge, während die Männer schockiert an ihren Schnallen tasteten.

Doch Meleoidy war, wie versprochen, schneller, viel schneller. Während sie mit einer Hand den Griff des einen Soldaten festhielt, stach sie mit einem Tritt zwei Mal in den Bauch des anderen. Das Blut folgte ihrem Schwung, es schmückte ihren messerscharfen Blick, der auf den letzten, panischen Soldaten fiel.

Stille.

Er keuchte. Langsam floss Blut aus seinen kühlen Lippen. Es tropfte auf den Boden, als er auf Meleoidys Ring schaute, der in den Schlitz seiner Rippenrüstung eingedrungen war.

Wütend zog sie ihn heraus. Das war die letzte Blutspur, die sie hier im gedimmten Licht der Fackeln verteilte.

Langsam floss der Dolch zurück, suchte seinen Weg um ihre Finger, als sie zu Tenna schaute. Schimmernde Strähnen, leuchtende Augen.

»Sogar dein Schuhabsatz ist eine Waffe!?«

»Alles kann eine Waffe sein.«

Tenna kam mit hämmernden Schritten und gerunzelter Stirn näher. »Manchmal vergesse ich, dass du die Beste im Klingentanz warst.«

Obwohl immer mehr Fackeln die Gänge des Untergrundes beleuchteten, wurde die Dunkelheit umso tiefer, je weiter sie vordrangen. Es dauerte eine Weile, bis Herzklopfen zu Herzrasen wurde. Bis Angst zu Terror wurde, bis Tenna in eisige Stille sank.

»Heiliger Kristall …«, wisperte er, als das Licht der Schöpfung seine Augen erfasste. Ein langer Gang, er war breiter als die anderen, führte zur Mitte des Untergrundes.

Die Statuen der Bestien waren von Rissen bedeckt. Das Licht pulsierte.

»Du hast davon gewusst?«

»Nein. Nein, Tenna. Ich – ich wusste nicht, dass es Kinder – Kinder waren, dass er – Kinder benutzen möchte.«

Vorsichtig wagte Tenna, genauer hinzusehen. Sein Gesicht rieb fast den Staub von der Wand. »Wofür benutzen?«

»Das antike Ritual«, flüsterte Meleoidy. Sie verschluckte ihren

Schmerz. Diese Worte schallten in gespaltene Erinnerungen, zeigten das leidvolle Echo ihrer Gedanken, welches Tenna in ihren nervösen Augen fand.

»Das was?«

Sie schwieg. Starrte ihn nur an, obwohl sie sprechen wollte. Doch dafür war keine Zeit.

»Ich werde reingehen, mir den Katalysator schnappen. Ohne ihn kann er die Droknen nicht beschwören.« Sie trat bereits etwas nach vorne.

»Den Kata– Mel-Meleoidy, warte«.

Diesmal schaffte er es, sie festzuhalten. Meleoidy schaute auf seinen festen Griff.

»Tenna, wir haben keine Zeit!«

»Ich lenke sie ab«, sprach er und Meleoidy sah überrascht auf. Sie zögerte kurz, spickte in den Hauptsaal des Untergrundes hinein. Man konnte ihn bis hierhin spüren, diesen Schauer. Diese Finsternis. Ob es die feuchten Ketten waren, die gegen die kalten Böden schlugen, oder dieses mysteriöse Geräusch, das nach Geheule und Geflüster klang? Das war nicht Saretorianisch, das war etwas anderes, dunkleres.

»Gut.« Sie nickte, genauso wie er.

»Gut«, wiederholte er, als sie konzentriert ihre Augen verschloss. Tenna musterte sie. Das Fragezeichen auf seinem Gesicht wuchs.

»Asmenandra«, flüsterte Meleoidy voller Fokus. Dieser Druck, war er in der Luft? Tenna spürte ihn vor seiner Brust, bevor Meleoidy in diesem schattigen Prisma verschwand.

»Es hält nicht lange«, hörte er ihre Stimme schallen. »Los!«

Tennas Gedanken brachen im Tempo seines Herzschlages. Ein tiefer Atemzug und er aktivierte seine Rüstungshandschuhe.

Er machte den Eindruck, als ob er kurz davor wäre, in einen tiefen Abgrund zu springen. Augen zu. Handfläche auf: Ein hoher Ton erklang, bevor sein Handschuh zu leuchten begann. »Na dann …«

Das Licht der Plasmakugel offenbarte den Schwung seines ledernen braunen Mantels. Seine Kettenstiefel schlugen eine eiserne Symphonie in den Raum.

»Verräter!«, brüllte er mit tapferen, festen Schritten und ausgestreckter Hand. Die Plasmakugel wirbelte immer schneller, immer heller. Ihr goldbraunes Licht schien die Finsternis zu verschlingen. Jedes Staubkorn in der Luft schimmerte.

»Kümmere dich drum«, befahl Gion, offensichtlich unberührt von Tennas Rufen. Bedächtig legte er den goldenen Stab ab, bevor er einen weiteren zwischen seine roten Tücher nahm.

In nur wenigen Augenblicken schleuderte Uce sich mit einer kräftigen Luftbeschwörung, die er mit nach hinten ausgestreckten Armen erzeugte, nach vorn. Kein Schritt hätte so schnell sein können. Es sah aus, als ob er und sein silbergraues kurzes Haar sich in Luft auflösen würden.

»Mist.« Dass Tenna fluchte, bremste Uce nicht ab. Er drang immer näher und näher und das Kreischen des Windes wurde laut genug, um Tennas Schrei zu verstummen, als der Überdruck in der Luft vor ihm implodierte.

Uces Schwung schlug Tennas Hand nach oben und die Plasmakugel bohrte sich in die Decke des Untergrundes, brachte den ganzen Gang zum Beben.

»Tenna!«, schallte Meleoidys Stimme.

»Du Narr!«, keuchte Uce, als Tenna die dunkelgrauglänzende Klinge registrierte, die aus Uces Armrüstung tauchte.

»Nein!« Meleoidys Schattenzauber löste sich auf.

»Meleoidy!« Mit aufgerissenen Augen brüllte Tenna ihren Namen.

Die Klinge stach durch die Luft in Meleoidys Hand, bevor ihr ganzer Körper auftauchte. Der Schmerz musste unerträglich gewesen sein. Rasend drang er tiefer ein und färbte ihre Adern schwarz.

»Meleoidy, nein!«

Uce zog seine Klinge mit einem breiten, zufriedenen Grinsen heraus, als wäre er auf Jagd, als hätte er ein Tier erlegt, welches er schon lange anvisiert hatte.

Schnell fing Tenna ihren ganzen Körper in seine Arme, während das schwarze Gift ihren Arm entlangwanderte.

»Was für eine Verschwendung«, schallte Uces Stimme im Echo seines weiteren Luftschlages, der ihn wieder zurück in den gigantischen Raum schleuderte.

»Mel, wir müssen hier raus!« Tenna strich die roten Strähnen von ihrem zittrigen Gesicht.

Voller Mühe griff sie nach seinen warmen Händen.

»Tenna, nein – die – die Kinder –« Der laute, schillernde Wind formte eine Druckbarriere, wie ein Spiegelspiel, das vor dem Eingang entfachte und ihn versperrte. »Nein – die Kinder.« Sie schaute auf Uces verschwommenes Bild hinter der Luftdruckbarriere. Mit ausgestreckter Hand beschwor er sie, ließ sie weiterwachsen.

War das Grinsen auf seinem unklaren Portrait gewachsen?

»Tenna, die Kinder – Du hast keine Ahnung … was er – was er mit ihnen – anstellen wird …«

»Mel, Mel! Verflucht!!«

Sie sank bewusstlos in seine Arme, während er sie voller Mühe hochhob. Ihre Arme, ihre Beine, ihr Haar. Es sah wie ein Kunstwerk aus. Das schattige Lichtspiel hinter ihnen, der brüchige Schimmer vor ihnen. Ihre Gliedmaßen baumelten bei jedem seiner Schritte. Ihr Gesicht, so weich. Doch die schwarzen Adern hatten bereits ihren Hals erreicht.

Tenna musterte sie besorgt, drückte sie fest an sich.

»Wir müssen hier raus«, flüsterte er, als er auf die Wand vor sich blickte. Entschlossen hob er Meleoidy höher und offenbarte seine Handfläche. Die Plasmakugel schoss in Lichtgeschwindigkeit nach vorn, drückte ihn einen Schritt nach hinten. Er brüllte und schoss noch einmal. Und noch einmal. Jeder Knall ließ die Böden schneller rütteln, stieß ihn immer wieder einen Schritt nach hinten, bis das Mondlicht sein Gesicht erfasste.

Er atmete tief aus.

»Durchhalten, Mel, durchhalten!«

Wie konnte das Rauschen der Wellen nur so sachte klingen? Der Wind war still und warm. Anders als die eisige Luft im Untergrund wirkte das Saretorium noch ruhig. Friedlich. Während die Welt unter seinen Füßen zerbrach.

War es die Ruhe vor dem Sturm? Er schaute aufs Wasser, als ob es das letzte Mal sein würde, dass er so etwas Friedliches sah.

Seine Schritte auf dem trockenen Boden waren schwer, doch er trug Meleoidy bis zu den Pferden hinter den Mauern.

»Komm schon, Brauner.« Er musterte jeden Weg, bevor er mit einem Ruck Meleoidy aufs Pferd legte.

Zweimal klopfte er aufs Pferd, streichelte kurz über seine Schulter. Ein Ruck und er war oben, sein Fuß im ledernen Steigbügel, sein Griff fest am Knauf. Er stellte noch einmal sicher, dass Meleoidy befestigt war, bevor er auf das leere Dorf, auf sein Zuhause, schaute.

»Los, Brauner, los, los!« Er verlagerte sein Gewicht nach vorne. Dem einzelnen Hufschlag folgten weitere und sein Herz tobte wild, genauso wie ihres. Ihr Atem: schwindend. Seiner: ununterbrochen.

Was zurückblieb, war Ironie. Denn wie konnten die gewaltigen Bäume des Waldes vor ihm so erschreckend erscheinen, während der Verrat hinter ihm so friedlich wirkte? Das Pferd wurde immer schneller. Je tiefer er vordrang, desto mehr erlosch das Mondlicht.

Ein letztes Mal erklang das Rauschen der Wellen, bevor er in den Wald vor seinen Augen hineintauchte. Als er in der Dunkelheit verschwand, blickte er nicht mehr zurück, sondern auf ihre verschlossenen Augen. Auf ihr blasses Gesicht.

»Komm schon, Mel …«

IV

KONHAMA

Auf der Insel der Lar.

Surnei hätte nicht lügen können, dafür fühlten sich die Wärme der lodernden Flamme und das Knistern des Lagerfeuers zu gut an. Selbst die Sterne waren ruhig. Sie erhellten die Nacht. All die Stimmen um ihn herum waren fröhliche, freundliche Stimmen. So fühlte sich Frieden an.

»Das – das kann ich mir nicht vorstellen.« Anma tauchte das Gesicht in ihre Hände, um den Scham und die Verwirrung zu verdecken.

Surneis Löffel schlug immer wieder gegen das Porzellan. Er hatte noch keinen einzigen Schluck von dieser Suppe genommen.

»Du musst was essen«, flüsterte ihm Jango zu. Er saß nah neben ihm. Die Flammen erhellten seine Augen, zeichneten ihren Weg entlang seines freien Oberkörpers.

»Ich hab keinen Hunger.« Surnei schaute zu Anma. »Sarru hat davon gesprochen, dass es stimmt. Dass die Versiegelung der Energie in meiner Mutter kein Zufall war. Dass es geplant war – doch … nicht von Iuel« War das an Anma gerichtet oder redete er mit sich selbst? Er wirkte nachdenklich.

Anma traute sich, seinen Blick zu kreuzen. Auch sie hatte noch nichts gegessen. Ihre Augen verrieten Ehrlichkeit hinter dem verborgenen Schmerz.

»Dann hatte jener Mann namens Sarru recht. Auch wenn ich Iuel über zwei Jahrzehnte nicht gesehen habe. Ich kenne meinen Bruder. Und mein Bruder ist ein nobler Mann. Annelya ist mit ihm in Sicherheit«, flüsterte sie. Ihr bekümmerter Blick schweifte zu Jango.

»Nein – nein, ich glaube nicht, dass sie das ist«, wandte er ein.

Surnei ließ seinen Teller fast fallen und streckte sich sprunghaft nach oben, Jango direkt in die Seele starrend.

»Wie kommst du darauf?«

»Damit das Siegel der sieben Drachen, der Droknen, gebrochen werden kann …«, flüsterte Jango zögernd. Surnei versteifte sich. Er wirkte kampfbereit, denn die Sorge in Jangos Gesicht war nicht zu übersehen. »… Benötigt man wahrscheinlich das, was sie einst versiegelte. Die Energie der Schöpfung«, fuhr Jango fort, als Surnei tief einatmete.

Seine Nervosität tastete sich schleichend und finster durch das ganze Lager.

»Du hast gesagt, dass Annelyas Kraft zu schwinden schien. Das Gewitter ist fort. Das bedeutet, das Siegel ist gebrochen, was wiederum bedeutet, dass Annelyas Energie vollständig genutzt wurde«, erklärte Jango.

»Aber wieso die Energie in eine Frau versiegeln, darauf warten, dass sie ein Kind gebärt, welches man dann sechzehn Jahre aufwachsen lässt, um seine Energie wieder abzuzapfen? Warum nicht die Energie sofort nutzen?« Die gleiche Frage, die Anma stellte, brannte Surnei auf der Zunge.

»Weil die Energie kaum zu bündeln ist. Sie ist zu gewaltig. Zu wild. In ihrer reinsten Form wäre sie unkontrollierbar. Deshalb ist Annelya überhaupt entstanden, nicht? Hätte sich die Energie in Annabels Zellen nicht gespalten, hätte sie es nicht überlebt. Und wer weiß, was die Energie dann angestellt hätte. Annelya … sie – sie ist wie eine verfeinerte Form, wie eine Formierung. Eine Formel. Die Energie musste überleben. Annelya, die Manifestation dieses universellen Antriebs. Und während sie lernte, die Energie zu meistern, sie auf Kommando und willentlich zu bündeln und zu bändigen –«

Anma unterbrach Jango: »… brachte sie es ihnen genauso bei.«

Sie und Jango schauten gleichzeitig zu Surnei. Die ruhige Flamme des Lagerfeuers wurde etwas unruhiger.

»Gion«, stotterte Surnei zittrig, als er Jangos Hand auf seiner spürte.

»Hey«, wisperte Jango beruhigend.

Surnei bemerkte die kleinen Blitze zwischen seinen Fingern nicht, bis er hinschaute. Seine Augen glühten rot.

»Ich muss sofort zurück zur Burg.«

»Du weißt nicht, ob sie dort ist«, sagte Jango. Surneis Zögern war schmerzerfüllt. »Aber ich kann dir dabei helfen, das herauszufinden.«

»Wie?«

Vorsichtig blickte Jango zu Anma, die ihren Teller auf den angenehm feuchten Erdboden legte. Die Gräser rochen frisch, die Erde satt.

»Ich bringe ihn zum Tempel«, gab Jango bekannt.

Anma schwieg. Was ihre Augen diesmal sagen wollten, das konnte man nicht verstehen. Anscheinend war sie genauso verwirrt wie Surnei.

»Leg dich zu Paco, warte nicht auf mich«, flüsterte Jango.

Es raschelte wie eine geheimnisvolle Melodie in der Luft. Eine Melodie, die ihren Weg durch das gigantische Feld fand. Mit jedem seiner Schritte spritzte eine weitere Wasserperle auf Jangos Gesicht. Der Wind hier war anders. Die Insel war plötzlich nicht mehr warm. Surnei nahm jeden Winkel in sich auf, obwohl es nichts außer sattem Gras und schwarzem Himmel zu sehen gab. Nun, nichts außer Jango.

»Wir sind da.« Jango blickte über seine Schulter und sah die Blässe in Surneis Augen. Sie wuchs, samt seiner Pupillen. Gänsehaut.

»W-wo?«

»Der Tempel der Lar«, verkündete Jango, als er dreimal gegen die kalte Luft vor sich schlug.

Dieses mysteriöse Geräusch raschelte nicht mehr, es hallte über die ganze Insel und in Surneis Gesicht trat Staunen.

»Was im Namen von Saretum ...«

Das sich entfachende Licht vor Jango raubte ihm den Atem und schenkte ihm den tosenden Wind. Wie ein Schleier stieg das Licht hunderte Meter in die Luft, das antikgoldene Gestein des Tempels offenbarend.

Surnei machte einen Schritt zurück. So winzig. Er, Jango, sie wirkten wie Staubkörner. Surnei schaute nach oben, während das Licht immer mehr von diesem kolossalen Tempel preisgab.

»Es gibt so viel, das hier verborgen liegt, Fremder. Alte Lehren. Antike Geschichten. Gewoben in der Vergangenheit der Fragmente dieser Welt und beschützt vom Sturm, der unsere Insel versteckt hielt.« Jango versuchte ihn zu übertonen, diesen Ton, der dem Licht folgte, das die spitzen Türme dieser uralten Architektur offenbarte.

Statuen an jeder Säule. Der Eingang war größer als der aller Paläste, von denen Surnei jemals gelesen hatte. Details, die jede Faser, jeden Stein dieser Wände bedeckten. Details, die Bilder, die Geschichten erzählten, formten.

»Heiliger Kristall ...«, murmelte Surnei, als der letzte Funken Licht erlosch. Dort stand er, sah hoch und der Wind verwuschelte sein Haar. »Wieso habe ich nie davon gehört?«

Der krallenartige Rahmen des Tempelganges wirkte bedrohlich schön.

»Meine Vermutung? Weil das neue Königreich diesen Teil der Geschichte wahrscheinlich vergessen möchte«, sagte Jango, als er Surnei mit einer Handgeste zu sich bat.

Surnei zögerte nicht. Je näher er kam, desto mehr Details fand er. Je weiter er vordrang, desto wärmer wurde die Luft wieder. Der Tempel hatte einen stillen Ton: Ein dumpfes Rauschen. Würde Surnei genau hinhören, hätte er sich einen Chor vorstellen können.

Er folgte Jango in den Tempel hinein und noch hing sein Blick an diesen goldenen Zapfen, die vom Eingang flossen, bis das Feuer der Wände seine Aufmerksamkeit auf sich lenkte. Ein Atemzug – bis er der Brennspur auf den Wänden folgte. Je weiter hinein es aufleuchtete, desto klarer wurden die Bilder an den Wänden. Alte Schriften, Gesichter von Kindern und dämonenähnlichen Wesen, die in die Tiefe führten, welche in einem gigantischen Raum endete.

Seine Schritte waren vorsichtig. Er bemerkte nicht, dass er Jango nicht mehr folgte. »Heiliger Kristall …« Er drang in den riesigen Saal hinein, der fünffach so hohe Decken hatte wie seine Burg. Sie waren offen, ließen das Licht der Sterne hineinschleichen. Auch die Fackeln erhellten jene Wände. Golden. Golden wie der Tempel selbst. Und plötzlich schlug sein Herz ein Echo, denn das vor ihm fühlte sich ganz anders an. Langsam schaute er zu Jango zurück.

»Ist das …«

Jango nickte.

»Der Kristall der Schöpfung.«

Beide traten näher an die riesige runde Goldtafel.

Tiefe Melancholie füllte Surneis Brust. Er schaute auf die Mitte der Tafel auf die der Kristall abgebildet war. Er leuchtete auf, floss in jede Richtung, doch das, was neben ihm war, kannte er nicht.

»Was ist das …« Langsam strichen seine Finger über die altgoldenen Drachenwesen. Sie waren links und rechts neben dem Kristall abgebildet. Ihre Körper waren riesig und muskulös. Ihre Köpfe, Gesichter und Mäuler ähnelten Dämonen. Knochige Schwingen, knochige Schweife. Beteten sie den Kristall an? Oder versuchten sie ihn zu berauben?

»Die Droknen.« Jangos Worte legten sich wie ein kalter Schauer über Surneis Schultern.

Wenn jemand das, was auf der Tafel abgebildet war, als Schrecken benennen würde, dann wäre das, was Surnei in Jangos Augen sah, Furchtlosigkeit.

Jangos Seufzen war nicht zu überhören. Genauso wenig wie sein Herzschlag, als er einen Schritt nähertrat.

»Was ist?« Jango stoppte und schaute in Surneis verwirrtes Gesicht.

»Schon – schon wieder. Dein Herz … Ich kann deinen Herzschlag hören.«

»Ein Lar kann so einiges, Surnei Elim.«

»Dieses Wort – Lar – du benutzt es immer wieder. Bin – bin ich ein Lar?«

»Ich glaube schon. Der Sturm, der unsere Insel beschützen sollte, sollte in erster Linie die Lar schützen. Allerdings wurde seit Hunderten von Jahren keiner mehr geboren.«

»Beschützen … vor wem?«

»Nicht vor wem, Fremder. Warum ist die Frage. Alles, was anders ist, das Macht verspricht, steht in Gefahr, beraubt, benutzt oder vernichtet zu werden.«

Surnei schaute die Tafel an. Diese Wesen waren so grässlich und furchteinflößend.

»Ihr habt wirklich nie – niemals davon gehört?«, erkundigte sich Jango und trat noch näher. Sein Atem streifte über Surneis.

»Nein. Es – es gab Märchen von bösen Dämonen, aber keine Lehren über Drachen. Keine Namen. Droknen, Lar. Noch nie davon gehört. Lar … Was soll ich – das – überhaupt sein?«

»Ein Lar, so glaubt man, ist das Kind eines Droknen.«

»Wie bitte!?«

Jangos Lachen klang angenehm leise. »Keine Sorge, Fremder, so grässlich siehst du nicht aus. Du sagtest, du seiest Königin Annabels Sohn? Wer ist dein Vater?« Das Zucken um Surneis verschlossene Lippen machte sich sofort bemerkbar.

»Ich – ich weiß es nicht. Und ehrlich gesagt, weiß ich auch nicht, wer meine Mutter ist.«

»Du bist adoptiert?« Jango musterte die Tafel, bevor er Surnei nicken sah.

»Nun ... bis jetzt hatte ich kein so großes Problem damit, aber du willst mir sagen, dass eines dieser Dinger ...« Surnei klang belustigt. Lockerer, als er sein sollte. Es lag an ihm, an Jango. Seine Wärme ließ ihn sich sicher fühlen. »Dass eines dieser Dinger – Dass ich von diesen Droknen abstamme!?« Mit seinen Fingerkuppen fuhr er über die Skulpturen dieser goldenen Drachenwesen. »Snow, mein Truppenleiter...«

»Der dich angegriffen hat?« Auch Jango streifte über die Tafel.

»Bevor er mir seinen Eisdolch in den Bauch rammte, sagte er, dass ich sie töten kann. Meinte er ...«

»Moment. Er hat dich erdolcht, nachdem er das gesagt hat!?«

»Ja ...« Verwirrung breitete sich in Surnei aus, als er Jangos Grinsen erfasste.

»Snow wusste Bescheid«, murmelte Jango nachdenklich, während seine Finger zwischen die Verzierungen fassten. Das Mondlicht verwandelte sich in einen goldenen Schleier und schmiegte sich an sein Gesicht.

»Surnei, ein Lar trägt das Gen der Droknen in sich, doch damit es aktiviert wird, damit der Träger des Gens seine Verwandlung zum vollständigen Lar abschließt muss dieser sterben. Mit seinem Tod wird das droknische Gen aktiviert.«

Surneis Hauchen klang nach Erleichterung, welche er Jangos Worten zu verdanken hatte. Er verstand nämlich, was er ihm sagen wollte. »Wie sterben diese Dinger?«, schoss es aus ihm heraus.

»Genau das ist es! Es gibt zwei uns bekannte Wege, um einen Droknen zu töten. Der erste ist durch die Energie der Schöpfung selbst. Das ist allerdings bisher nicht gelungen. Der Zauber der Heiligen Drei, der antiken Hohepriester des Saretoriums, reichte nur, um sie zu versiegeln und das Siegel an die Energie zu binden. Die Energie selbst konnten sie nie nutzen.« Jango ging einen Schritt zurück, während er auf die Bilder an den Wänden aufmerksam machte. Schnell eilte er zum linken Ende der Tafel und zeigte auf den abgetrennten Kopf der Bestie. Ein Mann, der ein großes, schwarzes Herz trug, war daneben abgebildet. »Der zweite Weg? Indem ein Lar das Herz eines Droknen trifft oder den Kopf abtrennt.«

»Snow wusste, dass ich die Droknen umbringen kann …« Surneis rasenden Gedanken zündeten wie Feuer.

»Surnei, ein Lar kann auch nur auf ähnlichem Wege sterben. Durch die Energie der Schöpfung, durch Köpfung oder durch einen fatalen Stich ins Herz. Deshalb bist du unversehrt. Du bist im Wasser gestorben. Snow hat dich in den Bauch getroffen –«

»Und so hat sich das droknische Gen aktiviert. Die Blitze heilten mich!«

»Du hast die Gabe, Blitze zu beschwören«, sagte Jango. Mit jedem Schritt trat er wieder näher.

»Ist das die Gabe der Lar? Surnei sah Jangos verneinendes Kopfschütteln.

»Nein, nicht direkt. Du siehst, jeder Lar hat seine eigene Gabe. Telekinetik, Formwandlung … alles, was du dir vorstellen kannst. Doch von Blitzbeschwörung habe ich nie zuvor gelesen.«

Surnei zögerte, ließ für einen Augenblick alles auf sich wirken, auch Jangos warmes Lächeln, bevor seine Aufmerksamkeit sich ein weiteres Mal auf die Tafel richtete.

Stille.

Man hörte nur das Brennen der Fackeln, spürte den Windzug der Nacht, als sich wieder Kälte auf Surneis Gesicht ausbreitete.

»Jango … Darüber kann man sich den Kopf zerbrechen. Sicherlich wichtig für mich zu verstehen, aber wie soll mir das dabei helfen, meine Schwester zu finden?«

Das warme Lächeln wuchs. »Es gibt eine Gabe, die jeder Lar gemeinsam hat. Surnei, die Sensibilität, das Erspüren eines Lar, ist überdimensional. Dass du meinen Herzschlag hören kannst, ist nur die Spitze des Eisberges. Die Natur eines Lar ist geistig. Sie greift in nicht physische Sphären. Alles, worauf du dich fokussieren kannst, wirst du erspüren. Keine Entfernung, keine Barriere. Der Geist ist die stärkste Waffe und der robusteste Schild eines Lar.« Jangos Atem streifte wieder über Surneis. So nah. Ob Jango auch Surneis Herz schlagen hörte? »Du kannst dich auf Annelya konzentrieren. In eure Verbindung vortasten.«

»Wie – wie mache ich das?« Verblüfft schaute Surnei auf seine Hand, die Jango auf seine eigene Brust legte.

»Konzentrier dich darauf. Auf deine Hand. Lass all deine Energie da hinfließen.«

Dieses Glänzen in seinen Augen war ansteckend. Surnei hatte noch nie zuvor so weich und ruhig ausgesehen.

»Ich …«, hauchte er.

»Nimm einen tiefen Atemzug und lass los, Fremder.«

Surnei schaute wieder auf seine Hand. Jangos Brust war noch wärmer als sein Lächeln. Da. Es pochte. Lauter. Und lauter.

»Ich höre dein Herz. Ich spüre es in – in meinem.«

Die Finger seiner anderen Hand tasteten nun an seiner eigenen Brust.

»Geh tiefer«, flüsterte Jango.

Surneis kurzes Verharren löste sich, als er seine Augen schloss.

»Ich – ich sehe Paco. Er schläft. Anma nicht. Du – du denkst an sie …« Die Bilder in seinem Verstand wurden deutlicher. »Ich sehe …« Langsam öffnete er seine sanft geschwungenen Wimpern. »Mich«, sprach er. »Du denkst an mich.«

Er nahm dieses Gefühl, das unter seine Haut kroch, seinen Weg in seinen Bauch fand, auf. Waren es Jangos oder seine Emotionen, die er so deutlich spürte?

»Sehr gut, Fremder. Worauf du dich fokussierst, wird sich dir offenbaren. Also, Lar. Wo ist deine Schwester?« Nun klang er strenger. Es war ein anderes Gefühl, das durch sein Herz schwappte, welches der junge Lar empfang.

Dieser weitentfernte Klang in Surneis Gedanken folgte dem roten Leuchten seiner Augen.

Surnei, schallte es in seinem Kopf. Langsam rollten seine Augen nach hinten und sein Atem floss tief in ihn hinein. *Ihre* Stimme wurde lauter. Und lauter. Und lauter.

Surnei …

Mondlicht, Wellen. Ein einsames Rauschen.

Surnei schreckte zurück. Schneller Wimpernschlag.

»Was ist los?«, fragte Jango erschrocken.

»Sie – sie ist im Meer – allein!«

Jango fing Surneis Sorge mit einem festen Griff auf die Schulter auf.

»Sehr gut, Surnei. Wir schnappen uns eines der alten Schiffe. Sie wurden zwar seit Jahrhunderten nicht genutzt, aber das wird schon.«

Er wollte sofort los, doch Surnei hielt in fest.

»Jango, Annelya, sie –« Man sah die Gedanken in seinen Augen wirbeln, während sich Gänsehaut über seinen Nacken legte. »Ich kann es nicht genau erklären, aber sie – sie fühlt sich anders an.«

»Anders?«

Surnei versuchte diese Leere in seinem Bauch zu verstehen. »Dunkler«, rollte es von seiner Zunge, als diese unerklärliche Kälte langsam in den Raum drang. »Sie fühlt sich dunkler an.«

Irgendwo, verschollen im Ozean.

Wie!? Wie konnte ich es übersehen? War ich so geblendet? Hatte ich mein ganzes Leben einer Lüge gewidmet? Ich sollte mich fürchten vor der Welt da draußen. Vor der Dunkelheit. Vor ihm, Iuel. Warum konnte ich nicht verstehen, dass jene Dunkelheit, vor der ich mich so fürchten sollte, mein Haus bewohnte? Unter meinen Füßen ihren Plan schmiedete. Wie konnte ich jedem einzelnen von ihnen tagtäglich in die Augen schauen? Nichts erkennen? Ich frage mich manchmal: War es so, dass ich es einfach nicht verstehen konnte? Oder war es in Wahrheit so, dass ich nicht das erfassen konnte, was ich selbst war? Zu familiär? Zu natürlich? Geboren durch Licht, erzogen in Dunkelheit. Und plötzlich, als ich auf die schwindenden Sterne schaute, während das kühle Wasser sanft über meine Augen schwappte, als diese bittere Ruhe meine Wangen streichelte, da kam eine neue Frage auf.

Wer zur Hölle bin ich? Denn alles, was ich glaubte zu sein, war eine Lüge. Eine Illusion. Es war der Freund, den ich als Feind erkannte, und der Feind, den ich Familie nannte. Wer war also ich? Was habe ich im Spiegel vorgetäuscht? Die Tochter des Lichtes. Dass ich nicht lache. Ich – ich kann immer noch nicht in Worte fassen, was das mit einem macht. Zu erkennen, dass man nichts davon ist, was einem beigebracht wurde, zu sein. Dass jede Faser deines Lebens eine Lüge war. Vertrauen in unzählige Stücke gerissen. War das mein einziger Sinn? War ich das Produkt seiner Finsternis? Gion. Wollte ich es nicht sehen? Wäre es anders, hätte ich jemanden wahrhaftig meinen Vater nennen können? Stattdessen war es diese gottverdammte Macht, dieses Licht, das ich so sehr zu verstehen glaubte. Ich belächelte jeden anderen. Unterschrieb mit meinem Blut, dass es niemand verstehen konnte. Dabei war ich wohl die Einzige, die es nie verstanden hatte. Ich weiß nicht, ob ich das aushalte. Dieses Gefühl in meiner Brust … so etwas habe ich bisher noch nicht gespürt. Es fühlt sich so – so – brodelnd an. So schamvoll. Also, wer? Wer bin ich?

Eine so einfache Bewegung und trotzdem sah sie mühevoll aus. Annelya streckte den Kopf nach hinten und drehte sich langsam um.

Nichts. Weit und breit nichts außer Wasser. Ihr Blick war versunken in die Weiten des Ozeans. Sie blinzelte nicht ein einziges Mal. Die Wellen fluteten durch ihre Augen. Und sie glänzten. Oh ja, sie glänzten, wie das Mondlicht, das auf der Meeresoberfläche tanzte.

Doch ihr Leuchten ... ihr Leuchten war fort.

V

EINE HELFENDE HAND

Im Kobajandorf.

Die eisenbeschlagenen Hufen zertraten Pfützen zu Wellen.
»Wach bleiben! Meleoidy, wach bleiben!«

Meleoidys Augen rollten immer mal wieder nach innen. Ihr Wimpernschlag wie in Zeitlupe. Sie schien wach zu sein, doch sie wirkte benommen.

In rasendem Galopp eilte Tenna ins Dorf.

»Aushalten! Wir haben's gleich! Wir sind gleich da!« Die Holzhütte, die er erfasste, befand sich am Ende des Weges, der aus dem Wald führte. Es war in den Gesichtern der Dorfbewohner zu erkennen, wie laut Tenna wirklich schrie. »Wir brauchen Hilfe!«

Er band das Pferd nicht einmal fest, brachte es nicht einmal richtig zum Stehen. Während die Hufen aufschlugen, schwang er sich vom Pferd und Meleoidys Haar wehte seiner Eile hinterher.

»Du meine Güte, was ist passiert?«, fragte eine ältere Dame, gekleidet in einem hellblauen luftigen Kleid, die hastig in Tennas Richtung lief. Ihre Lederstiefel sanken wie Tennas in den feuchten Schlamm, während eine zweite kleinere Dame mit einem schwarzen Dutt die Holztür hinter ihr aufdrückte. Auch sie trug hellblau.

»Sie wurde vergiftet«, erklärte er mit rauer Stimme, als sie den Raum betraten.

Tische und Hocker waren verteilt im ganzen Raum. Die Theke

schien staubig wie das Tuch des älteren blonden Herrn, der erschrocken über den Tresen schaute. »Heiliger!«

»Din! Wasser, Wasser!«, rief die größere Frau dem Mann winkend zu, während die kleinere Dame die leeren Becher schnell vom Tisch räumte.

Tennas Stöhnen traf auf Meleoidys Zittern. Ihre Finger lösten sich, schlugen gegen das Holz, während sich ihr Haar wie ein blutender Pfauenschweif über den Tisch ausbreitete. Atem – so zittrig. Haut – so kalt. Zum ersten Mal schaute sie ihn an.

»T-Tenna«, stotterte sie, während er seine Schulterrüstung zu lösen begann.

»Hier«, hörte er die größere Frau mit dem weißen Haar sprechen und blickte kurz nach hinten.

»Ich brauche Alkohol!« Zügig zog er seine Ärmel hoch. Er sah die Verwunderung in den Augen der Dame. »Zum Reinigen!«, fauchte er ungeduldig und die Frau eilte nickend zur Theke.

»Es – es tut mir leid«, wisperte Meleoidy, als Tenna wieder nach hinten griff. Seine Hände verteilten den herben, stechenden Duft der Flüssigkeit, als Tropfen durch die Luft spritzten.

»Dir kann es später leidtun, jetzt musst du durchhalten, hast du mich verstanden?« Seine Finger glitten über seine Oberschenkel, über seinen Gürtel. »Verdammt!«, fluchte er, als Meleoidy zu Keuchen begann. »Messer, ich brauch ein Messer!«

Beide Frauen und der Mann hinter dem Schanktisch begannen die panische Suche nach einem Messer.

»Hier, M-Messer!« Der Mann warf Tenna das Messer zu, bevor Tenna auch dieses in Alkohol tauchte.

»Komm schon, Mel …«

Meleoidys Knöpfe flogen über den Tisch, das Oberteil entzweigerissen.

»Was tut Ihr!?«, rief die kleine Frau aufgebracht, als sie auf Meleoidys nackten Brustkorb schaute.

Tenna reagierte nicht. Schweißtropfen glitten sein Gesicht entlang.

»Heiliger Kristall!« Die kleinere Dame konnte nicht hinschauen. Allein dieses fleischige Geräusch war schrecklich genug.

Meleoidys Blut floss schnell ihren Bauch hinunter. Ihr Zittern schien sich zu beruhigen, ihr Geist zu schwinden.

»Mel! Nein – nein – Meleoidy!« Tenna verlor keine Sekunde. Er legte das Messer auf den Holztisch und steckte seine nassen Finger in Meleoidys offene Wunde.

Der Mann hinter der Theke starrte wie versteinert.

»Hier!«, stöhnte Tenna, als er diesen langen, knochig-dünnen schwarzen Wurm aus Meleoidy herauszog, der wie besessen hin und her zappelte.

»Was im Namen Saretums ist das?«, fragte Din, der Mann, bevor Tenna den Wurm gegen den Tisch presste und nach dem Messer griff.

»Das …« Schweiß tropfte von Tennas Stirn, schwarzes Blut auf den Tisch, »ist ein Lungenfresser.« Er hatte den Kopf des Wurmes zerschnitten, aus dem dieses schrille, kreischende Geräusch kam. Mit einem tiefen Atemzug schaute er auf Meleoidy, griff dann nach dem Tuch der kleineren Frau. »Danke«, flüsterte er und wischte seine Hände samt dem Messer ab. »Die Eier lösen eine komplette Paralyse des Körpers aus, sobald sie ins Blut gelangen. Wenige Stunden später entwickelt sich der Wurm schon, der sich schließlich von den Lungen ernährt«, erklärte er, bevor er den Inhalt des eisernen Bechers auf Meleoidys Wunde zu kippen begann. »Diese Dinger sind extrem aggressiv und extrem tödlich.«

»Ist – ist sie …«, stotterte die kleine Dame.

»Nein, sie schläft nur. Wenn der Wurm rechtzeitig entfernt wird, falls er noch keinen kritischen Schaden angerichtet hat, dann überlebt der Wirt.« Er schien erleichtert. Wirklich erleichtert. Zumindest war es das, was sein glänzender Blick verriet, als er über Meleoidys Gesicht streifte.

»Guter Herr, so können wir sie nicht schlafen lassen«, meckerte die größere Dame, zu Tenna eilend.

Tenna wollte sprechen, doch sie unterbrach ihn.

»Ich habe einen ungenutzten Raum, nicht weit von hier. Bringen wir sie dahin. Ihr könnt für heute dort übernachten.«

»Ich – ich möchte Ihnen keine Umstände bereiten.«

»Also bitte, junger Mann, würden Umstände uns stören, hättest du sie jetzt schon bereitet«, sagte die alte Dame belustigt, während sie um sich zeigte.

Scham sprach aus Tennas knappem Lächeln.

»Din, Jehla, räumt ihr bitte auf? Wir öffnen in vier Stunden«, rief sie, als sie auf die kleine Frau und den Mann hinter der Theke schaute. »Und du, folg mir, ich bringe euch zur Hütte.« Auffordernd winkte sie Tenna zu.

»Oh ja – ja, danke – tausend Dank!«, murmelte er mit dem Blick auf Jehla und Din, bevor er wieder nach Meleoidy sah. Langsam verschwanden seine Hände unter ihr und das rote Haar streifte sanft über den Holztisch. Das Sonnenlicht bohrte sich durch die kleinen Lücken der Wände und berührte ihre Wangen.

»Passt auf euch auf, Tava!«, rief Jehla, als Tava, Tenna und Meleoidy die Kneipe verließen.

Mitten im Palama-Ozean.

Das Rauschen der Meere war gewaltig. Die Wellen schlugen hoch, das Licht der aufkommenden Sonne mit sich reißend. Sie warfen es wie ein Lichtermeer auf Annelyas Haut und ließen das Salz auf ihren Wimpern funkeln. Alles vor ihren Augen wirkte verschwommen, dabei war es kristallklar. Silberblauer Schaum, er tauchte ein und tauchte auf, wanderte immer höher ihr Haar entlang.

Das Einzige, das lauter ertönte, war *seine* Stimme, die von vorn, von diesem Holzschiff, drang. Wellen schlugen gegen die Schiffswand und es hörte sich so an, als ob das Holz selbst atmen würde.

»*Annelya! Annelya!*«

»Surnei …«

»Wir müssen sie hochkriegen«, stieß Surnei nervös hervor.

»Hier, halt es fest, ich hole sie.« Jango legte Surneis Hände auf das Steuerrad.

»Annelya, festhalten!« Mit Schwung schleuderte Jango das Tau in den Ozean, bevor er es stramm um den Pfeiler zog.

Das Tau wirbelte noch mehr Tropfen auf ihr erschöpftes Gesicht. Sie schnappte in seine Richtung, doch das einzige, wonach sie griff, war Luft.

Luft, die Jango bändigte, wodurch er das Seil noch einmal in Annelyas Richtung drückte.

Endlich packte sie zu.

»Festhalten, Annelya, ich ziehe dich hoch!« Jangos Blick streifte über Surneis, so wie seine Hände über das Seil streiften.

»Du bist ein Luftbeschwörer?«, fragte der junge Lar staunend, bereit loszulaufen.

»Das Steuerrad! Keine Sorge, Surnei, ich habe alles im Griff. Festhalten!« Kräftig zog Jango an dem Tau und Annelya fasste die Reling.

Mit voller Wucht zog er ein letztes Mal nach hinten. Die Wassertropfen aus Annelyas Haar flogen durch die Luft und das stramme Seil folgte ihrem Sturz auf Jango.

»Annelya!« Diesmal stürmte Surnei los.

Vorsichtig zog Jango seine andere Hand unter Annelyas Kopf weg. Während Surnei zu ihr eilte, eilte er zum Steuer.

Annelya wälzte sich am Schiffsboden, hustete immer wieder etwas Wasser aus.

»Elya!« Surneis Knie begrüßten den nassen Holzboden des Schiffs. Seine Hände legten sich zitternd über ihre Wangen. Atemzug für Atemzug sprach er ihren Namen aus und wischte das Haar aus ihrem nassen Gesicht. »Dir geht es gut, dir geht es gut!« Versuchte er sie oder sich selbst zu beruhigen?

»Sur – sie – sie hat sie getötet«, stotterte Annelya nach Luft ringend. Das Salz auf ihren Wimpern funkelte im Lichterspiel der Sonnenstrahlen. Es schmückte zwar die langen, nassen Wimpern, versperrte ihr aber jegliche Sicht.

»Was? Wer hat wen getötet? Was ist passiert?«

Mit voller Kraft drückte sie ihren Oberkörper hoch, stütze sich mit einer Hand gegen den Holzboden. Mit der anderen fasste sie um seine.

Blau traf auf Schwarz.

»Mel-Meleoidy. Meleoidy hat Mama getötet.«

Plötzlich klangen die Wellen leiser. Das Rauschen irrealer, obwohl sich der tosende Wind noch längst nicht beruhigt hatte. Das Bild vor Surneis Augen war verschwommen, er streifte Annelyas nasses Haar nicht mehr zur Seite.

»Mama ist tot«, wisperte Annelya weinend. Sie hörte sich an, als sei sie unter Wasser. Alles klang so stumpf.

»Mama ist tot«, hauchte Annelya noch einmal und sank in seine Umarmung, während er tief in die Leere vor seinen Augen sank.

Im Kobajandorf.

Endlich etwas Wärme. So fühlte sich das brennende Licht der Kerzen, die an den Wänden des Flures hingen, an.

Tenna lehnte sich gegen den dunkelbraunen Türrahmen der Zimmertür. Seinen Ledermantel hatte er über den Stuhl geworfen und seine Handschuhe auf den Tisch. Er schaute in den Raum, auf ihr rotes Haar, das sanft über das braune Kissen fiel.

Das Bett war klein, der Raum auch, doch das waren nur die Räume der oberen Etage. Einige Sonnenstrahlen fanden ihren

Weg durch die tuchbedeckten Fenster hinein, ehe sie auf Meleoidys schlafendes Gesicht fielen.

»Mel …« Er versuchte, seine Trauer zu unterdrücken. Dieses Gefühl in seiner Brust jagte ihm nämlich ziemlich viel Angst ein.

»Sie ist eine wunderschöne Frau«, flüsterte Tava.

Tenna sah das Silbertablett, das Tava brachte.

»Wird dir guttun«, merkte sie an, als Tenna nickend nach der Tasse auf dem Tablett griff.

»Danke.« Noch mehr Wärme wanderte seine Lippen und Nase hoch. »Mhm, Matja?« Mit gehobenen Augenbrauen schlürfte er genüsslich weiter, während Tava näherkam.

Sie nickte, schaute auch in den Raum hinein und überreichte Tenna zwei kleine, aufgebrochene Aresbeeren.

»Wer hat ihr das angetan?«

»Sie selbst«, antwortete Tenna und griff nach den Aresbeeren.

Das stille Seufzen neben ihm grenzte an Empörung.

»Dann trägt dieses Herz mehr Schmerz, als wir uns vorstellen könnten …«

Nachdenklich schaute Tenna Tava an. Wieso sah sie Meleoidy mit solch einem Mitgefühl an?

»Erfahrener Schmerz ist keine Rechtfertigung dafür, weiteren Schmerz zuzufügen«, nuschelte er.

»Weise Worte, junger Herr. Recht hast du. Schmerz rechtfertigt Schmerz nicht. Doch Schmerz erklärt Schmerz.«

Ihre faltige Hand lag kurz tröstend auf Tennas Arm, bevor sie zu den Treppen lief.

Tennas Gedanken schienen Tava zu folgen. Seufzend trat er in den Raum und stellte seine Tasse rechts vom Bett auf dem hölzernen Tisch neben der Kommode ab. Die weichen Decken ließen den Raum noch gemütlicher wirken.

So fühlten sie sich auch tatsächlich an, als er sich bedacht neben Meleoidys schlafenden Körper setzte.

»Mel, oh Mel …« Langsam schob er den Kragen ihres dunkelbraunen Oberteiles zur Seite, welches ihr Tava angezogen hatte.

»Ich bin gespannt, wie du mir all das erklären möchtest«, sagte er und goss den Saft der Aresbeeren vorsichtig auf ihre frische Wunde.

Einige Stunden später, auf der Insel der Lar.

Die blaue Decke unterstrich Annelyas Augenfarbe, wie ihre, inzwischen trockenen schwarzen Locken, auch. Keine Spur von Salz. Nicht auf ihren Wimpern, nicht in ihrem Haar. Sie musste gebadet haben, so frisch wie sie roch.

»Danke, Anma.« Sie reichte ihr den leeren Metallbecher.

Diese Stille musste unerträglich gewesen sein. Darauf deutete zumindest Surneis gepeinigter Ausdruck. Egal, wer sich am Strand bewegte, egal, wer sprach, Annelyas Aufmerksamkeit war ihm gewidmet. Sie schaute ihn immer wieder an. Wie er dort saß, auf dem anderen Baumstamm auf dem Sand. So saß sie auch.

Drei Baumstämme bildeten ein Dreieck um das kleine Feuer, das den Inhalt des eisernen Topfes köcheln ließ.

»Ich – ich kann es nicht – nicht verstehen«, brachte Surnei hervor.

Jango saß neben ihm und rieb seine Schulter.

»Es tut mir leid«, flüsterte er. »Für euch beide.« Er musterte Annelya.

Ihre fallende Träne konnte sie nicht mehr auffangen.

»Wie konnten wir es nicht erkennen? Ein ganzes Leben lang? Sie waren an unserer Seite. All die Erinnerungen, die Momente. Alles – alles eine Lüge … Wie kann das möglich sein? Ich verstehe es nicht.«

Jango atmete tief ein. »Es sind manchmal die Personen, die uns am nächsten stehen, die uns am besten täuschen können. Und es sind oft Fremde, die wir als das erkennen, was sie wirklich sind.«

»Es ist nicht eure Schuld, Annelya. Ihr seid so aufgewachsen. Das war euer Leben. Familie verdächtigt man nicht. Gion hat nicht nur euch getäuscht«, erklärte Anma und setzte sich neben Annelya. Das Tuch raffte sie eng zwischen ihren eigenen Beinen.

Anma sah so aus wie er, Annelya sah es – ihn – in ihrem Gesicht. *Iuel.*

»Er ist wegen mir gestorben. Es tut mir so leid …« Der Schmerz war nicht mehr zu verbergen. Kriechend legte er sich über ihre Augen, zog ihre Mundwinkel stramm nach unten.

Anmas Blinzeln war schnell, ihre Antwort umso schneller.

»Mein Bruder ist als nobler Mann geboren und als nobler Mann gestorben. Er hat gekämpft, sein Leben der Wahrheit gewidmet. Und er ist für diese gestorben. Es gibt nichts, das dir leidtun muss, Annelya Elim.«

Anmas Worte fühlten sich wärmer als die Decke an, wärmer als die Sonne, die auf Annelyas Gesicht tanzte.

»Wir müssen Gion aufhalten«, schoss es aus Surnei. »Er kann – er darf diese Dinger nicht beschwören.«

Alle schauten ihn an, weil es das erste Mal war, dass er aus dieser Tiefe tauchte.

»Wenn er es nicht bereits getan hat«, murmelte Annelya, als Jango direkt das Wort an sich riss:

»Hat er nicht.«

Nun lag jeder Blick voller Erwartung auf ihm. Diese Erwartung wuchs mit jeder Sekunde, bevor Jango die raue, alte Schriftrolle hinter dem Stamm hervorholte.

»Uk'da berve Droknar'e sumkal dien, xer e en ulva Selini, ner kan Shatan«, las er vor. Als er die Rolle sinken ließ, blickte er in fragende Gesichter. »Antike Sprache, aus dem Antiken Reich. Damit die heiligen Droknen beschworen werden, bedarf es eines vollen Mondes, doch keines Opfers«, übersetzte er.

Annelyas Augen weiteten sich.

»Der nächste Vollmond ist in …«

»Sieben Tagen«, schoss es aus Surnei.

Das war der erste Hauch von Erleichterung, der Annelyas Lungen verließ. »Wir können ihn aufhalten.«

Anmas Räuspern befreite ihre Kehle. Ihr Tuch strich über ihre Beine und sie legte die Hände ineinander. »Wie?«

Annelya konnte einfach nicht anders, sie konnte an niemand anderen denken, wenn sie Anma sah, denn es war so, als ob Anmas Aussehen nicht ihr selbst gehören würde. Als ob es nur ihm, Iuel, gehören würde.

»Die Elite«, sprach Annelya.

»Eine Armee?« Jango klang neugierig.

Annelya nickte. »Surnei und ich, wir haben Zugang zur königlichen Frequenz der pan-de-saretorianischen Leitung. Wir kontaktieren die Elite. Sie braucht zwei Tage, um Sare zu erreichen. Ohne die Droknen hat Gion keine Chance gegen die Elite.« Hoffnung machte sich plötzlich breit, wie ein schimmerndes kleines Licht, das die Dunkelheit all ihrer Gedanken durchbrach. »Wir brauchen nur einen Lichtprojektor. Kannst du mir einen bringen?« Sie schaute zu Jango.

Ihre Frage blieb in der Luft hängen. Was war mit ihm?

Auch Anma wirkte verwirrt. »L-Lichtproje…«

»Ihr habt auf der ganzen Insel keinen einzigen Projektor?«, wunderte sich Surnei.

»Fremder … wir – wir wissen nicht, was ein Lichtprojektor ist«, flüsterte Jango. Seine warme Hand landete auf Surneis Schoß, doch er guckte zu Anma herüber.

»Lichtprojektoren, sie projizieren das, was sie erfassen, an alle anderen Lichtprojektoren, die auf der gleichen Frequenz schwingen. Sie übertragen praktisch ein Bild aus der Entfernung. Funkmuscheln machen das Gleiche, nur mit Ton«, erklärte Annelya.

»Schatten und Licht … wir haben einiges verpasst auf dieser Insel.« Anmas Klagen war sanft, fast spielerisch.

70

»Das – das ist nicht so schlimm, oder?« Wieder suchte Annelya in Surneis Augen. »Es gibt bestimmt eine Stadt nahe der Insel, oder?«

»Mhm, Arthea«, nickte Jango, während er die Rolle wieder wegpackte. »Nur drei Stunden von hier entfernt.«

»Perfekt! Arthea ist perfekt! Dort wird es unzählige Projektoren geben!« Annelyas Lächeln wuchs schnell.

»Wenn du uns nach Arthea bringst, können wir das Pan De Sartum warnen und diesen Wahnsinn beenden«, betonte Surnei. Seine Hand streifte über Jangos und sein Blick drang tief in ihn hinein. Er musterte sie immer noch, die goldenen Rillen in Jangos sattem Braun. Diese Wimpern, die wie die tiefste Nacht immer wieder dieses kostbare Gold verschlossen. Wie ein Vorhang offenbarten sie die Wärme seines Blickes.

»Wir können ihn aufhalten«, murmelte Annelya.

Anma schenkte ihr ein knappes Lächeln und lugte zu Jango herüber.

»Denkst du, du und Djinjo könnt für eine Weile übernehmen?« Jango klang zögernd, doch Anmas Nicken schien ihn zu beruhigen.

»Um das Ende der Welt zu verhindern?«, scherzte sie mit großen Augen und sanftem Lächeln. »Aber sicher.«

»Sehr gut. Dann sollten wir das so schnell wie möglich hinter uns bringen«, deklarierte Surnei.

Annelya schwieg. Leicht nickend atmete sie tief, doch leise ein.

»Na dann. Auf nach Arthea«, gab Jango bekannt, mit dem Lächeln auf Surnei gerichtet.

VI

BLAU SCHIMMMERT IM KOKON

Im Kobajandorf.

E in Schmetterling, schallte es in Meleoidys Gedanken, als sie mit einem gewaltigen Atemstoß hinaufschoss.

Ihre blutrote Mähne folgte ihrem Ruck, streifte über das ganze Kissen. Die kleinen, getrockneten Schweißperlen auf ihren Wangen schimmerten im Sonnenlicht, das durch die Ritzen des abgedunkelten Fensters seinen Weg in den Raum fand.

»Was – wo – wo?« Der Stoff unter ihr fühlte sich weich an. Sie griff fest zu, während sie sich panisch umschaute. Mit zwei Fingern glitt sie über die Mitte ihres Brustkorbes. *Eine Narbe.* Es war der braune Ledermantel auf dem Stuhl, der ihr endlich die Panik nahm.

»Tenna …« Schnell zog sie den dunklen Stoff vom Fenster und das Licht traf wie ein Sturm auf ihre rotfunkelnden Augen. Es war zu hell, zu viel auf einmal. Es war blendend. Doch ihn, Tenna, sah sie ganz genau unten vor dem Eingang der Hütte auf den Steinplatten der kurzen Mauer sitzen.

Je länger sie ihn beobachtete, desto mehr gewöhnte sie sich ans Licht. Desto weicher wurde ihr Gesicht, desto tiefer ihr Herzschlag. So ein dunkler Atem. Er klang nach Scham. Vielleicht war es aber auch ihr gesenkter Kopf, der sie so wirken ließ. Tastende Finger streiften über ihre Brust, als sie zögernd zur Tür blickte.

72

Dieser Duft, waren das immer noch Aresbeeren? Nein, dafür roch es zu blumig. Das Sonnenlicht traf auf Tennas gepeinigten Ausdruck und ließ seinen trüben Blick golden rein strahlen. Jener blumige Duft stieg samt dem Dampf in seine Nase, während die warme Flüssigkeit in seinen Mund floss.

»Du hast mein Leben gerettet«, erklang es hinter ihm, bevor das Knarren der Tür aufhörte. Es waren nur noch leichte, langsame Schritte, die zu hören waren. Sie kamen näher heran.

»Du bist wach.«

Das Rot neben ihm war nicht zu übersehen, doch er blickte starr nach vorn, nicht ein einziges Mal zur Seite, als würde er aus Protest nicht hinschauen wollen.

»Tenna, es tut –«

»Wieso?« Nun schaute er sie doch an.

Sie sah seine feuchten Augen. Seine Stimme, verdammt, so einen Schmerz hatte sie lange nicht in jemandes Stimme gehört. Es ließ auch ihre Wimpern in Wasser tauchen.

»Wieso, Meleoidy?«, schluchzte er leise, angespannt, als Meleoidy sich schnell ihre flüchtende Träne wegwischte. Er sah sie an und sie erwiderte das Gold in diesen reinen Augen.

»Ich – ich kann nicht«, wisperte sie brüchig, bevor sich seine Augen wütend weiteten.

»Du kannst nicht? Bist du deshalb so gut darin? Jeden um dich herum zu täuschen!? Weil du es dir selbst nicht eingestehen kannst?« Er ächzte, drehte den Kopf wieder zur anderen Seite, nach unten, bevor eine Träne fiel. »Warst du es?«

Meleoidy zögerte.

»Annabel? Warst du es!?«, fragte er.

Auch Meleoidys Tränen häuften sich.

»Es war Notwehr, sie hat versucht, mich zu töten. Ich wollte nicht ...« Ihr Schluchzen raubte ihr das Wort.

73

Tennas Schmerz breitete sich immer weiter über sein Gesicht aus.

»Wovon redest du …«

Meleoidy stand dort, knapp neben ihm. Beide unterdrückten den Schrei, der am liebsten aus ihren Lungen weichen würde.

»Annabel war nicht die Person, für die du sie gehalten hast, Tenna«, versuchte sie zu erklären, als ein kurzes, zynisches Lachen von ihm kam.

»Was? Wirklich?« Diesmal schaute er sie wieder an. »Liegt es also im Blut?« Langsam drehte er sich komplett zu ihr. »Ich weiß nicht, ob dieser Instinkt in meiner Brust, dich zu retten, einen Grund hat, oder ob er Schwäche bedeutet. Vielleicht kann ich nicht akzeptieren, dass du etwas ganz anderes bist, als das, was ich zu kennen dachte. Doch bis du nicht bereit bist, zu sprechen, bis du mir nicht vertrauen kannst, kann ich es auch nicht. Und wenn ich dir nicht vertrauen kann, dann bist du nichts anderes als ein Feind, Meleoidy Elim.« Er stieg nicht von der Mauer herunter, er sprang und ging zügig zurück zur Hütte, während Meleoidys Tränen wie Regentropfen auf den trockenen Boden fielen.

Ihr Zittern folgte ihrem Atem. Eigentlich müsste die Sonne in ihren Augen schmerzen, das tat sie wahrscheinlich auch, doch sie schaute trotzdem starr hinein. Nass. So war ihr Gesicht. Sogar der warme Windzug fühlte sich kalt an.

Er fühlte sich eiskalt an.

Auf der Insel der Lar.

Annelyas Fingerkuppen strichen über die goldenen Risse der gigantischen Tafel. Sie nahm jeden Winkel und jede Berührung auf.

Das Bild von dem Kristall und den Droknen vor ihren Augen war gewaltig. Sie sahen genauso aus, wie auf den Seiten des Buches der Schatten.

»Hier«, flüsterte Anma und lief auf sie zu. Mit jedem Schritt warfen die Ketten und Platten zwischen ihren Armen das Echo in den Tempel. »Es ist keine königliche Rüstung, aber sie erfüllt ihren Zweck.« Anma offenbarte die silbernen Rüstungsteile auf dem großen Tuch. Arm- und Beinschienen, Schulter- und Brustschutz.

»Danke …« Annelya schnappte sich die Rüstungsteile und schlüpfte zuerst mit ihren Armen in die Armschienen.

»Kind. Lass es dir nicht nehmen!«

Fragend schaute Annelya sie an, zog die Schnallen an der Schulterrüstung eng zu.

»Dein Licht«, sagte Anma.

Annelyas Blinzeln wurde schneller. Sie befestigte ihre Brustrüstung und blickte noch einmal auf die Abbildung des Kristalls. »Das haben sie schon.«

Kurz herrschte Stille. Bis auf die weitentfernten Stimmen und das Rauschen des Windes war nicht viel zu hören.

Bedächtig trat Anma näher, legte das leere Tuch langsam ab, bevor sie sich neben Annelya stellte und auf die Tafel schaute.

»Ich spreche nicht von diesem Licht.«

Stille.

»Sie ist tot«, jammerte Annelya. »Meine Mutter ist tot.« Der Schmerz in ihrer Stimme wirkte genauso wie der Riss, der das Bild des Kristalles zweiteilte. »Und das ist alles meine Schuld.«

»Nein, Annelya. Nichts davon ist deine Schuld. Du warst ein Kind. Ein Kind!«

Annelya spürte Anmas einladenden Blick. Sie wagte hinzugucken, während sich Tränen, erschaffen von Schmerz und Reue, in ihren Augenlidern sammelten. »Ich weiß nicht, wie ich das überleben soll.«

Als hätte Annelya bettelnd drum gebeten, schnappte Anma fest nach ihren Händen.

»Überleben ist ein Instinkt, ein Reflex. Du musst nicht wissen, wie, du musst wissen, wofür. Surnei. Er braucht dich und du brauchst ihn. Ihr seid Familie, Annelya. Es gibt nichts – nichts wichtigeres als Familie. Ob fremdes oder gleiches Blut, es ist völlig egal. Solange eure Herzen gleich schlagen, solange es Familie gibt, solange hast du dein Wofür. Du willst ihn beschützen, nicht?« Anma blickte zur Tafel. »Jeder möchte seine Familie beschützen. Jeder spürt den gleichen Schmerz, wenn sie einem entrissen wird. Diesen Schmerz, Annelya Elim, vergiss ihn nicht. Denn es ist dieser Schmerz, den wir verhindern müssen. Für hunderte und tausende von Familien.« Sie wisperte zwar, doch das waren ernstklingende Worte. Mit gleichem Ernst blickte sie Annelya an. »Vergiss das nicht.«

Annelya schluckte fest und strich sich eine Strähne hinters Ohr, als Jangos Stimme näherdrang.

»Das Schiff ist bereit.« Sein Lächeln war wie immer – warm.

»Surnei?«, fragte sie.

»Er ist schon auf dem Schiff.«

»Komm …«, flüsterte Anma.

Die Schritte klangen wie von einer größeren Anzahl an Personen, als es tatsächlich waren. Hier im Tempel klang alles lauter, deutlicher. Das lag wahrscheinlich an diesen weiten, altgoldenen Wänden, die den Hall erzeugten. Diesen goldenen hohlen Gravuren, die Annelya langsam zurückließ.

»Bis nach Arthea sind es drei Stunden.« Jango klang ziemlich zuversichtlich. Solch eine Sicherheit war an Tagen wie diesen wichtig, heilsam sogar. Selbst, wenn Annelya und Surnei sich anders fühlten, bewirkte es etwas, wenn auch nur etwas Kleines. Die Sonne belebte seine Augen, der leichte Wind sein Haar.

Mit jedem Schritt knirschte der Sand unter Annelyas Füßen. Sie schaute geradeaus auf das Meer, das so unglaublich friedlich aussah. Ein Bild, welches vom hölzernen Schiff auf dem klaren Wasser verstärkt wurde. Schwache Wellen, kristallklares Blau. Sie konnte kaum den Horizont zwischen Himmel und Ozean unterscheiden. Wie war das möglich? Der Kristall war fort. Wie konnte diese Welt, ihre Welt, so friedlich sein? Am anderen Ende dieses Wassers war Blut vergossen worden. Trotzdem – schaute jemand auf diesen Strand, auf diesen Himmel, hätte er einem niemals glauben können.

»Papa!«

Annelyas Aufmerksamkeit wurde von Pacos Ruf unterbrochen. Verwundert warf sie ihren Blick zur Seite.

Paco war geschickt. Kein Ast konnte zu einem Hindernis werden, das ihn ausbremste. Er schaute nicht einmal auf den Boden, sondern auf seinen Vater.

»Paco!« Jango lachte, als der Junge sich fest um sein Bein klammerte. Seine Finger tauchten in Pacos Haar, so wie sein Fokus auf Annelya fiel.

»Hey«, flüsterte sie mit knappem Lächeln. Es war etwas in Pacos großen, glänzenden Augen, das sie dieses bittersüße Gefühl empfinden ließ. Es fühlte sich dunkel und doch hell an.

»Wo gehst du hin?«, nuschelte Paco mit fast zugedrückten Lippen, während sein Gesicht gegen Jangos Bein rieb.

»Papa hilft Annelya und Surnei dabei, eine Botschaft zu überbringen«, erklärte Anma und blickte kurz zu Annelya.

»Ich möchte mitkommen!«, deklarierte der Junge, womit er Annelya ein breites Lächeln ins Gesicht zauberte.

»Haha, Paco, diese Mission ist nichts für tapfere Krieger wie dich. Sie ist langweilig, öde!« Jangos dramatische Handbewegungen und sein spielerisches Gähnen waren beabsichtigt.

»Und wir reden den gaaaanzen Weg lang über Pflichten und Politik!«, fügte Annelya lachend hinzu, amüsiert von Pacos verzogenem Gesicht.

Der Junge jammerte. Seine großen Augen wanderten nach oben zu seinem Vater. »Wann kommst du wieder?«

»So schnell wie möglich. Ich bringe Annelya und Surnei zu Arthea und mache mich auf den Weg zurück. Und wenn ich wieder da bin, gehen wir auf unsere eigene geheime Mission!«

So einfach konnte man Kinderaugen zum funkeln bringen. Das klang nach einem Abenteuer! Jammern wurde schnell zu stillem Gekicher. »Kommt Surnei auch?«

»Wann immer er uns besuchen will. Wann immer *ihr* uns besuchen wollt«, sagte Anma und streichelte Pacos Kopf, während sie Annelya zuzwinkerte.

»Danke.« Konnten eigentlich nur Prinzessinnen so sanft nicken? Sie sah zu Surnei, auf dem Schiff. Er lehnte gegen die Reling und starrte wie verloren auf den Ozean.

»So, auf geht's!« Jango klatschte in seine Hände, bevor er Paco einen dicken Kuss auf die Wange gab.

»Passt auf euch auf …«, mahnte Anma, mit den Fingern über Jangos Gesicht streifend.

Er schenkte ihr ein leises Flüstern:

»Das werden wir.«

»Und du, Annelya Elim …« Anma näherte sich ihr. Ihren eisernen Blick übersah Annelya nicht. »Du passt auf deine Familie auf.«

»Werde ich, Anma.«

Annelyas dunkles, lockiges Haar fing manche Sonnenstrahlen auf. Die silberne Rüstung passte zu ihren blauen Augen. Genauso wie zum braunen und grauen Stoff, der ihren Körper bedeckte. »Paco!« Annelya lächelte dem Jungen zu, bevor er schnell nach der Hand seiner Mutter griff. »Es war mir eine Ehre, dich kennenzulernen.« Sie salutierte spielerisch und schaute dann nach hinten, ehe sie begann, Jango zu folgen.

So roch Freiheit. Nach Salz, Meer und Palmblättern, die in der Sonne badeten. Hätte sie diesen Duft, dieses Gefühl, einfangen können, hätte sie es schon längst getan. Vielleicht würde das die Stimmen in ihrem Kopf verstummen lassen.

Denn nun war es kein Sand mehr unter ihr. Es war Holz. Und das letzte Mal, als sie Frieden für eine Reise verließ, war es Terror, der auf sie gewartet hatte.

Die Frage war: Was würde dieses Mal auf sie warten?

»Hey«, flüsterte sie. Ihre Hände neben Surneis.

Sein Blick brach das blendende Licht der Sonne, das Annelyas glänzende Augen offenbarte.

»Hey.« Mehr sagte er nicht.

Keiner von ihnen musste auch nur ein Wort sagen, um zu verstehen, was in ihren Herzen hauste.

Nur noch Wellenrauschen und ein plötzlicher Windzug. Fast hatten sie vergessen, dass Jango ein Luftbeschwörer war. Das Schiff? Es klang, als ob es aufwachen und brüllen würde.

Es dauerte eine Weile, bis Annelya bereit war, ihren Blick von der Insel loszulösen. Schließlich ließ man Freiheit nicht gerne zurück. Surnei hingegen, hatte nicht ein einziges Mal hingeschaut. Sich nicht ein einziges Mal umgedreht.

Im Kobajandorf/Lajen.

Meleoidys Tränen waren getrocknet. Sollte sie voran, sollte sie flüchten, oder umkehren? Dorthin, wohin sie sich langsam zu blicken traute. *Die Hütte.*

Beschämt raffte sie sich zusammen und machte den ersten Schritt. Ihr Brustkorb hob und senkte sich. Schritt für Schritt strichen ihre Locken über ihre Hüften, so wie ihre Finger unter ihren Augen strichen.

Von Tennas Tränen war durch das Fenster keine Spur mehr zu sehen. Im Gegenteil, sie konnte sein Lachen aus dem Wohnzimmer hören. Teller und Besteck schufen eine Symphonie von Leichtigkeit.

Meleoidy wollte tief einatmen, als ihre Hand plötzlich vor dem Türgriff zögerte und ihr Atem stoppte.

»Unmöglich ...« Mit aufgerissenen Augen starrte sie auf die rosagelben Blüten, die hinter den braunen Töpfen den Eingang der Hütte schmückten. »Nein.« Links und rechts, überall – diese rosagelben Blüten. Ihr starrer Blick fiel eiskalt zum Eingang.

»Junger Herr, man ist hier draußen ja schon neidisch genug, nicht hinter königlichen Mauern aufgewachsen zu sein. Dort zu unterrichten? Wer kann das schon von sich behaupten«, hörte Meleoidy Tava reden, während sie langsam durch die Tür trat.

Tava und Tenna drehten sich zum Eingang. Wahrscheinlich hatte er vergessen, dass er sie nicht anschauen wollte, deshalb blickte er mit einem kurzen Husten auf seinen Teller.

»Ah, die wunderschöne Dame ist wach! Komm, setz dich, es gibt Bijensuppe!«, betonte Tava und senkte den Löffel wieder in die köchelnde Flüssigkeit auf dem Gasherd.

Meleoidy lächelte und trat still ein.

»Setz dich, setz dich!« Grinsend zog Tava den Holzstuhl für Meleoidy zurück, bevor sie wieder in die Küche verschwand. »Einen schlauen Freund hast du da!«

Meinte sie Tenna? Sie kann nur ihn gemeint haben, doch was hatte er ihr erzählt, um seine Intelligenz zu beweisen? Nun, andererseits ... musste Tenna überhaupt irgendetwas beweisen? Es war eher seine Ausstrahlung, die von Wissen zeugte. Das passte zu ihm, ergab sich ganz von allein, als sei es das Natürlichste auf dieser Welt.

So wie es für Meleoidy, das Natürlichste war, auch die verborgensten Seelen zu durchdringen.

»Ja, in der Tat. Den schlausten«, sagte Meleoidy lächelnd, als Tava wieder neben ihr stand.

»Hier.« Langsam stellte sie den heißen Topf ab. Die Suppe

tropfte leicht vom Suppenlöffel, während Tava Meleoidys Teller füllte. »Du hast bestimmt Hunger, armes Ding.«

Meleoidy nickte dankend und zog den Teller näher an sich heran.

»Danke«, nuschelte Tenna mit einem Stück Brot im Mund, als Tava ihm seinen vollen Teller reichte.

Mit einem zufriedenen Seufzer setzte sie sich fast hin.

»Oh!« rief sie und eilte zurück in die Küche. »Der Herd, ich vergesse ihn immer!« Tava lachte und tapste wieder zum Tisch. Dieses Mal setzte sie sich hin, schnappte sich lächelnd den Suppenlöffel. »Ich hoffe es schmeckt!«

Meleoidy aß nicht. Nicht so wie Tenna, der tatsächlich am Verhungern zu sein schien. Sie zeichnete mit ihrem Löffel unsichtbare Kreise in die Suppe.

»Grässlich diese Banditen … es muss furchteinflößend für dich gewesen sein.« Tava seufzte und bemerkte Meleoidys verwirrtes Gesicht. »Na, der Angriff!«

»Ah, ah ja – das. Nun, ich habe schon angsteinflößenderes erlebt.« Schmunzelnd nahm Meleoidy nun doch einen Schluck von der Suppe.

»Heiliger Kristall, erzähl doch sowas nicht.« Tava riss das Stück Brot entzwei, bevor sie das Messer aus der Butter auf dem kleinen Porzellanteller zog. »Brot?«

»Nein danke«, erwiderte Meleoidy. Ihr Blick glitt kurz zu Tenna, welcher schnell wegschaute. »Das – das ist alles sehr nett von Ihnen …«

»Tava«, fügte Tenna hinzu.

»Sehr nett von Ihnen, Tava«, ergänzte Meleoidy. »Solch eine Gastfreundschaft erlebt man nicht jeden Tag.«

»Also, man hilft ja wohl, wo man helfen kann, nicht, Kind?« Tava lachte und steckte das Messer wieder in die Butter.

»Ja, in der Tat …«, wisperte Meleoidy.

»Wo geht die Reise für euch denn hin?« Tava wirkte genauso hungrig wie Tenna, als sie ein Stück von ihrem Brot abbiss.

Meleoidys Blick wanderte zu ihm, während sie sich langsam nach vorne, leicht über die schneeweiße Tischdecke, lehnte.

»Ah, eh – wir«, stotterte er, als Meleoidy ihn unterbrach: »Wir wollten meine Schwester in Arthea besuchen«.

»Arthea!? Mein Mann stammt aus Arthea!«

»Ah, was für ein Zufall!« Meleoidy klang genauso fröhlich wie Tava. »Ist er gerade dort?«

»Nein, er ist vor zehn Jahren verstorben. Ein Kutschenunglück. Er und – und unsere Kinder.« Schnell ließ Tava den Löffel in ihrem Mund verschwinden.

»Oh nein …«, flüsterte Meleoidy.

»Tava, das – das tut mir so leid«, hauchte Tenna mitfühlend.

»Ah, das muss es nicht. Es ist eine lange Zeit her. Man muss damit leben lernen. Keiner auf dieser Welt hat es einfach«, murmelte sie mit gesenktem Kopf.

»Vor allem die Kinder nicht«, schoss es aus Meleoidy. Tava und Tenna schauten sie an, nur Tava lächelte.

»Richtig …«

Meleoidy atmete kurz auf, schielte zur Butter und zum Brot neben Tava.

»Könnte ich vielleicht, doch …«

»Oh, ja, ja natürlich!« Tava griff den Teller und das Brot und reichte sie an Meleoidy weiter.

»Danke … Wie alt waren sie, die Kinder?« Sie schmierte etwas Butter auf ihr Stück Brot.

Tava zögerte.

»Oh, – zwölf und fünfzehn.«

»Heiliger, das ist schrecklich«, entfuhr es Tenna.

»Und das dritte?«, fragte Meleoidy und plötzlich herrschte absolute Stille.

»Wie – wie bitte?«, stotterte Tava.

»Da war doch ein drittes«, sprach Meleoidy spöttisch, während sie noch langsam die Butter auf ihr Brot schmierte.

»Mel, was wird das?« Tenna hörte sich offensichtlich beschämt an.

»Ich, ich weiß nicht, wovon du –«

»Dornaljan«, schoss es aus Meleoidy und Tava blickte sie in purem Terror an. »Vor dem Eingang waren drei Pflanzen, keine zwei.« Meleoidy hörte auf, die Butter zu schmieren. Lächelnd schaute sie in Tavas blasses, zuckendes Gesicht.

»Meleoidy, es reicht, was soll das?« Tennas mahnender Ton bewirkte nichts, Meleoidy sprach weiter. Dieses Mal klang sie aufdringlicher. Wütender.

»Das dritte Kind, Tava. Wie alt war es?«

Tava stockte. Ihre Hände lagen starr auf dem Tisch.

»Ich weiß – ich weiß nicht –«, murmelte sie, bevor sie mit vollem Ruck nach hinten auswich, ehe ihr gepeinigter Schrei die gesamte Hütte füllte.

Tenna sprang auf, warf fast den Stuhl um, als er das Blut sah, welches Tavas Hand hinunterfloss.

»Bist du des Wahnsinns!?«, schrie er, auf das Brotmesser starrend, das Tavas Hand durchgebohrt hatte.

Ihr Schrei hörte nicht auf. Genauso wenig wie Meleoidys finsterer Blick.

»Wie alt war das dritte Kind, Tava!?« Ihre rotglühenden Locken folgten ihrem eiskalten Blick. Langsam stand sie auf, während sich einer der Schlangenringe um ihren Finger in einen langen Dolch verwandelte.

Tenna starrte auf seine Hände. Suchte er nach seinen Plasmakanonen? Denn diese waren noch im oberen Zimmer.

Tavas kalte Tränen flossen ihr zittriges, altes Gesicht herunter. Manche trafen auf die Dolchspitze unter ihrem Kinn. Meleoidys Augen, erst jetzt schienen sie Tava aufzufallen.

»S-s-sieben«, würgte die alte Dame hervor. »Es war sieben.«

Da war sie, die Antwort, die Meleoidy gesucht hatte. Sie wirkte zufrieden, Tenna hingegen, absolut durcheinander.

»Sieben …« Meleoidy nickte und drückte die Klinge enger an Tavas Kehle. »Hast du eine Ahnung, was er ihnen angetan hat?« Ihre Stimme brach. Oh das? Das war Zorn. Er brodelte, flammte in ihren messerscharfen Augen auf. »Tabak U'kal An. Das war sein Name. Doch das weißt du, oder?«

Der erste Blutstropfen floss Tavas Kehle hinunter.

»Meleoidy, Meleoidy hör auf«, forderte Tenna wie festgenagelt.

In Tavas Gesicht war nur noch Furcht zu erkennen.

»Hast du Angst, Tava?«, fragte Meleoidy lächelnd und richtete sich auf. Ihr Dolch wanderte zu Tavas Gesicht hinauf, während Meleoidy auf sie herabschaute. »Ich kann dir vergewissern, dass deine Kinder Angst hatten. Weißt du, woher ich das weiß?«

Tavas Flennen klang erbärmlich in Meleoidys Ohren. Von Tenna hörte sie nichts, denn er schaute die beiden Frauen absolut stillschweigend an.

»Ich war eines von Tabak U'kals *Kindern*«, flüsterte Meleoidy. »Ich hatte nur das Pech gehabt, ihn zu überleben.« Sie näherte sich langsam Tavas blassem, in Furcht gebadetem Gesicht. Die Klinge spiegelte Meleoidys Ausdruck wider. »Dornaljan. Er schickte diese Blüten für alle Leben, die er genommen hatte. Für jedes einzelne Kind eine Saat. Ein krankes Ritual, um sein Revier zu markieren. Wusstest du das, Tava? wusstest DU das!?«, schrie Meleoidy mit tobendem Blick und knirschenden Zähnen, während Tava in ihrem eigenen Gesicht zu verschwinden versuchte.

Tenna betrachtete Meleoidy. Er wirkte nicht mehr verwirrt, nicht mehr verängstigt.

»Mel …«

»Ich hatte keine Wahl«, schluchzte Tava und Meleoidy drückte die Klinge fester gegen ihren Hals.

»Mel!«, rief Tenna etwas lauter, doch sie ignorierte ihn.

»Ich hatte nichts – wir waren am Verhungern, bitte«, bettelte und stotterte Tava, als sich Meleoidy wieder aufrichtete. »Ich wusste nicht – ich hätte niemals geahnt.«

»Hast du je nach ihnen gefragt? Hast du je ihre Namen gerufen? Hast du es jemals bereut?« Meleoidy spielte mit ihrer Klinge unter Tavas Kinn. »Hast du auch nur einen Bruchteil des Schmerzes gespürt, den deine Kinder spüren mussten, du verfluchte Hure!? Mögen sie dich auf eine Ewigkeit verstoßen, einsam und verlassen, so wie du sie zurückgelassen hast«, deklarierte sie, bereit, die Klinge in Tavas Kehle zu drücken, als Tenna ihren Namen schrie.

Meleoidy stoppte.

»Mel ...«

Sie zögerte, wagte nicht, ihn anzuschauen.

»Du musst das nicht tun«, flüsterte er.

Der Zorn – jedes Mal, wenn sie ihn anblickte, verwandelte er sich in Schmerz.

»Bitte, Mel. Sie ist eine grausame Seele, es stimmt. Doch lass sie nicht auch deine in Dunkelheit versinken.«

Sein Blick. Meleoidy fand ihn nicht mehr in seinem Blick: den Ekel.

»Du möchtest, dass ich dir vertraue. Hier fängt es an, Mel. Lass mich dir vertrauen. Beweise mir, dass ich das tun kann.« Wispernd, traute er sich einen Schritt in ihre Richtung.

Wo war Meleoidys Zorn hin? Tennas Stimme, die Art wie er ihren Namen rief, es erinnerte sie an etwas. Es erinnerte sie an eine andere Stimme. Sie schaute Tava an und zählte Tränen voller Furcht, schaute Tenna an und sah ... Konnte es das gewesen sein? War es Glaube?

»Du musst das nicht tun.« Er wanderte mit seinen Fingern ihren Ellbogen entlang.

Sie zuckte. Zitternde Augenlider, zitternder Atem. Was war das?

Was war dieses Gefühl, das ihre Brust entzweiriss? Tava war vor ihr, Tenna hinter ihr und sie dazwischen. Zwischen Hass, zwischen Kälte. Zwischen Wärme. Diese Stimme, seine Stimme: Was hatte sie bloß angerichtet?

»Mel, lass sie dir nicht noch mehr Schmerz hinzufügen«, flüsterte er und sie verlor eine Träne.

Zitternd schaute sie auf den Dolch, bevor sie auf Tavas verschlossene Augen blickte.

So sah Dunkelheit aus. Und langsam – langsam floss es zurück. Langsam floss das Gold zurück, schmiegte sich um ihren Finger, so wie sich Tennas Griff um ihr Handgelenk schmiegte.

Sie zögerte, doch sie wehrte seine Umarmung nicht ab. Verwirrung wäre nicht genug gewesen, um das zu beschreiben, was sie gerade fühlte. Ihre Träne landete samt ihres Gesichts auf seiner Schulter.

»Danke«, flüsterte ihr Tenna zu, während Tava leise schluchzte.

Dieses verdammte Gefühl, was hatte es nur angerichtet?

Stille.

»Wir sollten gehen«, sprach Tenna vorsichtig. Er schaute immer noch in Tavas zitterndes Gesicht. Sie schien sich nicht zu trauen, diese furchtverschlossenen Augen zu öffnen.

Meleoidys leiser Atem traf ihn an der Seite seines Halses, als sie langsam Tava anguckte. Ihre Finger strichen über Tennas Schulter, lösten sie aus seiner Umarmung, während sie sich mit einem Schritt wieder Tava näherte.

Dieses Mal verlor Tenna kein einziges Wort.

»Das Essen war köstlich«, flüsterte Meleoidy, als sie noch näher an Tava drang. Plötzlich packte sie zu, zog das Messer gnadenlos aus der blutigen Hand heraus.

Ein Schrei erklang, bitter, doch auch befreiend.

Tava rührte sich nicht einen Millimeter, dabei war das Messer schon längst draußen. Das Blut, das von der Messerspitze tropfte, zeichnete einen Pfad in Richtung Küche.

Meleoidys Schritte waren bedächtig und sie waren bewusst. Sie wusste ganz genau, was sie tat. Es sah schon fast einstudiert aus.

»Zu schade, dass all das, was du hier hast, Tava …«, spottete Meleoidy mit dem Messer um sich zeigend, »verloren geht.« Sie warf das Messer auf den Boden und durchwühlte die Schubladen. Tava zuckte, als Meleoidys Suche aufhörte.

»Und das nur, weil du vergessen hast, diesen verdammten Herd auszumachen …« Meleoidys Zunge zischte wie das Streichholz.

Tenna sank den Kopf.

»Ich hole meine Sachen«, murmelte er. Während er sich zurückzog, trat Meleoidy erneut nah an Tava heran.

»Es sei dir selbst überlassen, Tava.« Langsam bückte sie sich zum alten Gesicht. »Ob du mit untergehst oder nicht.«

Oh, dieser Schauer. Tava brauchte nicht sprechen. Sie brauchte nichts zu erklären. Jeder hätte ihn spüren können, jeder, der in diesem Raum war, hätte diesen Schauer spüren können.

Meleoidys rote Mähne zog wie ein Schleier über Tavas Augen. Zum ersten Mal öffnete sie diese, zum ersten Mal schaute sie wieder Meleoidy an. »Es tut mir so leid.«

Tenna kam langsam wieder die Treppe herunter.

»Solltest gerade du es nicht verstehen?«, schluchzte Tava, auf Meleoidys rotes Haar blickend.

Meleoidy schluckte, diese Frage hatte sie erwischt, doch heute sollte Tava keine Genugtuung bekommen. Sie sollte bestraft werden.

»Mel«, hörte sie seine warme Stimme sagen.

Sie zögerte.

»Mel.«

Vorsichtig sah sie ihn an.

»Lass uns gehen«, wisperte Tenna.

Der erste Funke wurde zur ersten Flamme. Knisternd, wie die Schritte von Meleoidy und Tenna. Zitternd wie Tava.

Und während die Tür zufiel, blieb sie sitzen. Tava blieb heulend und still sitzen.

VII

VERRÄTER, VERRÄTER, VERRÄTER

Männer- und Frauenstimmen vermischten sich mit Gebrüll und Gelächter. Der Geruch von Bier, Holz und Schweiß verteilte sich mit jeder Bewegung der haarigen Arme. Sogar die Kleider stanken.

Doch *ihm* schien das nichts auszumachen. Der silberne Taler spielte zwischen seinen Fingern, tanzte genauso wie die Menge hinter ihm.

»Darf es noch mehr sein, der Herr?«, fragte die junge Kellnerin, die seltsamerweise noch ein zahngeschmücktes Lächeln aufwies.

Er schüttelte nur graulend den Kopf. So benahm sich nur jemand, der wirklich nicht sprechen wollte. Als Kellnerin müsste man sowas gewöhnt sein, so erstarb ihr Lächeln und sie lief nickend hinfort.

»Frisches Bier!«, rief ihre zarte Stimme, als der Taler unter seiner Hand verschwand. Er schlug auf die Theke.

Die Symphonie hatte aufgehört. War das ein neues Lied? Dieses Knistern? Dieses eiskalte Geräusch?

Mit einem Ruck stand er auf, schleuderte den Holzhocker nach hinten.

»Herr, Sie müssen noch za–«, motzte eine andere junge Dame hinter der Theke, als sie auf den Taler schaute. Die Verwirrung zeichnete sich zwischen ihre Augenbrauen, denn der Taler, auf den sie blickte, lag unter Eis.

Plötzlich schlugen die Holztüren der Kneipe auf und Snow stürmte heraus. Die dunkelgrünen Fahnen wehten im kühlen Wind.

Makari.

»Vierundzwanzig Stunden und noch keine Nachricht von Meleoidy«, klagte Snow, als er zum Pfahl auf der anderen Seite der Kneipe zulief.

Sprach er mit dem Pferd?

Seine Schritte waren schwer. Sein weißer Mantel trug einige kleine Blätter mit sich, die wie die Schritte der Passanten raschelten. Manche Tropfen fanden ihren Weg von den rostigen Rohren der Kneipe auf den feuchten Boden.

»Dann müssen wir den Herrschaften wohl selbst einen Besuch abstatten«, stellte er seufzend fest und tätschelte das Pferd, bevor er das angeknabberte Seil vom Pfahl löste.

Das Wiehern des braunen Hengsts klang nervös. Er stampfte mit seinen schwarzen Hufen.

»Ich weiß, Brauner … schlechte Idee. Doch Leyla braucht uns jetzt mehr als je zuvor.« Das Brechen seiner Stimme verriet mehr als seine Worte. Seine glasigen Augen auch.

»Leyla braucht mich«, wisperte er.

Nah an der Küste von Kobajan.

»Wir sind gleich da!«, schallten Jangos Worte in Annelyas Ohren.

Das Sonnenlicht offenbarte immer wieder ihr starres Gesicht. Wellenrauschen … war es qualvoll oder beruhigend?

Plötzlich stachen die gestrigen Erinnerungen von Dunkelheit und *seiner* Stimme in ihren Verstand. Gions Stimme.

Sie atmete tief auf, blinzelte schnell.

Wir sind gleich da, hörte sie Jango nochmal in ihren Gedanken sprechen, als sie zur Schiffsseite schaute.

Surnei starrte immer noch so still aufs Meer hinaus. Nicht ein einziges Mal seit der Abfahrt hatte er seinen Blick von den salzigen Wellen gelöst.

Sie hingegen, untersuchte den gesamten Himmel. Er sah so grau aus, dabei waren kaum Wolken zu sehen. Sie sah sich um, als gäbe es etwas Neues zu entdecken, und allmählich wurde es glasklar, dass sie zu entkommen versuchte. Wer würde solch einer kalten Gänsehaut, solch finsteren Stimmen nicht entkommen wollen?

Atem: tiefer. Herzschlag: schneller.

Außerhalb von Kobajan/Lajen, Route nach Arthea.

»Was ist da drin gerade passiert?« Tenna versuchte Meleoidys Tempo zu halten und gleichzeitig irgendein Wort aus ihr herauszukitzeln. Allerdings gab sie ihm ganze zwanzig Minuten lang nichts außer Schweigen.

»Was haben diese Kinder, dieser Mann, Ta-Tabak, damit zu tun? Haben sie irgendetwas mit all dem zu tun?«

Meleoidy – still.

Der Boden war sandig. Das Dorf lag samt der dunklen Rauchwolke, die einst Tavas Hütte war, hinter ihnen. Es herrschte Aufruhr, das war bis hierhin, am Strand außerhalb von Kobajan, zu hören. Feuer war hier nicht üblich, eine Gefahr stellte es aber auch nicht dar, da Kobajan viel mehr als Sand und Stein nicht zu bieten hatte.

»Hatte Annabel was damit zu tun?«

Meleoidy blieb stehen.

Er stoppte mit geweiteten Augen, schaute auf ihre versteifte Haltung, als sie sich plötzlich zu ihm drehte. Der Wind trug ihr Haar mit sich, während er winzige Sandkörner auf ihre Wangen schleuderte.

»Tenna – ich werde es dir erklären. Ich werde dir alles erzählen. Sobald ich kann.«

Er sah tief in ihre Augen, auch wenn er etwas weiter weg stand. Mit sachten Schritten lief er dann nach vorn.

»Wovor hast du Angst?«, fragte er. Auch seine Wangen begrüßten die winzigen Sandkörner. Sie schimmerten genauso golden wie seine Augen, waren genauso rau wie seine offenen Lippen. Er verzog das Gesicht. »Denn das, was ich da drin gesehen habe, das – das war Angst, Mel.«

Meleoidy stockte.

»Hast du deshalb so gehandelt? Hattest du Angst? Vor ihm? Vor Gion?«

»Du hast nicht die geringste Ahnung, wozu dieser Mann in der Lage ist.«

»Was hat er dir angetan?«

Endlich traf ihr Blick auf seinen. Sie schwieg dennoch, atmete langsam und tief ein.

»In Ordnung«, hauchte Tenna und senkte den Kopf. Seine Gedanken konkurrierten immer wieder mit seinem Gefühl. »Beantworte mir nur eine Frage. Eine einzige Frage ... Hast du jemals gezweifelt?« Er sah die Verwirrung in ihrem Gesicht wachsen. »Jedes Mal, wenn du Annelya und Surnei, Annabel – wenn du mich angelogen hast – jedes Mal, wenn ihr die Fäden gezogen habt, all die Jahre. Hast du ein einziges Mal an deinem Handeln gezweifelt?«

Der Wind wurde stiller, also tobten die Sandkörner nicht mehr und verschönerten auch keine erblassten Gesichter.

Meleoidys Lippe zuckte samt ihres Nickens.

»Jedes einzelne Mal.«

Tenna blinzelte schneller, dafür floss sein Atem ruhiger durch seine Nase. Den Mund hielt er fest verschlossen, ehe er nickend sagte:

»Alles klar. Lass uns weiter.«

Darauf muss Meleoidy gewartet haben, denn sie ließ nicht einen Moment im Stillstand vergehen. Sie strich sich eine lange Strähne hinters Ohr und lief weiter.

Er folgte ihr. »Was – was ist überhaupt der Plan?«

»Wie gesagt, Arthea. Wir brauchen einen Lichtprojektor«, murmelte Meleoidy, während der Himmel aufblühte und das Sonnenlicht erstrahlte.

Arthea.

Es war wie üblich voll für die Mittagszeit, denn viele Händler reisten vom Hafen ab und an. Jango war der letzte, der von Bord ging.

Der Wind strich über Annelyas Gesicht und ihr Haar, das leicht unter der Kapuze ihres silbergrauen Umhanges tanzte. Sie musterte die Männer, die voller Frust schwere Fässer und Säcke mit gebrüllten Rufen auf die Schiffe packten, die Frauen und Kinder, die sich zu beeilen schienen.

Die Schiffspfeifen bedeuteten, dass irgendein Schiff gleich lossegeln würde. Stimmen, Schritte, Holz und Wasser. Warum wirkte alles so langsam? Nichts schien zu ihr durchzudringen.

»Sie haben keine Ahnung …«, klagte sie still. Ihre Erinnerungen gehörten nur ihr, verständlich, dass niemand hier ihre Sorgen teilte.

»Nun, wo fangen wir mit der Suche an?« Jango überholte die beiden Geschwister und blieb demonstrativ vor ihnen stehen.

Das grelle Sonnenlicht offenbarte seine goldenen Augen.

Er rümpfte mehrmals die Nase: »Am besten mit einem Ort, der weniger nach vergammeltem Fisch stinkt.« Seine lockere Art war bestimmt keine unbewusste Entscheidung, schließlich musste jemand von ihnen funktionieren.

»Wir brauchen nicht suchen. Hier ist das Sephirhotel. Die haben wahrscheinlich mehr Projektoren als das ganze Land«, flüsterte Surnei mit einem Schritt nach vorn.

Annelyas leichter Kapuzenmantel strich über den Boden. Mit ihrem Plattenstiefel trat sie auf Stein, nicht mehr auf Holz.

Arthea wirkte wie ein Labyrinth, bestehend aus Gebäuden, die so eng aneinandergebaut waren, dass sie wie ein einziges aussahen. Moos wuchs überall, an den Wänden der spitzen Häuser, auf den Bordsteinen …

Andere Straßen waren geräumig. Leere Plätze mit wenigen Ständen. Hatte ein Trunkenbold diese Stadt erbaut?

»Kennt ihr euch aus?«, fragte Jango sich umschauend. Diese spitzen, großen Gebäude raubten Licht.

»Wir waren selbst nie hier. Wir haben die Burgmauern nur einmal verlassen.« Annelya beobachtete die vollen Straßen.

»Woher wusstest du, wie weit Arthea entfernt ist, wenn du nie hier gewesen bist?«, fragte Surnei. Er klang trocken, schaute niemanden an.

Seine silberbraune Rüstung ähnelte Jangos. Während Surnei vollständig bedeckt war, schauten Jangos Bauch und rechte Schulter heraus. Leder, Stoff und Eisen schmückten den Rest ihrer Körper.

»Wir haben Karten, Fremder«, grinste er mit einem Stupser auf Surneis Schulter. Er muss ihn gesehen haben, Surneis ängstlichen Blick. Jango wirkte wie jemand, der sprechen wollte, es aber nicht tat.

Links. Die Truppe bog ab. Diese Straße war enger, noch voller mit Ständen und Bürgern.

Die leichte Brise ließ die verschiedensten Variationen von Traumfängern und Ketten am Stand einer alten Dame tanzen. Es war fast Musik, die hier entstand.

Annelyas Blick streifte über den Stand: Karten und Reisegüter. Je mehr sie sich umschaute, desto langsamer wurde ihr Schritt.

»Elya«, rief Surnei leise und winkte. Jango und er waren schon etwas weiter vor.

Annelya nickte, bereit, an Tempo zuzulegen, bevor dieser blaue Schimmer zwischen den Gegenständen auf dem Stand neben ihr ihre Aufmerksamkeit auf sich lenkte. Mit schnellem Wimpernschlag blieb sie stehen.

»Woher –« Grübelnd schaute sie auf die hellblonde Dame mit der spitzen Nase hinter dem Stand. Vierzig? Fünfzig? Sie schien mittleren Alters zu sein.

»Du meine Güte! Prinze–«, wollte sie rufen, als sie Annelyas aufgerissene Augen sah. »Verstehe.«

Annelyas Finger wanderte über die glatte Oberfläche der Kette. »Woher haben Sie das?«

Die Frau konnte ihre Freude kaum verstecken. Ihre aufgerissenen Augen verrieten sie, dennoch schien sie verwirrt über Annelyas Frage.

»Von einem Händler aus Sare.«

»Aber – der Berg, der Kristall, das sind geschützte Orte und Gegenstände!« Annelya sah das verwunderte Lächeln der Dame wachsen.

»Was reden Sie denn, Prin–« sie stoppte, beugte sich näher zu ihr. »Ihre Hoch– ich meine, Ihre Mutter hat den Ernteschutz doch schon vor Jahren aufgehoben?«

»Verzeihung?« Annelya durchbohrte die Dame mit ihren bestürzten Blicken. *Ernteschutz aufgehoben, wann? Wie? Warum wusste ich nichts davon!?*

»Die Königin hatte Teile des leeren Kristalles geerntet und an alle Bürger des Saretoriums verteilt!«

Annelyas Mundwinkel sanken, während sich die Augenbrauen hoben. Ihr Daumen rieb über den leeren, durchsichtigen Splitter des Kristalls.

Verteilt? »Verteilt ... Wie viel haben Sie dafür gezahlt?«

»Eh – eh, zwei? Drei?«

»Silbertaler?«

»Prinzessin! Goldtaler natürlich!« Ein großes Grinsen breitete sich über das sommersprossige Gesicht der Frau.

Annelya seufzte lange und überlegt. Ihr Wimpernschlag war nicht mehr schnell. Ihr Hals, wie zugeschnürt.

»A-Aber Prinze– ich meine, Sie können sie haben, bitte! Nehmen Sie sie!«

»Nein. Nein.« Schnell legte Annelya die Kette weg. »Bitte vergessen Sie, dass Sie mich gesehen haben. Erzählen Sie keinem, dass ich heute hier war.« Annelya klatschte die Kette auf den Stand und wandte sich zügig von der Frau ab.

Ein weiterer Blick auf diese Kette und die aufkommenden Tränen in ihren Augen wären geflossen.

»Hey …«, flüsterte Surnei, als sie geradeaus in die Gasse hineinlief, in der er und Jango auf sie warteten.

»Wusstest du, dass Mama Fragmente vom Kristall verkaufte?«

»W-was … nein«, stammelte Surnei, bevor ihn Jangos Worte ablenkten.

»Ist das Sephir?« Er zeigte auf dieses riesige Gebäude inmitten des breiten Marktes. Hätte es an dem Tag Wolken gegeben, hätte Sephir sie wahrscheinlich mit einer hochglänzenden Berührung empfangen.

»Gebäudewände glänzender als Gold, bewacht von zwei Wächtern?«, spottete Annelya, als sie Jango überholte. »Jep«

Das Labyrinth endete hier, im Zentrum Artheas. Jede Straße, jede Gasse mündete in diesen breiten, offenen Platz.

»Prinzessin, Prinz Elim …«, staunte einer der gepanzerten Wächter vor dem Eingang zu Sephir.

Annelya lächelte, Surnei nickte nur kurz.

Beide Wächter schienen noch jemanden zu erwarten. Annelya malte sich die Fragen aus, die die Männer wahrscheinlich plagten:

Wo ist Annabel? Sollten Surnei und Annelya nicht hinter den Mauern von Sare sein? Ist Herim gefangen, tot!? Und wer ist dieser Kerl? Doch sie zu fragen, wäre respektlos gewesen, denn es ging sie nichts an. Das waren keine Elitesoldaten, das waren angestellte Klingentänzer, wenn auch gut ausgebildete.

»Er gehört zu uns.« Annelya deutete auf Jango und ging den ersten Schritt hinein. Ihr Kapuzenmantel tanzte im Wind und fiel erst, als sie auf dem rotbraunen Teppich Fuß fasste.

Einer nach dem anderen traten sie in Sephir hinein.

Im Kobajandorf/Lajen.

»Dankeschön.« Meleoidy stellte den Metallbecher auf die Holztheke der offenen kleinen Taverne. Ein ziemlich interessantes Gebäude. Es hatte keine Türen, war nur überdacht und im Innenraum war es voll. Die Theke hingegen, die zur Straße zeigte, war frei. Nur Meleoidy und Tenna saßen dort.

Der leichte Windzug blies Meleoidys Haar nach hinten.

»Die Elite wird zwei Tage brauchen, um nach Sare einzumarschieren«, grübelte sie laut.

»Um – um Gion aufzuhalten?« Tenna verschluckte sich fast. Schnell wischte er sich seine Lippen.

Meleoidy nickte. Ihr Blick verlor sich in Gedanken, während sich in Tennas Entsetzen spiegelte.

»Ja, wir müssen Gion aufhalten.« Er seufzte. Das war pure Ironie. Meleoidys funkelndes Rot stach wieder in seine verwunderten Augen, als ihre Hand auf seine traf.

Sie rückte näher zu ihm und flüsterte:

»Wenn Gion das Ritual beendet, wird ihn nichts und niemand mehr aufhalten können. Es werden Tausende sterben.«

Fast berührten sich ihre Nasen und Meleoidys kalter Atem wanderte über Tennas offene Lippen. Er zögerte, schaute auf ihre Hand, die über seiner lag. Sie zog sie schneller zurück, als sie blinzeln konnte, bevor sie sich mit offenem Mund eine Strähne hinters Ohr strich.

»Ich verstehe dich nicht, Mel.«

Würde er eine Antwort in diesen roten Augen finden? Verstand sie nicht? Oder traute sie sich nicht, zu sprechen?

»Heyo!«, brüllte ein Tavernengast, als er auf die Straße trat. Für einen kurzen Augenblick lenkte er Tenna ab.

»Vor genau einem Tag hast du Gion noch sechzehn Jahre lang geholfen, deine ganze Familie zu betrügen. Du wusstest ganz genau, was er vorhat! Du hast es trotzdem getan, jetzt möchtest du es plötzlich verhindern!?« Wenn man flüsternd schreien könnte, dann klänge es genauso, wie Tenna sprach.

Meleoidy schnappte nach Luft.

»Ich habe es nicht gewusst!« Sie stoppte, schaute sich um, bevor sie wieder näher an Tennas Gesicht kam. »Ich habe nicht gewusst, dass das Ritual der Droknen nach Kindern verlangt! Ich habe nicht gewusst, dass er Annelya wehtun wird, dass es Kinder sind, ich habe nicht gewusst, dass er Utakata opfern wird, ich –« Aus Versehen warf sie den Becher um. »Verdammt ...«

»Oh, alles gut, keine Sorge«, sagte Tenna und lächelte die aufmerksame Kellnerin mit dem Tuch in der Hand an. Er stellte den Becher gerade hin, bevor sein Lächeln komplett schwand. Erwartungsvoll starrte er Meleoidy an.

Ein knapper Seufzer.

»Ich habe von Anfang an gewusst, dass Gion das antike Ritual wiederherstellen wollte, ja. Ich habe es am eigenen Leib erfahren müssen –«, rutschte es Meleoidy heraus und Tenna zuckte in Verwunderung auf.

»Es erleben müssen?«

Ihre Augen waren verschlossen, ihr Kopfschütteln stark.

»Tenna … ich bin nicht unschuldig. Das weiß ich. Und, um ehrlich zu sein, war es mir auch egal, was mit dieser gottverdammten Welt passiert, denn die Wahrheit ist, dass sie viel grausamer, viel widerlicher und viel erbarmungsloser ist, als jeder von euch hinter diesen sicheren, verfluchten Mauern von Sare je erfahren musste!« Meleoidys Worte wurden schneller, lauter, ihr Gesicht, ihre Hände, immer zittriger, bis ihre Stimme brach und eine Träne entwich. Schnell wischte sie sie weg.

»Ruhig, Mel.« Dieses Mal lag seine Hand auf ihrer.

»Ich bin verdorben«, flüsterte sie und vergoss eine weitere Träne. Sie rollte ihre blasse Wange hinunter, glänzte in Tennas nachdenklichem Blick. »Das?« Sie schnappte eine ihrer Strähnen und ließ sie wieder fallen. »Das war nicht mein Tod. Ich bin vor einer sehr langen Zeit gestorben. Ich werde nicht hier sitzen und erwarten, dass du mir nach all dem, was ich getan habe, glaubst. Aber wenn es eine Sache gibt, die ich ehrlich meine, dann ist es die – dass ich es nicht wusste. Diese Kinder …« Sie atmete auf, als wäre es ihr allererster Atemzug gewesen. »Sie können nichts dafür. Das war nie meine Absicht, das war nie der Plan. Ich möchte nicht, dass sie das spüren müssen, was –«

Sie verschluckte ihre nächsten Worte. Noch eine Träne. Diese wischte sie nicht weg.

Stattdessen tat er es.

»Was ist mit dir passiert?« Er schaute sie aufmerksamer an, als jemals jemand könnte, doch Meleoidy schüttelte ihren Kopf.

»Ich kann nicht … Ich kann nicht.«

Tennas brauner Mantel strich über den Boden, während er seinen Fuß vom Hockerbein nahm. Er lehnte sich zurück, atmete tief aus.

»Nun, gut. Arthea ist über Land sieben Stunden von hier entfernt. Wir sollten uns Pferde ausleihen.« Bedächtig musterte er Meleoidy.

Ihre Hände griffen um den leeren Becher, drückten mal fest zu und mal ließen sie locker.

Sie schien nervös und durcheinander.

»Gute Idee …«, wisperte sie.

Sephir, Arthea.

Selbst das Echo der Stimmen im großen Saal klang teuer. Überall an den Wänden hingen rote, seidene Umhänge. Der Raum war riesig, die Gänge breit, das Gold der Kronleuchter echt.

Männer und Frauen in schicken Kleidern und auffälligem Schmuck lachten und tanzten. Manche anderen saßen an dem Schanktisch, wie diese maskierte Frau mit dem schwarzen, kurzen Kleid und diesen dunkelgrünen Samthandschuhen. Andere saßen auf den stoffbedeckten Sesseln, die im Raum verteilt waren. Neben jedem dieser Sessel stand ein kleiner Marmortisch.

Die Böden waren verziert mit edlen rotbraungoldenen, schweren Teppichen, die den noch edleren Marmor darunter bedeckten. Gedimmte Lichter, Instrumente und Musiker zauberten eine harmonische, luxuriöse Atmosphäre herbei.

Doch das beeindruckendste müssen die Wasserbeschwörer am anderen Ende des Saals gewesen sein, die Wellen und Wasserskulpturen in Zauber und Staunen hineinfließen ließen.

Sephir. Das wohl bekannteste und schickste Hotel des ganzen Landes, geliebt und besucht von den mächtigsten und reichsten Köpfen des Saretoriums. So viel Trubel und doch war es perfekt, um hier unterzutauchen, nicht aufzufallen. Denn es waren all diese in Gold gebadeten Damen und Herren, die ihre Privatsphäre am allermeisten schätzten.

»Das ist verrückt …« Jangos Mund fiel auf. Wie der eines kleinen Kindes schweifte sein entdeckender Blick durch den Raum.

Mal fand er etwas Kleines, mal etwas Großes, manchmal war es ein Gegenstand, manchmal ein Hotelgast. Egal, was er sah, es weckte Staunen. Doch es war nichts im Vergleich zu dem Staunen, das *er* in ihm zu wecken schien.

»Ich bitte dich, hast du euren Tempel gesehen?«, flüsterte Surnei mit gespreizten Fingern und großen Augen. Das Lachen, das seiner Kehle entfloh, überraschte ihn.

»Fremder, im Tempel lebt keiner. Das – das ist was völlig anderes!« Jangos weißes Lächeln funkelte wie die Diamanten auf den Kronleuchtern weit über ihm.

»Miss Elim, Herr Elim«, rief der Mann hinter der dunkelroten Theke.

Das war der wohl erste Fremde, der beim Anblick von Annelya und Surnei nicht in Freudentränen ausbrechen wollte.

Jango sah das glitzernde mit Gold verzierte Glas zwischen den Händen des Mannes, das er mit einem goldbraunen Tuch abwischte.

»Natürlich macht er ein goldenes Glas mit einem goldenen Tuch sauber«, spottete er.

Da war sie wieder, diese Wärme. Surnei musterte ihn, kurz streiften seine Zähne über seine Lippen.

»Guten Tag«, grüßte Annelya mit einem kurzen, höflichen Nicken. Der dunkelrote Velvet unter ihren Händen fühlte sich butterweich an.

»Was möchten sie trinken?«

Annelya schaute kurz zu Surnei.

Wahnsinn, dachte sie. Keine aufdringlichen Fragen, keine tränenden Augen, keine stolpernden Worte. Die Angestellten von Saphir müssen geübt gewesen sein. Vielleicht hatten sie sich an Berühmtheiten sattgesehen. Wie dem auch sei, es war eine definitiv angenehme Abwechslung.

»Wir möchten nichts, trinken, dan–«, wollte Annelya sprechen.

»Oh, habt ihr LukLuks?«

Bei Jangos Frage trat der gleiche Ausdruck in Surneis und Annelyas Gesichter.

»LukLuks?«, rätselte Annelya.

»Aber natürlich! Kalt oder warm, der Herr?«, fragte der nette in silberblau gekleidete Kellner, als er hinter sich zwischen die unzähligen Flaschen und Behälter im dritten Regal griff.

»Kalt, kalt bitte!«, grinste Jango und lehnte sich mit einem Ellenbogen gegen die dunkelrote Theke. Erst jetzt bemerkte er Surneis und Annelyas Blicke.

»Was denn?« Sein Grinsen schwand.

»LukLuks?« Surnei kicherte.

»Eh, ja?«

»Sind das nicht vergammelte –«, wollte Annelya fragen, als sie erneut unterbrochen wurde.

»Vergorene Areseier, ganz genau«, gab der lächelnde blonde Kellner preis, als die Wassertropfen seinem Schwung auf die Theke folgten. Oh, dieses Glas, wahrscheinlich hätte es bei dem ganzen Gold eher die Theke zerbrochen, als dass es selbst zersplittern würde. Langsam floss der orangene Saft gluckernd ins Glas und dieser faule, zitronige Duft verbreitete sich in der Luft.

»Schande!«, klagte Annelya. Schnell drückte sie ihren Handrücken fest unter ihre Nase, während Surnei zwei Mal würgte.

»Stellt euch nicht so an!«, brummte Jango. »Das ist eine Delikatesse.« Er griff nach dem Glas und schaute zum lächelnden Kellner. »Danke!«

Seine blonden Wimpern verblassten um seine eisblauen Augen.

»Habt ihr überhaupt Ares auf der Insel?«, fragte Surnei.

»Fremder, wir leben auf einer Insel, nicht in einer anderen Welt! Aber eine Sache über eure Welt, verstehe ich auch nicht.« Jango spielte mit dem Glas in seiner Hand in kreisenden Bewegungen.

Die beiden blickten ahnungslos zurück.

»Du meintest, dass ihr die Mauern eures Dorfes euer Leben

lang nicht verlassen habt, richtig?« Jango zeigte mit dem Glas auf Annelya.

»J-ja, warum?«

»Nun, wenn ihr Sare nie verlassen habt, woher wussten die zwei Eisenhüte vor dem Eingang, wer ihr seid?«

»Eisenhüte«, kicherte Surnei.

»Was denn? Diese Helme sahen echt nach Hüten aus!«

»Unsere Mutter hatte alles darangesetzt, uns zu verbergen, was praktisch unmöglich war. Leute verließen das Sare, Schüler absolvierten die Prüfungen und zogen um. Je verbotener der Kontakt zu uns wurde, desto geschickter wurden die Neugierigen. Es wurden Bilder gemalt und eben durch Leute, die aus Sare zogen, verbreitet – und als wir in die Akademie aufgenommen wurden, war alles vorbei«, erklärte Annelya und hob die Augenbraue.

»Oh Saretum ... Zuen!«, brummte Surnei.

»Zuen?«, rätselte Jango.

»Ja, ein Austauschschüler aus dem Pan De Sartum. Er sollte für einen ganzen Winter bleiben, aber dann hat er einen eingeschmuggelten Lichtprojektor während des Grundabschlusses vor unseren Gesichtern aktiviert und an hunderte Projektoren im ganzen Saretorium projiziert. Er wurde sofort suspendiert und zurück ins Pan De Sartum geschickt«, erzählte Annelya.

»Wäre er nicht unter 18 Jahren, wäre er dafür gehängt worden«, murmelte Surnei.

»Mama hat uns monatelang genervt: *Ich wusste, dass die Akademie eine schlechte Idee ist!*«, ahmte Annelya mit großen Augen und wütendem Blick nach, bevor sie wieder in sich versank. »Hinter den Mauern des Dorfes gefangen zu sein, war die eine Sache ... aber die Burg nicht verlassen dürfen? Selbst sie wusste, dass sie uns das irgendwann nicht mehr verbieten könnte ...« Ihre Stimme wurde leiser, brüchiger.

Surnei senkte den Kopf.

Oh nein, die Kälte verbreitete sich wieder, Jango musste eingreifen.

»Ich habe es also echt mit Berühmtheiten zu tun, ha!? Vielleicht malt ja jetzt auch jemand ein Bild von mir.« Er gab sich volle Mühe, warf sich mit ausgestrecktem Kopf in Pose, bis er Surnei ein kleines Schmunzeln und Annelya ein schiefes Grinsen entlockte.

»Wo wir gerade darüber reden …« Annelya stöhnte mit gerunzelter Stirn, bevor sie dem Kellner hinterherrief: »Wir – wir bräuchten einen Lichtprojektor?« Sie hob den Kopf sanft an, als der hellblonde Kellner stehenblieb. Bei jeder Bewegung funkelte seine silberne Kleidung, auf die das Licht der riesigen rosablauen Mosaikfenster traf.

»Ah, nun! Einen Lichtprojektor gibt es leider nur mit der Buchung eines unserer Zimmer, Miss Elim.«

Dieser Kellner hätte einen ganzen Familienstamm beleidigen können und er würde es wahrscheinlich mit dem gleichen Lächeln auf seinem Gesicht tun.

»Oh, ja – na-natürlich«, stotterte Annelya. Nervös schaute sie zu Jango und Surnei.

»Na, dann buchen wir ein Zimmer.« Jango wischte sich den letzten goldenen Tropfen vom Mund. Das Leder zwischen seiner Rüstung quietschte bei jeder Bewegung.

»Ich …« Annelya tastete sich ab. »Ich habe keinen einzigen Goldtaler bei mir.«

Jango schwieg. Kaute er auf etwas? Er blickte Surnei an, dessen Mimik schon alles verriet.

Gehobene Augenbrauen, aufgerissene Augen und zusammengepresste Lippen. Er offenbarte seine Handflächen, zeigte zögernd auf Jango.

»D-du hast mich aufgefunden …« Er sprach, als sei das, was er sagen wollte, offensichtlich. Seine Augen wurden noch größer, seine Hand noch auffordernder. »Nackt«, schoss es aus ihm.

Plötzlich schienen seine Wangen die Farbe der Theke anzunehmen. Ob das eine Fähigkeit der Lar war?

»Oh, ja! Natürlich! Das habe ich nicht vergessen«, grinste Jango. »Könnte ich gar nicht.«

Schnell drehte sich Surnei zum Kellner. »Verzeihung!«

Wie auf Kommando drehte sich der Kellner um. Dieses Gesicht konnte nicht echt sein. Wie konnte man ein Lächeln so lange tragen?

»Bitte?«

»Wir sind nur auf Durchreise und es ist dringend«, erklärte Surnei. Er erwiderte das Lächeln des Kellners und Jangos Blick traf ihn von der Seite.

»Verstehe. Nun. Ich schaue, was ich für Sie tun kann.« Der Finger des Kellners rutschte auf sein Ohr.

»Bronzegäste. Benötigen dringend einen Lichtprojektor, sind nur auf Durchreise.«

Jango schaute verwirrt um sich. Würden Annelya oder Surnei es ihm verraten?

»Funkmuschel«, gab Annelya kurz preis und Jango gab einen Laut des Verstehens von sich.

»Meister Babos wird Sie gleich empfangen. Bitte einmal den Flur rechts, zwanzig Meter geradeaus und dann die goldene Tür links.«

Die Truppe schaute in die Richtung, in die der Kellner mit ausgestrecktem Arm zeigte. Ein Flur.

»Goldene Tür, natürlich«, spöttelte Jango. »Öhm, was bekommen Sie für das Getränk?«

Er war bereit, nach seinem Lederbeutel zu greifen, als der Kellner abwinkte. Sein eisblauer Blick galt wie sein perlweißes Lächeln Surnei.

»Geht aufs Haus.«

Surnei stotterte. »Oh – eh. Vielen, vielen Dank.«

»Mhm, danke«, murmelte Jango und alle standen auf.

»Der Kerl war seltsam, nicht, Fremder?« Jangos Schulter stupste gegen Surneis, nachdem sie sich einige Schritte entfernt hatten.

Ein kurzes Lachen entwich Surnei.

»Ich fand ihn ganz nett.«

Jango guckte schnell weg.

»Schaut.« Annelya zeigte auf das andere Ende des großen Saales.

»Lichtprojektoren?« Jango zögerte.

Annelya nickte. »Wenn man mehr als drei verbindet, kann man das Lichtbild ganz groß projizieren.«

»Hier.« Alle folgten Surnei in den breiten Gang hinein. Die Wände wirkten wie aus Stoff, doch tatsächlich war es goldverzierter Marmor.

Weibliches Gelächter drang näher und der Duft von Geld und Ruhm lag in der Luft. So glatte, glänzende Beine hatte jemand wie Jango bisher bestimmt noch nicht gesehen. Blaue und weiße Stoffe, die teurer wirkten als die Krone aller Könige zuvor.

Taumelnd und stolpernd durchquerten die zwei kichernden Damen die Truppe.

»Es ist gerade mal nachmittags«, stellte Jango voller Entsetzen und mit großen Augen fest.

»Die Zeit läuft anders, wenn man genug Gold hat«, sagte Surnei.

Sie blieben alle plötzlich stehen.

»Zum Thema Gold …« Annelya musterte das, was vor ihr zu sehen war. Sie konnte sich nicht entscheiden, ob es atemberaubend oder belustigend war.

»Die goldene Tür.« Jango seufzte kopfschüttelnd.

Annelyas Haar strich über ihre Schulter, als sie hinter sich schaute.

»Babos war sein Name?«

Surnei nickte. »Ja, ja Babos.«

Annelya lächelte ganz kurz, bevor sie den goldenen Ring des Türklopfers packte und zweimal gegen die goldenen Reliefs der

Tür schlug. Es muss einem leidgetan haben, überhaupt an dieser Türe zu klopfen.

Stille. Nichts.

Annelya schaute mit zusammengezogenen Augenbrauen in die Gesichter ihrer Freunde.

»Vielleicht ist er nicht da?«, mutmaßte Surnei.

»Aber der komische Typ hat doch ge–«, wollte Jango sprechen, als ein raues »Herein!« erklang.

»Oh, los, los«, brabbelte Jango, bevor Annelya hastig die Tür aufdrückte.

Auf einmal erklang nur noch Husten. Annelya, Jango und Surnei schlugen sich mit wedelnden Armen durch den dichten, nach nassem Holz und Zimt riechenden Rauch, der wie eine Druckwelle in den Gang raste.

Babos räusperte sich tief. Er zog die dicke, schwarzbraune Zigarre aus seinem Mund, bevor er einen weiteren Holzzimtangriff auf die Gruppe startete.

»Einen Lichtprojektor braucht ihr?« Alle husteten fast im Chor.

»Sei-seid gegrüßt«, stotterte Annelya, als sie zum ersten Mal klar durch den Rauch blicken konnte. Plötzlich blieb sie stehen. »Babehmos!?«

Babos drehte sich um. Es reichte nur ein Blick, um mit ausgebreiteten Armen und offenem Mund ihren Namen zu rufen. »Annelya Elim!?« Fast fiel ihm der Hut vom Kopf. Sein grauer, spitzer Bart sah wie in Honig gebadet aus.

»Du bist Babos?«, fragte Surnei verwundert und Babos lachte laut. Sein Lachen war freudig, doch es klang alles andere als das. Wahrscheinlich lag es an den ganzen Jahren mit den Holzzimtzigarren.

»Gold und Platin, euch habe ich ja eine Ewigkeit nicht mehr gesehen!« Zügig ging er um seinen gigantischen, feingeschliffenen Holztisch. »Hahahaha!«

Ohne Vorwarnung schnappte er Annelya in seine mächtige Umarmung. Annelya stöhnte. Dieser feste Griff war zumindest nicht lebensgefährlich. Babos hielt Annelya ein Stück von sich weg und musterte ihre blauen Augen, ihre schwarzen Locken, während sie auf seine bärenbraunen Augen hinter den runden, natürlich goldverzierten Gläsern schaute. Vielleicht war sein rundes Gesicht wirklich groß, vielleicht ließ es aber auch nur die winzige Nase so wirken.

»Bei den Ahnen, ihr seid ja riesig geworden!«

Auch Surnei war vor seiner dicken Umarmung nicht sicher. »Und du bist …«, langsam näherte sich Babos Jango. Er stellte sich vor ihn, Hände an den Hüften, als er hoch hinaufblickte. Babos musste drei Köpfe kleiner gewesen sein.

Jangos verträumter Blick wanderte von den kleinen metallischen Statuen und den weißschimmernden Umhängen zu Babos braunem Pelzmantel.

»Das Gleiche frage ich mich auch!« Jango grinste. »Jango Nephim. Es ist mir eine Ehre.« Er legte wie ein Soldat, der einen Befehl bekam, seine linke Hand auf seine Brust.

Babos Gesicht verzog sich in alle möglichen Richtungen. Seine Wangen waren knallrot, sein Husten kurz wieder da.

»Aye, aye!« Babos lachte mit tiefer Stimme, bevor sein Husten wieder stärker wurde.

»Ich wusste nicht, dass dir das Sephirhotel gehört!« Annelya schaute sich staunend um.

Das Braun der Möbel, wie hätte man es nur beschreiben können? Es sah wie lackiertes Holz aus, das bis zur Perfektion poliert worden war. Überall auf den Kommoden und Tischen lagen Bücher und Schriftrollen gestapelt. Auf dem Haupttisch, der über dem smaragdgrünen Teppich stand, gab es eine lange, in Tinte getauchte Aresfeder zu bewundern.

Doch das Erstaunlichste waren wahrscheinlich die riesigen Mosaikfenster, die das Sonnenlicht in ein funkelndes Lichterspiel von Farbe und Magie verwandelten.

»Seit sieben Jahren. Deshalb hatte ich keine Zeit mehr für Besuche«, erklärte Babos und lief langsam zu seinem Tisch zurück.

»Babehmos ist einer der königlichen Finanzberater des Pan De Sartums –«

»War!« Babos streckte seinen Finger in die Höhe.

»War, entschuldige. Er besuchte uns oft, um unsere –«, Annelya zögerte. Plötzlich schnürte ihr etwas den Hals zu.

»Er hat unsere Mutter beraten.« Surnei beendete ihren Satz.

Jango blickte zum jungen Lar. Wärme.

»Ah, ah, Annabel Elim! Die erste Königin des Landes, ha! Ewigkeiten nicht mehr gesehen. Wie geht es ihr?« Babos räusperte sich, bevor er zielgenau und sicher in den silbernen Eimer spuckte.

Jango verzog sein Gesicht, doch es schien, als ob er es zu verbergen versuchte. Surnei holte Luft, aber Annelya kam ihm zuvor:

»Es – es geht ihr gut.« Dieses Lächeln war das wahrscheinlich schwierigste Lächeln, dass sie jemals tragen musste.

Surneis Blick streifte Annelya und eine unangenehme Stille breitete sich schleichend aus.

Babos wirkte nachdenklich.

»Gut, sie scheint sich endlich weniger Sorgen zu machen.« Er zog an seiner Zigarre und hustete wie auf Kommando, wedelte dann mit ihr vor seinem Gesicht herum. »Gibt es irgendetwas Neues über diesen Bastard Herim?« Er nahm noch einen Zug.

Jangos Hand ballte sich zu einer Faust. Es wirkte instinktiv, doch noch viel überraschender war Surneis Hand. Verwundert schaute Jango nach unten auf Surneis weiche Hand, die um seine Faust griff. Jangos Blick wanderte wieder hoch. Nur ein Lächeln von dem jungen Lar und die Faust war Vergangenheit.

»Wir waren auf Durchreise, um ein paar Dokumente für unsere Mutter zu vermitteln«, erklärte Surnei und zeigte auf die Schriftrolle, welche hinter Jangos Rücken mit einer Schnur befestigt war. »Dabei sind wir auf eine Spur gestoßen, die wir sofort melden möchten. Herims Spuren verblassen schnell.«

Babos wirkte verwundert. »Annabel Elim schickt ihre eigenen Kinder, um Dokumente zu übergeben?«

Surnei hatte die Lüge ins Leben gerufen, jetzt musste er schnell denken.

»Nun, es war der einzige Kompromiss, um uns endlich rauszulassen«, schoss es aus Annelya.

Surnei atmete ruhig aus.

»Der Weg nach Arthea ist sicher und nicht so lang. Wir wollten endlich mal etwas sehen und nicht nur davon lesen.« Annelya seufzte, während Babos hustete.

»Verstehe.« Schnell bewegte er sich nach links, eilte zur Kommode und die Blicke der Truppe fielen auf die gläserne, fast durchsichtige Kugel, die von einem silbernen Eisengestell gestützt wurde, das wie verworrene Baumwurzeln aussah.

»Lichtprojektor?«, hauchte Jango in Surneis Ohr.

Surnei schaute intuitiv leicht nach oben. Seine Nase strich fast über Jangos, bevor Jango mit einem kurzen Lachen nach hinten wich.

Surnei blinzelte schnell und räusperte sich. »Mhm – ähm – ja.«

»Hier, den könnt ihr benutzen.« Babos lief mit watschelnden Schritten und dem Lichtprojektor zwischen seinen Händen auf Annelya zu.

»Oh!« Hätte er sie nicht vorwarnen können, dass dieses Ding so unglaublich schwer war? Annelya griff nach dem Lichtprojektor und knickte leicht in die Knie. »Sind die immer so schwer?«

»Nö. Ist das Eisen«, murmelte Babos in seiner Manteltasche suchend, ehe er einen goldenen Schlüsselbund herausholte, aber nur den Schlüssel in der Mitte schnappte. »Fünfte Tür, rechter Gang, nachdem ihr hier rausgeht. Ihr könnt so lange bleiben, wie ihr möchtet.« Ein Lächeln formte sich unter seinem Honigbart.

»Danke, Babos!«, rief Surnei.

»Ja, ja und jetzt verschwindet! Ich habe zu –« Der Husten raubte ihm das Wort. »Zu tun!«

»Du solltest mal zu einem Heiler oder so«, jammerte Annelya.

Zum Sprechen hatte Babos keinen Atem mehr, den raubte ihm sein Husten, also winkte er den dreien nur zu, als sie fast besorgt aus dem Raum traten.

»Lass mich das nehmen.« Jango griff zwischen Annelyas Hände und plötzlich wirkte der Projektor nicht mehr so schwer.

Surnei starrte auf Jangos angespannte, muskulöse Arme.

»Danke!« Die Erleichterung, die Annelya spürte, musste weltbewegend gewesen sein.

»Warum habt ihr ihm nichts erzählt?«, hakte Jango nach, während Surnei den Schlüssel in seiner Hand betrachtete und rechts abbog.

»Das würde Chaos bedeuten«, sagte Annelya.

»Fünfte Tür.« Surnei versuchte sich das Grinsen zu verkneifen.

»Aber natürlich ist die Tür aus Gold«, spottete Jango, bevor er Surnei in den Raum folgte. »Wie groß ist dieses Gebäude!?«

Surnei und Annelya schienen nicht so beeindruckt wie er. Niemand von der Insel der Lar hätte sich so große Betten vorstellen können.

Nicht mal Türen hatte dieser Palast, alle Zimmer waren miteinander verbunden. Die gleichen Mosaikfenster schmückten jeden Raum, hier war es allerdings deutlich heller. Manche Wände waren beige, andere braun.

»Hier.« Annelya eilte zügig zur Mitte des Raumes und zog den kleinen Marmortisch vor den zwei Ledersesseln noch etwas weiter zu sich. Ihr Blau schimmerte im Licht der Fenster, ihre Plattenrüstung glänzte. Den Kapuzenmantel warf sie über einen der Sessel, das Schwert lehnte sie an die Lehne an. »Leg ihn hierhin.«

Mit achtsamen Schritten stellte Jango den Lichtprojektor auf den Marmortisch. Eisen auf Marmor musste vorsichtig behandelt werden.

»So …« Er rieb sich die Hände. »Und jetzt?«

Surnei trat neben ihn. War er es, der so gut roch?

»Jetzt, machen wir das.« Surnei bückte sich nach vorne und wischte einmal mit seiner offenen Handfläche über die gläserne, milchige Kugel.

Ein helles Geräusch erklang, gefolgt von Licht, das kreisend in jede Richtung strahlte, bis es sich allmählich beruhigte.

»Wahnsinn! Wie Magie!«, staunte Jango.

»Das ist eher Technologie«, wisperte Annelya und strich mit ihrem Finger über das Glas. »Wir haben viel darüber gelernt, aber benutzt habe ich einen nur einmal, in der Akademie … um ihn auszumachen.« Das war Schmerz in ihrer Stimme.

»Tenna hat sie erfunden«, informierte Surnei.

»Euer Freund?«

»Er ist mehr als das«, betonte Annelya mit ihrem müden Blick auf Jango.

»Tenna ist Familie.« Surnei empfand wahrscheinlich genauso wie Annelya.

»Ich bin mir sicher, dass es ihm gutgeht.« Wieder stupste Jango mit seinen gekreuzten Armen Surnei an.

»So, man muss nur …« Annelya zeichnete mit ihrem Finger Schriftzeichen auf der Kugel und das Licht folgte jeder ihrer Bewegungen. Es strahlte, traf immer mehr auf ihr Gesicht. »Jede Frequenz hat ihre eigene Kodierung. So verbindet man sich«, erklärte sie flüsternd, fokussiert auf das weißgoldene Licht, in das ihre Augen tauchten.

»Manche Kodierungen sind streng geheim«, bemerkte Surnei. Mittlerweile waren auch seine Arme gekreuzt.

»Wie die fürs Pan De Sartum?« Jangos Frage wurde mit einem Nicken von Surnei beantwortet.

»Die königliche Frequenz. Nicht jeder hat Zugang dazu«, fügte Annelya mit einem langen Pusten hinzu und richtete sich wieder auf.

Jango schaute auf das pulsierende Licht in der Mitte des Projektors. Es wirkte wie ein Herzschlag.

»Und jetzt?«

»Jetzt warten wir.« Annelya richtete sich auf.

Mit jedem Lichtpuls, mit jedem neuen Ton, schlug auch ihr Herz etwas schneller. Diese unsichtbare Schnur um ihren Hals wurde enger und enger. Ihre Hände wurden zu Fäusten, ihr Atem zu schwachem Schweiß.

Und plötzlich bebten die Strahlen des Projektors.

»Wahnsinn«, entfuhr es Jango.

Das Licht wirkte wie ein Kaleidoskop, das um sich herum ein dichtes und gleichzeitig durchsichtiges Bild erschuf. Es war in der Kugel selbst und um die Kugel herum zu sehen. Ein Ton erklang und aus den hundert Spektren formte sich ein klares Bild.

»Annelya Elim?«, hörte Annelya die weibliche, klare Stimme sprechen.

»Seraphine«, wisperte Surnei und schaute ins Licht. Solch silbergraue Augen hatte er lange nicht mehr gesehen. Nur Elite Soldatinnen, wie sie, hatten so eine Ausstrahlung. Ihre Plattenrüstung glänzte in ähnlichen Platintönen. Zwischen den Platten fand man immer wieder mal einen Kristall – und dunkelblauen Stoff.

Hinter ihr waren die gleichen Platintöne zu erkennen. Riesige Säulen, noch höher, noch größer als die Decken Sephirs.

»Kontakt aus Sephir? Eure Mutter hat euch rausgelassen?« Seraphines Stimme klang so, als ob das Wort *tapfer* nur existierte, um sie zu beschreiben. Ihr helles Haar schimmerte in Roségold.

Wie konnte jemand solch eine kalte Wärme ausstrahlen? Schärfer als Lenards Klinge, eisiger als Snows Beschwörung. So war die Elite eben. Mit *ihr* war nicht zu spaßen.

»Seraphine, Mama –«, Annelya stoppte. Sie konnte nicht schlucken, denn die Bilder der gestrigen Nacht bohrten sich wie ein Wurm in ihre Gedanken.

Je näher Seraphine an ihren Projektor rückte, desto deutlicher wurde ihre porzellanweiche Haut.

»Ihr zwei, was ist los?« Ignorierte sie Jango ganz bewusst?

Surnei schaute zu Annelya. Sein Gesicht, genauso verkrampft.

»Mama ist tot«, schloss er ohne Zögern, als Annelya zuckend aufatmete.

Seraphine sprang fast durch den Projektor hindurch.

»Soldat, wiederholen?«, befahl sie mit aufgerissenen Augen. Sie blinzelte nicht ein einziges Mal.

Annelyas Augenlider zitterten wie ihre Lippen. Sie strich sich eine Strähne hinters Ohr, als sie sich dem Projektor näherte. Ihre Hände trafen auf die Marmorkanten des Tisches.

»Seraphine, hör zu, du musst mir jetzt ganz genau folgen, es ist ein extrem dringender Fall.«

»Annelya, was ist geschehen? Wo ist Snow?« Seraphine wollte weitersprechen, doch Annelya raubte ihr schnell das Wort:

»Snow ist untergetaucht, nachdem er Gion dabei geholfen hat, mich der Energie der Schöpfung zu berauben.«

»Wovon im Namen Saretums sprichst du!?«

»Gion, der Hohe Rat, sie sind nicht tot. Iuel Herim ist nicht unser Feind gewesen. Es war alles geplant, von Gion. Alles geplant, um mir die Energie der Schöpfung zu entziehen und die –«, Annelya schluckte. »Um die Droknen zu beschwören.«

»Annelya, ich verstehe kein Wort«, klagte Seraphine.

»Die Droknen sind sieben uralte Drachen, *Dämonen*, die über das Saretorium geherrscht haben. Sie wurden vor fünftausend Jahren von den Ahnen versiegelt.«

Jango ergriff die Initiative, zog langsam seine Schriftrolle hervor und näherte sich dem Projektor.

»Jango Nephim, mein Name, Anführer des Indico-Clans. Ich

weiß, wie wahnsinnig das gerade klingen mag, aber wenn wir nicht in den nächsten Tagen handeln, wird Gion N'Artem eine fast unzerstörbare, unvorstellbar mächtige Waffe besitzen, die das Leben tausender unschuldiger Saretorianer kosten wird.«

Seraphine schaute Annelya an, als ob sie auf eine Bestätigung warten würde und es war auch leider Bestätigung, die sie bekam.

Annelya nickte. »Seraphine, es ist wahr. Es ist alles viel zu viel, um es dir jetzt genau zu erklären. Zuerst müssen wir handeln.« Sie klang bettelnd. Seraphine war immer noch still. »Ich habe es mit meinen eigenen Augen gesehen. Ich habe den letzten Hauch meiner Energie an diese – diese Monster abgegeben.«

»Hey.« Surnei seufzte, als er zu seiner Schwester eilte. Seine Hände streiften über ihre Arme.

»Die – die Energie. Gion brauchte sie, um was zu tun?«, fragte Seraphine.

»Um die Droknen zu beschwören. Einst versiegelte die Energie der Schöpfung die Droknen und nun steht sie kurz davor, sie wieder zu befreien. Falls das geschieht, dann wird Gion das antike Ritual wiederherstellen«, warnte Jango. »Zwölf Tribute, im Alter von vier bis siebzehn Jahren, an jedem Vollmond eines Monats.«

Seraphine lehnte sich weit nach hinten.

»Die – die Droknen«, stotterte Jango, während er schnell seine Schriftrolle entrollte. »Das Ritual der Droknen verlangt nach einem Vollmond.«

»Der nächste Vollmond ist in sieben Tagen.« Seraphine hatte verstanden.

»Wir müssen Gion aufhalten. Wenn er diese Bestien beschwört, wird er nicht mehr aufzuhalten sein«, flüsterte Annelya.

Seraphine wirkte nachdenklich.

»Schwöre mir, dass das kein geschmacksloser Scherz ist, Elim«, betonte sie streng, erwartungsvoll, und sah Annelyas hilfloses Kopfschütteln.

»Ich wünschte.«

Seraphine war die Definition von Konzentration. Mit beiden Händen stütze sie sich an ihrem eisernen Tisch ab.

»In Ordnung. Ich werde unverzüglich Daneel informieren und die Elite mobilisieren.«

»Gion befindet sich in einem geheimen Untergrund, unter der Burg«, fügte Annelya hinzu.

»Schwert und Eisen …«, flüsterte Seraphine.

»Die Soldaten des Dorfes scheinen ihm zu dienen.« Annelya strich sich eine weitere Strähne nervös hinters Ohr.

»Die Schriftrolle«, befahl Seraphine. »Kann ich sie einmal sehen?«

Jango reichte sie schnell an Annelya. »Natürlich.«

Annelya griff nach der Schriftrolle, bevor sie sie vor den Lichtprojektor hielt. Das Licht des Projektors wurde greller, das Geräusch heller.

»Was tut sie?«, flüsterte Jango.

»Eine Lichtkarte. Damit wird das, was man im Lichtprojektor sieht, eingefangen und auf einer Glasscheibe widergespiegelt. Es entsteht ein Bild«, antwortete Surnei.

»Gut. Annelya, Surnei, ihr bleibt genau dort, wo ihr seid. Du, Jango Nephim, genauso. Wir werden unverzüglich handeln. Ich leite unverzüglich eine Vernichtungstruppe ein. Macht euch keine Sorgen, in zwei Tagen ist dieser Terror vorbei, dann reden wir über alles noch einmal haargenau und leiten die nächsten Schritte ein. Gion N'Artem wird mit seinem Verrat nicht davonkommen.«

Annelya nickte. »Danke.« Ihre Stimme brach ein weiteres Stück mehr.

»Passt auf euch auf. Wartet auf mein Kommando. Bis dahin, trinkt genug Wasser und ruht euch aus.« Zum ersten Mal klang Seraphine nicht wie eine Elitesoldatin.

»Machen wir. Danke, Seraphine«, murmelte Surnei, als das Bild vor seinen Augen erlosch. Ein tiefer Ton erklang und der Lichtprojektor war aus. »Elya ...« Seine Schwester fiel in seine Arme.

Jango presste seine Lippen zusammen. Das war Mitleid in seinen Augen.

Annelya konnte keine Träne mehr zurückhalten. Sie tränkte Surneis Schulter in ihre Trauer, griff mit ihren Fingern fest nach seiner Nähe.

»Das ist alles meine Schuld«, schluchzte sie, als auch seine Tränen langsam rollten.

»Nein, nein!« Er drückte sie fester. »Nichts davon ist deine Schuld, absolut gar nichts.«

»Mama ist tot.« Ihr Gesicht war irgendwo zwischen Surneis Schulter und Nacken verschwunden. »Mama ist tot.«

»Hey, es ist vorbei. Es ist vorbei. Die Elite kümmert sich darum. Es ist vorbei.« Surnei atmete tief ein. »Es ist ... vorbei.«

VIII

HOFFNUNG, DU VERDAMMTER LÜGNER

Leylas Stimme erklang in Snows Gedanken, obwohl der Hufschlag selbst den Gesang der Vögel übertönte. Solch ein Wind wirbelte die staubige Erde durcheinander, ließ die Blätter des Waldes wie Instrumente spielen. Sogar ihren feuchten, erdigen Duft verteilten sie.

Sein weißer Mantel stach durch das ganze Grün besonders heraus. Je lauter die Stimme wurde, desto mehr trieb er das Pferd an.

Und dann – ein gepeinigtes Wiehern.

»Nein! Verdammt!«

Das Pferd schlug den ganzen Schlamm nach vorn und verteilte ihn samt den Blutstropfen in der Luft. Snows Mantel? Nicht mehr schneeweiß.

Noch ein Pfeil! Er schoss aus der Entfernung heran, wirbelte so schnell, dass er fast unsichtbar war, zerfetzte kleine Blätter und brach den Wind entzwei. Er drang in die Hüfte des Pferdes, knapp hinter dem Pfeil im Bauch, bevor es stolpernd zu Boden krachte.

»Verfluchter Misthaufen!« Brüllend rollte sich Snow schnell zur Seite und in nur einem Augenblick später, mit einem Handschwung, verschwand er unter der knisternden Eisschicht um sich.

Sein Atem hauchte gegen das Eis, durch das er schaute.

Drei verschwommene, braungekleidete Gestalten näherten sich mit hüpfenden Schritten.

»Banditen? Ernsthaft?«, brummte er leise, als er den vom Schrei begleiteten Axthieb hinter dem Eis erfasste.

Ein Kampfschrei und das Eis verwandelte sich in explodierendes Wasser. Erde, Schnee und Luft rasten gegen den Räuber. Hunderte von kleinen Perlen streiften an Snows wütenden Augen vorbei, als er durch den Augenschlitz des maskierten Mannes blickte.

Das Wasser? Nun Eis. Es fing den ganzen Oberkörper des Mannes und ließ ihn wie eine Statue mit hochgestreckten Armen stehenbleiben. Das Einzige, das rausschaute, war seine Axt.

Ein Schritt zur Seite und der Pfeil, der hinter Snow angeflogen kam, stach in die Eisstatue.

»Ihr – verfluchten Wichser!« Snow schlug den Dolchhieb des zweiten Banditen zur Seite, bevor er mit einem Eisschwung die Hand des dritten Banditen neben ihm einfing. »Bastarde!«

Es erklangen Schreie. Schreie vor wahrscheinlich unvorstellbarem Schmerz. Denn es war nicht nur der Dolch des Räubers, der hinunterfiel, es war auch seine vereiste, abgebrochene Hand.

Snow wich zwei Schritte zur Seite, wehrte mal hinter sich und mal vor sich jene Hiebe ab, als seine schnellen Hände um die Hinterköpfe der Soldaten griffen und er sie mit voller Wucht Kopf gegen Kopf schlug, bevor er sie beide in einer Eisschicht einfing.

Die Männer versuchten sich zappelnd zu befreien. Snow lehnte sich an die beiden an.

»Ihr seht einen Kerl mit einem schicken, fetten weißen Pelzmantel und ihr denkt euch: *Oh, der ist ein gutes Ziel, sieht aus wie ein kleines hilfloses Mädel*«. Während er spöttisch sprach, ging den Männern langsam die Luft unter der Eisschicht aus. »Entschuldigt, mein Fehler! Hier, lasst mich euch helfen.«

Snow zog seinen Fuß zurück, schleuderte seine Hände leicht nach oben. Das Geräusch klang erst nach Eis, dann nach Fleisch. Er rammte die zwei beschworenen Eisklingen jeweils in die Brust beider Männer, bevor er in einem Schwung das ganze Eis schmelzen ließ.

»Besser?«, zischte er, während die beiden stöhnend und kramp-fend auf ihre Knie fielen. Schimmernde Schneeflocken flogen um sie.

Mit zügigen Schritten eilte Snow zu seinem Pferd und bückte sich zu ihm. »Nein, nein, nein, nein!«

Sein braunes Fell war blutgetränkt. Snow schloss die Augen des Tieres, spürte den zittrigen Atem seines Pferdes. Ob seine Hand etwas Trost verleihen könnte?

»Er blutet aus! Genauso wie ihr!« Schreiend blickte er auf die zwei Männer neben sich, die versuchten, das pumpende Blut aus ihrer Brust zu stoppen. Er schaute auf die vereiste Statue. »Der ist wahrscheinlich schon tot ...«

Das Zittern des Pferdes unter seiner Handfläche fühlte sich mit jeder Sekunde, die verging, schwächer an.

»Aber euch werde ich nicht erlösen.« Tief atmete er ein, fast schon zögernd und kämpfend, ehe das schwache, eisige Geräusch unter seiner Hand erklang.

Das Pferd stöhnte kurz auf, bevor sein Zittern völlig aufhörte und Snows Eisklinge sich in Wasser verwandelte, welches sich über das Fell des Pferdes verteilte.

»Schlaf gut, Großer ...« Langsam stand er auf und schaute sich um, ohne die keuchenden und bettelnden Stimmen hinter ihm zu beachten. »Verdammt!«

Seine Kälte verwandelte sich in Angst.

Sonnenuntergang, Untergrund der Burg von Sare.

Geheule. Ketten. Tropfen.

Ihr Atem drang durch den feinen Stoff, der ihren Kopf verdeckte. Es war unmöglich, zu erkennen, was genau geschah. Nur ein paar verschwommene Lichter schafften es durch den graubraunen Stoff und zeichneten die Gestalt vor ihr als einen großen Schatten ab.

Sie schaute nach links. Woher kamen diese Stimmen? Sie klangen genauso kalt, wie die Luft sich anfühlte.

Gion schaute in den schwarzverzierten Spiegel hinein. Langsam schlüpfte er in die blutrote Lederstola. Obwohl sie schwer aussah, schien sie federleicht auf seinen Schultern zu ruhen. Die Schatten des Untergrundes wirkten wie ein flüsternder, heulender Nebel. Er zog ihn tiefer in seinen Bann, offenbarte das Funkeln seiner Augen. Raue Lippen, raue Wangen. Doch diese Augen ... diese Augen.

»Ich habe es geschafft.« Er trat näher an den Spiegel an der dunkelgrauen Wand. »Freiheit.«

Sein langes Gewand bestand aus schwarzem Leder. Ketten und Stoff vermischten sich darunter.

Obwohl ihn der Spiegel glasklar reflektierte, blickte er tief in ein verzerrtes Bild. Sein Ausdruck zeugte von einnehmender Finsternis, einer Art von Leere, die sich voll anfühlte.

Die Tore kratzten langsam wie wunde Finger über den Boden und Uce trat hinein.

»Die Tribute sind bereit.« Er blickte die Stufen hoch zu Gion.

Gions Hauch vernebelte die Gedanken, die vor ihm Gestalt annahmen. Er schaute zur Seite und sah Rot, Braun, und Schwarz, das leuchtete, im Flammenspiel der Fackeln an den Wänden flimmerte. Sein Schatten legte sich über den ganzen Raum.

»Mein Freund«, wisperte Gion. »Heute schreiben wir Geschichte.«

»Heil Aishjatan.«

»Heil Aishjatan.«

»Heil Aishjatan.«

Die Rufe der Soldaten wanderten im Echo des Raumes.

Immer wieder versuchte die tuchbedeckte junge Frau Schatten und Licht in Zusammenhang zu bringen. Was war es, das sich hinter dem Stoff abspielte?

Wie sollte sie diese jammernden und weinenden Stimmen zuordnen? Nun, eins war sicher – so klang Angst.

»Was zum …«

Das durch den Stoff schimmernde Licht wurde plötzlich von einem neuen Schatten verdeckt. *Seinem* Schatten.

»Heil Aishjatan.«

Die Speere klopften zwei Mal gegen den kalten Marmorboden und der Klang wanderte wie eine Welle im schwarzen Ozean über die Böden des Untergrundes, tapste leicht an den Schultern der Gefangenen, um sie an jene herrschende Kälte zu erinnern.

Gion ließ sich nicht einen Eindruck entgehen, denn darauf hatte er über tausend Leben gewartet. Er nahm jedes einzelne Bild und jeden einzelnen Hilferuf tief in sich auf. Was sich allerdings rechts von ihm befand, befriedigte ihn am meisten.

Sieben Saretorianer, angekettet, mit bedeckten Köpfen, die winselten und jammerten.

Vor ihm, die Statuen der Droknen, welche lebendiger als je zuvor wirkten. Er hörte seinen Namen in ihrem Geflüster schallen.

Vor den Statuen befanden sich zwei Altäre, die nah nebeneinanderstanden und von schwarzgetrocknetem Blut gezeichnet waren, das einst in die Rillen ihrer Inschriften geflossen war.

Wie eine Schlange kroch sein schweres Gewand seinen noch schwereren Schritten hinterher.

»Heil Aishjatan!«

Zwei Speerhiebe. Echo. Kälte.

Die Altäre waren aus Stein, doch für ihn schimmerten sie wie das wertvollste Gold des Reiches.

Das war ein angsteinflößender Anblick.

Vier Stunden später, an der Grenze zu Arthea.

Meleoidy hatte über Stunden nicht gesprochen. Tenna auch nicht. Das Mondlicht grüßte die Nacht, warf sein weißes Licht über die Küste, bevor es funkelnd in die ruhigen Wellen tauchte. Für das Lichterspiel an Land sorgten Schimmerlinge, die dem Strand ihren Staub schenkten, bis Sandkorn und Schimmer nicht mehr zu unterscheiden waren.

»Da!« Tenna durchbrach das Schweigen. Er schwankte auf dem Pferd genauso wie Meleoidy.

Sie lugte über seine Schulter. »Arthea.«

Die Silhouette der Stadtgrenze trug die orangenen Lichter der Stadt wie Perlen auf ihrem Kleid. Es sah friedlich aus, wie das Rauschen der Wellen neben den beiden.

Der typische Klang der Schimmerlinge war beruhigend. *Krrr. Krrr.*

Meleoidy folgte dem Schimmer, der wie ein gelbgrüner Pinselstrich im satten Schwarz der Nacht glimmerte. Er sah genauso warm aus, wie sich die Luft anfühlte.

»Was, wenn wir das Pan De Sartum nicht erreichen können?«, grübelte Tenna laut.

Das Pferd schnaubte. Meleoidy lehnte sich etwas nach vorn und ihr Rot strich über Tennas Rücken.

»Warum sollten wir es nicht erreichen können?«

Tenna zischelte: »Ich weiß nicht, sag du es mir. Du steckst voller Überraschungen.«

Kurz herrschte Stille. Nur der stumpfe Hufschlag im Sand erklang.

Tenna wollte sprechen, doch er hielt inne.

»Was denn?« Meleoidy schaute auf das Meer hinaus, bevor sie seinen Hinterkopf musterte. Die braunen Wellen standen ihm gut.

»Wenn das hier vorbei ist ...«, flüsterte Tenna zögernd.

Meleoidy lugte über seine Schulter, als er sich leicht nach hinten drehte. Er sah ihren Blick auf sich lasten. Seiner fiel auf ihre Lippen, bevor er wieder schnell nach vorne sah. »Was passiert dann mit dir?«

»Wenn ich dir das sagen würde, könntest du es verhindern.« Die Tonlage ihrer Stimme stellte klar, dass sie mit Ironie spielte. Trotzdem drehte er sich erschrocken um.

Meleoidy lehnte sich überrascht zurück und zog die Augenbrauen zusammen. Er sah bedrückt aus.

»Du bist nicht in der Position, solche Witze zu machen, Mel. Das hier ist keine Vergebung. Es ist Notwendigkeit.« Wieder brach er den Augenkontakt, den Kopf aufs Ziel gerichtet.

»Ich habe nicht nach Vergebung gefragt …«

»Gut.« Er leckte sich über die Lippe, schien in die Leere zu starren. Würde er seine nächsten Worte bereuen? »Verstehen möchte ich dich trotzdem.«

Schon wieder hörte man nur den Hufschlag im Sand. So lang konnten sich wenige Sekunden anfühlen …

»Es war Notwehr«, flüsterte Meleoidy.

Ein letzter Blick von ihm nach hinten und sie tauchte in Verwunderung.

»Notwehr?«

»Es war nicht ich, die sie gehasst hat, Tenna.«

Tenna schaute sie immer noch an. »Annabel?«

Meleoidys Blinzeln wurde noch schneller.

»Es war nicht Teil des Planes, sie zu töten.« Sie sah in seine goldbraunen, schimmernden Augen. »Zumindest nicht meines.«

»Annabel hat versucht, dich –« Er konnte nicht, er wollte nicht weitersprechen, doch Meleoidys Nicken wirkte ehrlich.

»Sie hat nicht einmal gewusst, dass ich sie verraten hatte, als sie meine Kehle quetschte.«

So ruhig die Wellen dieser Nacht waren, so stürmisch müssen

Tennas Gedanken gewesen sein. Er hörte den Schmerz aus ihrer Stimme heraus, hielt mit voller Kraft seinen traurigen Blick nach vorn.

»Aber warum?«, fragte er.

»Ich schätze, dass wir alle nicht unbedingt die sind, die wir vorgeben zu sein …«, antwortete sie. »Ich werde verschwinden. Nachdem das alles vorbei ist.«

»Nein. Du solltest dich stellen.«

»Wofür? Um hinter irgendwelchen Gittern zu vergammeln?« Langsam entfernte sie sich wieder von Tenna und atmete tief ein. »Das tue ich schon mein ganzes Leben lang, Nameel.«

Tenna schluckte schwer. Sein nasser Blick wich von links nach rechts.

»Ein ganzes Leben lang …«, wisperte Meleoidy.

Sephir, Arthea.

Ein … aus.

Ein … aus.

Ein …

»Ich glaube ich möchte noch einen LukLuk«, hörte Annelya Jango vom anderen Ende des Raumes sagen.

»Wie schmeckt das eigentlich?« Interessierte das Surnei wirklich?

Annelya atmete aus. Ihr Haar fiel wie ein schwarzglänzender Teppich über das weiße Kissen auf dem riesigen Bett. Sie wirkte winzig. Surnei auch.

»Zeit, es herauszufinden! Komm mit, geht bestimmt aufs Haus, Fremder«, witzelte Jango, als er vom Ledersessel aufsprang und zur Tür eilte.

Das Knistern der Kissen breitete sich unter Surneis Ohren aus.

»Nein, ich sollte hierbleiben«, flüsterte er.

Nachdenklich drehte Annelya sich zu ihm. Auch unter ihrem Ohr knisterte es. »Quatsch, geh ruhig!«

Etwas in Surneis Augen war anders als sonst. Sein Strahlen war tief verborgen. Es war neu, bedeckt von dem Schleier seiner Trauer. »Sicher?« Surnei zögerte.

Wie ein Welpe wirkte er in ihren Augen. Seine Lippen, so weich wie seine Wangen, die auf seinen Fingern ruhten.

Annelya nickte lächelnd. »Ich bin mir ziemlich sicher, dass ich hier in Sicherheit bin.«

Surnei blickte auf zu Jango, der neben dem Bett stand. Er lächelte.

»Komm, Fremder, lass uns LukLuk trinken gehen.«

Schnell griff Surnei nach seiner Hand und ließ sich von ihm führen. Das ganze Bett knarzte, als ob tausend kleine Federn brechen würden.

Surnei blieb stehen, seine Hand streifte die von Jango.

»Möchtest du nicht mit?«

»Geht ruhig«, verneinte Annelya.

Surnei presste seine Lippen zusammen. Es war sicher nicht einfach, sich zu entscheiden. »Na gut ...«

»Komm«, forderte ihn Jango auf und zog an seinem Handgelenk.

Annelya drehte sich auf ihren Rücken und Federn brachen erneut.

Ein ... aus.

Über ihr ein immer größer werdendes, verwobenes Lichterspiel aus Weiß und Gold. Je länger sie hinaufschaute, ohne zu blinzeln, desto tiefer sank sie hinein.

Ein ... aus.

So fühlte sich die Welt hinter den Mauern also an. Sie war kalt und gnadenlos. Unberechenbar und doch so magisch. Das Gefühl auf ihrer Zunge war bittersüß.

Und je länger sie hinaufschaute, desto klarer wurde die Träne, die ihren Weg in die Freiheit suchte, ihren Pfad auf ihrer Wange zeichnete.

»Ich vermisse dich …«, wisperte sie, gegen das Gefühl kämpfend, gegen den Sturm, der in ihr aufkam.

Sie atmete ganz tief ein und ganz tief aus. Für einen Augenblick herrschte Ruhe. Ihre Augen, fest verschlossen.

Ihre Gedanken verstummten.

»Hach, wo ist denn unser lächelnder Freund hin?«, spaßte Jango, als er den Hotelmitarbeiter nirgends erblicken konnte, und lehnte sich gegen die Theke. Hastig schaute er zu Surnei. »Oh!« Er lehnte sich wieder zurück, zog den schweren, hohen Hocker für Surnei nach hinten.

Surnei sah verwirrt aus.

»Danke.« Er lachte und setzte sich langsam darauf. »Dafür, dass dich sein Lächeln so stört, lächelst du aber auch ziemlich oft.« Surnei stütze sich mit beiden Armen entspannt auf die Theke.

Das Lichterspiel der beleuchteten Diamanten glitt immer wieder über sein Gesicht. Kleine Lichter schwebten im ganzen Saal.

»Fremder …«, Jango zögerte, während er sich kurz abwand und der Kellnerin nett zuwinkte. »Mich stört es nicht, dass er so geläschelt hat … Zwei LukLuks bitte!«

»Kommt sofort«, bemerkte die Kellnerin.

Surnei schaute ihn erwartungsvoll an. Wo war das Lächeln hin? Es fühlte sich so an, als ob Jango mit seinem Gesicht näherdringen würde, doch er blieb dort, wo er war.

Dieses Geräusch kannte Surnei, er hatte es schon auf der Insel kennenlernen dürfen. Es pochte in Jangos Brust – und es pochte schneller als sonst.

Jangos Blick wanderte über Surneis.

»Es hat mich gestört, dass er wegen dir so lächelte.«

Surneis Wangen liefen rot an. Mit großen Augen starrte er Jango an. Er stotterte, stieß etwas auf, als er flüchtend auf die Theke schaute.

»Zwei LukLuks«, hörte er die Kellnerin sprechen und dieser zitronige Duft stieg in seine Nase.

Das würde eine spannende Erfahrung werden.

Eine Stunde später …

So viele Gäste, sie sangen, tranken und tanzten. Manche waren sogar am Essen, doch es musste eher Appetit und nicht Hunger gewesen sein, denn von solchen Portionen würde nicht einmal ein Käfer satt werden. Während die Zeit verging, die Grenze zwischen Gelächter und Gesprächen sich immer weiter vermischte und aus einem LukLuk mehrere wurden, da schwand der letzte Schein des Tages und der Mond stieg empor …

Die Nacht war lauwarm, Annelya immer noch still. Es tat ihr seltsamerweise gut, allein zu sein.

Mama, schau mal, was ich kann!, hallte es in ihren Gedanken, während sich hinter den verschlossenen Augen Bilder von blondem Haar und blau leuchtenden Adern abspielten.

Ein … aus. Sie sank tiefer und tiefer in Erinnerungen, ließ sich immer weiter treiben, während die Stimmen im Kopf lauter wurden. Es fühlte sich an, als ob sie gleich für immer abtauchen würde. Diese Bilder wurden klarer und einnehmender. Noch ein kleines Stückchen Fokus, einen Schritt tiefer, und sie könnte für immer darin verschwinden.

Doch als das Kinderlachen in ihrem Kopf seinen lautesten Pegel erreicht hatte, riss die Welt um sie herum sie gnadenlos aus ihrer eigenen heraus.

Langsam öffnete sie die Augen und atmete enttäuscht aus, bevor sie zur Seite schaute.

Das Licht des Lichtprojektors pulsierte.

Sofort drückte sie sich hoch. Es leuchtete immer wieder auf. Versuchte jemand, Kontakt aufzunehmen?

Schnell stand sie auf, brach mit jedem Schritt Schatten und Licht, als sie sich eine Strähne hinters Ohr strich und der Lichtprojektor ihr Gesicht verschluckte.

»Seraphine?«

Sie wischte über den Lichtprojektor.

Die Geräusche erklangen, bevor das Bild sich formen konnte.

Das Mondlicht leuchtete in den ganzen Raum hinein.

»A-Annelya«, rief Seraphine, als das Signal endlich klarer wurde.

Annelya schaute verwirrt in das Bild hinein. Was war das? Elitesoldaten? Sie eilten hin und her, packten Waffen und Rüstungsteile. Seraphine saß nicht, sie stand in voller Rüstung.

»Seraphine? Was ist los?«

Das Gefühl in Annelyas Magen … sie kannte es, sie hatte es schon einmal gespürt.

»Haha, nein, nein, am liebsten –«, wollte Jango sprechen. Doch dieses schrille, hohe Geräusch unterbrach jedes Gespräch, jeden Satz, lenkte die Aufmerksamkeit aller Gäste nach hinten.

»Die Lichtprojektoren«, flüsterte Surnei, als er sein halbleeres Glas auf die rote Theke stellte.

»Annelya, es ist ein Notfall katastrophaler Stufe«, warnte Seraphine.

Annelya rückte näher, ihr Herz schlug nervöser.

»Was – ich verstehe nicht, was ist passiert?«

»Wo ist Jango?«, fragte Seraphine.

»Er – er ist mit Surnei etwas trinken, sie – w-wieso?« Sie beobachtete das Chaos hinter Seraphine.

»Die Schriftrolle, die er uns gezeigt hat ... wir haben sie durch unsere Elitehistoriker überprüfen lassen.«

Annelyas Gesicht sank in sich zusammen.

»Annelya, auf der Schriftrolle steht: *Uk'da berve Droknar'e sumkal dien, xer e en ulva Selini, ner kan Shatan.* Das ist antike Sprache, vor Saretum. Ungefähr 4500 Jahre vor Saretum.«

Annelya strich sich eine weitere Strähne hinters Ohr. Das Licht des Projektors, es schien Seraphines Angst anzunehmen.

»Wird es normal gelesen, dann liest es sich: *Damit die heiligen Droknen beschworen werden, bedarf es eines vollen Mondes, doch keines Opfers.*« Seraphine schluckte. Sie schaute auf Annelyas gläsernen Blick.

»Ja ... ja, das hat Jango gesagt, ich verstehe ni–«

»Annelya, die Schriftrolle wurde *vor* Saretum geschrieben!«

Annelyas Gesicht erfror in Millisekunden. Sie lehnte sich leicht zurück, wagte nicht, sich einen weiteren Zentimeter zu bewegen.

Das Licht war nicht mehr golden. Es wirkte grellweiß.

»Seraphine ...«

»Wir lesen Sätze von links nach rechts. Seit Saretum. Davor –«

»Wurde von rechts nach links gelesen«, schoss es aus Annelya.

Seraphine nickte zögerlich.

»Genau. Die Schriftrolle sagt nicht, dass die Beschwörung der Droknen eines vollen Mondes und keines Opfers benötigt«, flüsterte Seraphine, als das Signal des Projektors langsam zischte.

Annelya schaute sie an, biss ihren Kiefer fest zusammen.

»Annelya, die Schriftrolle wurde falschherum übersetzt. Die Beschwörung der Droknen bedarf keines vollen Mondes, doch eines vollen Opfers.«

Plötzlich blieb die Zeit stehen.

Die Plasmalichter des Raumes, abrupt erloschen sie, wie auch der letzte Funke in Annelya erlosch. Dunkelheit. Pure Dunkelheit, außer vor ihr.

»Annelya? Was ist da passiert? A-An–« Seraphines Signal schwand langsam. Irgendetwas schien es zu stören.

»Ge-geehrte B-Bürger des – Sa-Sare«, erklang es durch alle Gänge, durch den Projektor und das Bild begann zu verschwimmen. Etwas anderes, ein anderes Bild, nahm seinen Platz ein.

»Nein«, presste Annelya kopfschüttelnd hervor. Noch eine Träne. »Nein, nein.« Sie fiel einige Schritte zurück, schaute starr in den Projektor hinein.

»Geehrte Bürger des Saretoriums«, sprach *seine* Stimme.

»Nein.« Schnell drehte sie sich um und suchte. »Su-S-Surnei …« Sie stürmte los und riss die Tür auf. Sie rannte durch die Menge, drückte jeden zur Seite, bis sie das Licht der Projektoren im Empfangssaal schimmern sah.

»Heiliger Kristall …«, wisperte Jango und trat der großen Lichtleinwand ein Stück näher.

Surneis Augen waren gefangen von der Lichtprojektion.

Tenna riss die Eingangstür auf und Rot und braun stürmten hinein. Surnei schaute zur Seite.

»Surnei, Surnei, Surnei«, wiederholte Annelya mit tobendem Atem, als sie ihren Bruder sah. Er sah sie an, wollte sprechen, bevor er bemerkte, dass ihr Blick hinter ihn glitt.

Das? Das hätte man nicht beschreiben können. Die Wurzeln all ihrer Gefühle, sie bohrten sich aus dem Boden, griffen um ihre Beine und stachen ihre Dornen tief in ihre Brust.

Meleoidy blickte zurück. Sie stand genauso angewurzelt. Keiner konnte sprechen, alle waren getaucht in unvorstellbare Kälte.

»Viele von euch werden sich wundern, in dieser Nacht mein Gesicht zu erblicken«, schallte der Klang im Saal von Sephir, als Annelya langsam auf die Lichtleinwand vor den verbundenen Lichtprojektoren schaute.

»Er kappt das Signal aller Lichtprojektoren«, stellte Tenna fest.

Auch Meleoidy sah hin.

»Er strahlt das im ganzen Saretorium aus?«, hauchte sie.

»Überall, wo es Projektoren gibt.«

Annelya rückte näher. Näher. Das kalte Licht der Projektoren strich wie ein Windzug über ihren Körper, ließ ihr Haar blauweiß aufglühen, ihre Haut blass schimmern. Die Rüstung hatte sie nicht mehr an. Nur noch blaugrauer Stoff und eine braune Hose bedeckten ihren Körper. Ihre Arme waren nackt, genauso wie ihre Gefühle.

»Nein.«

Währenddessen in der Burg von Sare.

Das Gesicht des kleinen Jungens versteckte sich hinter dem blauen Rock. Die Hände seiner Mutter streiften sanft über sein Gesicht, so wie die Funken der Fackeln brennend über den Himmel streiften.

Eine große Menge, es muss das ganze Dorf von Sare gewesen sein. Männer, Frauen und Kinder, alle schauten zum Königshof, die Stufen hoch hinauf aufs Podest.

»Gesichert«, rief einer der Soldaten, als er ein weiteres Gitter hinter der Menge verschloss.

Er verbreitete so viel Kälte. Sein Gewand und seine Art strahlten Macht aus. Langsam hob er seine rauen Hände, bewegte sie sachte hinter seinen Rücken. Die Luft – wohl warm – und trotzdem hauchte sein Atem, als würde er gegen Eis sprechen.

Snow hörte auf zu rennen. Die Lichter des Dorfes waren aus, außer am Königshof, hinter den Mauern der Burghöfe. Er war einige

Kilometer entfernt, konnte nicht viel erkennen. Dennoch verriet die Atmosphäre des ganzen Landes alles, was er wissen musste.

»Leyla …«

Die Stimmen vermischten sich immer weiter und die Flammen jeweils rechts und links vom Podest erhellten die Gesichter mancher Bürger.

»Vor fünftausend Jahren …« Gions Stimme brach durchs Chaos. Uce stand an seiner Seite. »… ist unsere Welt eine völlig andere gewesen.« Gions Narbe glänzte im Feuerspiel. Sein weißer Bart umschmeichelte seine Wangen. Alle, er schaute alle an. Jeden Einzelnen, ganz genau und zufrieden, denn er hatte endlich das bekommen, wonach er sich unzählige Leben lang gesehnt hatte.

»Eine Zeit vor den Königen, vor dem Terror, vor dem Leid.«

Währenddessen in Sephir.

Gions Bild wurde immer klarer und das kalte Weiß stach immer tiefer in Annelyas Haut.

Ein … aus.

Ein – aus.

»Hat er – sind die Droknen …?«, jammerte Surnei.

Sare.

»Eine Zeit des Friedens. Des wahren Friedens«, sprach Gion und zeigte mit einer Handgeste hinter sich, zu seiner Rechten.

Plötzlich erklangen Kettenrasseln und Geheule. Sieben Saretorianer mit zerfetzter Kleidung, gebadet in grässliche Mengen von Blut, wurden gewaltsam von einigen schwarzgepanzerten Soldaten aus der Burg getragen und mit einem kräftigen Stoß niedergeschlagen. Einer nach dem anderen fielen sie auf die Knie.

Da waren sie – diese scharfen Augen und das blonde Haar, das bis zum Kinn reichte. Was jene Augen wohl gesehen hatten? Sie waren voller Terror, am Zittern. Sie atmete, als ob es keine Luft mehr geben würde.

Die Stimmen in der Menge wurden nervöser, so wie der kleine Junge, der ängstlich am blauen Rock seiner Mutter zog, als sein Blick auf Gions kaltes Lächeln traf.

»Wir sind eingesperrt«, fluchte ein Mann und die Menge registrierte die Gitter, die den Hof verbarrikadierten.

Panik brach aus. Doch Gion? Er war die Ruhe in Person.

»Gleichgewicht!«, brüllte er und alle wurden still. »Das Geburtsrecht unserer Welt. Unserer Natur. Einer Natur, die jede Facette unseres Seins beinhaltet. Doch wir entschieden uns, Teile ihres Leibes, ihrer Seele herauszureißen. Schwäche, die wir als Mitgefühl betitelten, führte uns dazu, zu beschmutzen, was bereits vollkommen war. Angst, welche wir Liebe nannten. Wir zerstörten das, was bestimmt war, zu sein, mit dem Versprechen, etwas Besseres zu erschaffen.« Kurz hielt er inne. »Stattdessen haben wir mehr Kriege, mehr Hunger, mehr Not und mehr Leid erschaffen, als in Tausenden von Jahren. Wir haben unsere Schwäche begraben. Haben unseren selbstbezweckenden Emotionen Raum gegeben, uns vorzutäuschen, dass doch nun alles richtig sei. Dass es mehr Tode dafür geben musste als je zuvor? Das wurde egal.«

Es erklang Heulen und Weinen in der Menge.

»Solange wir uns von Licht blenden lassen und Betäubung in einer Illusion finden, dann muss doch alles in Ordnung sein. Wir verbannten die Seiten unserer Natur, die uns wahre Freiheit schenkten, die Teil dieses Prozesses waren, nur um uns besser zu fühlen, mit der Ausrede, dass wir aus Güte handelten!« Gion schaute nach hinten. Er musterte das frische Blut, das die Oberkörper aller sieben bedeckte. »Dass es das Doppelte, das Dreifache an Unschuld gekostet hat, ließ uns – gleichgültig. Denn der Kristall der Schöpfung schenkte uns Licht. Er ließ uns gut fühlen. Und die Dunkelheit, sie tat es eben nicht.« Mit einer Handbewegung signalisierte er den Soldaten, dass sie einen der Gefangenen nach vorne tragen sollten.

Sie schnappten sich den schwarzhaarigen Mann neben dem blonden Mädchen. Er schaute sie an, schrie in Terror.

»Lasst mich los, nein! Lasst mich los!« Mit einem Ruck warfen sie ihn auf alle Viere.

Er landete neben Gions Füßen, barg sein tränen- und blutgetränktes Gesicht zwischen seinen Händen.

»Iuel Herim hatte etwas erkannt, das niemand von euch erkannt hatte! Er hat hinter die Lügen dieser Welt geblickt. Und auch wenn er es, so wie viele andere, nicht verkraften konnte, der Wahrheit ins Gesicht zu schauen, waren es wieder Gefühle der Selbsterfüllung, die ihn als Täter darstellten. Niemand hinterfragte. Jeder glaubte. Denn er, oh Herim, … er bedrohte unsere Natur … drohte, uns einen ihrer Teile herauszureißen, so wie wir es einst getan hatten. Doch solange es uns nicht wehtut, ist es keine Güte, die wir praktizieren, wenn wir anderen helfen. Es ist Egoismus. Wir lügen uns selbst an. Nicht mehr.« Gion streckte seine Hand in die Richtung des Mannes. Seine Finger tanzten in stillen Bewegungen und der Mann schoss wie eine Puppe in aufrechte Position.

Es klang fließend … es klang nach Blut. »Bürger und Bürgerinnen des SAARTORIUMS. Zu lange wurde die Wahrheit dieser Welt vergraben. Ihre Wurzeln und ihre Schönheit – missachtet! Vor über 5000 Jahren schwangen Licht und Dunkelheit im Gleichgewicht. Zwei Seiten der gleichen Medaille, die ihren Sinn und ihren Zweck erfüllten. Während die Macht der Schöpfung Licht in diese Welt brachte, reinigten die Droknen jene Welt von ihrer Finsternis. Sie konsumierten sie, schufen Raum, damit die Schöpfung ihr Wunder vollbringen kann. Ein heiliger Kreislauf, in den wir glaubten, eindringen zu dürfen.« Gions Stimme wurde rauer, sein Gesicht geladener. »Heute werden wir jenen Kreislauf wiederherstellen. Licht und Dunkelheit werden nicht länger getrennt voneinander leben. Sie werden herrschen. Sie werden Gleichgewicht wahren. Sie werden reinigen und die Wunden dieser beschmutzten Welt heilen. Uns steht eine neue Alte Welt bevor. Das Götterschauspiel hat ein Ende. Die Illusion ist gestorben. Und wir werden jene antike Tradition ehren, sie befolgen, ohne unsere jämmerliche, selbstbefriedigende Lüge von Verständnis und Heroismus weiter aufrechtzuerhalten. Von nun an, an jedem Vollmond, wird zwölf Auserwählten, zwischen vier und siebzehn Jahren, die Ehre erwiesen, als Tribute für die heiligen Drachen zu dienen. Jeder, der sich diesem Gesetz widersetzt, wird leiden. Jeder, der sich gegen die Wahrheit stellt, wird sterben. Und jeder, der sich fügt … wird Frieden erfahren. Freiheit. Unsere Flüsse werden goldenes Wasser führen und unsere Blüten werden nicht vergiften, sondern heilen. Hass, Zorn, Gier, Missgunst, Eifersucht … sie werden zerfallen. Mit dem heiligen Opfer werden sie gereinigt. Wird diese Welt – gereinigt«, sprach er und für einen Augenblick verstummten alle Stimmen.

Nur das Knistern der Flammen, das leise Wispern und Heulen der Menge waren zu hören.

Gion schaute zu Uce. Sein Gesicht, getaucht in das rote Licht der Flammen.

Uce nickte und blickte zur anderen Seite.

Der Mann schwitzte, heulte, bettelte.

Sephir.

Tenna sah Annelya. »Wir müssen sie hier rausbringen, sofort.«

»Jango – was – was tut er?«, fragte Surnei, versunken im Terror, der sich vor seinen Augen abspielte.

Jango versuchte trotz des Kloßes im Hals zu sprechen.

»Er beschwört die Droknen.«

»Annelya –«, rief Tenna und Annelya stieß seine Arme von sich.

»Nein, nein«, wisperte sie zittrig.

Sare.

»Bitte, macht, dass es aufhört«, bettelte der heulende Mann in peinigendem Schmerz.

»Wir bedanken uns für dein Opfer«, wisperte Gion und schloss seine Hand schnell zu einer Faust.

Der Mann keuchte. Sein Herz blieb stehen und Gion befahl mit einer Kopfbewegung die anderen Soldaten nach vorn. Sie warfen die Gefangengen wie Schweine auf den blutigen Boden. Die Flammen schlugen höher. Das Kreischen und Weinen wurde lauter.

»Aishjatan regnarok ta kar Drogenian, Aishjatan, Na MER KE TERIA!«, brüllte Gion und ein unbeschreibliches Geräusch erklang.

Es raste wie eine gigantische Nadelwelle durch das ganze Land, die alles zerfetzte. Klang, als ob alle Böden dieses Planeten brechen würden. Als ob der Himmel, die Sterne selbst zusammenfallen würden.

Und diese Stimmen, oh, diese grässlichen Stimmen … Das Geheule der Gefangenen, es verwandelte sich in Echos. Tiefe, bitterschwarze Echos.

Chaos brach aus. Manche Bürger versuchten zu entkommen, doch es waren die Gitter und die Speere der Soldaten, die sie zurückdrängten.

Gion tapste einige Schritte zur Seite. Sein Blick, gefesselt von dem Wunder vor seinen Augen.

Die Knochen der Gefangenen zerbrachen in Stücke wie unter Plattenstiefeln. Ihre Haut zerbarst in tausend Fetzen. Solch ein bestialisches, grässliches Brüllen. Ihre Zähne, ihre Augen, ihre Körper, sie waren nicht mehr ihre eigenen.

Etwas Finsteres nahm ihren Platz ein.

»Heilige Droknen ...«, staunte Gion mit glänzenden Augen, als ein gigantischer knochiger Schweif tiefe Rillen in den Boden vor seinen Füßen rammte.

Die Leiche des Mannes war entstellt. Rotbraune Muskeln, Knochen und Schuppen, dreimal so groß wie er, sprossen aus ihm heraus, verwandelten seinen Körper in ein neues Zuhause. Die Statuen, so sahen sie aus, doch nun waren sie lebendig.

Stück für Stück schlugen blutgebadete Krallen auf den Marmorboden und rissen ihn wie ein Stück Papier auseinander.

Ihre Mäuler waren genauso spitz wie ihre Hörner. Sie wuchsen aus den Köpfen der Gefangenen, folgten den dunkelbraun-grauen Wirbelsäulen.

Einer nach dem anderen waren die Droknen geboren. Sie schlugen ihre blutigen Schwingen auf, rammten ihre Klauen tief in den Boden, streckten ihre Mäuler hoch hinaus und brüllten. Sie brüllten und ihr Schrei zerbröckelte alle Säulen und Stufen des Hofes. Sie wuchsen, griffen um sich.

Gion schaute hoch hinauf. Rot leuchtende Augen. Übler Gestank nach Kot, Blut und Fleisch. Dieses Gesicht, wenn man es so hätte nennen können, näherte sich ihm. Es war genauso groß wie sein ganzer Körper.

»Ich habe euch beschworen. Das Siegel der Ahnen gebrochen. Nun seid ihr gebunden, gehorcht meinem Wort. Oh, heilige Drachen!«

Der vollständig verwandelte Drokne kreischte.

Die Gefangenen? Nicht mehr da. Finsternis hatte sie eingenommen. Die Droknen richteten sich auf, krochen am Boden, umschlangen jede Ecke des Marmors mit ihren Schweifen.

Das Geschrei hörte *er* nicht mehr. Manche Kinder wurden zertreten, genauso wie manche älteren Herren und Damen. Chaos. Panik. Blut.

Gion schaute auf die Menge vor sich.

»Diese Welt wird heilen! Und nun, heilige Drachen … fresst.«

So schnell konnte sich eine Nacht in ein Massaker verwandeln.

»Wir danken euch für euer Opfer«, sagte Gion, als die Geräusche von Fleisch, Schmerz und Schrecken samt den Lichtern erloschen.

IX

DIE DUNKELSTE NACHT

E
in – aus.

Das Licht strahlte auf Annelyas nasse Wangen.

Die Stimmen häuften sich, wurden lauter und aufdringlicher wie die Blicke um sie herum.

»Annelya …«

Sie wehrte Tennas Hand ab, streckte ihre verneinend entgegen. Er sollte fernbleiben. Alle sollten fernbleiben! Sie hörte ihr Herz pochen, das die Stimmen um sie herum übertönte, während sie sich langsam umschaute. Zittrige Lippen, offene Augen.

Ein – aus.

Annelya Elim: Es erklang mehrmals in der Menge.

Ein – aus.

»Ich –«, stotterte sie, auf die verzogenen und angstgebadeten Gesichter starrend.

Ein – aus – ein – aus – ein – aus – ein – ein – ein.

»Ich kriege – ich kriege keine Luft«, keuchte sie und schlug mehrmals auf ihre Brust, als würde sie ihr Herz herausreißen wollen. »Ich kriege –« Ihr Brustkorb hob sich schnell an. Sogar Surneis helfende Hände wehrte sie ab. »Nein – nein – nein!«

Sie rannte, durchdrang die Menge. Ihr Haar tanzte genauso wie ihre Tränen.

»Annelya!«, rief Surnei und die Truppe eilte hinterher.

Ein – ein – ein – aus – ein – aus – ein.

Sie stürmte in den Raum. Das Pochen hatte ihren Kopf erreicht, ließ sie nichts mehr hören, außer der Melodie ihrer angekratzten Seele. Sie schaute sich um, atmete immer schneller, presste immer tiefer mit ihren Fingern in ihre Brust.

Ein – ein – ein.

Es pochte so laut. Würde sie gleich explodieren? Alles hörte sich rot an, sah schwarz und verschwommen aus. Ihr Blick glitt nach vorne, neben den Sessel.

»Annelya«, hörte sie *ihre* Stimme sprechen, als ihre Augen fast Wunden in ihr Gesicht rissen.

»Nein!« Mit einem Schwung packte sie das Schwert neben dem Sessel und drehte sich mit voller Wucht um.

Alle schreckten zurück, Meleoidy hob ihre Hände. Die Klinge berührte ihre Kinnspitze.

»Wenn ich könnte, würde ich es langsam tun«, schluchzte Annelya.

»Elya –«, rief Surnei, doch sie hörte nicht hin, denn ihre Wut sollte sprießen und brennen, nicht erlöschen.

»Ich würde dir diese Klinge in den Bauch bohren. Ich würde sie drehen und sie herausziehen. Und dann, Tante, würde ich zuschauen«, zischte Annelya, während sich immer mehr Tränen an ihren Lippen sammelten. »Ich würde zuschauen, wie du um dein Leben bettelst.« Annelya rückte näher. Ihre Klinge hob Meleoidys Kinn, rutschte langsam in Richtung ihrer Kehle. »Das ist alles deine – deine Schuld – DEINE SCHULD!«

Jeder war still.

»Annelya, ich wusste nicht –«, wollte Meleoidy sprechen, doch wahrscheinlich hätte sich bei einem weiteren Wort die Schwertspitze in ihren Hals gebohrt. Sie schaute Annelya an. Ihr Kopfschütteln wirkte wie eine kaputte Uhr. Sie tickte, zuckte links und rechts, vor und zurück wie ihr ganzes Gesicht.

»Du wusstest was nicht? Dass du uns anlügen wirst? Dass du ihm helfen wirst? Dass du unsere Mutter umbringen wirst!?« Heulend zog Annelya ihr Schwert zurück.

Meleoidy atmete auf und senkte ihre Arme. Langsam bahnte sich auch in ihren Augen ein Sturm an.

Annelya drehte sich um, knirschte mit den Zähnen.

»Dass er dir weh tun wird – dass das – dass das Ritual Kinderleben benötigt – ich –«, stotterte Meleoidy, als Annelyas unkontrolliertes Lachen sie unterbrach.

Langsam drehte sie sich wieder zu ihr. Noch nie hatte sie jemanden mit so viel Ekel angeschaut.

»Utakata war ein Kind. Wir – wir waren Kinder!« Brüllend zeigte sie auf Surnei und warf die Klinge auf den Boden. »Ich habe versagt – ich –« Annelya verschloss ihre Augen.

Man konnte den Kampf, der in ihr vorging, an ihrem Gesicht erkennen. Sie presste Mund und Augen fest zusammen, rieb mit ihren Handflächen über ihr ganzes Gesicht, griff tief in ihr Haar und atmete noch tiefer ein.

»Ich habe mich täuschen lassen.«

Ihr Blick fiel auf Meleoidy. Sie sah ihre Augen. *Krokodiltränen,* dachte Annelya und schüttelte ihren Kopf. »Es hättest du sein müssen. Du hättest sterben müssen.«

Meleoidy zuckte leicht zusammen.

»Niemand anderes. Niemand. Du – du – du«, wiederholte Annelya in Tränen ausbrechend, als Surnei entschlossen zu ihr eilte.

Sie versank in seiner Umarmung, bohrte ihr Gesicht tief in seine Schulter, während ihr Heulen lauter und lauter wurde. »Elya …«

Meleoidys Brust hob sich unregelmäßig. Ihre Unterlippe zitterte.

Plötzlich schoss es aus Surnei heraus: »Ich kann sie töten.« Surneis Blick war wie versteinert, doch seine Gedanken schienen zu rasen.

»Fremder …«

»Ich kann die Droknen umbringen«, wisperte Surnei, als das Mondlicht auf Meleoidys Gesicht traf.

»Wovon sprichst du?«

Langsam löste sich Annelya aus der Umarmung ihres Bruders. Mit einem gebrochenen Lächeln und finsterem Blick wischte sie sich die Tränen vom Gesicht.

»Er ist ein Lar. Hast du das etwa auch nicht gewusst?«

»Ein – ein Lar?«, fragte Tenna. Auch er drang verwirrt näher.

»Das Kind eines Droknen. Halb Drache, halb Saretorianer«, erklärte Jango und riss Meleoidys und Tennas Aufmerksamkeit an sich.

»Bitte was?«, entfuhr es Meleoidy, als sie den Jungen wieder anschaute. Ihr Rot schimmerte rein. »Das Kind …«

»Nicht wortwörtlich. Eher verwandt. Aus dem Blut der Droknen entstanden die Lar, als einer der heiligen Ahnenpriester droknisches Blut mit saretoriansichem kreuzte. Wesen, die besondere Fähigkeiten und Eigenschaften aufweisen wie ihre Vorfahren. Sie können nur auf drei Arten sterben.« Jango schaute Surnei mit tiefer Bewunderung an.

»Surnei ist eines dieser Wesen?« Tenna klang erstaunt und nachdenklich.

»Ich bin eines dieser Wesen …«

»Die Energie der Schöpfung, ein tödlicher Stich ins Herz oder ein abgetrennter Kopf. Nur so kann ein Lar sterben. Fast so unbesiegbar wie seine Väter«, erklärte Jango.

»Ein Lar kann einen Droknen töten«, fügte Surnei hinzu.

Meleoidys Mund fiel leicht auf und sie atmete tief ein.

»Wie – wie hast du das … entdeckt?«

»Snow«, schoss es aus Surnei, als er zu Annelya blickte, bevor er Tennas erstauntes Gesicht musterte. »Damit das droknische Gen eines Lars aktiviert werden kann, muss dieser sterben. Erst dann wird er als solcher wiedergeboren.«

»Du bist …?«, Meleoidy verschluckte sich fast.

»Gestorben.« Annelya führte ihren Satz zu Ende.

»Lar ... Snow hat dieses Wort wiederholt ... Er – er sprach davon, dass du sie aufhalten kannst. Er hat dein Herz verfehlt«, stotterte Tenna mit ausgestrecktem Finger und seine Augen wurden größer.

»Snow wusste, was passieren wird. Er hat uns eine Chance gegeben«, sagte Surnei.

Jeder sah die Erleichterung, das kurze Leuchten in Tennas zuckendem Lächeln, in seinen glänzenden Augen.

»Doch er –«, klagte Jango, trat näher und zeigte auf Surnei, bevor er sich auf den Sessel fallen ließ und über sein Kinn strich. »Er allein kann es nicht mit sieben Droknen aufnehmen. Kein Lar der Welt könnte es.«

»Ich bin ganz bestimmt nicht der einzige Lar auf dem Saretorium!«

»Und was möchtest du tun? Einen Aufruf starten? Gions Aufmerksamkeit auf uns lenken?« Jango hatte recht, was sollte *er* tun?

»Ich kann mich verbinden, sie auffinden!«

Annelyas Hand strich über Surneis, bevor sie ihre Arme ineinander kreuzte. Sie drückte sie fest gegen ihren Bauch, als ob sie sich selbst festhalten wollte.

Surnei eilte durch den Raum.

»Unmöglich, Fremder. Um dich zu verbinden, brauchst du einen Anhaltspunkt. Mit deiner Schwester, mit Personen, die du kennst, ist es eine Sache. Doch dich willkürlich mit fremden Lar auf dem ganzen Saretorium zu verbinden? Dafür bräuchtest du jahrelange Übung und selbst dann garantiert uns niemand, dass es erfolgreich wäre!«

Meleoidys Blick haftete kurz an Annelyas, bevor er auf den Boden wich. So sah es aus, wenn jemand überlegte.

»Einen Versuch ist es wert«, bekräftigte Surnei entschlossen und blieb vor den riesigen Fenstern stehen, bevor er sich schnell umdrehte. »Oder hast du eine bessere Idee?«

Jango schwieg.

»Verbinden ... H-heißt das, dass du dich geistig mit jemanden verbinden kannst?«, fragte Tenna.

Surnei nickte. »Du kannst mir bestimmt dabei helfen, mich mit anderen Lar zu verbinden.«

Tenna atmete auf. »Ich – ich müsste dich untersuchen, testen. Wir müssten einen Weg finden, um – um – nun, keine Ahnung ...«

»Was, wenn es einen Weg gäbe, diese Verbindung zu verstärken?« Meleoidys Worte lenkten die Aufmerksamkeit aller auf sie.

Surnei wurde achtsamer, Tenna neugieriger.

Meleoidy musterte jedes Gesicht, aber Annelyas etwas länger.

»Gion konnte mithilfe des Katalysators Annelyas Energie aus unglaublicher Entfernung nutzen. Er hat praktisch Materie durchbrochen. Was, wenn wir das Gleiche tun, Surneis Verbindung stärken, den Abstand, die Barrieren zu anderen Lar vernichten.«

Surneis Augen sprachen lauter als sein Mund. »Das klingt gut, ja, ja! Sie hat recht.«

Wo war seine Kühle hin? Sein strategisches Denken? Hatte seine Verbindung zu Annelya ihre Persönlichkeiten getauscht? Denn es war unüblich für ihn, so laut zu sein. Für sie, so still zu sein.

Annelyas Blick glitt zu Jango, dann zu Tenna.

»Du denkst nach. Das bedeutet, dass es funktionieren könnte«, sagte sie zu Tenna.

»Und ... selbst wenn es theoretisch möglich wäre, deine Verbindung zu stärken, wie sollen wir an diesen Katalysator kommen? Gion ist offiziell der mächtigste Mann des ganzen Landes.« Jango klang bedacht.

»Wir bauen unseren eigenen.« Jedes Mal, wenn Meleoidy sprach, tat sie es mit einem Zögern. War es Scham? Scham davor, zu sprechen? Hatte sie überhaupt ein Recht, irgendetwas zu sagen?

»Einen bauen?« Jango klang nicht überzeugt, aber die Tatsache, dass jeder instinktiv auf Tenna schaute, musste ihn neugierig gemacht haben.

»Funkmuscheln, Lichtprojektoren, Dimensionstheorie … alles seine Erfindung«, flüsterte Annelya.

Jango sah Tenna bewundernd an. »Ach! Ein Wissenschaftler?«

»*Der* Wissenschaftler«, betonte Surnei und trat näher. »Tenna, kann es funktionieren?«

Tenna richtete sich auf. Selbst wenn die Antwort *nein* gewesen wäre, hätte er Surneis bettelnden Augen vor seiner Nase widersprechen können?

Der Raum wirkte plötzlich gigantisch, schien sich immer weiter von ihm zu entfernen. Immer wieder rieben seine Finger aneinander, immer wieder traf sein Blick auf Surneis Erwartung.

Er atmete noch einmal ein.

»Es könnte funktionieren …«

Da! Blitzschnell drehte sich der junge Lar zu Jango.

»Doch ich müsste mich belesen. Und ich brauche Materialien, die wir hier nicht haben. Ich brauche Schriften, Bücher, Werkzeug –« Tenna stoppte seine Aufzählung. Er blickte zu Annelya. »Wir brauchen das Pan De Sartum.«

Meleoidy runzelte die Stirn.

»Es ist nur einen Tag von hier entfernt«, sagte er.

»Gut, dann auf ins Pan De Sartum«, schoss es aus Surnei, bevor Meleoidy seinen Drang zum Handeln bremste.

»Nicht heute Nacht. Es herrscht zu viel Aufruhr. Wir sollten Abstand von der Außenwelt halten, gerade ihr zwei …« Sie meinte die Geschwister. Die roten Lippen zögerten erneut. Ihr ganzes Gesicht war wie vereist und doch sprach es tausend Wörter. »Heute Nacht sollten wir hierbleiben und morgen, wenn sich alles etwas beruhigt hat, könnt ihr losziehen –«

Stille.

Annelya kniff die Augen leicht zu und lehnte ihren Kopf zur Seite. »Ihr?«

Meleoidy schien sich auf die Zunge zu beißen. Schwarz und Rot, es spiegelte sich in ihren Augen wider. Augen, welche Annelyas langsames Kopfschütteln betrachteten.

»Nein ...«, wisperte Annelya mit einem Schritt nach vorn. Die Energie zwischen den beiden? Wie eisige Schnüre, die man immer enger und enger um seine Brust und Kehle zuzog. »Du meinst wir. Wir. Ich werde dich nicht eine einzige Sekunde aus meinen Augen lassen. Du wirst mitkommen, du wirst helfen, du wirst der Elite jedes einzelne Detail verraten, das du über Gion weißt und dann – dann, wenn all das ein Ende findet ...«, Annelyas Atem traf auf Meleoidys, »... wirst du dich dem Gericht stellen. Und keine Sorge ...«

Jeder schaute sie an, während Meleoidys Herz in ihrer Brust sank.

Surnei presste seine Lippen und Fäuste leicht zusammen.

Annelya musterte jeden Millimeter des Gesichtes vor sich, jede Pore und auch jede auch noch so kleine Schweißperle. »Ich werde persönlich dafür sorgen, dass du für Hochverrat gehängt wirst.«

Meleoidys Mund fiel auf, im Versuch nach Luft zu schnappen. Annelya hatte den Blickkontakt abgebrochen und lief in die andere Richtung.

Das Mondlicht, das vorher auf Meleoidys Gesicht ruhte, riss Annelya mit sich.

»Gute Nacht«, murmelte sie und verschwand in einem der anderen Räume.

Meleoidy atmete zum ersten Mal wieder frei ein. Sie blinzelte, leckte sich über ihre Lippe, als sie in die Leere vor sich blickte.

Und die Nacht? Sie tauchte in peinigende Stille.

Mond in Blut getaucht, die Sterne trauernd. Sie hingen wie ein trau-
riges Silberspiel hinter roten Mauern. Stille, doch Geheule durchdrang
sie. Es wanderte durch alle Straßen. Kroch in jede Hütte, jede Gasse.
Das Licht in einer Nacht erloschen. Dunkelheit war der neue Name,
dem dieses Königreich ab sofort gehorchte. Eine Welt, Freiheit und
Frieden. Das war sein Versprechen. Ein Opfer, das würde es verlangen,
um jene Freiheit und jenen Frieden ein für alle Mal zu wahren.

Gions Gewand streifte das Blut über den Marmorboden mit sich.
Links, rechts, überall zerfetzte Leichen von Männern, Frauen und
Kindern. Manche Augen waren zu, manche waren offen. Manche
Gesichter hätte man noch schreien hören können.

»N-N'Artem, ich – ich weiß nicht –«, wollte Uce sprechen, als
Gion mit seiner Beschwörung nach seiner Kehle griff. Er keuchte.

Sollte es nicht Freude sein, die Gion in jener Nacht empfand?

»Sieben, Uce!«, brüllte Gion, als er seine ausgestreckten Finger
voller Zorn wie eine Klaue zusammenzog und seine Hand zu sich
bewegte.

Uces Keuchen wurde schlimmer. Er schleifte mit Zehenspitzen
über den Boden, bevor er mit voller Wucht auf seine Knie knallte
und wie ein flennendes Kind tief einatmete.

Gions Hand zeigte nicht mehr in seine Richtung. Sein brodeln-
der Blick durchsuchte die tote Menge im Untergrund.

»Sieben«, zischte er und drehte sich langsam wieder zu Uce.

»I-Ich habe – nicht die geringste Ahnung ...« Uce stöhnte noch
in Schmerzen auf. Er strich über seinen Hals, lehnte sich mit beiden Händen gegen den kalten Boden. Seine Hände, verschmiert
mit Blut, getaucht in Sünde.

»Die Droknen sind sieben«, sagte Gion, sich wieder umschauend. »Sieben!«

Er stoppte und starrte in die Leere.

»Wieso habe ich nur sechs?«

»Hey, Kleines!«, schallte es in den Schatten.

Ihr Blond sammelte die Funken der Flammen, die neben Hütten und Höfen brannten. Flammen, die ihr düsteres Orange über die Nacht legten. Sie rannte schnell, denn ihr Herzschlag wollte überleben. Angst plagte ihren rasenden Atem.

Die Tränen auf ihren Wangen waren getrocknet, genauso wie das Blut auf ihrem nackten Körper.

Der Schrei des Soldaten tauchte unters Eis, bevor sich sein angstgebadetes Gesicht in tausend Splitter verwandelte. Snows weißer Mantel offenbarte sich hinter kühlem Dampf. Auch dieser war mit Blut gezeichnet. Niemand hier war rein – niemand mehr sauber.

Schon gar nicht dieser jammernde, zitternde Soldat vor ihm auf dem Boden. Seine Beine hätte er höchstens nur noch mit sich schleppen können, aber benutzen nicht. Dafür hatte das Eis gesorgt. Kriechend und bettelnd versuchte er, ihm zu entkommen.

»Wo ist sie?« Schweißperlen glitten Snows angespanntes Gesicht herunter, während er Schritt für Schritt dem Soldaten näherkam.

»Ich weiß es nicht! Ich schwöre es! Ich habe diesen Namen noch nie gehört. Ich schwöre – ich schwöre – ich schwöre!« Die Erde unter den Fingern des Soldaten sammelte sich an. Panisch griff er schneller nach vorn, doch er bohrte immer wieder in der gleichen Stelle.

Er kroch nicht mehr, das erlaubte Snow nicht.

»Dann bist du nicht zu gebrauchen.«

»Bitte – bitte«, wiederholte er heulend, auf sein Bein in Snows Griff schauend.

Snow verneinte. Mit einem Ruck durchbrach er die vereisten Gliedmaßen des Mannes und entfachte einen schrillen Schrei. Ob die Dorfbewohner sich genauso angehört hatten, nachdem die Lichtprojektoren erloschen?

Wie ein hilfloser Welpe bettelte der Soldat am Boden um einen kleinen Funken Mitleid. Vergeblich. Das Einzige, das er von Snow bekam, war ein Eispfahl ins Maul, dessen blutige Spitze durch seinen Hinterkopf drang.

Snow richtete sich wieder aus seiner Hocke auf. Er schaute still nach vorn, atmete langsam ein. Funken sprühten um sein Gesicht, doch nichts – kein Feuer – konnte diese eisblauen Augen schmelzen.

Arthea.

Überall war nur schwarz zu sehen, sei es neben ihr, unter ihr, hinter ihr, ganz egal.

Sie schlief nicht, wie denn auch? Solch grausame Bilder bohrten sich tief in den Verstand und ließen auch nicht mehr so einfach los.

Ob die anderen schliefen oder sich nicht trauten zuzugeben, dass sie in dieser Nacht eine Hand zum Halten brauchten? Oder war es nur ihre Hand, die sich nach einer anderen sehnte? Die Gedanken wurden langsam zu Träumen, rissen sie mit sich in ihren finsteren Zauber, in ihren Bann.

»*Mama! Mama!*« Sie sah die blonden Locken ganz genau, obwohl sie hinter weißen Schleiern verschwommen waren.

Annabel hob sie hoch, *Annelya*, und lächelte sie an. So viel Frieden. Sogar den Duft der frischen Blüten nahm sie wahr. Sie waren in ihrem Haar versteckt.

Und die Schleier? Sie schnappten jene Gedanken, offenbarten neue Bilder.

»*Diese Energie, Annelya ... sie gibt dir die Möglichkeit, jede Grenze dieser Welt zu sprengen. Jede Regel zu biegen und zu brechen. Doch obwohl sie dir die Macht dazu gibt, bedeutet es noch lange nicht, dass du sie nutzen sollst.*« Gion zog langsame Runden um sie, sein Blick, genauso vertieft wie ihrer in dem blaupulsierenden Licht zwischen ihren kleinen Kinderhänden. Er legte seine Hand auf ihre Schulter.

Sie schloss ihre Augen.

»*Macht bedeutet Verantwortung. Verantwortung bedeutet Entscheidung. Eines Tages, da wirst du schwierige Entscheidungen treffen müssen, Kind. Und wenn du nicht verstehst, was es ist, das diese Macht ausmacht, könntest du wahllose Zerstörung herbeibeschwören.*« Seine Hand glitt hinter seinen Rücken, während das Licht heller pulsierte. Seine Stimme wurde tiefer, er klang lauter. »*Und wenn du deine Verantwortung nicht begreifst, könntest du … notwendige Zerstörung behindern.*«

Kopfschüttelnd drehte sich Annelya schnell zur Seite. Sie wollte es nicht mehr hören.

Surnei! Fast hatte sie vergessen, dass er neben ihr schlief. Doch er wirkte nicht so friedlich wie sonst. Was seine Träume wohl verbargen?

»*Ich frage dich …*«, hörte sie *ihn* sprechen.

Eine langsame, achtsame Träne löste sich von ihren glänzenden blauen Augen. Sie verzerrte das Bild vor ihr und ließ Surneis Gesicht in ihrem Blickfeld verschwimmen. »*Bist du stark genug, um ihn zu retten?*«

Plötzlich – war sie fort – *seine* Stimme.

Zitternd atmete sie ein und zog ihre Nase hoch, als sie nach Surneis Gesicht fasste. Sie strich ihm eine Strähne von seiner Stirn. Noch eine Träne.

»Ich konnte nicht anders …« Sie versuchte, still zu sein, schaute sich seine geschlossenen, sanften Augen noch genauer an. Immer wieder schwand sein Gesicht unter neuen Tränen. Sie wischte sie weg, wagte nicht, zu schlucken. »Ich konnte dich nicht gehen lassen«, schluchzte sie leise, als sie sich schnell zur anderen Seite drehte. Sie rang nach Luft und zog ihre Beine zu ihrem Bauch, während noch mehr Tränen ihr Gesicht bedeckten.

Die Dunkelheit wuchs und wuchs … so tat es auch die Kälte.

Ein … aus.

Annelyas Blau, es war getränkt in Schmerz. Vergiftete Schuld ihr Herz?

»Ich konnte nicht«, wisperte sie und schluckte fest.
»Ich konnte nicht.«

Im Dorf von Sare.

Diese Stimmen drangen zu schnell näher. Ein kurzer Schrei entwich ihr, als sie am Schlamm ausrutschte und mit Gesäß und Händen hineintauchte. Das Gelächter der Soldaten hatte sie erreicht.

»Ein so hübsches Mädel wie du, nackt durch den Hof rennend? Hat man dir denn keine Manieren beigebracht?«

Wie widerlich dieses Gelächter klang … Zwei von den drei Männern blieben hinter ihr stehen, aber einer bewegte sich langsam vor ihr.

Sie schaute sich um, drückte sich kriechend und schnell nach hinten, durch den Schlamm, bevor sie gegen die eisernen Stiefel der Soldaten stieß. Kein Ausweg. Während sie ihre Arme packten, griff der Mann vor ihr nach seinem Gürtel.

»Lasst mich los!«

Jedes Mädchen sollte in solch einer Situation paralysierende Furcht empfinden, wieso spürte sie nichts, außer dieser aufkommenden Dunkelheit in ihrer Lunge? Was war das? Das, was in ihr langsam aufbrodelte?

»Wie ist dein Name, Kleines?«, fragte der Mann lachend und öffnete seinen Gürtel, bevor er nach ihren trampelnden Beinen griff.

»Nein – nein«, stotterte sie, während dieser Atem immer tiefer und dunkler ertönte. Sie kämpfte, versuchte ihre Arme freizubekommen, stieß mit ihren Füßen, doch die Griffe der Männer waren zu stark. Ihr gieriges Gift war lähmend.

Langsam bückte sich der Mann zu ihr, zog die Schnallen seiner Hose herunter, während sich das Gelächter der Soldaten in widerliches, spottendes Stöhnen verwandelte.

Sie heulte nicht mehr. Was auch immer das war, was sie spürte, es wuchs wie Wildfeuer.

Du solltest sie umbringen – und du solltest es langsam tun, hörte sie diese grässlich tiefe, bebende Stimme sprechen. Warum reagierte keiner dieser widerlichen Kerle? Hörte denn keiner zu?

»Das wird ihr gefallen!« Die zwei Männer hielten ihre Arme fest.

»Wie ist dein Name?«, fragte der Mann vor ihr, der seine Unterhose herunterzog. Das Licht in den Augen des Mädchens erfror.

Plötzlich? Kein Widerstand mehr. Sie gehorchte dem Gefühl, gab sich vollständig hin.

»*Dein Name*«, schallte es immer wieder im Hintergrund ihres Verstandes. Der Mann drang näher an sie heran, raubend zwischen ihre Beine.

»Mein Name …«

»Ich kann dich nicht hööööören«, spottete der Mann stöhnend, bereit einzudringen.

Das Gelächter wurde immer lauter, ehe es fort war. Plötzlich war es Sorge, die aus den Stimmen der Männer herauszuhören war.

Ein Geräusch, das sich nach durchgebrochenen Knochen anhörte, wanderte den Körper des Mädchens hoch.

»Erdim? Erdim?«, wiederholte einer der Soldaten, als er auf das verkrampfte Gesicht des Mannes zwischen den Beinen der jungen Frau schaute, bevor die ersten Tropfen Blut aus seinem Mund auf seinen Bauch tropften.

»Aish-Aishjatan«, keuchte er, auf das dämonische, verwandelte Gesicht des blonden Mädels starrend.

»Mein Name …«, flüsterte sie beruhigt. Sie musterte ihre Krallen, die Drachenschuppen, welche ihre Haut bedeckten.

»Heiliger – Heiliger«, riefen die Soldaten, die bereits losgelassen hatten. Sie rannten, doch Eis versperrte ihren Weg, drang in Form von spitzen Stacheln aus dem Boden und bohrte sich in ihre Füße.

»Mein Name ist Rea«, flüsterte Rea, als sie mit rotleuchtenden Augen auf den Mann schaute, der von ihrem knochigen Schweif durchbohrt wurde.

Langsam zog sie ihn aus seinem Mund. Sein Rachen knackte, zerriss mit jedem Zentimeter mehr, bis sein abgetrennter Kopf und Körper auf den Boden krachten.

Ihr rotleuchtender Blick, umgeben von kleinen graubraunen Hörnern und Stacheln, dort wo einst sich ihre Augenbrauen befunden hatten, schwenkte nach oben. Sie blickte ihn an, den Mann im weißen Mantel, der die anderen Männer mit seinem Eis aufgespießt hatte.

»Wie ist das möglich?« Snow musterte Reas droknischen Körper.

Die eine Gesichtshälfte hätte täuschen können, denn sie sah unschuldig jung aus, mit graublau leuchtenden Augen. Die andere? Sie erinnerte an die Bilder der Projektoren. Flügel, von denen Blut tropfte. Ein Schweif, der jedes Genick hätte brechen können. Und diese braunschwarzen Schuppen, sie umhüllten den Großteil ihres Körpers, endeten an diesen schwarzen, messerscharfen Klauen an ihren Händen und Füßen, bis sie sich ganz langsam wieder zurückbildeten. Bis saretorianische Haut und graublaue Augen wieder ihren Körper ausmachten.

»Sie ist tot«, schoss es aus Rea, als Snow einen Schritt zurückwich.

Verwundert sah er sie an.

»W-wie bitte, was?«

Reas Lippen lösten sich sanft voneinander. Sie schaute immer noch auf ihre Hände. Diesmal fand sie weiche, blutbeschmierte Finger, statt schwarze Krallen.

»Du – du denkst an sie. Ich – ich kann dich hören. Ich kann deine Gedanken hören.«

Sollte er ihr den Mund vereisen? Hatte er es bereits begriffen?

»Leyla«, wisperte Rea.

X

ZÖGERN KOSTET MEHR ALS GOLD

Arthea.

»Vielen Dank.« Meleoidy lächelte dem jungen Mann hinter dem Empfang zu, bevor sie ihren Lederbeutel schloss.

Die Truppe war schon draußen.

»Und ihr seid euch sicher –«, Babos konnte keinen ganzen Satz ohne zu Husten sprechen, »dass ihr keine Pferde braucht?«

»Pferde bedeuten Geld und Geld bedeutet Banditen. Mit dem Chaos, das jetzt herrscht, werden sie besonders aktiv sein«, bekräftigte Tenna und befestigte seine Plasmaringe fest an seinen Handschuhen.

Jango und Surnei standen etwas weiter weg vom Seitentor Artheas. Die Straßen waren nicht so voll wie sonst, die Schiffe hingegen voller als üblich. Wahrscheinlich war es ein Trost für viele Bürger, so weit entfernt vom Dorf von Sare wie nur möglich zu sein. Und die, die zurückblieben, waren still, warben nicht mit Stoffen und Tränken. Doch niemand war so still wie sie, wie Annelya.

Das Sonnenlicht traf auf ihre Augen, aber sie schaute trotzdem nicht weg. Ein grauer Schal bedeckte ihren Kopf, ihre Schultern und ihren Mund.

»Armes Ding. So still«, flüsterte Babos Tenna hustend zu.

Tenna warf den schwarzen Lederbeutel über seine Schulter und befestigte seine Schnalle. Er betrachtete das Licht, das von Annelya abprallte.

»Nun … stell dir vor, der einzige Grund, warum du existierst, ist, weil ein besessener Mann den Körper deiner Mutter missbrauchte, um eine uralte Macht zu nutzen, die du ihm mit jahrelangem *Training* zur Verfügung gestellt hast, damit er ein paar grässliche uralte Wesen beschwört, von denen du nie etwas gehört hast. Ah ja, und die unzählige unschuldige Bürger *deines* Königreiches, für das *du* Verantwortung geschworen hast, töten werden.«

Tenna guckte immer noch Annelya an, dann blickte er zu Babos. »Ah ja – und vergessen wir nicht, dass *dein* eigenes Familienmitglied dich ein Leben lang getäuscht hat, deine Mutter umgebracht hat, du beinahe deinen Bruder verloren hast und nun mit diesem Familienmitglied auf Reisen gehen musst.«

Babos folgte seinem Blick zu Meleoidy. Er seufzte, zog an seinem Gürtel und trat näher an Tenna.

»Lass dich auf gar keinen Fall von diesen Katzenaugen täuschen. Und schon gar nicht von diesem vollen, glänzenden Haar oder dieser maßgeschneiderten Figur.« Wo war Babos Husten hin?

Tennas Kiefer wirkte angespannt. Er schluckte leicht nickend, atmete kurz ein, während er immer noch Meleoidy beobachtete.

»Vielleicht habe ich das schon …«

Babos seufzte erneut und lehnte sich zurück. Seine Hand in seiner Hosentasche: Er zog eine Zigarre heraus. Tennas kritischen Blick übersah er nicht.

»Du bist nur einen weiteren Zug von deinem Grab entfernt, Babos!«

Babos Zigarre hing zwischen seinen Lippen, die Streichhölzer stoppten kurz vor seinem Mund, als er Tenna mit ähnlicher Kritik konfrontierte.

»Und du nur einen weiteren Blick!« Er zündete das Streichholz an und zog genüsslich an seiner Zigarre.

»Elya …«

Annelya schreckte leicht auf. Surnei schien sie aus tiefsten Gedanken gerissen zu haben. Das Licht traf auf ihren Hinterkopf, der leichte Wind gegen ihren grauen Schal.

Er schaute in ausdruckslose Augen. »Komm.«

»Und du bist dir sicher, dass das nichts kostet?«, fragte Meleoidy Babos, als sie aus Sephir hinaustrat.

Er hustete und schüttelte den Kopf.

»Seid ihr des Wahnsinns? Ich helfe, wo ich kann.« Mit seiner Zigarre zeigte er auf Annelya und Surnei. »Die sind es mir wert!«

Annelya fiel es schwer zu lächeln, als hingen Gewichte an ihren Mundwinkeln. Sie tat es ihm zuliebe, wenn auch nur sehr schwach. »Danke, Babos …«

Langsam formierte sich die Truppe, Meleoidy und Tenna ganz vorn.

»Danke«, flüsterte er. Verwundert schielte sie zu ihm herüber. »Dafür, dass du nicht weggerannt bist.«

Schnelles Blinzeln. Meleoidy wehrte seine Blicke ab.

»Sie hat recht. Das ist alles meine Schuld«, gestand sie.

»Wie lange werden wir brauchen?«, fragte Annelya, als sie vor Tenna stehen blieb und Meleoidy wie Luft behandelte.

»Heute Abend sollten wir da sein.« Tennas Lächeln war sanfter als der Griff um seinen Lederbeutel.

Annelya nickte.

»Danke für alles –«, wollte Surnei sagen, doch Jango unterbrach ihn mit einem verneinenden Geräusch.

»Mhm, du kannst mir im Pan De Sartum danken.«

»Im Pan De –«, wieder wurde er unterbrochen.

»Du kommst mit uns mit?«, schoss es aus Annelya. Sie schien genauso überrascht wie Surnei.

»Aber natürlich. Das ganze Saretorium ist nun in Gefahr. Das bedeutet, dass die Insel in Gefahr ist. Meine Familie. Ich möchte Informationen, ich möchte handeln können, nicht warten. Zurückzuziehen würde nichts ändern«, erklärte Jango.

»A-aber Paco, Anma«, murmelte Surnei. Jangos Wärme streifte über Surnei und er kam ihm einen Schritt näher.

»Anma und ich machen das schon lange. Sie weiß, was ich tun muss. Was ein Anführer tun muss. Sie würde das Gleiche tun.«

Diesmal fiel es Annelya etwas leichter, zu lächeln. Es fiel ihr immer leicht, wenn sie in Surneis Augen sank.

»Nun dann … auf zur heiligen Stadt.«

Ich – ich atmete. Doch es fiel mir schwer. Ich … lächelte, doch es fühlte sich unmöglich an. Etwas war anders. Anders als die Male davor. Dieser Druck, der auf meiner Brust lastete, er schien zu schwinden, doch er hinterließ etwas. Es fühlte sich leer an. Jeder Moment, der Glück bedeuten könnte, wurde unterbrochen von einem Klang der Angst. Einem Schauer von Trauer. Es war jener Schauer, der meine Gedanken heimsuchte, mir immer wieder eine Träne ins Gesicht zauberte und mich verfluchte.

Ins Licht schauen, hm. Eine seltsame Angewohnheit. Manchmal tue ich es immer noch. Ich starre ins Licht, verweile dort, auch wenn es wehtut. Auch wenn es blendet. Denn irgendwie war es das, das ich kannte. Ich war blind. So lange. Das Problem dabei, wenn du dich einmal zu viel täuschen lassen hast? Wenn dein Vertrauen missbraucht worden war? Du verlernst, zu unterscheiden. Zwischen treuen Freunden und heimtückischen Schlangen. Zwischen richtig und falsch. Zwischen Angst und Intuition, Möchten und Müssen. Und vor allem zwischen dem, was du fühlst, und dem, was du denkst.

Chaos. Nur so hätte ich es beschreiben können. Es suchte mich heim, jedes Mal, wenn ich die Augen schloss. Vielleicht schaute ich ja deshalb ins Licht. Und sogar daran zweifelte ich.

Denn es war die Dunkelheit, jedes Mal, wenn ich meine Augen schloss, die mir die Wahrheit offenbarte. Licht. Licht. Licht. Es hatte

mich getäuscht. Es hatte mich ausgenutzt. Ich dachte, es verstanden zu
haben, dachte, es zu kennen, und dennoch ist es mir in den Rücken
gefallen. Hat die, die ich liebe, in den Tod geführt. Wisst ihr, was mich
am allermeisten erschreckte? Eben dieser Gedanke. Denn er warf eine
neue Frage auf, und sie ließ mich einfach – nicht – mehr – los.
    Denn, wenn es mein Licht war, das mich so in die Irre führte.
    Ja, war es dann vielleicht – vielleicht an der Zeit …
    Auf meine Dunkelheit zu hören?

Burg von Sare.

War das nicht der Thron der Königin? Nun saß *er* darauf.

Welch ein Anblick in diesem leeren, heimgesuchten Saal. Bis auf
Gion auf dem Thron war er leer, schien deshalb umso riesiger.

Das Versteckspiel der vergangenen Jahre im Untergrund war vorbei, denn die Schatten hatten ins Licht gefunden. Und sie hatten es
erfolgreich angenommen.

»Das ist unmöglich …«, grübelte Gion und rieb an seinem Bart.
Er lehnte sich tiefer in den Thronsitz hinein, schaute zu Uce vor den
Stufen, die zum Thron führten.

»Es haben zwei Soldaten bestätigt. Rea Seliyn, sie war eines der
Tribute für die heiligen Droknen«, informierte Uce.

»Und sie erlangte geistige und physische Kontrolle über ihre
Form …« Gions Hand löste von seinem Bart. Während er sich aufrecht hinsetzte, griffen seine schwer geschmückten Finger um die
kalte Thronlehne.

»Das kann nur eines bedeuten. Aber das ist nicht möglich, du
hast Jahrhunderte damit verbracht, diese Blutlinie zu unterbrechen.
Um diesen Fehler –« Uce schwieg.

Gions Blick fiel auf ihn.

»Zu beheben«, wagte Uce noch einmal zu sprechen. Er trat einen

Schritt nach vorn, als das gebrochene Sonnenlicht durch die Fenster auf sein hartes, markantes Gesicht und sein weißes Haar traf. »Die Lar sollten tot sein.«

»Sollten.« Gion hob sein Kinn. »Doch dreckiges Blut ist schwer zu reinigen.«

»Aber, selbst wenn es so sein sollte, ist sie nicht in der Lage, es mit sechs weiteren Droknen aufzunehmen«, grinste Uce mit großen Handgesten, doch seine Worte ließen Gion unberührt.

»Ist dir bewusst, was es ist, das mich zum gestrigen Sieg geführt hat, alter Freund?« Gion stand langsam von seinem Thron auf. Seine Finger streiften über jede Rille, während er sich langsam zu den riesigen Fenstern des Königssaales drehte. Er schaute ins Licht – auch wenn es in seinen Augen brannte. »Es war nicht Macht, es war kein Einfluss.« Langsam drehte er sich um, stach mit seinem eiskalten Blick durch Uce. »Es war die Tatsache, dass ich es niemals gewagt habe, jemanden zu unterschätzen«, zischte er leise und ging auf den versteiften Uce zu, der versuchte, sich so wenig wie möglich von seiner Angst anmerken zu lassen. »Wenn mir die letzten fünf Jahrtausende eines beigebracht haben, dann ist es dies, dass nichts sicher ist. Nichts unbesiegbar. Die Drachen, die an absolute Unsterblichkeit grenzen? Sie wurden einst bezwungen. Die Energie, die diese Welt erschaffen hat? Eliminiert. Glaubst du allen Ernstes, dass wir es uns erlauben können, auch nur eine Variable aus dieser Formel zu nehmen? Hoffnung, Uce. Hoffnung ist die gefährlichste Waffe, die je geschmiedet wurde. Annelya Elim lebt. Was passiert, wenn eines dieser heiligen Wesen, die nur mir gehorchen *sollten*, an ihrer Seite kämpft? Was wird es in den Herzen jener Saretorianer, die von Furcht geblendet sind, wecken?«

»Hoffnung«, hauchte Uce.

Kurz warf Gion einen Blick über seine Schulter.

»Ganz genau. Und ehe wir uns versehen, fällt ein Drokne nach dem anderen, bevor auch wir geköpft werden. Ich bin kein Narr.

Nicht allmächtig. Ich bin vorsichtig. Ich hoffe nicht. Annelya hat nur Macht, solange sie jenen Herzen etwas versprechen kann. Schau dich um. Sie flüchten, distanzieren sich vom Dorf, weil sie glauben, dass es noch eine Chance gibt. Was gestern passiert ist, hat sie erschreckt. Doch es hat sie noch nicht überzeugt. Solange sie denken, glauben, dass es einen anderen Weg gibt, werden sie hoffen. Stechen wir von jeder Seite zu, rauben wir jede Zuflucht, werden sie sich immer weiter fügen. Und dann? Wird Gleichgewicht den Rest übernehmen.«

Uce schüttelte nachdenklich seinen Kopf.

»Wir haben das Mächtigste, das je –«, wollte er sprechen, als Gion ihn mit einem kurzen, ironischen Lachen unterbrach.

»Nein. Wir haben nicht das Mächtigste, das je existiert hat. Jetzt gerade sind wir der Feind. Verräter, die eine uralte, mächtige Waffe besitzen. Doch sie haben noch ihre Königreiche, ihre Systeme, ihre Gewohnheiten. Das ist es, das wir angreifen müssen. Das wir verändern müssen. Stück für Stück, von innen heraus. Und dafür brauchen wir etwas, das Elim noch hat. Oder denkst du, dass das Exil ohne Grund der nächste Schritt ist? Wir brauchen ein Königreich für jene Waffe, für unsere heiligen Droknen. Ein Reich, in dem sie nicht hinterfragt, nicht gefürchtet, sondern verehrt werden. Unser eigenes Königreich, welches den Rest erobern wird. Und es gibt nur einen Mann, der uns das geben kann und geben wird.«

Uces Augen glänzten in Bewunderung.

»Nhaghar Ulghur«, entschlüpfte es seinen Lippen.

Gion lächelte.

»Gefürchtet und gehasst vom ganzen Land. Außenseiter, Mörder, Diebe und Banditen. Unschuldig verurteilte, vergiftete Seelen. Rachsüchtige Seelen. Jahrhundertelang abgeschottet und verachtet. Und nun kommt jemand daher und bietet dir unbeschreibliche Macht an ...«

»Eine Allianz.«

»Ganz genau. Nhaghar ist ein Mann einfacher Sprache, barbarischer Natur. Während ich ihm Macht gebe, gibt er mir –«

»Ein ganzes Königreich …«

»Ein Versprechen an das Exil. Ein neues Pan De Sartum. Die Droknen sind ein Schwert, wie kein anderes. Ohne dieses Schwert gewinnt man keinen Krieg. Doch eine Welt wird nicht allein durch Schwerter erobert. Man braucht Berater und Könige, Soldaten und treue Bürger. Man braucht Paläste und Burgen, Festungen und Tempel, Sitten und Traditionen. Je größer die Überzeugung, desto kleiner der Widerstand. Je kleiner der Widerstand, umso effektiver die Waffe. Wir wollen das Saretorium nicht versklaven. Zwang, er ist notwendig, doch Erlösung ist das Ziel. Veränderung geschieht nicht von heut auf morgen und sie geschieht nicht allein durch Terror und Dominanz. Sie entsteht durch Überzeugung.« Gion atmete tief ein. Seine Worte waren an Uce gerichtet, seine Aufmerksamkeit war aber dem Licht in den Fenstern gewidmet. »Kontaktiere Nhaghar. Er wird die gestrige Nacht mitverfolgt haben. Genug, um ihn von der Notwendigkeit eines Gespräches zu überzeugen. Ach, und …« Gion drehte sich um. »Finde Annelya Elim. Auch dieser Funke Hoffnung wird sterben.«

Einige Stunden später, Route zum Pan De Sartum.

Das Sonnenlicht brannte auf Annelyas Wangen. Ihre Augen schimmerten wie die kleinen Sandkörner, die die lauwarme Luft mit sich trug.

»Wir erreichen die Ahkari-Wüste«, informierte Tenna und schaute auf die kleine zerknitterte Landkarte zwischen seinen Händen. »Bei Sonnenuntergang sollten wir angekommen sein.«

»Ich habe sie noch nie so erlebt«, flüsterte Surnei zu Jango. Die beiden liefen hinter Meleoidy und Tenna, die hinter Annelya liefen.

Jango schien jeden Millimeter von Surneis Profil aufzunehmen. Mit jedem Schritt schwangen seine Arme gegen das Sonnenlicht. Sogar seine Haut hatte diesen goldenen Schimmer, den er auch in seinen Augen trug. Sattes dunkles Braun, fast Schwarz, auf seinem Kopf und über jenen Augen. Weich. So wirkte er, wenn er Surnei anschaute.

»Wie ist sie sonst?«

Surnei wirkte überrascht von Jangos Frage. Mit gehobenen Augenbrauen musterte er seine Schwester.

»Strahlend … Ich habe noch nie jemanden kennengelernt, der so voller Leben und Liebe ist. Annelya ist sanft, aber mutig. Tapfer. Stolz. Sie ist die Definition von Familie.« Sein wachsendes Lächeln entging Jango nicht.

»Was ist?«, fragte Jango grinsend.

Surnei schüttelte seinen Kopf, ihm kamen offensichtlich freudige Gedanken.

»Als wir elf waren, hat sie sich gegen fünf Akademieabsolventen gestellt, die mich geärgert haben.«

»*Dich* geärgert? Aber Fremder, was gibt es denn an dir auszusetzen?« Spaßend stieß er Surnei gegen die Schulter und das Lächeln des jungen Lar wuchs.

»Ich konnte mein Schwert nicht richtig wirbeln. Laut Sarru, unserem Ausbilder, war es eine extrem wichtige Offensive. Ich habe es auch nach mehreren Wochen Training nicht hinbekommen. Zumindest nicht mehr als fünf Mal. Acht war das Ziel.« Kurz schwand sein Lächeln. »Es war harmlos. Die Hänseleien. Doch nicht für *sie*. Sie forderte sie alle zu einem Klingentanz heraus.«

»Alle fünf gleichzeitig!?«, fragte Jango lachend.

Surnei nickte mit strahlenden Augen.

»Und sie hat gewonnen!?«

Surneis Lächeln hatte sich nun in echtes Lachen verwandelt.

»Gewonnen? Sie haben ihr den Hintern versohlt. Ich habe noch nie einen Schüler so viel Dreck essen sehen wie sie an diesem Tag!«

Jango betrachtete schweigend das Leuchten in Surneis Augen. »Sie ist acht Mal aufgestanden, bis Sarru den Klingentanz unterbrochen hat. Ich werde ihr stolzes Gesicht nicht vergessen. *Jetzt haben wir bestanden*, sagte sie.«

»Acht Klingenwirbel«, murmelte Jango.

»Sie hatte recht. Am nächsten Tag hatte ich es geschafft. Acht Klingenwirbel.« Zum ersten Mal nahm er seinen Blick von *ihr* und sah in Jangos goldene Augen. »Ich spürte einen Kampfgeist, den ich nie zuvor gespürt hatte. *Das* ist Annelya.«

Jango konnte nicht anders, als zu staunen. Doch sein Lachen barg einen traurigen Unterton. Es muss Trauer gewesen sein, die er empfand, als er Annelyas stille Kälte sah.

»Und nun muss ich das für sie sein, was sie in den letzten sechzehn Jahren für mich war«, wisperte Surnei.

Langsam, nachdenklich, schaute Jango ihn an. Seine Worte schlichen sich tief in Surneis Herz:

»Wer sagt dir, dass du es nicht schon immer gewesen bist, Fremder?«

Surneis Lachen erstarb wieder zu einem schwachen Lächeln, eingeholt von der Realität, die sich in den letzten Tagen entfaltet hatte. Jangos Worte bewirkten etwas, das er noch nicht ganz verstand, sich aber gut anfühlte.

Arthea.

Husten und zügige Schritte. Der Zigarrenrauch verteilte sich im Gang.

»Meister Babos, guten Tag«, grüßte das in weiße Seide gekleidete Dienstmädchen.

Babos hob seine Hand. Er brummte kurz, bevor er räuspernd die goldenen Türen aufriss. Schnell wich er in sein Büro, schaute noch einmal hinaus, schloss die Türen und drehte den Schlüssel im Schloss.

Husten. Er taumelte hin und her, fiel beim Gehen leicht nach hinten, als ob er seinen großen runden Bauch voller Mühe tragen müsste. Stöhnend griff er nach dem Lichtprojektor auf dem Schränkchen und platzierte ihn zwei Schritte weiter auf seinen riesigen Tisch.

Dort wartete sein Ledersessel auf ihn, der ihm Erleichterung von diesem schweren Bauch versprach, den er mit jedem Schritt tragen musste. Er setze sich tief hinein und seufzte.

Nur seine Zigarre trug er noch zwischen seinen Lippen, als er mit seinen dicken Fingern nach dem Lichtprojektor griff. Er tippte einige Male aufs Glas, wischte in bestimmten Zeichen.

Es pulsierte um die dreißig Sekunden, bevor sich Babos Augen weiteten, dann griff er nach seiner Zigarre und drückte sie auf dem steinglänzenden schwarzen Aschenbecher aus. Das Licht des Projektors umhüllte sein ganzes, plötzlich staunendes Gesicht, als die Stimme durch den Lichtprojektor drang.

»Babos. Ich hoffe, dass diese Kontaktaufnahme von Dringlichkeit zeugt.«

Babos nickte zögernd. Er zog den Projektor noch ein Stück weiter zu sich, bevor er seine Hände nervös auf seine Beine legte.

»J-ja – M-Meister. D-das Mädchen und – und die anderen, der Junge, der Wissenschaftler, Miss Meleoidy und ein Unbekannter – sie – sie waren hier – sind auf dem Weg, zum Pan De Sartum.«

Kurz herrschte Stille.

»Pan De Sartum. Um was zu tun?«, hörte Babos die Stimme fragen, während er seinen Husten hinter seinen verschlossenen Lippen einzusperren versuchte.

Er wurde noch nervöser. »Ich – ich habe nicht alles verstanden. Die Funkmuscheln an den Lichtprojektoren sind etwas alt, a-aber – s-sie sprachen von einer Maschine, einer Maschine, um – um die

Fähigkeiten des Jungen zu verstärken, um – um eine Verbindung aufzubauen.«

»Die Fähigkeiten des Jungen?« Die Stimme klang wacher, aufmerksamer.

Babos nickte. »Der – der Junge ist – ein L-Lee–«

»Ein Lar!?«

Babos Nicken wurde schneller und die Stimme immer ernster: »Wo sind sie jetzt!?«

Fast panisch folgte Babos dem goldenen Zeiger auf seiner Uhr. »S-sie müssten nun in der Ahkari-Wüste angekommen sein. Es sind noch sieben Stunden bis zum Pan De Sartum. Ich – ich habe sie markiert.«

Die Stimme schwieg nur, dann sprach sie:

»Wir danken dir für diese Information, Babos. Du hast dich als außerordentlich nützlich erwiesen.«

Babos Augen weiteten sich vor Freude, die an Fanatismus grenzte.

»Das – das ist mir eine riesige Ehre, Meister N'Artem! Alles für die heiligen Droknen! H-Heil Aishjatan!« Wie besessen schaute er zitternd nach vorn, über den Projektor, der kein Bild mehr erzeugte. »Heil, heil, heil Aishjatan!«

Rau, nebelig, so klang sein aufkommender Husten. Fast erstickte er daran, doch das? Das wäre wohl ein zufriedener Tod gewesen.

Gion schwieg. Der Lichtprojektor neben ihm: leer.

»Surnei Elim …«, flüsterte er kopfschüttelnd. »Ein Lar.«

Zwei Stunden später. Ahkari-Wüste.

Surnei schien die ganze Wüste zu untersuchen. Natürlich war es nicht unüblich, so viel Sand in einer Wüste zu finden, aber der Weg ins Pan De Sartum führte durch Ahkari.

»Warum ist es so leer?«, fragte er.

»Weil wir nicht über die gewöhnlichen Routen gehen«, antwortete Tenna. Immer wieder warf er einen Blick auf seine Landkarte. »In Arthea gesehen zu werden, ist die eine Sache, aber außerhalb? Für dich und Annelya wäre es zu gefährlich. Wir wissen nicht, wie die Leute reagieren würden, gerade jetzt.«

»Guter Punkt.« Surnei nickte mit gehobener Augenbraue.

Tenna rief den jungen Lar. Er lud ihn mit seinem Winken zu sich. »Hier, schau.«

Surnei ging zu ihm und warf einen Blick auf Tennas Finger, der auf die Karte zeigte.

»Ein Tempel?«

»Mhm, Ruinen eines Tempels. Achthundert Jahre alt«, sagte Tenna.

»Ein Gebetstempel für den Kristall?« Surneis Augen funkelten, als ob er sich der Antwort sicher wäre.

Ob Annelya zuhörte? Es sah so aus, als würde sie nichts mehr mitbekommen, so versunken wie sie war.

»Ja, nun – das, was noch von ihm übrig ist. Nach den Umweltkatastrophen in Ahkari wurde er verlassen. Trotzdem gilt er noch als Orientierungspunkt für Forscher und Soldaten«, erklärte Tenna.

Niemand konnte dem grellen Sonnenlicht entkommen, nicht einem einzigen Sonnenstrahl entfliehen.

Annelyas Schritte sanken leicht in den Sand. Dieses Geräusch, plagte es nur sie? Das war nicht der Sand unter ihren Füßen, es erklang in der Luft. Verwundert schaute sie sich um, im Versuch, das seltsame Geräusch zu lokalisieren.

»Pan De Sartum also! Schonmal dort gewesen?«, rief Jango mit reibenden Händen und breitem Lächeln.

Annelya lehnte ihren Kopf zur Seite.

»Überstrenge Mutter, die uns sechzehn Jahre nicht aus dem Dorf ließ …« Sie zog ihren Satz lang, bevor Jango schnell nickte.

»Ah ja, da war ja was!«

Schon wieder, dieses Geräusch. Annelya blinzelte schnell. Ihr grauer Schal lag um ihren Hals gewickelt und fiel über ihren Rücken.

»Jango, drehe ich durch oder hörst du das auch?«

Jangos Lächeln war fort. Er presste seine Lippen genauso wie seine Brauen eng zusammen. Als sein Mund sich öffnete, raubte Meleoidy ihm seine Worte:

»Leute!« Plötzlich blieb sie stehen und sperrte mit ihrem Arm Tenna den Weg ab.

»W-was ist denn?« Tenna tauchte aus seiner Landkarte auf.

Surnei, Annelya, Jango, alle blieben stehen.

»Etwas stimmt nicht«, warnte Meleoidy, immer noch sich umschauend.

Annelyas Augenrollen konnte keiner übersehen. Und sollte es doch jemand übersehen haben, hätte er dieses klagende Stöhnen nicht überhören können.

Meleoidy sah mit echter Strenge Annelya an. Ihre Arme, immer noch ausgestreckt.

»Ich meine es ernst, dieses Geräusch ...« Mit nur einem Wort hatte sie Annelyas Widerstand in ängstliche Zustimmung verwandelt.

Meleoidys Finger stoppten kurz vor ihrem Gesicht »So hört es sich an, wenn man ein −«, wollte sie sprechen, als sie mit aufgerissenen Augen einen Schritt nach hinten zurückwich. »Surnei!«

Dieses luftzerreißende Geräusch war nicht mehr zu überhören, es verlangte nach jedermanns Aufmerksamkeit.

Erschrocken zog Annelya ihr Schwert, während Jango die zwei Teile seines Speers von seiner Oberschenkelrüstung löste und sie schnell vereinte. Eine scharfe Klinge sprang aus beiden Seiten des Speeres heraus.

Surnei drehte sich um, zog blitzschnell seine Dolche.

Annelya erfasste kurz Panik, denn dieses Schwarz, diese Schatten, sie hatte sie schon einmal gesehen.

»Schattenportal!«, rief Meleoidy laut und blickte instinktiv zu Tenna.

»Ich dachte, niemand wusste von der Markierung!«, klagte Tenna mit blassem Gesicht.

Meleoidy sah nicht schuldbewusst aus, eher wie Tenna – verwundert.

»Tat es auch niemand …« So schnell wie sie ihre Augen von links nach rechts bewegte, mussten ihre Gedanken rasen. »Babos«, zischte sie, riss den Lederbeutel von ihrem Gürtel und ließ die Goldtaler auf den Sand fallen. Sie wirbelten im Sonnenlicht, das die Markierungen im Gold offenbarte.

»Nein«, wisperte Annelya erschöpft.

Doch bevor die Schatten die Luft entzweirissen, verteilte sich schwarzes Licht um die Gruppe.

Meleoidys rote Mähne schwang samt ihrem Blick in jede Richtung.

Durcheinander. Links. Rechts.

»Es sind mehrere!« Sie zählte vier weitere Schattenportale. »Achtung!«, brüllte sie, als sie dem Wurfmesser auswich, das aus einem Schattenportal drang.

Die Luft zerriss. Portal um Portal öffneten sich die Schatten, Portal um Portal drang ein weiterer schwarzgekleideter Mann heraus. Wurfmesser, Kettendolche und Klingen rasten durch die Luft.

»Assassinen!«, schrie Meleoidy, bevor sie einem weiteren Hieb auswich. Ihr goldener Dolch schlug gegen die Klinge des Assassinen, ehe sie ihn mit einem Tritt zurückschlug.

Surnei stolperte mit aufgerissenen Augen zurück, schlug links und rechts die Hiebe der Männer weg.

»Surnei!«, brüllte Jango, bereit, loszurennen, als einer der Assassinen hinter ihm seinen Speer packte. »Verfluchte Schatten!«

169

Er wich zur Seite, ließ sein Speer in der Luft los und drehte sich mit einem Schwung in die Richtung des Assassinen, bevor er mit einem Luftstoß seinen Dolchhieb wegdrückte.

»Ah! Verdammt!« Tenna aktivierte seine Plasmakugel und rannte weg, während noch ein Assassine seinen Kettendolch zu wirbeln begann.

»Tenna!« Annelyas Haar riss das Licht mit sich, schleuderte den sandigen Wind in jede Richtung. Surnei konnte kämpfen, Tenna eher weniger, also rannte sie zu ihm.

»Verdammt, verdammt, verdammt«, wiederholte Tenna. Kurz bevor der Assassine seinen Kettendolch warf und Annelya ihren Hieb ausführte, schleuderte Tenna unkontrolliert eine Plasmakugel vor die Füße seines Angreifers.

Überdruck. Es knallte so stark gegen den wirbelnden Sand, dass Annelya samt dem Mann nach hinten flog.

»Annelya!«, brüllte Tenna, als der tosende Sand die ganze Gruppe umhüllte.

Mit einem Kampfschrei beschwor Jango einen heftigen Luftwirbel, der seine Sicht rechtzeitig befreite. Der aufkommende Kettendolch stoppte knapp vor seiner Nase. Verwundert schaute Jango zur Seite. Rote Augen blickten zurück. »Fremder …«

Die kleinen Blitze schossen über Surneis Arme und erfassten die Ketten. Er zog sie stramm zu sich.

Bevor der Assassine loslassen konnte, hatten ihn die Blitze erreicht. Surneis Brüllen entfachte samt seinen Blitzen, die unzählige Löcher in das Fleisch des Mannes brannten. Wie eine tanzende Maus sah er aus, bevor er leblos auf seine Knie krachte.

Surnei schaute zu Jango und ließ den Kettendolch los.

»Alles in Ordnung?«

»J-ja«

»Wie viele sind es!?«, schrie Meleoidy, während sie es mit drei von ihnen aufnahm. Sand, Klingen, sie schwangen immer wieder durch die Luft. Eisen, es traf aufeinander, und Schritte, sie versanken im Sand.

»Annelya, wo ist Annelya?«, fragte Surnei. Seine glühenden Augen stachen durch den Sand.

Stöhnend rollte sich Annelya zur Seite. Ihren Schal hatte sie irgendwo im Sand verloren. Sie hob ihren Kopf, den ganzen Sand auf ihrem Haar tragend.

Da. Schwarz vor ihren Augen. Doch der Assassine schien sich nicht zu bewegen.

Noch ein Luftwirbel räumte das Feld. Jango hob seinen Speer und zwei Klingen landeten auf seinen. Er wirbelte seinen Speer, stieß die beiden Männer mit einem Luftangriff nach hinten, bevor er mit einem Windstoß nach vorne glitt und ihre Kehlen zerschnitt. Der Wind verteilte Blut, das auf Blut traf, welches Meleoidy vergossen hatte.

Mörderische Eleganz. Ob Schritt oder Hieb, Schlag oder Abwehr, keiner ihrer drei Angreifer überlebte.

»Annelya«, zischte sie mit tobendem Atem. »Hinter dir!«

Instinktiv drehte sich die Prinzessin um.

Noch ein Schattenportal. Der Assassine brach durch die Schatten und sein Schwert traf auf ihres. Wo war sein Schwarz hin? Ein Hieb. Zwei Hiebe. Sein dritter Hieb rutschte an Annelyas Klinge ab. Eine Chance, die sie ergriff. Sie zerschnitt seine Handfläche, schlug mit ihrem Bein seins zur Seite. Er knickte ein, drückte panisch seine Hände gegen Annelyas Arme, als sie mit ihrer Klinge auf seinen Hals zielte und ruckartig stoppte.

Mit zittrigen Augen schaute sie zu ihm herunter.

»Annelya!? Was tust du!?«, schrie Meleoidy, als sich jeder zu ihr drehte.

»Elya«, flüsterte Surnei, bereit, loszurennen, als ein weiteres Schattenportal vor ihm entfachte.

Annelyas zögernder Blick traf auf den des knienden Mannes.

Ihre Klinge war nur Millimeter von seiner Kehle entfernt. Schneller, flacher Atem, verkrampfte Haltung. Sie wippte kurz nach vorn, kurz nach hinten, als er blitzschnell unter seinen Arm griff.

»Annelya, nein!«, brüllte Tenna, und zog sie voller Kraft nach hinten, bevor der versteckte Dolch des Mannes Tennas Bauch durchbohrte.

»Tenna!«, kreischte sie, nach hinten stolpernd.

Er schrie in Schmerzen auf, während er die Hand gegen das Blut presste, das aus seinem Bauch floss. Der Assassine war sprungbereit, doch Meleoidys Gold traf tief zwischen seine Augen. Keuchend ließ er seinen Dolch in den Sand fallen, bevor er wie Tenna nach hinten fiel.

Annelya und Meleoidy stürmten beide los.

»Tenna, Tenna«, wiederholte Meleoidy außer Atem. Sie fing ihn auf, fiel auf ihre Knie und blickte in Annelyas schockiertes Gesicht.

»Du hast gezögert! Wieso hast du gezögert!?«

Annelya wagte sich keinen Schritt mehr nach vorn. Tennas Blut pumpte aus ihm heraus.

»Er – er war – er war unbewaffnet«, stotterte sie.

»Wir müssen die Blutung stoppen, sofort!«, befahl Jango. Sein Speer landete auf dem Boden, bevor auch seine Knie in den Sand tauchten.

Annelya zog sich zitternd zurück. Ihr Blick wanderte von Surnei zu Tennas Bauch, von Tennas Bauch zu dem toten Assassinen. Sie schüttelte ihren Kopf.

»Er verliert zu viel Blut«, hörte sie. Die Stimmen drangen tief in ihren Geist, während sie immer wieder zwischen Tenna und dem Assassinen hin und her schaute.

Ein … aus. Ein – ein – ein.

XI

BRUCHPUNKT

»*Hahaha! Annelya!*« Tennas weit entfernte Stimme schallte in ihren Gedanken. Sie klang nach vielen vergangenen Jahren. Ihr Herz raste mit jedem schmerzerfüllten Stöhnen, das Tenna entwich, schneller. Jeder Laut, jedes Geräusch verstummte in ihrer eigenen Stille.

Alles sah so verschwommen aus. Surnei, Meleoidy, Jango, Tenna und … dieser Mann, der Assassine in Schwarz mit den gefesselten Armen und Beinen.

»Großartig, dass dieser Bastard überlebt hat, aber er muss auch sprechen!«, fluchte Surnei. Seine Nervosität war ansteckend. Er fuhr mit seinen Fingern durch sein Haar, als Jango an den gefesselten Armen des Assassinen zog und ihn durch die Ruinen zerrte.

»Leg ihn hierhin!«, befahl Meleoidy.

Annelyas Augen und Lippen zuckten synchron. Sie bemerkte nicht einmal die Schatten, die das Licht der Sonne raubten. Die Schatten, die die Ruinen des Tempels auf sie warfen.

»Hey, hey!« Meleoidy legte Tenna mit Surneis Hilfe langsam auf eine der glatteren Steinplatten neben dem Altar.

Tennas Hand ruhte auf dem zerfetzten Stoff, der wie eine Bandage um seinen ganzen Bauch gewickelt war.

»*Bist du größer geworden!? Ich habe dich doch erst gestern gesehen! Vielleicht liegt das an der Energie? Das müssen wir definitiv untersuchen!*«, spaßte Tenna in Annelyas Erinnerungen.

Wie vereist schaute sie zu. Sie sah, wie Surnei sie anblickte und wie Meleoidys Hand über Tennas schweißgebadete Stirn glitt.

Die zerbröckelten Statuen und Säulen, die zusammengefallenen Dächer und Räume des Tempels, sie nahm sie nicht wahr. Nicht einmal die Marmorköpfe und Hände, welche aus dem Sand ragten.

Jango klatschte den Sand von seinen Händen, als er aus einem der Nebenräume des alten Tempels kam.

»Ist er –«, wollte Meleoidy sprechen.

»Er ist gefesselt und immobilisiert, aber er spricht nicht«, sagte Jango.

Meleoidy strich ihr Haar nach hinten, während sie Tennas zittriges Lächeln musterte. »Tenna …«

»Können wir ihm nichts geben?«, fragte Jango.

Meleoidys Kopfschütteln war eindeutig.

»Wir haben nichts. Und selbst wenn, ein falsches Gegengift könnte das Gift verstärken.«

»*Seine Haut. Was zum –*«; »*Stirbt sie ab!?*«; »*Er wurde vergiftet*«, diese Worte, sie schallten immer wieder in Annelyas Ohren. Obwohl sie schon vor zwanzig Minuten gesprochen worden waren, klangen sie wie gerade ausgesprochen. Sie wollten ihren Kopf nicht verlassen, genauso wenig wie das Bild von Tennas Krämpfen auf dem Sand.

»Wir wissen nicht, mit welchem Gift die Klinge versehen war, wir wissen nicht, was es mit ihm macht oder wie lange wir haben«, zischte Surnei, über Tennas Körper blickend.

»Der Assassine.«. Meleoidy klang zornig. »Wo ist er?«

Jango blickte über seine Schulter auf den dunklen Raum im Tempel. »Da … im Gebetsraum. Warum?«

Meleoidy stand abrupt auf. Ihre Schritte schabten über den Steinboden, bis sie wieder in Sand tauchten.

»Weil ich es aus ihm rausquetschen werde.« Ihr Ton, oh, er war entschlossen. Er klang genauso mörderisch wie das Gift, das durch Tennas Adern floss. »Surnei, du kommst mit.«

Surnei nickte, vorsichtig ließ er Tennas Kopf zur Seite fallen.

»Annelya«, sprach Meleoidy.

Annelya starrte auf Tenna.

»Annelya!«, brüllte Meleoidy. Das Echo ihrer Stimme schlug gegen die Wände des Tempels, bevor es Annelya aus ihrer Trance herausriss.

Verwundert schaute sie in Meleoidys erwartungsvolle Augen.

»Pass auf ihn auf.«

Annelya nickte und lief zögernd in Tennas Richtung. Ihr Zögern wuchs, während ihr Gesicht abwechselnd von den Schatten der Ruinen und vom Licht der Wüste geküsst wurde.

Jango strich über sein Kinn, als er Surnei hinterherrief, dass er aufpassen sollte. Beide Männer wirkten verwirrt, Meleoidy hingegen sicher.

Tenna stotterte ihren Namen, als sich Annelya näher zu ihm bückte und seine Finger Schuld in ihre Handflächen brannten.

Ihr Blick, der auf ihm lag, war angewidert, aber nicht wegen seines Bluts und Schweißes. Auch nicht wegen seiner Schwäche. Sondern wegen ihrer eigenen.

Es war meine Schwäche. Meine Schwäche! Es war meine gottverdammte Schwäche, der ich das zu verschulden hatte.

»Es tut mir so leid«, hauchte sie, sanft über Tennas Wangen streichelnd.

Mit einem Schritt tauchte Meleoidy in Dunkelheit und riss die Schatten mit sich. Kein Sand mehr. Dieser Boden war aus feuchtem Stein. Der Gebetsraum ließ einige Sonnenstrahlen durch die Ritzen in den mit Fresken bemalten Wänden hinein. Genug, um den schwarz bekleideten Mann zu sehen, der an eine der Säulen mit Meleoidys goldenen Ringen gefesselt war. Kein Juwel, kein Dolch.

Sie hatten sich verbogen, wie Schlangen um seine Hände geschlungen.

»Schwarzpilz? Nikraleber?«, zählte sie auf, gezielt in seine Richtung laufend.

Surnei stoppte kurz hinter dem Eingang des Gebetsraumes und inspizierte die verblassten Gemälde auf den Wänden.

Meleoidys rotes Haar fiel wie Blut über ihre Arme, als sie sich zum gefesselten Mann bückte und ihn genauso anstarrte wie er sie. War das ein Grinsen auf seinem Gesicht?

»Du findest es lustig, hm?« Wieder folgte das blutrote Haar ihrer Bewegung. Sie streckte ihre schlanken Finger in Surneis Richtung. »Dein Dolch«, zischte sie.

Verwundert sah der junge Lar sie an, ihrem Befehl folgte er trotzdem. Er zog einen scharfen Dolch heraus und warf ihn nach vorne. Mit seinem ledernen Griff landete er in Meleoidys Hand.

Sie zögerte nicht eine einzige Sekunde.

Das Geräusch von Fleisch war lauter als der stumpfe Schrei des Mannes, den er fest hinter seinen Lippen verschloss. Er zitterte zwar, schwieg aber weiterhin.

Mel rückte näher. Ob der Feind den Duft von blutigen Rosen auch bemerkte? Ihre Lippen strichen fast über sein Ohr, während ihre Finger über den ledernen Griff streiften, der aus seinem Bein herausragte.

»Womit sind eure Klingen versehen?«, flüsterte sie ihm leise zu, bevor sie sich wieder zurücklehnte und ihn ganz genau musterte.

Keine Chance, er schwieg immer noch. Einzig und allein ein Zucken, mal hier, mal da, mehr bekam sie nicht, nicht ein Wort.

Sie griff nach dem Dolch und Surnei funkte abrupt dazwischen. »Er könnte verbluten!«

»Wenn die Wunde offenbleibt, ja.« Ihre Augen stachen in diese vor ihr. »Mit genug Hitze können wir die Blutung stoppen.«

Der Mann starrte Meleoidy immer noch so an wie vorher. Kein

Anzeichen eines Gefühls. Wie zwei Jäger, die ihre Beute fest im Griff hatten, visierten sich die beiden an.

»Surnei, die Blitze, die du vorhin beschworen hast, wie gut kannst du sie kontrollieren?« Meleoidys Worte ließen Surnei die Stirn runzeln.

»Du willst, dass ich – dass ich seine Wunde ausbrenne?«

Meleoidy nickte.

»Meleoidy, ich habe bisher nur einmal Blitze im Kampf genutzt, impulsiv, hohe Mengen, ich – ich weiß nicht, ob –«

»Selbst wenn's zu kräftig wird«, unterbrach sie ihn. »Es wäre nur ein Bein.« Was für ein teuflisches Grinsen …

Surnei atmete tief ein und schluckte nervös, als der Assassine ihn zum ersten Mal ansah.

»Lilastaub?«, fragte Meleoidy den gefesselten Mann. Sie bekam die gleiche unveränderte Antwort: Schweigen. »In Ordnung.« Nickend zog sie den Dolch mit voller Gewalt aus dem Oberschenkel des Mannes.

Ah! Fast wich sein Schrei von den Lippen und das Blut pumpte wie Surneis Herz.

»Verdammt, Mel …« Zügig eilte er in ihre Richtung.

»Schauen wir mal, ob wir uns schon verabschieden müssen. Hoffentlich nur von deinem Bein.« Sie lächelte den Assassinen an, bevor sie zu Surnei hochschaute. »Wärst du so lieb?«

Surnei stockte. Er guckte auf das pulsierende Blut des Mannes. Mit ausgestreckten Händen wippte er vor und zurück. Mal schloss er seine Augen, mal öffnete er sie.

Meleoidy schaute auf die Pfütze unter den Beinen des Assassinen, welche seine Kleidung langsam aber sicher rot färbte.

»Du solltest dich beeilen Surnei.«

Das zischende Geräusch ließ nicht lange auf sich warten, als der erste Blitz zwischen seinen Finger entfachte.

Annelya und Jango warfen ihre erschrockenen Blicke zum Gebetsraum, dem schrillen Schrei hinterher.

»Meine Güte …«, klagte Jango. Seine Arme versteckte er noch tiefer unter seine Achseln.

Der Schrei des Assassinen hallte durch den ganzen Tempel, doch Annelyas Aufmerksamkeit konnte er nicht lange halten, denn Tennas Husten wurde stärker und seine Hände immer kochender.

»Tenna …«

Er sah so müde aus.

Er sah so müde aus …

Einige Stunden waren vergangen. Annelya zog die Bandage leicht nach oben, bevor sie sie schnell wieder anlegte.

»Verflucht …«

Schwarz floss in Grau über und färbte seinen ganzen Bauch. Fast hatte die giftige Farbe Tennas Brust erreicht.

Auch der Tag neigte sich dem Ende zu. Aus goldenem Licht wurde weißes. Langsam grüßte der Mond, doch auch er konnte ihnen nicht helfen.

Jango pustete in seine Hände, zog sein Gesicht stramm nach hinten, während er sich tiefer über seine Knie lehnte.

Schritte. Annelya warf ihre schwarze Mähne nach hinten, ehe ihr funkelndes Blau das schimmernde Weiß des Mondes kreuzte. Zum ersten Mal lugte sie hoffnungsvoll auf das Rot vor ihr.

»Er spricht nicht. Kein Wort«, informierte Meleoidy.

Und so starb auch dieser Funken Hoffnung in Annelya. Gut, dass Tenna ihren Ausdruck nicht wahrnehmen konnte.

»Du – du kennst dich doch mit Schattenkunst aus, nicht? Gibt es keinen Zauber, nichts, das ihn zum Sprechen zwingen kann?«, fragte Jango mit dunkler Miene, als Meleoidy und Surnei die Stufen zum Altar bestiegen.

»Wir haben alles probiert. Alles.« Sie atmete hörbar aus und hockte sich zu Tenna.

Surnei besetzte den Platz neben Jango. »Er spricht nicht!«

Ein langer Seufzer entwich ihm, sein Gesicht in seinen Händen. Die warme Berührung auf seinem Nacken war Jangos Hand.

»Wie geht es ihm?« Meleoidy zog am Stoff ihres Oberteiles und setzte sich seitlich auf den Boden, bevor sie nach Tennas Gesicht fasste. Erschrocken schaute sie zu Annelya.

Wenn auch nur für einen kleinen Augenblick, war es kein Hass, der zurückschaute. Wahrscheinlich hatte Annelyas Hass ein neues Ziel. Vielleicht schaute sie nicht in Meleoidys Augen, sondern in ihr eigenes Spiegelbild.

»Verdammte Schatten, er brennt«, stellte Meleoidy fest. Ihre nächsten Worte übertönte Tennas rauer, explosiver Husten, der alle aufschrecken ließ.

Annelya und Meleoidy wichen nach hinten, als Tenna fast in aufrechte Position schoss.

Wie vereist schaute Annelya mit offenem Mund zu. Jeder Blick auf ihn fügte ihr noch mehr Schmerz zu, ließ die stillen Erinnerungen in ihrem Hinterkopf noch tiefer stechen.

»Mist, was passiert mit ihm!?« Jango und Surnei sprangen auf, während Annelya sich immer weiter zurücklehnte, verängstigt auf Tennas zitternden Körper schaute, als die ersten Blutstropfen aus seinem Mund schossen.

»Tenna.«

»Verdammt! Nein!«, schrie Meleoidy und griff nach Tennas Kopf. Er legte sich tief in ihre Umarmung, griff nach ihren Armen, auf die sein blutiger Husten traf.

»Heiliger Kristall«, murmelte Surnei. Er zog Tennas Bandage mit seinem Finger nur ein paar Millimeter von seiner Brust nach unten.

Alles. Schwarz.

»Was auch immer es ist, es hat sich ausgebreitet!«

179

Zum ersten Mal sprach Tenna klare, aber schwache Worte, als er fester nach Meleoidy griff. »Pass auf sie auf.«

Meleoidy verstand nicht, was er ihr sagen wollte. Keiner tat es.

»Annelya. Pass – auf sie – auf.«

Jeder tauchte in gleicher Stille.

Meleoidy würde sich nicht trauen, Annelya anzusehen. Es fiel ihr bestimmt leichter, ihn fester zu drücken, tiefer in ihre Umarmung zu holen, als Annelyas feuchte Augen zu betrachten.

Es musste jemand an der imaginären Schnur um Annelyas Hals gezogen haben, so eng wie sie wurde, ihr Stück für Stück den Atem raubte.

»Mach es wieder gut«, forderte Tenna. »Sie – sie wird es verstehen. Sie werden es verstehen. Es – es war Notwehr.«

Annelya runzelte ihre Stirn schneller als Surnei.

»Tenna, nicht«, flüsterte Meleoidy mit zittrigen Augen.

»Sie – sie hätte dich«, er hustete. »Sie hätte dich umgebracht.«

Langsam stand Surnei auf.

»Wovon spricht er?«

Nein, sie würde nicht sprechen, auf keinen Fall. Sie hatte ihnen bereits genug genommen, also schwieg sie kopfschüttelnd.

Annelya kommunizierte ihre Frage nicht mit Worten wie ihr Bruder, dafür lag diese in ihrem Blick.

»Er halluziniert, wir müssen ihn abkühlen«, murmelte Meleoidy, bereit zu flüchten. Tenna griff noch fester nach ihr. Er schien nur sie zu bemerken, nur sie zu sehen.

»Annabel hätte dich umgebracht.«

Ein tiefer dunkler Ton, das war Annelyas Herz. Auch Surnei schwieg nun.

Wurzeln wuchsen aus Meleoidy Brust und wickelten sich um das Gefühl herum, das sie paralysierte.

Nur noch Husten, etwas anderes gab es nicht zu hören. Langsam schaute sie hoch, auf den nassen Streifen auf Annelyas Wange.

»Annelya, er weiß nicht, was er –«, wollte Meleoidy sprechen, als Annelya langsam aufstand.

»Was tust du? Wo gehst du hin?«, fragte Meleoidy.

Surnei beobachtete seine Schwester, immer noch still und nachdenklich.

»Annelya!«, rief Jango, als Tenna plötzlich zu krampfen begann. Jede Aufmerksamkeit riss er wieder auf sich.

Annelya schaute kurz zurück und ihre Schritte versanken im Sand. Die Hilflosigkeit, die sich breitmachte, war nicht zu bestreiten, doch tief in ihr, tief in ihrem Herzen, da …

… spürte ich etwas, das mir normalerweise Angst machte. Etwas, das sich leer anfühlte. Kalt. Doch dieses Mal, als ich vor dem Eingang des Gebetraumes stand, als ich auf Tennas versagenden Körper schaute, ja, dieses Mal fühlte sich dieses Etwas richtig an. Zum ersten Mal fühlte es sich natürlich an.

Tennas Husten und die Rufe der Gruppe versanken samt ihrem Gesicht in den Schatten. Sie drang hindurch, als das schwache Licht im Raum ihre Rüstung offenbarte. Eigentlich war sie silbern, doch hier drin, hier wirkte sie schwarz. Sie glänzte jedes Mal dann, wenn das Mondlicht darauf traf.

Der Assassine schaute hoch. Dominierten Überraschung oder Staunen seinen Blick?

»Annelya Elim, welch eine Ehre.« So widerlich konnten nur Männer wie er grinsen.

Ihre schwarzen Locken hatten noch nie so verworren ausgesehen. Ihr Blau, es hat sich noch nie so kalt angefühlt.

»Mit welchem Gift bearbeitet ihr eure Waffen?« Das klang trocken.

Ihr nächster Schritt trat in die kleine Pfütze und erzeugte ein hypnotisierend kühles Geräusch. Genauso wie ihre blassen Wangen schimmerten, so schimmerte auch der Mond durch die Decken hindurch. Sie schaute nach unten, nur ihre Augen bewegten sich. Ihr Kinn? Zum ersten Mal erhoben.

»Tenna Nameel ist ein nobler Mann«, hauchte der Assassine. »Zu dumm, dass du zu schwach warst, zuzustechen, als du musstest, Prinzessin.«

»Halt deinen Mund.« Sie versuchte sich zu beherrschen.

Er? Er grinste.

»Ich frage dich noch einmal. Mit welchem Gift bearbeitet ihr eure Waffen?« Annelya trat näher.

»Zu blöd, dass er wegen deiner Schwäche sterben muss«, sagte der Mann.

»Halt deinen verfluchten Mund!«, explodierte es aus Annelya und tobende Wut sprang aus ihren Augen. Sie schmiegte sich um ihr Gesicht, schnürte ihr den Hals noch enger zu und eine Träne flog durch den Raum.

Der Mann schaute sie mit gegen die Säule angelehntem Kopf an.

»Was!?«, zischte Annelya. »Was hat er euch versprochen?«

Ihre Hände klatschten auf ihre Schenkel. »Geld? Macht? Ruhm? Oder war es Schattenkunst? Was hat euch dieser Bastard verdammt nochmal versprochen, dass ihr einen unschuldigen Mann – dass ihr so viele unschuldige Frauen, Männer und Kinder sterben lassen könnt?« Das war Schmerz in ihrer Stimme, den sie nicht verstecken konnte. Mal sprach sie lauter, mal leiser. Ihre Gesichtsmuskeln rissen fast die Haut von ihrer Stirn und ihren Augenlidern. Sie stach fragend durch seine Seele, doch sie fand nichts als Dunkelheit.

»Prinzessin, Gion N'Artem hat uns gegeben, was dieses Königreich nie konnte. Schau dich an …«

Sein lastender Blick fühlte sich abwertend an. Er fühlte sich urteilend an.

»Aufgewachsen in Gold und Reichtum, während links und rechts von euch eine arme Seele nach der anderen diese verdammte Welt verließ.«

Sie musste sich nicht einmal bewusst bemühen, ihr Kopfschütteln begann ganz von allein.

»Ich – liebe – diese Welt«, wisperte Annelya.

»Nein! Das tust du nicht!« Sein Grinsen war fort, seine Worte umso dunkler. »Du liebst eine Lüge. Eine Lüge, in der du eine Heldin sein kannst. Du denkst, du bist mutig? Stark!? Du bist nichts anderes als ein verwöhntes, naives Mädchen!«

Annelyas Kopfschütteln wurde heftiger. Intuitiv trat sie näher. »Nein, das ist nicht wahr.«

»Doch. Doch, Annelya Elim! Doch! Genau das bist du. Genau das ist dieses ganze Königreich. Du versprachst einen unschuldigen Kopf, nämlich den Herims, doch du warst nicht mal in der Lage dazu, den Kopf eines wahrhaft Schuldigen zu nehmen. Du denkst, dass du nobel gehandelt hast? Dass du bereit warst, diese Welt zu *befreien*, während du nicht einmal in der Lage warst, einen Freund zu beschützen?« Der Mann brach in finsterem Gelächter aus und Annelya Herz pochte schneller und schneller. »Das ist es, das Gion N'Artem uns gab, Elim. Wahrheit. Ihr!? Die Königsfamilie!? Ihr habt nie im Namen eurer Welt gehandelt! Denn das zu tun, würde bedeuten, harte Entscheidungen treffen zu müssen.«

Annelya bückte sich langsam zu ihm während Tennas Husten durch das Echo des Tempels wanderte.

»Welches Gift!?«, stotterte sie weinend. Das bläulich weiße Mondlicht offenbarte ihre Verzweiflung. »Ich flehe dich an. Er kann nichts dafür.«

»Aber du kannst was dafür! Jetzt fällst du auf deine Knie und bettelst mich an!? Wieder ist es Schwäche, für die du dich entscheidest, Prinzessin? Zehn Jahre habe ich deiner Mutter gedient«, sprach der Mann, als Annelya verwundert aufzuckte. Er lehnte sich näher zu ihr. »Diese Schlampe war die Definition von Schwäche.«

»Wag es nicht!« Annelyas Zittern raste über ihr Gesicht.

»Und es ist die gleiche Naivität, die gleiche Schwäche, die sie weitergegeben hat. Tenna Nameel wird sterben, Prinzessin«, sagte er grinsend, als sich ihre Tränen häuften.

Sie hörte Meleoidys Rufe, sie hörte Tennas Husten. Ihr Herz sprang fast aus ihrer Brust. Der Krampf in ihrem Hals fühlte sich kalt an.

»Nein«, stotterte sie verzweifelt. »Welches – G-Gift!?«

Ein – ein – ein.

»Mit welchem Gift – welches Gift«, stotterte sie, den Fokus verlierend, während Meleoidys Weinen immer lauter wurde.

Das Lachen des Mannes bohrte sich in sie hinein und entfachte … Zorn.

»Und er, Elim, wird nicht der Letzte sein. Du wirst alles verlieren.«

»Halt den Mund.«

»Einen nach dem anderen.«

»Halt deinen Mund!«

»Jeder Tropfen Blut, der von nun an jedem Vollmond fallen wird, wird eine Erinnerung an deine Schwäche sein –«

»Hör auf. Du sollst deinen Mund – Hör auf. Es reicht –«

»Bis du das kalte, tote Fleisch deines so genannten Bruders, einer weiteren Lüge deiner Mutter, in deinen Händen halten wirst«, zischte der Mann, als ein tiefes, stumpfes Geräusch erklang.

Stille. Es tropfte.

Annelyas zittriger Atem wanderte aufs kühle Mondlicht.

Der Mann starrte sie an. Sie starrte mit aufgerissenen, furchtgebadeten Augen zurück und das Blau brach.

Langsam stieß er Blut auf, welches über sein Kinn floss, während er den Kopf nach unten lehnte.

Annelya starrte noch in seine Richtung, aber nicht mehr in seine Augen, und bewegte sich nicht einen Millimeter.

»Wir verlieren ihn! Er stirbt!«, schallte es in ihrem Hinterkopf, während ihr leerer Blick auf die alte Säule traf.

»*Wir verlieren ihn!*«

Sie atmete tief ein und sank den Blick zögernd nach unten, auf die Dunkelheit um ihre zitternden Arme, die sich wie ein tröstender Freund über ihre Schultern legte.

Das Keuchen des Mannes hörte langsam auf, denn bitterschwarzes Blut pochte aus seinem Magen.

Annelya schaute auf ihre Hand, die den ledernen Griff des Dolches fest umklammerte. Ein heulender Ton entwich ihren brüchigen Lippen.

»*Mel, tu was!*«, schallte es im Echo.

Sie sah das schwarze Blut, das sich langsam unter ihren Knien ansammelte.

Schwarz?

Ganz vorsichtig zog sie am Dolch, was noch mehr Blut herausließ.

»Schwarz – es – es ist schwarz …« Versuchte sie sich an etwas zu erinnern? »Aber natürlich!«

Plötzlich schreckte sie zurück und ließ den Dolch noch im Bauch des Mannes stecken, ehe sie ohne zu zögern aufsprang und aus dem Gebetsraum rannte.

Meleoidy sah sie verheult an.

»Ich brauche einen Behälter, eine Flasche, irgendwas! Schnell!« Annelya kämpfte sich mit blutigen Schritten durch den Sand, rannte zum Altar.

»Wo-wofür?«, stotterte Meleoidy, als Annelya durch alle Beutel und Gürtel zu wühlen begann.

Surnei machte Platz, beobachtete verwirrt das Verhalten seiner Schwester.

»Das Gegengift«, schoss es aus Annelya, als sie die eiserne Flasche fand und das Wasser auszuleeren begann.

»Annelya, was tust du?«, fragte Jango.

Der Husten stahl Tenna die ganze Luft aus seiner Lunge. Annelya sah die schwarzen Adern knapp unter Tennas Gesicht.

»Er hat es getrunken«, flüsterte sie, wieder die Stufen des Altares heruntereilend.

Keiner schaffte es, ein weiteres Wort aus ihr zu bekommen. Sie war bereits wieder im Gebetsraum verschwunden.

»Er hat es getru–« Meleoidys Grübeln zeichnete sich auf ihrem Gesicht ab. »Der Assassine? Wo-woher weißt du das?«

»Er hat gesprochen!?«, staunte Jango.

Meleoidy drehte den Kopf in die Dunkelheit, die aus dem Gebetsraum simmerte. »Ich glaube nicht …«

Annelya trat aus dem Gebetsraum. Das gleiche Schwarz, das von ihren Knien tropfte, tropfte nun von ihren Fingern.

»Heiliger …«, flüsterte Jango, bevor Surnei losrannte.

Surnei schaute zu Annelya, ehe er weiter in die Richtung des Gebetsraumes drang.

»Hier – hier.« Annelya stürzte auf ihre blutbedeckten Knie und griff schnell nach Tennas Kinn.

Meleoidy stütze seinen Kopf. Schluck für Schluck schüttete Annelya das schwarze, gesammelte Blut aus der Flasche in seinen Mund.

Er hustete.

»Tenna, trink – du musst trinken«, befahl Annelya.

Während sie voller Aufregung Tenna noch mehr Blut gab, musterte Meleoidy Annelyas Mimik. Ob die anderen es auch spürten? Das, was Meleoidy in diesem Moment spürte? Hatten sie die gleichen Gedanken, in denen sie sich verlor?

Surnei blieb vor dem Gebetsraum bestürzt stehen. Seine Nasenlöcher dehnten sich mit einem tiefen Atemzug.

»Saretum …« Er blickte auf den erdolchten, toten Mann. Hätte er seinen Kiefer noch etwas weiter angespannt, hätte er seine eigenen Zähne gebrochen. Zögernd drehte er sich um, guckte schnell blinzelnd auf seine Schwester, welche Tenna langsam in ihre Umarmung nahm.

Mit jedem neuen Atemzug schwand sein Husten etwas mehr und Meleoidy folgte dem Pfad seiner Venen.

»Er heilt«, stellte Jango fest. Erstaunt drehte er sich zu Surnei.

»Ketemi Sporen … Ihr Gegengift färbt das Blut im Magen schwarz. Wo-woher wusstest du, dass er es getrunken hatte?«, fragte Meleoidy nachdenklich.

Anstatt zu sprechen, streichelte Annelya über Tennas immer heller werdendes Gesicht. Eine Locke fiel auf seine Wange, bedeckte das Mondlicht, das durch die Ritzen im Tempel seinen Weg hineinfand.

»Ich wusste es nicht«, flüsterte sie stumpf. Noch schaute sie auf Tenna.

»Er ist tot«, gab Surnei den Tod des Gefangenen bekannt.

Bittere Verwunderung griff um Meleoidys Kinn und lud sie ein, in die Dunkelheit des Gebetsraumes zu tauchen, bevor sie wieder Annelya anblickte. Sie sah keinen Gebetsraum mehr, Dunkelheit schon.

»Gut.« Wie auf Kommando schaute jeder Annelya an. »Er nicht«, wisperte sie, Tennas beruhigtes Gesicht musternd.

XII

EINE HAND WÄSCHT DIE ANDERE

E s stank, aber es soll sicher gewesen sein, zumindest laut Snow.
Ob es Vertrauen war, das Rea spürte, darüber ließ sich streiten, doch er wirkte einsam, verloren.

Und das war sie eben auch.

»Danke«, flüsterte Rea, als sie unter Snows Mantel nach der weißen, heißen Tasse griff. Sie genoss jeden einzelnen Tropfen Tee, der
in ihren Mund floss.

Ein nötiger Kontrast, ein Kompromiss wohl eher, um den Gestank von Pferdemist, der durch den Stall wanderte, zu ertragen.

Rea schlürfte und blickte zu den Pferden hinter den eisernen
Schranken. Der Dampf des heißen Wassers wanderte ihre staubi-
gen Wangen hoch und blieb an ihren langen blonden Wimpern
hängen. So sah Kunst aus: eisblaue Augen hinter schimmernden
Wassertropfen.

Bis auf das Biegen und Brechen von Heu gab es nicht viel zu hören, außer vielleicht das gelegentliche Rascheln der grünen Wiese
im Windzug außerhalb des Stalls, aber das war eher willkürlich. Es
hatte schon windigere Nächte auf dem Land gegeben.

Sogar Snows Seufzen verursachte einen stärkeren Luftzug. Auch
er lehnte sich gegen die trockene, warme Holzwand und kreuzte
seine Finger über seinen Knien.

Rea spickte langsam zu ihm rüber.

»Und deinen Freunden macht es sicher nichts aus, wenn wir

hier übernachten?«, flüsterte Rea. Wasserperlen brachen mit jedem Wimpernschlag.

Er lehnte seinen Kopf weit nach hinten, die Sterne zwischen den Ritzen in der Decke zählend.

»Shana und Davis? Weiß nicht. Kannst du nicht ihre Gedanken lesen?«

Reas Griff um die Tasse wurde fester. Sie wollte nicht mehr Snow angucken.

»Es tut mir leid ... Ich weiß nicht einmal, wie ich das gemacht habe.«

Stille trat zwischen den beiden ein, allerdings war sie nicht strafend oder unangenehm. Sie fühlte sich eher geborgen an.

»Wer war sie? Leyla ...« Rea traute sich, einen Blick auf ihn zu werfen. Seinen zuckenden Mund übersah sie nicht.

»Leyla war meine Frau.«

»War?«

Sie musste sich nicht in ihn hineinfühlen, um den Schmerz und die Reue zu erkennen. Das enthüllte sein Schmunzeln ganz von allein.

»Wieso erzähle ich dir das überhaupt, du kannst doch sowieso in meinen Kopf dringen, du Hexe.«

»Witzbold ...«

Wieder herrschte Stille. Was vorhin nach Zögern aussah, verwandelte sich nun in volle Aufmerksamkeit. Sie musterte seinen weißen Bart und seine starken Wangenknochen, verlor sich dann in seinen Augen und ließ nicht einen einzigen Millimeter unbeachtet zurück.

Reas Finger strichen übers Porzellan, so wie Snows Mantel über den heubedeckten Boden strich, als sie sich zu ihm drehte und die Tasse abstellte.

Snow schreckte auf, denn mit Reas Fingerkuppen auf seinen Wangen hätte er bestimmt nicht gerechnet.

»Ich kann es versuchen«, wisperte sie still.

»Mei-meine Gedanken zu lesen?«

Rea nickte in Zustimmung, während ihre Finger sein Gesicht erkundeten und den Weg zu seinen Schläfen fanden.

»Du denkst, dass das – äh ... hilft?«

Sie zuckte mit den Schultern.

»Weiß nicht. Pscht!«

Anscheinend half es tatsächlich, denn als Rea die Augen schloss, schien sich etwas in ihm zu öffnen. Das Mondlicht wirkte heller und verwaschener, so als sei die Zeit stehen geblieben.

»Heiliger Saretum«, murmelte Snow und betrachtete Reas zitternde Schuppen, die sich langsam wie eine glänzende Flechte über ihre Finger und Wangen legten.

»Leyla«, flüsterte er wie hypnotisiert. Wispernd wiederholte Rea den Namen, der so viel Schmerz in sein Herz säte.

Sie öffnete ihre Augen und leuchtendes Dunkelrot wanderte die Äderchen um ihre Augen entlang.

»Du hast ihr das Herz gebrochen ...«

Fast war das leise Echo in ihrer Stimme zu überhören. Die drachenähnlichen Schuppen um ihre Finger wurden härter wie ihre Nägel, die sich in tiefschwarze Krallen verwandelten.

Snow konnte nicht wegschauen. War es Schattenkunst? War es Reas Natur? Oder war es sein schmerzendes Herz, das ihn an ihre Worte und Augen kettete?

»Du hast sie betrogen«, zischte Rea und löste ihren Griff von Snows Schläfen. Langsam verschwanden ihre Schuppen wieder und mit jedem Blinzeln wurde ihr Rot schwächer. Den wärmenden Mantel zog sie enger um sich, den Fokus auf Snow gerichtet.

»Ich dachte zu wissen, was ich wollte ... was ich brauchte. Aber das tat ich nicht.« Dafür, dass er so eisig klang, sprach sein zusammengefallenes Gesicht heute Nacht tausend Worte. So sah Schuld aus, definitiv.

»Du hast sie geliebt. Das habe ich gespürt.« Reas Rot war komplett erloschen. »Dich selbst hast du nicht geliebt.«

Worte konnten viel bewirken, dass sie aber auch Eis durchdringen konnten, war erstaunlich.

Snows Kehlkopf ging auf und ab, während sein Atem sich tief in seine Lunge bohrte.

»Ich war ein Narr. Zu schwach, um für die Frau, die ich liebte, da zu sein. Als Meleoidy zu mir kam –«

»Meleoidy!? Elim?« Reas Neugier fiel ihm ins Wort und hinterließ einen kalten Nachgeschmack auf ihrer Zunge.

»Ja. Meleoidy Elim. Ich war in Sare auf Befehl der Königin, Annabel Elim. Sie wollte die besten Elitemitglieder, um Annelya zu beschützen. Meleoidy arbeitet für ihn: N'Artem. Und ich? Ich arbeitete für sie.« Er schaute nach oben, zwischen die großen Risse in der Decke. So viele Sterne.

»Sie hat dir mit Leylas Tod gedroht?«

»Ja.«

Stille.

»Ich sollte Annelya und Surnei auf ihrer Jagd nach Iuel begleiten. Es war jene Nacht vor dem vermeintlichen Anschlag auf den Hohen Rat, als sie mich aufsuchte. Meine Aufgabe? Annelya Elim dazu zu bringen, sich zu fürchten. Ihre Energie zu nutzen, damit dieser verdammte Katalysator seine Arbeit macht.«

Wie ein aufmerksames Kind hörte ihm Rea zu.

»Katalysator?«

»Ein Gerät, das die Fähigkeit besaß, die Energie der Schöpfung abzuzapfen.«

»So ist Gion an die Energie gekommen!? Seine Rede über die Droknen …«

»Ich hätte es verhindern können«, flüsterte Snow.

»Hättest du, aber dann wäre Leyla definitiv gestorben.«

»Ja, aber vielleicht wäre es dann kein sinnloser Tod gewesen. Ich habe mich erpressen lassen und trotzdem ist sie gestorben. Annabel wahrscheinlich genauso. Annelya ist, wenn lebendig, ohne die Energie der Schöpfung und Gion ist fast unbesiegbar. Wenn das kein Versagen ist, dann weiß ich auch nicht.«

Snow zog mit seiner Nase und ballte seine Hand zu einer Faust.

»Fast?«, wand Rea mit gerunzelten Brauen ein. Schnell zog sie die Decke zwischen ihre Knie und richtete sich auf.

»Surnei ist ein Lar«, sagte Snow, in ihre wandernden Augen schauend. Sie sah so unglaublich filigran aus, so zerbrechlich und fein. Es war unmöglich, sich vorzustellen, was in ihr schlummerte.

»Ein Lar?« Las sie wieder seine Gedanken oder wartete sie auf eine Antwort?

»Mhm. Saretorianer, die droknisches Blut in sich haben. Mein Großvater erzählte mir davon, als ich ein Kind war.«

»Moment, was? Du hast von den Droknen gewusst!?«

»Na ja, er hat sie nicht Droknen genannt. Und er erzählte sehr viele Märchen und Legenden von irgendwelchen Drachen und anderen Fabelwesen. Zu viele. Doch als Meleoidy mich aufsuchte, vermutete ich, dass es stimmte. Als ich Surneis Mal sah, wusste ich, dass es stimmte.«

»Surneis Mal?«, bohrte Rea nach.

»Eine droknische Markierung, die rotleuchtenden Augen. Merkmale eines Lar.«

»Genau – Lar – Saretorianer mit droknischem Blut …«, murmelte Rea auf ihre zarten Hände schielend.

»Bist du dir sicher, dass du nicht wieder in meinen Kopf möchtest?«, witzelte Snow und zeigte mit seinem Finger auf seine Schläfe.

»Ha, ha.« Rea senkte den Kopf, doch nicht den Blick.

»War nur ein Spaß.« Tief atmete Snow ein und hielt kurz inne. »Ich kann mich nicht an viel erinnern, aber Ori, mein Großvater, er erzählte mir, dass nur zwei Dinge diese Viecher bezwingen konnten. Die Energie der Schöpfung –« Er schaute Rea an.

Sie spürte sie wieder, die Gedanken hinter seinen Augen. Sie konzentrierten sich auf sie, durchbohrte sie.

»Und droknisches Blut«, stellte Snow nachdenklich fest. »Welches nun auch durch deine Adern fließt.«

»Bin – bin ich ein Lar? Kann ich deshalb diese Form kontrollieren?«

»Ich weiß es nicht. Droknisches Blut hast du definitiv in dir!«

Seine weit aufgerissenen Augen zielten auf Reas Hände, die vorhin noch Klauen waren.

Ihre Augen sprühten.

»Das bedeutet, dass Surnei Elim und ich diese Droknen töten können ...«

Snow nickte still.

»Ja, das bedeutet es.«

Die Sterne funkelten zwischen den Ritzen der Decke auf Rea herab und erhellten das Lächeln auf ihrem Gesicht.

»Dann sollten wir wohl Surnei finden! Bevor es zu spät ist.«

»Hmm. Ich frage mich, ob es das nicht schon ist ...«

Auch seine Bewunderung wanderte nach oben. »Aber ja, du hast recht. Wir sollten Surnei finden.«

»Annelya ...«, flüsterte Tenna. Obwohl er ohne Zweifel erschöpft war, wirkten seine Augen heller und strahlender als die Blüten einer frisch erblühten Rose.

Nahtoderfahrungen machten gewiss dankbarer.

Annelyas Finger waren in seinem Haar vergraben. Ihre andere Hand streichelte über sein Gesicht, als er nach ihr griff. Er lag tief in ihrem Schoß, blickte verwirrt um sich, bevor er versuchte aufzustehen und schmerzhaft aufstöhnte.

»Hey! Vorsicht, langsam, du bist verletzt«, betonte Meleoidy mit schnellem Schritt in seine Richtung.

»Mel ...« Seine Hände griffen noch um Annelyas Arme, während sein Bewusstsein nach und nach zurückkehrte. Er schaute auf die Wunde in seinem Bauch.

»Was ist passiert?«, fragte er, als auch Meleoidys Hände auf seine Schulter fielen.

Annelya und Meleoidy tauschten einen zögerlichen kurzen Blick aus.

»Du hast mich gerettet«, wisperte Annelya. Es verlangte ihr alles ab, um auch nur ein halbes Lächeln auf ihr Gesicht zu zwingen. Doch sie tat es für ihn.

»Und sie dich«, murmelte Meleoidy.

»Sie –«, verwirrt glitt Tennas Braungold zu Annelya. »Aber wie, die Energie ist fort.«

»Es war keine Energie nötig. Dir geht es gut, das ist alles, was zählt.« Annelyas Worte klangen wie ein verzwickter Versuch, ihre eigenen Gedanken in neue Farben zu verpacken.

»Wir sollten die Leiche verbrennen«, schoss es aus Jango.

Alle schauten ihn an, außer Annelya.

»Lei-Leiche?«, stotterte Tenna.

»Warum sollten wir das tun?«, fragte Surnei. Er stand auf der Ebene mit Meleoidy, Annelya und Tenna, Jangos Füße versanken hingegen im Sand.

»Nun«, er zeigte zum Gebetsraum, »es war mal ein heiliger Ort. Wir sollten die Geschichte des Tempels respektieren.«

Dieses Mal war Annelyas Lachen nicht gezwungen, auch wenn es kurz und knapp war.

»Welche Geschichte, Jango?«, brummte sie, als sie Tenna langsam beim Aufsetzen half. Er stöhnte, drückte auf seinen Bauch, bevor er endlich Annelyas Hände losließ. »Diese Geschichte ist eine Lüge.« Ob er die Kälte spürte, die in diesem Moment aus ihren Augen trat? »Alles eine Lüge.«

Sare.

Die Räder der Kutsche vermischten Blut mit Schlamm. Klänge von zerbrechenden Ästen und Knochen bildeten eine Symphonie.

Makira drückte ihr Gesicht so fest zwischen die Gitter des kleinen Kutschenfensters, dass ihre Wangen weiß und ihre Stirn rot wurden.

»Barbarenmist ... diese Biester haben Schaden angerichtet!« Mit breitem Grinsen zählte sie die abgetrennten Körperteile, die sich vor dem Pfad zum Burgeingang häuften.

Es brannten immer noch sporadisch kleine Flammen an einigen zerstörten Ständen des Marktes, doch das meiste Feuer war fort. Kein einziger Dorfbewohner war zu sehen. Nun, kein lebendiger. Zerfetze Flaggen, Textilien und Körper schmückten die Straßen von Sare. Es wäre bei dieser Dunkelheit unmöglich gewesen, sich vorzustellen, dass hier einmal wieder ein sonniger Tag herrschen würde.

Doch das schien ihr zu gefallen. Ihre Oberschenkel berührten die rotgepolsterte Sitzbank nicht mehr. Wie ein freudiges Kind klammerte sie sich mit eisernen Krallen um das Gitter des Fensters, während ihre langen, gerüsteten Beine sie immer weiter nach vorne drückten.

»N'Artem hat nicht rumgespaßt«, staunte Ulghur. Er saß neben Makira und lugte immer wieder durch das andere Fenster auf seiner Seite.

Das Innenleben der Kutsche wirkte so finster wie die Szenerie außerhalb. Ihre Innenwände waren schwarz bemalt, rissig und rau.

»Möchtest du ihm etwa die Arschritze lecken, Ulghur?«, zischte Nhaghar mit starrem Blick nach vorn und breitem Grinsen im Gesicht. Er saß gegenüber von Makira und Ulghur, allein.

Sein Aussehen ähnelte einem Soldaten im Krieg, abgesehen davon, dass das Gesicht nicht schwarz bemalt war. Rau, schwer, kantig und hart, genauso sah es aus. Doch die Härte und Kühle seines

Blickes hätten auch die tiefsten Risse und Narben auf seinem Kiefer, welche sich über seine ganze rechte Gesichtshälfte zogen, nicht übertreffen können.

Das Geräusch von wirbelndem Schlamm wurde leiser und leiser, bevor es allmählich ein Ende fand. Ein Pferdeschnaufen wanderte durch den leisen Wind.

»Wir sind da«, informierte der Kutscher.

Irgendetwas an seinen Worten schien Makira nicht zu gefallen. Sie rückte vom Fenster weg, schaute mit purem Entsetzen und weit aufgerissenem Mund auf Nhaghar, bevor sie die Tür auf ihrer Seite aufschlug und mit einem schwingenden Schritt und ausgestreckten Armen spielerisch auf der blutigen Erde Fuß fasste.

Da, der Kutscher. Er stand knapp vor ihr, offensichtlich überrascht von ihrer Wucht.

»Wa–«, er stotterte in Furcht, als ihre eiserne Klaue auf seiner Schulter und ihr Kurzdolch auf seiner Kehle landete. Bevor er sprechen konnte, spritzte sein Blut in Makiras weit aufgerissene Augen. Manche Tropfen flogen in ihren Mund, doch anstatt zu spucken, leckte sie sich die Lippen ab.

»Makira …« Ulghur stieg seufzend aus der Kutsche. Mit jedem Schritt flüchtete eine weitere Ameise am Boden. Sein Panzer war schwer. Er ließ den Boden kräftig zittern.

Makira schaute auf den angstgebadeten Mann, als sie ihren Kurzdolch langsam von seiner aufgeschlitzten Kehle entfernte. Er knickte zusammen und fiel auf seine Knie, während er sich an Makira festzuhalten versuchte. Keuchen und Blut, eine solch passende Ergänzung zu Sares Atmosphäre.

Während er niederkniete, sprach Makira auf ihn herabschauend: »*Wir sind da.* Bastard! Man macht einer Lady wie mir die Türe auf!« Sie spuckte auf sein Gesicht, bevor es im Schlamm landete.

Nhaghar richtete schwer ausatmend seine Brustplatte. Er lief weiter, den Kutscher ignorierend, als sei das kurze Blutbad nie passiert, bevor ihm Makira und Ulghur wie auf ein wortloses Kommando folgten.

Nhaghars Schritte waren schwerer als Ulghurs. Er schaute nach vorn.

Die zwei Soldaten am Eingang des Burgtores schienen nervöser zu werden, denn sie zögerten keinen einzigen Moment. Schnell griffen sie nach den Torklinken und zogen die Tore von Sare einladend auf.

»Dafür das ganze Schwarzeisen …«, murmelte Nhaghar und lachte, während er die schwarzen Rüstungen der beiden Soldaten musterte.

»Eure Hoheit, Meister N'Artem erwartet Sie«, stotterte einer der Soldaten, bevor er das Ende seines Speeres auf den Boden schlug. So steif wie er dort stand, hätte man ihn von Weitem mit seinem Speer verwechseln können.

»Was du nicht sagst, du Kornhirn.« Nhaghar, Makira und Ulghur traten durch die Tore hinein.

Es wirkte so, als ob sie noch mehr Dunkelheit in den Raum hineintragen würden. Vielleicht lag es an ihren bitterschwarzen, wuchtigen Panzerrüstungen, die an ihren Schultern in eisernen Hörnern endeten und an ihren Fingern spitze Klauen formten.

Vielleicht war es auch Makiras Klinge, von der noch Blut tropfte.

Sie stoppte grinsend vor dem steifen Pfahl mit dem zitternden Gesicht, bevor sie ihren Dolch zog und das Blut vom Eisen leckte.

»Jungfrauen«, grinste Makira mit blutbeschmierten Zähnen.

»Die schwarze Krone«, erklang Uces Stimme. Zuerst war nur sein Schatten zu sehen, bevor er aus einem der Seitengänge der Burg hervortrat.

»Uce Rahul!«, grüßte Nhaghar und musterte Uce vom silbernen Rüstungsstiefel bis zur dunkelgrauen Kettenrüstung um seinen Hals, während er mit ausgestreckten Armen nähertrat.

»Hallo, hallo!« Makira lachte und wedelte mit ihrem Arm in einem großen Kreis vor ihrer Brust, während sie den anderen austreckte und sich dramatisch verbeugte. Ihr Lachen verwandelte sich in etwas finstereres, unkontrolliertes, als sie ihren ganzen Oberkörper wieder sprungfederartig hochschnellen ließ und kurz hüpfte.

»Benimm dich.« Mit strafendem Blick schaute Ulghur auf Makiras spottende Mimik.

Sie ahmte seine Worte nach und rollte mit ihren Augen.

Die beiden waren gleichgroß. Fast so groß wie Uce, doch definitiv kleiner als Nhaghar.

Uce tauchte seine Hände grüßend in Nhaghars, nachdem er vor ihm stoppte und voller Zwiespalt in sein hartes Gesicht schaute.

»Lange ist es her«, sprach Nhaghar mit einem knappen Grinsen, während er Uces Händedruck erwiderte.

Uce zog seine eigenen Schultern und sein Kinn näher an sich heran. Es muss Angst gewesen sein, die ihn instinktiv leicht zur Seite drehte.

»Eine wahre Freude, die du uns bescherst, König des Exils –« Uces Satz brach in zwei, als Nhaghars Worte dazwischenfunkten:

»Ja, ja, Hardan. Ich will die Dinger sehen.« Er legte seine Hände auf seine Hüften und schaute sich in den leeren dunklen Gängen um, ohne auf Uce zu blicken. Seine Augenbrauen berührten sich und auf seinen Lippen lag ein Schmunzeln.

»Die *heiligen* Droknen«, betonte Uce mit schnellem Blinzeln, als er mit seiner Nase schnaufte. Sein urteilender Blick schien seine vorherige Angst eliminiert zu haben.

»Bei den Schatten, hör dich an. *Die heiligen Droknen*«, spottete Nhaghar. »Gion hat dich zu einer gehorsamen Schlampe erzogen.«

Uces Dilemma war kaum zu übersehen, es spielte sich zwischen seinen verunsicherten Blicken und verschlossenen Lippen ab. »Die Droknen stehen unter Gions Befehl. Wir sollten zu ihm.«

Makiras Lachen schlüpfte wie ein uneingeladener Gast durch die Runde. Sie klatschte mit ihren Händen in schnellem Tempo, während sie wieder auf und ab sprang.

Diesmal war es Ulghur, der mit seinen grauen Augen rollte.

»Droknen, Droknen!«, wiederholte Makira breit grinsend. Ob das Blut auf ihren Zähnen das der Jungfrauen oder das des Kutschers war?

Tief atmete Nhaghar ein. Das Gefühl, das sein unbeeindrucktes Gesicht vermittelte, sah nach Ungeduld aus. »Dann bring mich zu N'Artem«, befahl er und zeigte mit seinen offenen Handflächen auf Uce.

Ahkari Wüste, Route zum Pan De Sartum.

Surnei, Meleoidy, Tenna und Jango standen wie ergebene Soldaten nebeneinander, die keinen Mucks von sich gaben.

Ihre Blicke tauchten in die Glut der rotorangenen Lichter der Flammen, welche die Dunkelheit der Wüste brachen und flüsternd in den Nachthimmel stiegen. Jango hatte sie tatsächlich überredet, den Tod zu ehren, etwas Holz aus dem Tempel zu sammeln und den Körper des Assassinen zu erlösen.

Surneis Augen funkelten besonders kräftig, glänzten besonders stark. Seine Finger drückten tief in seine Handflächen. Zögernd saugte er seine Lippen ein, als er sich traute, einen Blick über seine Schulter zu werfen.

Dort saß Annelya an einem der kleinen dunkelgrauen Felsen, die aus dem Sand ragten. Sie selbst schaute in die andere Richtung, dort wo kein rotorangenes Licht herrschte.

Während es Fleisch war, das brannte, klangen die Funken so, als ob es Frieden wäre, den sie verteilten. Das Knistern des Feuers überdeckte die Natur seines Opfers.

Über ganze vier Sekunden zog sich Surneis Atemzug, bis er den ersten Schritt in ihre Richtung ging. Mal sank er tiefer in den Sand, mal war der Boden fester.

Annelya musste ihn bemerkt haben, das verriet das Zucken ihrer Augenlider. Es musste sein Schatten gewesen sein, der das brennende Licht hinter ihr verdeckte und ihn preisgab.

»Hey.« Sein Ton klang wie eine angenehme Umarmung, eine weiche, schützende Hand.

So fühlte sich seine Hand auf ihrer Schulter tatsächlich an. Doch Annelya traute sich nicht, einen einzigen Blick in seine Richtung zu werfen. Da waren zu viel Scham, zu viel Angst. Dabei hatte ihr Bruder im Kampf ja schon Leben genommen. Aber das hier? Das war anders. Es musste anders sein. Schließlich war sie ... *sie.*

»Hey«, antwortete Annelya.

»Du hast Tenna das Leben gerettet.«

Nachdem ich es ihm fast genommen hätte ...

»Mach mal etwas Platz!« Er grinste, als er sich neben sie setzte.

Mit seinen Armen ganz auf seinen Knien lehnte er sich nach vorn. Seine Finger rieben aneinander, bevor sich seine Hände ineinander verschränkten.

»Schau.« Schon sprangen seine Hände wieder auf. Er zeigte nach oben und ließ seinen Kopf in seinen Nacken fallen. »Taris«, flüsterte er auf die vier Sterne zeigend, welche eine gerade leuchtende Linie am Nachthimmel schufen.

Annelyas Lächeln wirkte wie ein kleiner Schimmer unter einem aus Dunkelheit gesponnenen Netz.

»Taris«, flüsterte sie.

»Weißt du noch? Wir haben damals Stunden gebraucht, um diese bescheuerte Konstellation zu finden«, erzählte Surnei, als sich sein Lachen mit Annelyas vermischte.

Meleoidy schaute zurück. Das brennende Licht wurde langsam etwas zahmer.

»Mel«, wisperte Tenna. Er blickte auf ihren angespannten Hals, suchte nach einer Antwort in ihren Augen. Denn ihr Blick, er wirkte wie der einer Person, die eine schlimme Botschaft vermitteln musste. »Was ist los?«

»Annelya …«

Ja, Dieser Blick war besorgniserregend. Er glänzte so, wie Tränen der Trauer glänzen würden.

»Sie hat ihn getötet«, sagte Meleoidy zögernd und schwer, während Tenna Annelya musterte.

»Sie wurde als Kriegerin erzogen, Mel, so wie ihr alle.«

Meleoidy riss mit einem Schritt zu ihm seine ganze Aufmerksamkeit auf sich.

»Er war hilflos, Tenna. Gefesselt und kampfunfähig an einer Säule, umgeben von einer ganzen Truppe. Woher wollte sie gewusst haben, dass er das Gegengift getrunken hatte?« Meleoidy rückte noch näher. Ihre Worte sollte keiner hören, niemand außer ihm.

Er schaute auf ihre Lippen, atmete tief ein, bevor er sich ihren Augen widmete. Das Licht brannte hell auf ihrer Haut.

»Das war keine Notwehr. Das war Verzweiflung«, sagte sie.

Ihre und Tennas Augen wanderten im gleichen Rhythmus, tanzten denselben Tanz. Wo sie hinschaute, dort schaute er hin. Wo er hinschaute, dort schaute sie hin. Sie ließen nicht mehr voneinander los.

»Ich weiß, wie Verzweiflung aussieht«, wisperte Meleoidy mit einem tiefen Atemzug, der eine Portion Kälte in ihre Brust beförderte. »Ich weiß, was Verzweiflung anrichten kann. Und glaube mir, es ist ziemlich unschön.«

Annelyas und Surneis Flüstern und leises Lachen schossen wie ein leuchtender Pfeil zwischen Meleoidy und Tenna.

Tenna ließ seinen Blick schweifen. Vielleicht wollte er nicht zuhören, vielleicht konnte er nicht.

»Sie hat ihren Bruder«, sprudelte es aus ihm heraus, leise und still. »Solange sie ihn hat, wird alles in Ordnung sein.«

Er blickte Meleoidy, an, als ob er nach Zustimmung suchen würde. Als ob sie ihn beruhigen sollte, seine Sorge in die gleiche Asche verwandeln sollte, die in den Himmel von Ahkari hochstieg.

Doch das tat sie nicht.

»Wir sollten weiter.« Das waren ihre einzigen Worte und sie waren laut. So laut, dass sie jeder hörte. Das Feuer schwieg. Fast war das Funkenspiel vorbei. »Das Pan De Sartum ist nicht mehr weit entfernt, wir dürfen keine Zeit verlieren.«

Annelyas Lachen war fort. Der leichte Schimmer wanderte über ihr Gesicht, berührte ihre Augen. Ein kleiner Hauch Licht, er funkelte im Blau.

Sare.

Es klang so, als ob tausend Stimmen miteinander verschmelzen würden. Ein Chor, dessen Echo die dunkelsten Ecken dieses Universums erforscht hatte und nun von Finsternis, Leid und Hunger – Hunger nach Erlösung – berichten würde.

Grausam grässlich, wie der Gestank von Angst und Schrecken, der mit jedem neuen Brüllen durch den riesigen Saal des Untergrundes wanderte.

»Bei den Schatten …«, flüsterte Nhaghar, zum allerersten Mal in dieser Nacht beeindruckt.

Gions dunkelrotbraunes Gewand strich über den Boden, als er lächelnd neben Nhaghar trat. Seine Hände verschränkte er entspannt hinter seinem Rücken. Er musterte Nhaghar, während dieser die Bestien bewunderte. So sahen also Drachen aus.

»Willkommen, König des Exils«, grüßte Gion.

»Du musst sie nicht anketten?«, fragte Ulghur zögernd, als Nhaghars dunkles Lachen losbrach.

»Welche Ketten sollen so etwas bändigen, du Narr?«

Makira war ausgesprochen still. Zitterte sie? Sie verkniff sich selbst das Atmen.

Nhaghar wagte sich einen Schritt nach vorn. Seine schwarzen eisernen Plattenstiefel sahen so aus, als ob sie keine Klinge je durchdringen könnte, doch die Kälte des Untergrundes fand ihren Weg hinein, kroch seinen Körper hoch, während seine Schritte langsamer und langsamer wurden.

Gion schaute ihn genau an. Auch wenn Nhaghar versuchen würde, sich als tapfer darzustellen, seine zurückgezogenen Schultern und seine leicht angespannten Finger verrieten ihn.

Jeder außer Gion zuckte, als der knochige Schweif einer der Droknen gegen den Boden schlug. Makira entwich sogar ein stilles, kurzes Flennen.

»Ernsthaft?«, flüsterte Ulghur und sah in ihr zittriges Gesicht.

»Und sie gehorchen dir?«, fragte Nhaghar nachdenklich, während er auf die riesigen Schädel dieser Wesen blickte.

»Der Beschwörer der heiligen Droknen erlangt völlige Kontrolle über sie«, antwortete Gion in strengem Ton.

Langsam schloss sich Nhaghars Mund. Er schaute still nach hinten. Sein Blick, dieser glänzende Blick, so kannte ihn Makira nicht.

Es war angsteinflößend. Wo war seine Härte hin?

Nhaghar sah Gion an.

»Beweise es.«

Gions Augenbrauen hoben sich mit seinem tiefen, entspannten Atemzug. Er nickte und kaute im Inneren seiner Wange.

»Wen von ihnen?«, fragte er.

Nhaghar schien nicht zu verstehen. Schweigend starrte er Gion an.

Gion riss seine Augen auffordernd auf. Langsam schüttelte er seinen Kopf und zuckte mit den Schultern, als er hinter sich schaute.

»Na, wen von ihnen brauchst du am wenigsten?«

Oh, wie schnell Makiras und Ulghurs Herzen plötzlich schlagen mussten.

»W-was redest du, N'Artem. Was soll das?«, stotterte Ulghur, als er instinktiv einen Schritt nach hinten fiel und seine Hände fluchtbereit ausstreckte.

Makira schwieg. Ihr Hals war so angespannt, dass er fast Risse bildete. Ihre fließenden Tränen, sie schluckte sie. Ein Zittern, obwohl sie steifer als der Soldat war, den sie ausgelacht hatte. Sie schwieg mit all ihrer Kraft, während ihre Finger Löcher in ihre Handflächen bohrten.

Nhaghars stechender Blick wanderte von Ulghur zu Makira. Dort verweilte er.

»Makira …«, hauchte er. Sein Mitgefühl klang geschauspielert.

Jeder sah es in ihrem Gesicht, sie wollte ihre Augen zusammenkneifen. So eng, dass sie die Realität verändern würde, dass sie alles vergessen würde. Doch sie hielt sie offen und ihr Schweigen blieb bestehen.

Ulghurs ausgestreckte Finger fanden Entspannung, als er mit schnellem Atem zu Makira schaute.

»Es tut mir leid«, sprach Nhaghar, bevor ein unkontrollierter, knapper Ton aus ihren nassgeschwitzten, angeschwollenen Lippen flüchtete. »… dass ich dich so unterschätzt habe«, fuhr Nhaghar fort, als sein Blick wieder zu Ulghur wanderte.

Verwundert weiteten sich Makiras Augen, weit aufgerissen, anders als ihr Mund. Sie schielte zu Ulghur herüber.

Da war sie wieder – seine fluchtbereite Haltung.

»Flüchten wollen, wenn es ernst wird, du Feigling!?«, brüllte Nhaghar so laut, dass jeder für einen Augenblick vergaß, welche Bestien sich in diesem Raum befanden.

»Nhaghar, das kannst du nicht tun!« Ulguhr klang wie ein bettelndes Kind.

»Töte ihn. Lass es schmerzhaft sein«, sagte Nhaghar und schaute voller Neugier wieder auf die Droknen vor sich.

»Nhaghar! Nein! Ihr verfluchten Missgeburten einer Hure!«

Mit jedem einzelnen Schritt, den Ulghur rannte, löste er einen neuen Ton Makiras in unkontrollierbarem Gelächter aus.

Nhaghar stöhnte mit verschlossenen Augen. Ulghur näherte sich dem Saalausgang.

»Heilige Droknen«, rief Gion laut mit leicht erhobener Hand, als das Jaulen der Finsternis dunkler als zuvor durch alle Gänge eilte.

Es vibrierte so heftig, dass Ulghurs Schweißperlen von seinem angstgebadeten Gesicht davonflogen.

»Bringt ihn mir«, befal Gion.

Makira warf sich kreischend auf den Boden, während Nhaghar mit aufgerissenen Händen und Augen einen Ausfallschritt nach hinten machte, als zwei Droknen in unvorhersehbarem Tempo ihre Flügel schwangen.

Ein Überdruck, der fast Risse in die Wände rammte. Bevor Nhaghar blinzeln konnte, waren die Droknen nicht mehr vor, sondern hinter ihm.

»Als Asche …«, wisperte Gion und sein zufriedener Blick bemerkte den eben erlangten Respekt Nhaghars.

Ulghur schrie wie ein hilfloses kleines Kind. Der Ausgang, was sollte er ihm bringen? Krallen krachten auf den Boden, die Bestien schlugen ihre Schweife vor ihn, als er wieder nach hinten fliehen wollte. Doch das, was vor ihm war, war genauso furchteinflößend wie das, was hinter ihm war.

»N'Artem, ich bitte dich, ich flehe dich an, nein! Nein!«

Was für ein vergeblicher Versuch, einen Ausweg zu finden. Egal, wo er hinsah, es waren die gleichen Schuppen, Knochen und Krallen, die gleichen rotglühenden Augen, die er fand.

Zitternd stoppte er vor dem gewaltigen Maul der Bestie.

»N'Artem!«, brüllte er, bevor das schrille, entzündende Geräusch seine Schreie brach.

Das Jaulen der Droknen verwandelte sich in ein urteilendes Inferno und die Flammen brachen ohne Warnung aus ihren Mäulern.

Ulghurs gepeinigtes Schreien tauchte samt ihm in die lodernden Flammen, die auf ihn einkrachten.

So hörte sich wahrer Schmerz an. So hörte sich wahrhaftiger Terror an.

Schritt für Schritt bohrten die zwei Bestien ihre Krallen in den Marmor. Sie bewegten sich im Kreis, während ihre Mäuler näher an Ulghurs brennenden Körper drangen. Sie ließen Feuer regnen, traten noch näher, verengten den Kreis, bis das Feuer nur noch auf Eisen und Knochen traf. Bis die Flammen samt den Schreien in einem Augenblick erloschen.

Asche, Dampf und Staunen – das war alles, das zurückblieb. Selbst das Schwarzeisen war im Hall der gepeinigten Schreie verschwunden.

Nhaghar trat staunend vor und musterte die nun wieder ruhigen Bestien. Er nickte, bevor sich sein stilles Lächeln über seine Wangen ausbreitete und er zu Gion schaute. »Ich höre.«

»Anerkennung als eigenständiges Königreich, Auflösung der Grenzen, Übernahme jeden Dorfes, jeder Stadt und jeden Gebietes, das nicht unter meiner Führung steht, Schutz unter den heiligen Droknen und jede Menge Gold. Das biete ich dir und dem Exil«, listete Gion auf, während Makiras verwundertes Gesicht immer weiter aufblühte.

»Und was kriegst du dafür?«, schoss es aus Nhaghar.

»Eine loyale Armee und ein treues Volk, welches die antike Tradition aus Überzeugung annehmen, lehren und pflegen wird.«

»Eine Allianz …«, flüsterte Nhaghar grinsend.

»Eine Allianz«, wiederholte N'Artem.

XIII

PAN DE SARTUM

»Schau, schau!«, rief Surnei und schlug seinen Handrücken sanft auf Annelyas Arm, während er mit großem Staunen nach vorne zeigte.

Dort, wo der Sand langsam endete – dort begann das Grün. Dort schwand goldenes Braun und wurde zu weißlichem Platin. Hohe und spitze Türme, die an den Wolken kratzten.

Egal, ob er nach links oder nach rechts schaute, es sah so aus, als ob dieser silberne Horizont nie enden würde.

»Wir sind fast da«, murmelte Tenna, offensichtlich tief in seinen Gedanken versunken. Die Sandkörner vor seinem Gesicht funkelten genauso wie seine Augen.

»Das Pan De Sartum«, staunte Jango. Er erwischte Surneis freudigen Blick. »Ich sehe es auch zum allerersten Mal«, schmunzelte er.

Surneis Schritte wurden langsamer, während die der Truppe schneller wurden. Jeder überholte ihn, bis er neben Jango wieder sein normales Tempo aufnahm.

»Wir haben so viele Geschichten gehört, so viele Gemälde gesehen«, erzählte Surnei hastiger als er sonst sprach.

Jangos Funkeln fiel auf Surneis Gesicht.

»Du meinst im Dorf?«

Wie ein kleines Kind nickte Surnei, so aufgeregt und leichtherzig.

»Die Akademie wurde vom Pan De Sartum gebaut. Pan-de-saretorianische Architektur übersieht man nicht. Sie sieht so, irgendwie …« Er überlegte.

Seine langen Wimpern wirkten sanft. Zumindest in Jangos Augen.

»Sauber? Hochwertig?«, fragte Jango.

»Ja! Irgendwie *neu*, elegant!«

Jangos Lachen raubte wie ein Raubvogel Surneis Aufmerksamkeit und tauschte sein Staunen gegen Verwirrung aus.

»Was ist denn?«

Dass Surnei nicht verstand, ließ Jangos Gesicht noch mehr strahlen.

»Nichts. Du bist einfach süß, Fremder.«

Surneis erschrockener Blick grüßte die aufkommende Röte auf seinen Wangen. Nur ein kurzer, stockender Ton entwich seinen Lippen, als er zügig auf das vor ihm lenkte.

»Ich – ich spreche doch nur von Türmen.«

»Als würde hier ein König hausen …«, sprudelte es aus Meleoidy hervor. Sie schaute auf den gleichen Pfad wie Annelya.

Erbaut aus Marmor und Stahl, bildete er den Anfang der Stadt und führte zum Eingang zwischen den Mauern. Ein langer Weg, der von achtzehn Soldaten bewacht wurde. Sie standen in Zweiergruppen, jeweils rechts und links innerhalb des Pfades und immer in einem Abstand von zehn Metern zur nächsten Soldatengruppe hinter ihnen.

Ein intelligentes Abwehrsystem, das jedem Eindringling den Weg in die Stadt äußerst erschweren würde. Man müsste sich durch sechs Gruppen kämpfen – und die Mauern? Diese könnte man vergessen. Denn sie waren aus Saretums Stahl, dem härtesten und sichersten Material, das existierte, das Saretum, der erste König des Saretoriums, entdeckt und verfeinert hatte. Genauso wie die Rüstungen und Waffen der Elite würden sich diese Mauern nie ergeben.

All der Glanz und all das Leuchten müssen mich abgelenkt haben, von der Dunkelheit in meinem Kopf und dem Schmerz in meinem Herzen. Denn diese Welt … oh, diese Welt konnte so schön sein.

Als Kinder träumten wir davon, eines Tages die Mauern der heiligen Stadt zu durchqueren, die Saretum selbst erbaut hatte.

Hier soll das Zuhause von Feuervögeln und Rosenlurchen gewesen sein. Ein Ort, teurer und wertvoller als Gold, der die Besten der Besten ausbildete und täglich Innovation schuf. Ob es im Bereich der Kampfkunst oder der Magie, der Wissenschaft oder der Architektur war.

Das Pan De Sartum, die Hauptstadt des Saretoriums.

Ich träumte davon, die schwebenden Transportkugeln und die Wasservorhänge zu sehen, über die wir im Geschichtsunterricht lernten.

Und nun war ich hier. Einen Schritt davon entfernt, begrüßt zu werden. Ich stellte es mir irgendwie immer so vor:

»Surnei und Annelya Elim, die Helden von Sare, hahaha! Willkommen in Saretums Pracht!«, rief Seraphine, als das ganze Licht der Sonne grüßend und tanzend auf ihre feinpolierte Schulterplatten fiel. Es erhellte ihr silberblondes Haar, erhellte meine Augen. Meine jubelnden, in Magie getunkten Augen.

Ich schaute auf Seraphine und meine Beine trafen plötzlich ihre eigene Entscheidung. Sie lachte weniger als ich, streckte ihre Arme nicht so weit aus, doch das war mehr, als sie je an Freude zeigen würde. Denn schließlich passierte es nicht täglich, dass Iuel Herim hinter Gittern saß.

»Seraphine!«, sprudelte es aus mir, bevor ich in ihre Umarmung sank. So fühlte sich Freiheit an.

Sie ist tapfer und silbern, grell doch nicht blendend. Sie begrüßt dich mit einem knappen warmen Lächeln und einer unerschütterlichen Ruhe.

»Hey, hey, Elite, habe ich gehört?«

Moment. Diese Stimme kannte ich.

»Snow!«, rief ich und vergaß, dass meine Arme noch um Seraphines Rücken gewickelt waren, als ich losrennen wollte.

Sur war sowieso schneller.

»Hahahaha!«

Ich habe ihn noch nie so glücklich und angekommen gesehen. Elite. Er hat es geschafft. Wohlverdient! In ein paar Jahren würde nicht einmal Mel an seine Klingenkunst herankommen, auch wenn es sowieso zu keinem Wettbewerb kommen würde, da sie sich anderen Dingen gewidmet hatte.

»Absolviert mit voller Stufe, du Held!« Snows Grinsen war an meinen Bruder gerichtet.

Surnei Elim der Elite. Klang schon nicht schlecht.

»Was soll ich sagen, Sarru hat sich Mühe gegeben«, lachte Surnei und schaute mich mit einem netten Schulterzucken und rausgestreckter Zunge an.

»Heiliger Kristall, eure Mutter muss vor Freude das ganze Dorf eingeladen haben«, rollte es von Seraphines Zunge. Ob sie hungrig war und deshalb so vertieft über Essen nachzudenken schien?

»Hör mir auf. Annabel Elim lässt ihre eigenen Kinder außerhalb der Mauern von Sare Fuß fassen? Ein größeres Wunder als sie selbst!«, spottete Snow und zeigte mit dem Finger direkt auf mich.

Meine Augen schlossen sich kurz. Mein Seufzen flog aus meinen Lippen, so wie der leichte blaue Energieimpuls aus meinem Finger auf Snows Schlüsselbein schoss.

»Ey, Ey!« Er zappelte, während unser Gelächter tiefer und tiefer wurde.

Ja, so in etwa stellte ich es mir vor. Doch … leider war die Realität eine völlig –

»Wir haben bereits sämtliche Vorkehrungen getroffen, um die Stadt zu evakuieren«, sprach Seraphine mit zügigem Schritt.

Es war ein Unterschied zu den anderen Soldaten zu bemerken – in ihrer Art, in ihrem Auftreten. Sie spiegelten ihre Führungsposition wider. Das silberglänzende Haar und die grauen Augen wirkten in Natura noch intensiver. Sie hatte lange Beine und Arme, die einzigen Teile ihres Körpers, die nicht komplett von silbernen Panzern und blauem Stoff bedeckt waren.

Während die Truppe den Anfang der metallischen Ebene erreichte, trat Seraphine zwischen den Soldaten auf den Sand.

Sie grüßte mit einem kurzen Nicken. In Sekunden hatte sie jedes einzelne Gesicht inspiziert und bei den Augen musste man sich gewiss die Frage stellen, ob sie durch Seelen dringen konnten.

»Die Stadtbewohner sind besorgt, aber es hält sich in Grenzen. Die meisten fühlen sich hier sicher. An ihrem Alltag hat sich wenig verändert.«

»Führt ihr Überprüfungen durch?«, fragte Meleoidy.

Das aufkommende Licht traf auf Seraphines Hinterkopf, leuchtete wie ein goldener Heiligenschein.

»Überprüfungen?«, murmelte Jango.

»Was denkst du denn? Gion war lange im Pan De Sartum tätig. Sicher wird er seinen Einfluss gehabt haben«, erklärte Seraphine, als Meleoidy nickend und still den Kopf sank. »Kommt, last uns rein.« Mit einer Handgeste lud Seraphine die Truppe ein. Sie sollten ihr folgen.

Ich kann mich an das Gefühl erinnern, das ich empfand, als ich Fuß auf Saretums Stahl fasste. Es war wie eine kühle, sichere Härte, eine Standhaftigkeit, die durch meinen Körper wanderte. Mächtig. So fühlte ich mich für diesen Augenblick. Seltsam, denn das Gefühl, das ich noch vor einem Schritt empfand, war Machtlosigkeit.

Ich schätze, dass alte Träume selbst in unseren dunkelsten Momenten Funken schüren …

Annelyas Gesicht tauchte in goldweißes Licht. War es der Gedanke daran, dass Saretum hier gelebt hatte? Dass er all das erbaut hatte?

Waren es die weißsilbernen Farben der Gebäude, Mauern und Wege, die das Sonnenlicht so hochwertig, heilig erscheinen ließen?

Was war es, dass ihre schwarzen Locken wie Tinte auf einem friedvollem Strandsand wirken ließ? So sanft, so weich.

Surnei hatte Annelyas Funkeln bestimmt vermisst.

Es breitete sich aus, wanderte ihre Kehle hoch und ließ ihren Mund aufgehen, die Augen und ihren Brustkorb wachsen, als sie langsam nach oben schaute.

Die Stimmen, die Gespräche um sich, sie hörte nicht mehr hin. Höher und höher hob sie ihren Kopf. Je näher sie dem Eingang zur Stadt kam, je mehr sich von der reichen Kulisse hinter den Mauern präsentierte, desto heller leuchteten ihre Augen.

Die Mauern wirkten mit jedem Schritt gigantischer. Doch noch größer musste der Palast gewesen sein. Aufgebaut am äußersten Ende der Stadt, so mächtig, dass er jedes Gebäude in den Schatten stellte. Wortwörtlich, seine Schatten fielen auf die Straßen. Es war von hier aus, vom Ausgang aus, bereits zu sehen.

»Das ist …«, sprach Annelya.

Unglaublich.

»Willkommen …« Seraphine blieb stehen. Kein Stahl mehr unter ihren Füßen. Dies war fein verarbeiteter Steinboden. »… im Pan De Sartum.« Sie öffnete lächelnd ihre Arme in Richtung der Stadt.

»Heiliger …«, flüsterte Surnei. Er schaute genauso verzaubert wie seine Schwester. Intuitiv lief er einen Schritt vor, strich mit seinem Finger sanft über Jangos Hand, als er sich neben Annelya stellte. »Elya …«, wisperte er.

Das Licht sammelte sich in ihren blauen Augen und offenbarte jede Linie in ihrer Iris. Ihr Lächeln strahlte weiß.

Und es roch genauso, wie es aussah, es hörte sich genauso an, wie es aussah. Rosen und Kindergelächter. Passanten und teure, wirklich teure, Stoffe.

Dazu noch dieses feine, schimmernde Stahlnetz, das sich wie ein durchsichtiges Dach über die ganze Stadt legte. So etwas kannte sie nicht.

»Der Schirm!«, rief Surnei.

Jemandem, der die beiden betrachtete, würde sich ein äußerst amüsantes Bild zeigen. Zwei junge Saretorianer, am Boden angewurzelt, während ihre Köpfe fast von ihren Hälsen fielen, so weit wie sie in den Nacken sanken.

»Genau«, bestätigte Seraphine. Doch ihr Lächeln bemerkten nur Tenna und Meleoidy, denn die Schönheit über ihnen hatte nun auch Jango in ihren Bann gezogen.

»Fremder …«, murmelte er nach oben starrend, als sein Zeigefinger zwischen Surneis Finger glitt.

Dieses Gefühl, das durch Surneis Hand zu seiner Brust hoch- und seinen Bauch herunterraste, es fühlte sich so an, als ob er Blitze beschwören würde. Mit schnellen Wimpernschlägen brach seine Aufmerksamkeit, bevor sie sich auf Jangos Gesicht richtete.

»Wunderschön.« Jango lächelte. Langsam senkte er den Blick auf Surneis glänzende, große Augen. Seine roten Wangen konkurrierten mit den roten Nelken neben ihm.

»Das?«, fragte Annelya nach oben schauend, bevor sie abrupt ihren Kopf ein Stück nach vorne senkte und auf den Palast weit vor ihnen zeigte. »Oder das?« Wieder schoss ihr Blick in eine andere Richtung. Sie wollte auf den krummen, großen Baum vor den Marmortreppen, die zum Hauptmarkt führten, zeigen, bevor die sprühenden Funken des rasenden Feuervogels jedermanns Fokus wie ein Meisterdieb stahlen.

»Wahnsinn!«, schrie Surnei lachend, während seine Finger fest zwischen Jangos griffen und er in einem freudigen Impuls seine Hand eng verschloss.

Meleoidy lugte hinter Surnei. Mit scharfem Blick jagte sie den Funken hinterher.

»Ein Feuervogel!«, rief Surnei und drückte Jangos Hand fester.

Annelya sah es: das Gefühl in seinem Händedruck. Während der orangenrote Vogel mit seinem brennenden Schweif und seinen glühenden Schwingen jeden träumen ließ, glitt Annelyas Blick von Surneis und Jangos Händen zu Surneis Lächeln.

Sur ...

Annelya blinzelte schnell mit erhobenen Händen, als sie Tennas Griff auf ihrem Arm spürte.

»Du warst früher so fasziniert von ihnen«, erzählte er mit einem bittersüßen Ausdruck auf seinem Gesicht.

»Von den Feuervögeln?«

»Du hast eure –« Tennas Nicken wurde langsamer. Seine zusammengepressten Lippen, die seine Worte in Gefangenschaft nahmen, raubten Surneis und Annelyas Lächeln.

»Ich habe Mama immer davon erzählt«, wisperte Annelya und schluckte fest, als sie Seraphines Blick bemerkte.

»Gion wird dafür bezahlen«, sagte sie mit strenger Miene. Tenna schaute zu Mel herüber. Sie blinzelte genauso schnell wie Annelya, atmete genauso angespannt, während sie mit einer Hand den Stoff um ihre Hüften enger zog.

»Er wird für seinen Verrat bezahlen.« Seraphines Worte klangen wie ein eisernes Versprechen.

Niemand sagte ein Wort – nicht einmal Annelya.

Ihre Nasenflügel waren das einzige, das sich bewegte. Tief atmete sie ein, schaute mit einem gepeinigten Lächeln zum Palast, bevor sie ihren verkrampften Mund öffnete und Seraphine grüßte.

»Wir haben einen Plan«, sprudelte es aus Annelya.

Plötzlich waren Feuervögel und silberne Dächer vergessen. Seraphine war genauso groß wie Mel, deshalb schaute Annelya einen halben Kopf nach oben.

»So, so. Na, hoffentlich ist er besser als unserer ... Wir haben alle

Historiker zusammengetrommelt. Die besten des Landes. Doch wir finden nicht genug, es ist, als ob – als ob alle Aufzeichnungen über diese Dinger vernichtet worden sind.«

»Gion«, vermutete Tenna.

Alle Blicke lasteten auf ihm.

»Er hat diesen Planeten länger bewohnt, als wir alle zusammen. Und mit solch einer Agenda wie seiner wird er dafür gesorgt haben, alles zu vernichten, das Verdacht hervorrufen könnte.«

»Er hat was?«, warf Jango fragend in die Runde. Seine sinkenden Mundwinkel und zusammengezogenen Augenbrauen zeugten von äußerster Verwirrung.

»Blutbeschwörung«, murmelte Meleoidy und Jangos Augenlider öffneten sich weiter.

»Gion ist ein Blutbeschwörer!?« War das Staunen, Furcht oder beides, das in seiner Stimme mitschwang?

»Einer der wenigen«, flüsterte Seraphine fast sich selbst zu.

»Deshalb stirbt er keinen natürlichen Tod«, erklärte Tenna angesichts Jangos Verwunderung. »Die aktive Nutzung der Blutbeschwörung im Kampf und in der Ausbildung wurde vor dreitausend Jahren verboten.«

»Passive Nutzung ist erlaubt, aktive, die zur Heilung von Verwundeten und zum Verhör von Gefangenen dient, auch.« Meleoidy stahl Tenna das Wort. Es klang ein Hauch von Ekel in ihrer Stimme mit. Ekel, den sie zu bekämpfen versuchte.

Annelya schwieg, doch ihre Blicke an Seraphine sprachen tausend Worte.

»Gions Herz muss nicht aufhören zu schlagen. Er kann es kontrollieren«, sagte Tenna und Jangos Verwirrung löste sich endlich auf.

»Kein Wunder, dass wir dieses Chaos haben.« Jango zischte. »Alte Herzen, alte Glaubenssätze.«

»Wie dem auch sei«, unterbrach Seraphine. »Euer Plan. Wie sieht er aus?«

Alle schauten zu Surnei, dem die Aufmerksamkeit sichtlich nicht behagte.

»Haben eure Historiker etwas über die Lar erfahren können?« Annelya ließ die Spannung wachsen, doch Seraphines Kopfschütteln war zögernd.

»Lar nennt man die Kinder der Droknen«, gab Jango preis.

»Kinder der ... die Dinger haben Kinder!?« Seraphine fasste sich an die Stirn.

»Nun, Saretorianer, die droknisches Blut in sich tragen. Saretorianer wie er«, informierte Jango und zeigte auf Surnei.

»Surnei!? Du – wie – was?« Seraphine schüttelte mit verschlossenen Augen ihren Kopf und rieb sich die Schläfen.

»Er kann sie töten. Und er ist nicht der einzige«, offenbarte Annelya, als Seraphine wieder ihre Augen öffnete.

»Erzählt mir mehr ...«

Kurz schaute Annelya wieder nach oben. *Noch ein Feuervogel.*

»Es müssen hunderte von Lar da draußen existieren. Auch wenn N'Artem einen Genozid durchgeführt haben sollte, er wird bestimmt nicht alle erwischt haben.« Jango wirkte entschlossen.

Er wollte weitersprechen, als Seraphine ihm mit offener Handfläche signalisierte aufzuhören. Die Truppe bemerkte die zwei Passanten in dunkelrot und blau, die neben ihnen vorbeiliefen und sie mit verstecktem Staunen grüßten.

»Die Elims?«, hörte man das Geflüster aus der Entfernung.

»Die Straßen werden zur Mittagszeit hin voller. Nicht hier. Lasst uns zum Palast gehen. Wir haben Zimmer vorbereitet. Ihr könnt euch sauber machen, was essen, dann können wir alles Weitere mit Daneel besprechen«, äußerte Seraphine. Ihre Worte klangen wie ein Befehl, dem sich keiner widersetzen würde.

Ein Befehl, der Annelya daran erinnerte, dass es nicht die Feuervögel waren, welche sie hierhin führten ...

Auf dem Friedhof der Ahnen.

Uriels kalte Finger fuhren über die Gravuren im Marmor.

Der Vogelgesang passte nicht zu den schwarzgerüsteten Soldaten oder zu den mit braunen Säcken bedeckten Köpfen der Männer und Frauen. Die Furcht in ihren schrillen, zitternden Stimmen, das Zittern zwischen den eisernen Ketten, es war grässlich.

»Annelya Elim …«, flüsterte Uriel und trat auf die Erhöhung. Sein Blick folgte den Gravuren auf dem Boden, die im Kreis endeten. »Du bist hineingelangt, doch wie bist du da wieder rausgekommen?«

Die gigantischen ausgestreckten Hände der Golems ließen ihm einen Schauer über den Rücken laufen.

Sein raues Gesicht wirkte im grellen Licht des Tages sanfter als es war. Nur die schwachen Hilferufe des jungen Mannes konnten das Licht nicht verschönern.

Schweigend schaute Uriel nach hinten auf den blaugekleideten Jüngling, der zu flüchten versuchte. Vergeblich. Die Ketten an seinen Knöcheln und Handgelenken lagen stramm im Griff der Soldaten.

»Sir, wie können wir sicher sein, dass das Buch hier ist?«, zweifelte einer der schwarzgerüsteten Männer auf der Marmorfläche neben Uriel.

»Die Frequenz des Katalysators. Hier endet ihre Spur. Das Mädchen muss hier auf Herim getroffen sein. Und wenn Herim den Friedhof betreten hat, kann er das nur mit Schattenkunst vollbracht haben.« Obwohl Uriel sprach, klang er gelangweilt von der Frage des Soldaten. Viel eher interessierte ihn das Geschehen vor dem Tempel.

Der junge Mann stolperte, krachte mit seinen Knien auf die staubige Erde, als er einen Kampfschrei ausstieß.

»Ihr verfluchten Ratten!«, schimpfte er unter dem braunen Ledersack, als Uriel mit beruhigenden Tönen nähertrat.

»Nikola, Nikola. Was für ein Kampfgeist. Du gibst nicht auf, oder? Tenna sollte dich zum Geologen und nicht zum Soldaten ausbilden.« Uriel signalisierte den Soldaten mit einer kurzen Bewegung seines Zeigefingers, Nikola den Sack abzunehmen.

Mit zusammengekniffenen Augen und gerunzelter Nase erblickte der junge braunhaarige Lehrling das grelle Licht, das Uriels grässliches Gesicht beschien. Seine Hände ruhten hinter seinem Rücken, während er die angeketteten Kinder und Frauen musterte.

Nikolas Gesicht zeugte von Wut und Entschlossenheit. Wut, die immer weiterwuchs, je näher Uriel trat, je tiefer er sich zu ihm kniete.

»Nikola, sage mir …« Uriel ging in die Hocke und griff langsam nach Nikolas Kinn.

Kalt fühlten sich Uriels Finger an, raubend und widerlich. Der junge Lehrling versuchte zu entkommen, kopfschüttelnd und grollend sich zu wehren.

Mal drückte Uriel Nikolas Gesicht nach links, mal nach rechts.

»Du hast bestimmt noch niemandem das Leben geraubt?«, spottete er, bevor ihn Nikolas Spucke mitten im Gesicht erwischte. »Du kleiner Bastard!«

Aufruhr. Fast schlugen die Soldaten zu, ehe Uriels erhobene Hand sie zum sofortigen Stillstand brachte. Langsam öffnete er seine geschlossenen Augen, während er sich die Spucke vom Gesicht wischte.

»Nun, dann müssen wir es wohl auf die harte Tour herausfinden. Bringt ihn zum Kreis«, zischte er und stand wieder auf.

Ohne zu zögern, folgten die Soldaten Uriels Befehl und zerrten Nikola erbarmungslos voran.

»Sie auch«, fügte Uriel mit ausgestrecktem Finger auf die Gefangenen hinzu.

»Bitte, nein, bitte!«, bettelte eine Frauenstimme unter einem der Säcke.

Nikola ergriff seine Chance und schnappte mit seinen Zähnen nach der Hand des Soldaten.

»Du verfluchter kleiner –«

»Es reicht!« Uriel zog den kurzen, spitzen Dolch aus dem hinteren Teil seines schwarzen Ledergürtels. Sie sollten Nikola zum Kreis bringen, das war der Befehl. Es gab keine Zeit für Kinderspielchen.

So taten sie es und schleiften den Jungen erbarmungslos den Boden entlang.

Er kämpfte, er brüllte, zappelnd und tapfer, doch ihre Griffe in seinem welligen Haar waren zu kräftig. Gnadenlos warfen sie ihn wie einen halbaufgegessenen Apfel auf den Boden. So brutal, dass er den Kreis aus Marmor fast mit seiner Nase als erstes erkundete.

»Du kannst mich töten, ehe ich dir helfe«, protestierte Nikola, sich langsam drehend. Er stützte sich auf seinen Knien ab – seine Hände eng hinter seinen Hüften gefesselt.

Uriels violettes Gewand raubte mit jedem Schritt das Licht vor Nikola.

»Das weiß ich, Junge. Doch du bist der Einzige von ihnen, der das Vokabular kennt, weshalb es nicht deine Kehle ist, die bluten wird.«

Nikola bemerkte die Frau, die die Männer vor den Kreis zerrten. Wie denn auch nicht? Es war zu barbarisch, um wegzuschauen. Verwirrt musterte er das Geschehen. Die Tränen der Frau unter dem braunen Sack konnte er zwar nicht sehen, aber sehr wohl hören.

»Lasst sie los!«, brüllte er.

Uriels Blick wanderte vom Ledersack zu den Ketten an ihren Füßen, bevor er sich wieder Nikola widmete. Langsam spielte er mit der Dolchspitze an seiner Fingerkuppe.

Der Junge badete inzwischen in Schweiß.

»Ich werde dir jetzt erklären, was du zu tun hast«, ertönte Uriels dunkle Stimme. »Du wirst da rein gehen – und du wirst das Buch der Schatten studieren, bis du einen Weg hinausgefunden hast –«

»Einen Scheißdreck werde ich tun!«

»Ich bin mir ziemlich sicher, dass du jetzt ganz genau aufpassen möchtest, Junge.«

»Du bist von allen guten Geistern verlassen, wenn du der Meinung bist, dass ich euch helfe!

Uriel nickte lächelnd.

»Nikola, Nikola ... ich sagte doch. Das ist mir völlig bewusst. Weshalb denkst du, ist sie hier?« Er zeigte mit seinem Dolch auf die Frau. »Für jede Stunde, die du vergeudest, wird einer von ihnen mit seinem Leben zahlen.«

Wie auf Knopfdruck brach panisches Geflüster und Geheule aus. Auch Nikola entschlüpfte ein besorgtes lautes »Nein!«.

»Das kannst du nicht tun!« Hatte er denn immer noch nicht verstanden, dass sein Protest sinnlos war?

»Nehmt ihm die Ketten ab«, befahl Uriel.

»Du Bastard, das – das ist purer Wahnsinn«, stotterte Nikola mit schwerem Atem, als die Soldaten in seine Richtung traten. »Ihr seid krank!«

Sie zerrten an seinen Handgelenken. Klack – und sie waren frei.

»Na, na, Junge. Du solltest einen kühlen Kopf bewahren. An deiner Stelle würde ich mich beeilen, denn ihre Stunde beginnt ...«

Nikolas Augen weiteten sich ums Dreifache. Schlotternd drückte er sich hoch, schaute auf die Schrift um seine Füße und die Golemhände vor seinen Augen. »Ihr werdet dafür bezahlen«, grollte er.

»Jetzt!«, rief Uriel und riss der Frau den Sack vom Kopf.

Die Tränen hinterließen eine kalte, graue Spur auf ihren Wangen. Das Geheule, das Geflüster, es wurde lauter und erreichte Nikola. Furcht war geboren.

»Die Zeit läuft, Nikola!«, zischte Uriel.

»Nein – nein«, stotterte der Junge, immer wieder in die bettelnden Augen der Frau schauend. Suchte er nach Vergebung, nach Zustimmung? Fast verschluckte er sich an seinen eigenen Gedanken.

Mit leicht ausgestreckten Händen drehte er sich um seine eigene Achse. »Heilige Wächter. Ich – ich rufe euch herbei …«

Worte, die das Lichterspiel eröffneten. Alle Schriften an den Wänden und auf dem Boden glühten. Sogar Uriel und die Soldaten konnten nicht anders, als in Staunen zu versinken. Die Schrift auf den Golems warf ihren blauweißen Schleier auf Nikolas zittrige Lippen.

Seine Aufmerksamkeit war gespalten zwischen dem gepeinigten Gesicht vor und der Schrift unter ihm.

»Zeigt mir den Weg, auf –«, er stoppte.

Uriel nickte dem Soldaten zu. Nikola würde hören, daran führte kein Weg vorbei. Der Soldat griff nach dem schwarzen Haar der Frau, bevor er seine eiskalte Klinge vor ihrem Hals platzierte.

»Nein!«, brüllte Nikola mit weit aufgerissenen Augen und Händen.

Das Geschrei, der Terror der Frau, es steckte jeden Gefangenen an. Obwohl sie nichts sahen, außer dem leichten blauen Hauch des Lichtes, hörten sie die Angst in ihren Rufen.

»Komm schon, Nikola, die Zeit läuft!« Uriel klang strenger.

Der erste Blutstropfen glitt den pochenden Hals der Frau herunter.

»Zeigt – zeigt mir den Weg – auf dem – auf dem ein Herz gedeiht«, sprach der Jüngling.

Uriel ging zwei Schritte zurück, während er das Aufleuchten aller Schriften, die den Tempel schmückten, wie ein kleines Kind mit riesigen, neugierigen Augen beobachtete.

»Nenne – deinen – Namen«, schallte es durch den ganzen Wald.

Nikolas Zittern raubte ihm den Atem, als er durch das aufsteigende Licht vor ihm das Leid der schwarzhaarigen Frau erblickte.

»Nikola – Nikola Tahem.«

Und plötzlich war er getaucht in prüfendes Licht, das darüber entscheiden würde, ob er leben oder sterben sollte.

Rea streckte ihre Arme mit einem Gähnen und zusammengekniffenen Augen aus, bevor sie langsam unter der Decke hervorschlüpfte. Ihre Finger drückten in ihre Handflächen.

»Snow«, murmelte sie noch leicht benommen und sich umschauend. Sie hörte ihn, aber sie sah ihn nicht.

Zweimal musste sie den grässlichen Geruch von Pferdemist einsaugen, um den Gestank zu registrieren, der sie ihre Nase rümpfen ließ.

»Ach, das Mädel ist wach!«

Diesmal hörte sie ihn nicht nur, sie sah ihn. Er stellte sich vor das Sonnenlicht, das seinen Weg durch die sperrangelweit offenen Tore in den Stall hineinfand. Reas Gesicht tauchte in Snows Schatten.

»Snow!« Mit einem Lächeln zog sie die Decke von ihren Beinen vorsichtig zur Seite. Sie wollte in seine Richtung laufen, doch sie stoppte kurz und schaute auf die Decke.

Damit zauberte sie ein leichtes Lächeln auf sein Gesicht. Er lehnte sich mit seiner Schulter gegen den hölzernen Torrahmen und schaute ihr dabei zu, wie sie die braune Decke mit Bedacht und Ordnung faltete.

»Die wird eh nur für die Pferde benutzt«, sagte er.

Rea schaute völlig entsetzt auf die Decke, bevor sie sein schiefes Lächeln bemerkte. An Snows Ironie musste sie sich wohl noch gewöhnen.

Ihr Lachen klang geziert, passend zu ihrer zierlichen Gestalt mit dünnen Armen und Beinen. Unvorstellbar, dass sich diese schlanken Dinger in schuppige, monströse Klauen verwandeln konnten.

»Ziehen wir weiter?«, fragte sie und stand aus der Hocke auf, nachdem sie noch einmal den Oberstoff der Decke glattstrich.

»Auf, auf ins Pan De Sartum, Eidechschen«, rief Snow mit motivierendem Ton und Rea hielt im Lauf inne. Verwirrt blickte sie auf sein breites Grinsen.

»Eidechschen!?«

»Daran wirst du dich noch gewöhnen, vertrau mir.«

Rea stand neben ihm. Das Sonnenlicht grüßte ihre musternden, runden Augen, die ihn durchdrangen, als ob er aus dem feinsten, dünnsten Glas des Königreiches bestünde.

»Du musst das nicht tun«, sagte sie und griff nach den schwarzen Stiefeln links neben dem Torrahmen.

Snows Stirnrunzeln war tief. »Was nicht tun?«

Während Rea mit ihrem Fuß in den ersten Stiefel schlüpfte, sprach sie: »Deine Trauer mit Humor verdecken.« Ihr angezogener Fuß schlug auf den Boden. »Die passen ganz gut ...« Sie griff nach dem linken Stiefel, spürte Snows schweren Blick auf sich lasten.

Der einzige Ton, der von ihm kam, war ein kurzes Räuspern. Die Stille wurde unangenehm, doch Davis' Gruß eilte zur Rettung.

»Guten Morgen, Rea!«, rief der ältere Mann mit dem indigofarbenen Hut und dem orangebraunen Oberteil, der aus dem Steinhaus gegenüber dem Stall trat. Er hatte tiefbraune Augen und noch dunklere Haut.

Rea schaute verwirrt auf, als sie auch in diesen Stiefel schlüpfte.

»Guten – Morgen.« Sie schaute zu Snow.

»Snow hat mir deinen Namen genannt«, erklärte Davis und kam näher.

»Es können nicht alle Gedanken lesen, weißt du«, flüsterte Snow in Reas Richtung.

Davis blieb vor den beiden mit einem warmen, freundlichen Lächeln stehen. Wieder schnupperte Rea, doch dieses Mal waren es schmackhafte Düfte, die sie wahrnahm.

»Kigelfleischtaschen, gefüllt mit Matjas und Reis«, gab Davis mit Blick auf den eisernen Topf preis, den er fest in seinen Armen trug, und nahm präsentierend den runden Deckel ab. Der leckere Dampf stieg empor.

»Mhm.« Rea strich ihr Haar hinter die Ohren und bückte sich knapp über den dampfenden Topf mit dem bunten Inhalt.

»Sahva wollte euch nicht hungrig gehen lassen«, sagte Davis.

»Sahva ist und bleibt die Beste!« Snow griff mit wässrigem Mund schnell in den Topf.

Die Kigelfleischtasche, die er hinauszog, verteilte ihren herben Duft in der Luft, bevor sie komplett in seinem Mund verschwand.

Sein genüssliches Stöhnen war Lob genug für den Geschmack, den Shava geschaffen hatte.

»Greif zu« Davis hielt Rea den Topf entgegen, im Versuch, sie zum Essen zu animieren.

Reas Gedanken waren eingenommen von Davis' dicken, buschigen Augenbrauen. Sie waren wirklich buschig. Letztendlich gewann jedoch der Duft ihre Aufmerksamkeit.

»Danke«, nickte sie, nach dem Innenleben des Topfes greifend. Schnell zog sie eine Fleischtasche heraus und biss genüsslich ein kleines Stück ab. Sie lugte zu Snow herüber, der schon die zweite Portion in seinen Mund verschwinden lassen hatte.

»Und ihr wollt sicher kein Pferd?«, fragte Davis.

Mampfend schüttelte Snow verneinend seinen Kopf. Seine prallen, mit Fleisch und Reis gefüllten Wangen sahen lustig aus.

»Ist besser, wenn wir überhaupt nicht auffallen«, nuschelte er, wie verführt und hypnotisiert von dem Matjasaft, der seine Zunge freudig kribbeln ließ.

»Weil ein weißer, fetter Pelzmantel nach äußerster Diskretion schreit«, kicherte Rea. Sie hörte auf zu kauen, als Davis und Snow sie anschauten. Schnell legte sie ihre Hand unter ihr Kinn, doch das Reiskorn, das aus ihrem Mund fiel, konnte sie nicht vor seinem Sturz bewahren.

»Ey, mir ist kalt«, witzelte Snow.

Davis und Rea sahen ihn mit der gleichen Verwirrung an.

»Wie dem auch sei, wir sollten los«, sprach er und griff kurz hinter das Tor. Er zog einen schwarzen, ledernen Kapuzenmantel hervor und reichte ihn Rea.

»Hier, weiße Pelzmäntel gab es nicht mehr.«

Auf Reas Gesicht war nichts außer stillem, amüsiertem Mitgefühl zu finden. Sie griff dankend nach dem Mantel, bevor sie ein weiteres Stück von der Fleischtasche abbiss.

»Danke, Davis, dass wir hier übernachten durften. Und – danke an Shava für diese zauberhaften Kigellfleischtaschen«, sagte Rea mit sanftem Ton und einem noch sanfteren Nicken.

»Ah, für den hier tun wir doch alles!« Davis grinste Snow zu.

»Pass auf Shava auf.« Das war der erste ernstklingende Satz, der aus Snows unbekümmertem Mund kam.

»Ihr passt auf euch auf!«, erwiderte Davis und platzierte den Topf unter seiner Achsel, um das Gewicht zu verlagern. »N'Artem scheint ein kranker, kranker Mann zu sein.«

Reas und Snows Blicke kreuzten sich mit der gleichen versteckten Trauer. Sie atmete tief ein und er atmete tief aus.

»Er muss aufgehalten werden«, wisperte Rea, als Davis Blick sie traf.

»So schnell wie möglich«, zischte der ältere Mann.

»So schnell wie möglich …«, wiederholte Rea leiser.

Snows Klatschen verscheuchte die aufkommende Dunkelheit in der Atmosphäre. »So!«

Rea schaute ihn mit ihren glänzenden, runden Augen an.

»Wir brechen auf«, sagte er.

Pan De Sartum.

Die silbernen und rosa Nuancen der Fresken auf den Decken schnappten wie ein sanfter Griff nach Annelyas Kinn und hoben es vorsichtig und sachte an.

Schau, flüsterte ihr der goldene Dekor zu, der sich hinter den kolossalen Toren des Palastes wie ein Schmuckstück über jene Palastdecken legte. Es sah so aus, als ob sich jemand mit der feinsten Aresfeder in die Geschichten dieser Bilder verliebt hätte. Nur Liebe konnte dieses Detail, den Ausdruck dieser Kunst erklären. Als hätte ein Mann erfahren, was Schönheit wirklich bedeutete und – noch viel bewundernswerter – als hätte er verstanden, wie er von solcher Schönheit berichten konnte. Nämlich nicht mit Worten. Es brauchte keine Worte, um es zu verstehen, um zu staunen und um zu träumen. Lichterperlen, glitzernd und schimmernd wie eine dünne präzise Naht, die mit atemberaubender Präzision in das Gewebe dieses Kunstwerkes eingearbeitet worden waren. Nur des hellsten Schimmerlinges Schimmer hätte mit diesem Licht konkurrieren können.

Annelya ließ sich tragen von Ares und Wolken. Langsam trennten sich ihre Lippen voneinander, um dem Staunen Raum zu schaffen. Sie sog das gesamte Licht auf.

Und als sie vollständig durch die Tore hindurchschritt, die mit dem gleichen Weißgold verziert waren, brach dieses bittersüße Gefühl ein. Ein Gefühl, das nicht durch die Deckenfresken verursacht wurde, sondern durch die Person, die sich von vorne näherte. Doch diese war genauso prächtig.

»Annelya und Surnei Elim.« Diese Stimme enthielt die reinste Standhaftigkeit, die in einer Stimme mitklingen konnte.

Annelya und Surnei hatten schon viel von ihm gehört. Nun, jeder hatte schon viel von Daneel Lumes gehört, schließlich grenzten seine Position und sein Einfluss als Anführer der Elite an die eines Königs.

»Daneel Lumes der Elite«, grüßte Tenna, seinen Arm vor seiner Brust haltend. Jango ahmte ihn verwirrt und schnell nach.

Daneels Nicken war leicht und flüchtig so wie seine vorsichtigen Schritte, die ihn näher an Annelya trugen.

»Daneel«, sagte Annelya, sein anthrazitfarbenes Gewand musternd, das mit weißgoldenen Ornamenttexturen versehen war, bevor sie sich seinen dunkelblauen Augen zuwandte. Sie waren dunkler als ihre. Würde man Annelyas Blau mit dem der weiten, in Sonnenlicht getauchten Ozeane vergleichen, dann wären seine der erste Stern nach dem Sonnenuntergang.

War sein Haar dunkelblond oder hellbraun?

»Es ist mir eine Ehre, Euch hier begrüßen zu dürfen. N'Artem wird für das, was er getan hat, einen bitteren Preis zahlen müssen.« Daneels Stimmlage klang tapfer und stramm, ernst und doch weich. Er legte seine Hände ineinander und erst dann fielen diese silbernen Plattenhandschuhe auf. Sie schmiegten sich um seine Hände wie ein schützender, fester Panzer. Bis auf seinen fehlenden linken Ringfinger wurden alle vom pan-de-saretorianischen Metall umarmt.

Annelyas Gesicht zeugte von stillem Entsetzen. Wahrscheinlich über diesen Satz, dass Gion bezahlen würde. Was würde es ändern? *Welche Strafe könnte meinen Schmerz begleichen?*

»Unsere Truppe hier hat einen Plan«, kündigte Seraphine an und kreuzte ihre Arme, als sie sich seitlich neben Daneel stellte und stramm auf Annelya und den Rest guckte.

Meleoidy schaute sich noch um, als ob es das erste Mal gewesen wäre, dass sie die Tore des Pan De Sartums betrat. So war es nicht.

»Einen Plan? Ich bin ganz Ohr«, gab Daneel mit offenen Händen und neugierigem Blick preis, bevor er hinter sich auf die Palastbewohner schaute.

Vier Stockwerke waren zu sehen. Der Raum ähnelte einer Zitadelle mit unglaublich hohen Decken, die das Sonnenlicht in der Mitte des Raumes wie einen goldenen Wasserfall hineinströmen ließ. Die Balkone jeweils rechts und links mündeten in der fast göttlichen Treppe weit hinter Daneel.

Dort, in den Gängen auf den jeweiligen Stockwerken, schienen viele zu wohnen. Zumindest war die Kleidung der Saretorianer einfacher, als die der Soldaten in den Gängen des Erdgeschosses.

»Lasst uns zur Amtsstube, dann könnt ihr mir von eurem Plan

erzählen und –«, wollte Daneel zu Ende sprechen, als ein flinker junger Mann aus einem der Gänge hervortrat und seinen Namen rief.

»Daneel!« Der Blick fiel auf Annelya. Seine Worte, in Luft aufgelöst. Er stockte wie vom Blitz getroffen, blieb stehen und räusperte sich, während sein silberschimmernder Blick zwischen der eisernen, flachen Platte in seinen Händen und Annelyas funkelndem Gesicht tanzte.

»Kaiden!« Daneel klang fröhlich, lauter. Mit ausgestrecktem Arm präsentierte er Kaiden, bevor er lächelnd auf die Truppe schaute. »Rangbester der Jünglinge!«

Es war offensichtlich, dass der junge Mann die Aufmerksamkeit abzuwehren versuchte.

»Kaiden, ich denke nicht, dass unsere Gäste einer Vorstellung bedürfen?«

Kaiden war schnell. Zügig eilte er nach vorn und bot seine Hand zum Gruß an. Zuerst grüßte er Meleoidy, Tenna und Jango, dann Surnei und zuletzt …

»Hey«, entschlüpfte es ihm, als er sich mit schnellem Blinzeln korrigierte: »Ich meine, es ist mir eine Ehre.«

Annelya entwich ein kurzes Lachen, während sein Händegriff leichter und seine Blicke schwerer wurden.

Diese Nase … diese Wangenknochen, schaute sie schon wieder auf Kunst?

»Hey«, wisperte sie, in seine silbergrauen Augen schauend, bevor er seinen Griff löste und sie sich eine Strähne hinters Ohr strich.

»Ich möchte nicht stören, aber das müsst ihr euch anschauen«, erklärte Kaiden und blickte wieder auf Daneel und Seraphine, während er auf das eiserne Ding auf seiner Hand aufmerksam machte.

„Was gibt es?« Neugierig lugte Seraphine über seine Schulter, als

Kaiden kurz einatmend nickte und seine Handfläche einige Zentimeter über den eisernen, flachen Gegenstand wischte, der einer Buchseite ähnelte.

Es ertönte ein kleiner Ton, der von weißem Plasmalicht begleitet wurde.

»Erdbeschwörer«, entwich es Jango.

»Ein ganz besonderer«, grinste Seraphine. Dass ihre Worte mehr verbargen, war nicht zu überhören.

»Ihr habt die Plasmablätter fertig?«, staunte Tenna, als er einen Schritt nach vorne ging und sich durch die Gruppe drängte.

»Mhm, sie sind völ–, na ja, fast völlig funktionsfähig«, revidierte Kaiden und sah belustigt Tenna an, dessen Gesicht fast seins berührte, als er auf die leuchtende Schrift über der eisernen Fläche schaute.

»Daran habe ich ewig gearbeitet, aber irgendwann musste ich die Baumuster und die Produktion übergeben, weil ich nach Sare zog!« Tenna klang so stolz.

»Und … was soll das sein?«, murmelte Jango mit aufgeblasenen Wangen und erhobenen Augenbrauen.

»Perfekt für geheime Informationen, die verschlüsselt werden müssen. Die Plasmablätter können von Erdbeschwörern genutzt werden, um eine gewisse Frequenz zu erzeugen, die eben nur mit der richtigen Frequenz sichtbar wird«, erklärte Tenna.

Kaiden schaute auf die großen Fragezeichen in den Gesichtern. Er musste wohl für Tenna übersetzen:

»In die Plasmablätter sind alle Buchstaben eingraviert, die mit kleinen Plasmalichtern verbunden sind. Man kann also praktisch etwas schreiben und es mit der richtigen Frequenz unsichtbar – oder sichtbar machen.«

Sein Satz endete in einem perlenweißen, schiefen Grinsen.

Annelya nickte. »Noch mehr Geheimnisse.« Ihr Sarkasmus brannte jedem ins Gewissen.

»Eine Droknensichtung?«, las Tenna vor. Neugier steckte alle an.

Seraphines gekreuzte Arme lösten sich mit einem Schritt in Kaidens Richtung.

Seine dunkelblonden, verwuschelten Locken strichen über seine Stirn.

»Eine Frau, die sich in einen Droknen –«, Tenna stoppte.

Es war nicht offensichtlich, ob es Panik oder Freude war, die auf seinem Gesicht entbrannte. »Eisbeschwörung«, flüsterte er und Meleoidys Augenbrauen sprangen kurz hoch.

»Eis …«, murmelte Surnei.

Jeder kam instinktiv einen Schritt näher. Alle wollten hineinschauen, die leuchtende Schrift analysieren.

»Ein paar Flüchtlinge aus Sare, die behaupten, eine junge Frau und einen Eisbeschwörer gesehen zu haben, die einige von Gions Soldaten erledigt haben. Sie wurden in Makari von einem ehemaligen Botschafter der Legion aufgenommen. Er hat heute Bericht erstattet«, erzählte Kaiden und schaute zu Annelya.

Ihre Brust hob sich mit einem tiefen Atemzug, der Hoffnung und Wut vermischte.

»Snow?«, flüsterte sie zögernd. Sie spürte Surneis und Kaidens Blicke auf sich lasten.

»Andere Eisbeschwörer kenne ich nicht, außer Elyos und er …«, grübelte Surnei laut.

»Ist tot«, fuhr Meleoidy fort.

Annelyas Atem: noch tiefer.

Seraphine biss sich nachdenklich auf die Lippe, als sie auf das Plasmablatt zeigte. »Die Eisbeschwörung ist das kleinste Mysterium.«

Ihr Kopf drängte sich neben Kaidens. Sie schaute starr in die leuchtende Plasmaschrift hinein, bevor ihr robuster Blick sich wieder hob. »Aber eine junge Frau, deren, ich zitiere: ›*Arme und Beine sich in schuppige, knochige Klauen und Krallen verwandelten*‹.«

230

»Sagtest du nicht, dass der Beschwörer der Droknen völlige Kontrolle über ihren Willen erlangt?« Surnei sprach zu Jango.

»Nun … ja, doch. So habe ich es zumindest gelernt, aber …«

»Aber?«, hakte Seraphine nach. Ihr Blick wurde noch scharfsinniger.

Jango hielt inne. »Was, wenn, wenn dieses Mädel … kein normales Mädel ist?« Er rätselte, während sich Surneis Augen flimmernd weiteten.

Er fasste Jango am Arm. »Ein Lar!«

»Ist das möglich?«, fragte Meleoidy, als ihr nächster Schritt das Sonnenlicht von oben auf ihre dunkelrote Mähne treffen ließ.

Erwartungsvoll. So schaute jeder auf Jango. Doch er schien zu zögern, schließlich hatte er schon einmal falschgelegen.

»Theoretisch wäre es möglich. Ein Lar ist ein halber Drokne. Normalerweise erlangen die Droknen völlige Kontrolle über ihren Wirt, doch wenn dieser Wirt über droknisches Blut verfügt …«

»… könnte es die Regeln der Beschwörung völlig ändern«, ergänzte Tenna und sein ausgestreckter Wissenschaftlerzeigefinger schnellte nach vorn.

»Ja«, nickte Jango langsam auftauend.

Verwirrt schaute Annelya in die Runde. Sie traute sich sogar, Meleoidy anzugucken. Sie müsste es am besten wissen.

»Gion plant all das seit Jahrhunderten und er begeht einen so großen Fehler?« Zweifel schwappte in ihrer Stimme.

»Was ist ein Lar?«, fragte Kaiden. Sein Griff um das Plasmablatt wurde sanfter, genauso wie der Blick auf Annelya.

»Er«, antwortete Seraphine, mit dem Kopf auf Surnei zeigend.

Plötzlich unterbrach Daneels gezwungenes, aufdringliches Räuspern das Geflüster der Unterhaltung.

»Amtsstube, jetzt«, befahl er.

Friedhof der Ahnen.

Die Lichter riefen seinen Namen, zerrten an seinen Gedanken. Ein Knall und Nikola landete wirbelnd auf dem Boden, rollte mit Steinen und Staub, bevor er sich stöhnend zur Seite legte und hinaufschaute.

Ein leichter Windstoß zog über sein Gesicht und durch sein Haar.

»Im Namen Saretums …« In nur wenigen Sekunden raubte ihm das, was er vor sich sah, jeden nächsten Atemzug. Seine Handflächen waren voller kleiner Schürfwunden. Trotzdem drückte er sich hoch, ohne einen Hauch von Schmerz zuzulassen. Denn Herims Körper ließ ihn nichts als finsteres Staunen spüren.

»Der Schattenkünstler …«, flüsterte er und stand auf. Zwei Schritte und er steckte seine Nase in seine Armbeuge. Es stank nach Tod.

Iuels Haut ähnelte grauem Staub. Sein Gesicht war zerfallen und hohl, doch sie war immer noch zu erkennen, dort in seinen Augen – seine Erschöpfung.

War das Mitleid in Nikolas Augen? Wie muss es sich angefühlt haben, endlich zu begreifen, dass Herim nie der Feind gewesen war? Nun lag er dort, oder das, was von ihm übriggeblieben war, allein und einsam.

»Was für ein Schicksal«, klagte der Jüngling, kurz bevor sein Blick neben Iuel fiel.

Kein Mitleid mehr. Furcht und Staunen verjagten es. Nikola schaute hinter sich, obwohl eindeutig war, dass niemand sonst hier hätte sein können. Doch der Instinkt des Verbotenen ließ ihn zögern. Sogar den Arm, der ihn vorm üblen Gestank verschonte, nahm er herunter. Er lief vorsichtig weiter.

»Das Buch –« Das aufgeschlagene Buch umhüllte ein knochiger, schwerer Umschlag. Nikola blieb stehen. »Das Buch der Schatten …« Mit großen, funkelnden Augen blickte er erschrocken nach hinten.

Nichts.

»Na mel te«, zischte es im leisen Wind. Schnell drehte sich Nikola wieder in die andere Richtung. Was war das? Hier war niemand zu sehen.

Das Geflüster wuchs, wurde lauter. Das schien von unten zu kommen.

Verwirrt näherte sich der junge Lehrling dem Buch und bückte sich langsam herunter. Als sein Blick noch einmal über Iuel glitt, stürmte ein stärkerer Windstoß über das Feld, welcher die Seiten des Buches umblätterte und Nikola zurückschrecken ließ.

»Nikola Ujim«, hörte er diese dunkle, unerklärliche Stimme in seinem Kopf schallen, während er tiefer und tiefer in das Buch hineinsah.

»Heraem«, erklang es im Echo.

Nikolas Stirnrunzeln verzerrte sein ganzes Gesicht.

»Heraem?«, flüsterte er und: »Heraem«, hörte er. »Blut?«, wisperte er wie hypnotisiert, als er näher und näher an die leeren Seiten des Buches trat. »Du willst Blut.«

Mit flachem Atem inspizierte er Iuels toten Körper.

»Du willst Blut«, wiederholte er und eilte wie besessen zu Iuel. Seine Knie krachten auf den Boden, als der faule Geruch samt den Rufen des Buches auf sein Gesicht trafen und seine Hände nach Iuels Gürtel griffen.

Schnell zog Nikola einen der Schwarzeisendolche aus Iuels Scheiden. Mit der rechten Hand hielt er ihn fest, mit der linken offenbarte er seine Handfläche und schaute aufs Buch.

»Heraem!«, zischten tausend Stimmen zwischen seinen Ohren. Sie griffen nach seinem Nacken und pusteten jedes einzelne Haar hoch. Wie auf Kommando drehte er sich zum Buch. Seine Knie rieben den Boden entlang, sammelten kleine Steinchen zwischen den zerrissenen Teilen seiner Stoffhose.

»Du willst mein Blut«, rief Nikola und griff ohne zu zögern nach dem Dolch.

Ein Schnitt – plötzlich waren die Stimmen fort. Das Einzige, das zu hören war? Nikolas Bluttropfen auf den leeren Seiten des Buches. Es tropfte. Es tropfte.

Es floss.

»Heilige Schatten ...« Mit riesengroßen Augen starrte er auf das Blut, das sich wie eine suchende Schlange über die Seiten und Zeilen des Buches legte. Es wanderte, ringelte sich in Kreisen und Ecken ein, formte ein Zeichen, das er noch nie gesehen hatte. Es sah wie ein halboffener Kreis aus. In der Mitte ein *V*, dessen Spitzen in zwei Hörnern endeten. Ein *I*, das wie ein Baum seine verwesenden Wurzeln oben und unten in die Seite schlug. Wurzeln, die immer dünner und blasser wurden. Ein *X,* das den Kreis verband, und noch ein *X*, das alle Linien miteinander kreuzte.

Nikolas Blut trocknete in Sekunden, bevor es langsam zu schwinden begann. Anstelle von Zeichen offenbarte sich langsam Schrift. Nikolas Blick folgte jedem einzelnen Buchstaben. Von rechts nach links las er jedes einzelne Wort.

»Aishjatan«, hauchte er.

Im Pan De Sartum.

»Die Burg von Sare war bestimmt viel interessanter als das«, flüsterte Kaiden und sah Annelyas entsetzten Gesichtsausdruck kontinuierlich größer und größer wachsen.

Verwunderung fand sie in Kaidens silbergrauen Augen. Er sah aus wie jemand, der wusste, etwas Falsches gesagt zu haben.

»Interessanter? Das ist wortwörtlich Kunst!« Annelya zeigte auf die pastellfarbenen Wände des Ganges, die immer wieder nach ihrer Aufmerksamkeit verlangten.

Kaidens Seufzen klang nach Überforderung. Immer wieder schaute er zu Annelya und dann wieder weg.

»Nun, gibt – gibt es denn nichts, was besonderer war, als das hier?«

Annelya blieb an seinen Augen hängen und schwieg, bis Kaiden lächelte und sie mit gehobenen Augenbrauen schnell wegsah.

»Nun –«

Daneels Stimme unterbrach sie.

»Bitteschön!«, nickte er und ließ einen nach dem anderen in den hellen Raum hineintreten. Wie ein Soldat wartete er außerhalb des Einganges, anstatt als erster hineinzutreten. Auch er lächelte Annelya an, doch sein Lächeln machte sie nicht so nervös wie Kaidens. Es war nicht so schief. Nicht so auffordernd.

Annelya nickte und trat hinein. Schnelle Schritte wurden langsamer, als sie auch hier hinaufschaute.

Der Raum war breit, mit wenigen Möbeln und riesigen Fenstern auf der rechten Seite, die eine ganze Menge Licht auf die silbernen Statuen in der Mitte des Raumes fallen ließen.

Meleoidys blutrote Locken fingen genauso viel Licht ein. Sie erhaschten Tennas Aufmerksamkeit.

Er musterte jede ihrer Bewegungen, jeden ihrer Blicke, atmete tief ein und noch bevor er ausatmen konnte, hatte auch sie sich ihm zugewandt. Unter ihm war flacher Marmor, ganz sicher. Warum fühlte er sich also so festgewurzelt an? Das Licht hinter ihm ließ Meleoidys Augen in einem neuen Ton erstrahlen. Trauer, Reue, Einsamkeit, sie waren wie winzige, unsichtbare Narben in ihrem sanften, blütenschönen Gesicht. Ihre Wimpern, so voluminös wie ihr Haar und so geschwungen wie ihre Nase. Lippen, so voll und farbig wie ihr Teint. Es waren diese Lippen, die ihn kurz anlächelten. Er wollte wegschauen, es nicht erwidern, doch dieses Mal war es anders. Die Erinnerungen der gestrigen Nacht ließen ihn ihre

Hände auf seinen Wangen und seinen Kopf auf ihrem Schoß spüren, während sie Tränen um ihn vergoss. Oder war auch das geschauspielert gewesen? Langsam brach er aus jenen Erinnerungen, floh aus seinen Gedanken.

Er hatte nicht bemerkt, dass sie einige Schritte nähergekommen war.

»Das letzte Mal waren wir hier vor zehn Jahren«, sagte sie, ihre Hände wie eine Lady ineinandergelegt. Sie blickte über ihre Schulter und ließ das Licht ihr folgen.

»Um über Herim zu sprechen.« Tenna klang streng. Er wollte sie anscheinend daran erinnern.

Schnell blinzelte sie, schaute ihn wieder an, bevor sie ihren Kopf senkte und ihn mit einem Schritt verließ.

»Diese Welt ist so viel magischer, als ich sie mir vorgestellt habe«, flüsterte Jango. Auch er bewunderte die Wände und Statuen des Raumes.

Jeder tat es, auf seinem eigenen Fleck stehend, in eigenen Gedanken versunken – bis die Tür ins Schloss fiel.

»Ich bete zu Saretum, dass euer Plan meinen Tag retten wird.« Daneel klang direkt. Anscheinend schwand sein Lächeln hinter verschlossenen Türen.

Mit zügigen Schritten näherte er sich dem glattglänzenden silbernen Tisch, bevor er sich mit beiden Händen entlastend abstützte. Er seufzte und schaute erwartungsvoll hinauf.

»Du«, schoss es wie eine scharfe kleine Eisenkugel aus Daneels Mund auf Surnei. »Lar, was ist das und wie hilft uns das?«

Jango wollte sprechen, als sein Blick auf Surneis Finger fiel, die seine Hand kurz und unterbrechend berührten.

»Ich habe droknisches Blut«, sagte Surnei.

»Droknisches Blut, hm. Und wie kam das zustande?« Daneels

zusammengekniffene Augen wirkten äußerst bedrohlich. Das hier war ein Blick, dem nichts entging, ganz klar.

Surnei zögerte. Die Verwirrung war nicht zu übersehen. Seine Finger hatten Jango gestoppt, doch seine Augen baten um Hilfe.

»Das wissen wir nicht, doch der Legende zufolge wurde droknisches und saretorianisches Blut gekreuzt. So entstanden die Lar, die *Kinder* der Drachen. Saretorianer, die die Droknen töten können«, erklärte Jango. Seine Stimmlage schwappte zwischen Nervosität und Sicherheit.

»Und wer ist ›wir‹?« Daneels Frage schien auch anderen im Raum auf der Zunge zu brennen. Seraphines gekreuzte Arme und nachdenklicher Blick richteten sich in Jangos Richtung.

»D-der Indico-Clan, wir, von der Insel der Lar. Wir wurden vor langer Zeit von der Außenwelt durch einen uralten Siegelzauber getrennt«, fing Jango an zu erklären, bevor Daneel ihn unterbrach:

»Warum wurdet ihr von der Außenwelt getrennt?«

»Um das antike Wissen zu beschützen«

»Vor wem?«

Jango seufzte. »Vor jenen, die solche Gewänder tragen und so viele Fragen stellen.«

Stille.

Daneel nickte nachdenklich, bevor er sich wieder Surnei widmete. »Du kannst diese Dinger also töten?«

»Laut den antiken Schriften, ja.« Erst als Surnei in Jangos Richtung nickte, senkte Daneel den Kopf.

»Laut den antiken Schriften, also. Ich weiß, dass du ein Spitzenkandidat für die Eliteauswahl gewesen bist, aber sicherlich wirst du es nicht mit sieben … oder sechs … dieser Dinger aufnehmen können. Also möchte ich hoffen, dass hier euer Plan zum Einsatz kommt.«

»Er ist nicht der einzige Lar«, schoss es aus Annelya.

Jedes Mal, wenn es darum ging, *ihn* aufzuhalten, entfachte die gleiche dunkle, knisternde Aufregung in ihr.

Dieser Ort war so in Licht getaucht, so klar, dass diese dunkle Aufregung langsam offensichtlich wurde. Oder war es nur für sie, für Meleoidy, so deutlich?

»Es muss Hunderte, wenn nicht Tausende geben«, dachte Annelya laut.

»Und hier steht nur einer.« Daneels ausgestreckter Finger zeigte auf Surnei.

»Wir –«, wollte Tenna sagen, doch auch er wurde von Daneel unterbrochen.

»Ihr wollt genug Lar rekrutieren, um die Droknen zu töten, das ist eindeutig. Ich will wissen, wie ihr vorhabt, diese Lar zu finden, geschweige denn in einen lebensgefährlichen Kampf zu schicken. Nicht jeder Bauer wird in seinem Leben eine Klinge geschwungen haben.«

»Eine Maschine.« Oh, Annelya klang lauter, auffordernder. Kurz trafen sich ihr Feuer und Daneels Zweifel. Sie kannte diese Situation, die das gleiche Gefühl wie damals weckte: ein Tisch, der sie von einer Autorität trennte, während sie um Einverständnis rang.

Und plötzlich …

Plötzlich wurde ich unsicher. Denn ich hatte mich schon einst getäuscht. Woher sollte ich wissen, dass meine Pläne dieses Mal aufgehen würden?

Annelya schüttelte den Kopf frei. »Ein Lar hat die Fähigkeit, sich geistig mit anderen Saretorianern zu verbinden!«

»Normalerweise braucht man dafür einen persönlichen Bezug, eine emotionale Bindung zu der Person, mit der man sich verbinden will«, fügte Surnei hinzu.

Meleoidy sprach weiter: »Doch ein Katalysator könnte Surneis Fähigkeit so verstärken und die Verbindung so erweitern, dass er sich mit sämtlichen Lar dieser Welt verbinden könnte.«

Daneel schien überrascht zu sein, von dem Einsatz und dem Elan, der langsam in der Truppe erwachte.

»Was für ein überzeugtes Team. Das macht großartige Soldaten aus. Doch keine großartigen Strategen. *Könnte, könnte, könnte.* Das ist alles nur Theorie mit diesem Katalysator«, warf er mit schwingender Handbewegung ein.

»Nein. Es wird funktionieren.«

Keiner sprach, denn Annelyas Worte klangen einnehmend. Sie drangen mit einer Kälte aus ihr, die unüberhörbar war. Einer Kälte, die nach Schmerz klang.

Kaidens Mundwinkel krümmten sich wieder, dieses Mal nach unten. Er beobachtete Annelya ganz genau.

»Er hat bei mir funktioniert«, erzählte Annelya mit trockenem Hals und rauer Stimme.

Langsam strichen Daneels Finger über den Tisch, als er sich aufrichtete. Er sprach kein Wort.

Annelyas Blinzeln wurde schneller und schneller, dann griff sie nach dem Kurzdolch, der an ihrem Oberschenkel befestigt war.

Surnei schaute nur weg, weil er wusste, was sie vorhatte. Kaidens, Seraphines und Daneels Gesichter verzogen sich hingegen immer weiter in Neugier.

Mit einem Schwung änderte Annelya ihren Griff, die Dolchspitze nach unten zeigend.

»Der Katalysator war stark genug dafür«, wisperte sie und stach in ihren Finger, bevor sie ihren Arm ausstreckte, Daneels Anspannung mit ihrer verband, ehe sie demonstrativ ihre Handfläche nach unten drehte.

Daneels finsteres Staunen wanderte langsam nach unten, betrachtete den rotbefleckten Marmorboden wie vereist.

»Du blutest«, entwich es Kaiden mit flachem Atem.

»Nicht nur, Kaiden. Gion hat mithilfe dieser Maschine, des Katalysators, meine Energie aus kilometerweiter Entfernung gezapft. Die Energie der Schöpfung. Denn um die Droknen zu beschwören, hat er sie benötigt – hat er mich benötigt. Der Grund, warum ich lebe, ist Gion.« Der Schmerz in ihrer Stimme wirbelte wie ein schneidender Bumerang durch den Raum, bevor er wieder seinen Weg zurück in ihren Bauch fand.

Erschrocken schaute Daneel sie an.

»Die Versiegelung der Energie in meine Mutter war nicht Iuel Herim zu verdanken. Es war Gion. Er brauchte einen Weg, um an den Kristall zu kommen. Ich war dieser Weg.«

»Elim … heißt das, dass die Schöpfung nicht mehr –« Daneel stoppte und Annelya nickte.

Ein kurzer Atemzug. »Die Energie, die die Droknen töten kann, ist fort. Die Lar sind unsere einzige Chance und der Katalysator muss funktionieren«, flüsterte Annelya.

»Annelya …« Seraphine klang zögerlich. Jeder hörte ihr aufmerksam zu. »Die erste Opferung ist in fünf Tagen. Wir müssten bis dahin diesen Katalysator bauen, genug Lar erreichen, transportieren und sie davon überzeugen, zu kämpfen. Selbst bei unserem besten Einsatz bezweifle ich, dass das eine realistische Möglichkeit wäre.«

»Es ist unsere einzige Chance«, bekräftigte Annelya.

»Es wird funktionieren.« Dass Annelya gerade von Meleoidy Zuspruch bekam, damit hatte sie bestimmt nicht gerechnet. »Wir haben den besten Wissenschaftler, den wir haben könnten. Ich bin mir sicher, dass die Maschine in wenigen Tagen fertig ist. Sobald Surnei mit den restlichen Lar verbunden ist, können wir mit ihnen kommunizieren. Das Pan De Sartum hat seine Kontakte überall. Ein Transport dürfte länger dauern, die Wahrscheinlichkeit, dass alle Lar zu weit entfernt sind, um vor oder an der Nacht der Opferung anzukommen, ist gering. Und kämpfen muss niemand. Das übernehmen wir. Ein Drokne muss nur durch die Hand eines Lar seinen Tod finden, nicht? Das heißt, dass es nur einen finalen, tödlichen Zug bräuchte, was keiner Ausbildung bedarf. Der Plan ist riskant, aber er ist unsere größte Chance, gegen Gion anzutreten.«

Daneel ließ niemanden an seinen Gedanken teilhaben. Vorsichtig hob er seinen gesenkten Kopf und starrte Tenna durchdringend an. Ganz langsam nickte er.

»Schätze, uns bleibt sowieso nichts anderes übrig … Nameel, deine Arbeit beginnt sofort, du kommst mit mir.«

Jeder atmete in Erleichterung ein und wieder aus.

»Lar – ich will dich in Topform. Du wirst gut essen, gut schlafen, gut meditieren und gut trainieren.« Daneels Blick glitt zu Jangos Fingern, die über Surneis Handballen strichen, bevor er in Jangos Augen sah: »Du sorgst dafür.«

Jango und Surnei schauten sich an. Es war das erste Mal, dass Jango rot anlief.

»Ihr zwei«, Daneel zeigte auf Seraphine und Meleoidy. »Ich erwarte einen perfekt ausgearbeiteten Verlauf, was wir tun, sobald Nameel die Maschine gebaut hat. Außerdem: Findet Snow. Ich will mehr von diesem Droknenmädel wissen. Und du …«, er stoppte nachdenklich, seufzend.

Er schaute mich an. Er hätte nicht sprechen müssen. Ich sah es in seinen Augen, so wie ich es in allen Augen sah, mein Leben lang. »Du –«

»Du hältst dich zurück. Ich will keine Abenteuer hier«, warnte Daneel. »Kaiden.« Er sprach zu Kaiden, musterte aber Annelya. »Du spielst Prinzessinnenhüter.«

Da! Kaidens schiefes Lächeln wuchs, bis Annelya über ihre Schulter schaute. Kaiden versuchte, sich das Lachen zu verkneifen.

Na toll …

»Also, ich würde sagen, an die Arbeit. Lasst uns ein paar Droknen jagen«, beschloss Daneel.

Annelya atmete tief ein. Ein – aus. Ein – aus. Ein neuer Stein schlug auf ihr Herz, ein alter fiel.

XIV

PAN DE SARTUM

(I)

»Eine Stunde ist um«, gab der schwarzgerüstete Soldat bekannt und schloss die kleine silberne Taschenuhr, wodurch er noch mehr Tränen verursachte.

Uriels Finger ruhten auf seinem Kinn, sein Arm auf dem anderen vor seiner Brust. Ächzend schleifte er seinen Stiefel über den Boden und drehte sich vom Anblick der Golems zur geknebelten, verheulten Frau.

Jeder Soldat verspürte die gleiche Spannung, während sich Uriel mit einem fast mitleidvollen Gesichtsausdruck und einer gar nach Vergebung suchenden Handgeste der Frau näherte. Je näher sein Gesicht an ihres rückte, desto mehr Tränen fanden ihren Weg aus ihren Augen.

»Es tut mir leid, Liebes«, flüsterte er, mit der rechten Hand über ihre feuchte Wange streichelnd. Seine Hand rutschte hinter ihren Kopf. Er zog fest an ihrem Zopf, überstreckte ihre Kehle.

»Sir«, erklang es zwischen dem gepeinigten Zittern der knienden Frau. »Wozu bringen wir sie um, er kommt doch entweder raus oder flüchtet«, fragte einer der Soldaten.

»Im Falle, dass er wiederkommt, muss er verstehen, dass manche Dinge …«, Uriel musterte mit zusammengepressten Lippen und gehobenen Augenbrauen die zittrigen Augen der Frau. Schleim sprang immer wieder aus ihrer Nase, vermischte sich mit den Tränen, die in das Tuch in ihrem geknebelten Mund verschwanden. » … wirklich ernst gemeint sind«, beendete er und griff schnell nach dem Dolch unter seinem Gewand.

Sie wollte schreien, doch jener Schrei verstummte in gurgelnden Klängen. Es klang erstickt, während das Blut aus ihrer Kehle spritzte und sie wie in ein rotes Kleid kleidete.

»Entschuldige, Liebes, wo sind meine Manieren?«, fragte Uriel, als er das Tuch losband. Er zog es aus ihrem Mund heraus. »Hier, schnapp etwas Luft.«

Das Blut floss pumpend aus ihrem Mund heraus, die Tränen aus ihren Augen, während sie Uriel ansah. Behutsam stützte er ihren Kopf in seine Hand, ließ sie langsam seitlich zu Boden sinken. Immer weniger Blut pulsierte aus ihr heraus, bis ihr Blick leer wurde und ihre Schläfe den Marmorboden berührte.

Uriel stand stöhnend und klagend wieder auf. »Hoffen wir, dass keine weitere Stunde vergeht!«

Als hätte er es gewusst, als hätte er ihn heraufbeschworen, riss die Luft hinter ihm entzwei und jeder Soldat zog seine Waffen.

»Schwerter an ihre Kehlen!«, brüllte Uriel mit ausgestrecktem Finger und riesigen, fleischzerreißenden Blicken. Er zeigte auf die anderen zwei Geiseln, bevor er fassungslos in die Schatten hineinschaute. »Bei den heiligen Droknen …« Sein Gesicht sah so aus, als ob er einen Gott oder einen Dämon gesehen hätte. Als ob er das Furchterregendste und gleichzeitig Schönste gesehen hätte, das es zu sehen gab. »Heil Aishjatan«, wisperte er, als Nikola aus den Schatten drang und das Portal erlosch.

Brüllend, stöhnend, krampfend knallte der Jüngling auf den Boden. Das Buch der Schatten entfloh seinem Griff, landete knapp vor Uriels Füßen.

»Nein«, stotterte Nikola beim Anblick von so viel Blut. »Ihr seid Barbaren!«

Die Soldaten hielten ihre Klingen stramm an den Kehlen der

bettelnden Geiseln, welche hilflos hin und her wippten. Das Buch der Schatten, das war ein Anblick, der jeden dürsten ließ.

»Das Buch des Aishjatan …«, flüsterte Uriel mit gierigen langen Fingern, die immer näher an die schwarzen Knochen des Buches kamen. »Heili–« Schreie. Er zog seine Hände schreiend zurück, schaute auf die Brandwunden, die sich auf seinen Fingerkuppen wie schwarze Pest verbreiteten.

Er stolperte stöhnend nach hinten, bettelte genauso wie die Frau, die jene Finger noch vor einigen Augenblicken in die kalte Umarmung des Todes legten.

Nikola lächelte, während die Soldaten in Furcht versanken.

Doch Uriels Gebete schienen erhört zu werden, denn der Schmerz fand samt dem Schwarz auf seiner Hand ein stilles Ende, knapp vor seinen Mittelfingern. Die Strafe des Buches war für immer verewigt, denn er, Uriel, hatte seine Regeln nicht befolgt.

»Du kannst es nicht nutzen. Keiner kann es nutzen.« Nikolas Lachen war köstlich. Die Erschöpfung, die in seiner Stimme mitschwang, klang dunkel, als ob sie aus der Tiefe seiner Seele kommen würde.

Entsetzt schaute Uriel auf Nikola und auf das Buch.

»Damit jemand Träger des Buches wird, muss das Blutsiegel gebrochen sein oder gebrochen werden«, erklärte der Jüngling mit immer lauter werdendem Lachen. Er verspottete ihn, ihn und seine schwarzen, dreckigen Finger.

»Blutsiegel …«, ächzte Uriel mit flachem Atem.

»Das Buch ist an mich gebunden. Ich muss sterben, damit das Buch an jemand neuen gebunden werden kann.«

»Tötet ihn!«, explodierte es aus Uriel.

»Ja genau … Namark Ak Ta!«, brüllte Nikola mit ausgestreckter Hand und die auf ihn zustürmenden Soldaten und Uriel blieben wie eingefroren stehen. Keine einzige Bewegung, kein Blinzeln, nicht das kleinste Zucken war in ihren steifen Körpern zu finden.

Wehklagend stand Nikola auf, hielt sich den Bauch fest, als er nochmal einknickte.

»Ich kann es nicht lange halten!« Er humpelte in die Richtung der Geiseln. Schnell bewegte er die bewaffneten Hände der Soldaten zur Seite, riss die braunen Säcke von den Köpfen der verängstigten Saretorianer und zerschnitt mit einem kleinen Schatten, der sich zu fester Materie verwandelte, die Ketten an ihren Händen und Füßen.

»Heiliger Kristall …«, flüsterte einer der befreiten Männer, während er das ganze Geschehen zu registrieren versuchte. Er schaute auf die regungslosen Männer, dann auf das Buch. »Schatten …«

»Schnell, wir müssen hier weg.« Einen nach dem anderen befreite Nikola die Gefangenen. Einer nach dem anderen rannten sie schnell in den Wald hinein. Welch Erleichterung in ihren Herzen aufblühen musste.

»Schnappt euch die Pferde«, flüsterte er einer Frau zu, als seine helfende Hand über ihren Arm glitt. Sie schien die Einzige zu sein, die sich um ihn Sorgen machte – die seine Hilfe erwidern wollte. »Ich komme, ich muss nur das Buch –«, wollte Nikola sprechen, als die Frau schreiend zurücktrat und den Mann hinter Nikola sah.

»Was tust du!?«, brüllte die Frau.

Nikola senkte seinen Kopf, schaute auf das Schwert des Soldaten, das aus seinem Bauch rausragte. Doch es war nicht Uriels Soldat, der das Schwert festhielt. Die ersten Tropfen Blut fielen aus Nikolas Mund und Nase auf den kalten Boden, als der Mann hinter ihm das Schwert herauszog und Nikola auf seine Knie krachte.

Die Frau folgte seinem Sturz, versuchte seinen Blutverlust zu stoppen, während sie verwirrt und ängstlich zu dem Gefangenen hinaufsah.

»Dieses Buch. Es bedeutet Macht. Es kann meine Kinder beschützen«, schluchzte der Mann.

»Du – du Narr«, keuchte Nikola, als ein tiefer Ton erklang.

Plötzlich atmeten alle Soldaten und Uriel auf.

Das Heulen der Frau wurde mächtiger, zu mächtig. So ließ sie Nikolas Kopf fallen und rannte weg.

Uriels glattes schwarzes Haar strich über den Boden, während er sich gekrümmt nach hinten drehte und Nikolas sterbenden Körper wahrnahm. Sein Lächeln wurde breiter beim Anblick des zittrigen Mannes, der das eiserne Schwert festhielt.

»Ich – ich will meine Kinder beschützen«, klagte der Mann.

»Beschützen?«, hakte Uriel lächelnd nach, mit schwarzen, ausgestreckten Fingern und breitem Grinsen. »Vor was möchtest du sie denn beschützen? Es sollte eine Ehre sein, von den heiligen Droknen ausgewählt zu werden!«

Der Mann verneinte mit einem Kopfschütteln und zog die Nase hoch. Unsicherheit hatte seinen ganzen Körper unter Kontrolle und ließ ihn links und rechts, vor und zurück wie eine Marionette zucken.

Ein leises Keuchen – Stille.

Uriels Blick glitt ohne Bewegung auf Nikola. Er war tot.

Auch der Mann wollte sich wohl trauen, dort hinzusehen. Doch Uriels Kampfschrei riss seine Angst und Aufmerksamkeit wieder zurück, bevor er durch Uriels Luftbeschwörung mit extremer Wucht gegen eine der Tempelsäulen krachte. Ein brechendes Geräusch, es war sein Kopf, und er landete neben Nikola.

Uriels lauter Atem klang nach Erleichterung. Mit gierigen Augen und Händen widmete er sich dem Anblick des Buches.

»Wir haben es. Das Buch der Schatten.«

Im Pan De Sartum.

Das Sonnenlicht der Fensterfront ließ jedes Staubkorn sichtbar werden. Annelya strich mit ihren Fingern über jede einzelne Faser dieser Wand, als ob sie die rosa, blauen und silbernen Farben aufsaugen könnte. Ihr Herz pochte still, ruhig wie schon lang nicht mehr. Leichte Schritte trugen sie durch den langen Saal, machten jeden Eindruck intensiver.

»Es – es tut mir wirklich leid«, sprach Kaiden mit den Händen tief in seinen Hosentaschen, als er das Fragezeichen in Annelyas Gesicht bemerkte.

»Was tut dir denn leid?«

»Das, was du über Gion, über dich erzählt hast.«

Annelya schnaufte lächelnd. Seine Augen verrieten wahres Mitgefühl und seine Körperspannung wahres Mitleid.

»Ich hätte es kommen sehen müssen ...«, flüsterte sie. Ob sie bemerkte, dass sie immer noch mit ihren Fingern die Wand entlangstrich?

»Verzeih«, widersprach Kaiden. »Ich meine, ich kenne dich nicht –« Er stockte kurz. »Nun, nicht persönlich, meine ich. Natürlich kenne ich *dich,* wer kennt *dich* nicht.« Seine Worte wurden schneller und schneller, Annelyas Lachen immer deutlicher. »Aber wie du dich da drin gerade präsentiert hast, das sah für mich nicht nach einem naiven, kleinen Mädchen aus, Elim.« Kaiden zuckte mit seinen Schultern zur Bekräftigung, als er auf Annelyas Lächeln hinunterschaute.

Sie blickte auf den Boden, zählte jeden ihrer Schritte über diesen Marmorboden, den man mit Wasser hätte verwechseln können.

»Vielleicht war es eben das, was mich blind gemacht hat. Wollen, wollen, wollen. Handeln wollen. Ist nicht genau das naiv?«

Kaidens Schulter streifte spielerisch über Annelyas. Vielleicht konnte er es doch schaffen, sie von diesen finsteren Gedanken abzulenken. Sein Räuspern klang nervös.

»Impulsiv also, hm?«

Annelya lachte, bevor sie sich zum ersten Mal länger als fünf Sekunden anschauten. Ihr Gesicht wirkte weicher als an allen grau-

247

samen Tagen zuvor, denn das – dieses Gefühl in ihrer Brust – es fühlte sich fast nach Heimat an. Es fühlte sich nach Geborgenheit an.

»Ich meine … du bist doch im siebten Monat des Kalenders geboren, nicht?«, grübelte Kaiden laut.

»Jep. Sonnenhüter.«

»Oho! Na da haben wir es doch! Die geborene Anführerin!«

Hatten sie sich abgestimmt? So synchron wie sie lachten, war schon bemerkenswert.

Diesmal war es Annelyas Hand, die über Kaidens Schulter streifte.

»Lass mich raten, Ingenieur?«, kicherte sie und sah Kaidens verzogenes Gesicht.

»Ach komm schon, nur weil ich Abschlussbester war!?«

»Hey, ich glaube nicht an den ganzen Mist. Es sind nur irgendwelche Zeichen!«

»Jaaa, Zeichen die über ein ganzes Element bestimmen, Prinzessin! Warum sollten sie nicht auch über Charakterzüge bestimmen?«

Annelya runzelte die Stirn, legte den Kopf leicht zur Seite.

»Nun, ich weiß ja nicht. Würdest du nicht sagen, dass Persönlichkeiten etwas komplexer sind als Elemente?«

Kaiden schwieg lächelnd. Einige Schritte lief sie noch und wartete eine Antwort ab, bis sie ihn verwirrt anblickte.

»Kaiden?«

Er lächelte immer noch, als er sie plötzlich zurückhielt und zu sich drehte. Verwirrt atmete Annelya ein. Seine Augen schimmerten so hell, als ob er aus den Fenstern schauen würde, obwohl er mit dem Rücken zu ihnen stand.

»Darf ich?«, fragte er mit erhobener Handfläche zwischen ihnen, als er ihr signalisierte, dass er ihr Dekolleté berühren wollte.

Annelyas Verwunderung wuchs, doch so tat es auch ihre Neugier.

»Ja«, nickte sie kurz und Kaiden legte seine Hand vorsichtig knapp unter ihrer Kehle auf ihr Dekolleté.

Mit so weichen Händen hatte sie nicht gerechnet. Sie schaute auf seine Hand, übersah nicht die Konzentration zwischen seinem Blick und der Hand. Sie musterte ihn, jede feine Pore auf seiner schmalen Nase, jede dunkelgoldene Locke, die über seine Stirn fiel.

»Sag was«, wisperte er.

»Hm?« Annelya schaute ihn immer noch an, als er den Blick hob.

»Irgendetwas, sagen.« Seine vollen Lippen sahen beim Lächeln noch sanfter aus.

»Öhm … ich, ich bin A-a-a-a-a-n-n – was zum!?« Annelya und Kaiden brachen in unkontrolliertes Gelächter aus. Sie stolperte nach hinten.

»Hey, hey!« Er griff nach ihrer Hüfte, sie griff nach seiner Hand.

»Wie – wie machst du d-d-d-aaa-s.« Sie lachte aus vollem Hals, während Kaiden seine Vibration durch ihren ganzen Körper jagte.

»Elemente sind wohl doch so komplex wie Persönlichkeiten, nicht?«, vermerkte er grinsend.

»Erdbeschwörung, ja, aber – von sowas habe ich noch nie gehört … Vibration?«

»Ich kann die Magnetfelder kontrollieren.«

Wieder trafen sich ihre Blicke, doch seine Hand zog er langsam zurück und hinterließ eine kribbelnde Wärme, die für eine Weile auf Annelyas Haut ihr zuhause fand.

»Wahnsinn …«, flüsterte sie und schaute zwischen seine Handflächen. Das Bild vor ihren Augen, zwischen seinen Händen, war nicht mehr klar. Es rüttelte und die Luft verschwamm, bevor er seine Kunst auflöste.

»Damit kann ich angeben«, sagte Kaiden mit etwas Ironie und auch Ernsthaftigkeit, als sich sein ganzes Gemüt zu verändern schien. »Oh Mann, Annelya. Es – es tut mir leid.«

Verwirrt folgte sie seiner entsetzten Gestik. »Ich erzähle dir hier von besonderen Fähigkeiten, nachdem du von der Energie erzählt hast, ich –«

Annelya unterbrach ihn: »Nein, nein, im Namen Saretums, bitte, ich war ein Leben lang das *besondere* Kind. Mein Bruder kämpfte lange damit, kein Beschwörer zu sein. Ich weiß, wie es ist!«

»Du meinst den besonderen Bruder, der wortwörtlich die Droknen umbringen kann?« Anscheinend war Kaiden nicht nur ein Erd- sondern auch Grinsen- und Lachenbeschwörer, denn Annelyas Mundwinkel stiegen höher und höher. »Schon Wahnsinn …«

Beide liefen weiter und versanken in Gedanken.

»Hm?«

»Na, was wir alles nicht über diese Welt wissen. Wie es ein einziger Mann geschafft hat, so viel zu verheimlichen, zu verdrehen und zu verwirklichen. Es gab schon immer gespaltene Meinungen im Palast. Warum würde ein Blutbeschwörer freiwillig so lange leben?«, grübelte Kaiden laut, als sich ihre Blicke trafen. »Klar, Macht und Status, der Hohe Rat … ganz viel Wissen. Aber man verliert doch immer und immer wieder jeden, den man liebt.«

Annelya musterte Kaidens rote Wangen. Er hatte den Kopf bereits wieder nach vorne gerichtet. Seine Ohren waren genauso rötlich, spitz und klein.

»Wenn man niemanden liebt, sollte es auch keine schwierige Entscheidung sein, sein Herz weiter und weiter schlagen zu lassen«, murmelte Annelya.

Kurz herrschte eine dunkle Stille, die sich langsam beim Anblick der Räumlichkeiten, die sich hinter dem Ausgang des Flures offenbarten, in helles Staunen verwandelte.

»Schau«, grinste Kaiden mit ausgestrecktem Finger.

Annelyas Schritte gewannen an Geschwindigkeit. Mit leicht zu den Seiten ausgestreckten Armen und gespreizten Fingern eilte sie in den gigantischen Saal.

Saretum, hier würde ein ganzes Dorf reinpassen ...

Die lockige Mähne wehte in ihrer ekstatischen Umdrehung und offenbarte wie ein schwarzer Umhang ihre jubelnden Augen.

»Ist das ...!?«

»Die Halle der Sterne!« Kaiden nutzte seine Hände für eine präsentierende Geste, ehe er sie wieder tief in die Hosentaschen steckte.

Wieder wehte Annelyas Haar, dieses Mal in die andere Richtung, als sie zu den riesigen Symbolen aus Stein, Marmor und Eisen hinaufschaute, die vom gleichen blauen Licht im Raum verschlungen wurden, das sich auch über ihre Augen legte.

In weiß gekleidete Saretorianer spazierten rein und raus, tauchten aus den verschiedenen Gängen der rundlich aufgebauten Halle auf und verschwanden darin wieder, während sie die angenehmen Stimmen ihrer leisen Gespräche in die Atmosphäre warfen. Keine Stimme klang so staunend wie Annelyas, denn sie hätte am liebsten geschrien und mit dem Finger auf das fünf Meter große Symbol des Sonnenhüters gezeigt: eine Sonne mit welligen sowie spitzen Enden und zwei pan-de-saretorianischen Kreuzsymbolen, jeweils oben rechts und unten links neben den Sonnenstrahlen. In der Mitte noch ein Stern.

Dagegen sah das Symbol des Sehers, gegenüber dem des Sonnenhüters, völlig anders aus. Zwei Sichelmonde, der eine zeigte nach unten, der andere nach oben, beide kreuzten sich und schufen die Form eines Auges. Drei Symbole unter dem Auge formten drei Phasen des Mondes und mehrere immer kleiner werdenden Sphären über dem Auge formten die Verbindung zum Kosmos.

Kaiden blieb neben Annelya stehen und zeigte mit angewinkelter Hand neben das Sonnenhütersymbol. Symbol für Symbol benannte er im Uhrzeigersinn die Sternzeichen, als ob Annelya sie nicht kennen würde:

»Sonnenhüter, Sternenklinge, Plasmazwilling, Mondhüter, Seher ...«

Annelya sprach mit ihm: »Schattenreiter, Ingenieur, Lichtbringer …«

Wieder kreuzten sich muntere Blicke. Ihre Münder konnten wie durch Zauberhand nicht mit dem Lächeln aufhören.

»Wir sind im siebten Monat, also leuchtet es blau«, sprach Kaiden und zeigte um sich.

Die gigantischen Fenster hinter dem riesigen runden Podest der Sternzeichen verwandelten das einfallende Sonnenlicht in blauschimmerndes Geflüster. Hunderte Schichten von hellen sowie dunklen Blautönen tauchten tief in die weißen, glänzenden Wände und Decken der Halle und legten sich über den nassen Marmor des Bodens.

»Das Glas der Fenster, die Farbe der Wände«, sagte Kaiden und führte Annelyas Blick sanft in neue Richtungen. »Sie sind mit Plasmapartikeln versehen, die drei verschiedene Seiten haben. Einmal eine rotgefärbte, eine blaugefärbte und eine braungoldgrüngefärbte.«

»Die Plasmalichter reflektieren das Sonnenlicht in diesen Farben«, stellte Annelya fest.

»Richtig! Und je nach Jahreszeit, passen wir durch die Plasmaschichten die Farben an, um den Zyklus der Schöpfung zu ehren. Blau in den Sommermonaten für die Lichtebene. Braungold im Frühling und Herbst für die Plasmaebene und Rot für den Winter – die Dunkelebene.« Während Kaiden sie über die Geheimnisse des Palastes aufklärte, verlor sich Annelya in bunten Vorstellungen kalter Wintertage.

Echos raubten den Klang ihrer Schritte und sangen ihn wie eine sanfte Melodie in die Halle hinein. Das Sonnenlicht traf auf das Symbol des Sonnenhüters, ließ einige Strahlen durch seine Rillen und Öffnungen hindurch auf das Symbol des Sehers fallen, welchem sich Annelya langsam näherte.

Der blaue Stoff ihres kurzen Kleides, das sie mittlerweile trug, fügte sich dem hellen Blau der Atmosphäre. Auch dieses Kunstwerk ließen ihre Finger nicht unergründet stehen. Obwohl die Symbole so groß waren, endeten sie nur auf halber Höhe des Raumes. Die kristallenen Decken waren noch viel höher. Das einzige hier, das größer und weiter wirkte, waren ihre Augen.

»Kaiden, das ist einfach –«

XV

PAN DE SARTUM

(II)

»Atemberaubend!«, rief Jango und warf seine Hände in die Luft, nach Luft schnappend. »Wer hätte gedacht, dass die Welt hinter dem Sturm so bezaubernd sein würde?«
Manche Palastbewohner grinsten Jango verstohlen an, während sie nach den besten Äpfeln und Tränken auf den Marktständen suchten.

Ein Fremder, mussten sie sich gedacht haben.

Der Palastmarkt. Er befand sich am westlichen Flügel des Palastes hinter den Balkonen, die das Ende des Palastes bedeuteten. Hier waren die Decken etwas tiefer als im restlichen Bauwerk des Pan De Sartums. Hergestellt aus Glas, gestützt von einem schwarzen Gitter, ließen sie Sonne sowie Mond die braunorangenen Wände des Raumes begrüßen. Hier war nichts weiß. Nichts aus Marmor, außer dem Boden, der mit einem Muster aus goldenen Hexagonen und weißen, roten Linien verziert war, die ganz viele weitere kleine geometrische Formen bildeten.

Die Stände waren nicht aus billigem Holz, sie waren aus Nabuholz. Das wertvollste des ganzen Landes, an jeder Ecke mit Eisen verstärkt und mit genauso detailreichen geschwungenen Mustern verziert.

Und dieser Duft … Surnei und Jango hätten sich darüber streiten können, ob es etwas zum Essen oder zum Trinken war, doch in Wahrheit waren es die goldverpackten ätherischen Öle der Parfumeure, die dieses süßliche und herzhafte Aroma durch den Markt wandern ließen.

»Ich habe unendlich viel darüber gelesen und gehört, doch das alles selbst zu sehen, ist so viel größer!«, äußerte der junge Lar verblüfft.

Seine Rüstung war fort. Nun war er in weißes Leinen gekleidet. Er musste wohl frisch gebadet gewesen sein, denn seine Haut und Haare blitzten vor Frische. Braune Augen, tief schimmernd, so jung und doch so weise, wirkten wie eine Geschichte, die einem über Wunder, Leben und Tod erzählte.

Augen, die Jango bewunderte, in denen er sich verlor. Das Gefühl, das bei dem ersten Blick tief in seiner Brust ins Leben gerufen worden ist, wuchs und wuchs mit jedem neuen Betrachten dieser glanzvollen Augen.

Auch Jango war in weißes Leinen gekleidet. Ob das die typischen Besuchergewänder waren?

»Frische Grilläpfel!« Die Stimme des alten Mannes wurde lauter, je weiter Jango und Surnei in den Markt vordrangen. Es waren nicht so viele Leute zu sehen. Vielleicht lag es aber auch daran, dass die Räumlichkeiten nicht an Größe sparten.

»Grilläpfel?«, fragte Jango nach links schauend. Er stoppte und das flammende Licht der heißen Kohle unter den Äpfeln traf auf sein braungebräuntes Gesicht.

»Ai! Ein Besucher, ich seh's!« Lachend stach der Herr mit einem kleinen dünnen Holzstab in den knusprigen Apfel. Grilläpfel waren genau das, wonach es klang. Sie wurden auf einem Gitterblech platziert, das einen kleinen Abstand zur Kohle hatte. Honig, Zucker, Zimt und andere Gewürze vermischten sich und schmiegten sich um die Äpfel. Es roch so frisch und warm, ein Duft, der sich sogar mit den Ölen der Duftstände anlegen konnte.

»Geht aufs Haus!« Der Mann drehte einmal mit seinen Fingern

am Stab und reichte ihn an Jango, während Surnei über seine Schulter lugte.

Sein Atem traf auf Jangos Nacken.

Lächelnd schaute Jango auf den hübschen Lar hinter seiner Schulter. Er hatte sich täuschen lassen, denn diese großen sanften Augen hatten einen Plan.

»Darf ich?«, fragte Surnei schmunzelnd.

Jango verlor kein Wort, nur ein kleiner kurzer Ton entfuhr ihm, der sein Lachen begleitete. Das Pochen in seiner Brust wuchs, je näher Surneis Körper an seinen rückte.

»J-ja« Jango streckte den Apfel nach hinten und Surnei griff um seinen Arm, um sich vorzubeugen. Wärme wurde wärmer, Klopfen wurde schneller – er biss ab und zog sich wieder zurück.

»Boah! Das schmeckt ja genial!« Surneis Worte schienen dem Mann am Stand mehr Freude zu schenken, als es Silber oder Goldtaler hätten tun können.

»Selbstgemacht! Mariniert in Rosenblütensauce!«

»Hey!«, rief Surnei verwundert, als Jangos Daumen schnell über seine Unterlippe strich und in seinem eigenen Mund verschwand. Surnei tauchte tief in Jangos grinsende Augen, während dieser seinen Daumen sauberleckte.

»Stimmt. Eine Delikatesse!« Kurz drehte Jango sich zum Stand. »Vielen Dank!« Er nickte genauso wie der alte Mann es tat und die beiden liefen weiter. »Hier.« Jango hielt den Apfel vor Surneis Brust.

»Nein, das ist doch deiner.« Merkte Surnei sein Schmunzeln?

Jango entwich ein langes Seufzen.

»Lass uns gegenseitig etwas versprechen, Fremder.«

Surnei verzog das Gesicht, doch sein leicht gehobener Mundwinkel verriet die Ironie in seinen Worten: »Uns etwas versprechen? Wir kennen uns erst seit ein paar Tagen.«

Jangos geschauspielerte Empörung wuchs wie sein offener Mund. »Fremder!? Du brichst mir das Herz!«

»Du sagst es doch selbst! *Fremder.* Würdest du einem Fremden vertrauen?«, spottete Surnei, seine Arme vor und zurück schwingend, während er einen Fuß vor den anderen setzte und die Muster unter seinen Schritten bewunderte.

»Nein«, flüsterte Jango mit gesenktem Kopf und legte seinen Arm wieder vor Surneis Brust – diesmal ohne Grillapfel, den hielt er in der anderen fest.

Intuitiv drehten sich die beiden zueinander, standen einige Zentimeter voneinander entfernt, als das goldene, schwache Licht durch die milchigen Fenster zwischen ihre Gesichter brach und die Umrandung ihrer markanten Profile betonte.

»Aber es gab auch keinen Fremden, der mich das spüren lassen hat, was du mich spüren lässt, Surnei Elim.«

Surneis Lippen trennten sich sanft voneinander. Sein dunkles Braun hinter diesen satten Wimpern spiegelte sich in Jangos Gold wider.

»Wenn das kein Vertrauen ist, dann weiß ich auch nicht«, flüsterte Jango mit erhobenen Augenbrauen.

»Jango –« Surneis schweifender Blick verriet seine Nervosität, doch Jangos zarter Griff um sein Handgelenk führte seinen Fokus zu ihm zurück.

»Lass uns versprechen, dass was meines ist, auch deines ist, und was deines ist, auch meines ist«, bemerkte Jango sanft.

Die kurze aufkommende Stille zwischen ihren Blicken wurde vom Apfel noch einmal unterbrochen. »Er gehört dir, weil er mir gehört, Fremder.«

Da. Es fügte sich nicht mehr Surneis Willen, er konnte es nicht mehr von seinem Herzen fernhalten – dieses stille, knisternde Gefühl, das Jangos Finger in jener vergangenen Nacht unter seine Haut brannten. Es wollte schreien, es wollte durch seine Adern rasen, konnte sich nicht mehr zurückhalten, nicht mehr verbergen.

Als er in Jangos warme Augen tauchte, seinen geborgenen Griff um seine Hand spürte, da war es klar: Jango war nicht der Einzige, der Vertrauen spürte. Surnei spürte es auch. Es wuchs wie eine Blüte, die erblühte, floss wie ein neugeborener Fluss seinen Körper auf und ab und schlug Wurzeln wie ein unerschütterlicher Stamm in sein Herz.

»Jango …« Surneis Stimme brach. Er wirkte wie Schuld, der Ton zwischen den Silben seines Namens.

»Ich weiß nicht, was es ist, Surnei, und ich habe nicht die Fähigkeit, in dich hineinzuschauen, dich zu lesen, wie du mich lesen kannst, doch ich sehe ihn, Prinz von Sare. Den Schmerz. Das Zweifeln. Du hältst dich klein, du schweigst. Du traust dich nicht, zu nehmen, was dir gehört.«

Surnei verweilte in Verwunderung.

»Ich habe es gesehen, als du erfahren hast, wer du bist. Als du deiner Schwester aufs Schiff halfst und sie Tränen vergoss über das Leid, das *euch* zugefügt wurde, als euch *eure* Mutter genommen wurde. Ich sah es, als die Droknen vor deinen Augen beschworen wurden. Jedes Mal dann, wenn du zerbrechen wolltest, riefst du ihren Namen. *Annelya.*«

Surnei schluckte fest. Woher kam das? Und woher wusste Jango es?

»Seitdem ich meine Augen auf dich gerichtet habe, habe ich es gesehen. Ich wollte es hinausschreien, aus meiner Lunge drücken. Deine Größe, Fremder, sie ist unantastbar«, flüsterte Jango und trat einen Schritt näher, als die kleinen Blitze zwischen ihren Brustkörben entfachten und Surnei seinen Kopf leicht in seinen Nacken legte, um Jangos Gesicht genauer zu betrachten.

Jangos sah in Surneis Augen, mal links, mal rechts. Surneis folgte diesem Rhythmus, ließ sich leiten, als würden ihre Blicke miteinander tanzen. Näher. Jango drang näher und sein Gesicht, seine Worte, sie wurden ehrlicher, nackter.

»Ich kann dieses Herz nicht schlagen hören, doch ich kann es sprechen hören. Du hältst dich zurück, warum nur?« Das Mitgefühl, das aus seinen Worten sprach, war echt.

Surnei zögerte, überrumpelt von Jangos Worten und seinem eigenen Gefühl. Die Wahrheit zwischen ihren Blicken war gewiss nicht mehr aufzuhalten.

»Weil ich in ihrer Schuld stehe«, beichtete Surnei. Tiefer Atemzug, schnelles Blinzeln. Er sah nur goldenes Verständnis. »Sie hat mich aufgenommen, meine Mutter – die Königin – hat mich aufgenommen, während mich irgendwer da draußen abgelegt hat. Ich musste mich beweisen, Jango. Jeden Tag. Es war Annelyas Name, der verehrt wurde, für das, was er bedeutete. Und ich war der vielversprechende Schüler, der sich eines Tages der Elite anschließen würde. Der Junge aus den Schatten, der eines Nachts vor den Toren des Palastes abgegeben worden ist. Wer wäre ich gewesen, hätte mich meine Mutter nicht aufgenommen? Ein Niemand.« Schockiert von seinen eigenen Worten, schnappte er nach Luft. Er blickte sich wieder um, wollte einen Schritt zurück, als Jangos Hand ihn ein weiteres Mal zurückhielt. Wie tat er das? Dass Worte so aus ihm heraussprühten, war nicht üblich für ihn. Noch nie zuvor hatte er sich so gesehen gefühlt.

»Surnei! Du warst vielleicht das Kind, das aufgenommen wurde. Doch der Mann, der du heute bist, das ist deine Errungenschaft. Nicht die deiner Mutter, auch nicht die deiner Schwester. Nicht mal die des Königreiches. Dich beweisen? Das hast du längst. Hast du bemerkt, dass keiner an dir zweifelte? Als Meleoidy den Plan formulierte? Sie, Tenna, Annelya. Sie vertrauen darauf, dass du es beenden kannst, weil sie deine Größe kennen. Weil sie dich mit Bewunderung anschauen, nicht mit Mitleid. Und falls es jemanden da draußen gibt, der dich mit Mitleid anschaut, warum solltest du dazugehören? Du darfst leuchten, Surnei. Genau wie es deine Schwester tat«, sagte Jango und stach ihm tief ins Herz. »Du musst nicht im Schatten stehen. Du musst dich nicht schuldig fühlen. Dass du abgegeben wurdest, bedeutet nicht, dass du nicht gesehen wurdest. Und dass du aufgenommen wurdest, bedeutet nicht, dass du bemitleidet wurdest. In meinen Augen, Prinz, bedeutet es nur, dass du gesehen wurdest, als das, was du bist. Nämlich etwas ganz Besonderes.«

Die Welt um Surnei war vergessen. Nicht eine einzige Seele außer dieser vor ihm erlangte seine Aufmerksamkeit. Kein Duft, kein Lichterspiel außer dem seiner goldenen Augen. Das Pochen wurde lauter und schneller, seine Finger wärmer und wärmer.

Links und rechts wechselte er den Blick, als er Jangos Daumen auf seiner Wange spürte.

Herzschlag: schneller – schneller.

»Fremder, du –«, wollte Jango sprechen, als sich Surneis Lippen auf seine drückten und seine gesamte Energie, all der Fluss seiner Gefühle, wie ein Tsunami Jangos warme Zunge hinunterraste, seinen Weg tief in seine Brust fand, als seine Lippen eng Surneis umschlossen und seine Hände nach seinen weichen Wangen griffen.

Feuerwerk. War es wirklich Tag? Denn das Licht zwischen den beiden Männern strahlte heller als die Sonne. Rote, goldene und braune Funken brannten und flogen durch den ganzen Raum, wirbelnd und willkürlich, bis sie wieder ihren Weg zwischen den grazilen Lippen in ihre Herzen hineinfanden.

Jangos Augen waren fest verschlossen und Surneis Hüfte fest in seinem Griff. Bauch an Bauch, Brust an Brust und Lippen an Lippen. Jangos Locke streifte über Surneis glattes, schwarzes Haar, als sein Atem in Jangos floss.

Und plötzlich drückte ihn Surnei mit aufgerissenen Augen weg. Den ersten Schritt nach hinten hatte er schon getan. Als hätte er einen Fehler begangen, schaute er auf Jango und berührte seine eigene Lippe.

»Anma«, hauchte Surnei. »Es tut mir so leid.«

Er floh.

»Surnei, warte!« Jangos Versuch, Surnei aufzuhalten, misslang.

Surnei war fort. Er eilte durch den Markt, suchte seinen Weg zurück in die Gänge des Palastes.

Jangos Arm sank. So tat es auch sein Herzschlag.

»Du hättest bleiben müssen«, sagte Daneel vorwurfsvoll, während Tenna von einem eisernen Regal zum nächsten stürmte.

»Annabel wollte mich im Sare haben.« Tenna antwortete knapp und schnappte sich den Schraubenzieher in der offenen Schublade, bevor er ihn auf den eisernen Tisch legte und wieder zu einem der Regale flitzte.

Es waren insgesamt sechs Regale gleicher Größe. Vier standen an den Wänden gegenüber dem Ein- und Ausgang und zwei standen links und rechts neben diesem. Die Decken des Raumes waren niedriger als die der anderen Räume, wobei sie wahrscheinlich immer noch höher waren als alle anderen Decken im ganzen Königreich. Es war ein Technikraum. Das sah man nicht nur an den vielen durcheinandergeworfenen Werkzeugen auf den Regalen und Tischen. Anstelle von Fenstern erhellten hier Plasmalichter den Raum und an dekorativen Skulpturen und Kunstwerken war kaum etwas zu finden. Außer vielleicht die kleinen Ornamente an den Wandleisten.

»Nameel, du hast vor Annabel in Sare unterrichtet.« Daneels Seufzen war lang. Mit gekreuzten Armen stand er dort, gekleidet in sein schweres dunkelblaues Prachtgewand. Mit noch dunklerem Blick folgte er Tenna durch den Raum, bis dieser endlich für mehr als zwei Sekunden vor dem Tisch stehen blieb.

»Ja, aber nicht permanent«, antwortete Tenna. Er schien Daneels Worte abzuwehren, nicht auf seine Unterhaltung eingehen zu wollen.

Ein langer, jammernder Ton entschlüpfte Daneel. Er rückte einen Schritt nach vorn und klatschte seine Hände auf den Tisch, wodurch Tenna kurz aufzuckte. Daneel stand ihm gegenüber, nur Eisen und ein Dutzend Schrauben trennten die beiden Männer.

»Bei Saretum … sechzehn Jahre ist es her und du bist immer noch dasselbe Weichei, das du schon damals warst, du Zweifler!«

Tenna runzelte die Stirn, augenscheinlich versunken in der Arbeit vor sich. Er hob die kleine metallische Kugel hoch und fing an, sie auseinanderzuschrauben.

»Frequenzsensoren«, nuschelte er.

»Ich weiß, was das ist, verflucht!«

Tenna zuckte erneut, versenkte sich noch tiefer in das Abschrauben des Frequenzsensors.

»Wer weiß, vielleicht hättest du bis dahin sogar eine Waffe gegen diese … diese −«

»Droknen«, flüsterte Tenna und wich Daneels urteilendem Blick aus. Er musste weiterschrauben!

»Droknen, ja. Diese Droknen.«

Tenna zuckte wieder auf und es sprudelte aus ihm heraus: »Kannst du damit aufhören!?« Beide schauten auf Daneels Hände auf dem Tisch, die Tenna zum dritten Mal erschreckt hatten. »B-bitte.«

Ein gedämpftes Ächzen drang aus Daneels Hals. Er war kurz davor, wieder auf den Tisch zu hauen, als sein und Tennas Blick aufeinander schossen und er mit zusammengepressten Lippen seine Hand langsam herunternahm.

»Und? Hast du schon eine Idee, wie dieses Teil funktionieren soll?«, fragte Daneel mit versöhnlichem Klang in seiner Stimme.

Tennas Augenbrauen schossen hoch, sein Schmunzeln nach unten.

»Gedanken sind Frequenzen − Wellen, die … die Energie produzieren. Wenn ich es schaffe, Surneis Gedanken praktisch aufzunehmen, kann ich ihr Signal verstärken.«

»Hah. Ein Magnet also!« Daneel grinste.

»Ei-eigentlich das – das komplette Gegenteil, aber das ist nicht so wichtig.« Tennas Worte wurden immer langsamer und stiller, bis er sie verschluckte, bevor sein Blick zum Ausgang feuerte.

Er sah ihr rotes Haar, erhaschte sogar kurz ihre roten Augen, bevor sie wieder neben Seraphine im Gang verschwand.

Daneel summte einen langen, ironischen Ton. »Ich verstehe.«

Verwirrt betrachtete Tenna das Lächeln seines Gegenübers. »Die – die Idee?«

Daneel verneinte still und spöttisch. »Warum du wirklich nach Sare wolltest.« Er deutete mit einem Kopfnicken zum Eingang.

»Ich weiß nicht, wovon du sprichst …«

»Aber natürlich, Nameel.« Daneel stieß sich vom Tisch weg und ging ein paar Schritte zur Seite. »Ich lass dich mal arbeiten.«

»Es kann doch nicht möglich sein. Keine Aufzeichnungen über das antike Reich und die Droknen? Alles vor Saretum ausradiert? Wie soll ein Mann dazu imstande sein?« Seraphines Worte waren ein aufgebrachter Monolog, dabei sprach sie eigentlich zu Meleoidy.

Beide Frauen betraten in zügigem Tempo den goldleuchtenden Raum, aus dem der Duft von Papier und Tinte drang. Der Teppichboden war so rot wie Meleoidys Augen, die die unzähligen Bücher und Schriften in den Holzregalen registrierten. Eine Bibliothek?

»Habt ihr renoviert?«, fragte Meleoidy. Sie war sich unschlüssig. Waren die Kronleuchter des Elitearchivs schon immer golden gewesen?

»Hör mir auf«, maulte Seraphine. Sie zeigte auf die lange Holzleiter, die an eines der Regale nah am ersten Kronleuchter angelehnt war. »Einen ganzen Kronleuchter hat einer der Jünglinge abgerissen!«

Meleoidy lachte kurz und kühl auf.

»Je erfahrener, desto unvorsichtiger nicht?«

»Ich wünschte, das Gleiche könnten wir über N'Artem sagen«,

murmelte Seraphine. »Ich wüsste nicht, wonach wir suchen sollten. Die besten Historiker sind schon an allen alten Schriften dran.«

Seraphine legte ihre Hände auf ihre Hüften und schaute sich um.

»Alte Schriften würden uns sowieso nichts bringen.« Meleoidy schien Seraphines Neugier zu wecken.

»Wieso das?«

Meleoidy stoppte vor dem vierten Regal, das links im langen, schmalen Gang stand.

»Die Wende«, las sie vom kleinen Schild mit dem silbernen Rahmen auf dem Holm des Regales ab. Sie prüfte das fünfte Regal, das deutlich weniger Schriftrollen und Bücher lagerte. »Es ist einfach, das zu verstecken, was offensichtlich ist, aber viel schwieriger zu verheimlichen, was zwischen den Zeilen steht …« Ihre Finger strichen suchend über sämtliche raue Buchrücken.

Obwohl Seraphine schwere Plattenstiefel trug, erzeugte keiner ihrer Schritte auf diesem dicken Teppich ein Geräusch. Doch sie kam näher, hörte genauer zu. Meleoidys scharfsinniger Blick strahlte sie förmlich an.

»Wir müssen dem Geflüster zuhören, nicht nach Worten suchen, die uns anschreien«, bemerkte Meleoidy und zog ein altes braunes Buch mit der Überschrift *Nemaya I* heraus.

»Eines der Tagebücher von Saretums Frau«, wisperte Seraphine.

»Es gibt niemanden, der mehr weiß, als eine Frau im Schatten eines Mannes.« Meleoidy musste aus Erfahrung gesprochen haben.

»Na dann …« Seraphine griff nach dem Buch neben dem, das Meleoidy gerade herausgezogen hatte. »*Nemaya VI.* Ermordet sie ihn nicht hier?«

»Das wäre fünf. Das sechste war das letzte vor ihrer Hinrichtung.« Flink schnappte sich Meleoidy noch ein Buch, bevor sie zwischen den Regalen zum Holztisch ging.

»Du nimmst eins, zwei und drei, ich vier, fünf und sechs!«, rief Seraphine laut hinterher.

XVI

YUVELEE

Der Durchgang zum Untergrund vor Annelya und Kaiden sah so aus, als ob sie unter Wasser wären. Die Decke wurde niedriger und niedriger, der Gang breiter und breiter. Während das Licht um Annelya herum blau und kühl schimmerte, war das Licht, das von den Treppen kam, die nach unten führten, golden und warm. Hier endete der Palast – zumindest sein oberirdischer Teil.

»Ein Untergrund …«, hauchte Annelya mit brüchiger Stimme und biss stramm den Kiefer zusammen.

»Ja! Da haben wir Saretums Tempel, die große Bibliothek und die Unterrichtsräume«, zählte Kaiden freudig auf, bis er Annelyas angespannten Hals bemerkte. »Alles gut?«

Das goldene Licht kam immer näher, legte sich immer heller über ihr Gesicht, obwohl sie keinen einzigen Schritt voranging, keine einzige Stufe nahm. Langsam ging ihr Mund auf und sie erlaubte dem goldenen Licht in ihre Seele zu dringen.

War der Glanz in ihren Augen grandiosem Staunen oder bitterer Erinnerung zu verdanken?

»Annelya«, schallte es hinter dem Pochen in ihrem Kopf und Kaidens sanfter Griff auf ihrem Arm riss sie aus düsteren Gedanken heraus. Sie blinzelte schnell.

»Tut mir leid, ich –« Mal sah sie zu Kaiden herüber und mal auf den Eingang des Untergrundes. Sein bedachter Blick folgte Annelyas die Treppen hinunter. »Was ist los?«

Annelya zögerte etwas, bevor sie zu sprechen wagte: »Ein – ein Untergrund. Sie brachten mich zum Untergrund, nachdem sie meine Mutter …«

»Ich verstehe.« Kaiden atmete mit zusammengekniffenen Augenbrauen tief aus. Seine Hand lag immer noch mitleidig auf Annelya. »Wir müssen da nicht zusammen hinunter –«

»Aber du hast Unterricht, sagtest du.«

Kaidens Seufzen war geplagt von Überforderung und Zweifel.

»Ja, aber du musst nicht mitkommen. Ich bringe dich zurück zum Palast und komme ein paar Minuten später zum Unterricht. Herr Fediam wird das schon verstehen.«

»Nein.« Annelya war sich sicher. Zumindest klang ihre Forschheit sehr danach. »Ich möchte da runter.«

Es war nicht klar, nicht eindeutig, ob das zunehmende Gold sie beruhigte, ihr Mut schenkte oder sie an rostiges angsteinflößendes Gold erinnerte. Und ehe sie sich wieder in Gedanken verlor, riss Kaidens Hand sie ein weiteres Mal heraus und führte ihre Aufmerksamkeit zurück zu ihm. Dieses Mal berührte er sie nicht, zumindest nicht physisch.

Kaidens offene Hand lud Annelya ein, nach ihr zu greifen. Erst als sie hochschaute, nahm sie sein Lächeln wahr.

»Wenn du wirklich nach unten möchtest, dann gehen wir. Aber wir gehen zusammen, jeden Schritt.« Kaidens Worte, seine Augen, diese Lippen, sie schossen einen brennenden Pfeil in Annelyas Brust. So fühlte es sich zumindest an.

Er sprach, sie musterte sein markantes Gesicht und seinen mutigen Blick. Er würde jeden Schritt mit ihr gehen, das fühlte sich nach Wahrheit an.

Deshalb fand ihre Hand zu seiner. Ihre Finger rutschten zwischen seine, als sie ganz tief einatmete. Erst, als Kaiden nickte, lösten sich ihre Blicke und sie gingen einen bedachten Schritt nach vorn, bis die erste Stufe erreicht war. Mit jedem weiteren fühlte sie sich sicherer, während das goldener werdende Licht mehr von der Szenerie des Untergrundes offenbarte.

Das Erste, was sie sah, war der Boden. Auch hier war er aus Marmor, doch statt weiß glänzte er bronzefarben.

Kaidens warmer Griff fühlte sich schützend an. Ein Bedürfnis, das …

… mir bis vor einigen Tagen noch fremd gewesen war.

Wer hätte Schutz gebraucht, wenn die Schöpfung durch seine Adern floss? Doch das tat sie nicht mehr. Jetzt war es Blut wie Kaidens oder Tennas. Wie Jangos oder das der Palastbewohner.

Kaiden drückte etwas fester zu, lächelte sie etwas sanfter an und der letzte Hauch von Angst in Annelyas Augen war Vergangenheit.

Das, was vor ihr lag, war genauso atemberaubend wie das, was sie hinter sich ließ. Es war nicht erschreckend, überraschend oder finster. Dieser Untergrund leuchtete zwar in anderen Nuancen, mit andersfarbigen Wänden und Böden, doch es herrschte die gleiche Atmosphäre wie im oberirdischen Teil des Palastes.

Ihr letzter Schritt fand keine Stufe mehr, ihr suchender Blick keine Gefahr. Hier waren viel mehr jüngere Saretorianer unterwegs als oben. Wahrscheinlich lag es daran, dass hier unterrichtet wurde. Und obwohl es goldenes Plasmalicht war, das den Untergrund erhellte, wirkte es wie reines Sonnenlicht. Die Mosaikfenster direkt geradeaus an den Wänden hinter den Holzbänken und kleinen bepflanzten Säulen täuschten. Es sah aus, als ob der Tag hineingrüßen würde.

»Temeris«, flüsterte Annelya.

»Die Pflanzen? Ja, haha. Sie brauchen keine Sonne. Da kennt sich wohl jemand mit Gewächs aus!« Kaiden blickte sie schmunzelnd an, doch sie war vertieft in Farben und Lichtern. Nicht einmal ein so hübsches Gesicht wie seines hätte mit dieser grandiosen Einrichtung und Architektur konkurrieren können.

Sie standen nur einen Schritt voneinander entfernt, doch ihr

Händedruck hielt sie verbunden. Annelyas Haar strich sanft über ihren Rücken, als sie rechts zu ihm schaute. Ihr blaues, luftiges Kleid hatte nicht nur ein offenes Dekolleté, auch ihr Rücken lag größtenteils frei. Anders als Kaidens Eliteuniform, die ihn mit braunem Stoff bis zum Hals bedeckte und seine Schultern, Brust, Knie und Ellenbogen mit leichten, dünnen Platten schützte. So bequem wie Annelyas Kleid sah es vielleicht nicht aus, aber wer im Dienst war oder Unterricht hatte, musste seine Uniform tragen. Das Pan De Sartum war genauso streng wie schön.

»Kaiden, du Frauenmagnet!«, rief ein Jüngling von der Seite und winkte. Er trug die gleiche Uniform.

Bloßgestellt löste sich Annelya aus Kaidens Griff und fing einen kurzen, stutzigen Blick ein. Kaiden schaute auf ihre errötenden Wangen.

»Leo!«, rief er genervt.

»Komm nicht zu spät, du Erdling!«, bemerkte Leo mit breitem Grinsen, in dem sich so manche schiefen Zähne zählen ließen. »Eure Majestät …«, grüßte der junge Schüler und verneigte sich leicht, bevor er lachend in einen der Gänge des Untergrundes verschwand.

»Wie respektlos kann jemand sein. Entschuldige, Annelya.«

Annelyas verneinende Kopfbewegung beschwichtigte ihn.

»Keine Sorge, das ist mal eine nette Abwechslung zu all den staunenden ›Prinzessin!‹« Sie verdrehte die Augen, was Kaiden ein breites, strahlendes Lächeln ins Gesicht zauberte.

Er stupste sie spielerisch an und kam kurz näher, wodurch sein frischer Duft tief in Annelyas Nase stieg.

»Also … Prinzessin …« Verneigte er sich jetzt auch!?

Sie lachte zum ersten Mal laut. Kaidens Augen weiteten sich, als sie ihn vorsichtig zur Seite schubste.

»Sie kann es! Sie kann lachen!«, jubelte er mit hoch ausgestreckten Armen und frohlockenden Rufen, während er verwirrte, belustigte und nette Blicke um sich herum einsammelte.

»Kaiden!«, zischte Annelya nervös.

»Schon gut, schon gut. Aber echt, ich muss zum Unterricht. Komm!«

Noch ein Lächeln, diesmal war es ihres. Sie legte ihre Hände zusammen, wippte etwas nach vorn und überlegte, bevor sie sich umschaute und eine Strähne hinters Ohr strich.

»Ich glaube, ich erkunde lieber den Untergrund.«

»Aber das würde bedeuten, dass wir uns trennen müssen. Ich weiß nicht, ob Daneel das gefallen würde.« Kaiden klang beschützend.

»Was soll ich denn hier bitte an Mist bauen? Eine Vase kaputt machen? Ich kann schon auf mich aufpassen.«

»Sicher?« Kaiden klang zögernd.

»Ganz sicher.«

Langsam lockerte sich Kaidens Anspannung.

»Ich meine … hier ist es schon ziemlich sicher und bisher gestaltet sich meine Aufgabe als einfach … versprich mir, dass es dabei bleibt!« Er streckte den Finger fast bedrohlich vor ihr Gesicht, während er sich einen Schritt nach hinten wagte.

»Versprochen!«

»Na dann. Sehen wir uns in ein paar Stunden?«

»Neben den kaputten Vasen?«

»Prinzessin!«, schimpfte Kaiden und verschwand immer weiter in Richtung des Ganges, in dem auch Leo vorhin verschwunden war.

»Bis später!«, rief Annelya kichernd, als er sich zum ersten Mal von ihr wandte und im Gang verschwand.

Annelya atmete tief ein, während sie sich umdrehte. Die große rundliche Enfilade wirkte äußerst einladend, denn sie offenbarte noch größere Mosaikfenster aus rotgoldenem und blauweißem Glas.

Jeder Schritt beruhigte sie mehr, sie saugte das Gold tiefer und weiter in sich hinein. Angst? Nicht hier. Eher war es eine angenehme, entspannende Stille, die ihr Herz begrüßte.

Eine Pause.

Vom Schmerz, den ich nicht loszuwerden schien. Ja ... ja. Wer würde nicht trauern? Ich habe meine Mutter und mein Licht verloren und das in einer Nacht. Doch das Pan De Sartum ließ mich vergessen, wenn auch nur für einen Augenblick. Vergessen, was hinter den Mauern dieser Stadt geschah. Ironisch nicht? Aus Mauern wollte ich flüchten und innerhalb neuer Mauern fand ich Ruhe.

Vielleicht sind wir doch das, was wir eben denken, nicht zu sein. Vielleicht sind wir das, wovor wir uns am allermeisten fürchten. Wieso sonst bleiben wir nicht stehen? Stattdessen sind wir auf der Suche, ständig auf der Suche. Was, wenn wir in Wahrheit auf der Flucht sind? Vor uns selbst? Vor einer Erkenntnis, die alles bedrohen könnte, das wir für richtig halten? War das hier Zuflucht oder war es eine Lüge? Eine Lüge, in der ich mich wohlfühlte. Wohler, als ich jemals gestehen könnte. Versunken in diesen verzwickten, bittersüßen Gedanken lief ich tiefer hinein in den Ort, der nach mir rief. Ich tauchte in Gold, in Weiß und Blau und ehe ich weiter über diese Frage nachdenken konnte, traf ich auf jemanden, der mir eines Tages mehr Antworten geben würde, als ich mir jemals hätte vorstellen können. Und in dem Moment, als ich sie sah, wusste ich, dass etwas geschehen war. Dass etwas geschehen würde.

Wer hätte gedacht, dass sie auch, eines Tages, das Ende meiner Suche sein würde.

»Chumbawa!« Die kindliche Mädchenstimme warf ihr Echo in den Untergrund, doch Annelya sah nichts, außer dieser dunkelblaugrauer Minakatze, die auf sie zurannte.

Verwundert blieb sie stehen, als die Minakatze in einem geschickten Schwung ihre Beine hochkletterte.

Ihr helles, echoartiges Schnurren drehte sich um Annelya und hörte erst auf, als Chumbawa auf ihre Schulter kletterte.

Mit ausgestreckten Armen und breitem Grinsen starrte Annelya auf ihre Schulter und folgte dann dem Ruf von vorn.

»Chumbawa, was tust du da!«, schimpfte das kleine, kupferrothaarige Mädchen, das sich zügig Annelya näherte. Sie trug ihr Haar in zwei langen, dicken Zöpfen, die auf das seidig grüne Oberteil schlugen. Ihre schnellen Schritte wurden von braunen Lederstiefeln begleitet.

Das Mädchen stieß einen überraschten Ruf aus, als sie mit aufgerissenen Augen vor Annelya stehenblieb.

»Annelya Elim!?« Sie schüttelte ihren Kopf, denn es gab gerade Wichtigeres. »Chumbawa, komm da runter!«, befahl sie der blaugrauen Minakatze mit den dicken langen Ohren, die zwei Flossen ähnelten.

»Ich glaube, Chumbawa mag es hier oben«, stellte Annelya lachend fest, bevor die Katze in die Arme des Mädchens sprang.

Die Laute der Katze waren hell und magisch, passend zu ihren zwei glänzenden bernsteinfarbenen Augen.

Ein sanfter »Luu« Laut erklang immer wieder. Ein Ton, so hypnotisierend und beruhigend, dass es sich nach einem meisterhaft komponierten Musikstück anhörte.

»Entschuldigung! Sonst ist er nicht so!«, jammerte das Mädchen, Chumbawa fest in ihren Armen haltend und streichelnd. Der Kater schnurrte, rieb sich gemütlich an ihr.

»Chumbawa … bedeutet das nicht –« Annelya wurde von dem Mädchen energisch unterbrochen.

»Bärchen!« Dann sah sie zerknirscht zu Annelya. »Ich wollte dich nicht unterbrechen!«

Annelya lief einen Schritt nach vorn. Eine schwarze Strähne fiel in ihr Gesicht, als sie mit ihren Fingern über Chumbawas watteweiches Fell fuhr.

»Du nennst einen Minakater Bärchen?« Annelya klang belustigt, aber neugierig.

Das Mädchen nickte schnell und drückte ihren Kater fester in ihre Umarmung.

»Und wie heißt du?«, fragte Annelya das Mädchen, das etwa halb so groß wie sie war.

»Yuvelee! Mein Name ist Yuvelee und ich – oh nein – ich komme zu spät!« Ohne zu zögern, rannte Yuvelee wieder in die Richtung, aus der sie gekommen war.

Annelya musste sich das Lachen verkneifen. Yuvelees Energie hatte sie angesteckt. Sie hob ihr Kleid leicht an und eilte hinterher.

Die strahlenden Plasmalichter färbten Annelyas Schatten in den reichsten, sattesten Tönen, betonten jeden schwungvollen Schritt und jedes sanfte Wimpernklimpern, während sie die staunenden und hoffnungsvollen Blicke um sich herum wie einzigartige Steine am Meeresstrand sammelte.

Wohin war Yuvelee verschwunden? War sie links abgebogen? Dort, wo der schmale Gang in einer engen Rotunde mit dem kleinen Brunnen in der Mitte endete? Nein.

Es waren nur Gemälde von Ares und Kriegern zu sehen, nur das liebreizende Wasserplätschern des Steinbrunnens zu hören. Vielleicht rechts, versteckt hinter den Elementstatuen vor den Kabinettscheiben? Auch nicht … so klein war sie dann doch nicht. Obwohl das Symbol des Feuerelementes möglicherweise doch ausreichend Schutz geboten hätte. Vorne? Dort, wo der nächste Eingang mündete und der Untergrund noch größer wurde?

»Das war der dritte, Jil. Ich habe nach dem zweiten gefragt«, korrigierte eine ältere Frau mit dem langen braunen Haar und der dunkelroten Tunika. Sie stand vor einem großartigen Mosaikfenster, das Saretum, den ersten König des Saretoriums, in seiner platinleuchtenden Rüstung darstellte. Er streckte das Königschwert so hoch, dass seine Spitze die ersten Strahlen der abgebildeten Sonne berührte. Er war vom Sternzeichen Sonnenhüter wie Annelya.

»Ferilaz! Ferilaz war der zweite König!«, gab die kindliche Stimme stolz bekannt. Annelya sah die kleine Hand vor der sonst leeren Sitzbank hochschießen. *Yuvelee.*

»Das ist richtig, Yuvelee!«, lobte die Frau und schlug mit ihrem langen, dünnen Holzstab auf das Pult, um das Getuschel unter den Kindern auf den vorderen Sitzbänken zu unterbrechen.

Eigentlich schauten sie alle Yuvelee an, während sie ihre flüsternden Münder hinter ihren Händen versteckten, doch für Annelya fühlte es sich so an, als ob sie über sie sprechen würden.

Yuvelee saß allein ganz hinten auf der letzten Holzbank, während die sechs Sitze vor ihr jeweils rechts und links schon mehr als genug Kinder trugen. Mehr als eigentlich darauf passten.

Nachdenklich näherte sich Annelya der letzten Bank, als Yuvelee sie bemerkte und freudig über die Rücklehne lugte.

»Darf ich?«, flüsterte Annelya. Sie strich mit ihren Fingern über das Holz und fragte die Frau um Erlaubnis.

Ihr staunender, bewundernder Blick schien genug Einverständnis, also setzte sich Annelya hin, nah neben Yuvelee, bevor neue, hellere und grübelnde Klänge im Tratschen der Kinder ertönten.

Yuvelee stierte sie an! Plötzlich gab es keine Worte mehr.

»Nun, nun, also! Ferilaz, der erste und letzte König, der wegen Freundschaft und nicht Blut den Thron bestieg ...«, fing die Frau an zu erzählen, während sich ein zögerndes, bedrücktes Lächeln auf Annelyas Gesicht schlich.

Ihre Hände ruhten zwischen ihren Knien, doch ihre Schultern waren angespannt, erhoben und nach vorne gekrümmt. Ohne ihre weichen Züge und samten Locken hätte ihre Körperhaltung noch verkrampfter ausgesehen.

»Warum sitzt du allein?«, wisperte Annelya, sich etwas zu Yuvelee lehnend.

Große, grüne Kulleraugen schauten zurück. Sie waren feurig, doch ein Funke Trauer drang hervor und sie stieß einen kurzen Seufzer aus.

»Ich darf nicht mit ihnen sitzen.« Ihre süße, weiche Stimme suchte sich ihren Weg in Annelyas Herz.

»Warum!?« Annelya klang empört und spielerisch zugleich. Yuvelees Gestik weckte Mitgefühl in ihr.

»Sie wollen nicht.«

Verdammt. Das klang anders. Nicht feurig, nicht spielerisch. Annelya erfasste noch manche Blicke, doch jedes Mal, wenn sie auf einen traf, drehte sich die Person um und Gekicher blieb zurück.

»Pass auf, sie wird sie so nerven, dass sie später exekutiert wird«, zischte ein Mädchen links vorne, bevor sich Annelya mit gerunzelter, wütender Miene aufrichtete.

»Pscht! Dania!«, schimpfte die Frau in der rotbraunen Tunika und fuhr mit ihrem Unterricht fort.

»Sie hat sich nicht einmal verbeugt«, gingen die Worte durch die Menge.

»Hey!«, brummte Annelya. »Sie hänseln dich?« Ihre Aufmerksamkeit gehörte Yuvelee.

Yuvelee nickte. Der Blick des Mädchens ging zum rotbraunen Teppich unter ihren baumelnden Füßen, die ihn nicht berühren konnten – wie ihre Hände, die sie nervös zusammenrieb. Annelyas sanftes Beobachten bemerkte sie nicht.

»Ich – ich bin nicht wirklich willkommen, weil ich anders bin.«

»Anders …?«

Plötzlich strömte wieder Feuer in ihr kleines Gesicht und sie sprang stramm hoch.

»Mein Papa ist gestorben, da war ich noch nicht geboren, und dann hat mich Mama abgegeben.« Wie konnten solche Worte so melodisch gesprochen werden?

»Yuvelee …«, flüsterte Annelya.

»Es ist schon gut. Es ist gut, dass das so passiert ist. Der Palast kann Kinder wie mich aufnehmen. Stell dir vor, ich wäre nicht hier geboren! Sie sagen, dass ich nicht hierhin gehöre. Also, meine Mama war nicht von hier, sondern mein Papa. Ohne ihn wäre ich wohl irgendwo da draußen.«

»Schwachsinn, natürlich gehörst du hierhin. Wir gehören alle hierhin!« Annelya klang aufgebracht.

Yuvelee nickte energisch.

»Das sage ich ihnen auch! Deshalb möchte ich meinen eigenen Verband gründen! Aber sie lachen mich nur aus … Ich werde es trotzdem tun!«

Annelya konnte ihr Lächeln nicht verbergen. Es funkelte so, wie Yuvelees Geist strahlte.

»Deinen eigenen Verband?«

Jedes Mal, wenn Yuvelee so verträumt und doch feurig nickte, sprangen ihre roten Zöpfe auf und ab.

»Ja, für alle Waisenkinder des Saretoriums. Kinder wie mich! Die ein Zuhause brauchen.« Sie schien sich in den Träumen zu verlieren.

Annelya … irgendetwas, Yuvelees Worte, sie trugen Flamme und Funken, schürten das Feuer in ihr. Diese Entschlossenheit, der Wunsch nach einem Ziel, sie kannte ihn zu gut.

»Du möchtest anderen Kindern eine Familie schenken?«

»Ja!«. Yuvelee grinste breit und legte ihren Kopf auf ihre linke Schulter, bevor sie auf Annelya schaute. »Machst du mit?«, kicherte der Rotschopf.

»Aber sicher«, wisperte Annelya und stupste Yuvelee mit ihrer Schulter an.

»Pscht!«, befahl die unterrichtende Frau.

Sie hatte sich viel Zeit gelassen, um einzugreifen, doch wahrscheinlich wollte niemand der Prinzessin des Saretoriums Befehle erteilen.

Annelya und Yuvelee schauten sich an, verzogen synchron die

Lippen nach unten und zogen ihre Schultern gleichzeitig beschämt hoch.

»Wir drei werden alle Kinder dieser Welt glücklich machen!«, rief Yuvelee leise mit ausgestreckten Armen. Schnell zog sie ihre Arme zurück und ballte ihre Freude in ihre Fäuste.

»Wir drei?« Das Plasmalicht, das Saretum erleuchtete, fiel auch auf Annelya.

»Chumbawa, du und ich. Chumbawa ist mein bester Freund!« Oh, so streng und ernst hatte Yuvelee bisher noch nicht geklungen.

»Stimmt, Chumbawa … wo ist er überhaupt?« Vorgebeugt schaute Annelya nach rechts und links, von dem dunkelblauen Minakater war allerdings keine Spur zu sehen.

»Schau«, flüsterte Yuvelee und versteckte das Kichern hinter ihrer Hand, bevor sie auf eines der Bücherregale links neben den Bänken zeigte.

Chumbawa lag ganz oben, dem Schlaf verfallen. Yuvelee drückte sich verträumt in ihre Wange, pustete immer wieder aus, während Annelyas Funkeln stetig aufblühte. »Chumbawa ist so wie ich. Fast! Seine Mama ist bei der Geburt auch gestorben, seitdem kümmere ich mich viel um ihn.«

Kurz herrschte wunderschöne Stille zwischen den beiden. Dann brach Yuvelee sie erneut.

»Annelya?«

»Bitte?«

»Sind wir jetzt auch Freunde?«

Wunderschöne Stille …

»Freunde für immer!«, kündigte Annelya an und hielt mit erhobenen Augenbrauen und steifem Rücken ihre Hand vor die Brust.

»Kommst du mir dann beim Ball zuschauen?« Yuvelee wippte mit ihren Beinen vor und zurück. »Ich habe einen Auftritt! Ist zwar nicht der Haupttanz, aber immerhin habe ich eine Runde für mich allein!«

»Ein Ball?«

»Mhm! Der Ball der Sommerwende. Der findet immer statt, wenn der Sommer langsam zu Ende geht, einen Monat vor dem letzten Sommermonat. Das ist das erste Mal, dass ich auftreten darf! Hat Herr Beluim entschieden!« Was war größer? Yuvelees Stolz oder ihre Vorfreude?

»Wann –«, wollte Annelya sagen, als Yuvelee sie unterbrach.

»In zwei Tagen!«

Kurz zog ein Hauch Dunkelheit wie ein stiller Windzug über Annelya auf. Sie zögerte, brach für einen Augenblick aus Yuvelees Träumen und sank zurück in ihren Albtraum.

Zwei Tage und es bleiben nur noch drei … Dort saß sie, voller Feuer, voller Träume. Ihr Funke war nicht zu übersehen. Ich kannte diesen Funken, das Gefühl, sein eigenes Leben bestimmen zu wollen, nachdem dir jegliche Kontrolle darüber genommen worden war, nachdem für dich entschieden worden war, wer du zu sein hattest und wo du hingehörtest. Das Bedürfnis, raus zu wollen, etwas Eigenes erschaffen, erbringen zu wollen. Sie war ein Kind.

Wie konnte er? Sah er es nicht? Die Träume? Den Funken? Wie hatte er auch nur in Erwägung ziehen können, solche Unschuld, solch Feuer zu löschen? Solch Leid zuzufügen? Zumindest war sie hier noch sicher. Wir bezweifelten, dass Gion sich so früh ins Pan De Sartum trauen würde.

»Ich werde kommen«, beschloss Annelya. Sie lächelte nicht mehr.

»Yippie!«

Und plötzlich erklang ein sanftes Knurren. Seine Pfoten hörte niemand über den Teppich treten.

»Chumbawa …«, flüsterte Yuvelee, als sie nach unten griff.

Stilles Lachen, sanftes Licht.

XVIII

ICH GLAUBE DIR

Der Staub floh von den Seiten des Buches, als Seraphine es mit Kraft schloss.

»Ich gehe schlafen«, deklarierte sie seufzend.

Meleoidys Hand glitt von ihrer Schläfe zu ihrem Kinn. Ihr Ellenbogen ruhte auf dem Tisch. »Ja?« Sie war getaucht in das gedimmte Licht der kleinen goldenen Plasmakugel auf dem hölzernen Tisch, die ihr rotes Haar schwarz färbte.

»Darauf kannst du Gift nehmen, ich kann das alles nicht mehr lesen. ›Wind wehte, dort wo kein Wind herrschte.‹ Kein Wunder, dass sie ihn umgebracht hat, ich würde es auch tun«, frotzelte Seraphine und verdrehte die Augen. »Dieser Mann kommt nicht zum Punkt.«

Meleoidys halbes Grinsen versteckte sich hinter ihren Fingern. »Er war halt ein Poet.«

»Als König gefiel er mir besser.« Seraphine weitete die Augen und schob sich mit dem gepolsterten Stuhl nach hinten. »Vielleicht finden wir morgen irgendetwas zwischen diesen ganzen Liebeserklärungen, womit wir arbeiten können. Du solltest auch schlafen gehen.«

»Werde ich, aber zuerst muss ich dieses Kapitel zu Ende lesen. ›Augen tiefer als der weite Ozean‹«, las Meleoidy mit dramatischer Mimik laut vor, während Seraphine immer weiter das Gesicht verzog.

»Na, wenigstens hat einer von uns Spaß daran. Vielleicht findest du was Nützliches.« Seraphine schob den Stuhl wieder zum Tisch, nachdem sie aufgestanden war. »Gute Nacht, bis morgen.«

»Gute Nacht ...«

Ein klickendes Geräusch, es war die Tür, und Ruhe kehrte ins Archiv ein, legte sich über Meleoidys Schultern. Doch anstatt sie zu entspannen, ließ sie ihr Herz einmal schneller Pochen.

Sie bewegte nur ihre Augen, nicht ihren Kopf, blickte nachdenklich über die Zeilen des Buches, als ob ihr etwas entgangen sein könnte.

Seite für Seite las sie weiter, bis die Tinte erlosch. Mit einem langen Seufzer schloss sie das Buch und ließ ihre Hand auf dem ledernen Umschlag ruhen.

»Ach, Saretum ... so missverstanden. Als Künstler geboren, zum König gekrönt und als Narr gestorben, weil du wagtest, zu lieben von ganzem Herzen ... Liebe wird bestraft.« Langsam legte sie das Buch auf den Tisch. Sie war bereit zu gehen, also lief sie zur Tür und trat aus dem Archiv.

Bis auf die warmen, gedimmten Plasmalichter und den schwachen Mondschein gab es nicht viel Licht. Sie lief mit stillen Schritten durch die langen Gänge, bog mal links und mal rechts ab. Die Kunstwerke an den Wänden wirkten in der Nachtatmosphäre wie Märchen, die man sich am Lagerfeuer erzählte. Und Meleoidy war das angsteinflößende Knicken und Knattern der Waldblätter, die einen erschrocken: *» Was war das?«*, fragen ließen.

Sie riss jeden Schatten mit sich, stieg leise ein paar Treppen hoch, bis sie ein letztes Mal rechts abbog und am Anfang des etwas kürzeren Ganges stehen blieb. Sie schnappte nach dem Türgriff, drückte die Tür auf und drang in neue Schatten.

Ein schwerer Schreibtisch, rechts im Zimmer. Ein großes, weiß bedecktes Bett links vor dem nächsten Raum, ohne Türen, in den man hineinschauen konnte. Dort gab es lederne Sofas und einen majestätischen Glastisch. Ein paar Kommoden und Schränke, Spiegel und Pflanzen, die im ganzen Raum verteilt waren.

Sie lief zum Schreibtisch, griff nach dem schwarzen Nachthemd neben der Schreibfeder, bevor sie mit Schwung zum Schrank spazierte. Kurz erwischte sie ihr Spiegelbild auf der Schranktür, dann riss sie diese auf und griff in die Schrankfächer.

»Meleoidy«, erklang es hinter ihr.

Erschrocken drehte sie sich um.

»Verdammt, Tenna!?« Sie schaute zum Nebenraum des großen Zimmers, dann wieder zu Tenna.

Er trug ein weißes, oben aufgeknüpftes Leinenhemd und eine dunkelbraune Lederhose. Kein Ledermantel, keine Plasmahandschuhe. Nur ein schweres Glas, das mit ein paar Schlucken dunkelgoldener Flüssigkeit gefüllt war. Er stellte es auf den Tisch, ließ den Blick kurz auf seinen Fingern über dem Glasrand verweilen.

»Wir müssen reden«, forderte er.

Das sich langsam anbahnende Geräusch musste Regen gewesen sein. Nur Regen konnte so penetrant und doch beruhigend klingen. Er schlug gegen die Fenster des Zimmers hinter dem Tisch und hinter Tenna, als er Meleoidy langsam anguckte. Nur ein stilles, schwaches Kopfschütteln.

»Tenna ... Ich habe dir gesagt, ich kann nicht.«

Tennas Seufzen schwappte zwischen Ironie und Verwunderung.

»Ja, in der Tat. Das hast du. Und trotzdem bist du hier, motivierter, Gion aufzuhalten, als ein Kind, das süßes Gebäck will. Ah ja – nachdem du uns überhaupt in diese Lage gebracht hast. Ich versuche, es zu verstehen, doch ich stoße immer wieder auf die gleiche Frage: Wieso hast du ihm geholfen? Du bist es mir schuldig, Mel. Du bist mir die Wahrheit schuldig.«

»Tenna, ich kann nicht.«

»Warum!?«, schoss es aus Tenna, als er mit feuchten Augen instinktiv zwei Schritte nach vorne lief. »Warum kannst du nicht!?«

Ihre Augen zitterten. Sie traute sich nicht, ihn anzuschauen.

»Tenna, ich kann nicht …«

Ein leises Grollen wich aus seinem Mund. Mit seiner ganzen Hand rieb er sich übers Gesicht, legte dann seine Hände auf seinen Nacken. Das schwache Mondlicht schimmerte als Aureole um seinen Körper, während es ihre Augen flackern ließ.

»Du kannst Mel, du hast eine Wahl –«

»Nein – nein.« Meleoidys Brust füllte sich mit Luft.

»Doch Mel, doch, wir haben immer eine Wahl und du scheinst die ganze Zeit die falsche zu treffen!« Er wurde lauter.

Sie auch.

»Nein!«

»Mel, du –«

»Nein Tenna, man hat nicht immer eine Wahl! Ich hatte keine Wahl!« Diese schrillen Worte klangen schmerzerfüllt.

Tenna verschluckte das, was er sagen wollte. Er stoppte, musterte Meleoidys feuchte Augen und ihren ängstlichen Ausdruck.

»Ich hatte keine Wahl«, wisperte sie gegen ihre Tränen kämpfend, während er ruhiger und ruhiger wurde.

»Wieso!? Wieso sprichst du nicht mit mir?«

Meleoidy trat einen Schritt vor.

»Wieso ist dir das so wichtig? Wieso hakst du so sehr nach? Tenna, was muss ich noch tun, damit du mich in Ruhe lässt? Ich habe euch verraten, ich habe *dich* verraten, *wieso* kannst du mich nicht einfach hassen, wie jeder andere auch!?« War das ein Wunsch? So klang es.

Doch in Tennas Gesicht war kein Hass zu finden.

»Weil ich verstehen möchte«, antwortete er knapp. Bevor sie sprechen konnte, redete er weiter: »Weil ich dich mein ganzes Leben lang kenne, verdammt! Und ich nicht begreifen kann, wie das Mädchen, das mich jeden Tag im Elementarunterricht fragte, wie ich geschlafen habe, diese Frau, die mir immer wieder zuhörte, sich vor dem Rat für meine Position einsetzte, sich plötzlich wie ein giftiges, betrügerisches Monster verhalten kann. Weil ich lieber glaube, dass es einen Grund dafür gibt, anstatt jeden Tag meines Lebens, an dem ich das – dich – bewundert habe, anzweifeln zu müssen, verfluchte Schatten!« Er sprach schnell, gebrochen. Beide tränten. Beide schwiegen.

»Tenna …«

»Ich habe immer zu dir gestanden. Immer.« Er zog die Nase kraus. Kopfschüttelnd zeigte er zur Tür. »Gib mir einen Grund, es auch dieses Mal tun zu können. Lass mich nicht verantworten, hier zu stehen, dich anzubetteln, während Annelya und Surnei sich in den Schlaf weinen. Sprich. Sprich! Und danach werde ich gehen«, sagte er und ließ seinen Arm fallen, als in ihren Blick Überraschung trat. »Egal, was du sagst, ob ich es begreife oder nicht, ob es eine Wahrheit ist, die ich nicht hören möchte – ich werde dich in Ruhe lassen. Du bist Gion aus Überzeugung gefolgt? Prima. Ich werde dich nicht aufhalten. Aber ich bitte dich, verflucht nochmal, mir zu vertrauen. Ich bitte dich, es wiedergutzumachen.«

Stille. Tränen. Zittern.

Meleoidy musste kämpfen, denn Tennas Worte waren zu ehrlich, zu nackt. Sie fanden ihren Weg in ihren Geist, so sehr sie sich auch zu wehren versuchte.

»Gib mir einen Grund, dich zu hassen, falls es so sein muss. Lass mich nicht mit diesem Zweifel leben, Mel!«

Doch sie schwieg, schaute zu Boden und schwieg, während sie ihre Tränen zurückzuhalten versuchte.

Tenna nickte und sog die Unterlippe ein.

»Hat er dich erpresst? Gion, hat er dich erpresst?«

Meleoidy schüttelte verneinend ihren Kopf.

»Warst du überzeugt von seinem Glauben?«

Meleoidy schüttelte wieder ihren Kopf. Es war ein eindeutigeres Nein.

Stille …

»Hat er dich verletzt?«

… und dann schoss ihr Blick zu ihm.

Sie verlor sich tief in seinen Augen, so wie er sich in ihren verlor. Er traute sich, Schritt für Schritt nach vorn, während der Regen stärker und lauter wurde, während ihr Herz schneller schlug.

»Tava. Das, was du sagtest. Du warst eines dieser Kinder. Welche Kinder? Hat Gion etwas damit zu tun?« Er trat näher und sie schaute langsam zu ihm auf.

»Tenna …« Es klang wie eine Bitte. Sie bat ihn, aufzuhören, bis sie seine Finger auf ihren spürte.

Verwundert musterte sie die Tränen auf seinen Augenlidern.

»Mel … Schmerz ist nicht dein Feind. Du darfst ihn spüren. Du darfst sprechen. Was hat er dir angetan?«

Und als sie tief hineinschaute, in diese goldenen Augen, die abwechselnd nach links und rechts fuhren, als der Regen jedes andere Geräusch um sie herum samt ihren Gedanken in seinem reinigenden Klang ertränkte, da nickte sie zum ersten Mal in Zustimmung.

»Du wirst es nie seinlassen, oder?«

»Niemals«, hauchte er, knapp vor ihrem Gesicht, während sie langsamer und langsamer nickte und zum Bett neben sich schaute.

»In Ordnung.« Sie lief zwei Schritte zum Bett und ließ ihre Finger von seinen gleiten, als sie sich mit einem tiefen Atemzug hinsetzte. »Versprich mir, dass du schweigen wirst, egal, was es kostet.«

Auch er lief zum Bett und setzte sich neben sie. Ihre Gesichter waren einige Zentimeter voneinander entfernt, ihr Schmerz, geteilt.

»Versprochen.«

Noch ein tiefer Atemzug, er wanderte durch Meleoidys ganzen Körper, sammelte jedes verschlossene Wort und trug es aus ihr heraus.

»Ich war sechs, als ich ihn zum letzten Mal in der Burg sah, bevor er fliehen musste.«

Tenna hing erwartungsvoll an ihren Lippen. Seine Hände sanken sanft zwischen seine Beine, so wie ihre auf ihrem Schoß lagen. Sie schien zu kämpfen, mit jedem Wort sich wehren zu wollen.

»Deinen Vater?«, fragte Tenna neugierig, verwirrt.

Mel nickte.

»Annabel war siebzehn, als sie meinen Vater fanden.

Du kennst die Beschuldigungen. Er soll Teil des Shijori-Clans gewesen sein. Einer Banditengruppe des Westens. Gesucht für Diebstähle und Raubüberfälle. Ich habe geglaubt, dass sie ihn auf einer Expedition zufällig fanden, bis mir Annabel beichtete, dass er Kontakt zu ihr aufgenommen hatte.«

»War das in der Nacht ihres …«

»Ja«, antwortete Meleoidy knapp. Ihre nächsten Worte kosteten mehr Kraft. »Sie erzählte mir, dass er mich sehen wollte. Dachte, ihr vertrauen zu können. Also schlug sie ihm ein Treffen vor. Leider war es nicht ich, die auf ihn wartete.«

»Annabel …«, sagte Tenna.

»An diesem Tag fing alles an. Mein Vater war kein Bandit. Er hatte etwas erfahren und dafür musste er einen schrecklichen Preis zahlen.«

»Hat er von Gions Plänen gewusst?«

»Mhm. Er hat ihm gedroht«, wisperte Meleoidy spöttisch, schmerzvoll. »Wer hätte gedacht, welche Konsequenzen das haben würde. Ich werde niemals die Nacht vergessen, an der Gion zu mir kam und mir erzählte, dass sie ihn gefunden hätten. Ich hätte niemals geglaubt, dass sich Freude so schnell in Schrecken verwandeln konnte. Das war der Anfang.«

»Der Anfang?«

»Von den Experimenten«, sagte Meleoidy und schaute Tenna an. In seinen Blick trat bangendes Entsetzen.

»Experimente?«

»Experimente, um das Siegel des Aishjatan zu brechen und die

Droknen zu beschwören. Herim war Teil davon. Genauso wie ich. Er suchte sich Kinder und Erwachsene, die niemanden hatten. Saretorianer, die verschwinden durften, ohne dass jemand Fragen stellen würde. Ich schätze, als er sah, dass Annabel mich hinterging, muss er verstanden haben, dass ich ersetzbar war. Er hatte recht. Ich lebte in der Burg, doch ich war ständig in Annabels Schatten. Eine Last, die geduldet wurde. Das perfekte Opfer. Er gab mir nicht nur Schmerz, sondern auch Lektionen … so nannte er sie zumindest.«

»Diese Experimente, was …«

Meleoidy seufzte.

»Opferungen, Verstümmelungen, Folterungen, doch das war nichts im Vergleich zu dem, was nach dem allerersten Erfolg kam. Als er es schaffte, einen Droknen zu beschwören. Zumindest temporär. Doch jedes Mal, wenn er es tat, starb der Wirt und mit ihm der Dämon. Und mit jedem neuen Versuch wurde es grausamer und grausamer, bis es wahrhaftig unerträglich wurde.« Meleoidy stoppte.

Tenna sah ihre blau angelaufenen Finger, die sie in der anderen Hand zerdrückte. Sie zitterte.

»Mel«, flüsterte er und griff nach ihrer Hand. »Was hat er getan?«

Langsam schaute sie ihn an. Das, was er in ihrem Blick entdeckte, hatte er noch nie gesehen.

»Er verwandelte Unschuld in Finsternis …«

Eine Erinnerung.

Gion näherte sich dem gigantischen Glas vor seiner Nase. Der Raum im Untergrund war klein, dunkel, doch das, was hinter dem Glas war, war das absolute Gegenteil. Ein Habitat, ein Garten voller bunter Pflanzen und Blüten. Plasmalicht, so hell, dass es nach einem nimmer aufhörenden Tag aussah. Es roch sogar so, als ob es wirklich Tag wäre, frisch und blumig.

»Es funktioniert nicht«, brummte Uriel und stellte sich neben Gion, auf den Garten hinter der Glaswand starrend.

Er sah das kleine Mädchen in Weiß, mit den schwarzen Locken, das mit den blauen Schmetterlingen spielte.

»Geduld«, befahl Gion und musterte den dünnen mit blauen und gelbgrünen Flecken versehen Arm des kleinen Mädchens, das ihren Finger hoch hinausstreckte. »Die Schriften geben an, dass ein reiner Bund zwischen zwei Seelen gebrochen werden muss.«

Der dicke, große Schmetterling mit den langen, prächtigen Flügeln landete vorsichtig auf ihrem Zeigefinger. Noch vorsichtiger zog sie ihren Arm herunter, den Finger immer näher vor ihr Gesicht, als sie dem Schmetterling ein Lächeln schenkte.

»Wie lange noch!?«, klagte Uriel.

»Solange es nötig ist«, rügte Gion, bevor das eiserne Geräusch den Schmetterling davonfliegen ließ und das Mädchen über ihre Schulter blickte. Schwarzgepanzerte Soldaten stürmten in den Garten und raubten ihr Lächeln, doch sie schrie nicht. Sie wehrte sich nicht. Es schien Routine zu sein.

Pan De Sartum, Meleoidys Zimmer.

Tenna verlor sich immer weiter in Meleoidys Erzählung. Sein Gesicht wurde angespannter und angespannter und der Regen lauter und lauter. Das Mondlicht war inzwischen stärker, brannte auf Meleoidys leerem, in Gedanken verlorenem Gesicht.

»Was haben sie getan?«, fragte er.

»Routine«, antwortete sie.

Eine Erinnerung.

Die rostigen eisernen Stuhllehnen fühlten sich kalt an, die Ketten, die ihre Hand- und Fußgelenke an den Stuhl banden, umso kälter.

Der in Schweiß und Blut gebadete Mann mit freiem Oberkörper gegenüber von ihr brüllte immer wieder auf. Seine schmerzerfüllten Schreie wurden vom blutbeschmierten Tuch zwischen seinen Zähnen gedämpft.

Genauso wie ihr Heulen. Jedes Mal, wenn die Peitschen und Klingen auf ihren kleinen, zerbrechlichen Körper trafen, wurde das Geheule lauter, kräftiger und rauer. Doch es war nie so laut und schmerzerfüllt, wie wenn die Klingen der Soldaten das Fleisch des Mannes zerschnitten.

»Papa!«, schrie das Mädchen mit voller Kraft, während der spitze, lange Speer tiefer und tiefer zwischen die Rippen des Mannes drang.

Er griff nach den Lehnen, zappelte und brüllte, während das Mädchen schriller und lauter schrie.

»Bitte! Es reicht! Es reicht für heute – bitte, Meister Gion!«, flehte sie ihn an, allerdings war er nirgends zu sehen. Nur sie, der Mann, die Soldaten und Uriel.

Gion stand hinter dem Eingang des Kerkers. Zustimmend nickte er Uriel zu.

Einer der Soldaten griff nach einem kleinen, scharfen Dolch und lief auf das gefesselte, schwarzlockige Mädchen zu.

Der gefesselte Mann appellierte mit gedämpftem Brüllen hinter dem Knebel, doch egal wie stark er rüttelte, ob seine Muskeln gleich reißen würden oder nicht, die Ketten hielten ihn fest. Genauso wie die Soldaten seinen Kopf festhielten. Er sollte es sehen, er sollte zuschauen.

Uriel nickte und der Soldat schöpfte einen weiteren, unerträglichen Kinderschrei.

Tennas Blick folgte Meleoidys Fingern, die ihr schwarzes Kleid langsam über ihre Beine zogen.

»Heilige Schöpfung, Mel …«, murmelte er, als er die lange Narbe ganz weit oben auf ihrem Innenschenkel sah. Seine Aufmerksamkeit schoss auf ihre feuchten Augen.

»Jeden. Tag. Manchmal, wenn es lebensbedrohlich wurde, gab es Pausen. Einmal verblutete ich fast. Ich wurde eine ganze Woche in Ruhe gelassen. Seitdem wünschte ich mir jedes Mal, dass sie tiefer schneiden würden. Je mehr es schmerzte, desto hoffnungsvoller wurde ich.«

»Meleoidy …«

»Aber dann –« Sie schluckte schwer, biss ihren Kiefer fest zusammen. Diese Worte wollten nicht ausgesprochen werden.

»Was als nächstes geschah, damit hatten weder mein Vater noch ich gerechnet.« Sie wischte sich eine Träne vom Gesicht. Zögernd wurde ihr Atem schneller und schneller.

»Mel. Ich bin hier«, flüsterte Tenna und verstärkte seinen Griff. Er nickte.

Sie nickte.

Eine Erinnerung.

»Guten Morgen Rim!«, grüßte einer der Soldaten.

»Nein, ne-hein!«, brüllte der Mann und heulte das Mädchen, das an den Armen und Beinen in den Kerker gezerrt wurde.

Wieder rüttelte ihr Vater an den Ketten, jedes Mal aufs Neue, als ob er dieses Mal sie brechen würde. Ein weiterer, vergeblicher Versuch wie all die Male zuvor auch.

»Lasst sie los!«

288

Wo war der zweite Stuhl? Stattdessen stand dort ein eiserner Tisch mit zwei Armfesseln.

Die hilflosen Schreie des Mädchens schienen nichts zu bewirken. Egal, wie schrill, egal, wie seelenzerreißend, sie berührten sie nicht. Nicht die Soldaten, nicht Gion. Vielleicht hatten sie keine Seelen?

Irgendetwas war anders. Kälter, wie die eiserne Liege, auf die sie Meleoidy legten. Sie schlug mit beiden Armen und Beinen, doch elfjährige Hände und Füße waren schwächer als die schwer gepanzerter Männer.

Sie fesselten sie, drückten ihren Kopf gegen den Tisch und ketteten ihren Hals fest.

»Meleoidy!«, brüllte ihr Vater.

»Heute gibt es ein spannendes Programm, genieß die Vorstellung«, zischte einer der Soldaten, bevor er dem Mann in sein Gesicht spuckte und den Raum verließ.

Meleoidy versuchte, zur Seite zu schauen, versuchte, ihn anzuschauen, doch je mehr sie ihren Kopf bewegte, desto mehr Luft raubten ihr die Ketten um ihren Hals.

»Glaubst du, dass das funktionieren wird?«, fragte Uriel im anderen Raum hinter der Glaswand.

»Wir werden sehen«, antwortete Gion knapp.

»Papa …«, heulte Meleoidy. »Ich habe Angst.«

Pan De Sartum, Meleoidys Zimmer.

Meleoidy schoss nach oben und Tenna griff nach ihrem Arm.

»Hey«, flüsterte er, während sie gegen die aufkommende Panik kämpfte.

»Ich kann nicht.« Es flossen immer mehr Tränen in ihre Mundwinkel hinein. Sie atmete schneller, als der Regen fiel. Das Mondlicht erhellte ihr ganzes Rot.

»Mel. Du bist jetzt sicher«, sprach Tenna und sie drehte sich um, blickte in sein tränengebadetes Gesicht. »Was hat er dir angetan?«

Ihre Augen wurden immer klarer.

»Er …« Sie stoppte, kämpfte gegen die Tränen.

Tenna stand auf, bevor er ihr wieder dabei half, sich hinzusetzen. Er kniete sich vor sie, griff beide ihrer Hände, als sich ihre Blicke trafen.

»Sprich es aus, Mel. Gib ihm keine Macht mehr. Lass Wahrheit sein Urteil sein.« Er rang mit seiner eigenen Furcht, seinem eigenen Schmerz.

Eine Erinnerung.

Mit jedem schweren Schritt, den Uce in den Kerker ging, wurde Meleoidys Flennen stiller, doch grässlicher.

»Hallo, Rim«, grüßte er Meleoidys Vater grinsend, als er nach seinem Gürtel griff.

»Nein …«, hauchte Rim. Er verstand, was jene Geste bedeuten sollte und das …? Brach sein Herz in tausend Stücke.

»Papa!«, weinte Meleoidy.

»Nein, Gion. Gion!« Rim zappelte und kämpfte, während Uce sich der eisernen Liege näherte.

Uriel schaute weg.

»Es muss funktionieren.« War das Angst? Reue in seiner Stimme?

»Das wird es«, sagte Gion. Sein kalter Blick war nach vorn gerichtet.

»Hallo, kleiner Schmetterling«, grüßte Uce Meleoidy und zog seinen Gürtel komplett heraus.

»Gion! Gion! Es reicht! ES REICHT!«, Rims Stimme zerfetzte seine Stimmbänder. Dieser Schmerz hätte Lungen verbrennen können.

Das graue, grelle Plasmalicht erhellte Meleoidys kleines, in Angst getauchtes Gesicht. Ihr schwarzes Haar, verteilt auf der eisernen Liege, und ihre grünen Augen, zerrissen zwischen Furcht und Hoffnung.

»Gion!«, kreischte Rim, als Uces Hände um Meleoidys Oberschenkel griffen und ihr Herz schneller und schneller pochte.

Pan De Sartum, Meleoidys Zimmer.

Tenna heulte genauso unkontrolliert wie sie. Er verstand.

Ja, er verstand.

»Er wird dafür bezahlen … Sie werden alle dafür bezahlen«, wisperte er.

Eine Erinnerung.

Rims Schreie wurden ignoriert. Uces raubende, schmutzige Finger griffen nach Meleoidys Stoffhose und zogen sie langsam herunter. Als die Hose ihre Knöchel erreichte und er sich über sie lehnte, blickte er herüber, zu Rim.

Niemand hätte beschreiben können – benennen können – was es für ein Gefühl war, das auf seinem Gesicht zu sehen war.

»Er soll zuschauen«, befahl er den Soldaten und sie folgten seinem Kommando, griffen nach Rims Kopf. Nicht eine Sekunde sollte seinem Blick entgehen.

»Papa?«, heulte Mel, während Uce näherdrang.

»Papa!?« Sie heulte lauter, nervöser, als der plötzliche Schmerz sie entzweiriss.

Ein Schrei, so grässlich, so zerfetzend, dass er den ganzen Untergrund erfüllte.

Hätte Rim Blut heulen können, hätte er es bereits getan. Er bettelte und bettelte mit jedem Stoß.

»Heil Aishjatan«, bekannte Uce und drang tief hinein, bevor das Blut zwischen Mels Beinen auf die kalte Liege zu tropfen begann.

Sie schrie, sie schrie um ihr Leben, bettelte um Gnade. Doch es war nicht Gnade, die sie ab jenem Tag erfahren sollte.

Pan De Sartum, Meleoidys Zimmer.

Tenna schwieg. Er versuchte seine Gedanken zu sammeln, aber das war nicht mehr möglich.

»Ab diesem Tag an, waren es keine Peitschenhiebe, keine Messerschnitte mehr …«, zischte Meleoidys gebrochene Stimme. »Es waren Stöße. Und auch diese wurden immer kräftiger. Immer mehr. Irgendwann war es nicht nur Uce. Irgendwann war es nicht nur ein Mann.«

Tenna bemühte sich, seine Tränen zu beherrschen.

»Er musste zuschauen. Immer wieder. Trotz all des Schmerzes und all der Sünde schafften sie es nicht. Unschuld zu rauben … bis diese eine Nacht kam.«

Eine Erinnerung.

Meleoidy lag auf der blutbeschmierten Matratze des Betts und starrte die Wassertropfen an, die vom grauen Dach des Kerkers in die kleine Pfütze tropften. Der Raum war feucht und kühl, aber ruhig. Ihr Wimpernschlag war langsam, still und sanft. Sie rührte sich nicht, zählte nur die Tropfen, während ihre Hand unter ihrem Kopf einschlief.

Plötzlich schreckte sie auf. Die Tür? Heute war es doch schon passiert? Würde sie niemals Ruhe finden?

»Mel.«

Moment, diese Stimme … halluzinierte sie? War das möglich? Mit weit aufgerissenen Augen rief Meleoidy nach ihrem Papa, der ihr signalisierte, still zu sein.

Freudig setzte sie sich auf. Sie sah keine Fesseln, weder auf seinen Händen noch Füßen. So hatte sie ihn ewig nicht gesehen.

»Mein kleiner Schmetterling«, schluchzte Rim und hastete zu Meleoidy.

Noch bevor er sich auf das Bett setzen konnte, warf sie sich in seine Umarmung.

»Papa!«, weinte sie, während sie tiefer und tiefer in seine Wärme tauchte.

»Es ist alles gut, es ist vorbei.« Mit blutbeschmierten Fingern streichelte er ihr übers Haar.

»Vorbei!? Hat der König davon erfahren, Papa? Hält er Gion auf?« So klang Hoffnung. Ihr Gesicht tauchte tiefer in seine Umarmung.

Rim schaute in die Leere vor sich, kämpfend gegen die Flut, die aus seinen Augen ausbrechen wollte.

»Ja, kleiner Schmetterling. Das hat er«, sagte er und drückte Meleoidy tiefer und fester. »Kein Leid mehr. Es wird alles gut.«

Er verlor sich immer weiter, schluchzte immer mehr, während sein gebrochenes Lächeln wuchs.

»P-pa-p«, stotterte und keuchte Meleoidy, im Versuch, aus seiner Umarmung zu entrinnen.

»Kein Leid mehr, Meleoidy. Kein Leid mehr«, flüsterte er und drückte fester und fester zu, während Meleoidy stiller und krampfender nach Luft rang.

»Papa – ich – kriege keine – Luft«, keuchte sie.

»Ich weiß, kleiner Schmetterling«, stotterte Rim, als all sein Schmerz und all seine Tränen ausbrachen.

»Pa–«

»Alles wird gut. Dir wird niemand jemals wieder wehtun. Ich verspreche es dir.«

Langsam löste sich Meleoidys Arm aus seiner Umarmung und fiel sachte aufs Bett. Noch langsamer verlor sie ihr Bewusstsein, während Rim den brutalsten Schrei ausstieß, den ein Mann je hätte schreien können.

Pan De Sartum, Meleoidys Zimmer.

»Dein Vater hat versucht, dich zu töten?«

Meleoidy weinte nicht mehr. Es gab keine Tränen mehr. Nur noch Leere.

»Er ist an diesem Abend entkommen, als eine der Wachen ihm Essen brachte. Er hat sie totgeschlagen und eilte zu mir …, dass er uns da nicht rauskriegen würde, wusste er. Also entschied er sich, mich zu erlösen.« Anscheinend gab es noch eine Träne in Meleoidy.

Tenna stand auf, setzte sich neben sie.

»Meleoidy, wieso? Wieso hast du das niemandem erzählt?«

Stille. Ein bitteres, gebrochenes Lächeln formte sich auf ihrem Gesicht.

»Habe ich.«

Die wachsende Verwirrung in seinen Augen tanzte in ihren.

»Annabel«, sagte sie und ihr Gesicht verkrampfte, als sie versuchte, ihre Tränen noch einmal zu beherrschen.

Sprachlosigkeit würde nicht reichen, um das zu beschreiben, was wohl gerade in Tenna geschah.

»Als ich im Untergrund war, hieß es, ich sei Teil einer Explorationsgruppe. Als ich freigelassen wurde, war sie die Erste, zu der ich ging. Sie glaubte mir nicht. Sie sagte, ich würde nach Aufmerksamkeit suchen, ich würde nicht damit klarkommen, dass sie von Leon auserwählt worden ist. Dass ich, das Kind eines Banditen, ein niemand war. Sie glaubte mir nicht. Im Gegenteil. Sie war empört, wie ich Gion N'Artem solch grotesker Taten beschuldigen könnte. Also schwieg ich. Ich sprach nie wieder. Und ich blieb Gions gelungenes Experiment.«

Eine Erinnerung.

Meleoidys schwarze Locken streiften über ihren Rücken, als sie nach oben schaute. Das grelle Plasmalicht traf auf den ankommenden blauen Schmetterling. Sie saß auf der gleichen Stelle wie immer, inmitten der Blüten und Blätter dieses Gartens, dieses Paradises.

Gion schaute zu, wie immer, hinter dem Glas.

Langsam, ganz langsam öffnete Meleoidy ihre kleine Hand. Ihr blauer Freund landete darauf, doch dieses Mal lächelte sie ihn nicht an.

Gions Aufmerksamkeit wuchs so weit, dass seine Nase fast das beschlagene Glas berührte.

Und plötzlich schloss Meleoidy ihre Hand, drückte voller Kraft zu, bevor sie wegschaute, ihren Griff wieder öffnete und das zerquetschte mit Rot vermischte Blau offenbarte.

Gion trat lächelnd einen einzigen Schritt zurück.

»Es hat funktioniert«, flüsterte er.

Pan De Sartum, Meleoidys Zimmer.

»Sie hatten Unschuld beschmutzt. Mich verwandelt, indem sie mein Vertrauen zu der einen Person geraubt hatten, die mir alles bedeutete, die ich bedingungslos und ohne Zweifel liebte. Die Droknen verlangten nach einem reinen Opfer, um Schuld und Finsternis zu konsumieren. So dachten sie, dass es nun klappen würde, wenn der Bund zwischen meinem Vater und mir – für immer – gebrochen war. Seine Seele wurde nicht mehr von der Person, die ihn am meisten liebte, beschützt. Also nutzten sie ihn, um einen Droknen zu beschwören, nachdem sie mich an jenem Abend vor ihm *retteten*. Vergeblich, denn auch dieser starb. All das Leid und all der Schmerz waren umsonst gewesen. Ein weiteres misslungenes Experiment, außer dieses, mich zu brechen, mich zu kontrollieren. Am Tag seines Todes hörte die Folter auf. Sie fassten mich nie wieder an. Und ab diesem Tag fing ich an, für sie zu arbeiten. Ich wurde trainiert und ausgebildet, um zu verraten, zu jagen und zu töten und ich war die Beste darin. Ein Stern. Was sie mir angetan haben?« Meleoidy schmunzelte, zuckte mit den Schultern. »Das war für sie vergessen, als wäre es nie passiert.« Sie atmete tief ein, blickte aus dem Fenster. »Das ist die Wahrheit, Tenna Nameel. Meine Wahrheit. Eine Wahrheit … die nie aufhörte zu bluten.«

»Eine Misslungene Beschwörung … Mel, dein Vater … Ich glaube, wir sind ihm begegnet.«

Meleoidy horchte auf.

»In der Höhle der Verdammten. Wir wurden von einem Drachenwesen angegriffen und Annelya sagte, dass es deinen Namen wiederholt hat, dass es meinte, du wärst in Gefahr …«, erzählte Tenna und Meleoidy legte die Hand auf ihren Mund.

»Papa«, entschlüpfte es aus Meleoidys Mund, als sie in Tennas Umarmung sank. »Ist er gefangen?«

»Nein, daran glaube ich nicht, Mel«, tröstete er sie. »Daran glaube ich nicht …Vielleicht wollte er uns warnen, hat die Höhle als Schwellpunkt zwischen Jenseits und Leben genutzt.«

Mel atmete tief auf.

»Ich will nicht, dass er leidet.«

»Ist das möglich, solange seine Tochter so leidet?«, fragte er und schob sie sachte aus seiner Umarmung. Dieses Mal wischte er ihre Träne weg.

»Wieso? Wieso bist du nie zu mir gekommen? Ich hätte dir helfen können« Es klang nach Schuldgefühlen.

Meleoidy lächelte zögernd.

»Das bin ich. Der Blutzauber und die Schattenportale sind nicht die einzigen verbotenen Künste, die ich erlernte.«

»Mel, wovon sprichst du?«

Langsam hob Meleoidy ihre Finger und bewegte sie über Tennas Schläfen, ehe er leicht nach hinten zuckte.

Da. Ihre Blicke fingen sich ein weiteres Mal. Er ließ es zu und sie berührte ihn.

Eine Träne rann aus ihrem Auge, als der Zauber brach und Tennas Erinnerungen wie ein gellender Schrei zurückstürmten.

16 Jahre zuvor.

Die Kerze auf der Kommode brannte still. Meleoidys Spiegelbild war getaucht in den Schatten des dunklen Zimmers, in das sie durch den Spiegel tief hineinblickte. Weißer Stoff bedeckte ihre nackte Brust und durchsichtige Tränen ihre Wangen.

»So ein großes Herz, Nameel …«

Sie traute sich kaum, sich umzudrehen.

Er schlief und seine braunen Locken ruhten wie sein nackter Oberkörper auf den beigen Decken.

So sah Frieden aus, so fühlte er sich an. Sie beobachtete ihn, sog das ganze Bild auf, jeden Eindruck, jeden Millimeter seines Körpers, als wäre es das letzte Mal.

Ein Schritt und sie stand vom Hocker auf, zog den weißen Stoff um ihren Körper, eine dünne Decke, wie ein prächtiges Kleid über den Holzboden, bevor sie sich leise neben ihn legte. Noch schaute sie ihn an, träumte von den Lippen, die vorhin ihren Körper erkundeten.

Sie fuhr mit ihren Fingern lächelnd über sein Gesicht.

»Ich werde es nicht brechen«, flüsterte sie, als sich die Tränen häuften und sie nach seinen Schläfen griff.

»Perme te ne tek ve, san uv gen dun ajn.« Ein dunkler Ton erklang, kurz bevor sich Meleoidy und Tenna mit gleichem Tempo, mit gleichem Atemzug aufrichteten.

Er griff nach ihren Händen, schaute verwirrt in ihr verheultes Gesicht, doch er konnte sich nicht lösen. Schatten drangen in seinen Verstand.

»Mel!? Was tust du!?«

All ihre Worte, die Bilder letzter Nacht rasten durch seinen Geist.

Wir werden ihn vors oberste Gericht zerren und er wird dafür bezahlen.

Die Worte schwanden. Dafür nahmen Angst und Verwirrung ihren Platz ein.

»Mel!?«

»Vergib mir …«, heulte sie. »Perme te ne tek ve, san uv gen dun ajn.«

»Hör auf, Mel!«

Bilder von diesem Bett, von ihrem nackten Körper auf seinem, unzählige Nächte – verblasst. Wie Sternenstaub verflogen, im Nachthimmel verteilt, verabschiedete sich das Leuchten seiner so gehüteten Erinnerungen. Bilder von ihr, von ihrem Lachen. Von ihren Tränen und ihrer Furcht.

Ich liebe dich, Meleoidy Elim.

Und plötzlich war alles fort. Seine Augen rollten nach hinten und er schlief wieder ein, während sie ihr Heulen hinter ihren Händen verschluckte, während die Dunkelheit rauer und rauer wurde.

Heute. Pan De Sartum, Meleoidys Zimmer.

Ihre Blicke waren ineinander verfangen. Langsam nahm er ihre Hände von seinem Gesicht. Das Rot, in das er schaute, war einst grün gewesen, doch es löste das Gleiche in ihm aus. Hinter der Trauer, der Wut und der Verwirrung, ob mit oder ohne Erinnerung.

»Wieso?«, hauchte er. »Wieso?«

Meleoidy atmete mit nassen Augen aus und lehnte ihren Kopf trauernd zur Seite.

»Weil, Nameel … so verdorben und verrückt wie es sich anhören mag, es tausend Male einfacher ist, in Scham zu leben, als jemanden heranzulassen. Denn es gibt keinen Schmerz, der größer ist, egal wie weh sie dir getan haben, als den, der dich zweifeln lässt. Daran, dass es nicht deine Schuld war. Dass du es nicht verdient hättest. Jedes Mal, wenn dir jemand das Gefühl gibt, dass du angekommen wärst, dass du sicher wärst, wirst du daran erinnert, was dir angetan wurde, und ehe du dich versiehst, verfällst du dem Glauben, dass dich niemand ohne Ekel, ohne Mitleid anschauen könnte. Wenn du sprichst, läufst du Gefahr, dass dir niemand glaubt. Und das? Das zerreißt dich mehr als gierige Männer zwischen deinen Beinen.«

Tenna schüttelte entschlossen den Kopf.

»Ich glaube dir. Ich habe dir damals geglaubt und ich glaube dir heute.«

Meleoidy atmete schnell, rang nach Luft und schaute weg. Doch er griff vorsichtig nach ihrem Gesicht und drehte es wieder zu sich.

»Ich glaube dir.«

Stille.

»Und das Einzige, das ich gerade anschaue, ist nicht verdorben, nicht zu bemitleiden … es ist wunderschön. Dir wurde Unrecht zugefügt. Du warst ein Kind.«

»Aber ich war kein Kind, als ich Annelya den Katalysator um den Hals legte.«

Ja, das war Reue.

»Es steht mir nicht zu, dir dafür zu vergeben, Mel. Es steht mir zu, dir zu vertrauen, dass du das Richtige tun wirst«, flüsterte Tenna und löste seine Hände von ihrem Gesicht. Er schaute zur Tür, dann wieder zu ihr. »Danke, dass du mir vertraut hast. Von nun an werde ich dich in Ruhe lassen. Ich habe es dir versprochen …«, sagte er und stand langsam auf. Dieses Mal griff sie nach ihm.

»Tenna.«

Sie sah so anders aus. So wie damals, im Unterricht. Das Mädchen, das ihn fragte, wie er geschlafen hatte, so sah es aus.

»Kannst du bitte – bleiben?«

Mit einem schwachen Lächeln nickte er und atmete tief ein und aus, während er sie musterte, als ob er keinen Winkel ihres Gesichtes je wieder vergessen dürfte. Für ihn war es klar, keine Frage nötig, also gab es nur einen Schritt nach vorn, zurück zu ihr.

Meleoidy fiel sachte aufs Bett und er lehnte sich über sie. Ob rot oder grün, es war egal.

»Ja«, wisperte er. »Ich bleibe.«

XIX

DER KÖNIG LEBT

»Wir bedanken uns für deine Kooperation. Heil Aish-jatan.« Gion schaltete den Lichtprojektor auf dem runden, rostigen Stahltisch neben dem Thron aus. »Elim ...«, murmelte er, versunken in verzwickte Gedanken. »Pan De Sartum.«

Sein kühler Blick flog wie ein schwarzer Raubvogel durch den Königssaal. Es war alles anders, dunkel und ruhig. Hier herrschte einst Leben, das er nun ausgelöscht hatte. Bis auf leere Gänge in der Burg und getrocknetes Blut auf den Straßen gab es nichts mehr. Er hatte Sare zerstört. Oder wie er es nannte ... gereinigt.

Die Finsternis, die hier geboren war, sollte sich ausbreiten. Und seltsamerweise schien das Schicksal in jener Nacht erneut auf seiner Seite zu stehen, stützend, wie eine rechte Hand.

Gions Kühle wanderte geradeaus, als die Schatten die Luft vor den Stufen zum Thron zerrissen. Er beugte sich leicht vor, griff fest nach den Thronlehnen, während sich auf seiner Stirn tiefere Falten bildeten.

Uriel drang mit einem selbstbewussten Schritt und einem feu-rigen Lächeln aus den Schatten, fasste Fuß auf dem dunklen Mar-mor. Die Schatten quirlten um seine Beine wie feine Asche.

»Schattenportal?« Gion fing an, sich selbst zu inspizieren. Er suchte unter der rostgoldenen Armrüstung, untersuchte den Stoff seines Kragens.

»Ich habe dich nicht markiert«, keckerte Uriel, übers ganze Gesicht lachend, als würde er ein besonderes Geheimnis hinter seinen messerscharfen Zähnen wahren. Sein starrer Gesichtsausdruck grenzte an Wahnsinn. »Die Regeln der Schatten kennen keine Grenzen …«

Gion schoss nach vorn. War es tatsächlich möglich? Konnte es das sein? Fest griff er um die Lehnen, stand fast vom Thron auf. »Ist das …«

Die Schatten um Uriels Hand schufen ihr finsteres Werk. Sie ringelten sich um seinen Arm und stürmten zwischen seine Finger, bis sie eine feste Form annahmen.

»Das Buch der Schatten«, staunte Gion mit glänzenden Augen.

»Alter Freund. Du hast nicht die leiseste Ahnung, welch Größe uns erwartet. Die Beschwörung, N'Artem …« Uriel war Feuer und Flamme, strahlte Gion förmlich mit glänzender Dunkelheit an. »Sie war nur der Anfang. Ein Einblick, ein klitzekleiner Teil einer unglaublichen Wahrheit, die hier verborgen steht«, fuhr er fort und Gion versank im gleichen Feuer, ließ sich vom gleichen Staunen leiten.

»Niemand kann es aufhalten«, versicherte Uriel. »Niemand.«

Pan De Sartum.

Er öffnete seine Augen und schloss sie mit verzogenem Gesicht schnell wieder, denn das Sonnenlicht, das durch die Fenster auf sein Gesicht strahlte, war zu hell.

Gähnend rollte er sich zur Seite, bevor ein Lächeln auf sein Gesicht trat. »Mel …«

Die leere Bettseite neben ihm schlug still in seinen Magen. Das Zimmer wirkte zwar im Tageslicht noch größer und luxuriöser, leer fühlte es sich aber trotzdem an. Tenna schaute ausgestreckt über die Bettkante auf den Teppichboden. Die Kleidung, die Meleoidy gestern dort abgelegt hatte, war fort.

Seufzend rollte er sich wieder zu seiner Bettseite und ließ die Arme entspannt fallen. Ein tiefer Atemzug und seine Augen waren komplett offen. Sie hatten sich an das Sonnenlicht gewöhnt, anders als seine Gedanken, die mal zur gestrigen Nacht wanderten und mal die mit Ornamentmustern erbaute Decke bewunderten.

»Mögest du Frieden finden, Meleoidy Elim …«

»Und Angriff!«, befahl der bärtige, durchtrainierte Mann in der silbernen Plattenrüstung.

Alle Jünglinge folgten seinem Befehl und stießen mit ihren Schwertern spitz und stramm nach vorn. Ihre Kampfrufe erklangen genauso synchron wie ihre Hiebe.

Obwohl der große, runde Trainingsraum mit dem gelben Marmorboden und den glasklaren Fenstern riesig war, wirkte er durch die etwa fünfzig Schüler etwas kleiner.

Annelya lugte hinter dem silberverzierten Torrahmen in den Trainingsraum hinein.

Da. Er lächelte sie an und sie tat es auch, bevor ihr Blick in purer, amüsierter Verwirrung auf die Wände des Trainingsraumes fiel. War das Wasser? In den sechs Rillen, die sich rundherum an den Wänden befanden? Es floss vom goldenen Dach in die Rillen hinein und fand wie ein kleiner Fluss seinen Weg unter die schimmernde Marmorschicht des Bodens, wo es sich ansammelte.

»Sehr gut, Jungs! Genug für heute!«

Kaum hatte der Ausbilder seinen Satz zu Ende formuliert, schon entfachten die pubertierenden Männerstimmen wie auf Kommando.

»Mach so weiter und du darfst bald gegen mich antreten!«, schmatzte ein blonder junger Soldat, mit einem Stück Brot im Mund, der Kaiden auf die Schulter klopfte.

»Hast du das in deiner Hose versteckt oder kannst du zaubern, Lyrian?« Kaiden sah das Stück Brot in Lyrians Hand.

»Gibt einiges, was ich so kann, Kleiner«, gab Lyrian bekannt und verwuschelte Kaidens Haar auf dem Weg nach draußen.

Kaidens Lachen steckte Annelya an, die sich der Männermasse sicher näherte. Sie sah nur Kaiden an.

»So klein bist du doch gar nicht …«

»Na, wenn man so wie er zwei Meter groß ist, ist alles andere wohl ziemlich klein, nicht?« Kaiden schmunzelte und griff nach seiner Ledertasche. »Gut geschlafen?«

Annelya nickte lächelnd, doch das, was sich in ihrem Kopf abspielte, schien ihm nicht zu entgehen.

»Lügen ist nicht deine Stärke, Prinzessin.«

Fassungslos legte Annelya ihren Kopf zur Seite und sah mit gehobenem Kinn auf Kaiden herab, obwohl er mehr als einen ganzen Kopf größer war.

»Wie kannst du es wagen? Unterstellst du deiner Prinzessin, dass sie unehrlich sei, Soldat?«

Kaiden schreckte auf. »*Meiner* Prinzessin?«

Annelyas Schauspiel verwandelte sich ganz schnell in rote, nervöse Wangen. »Du – du weißt, wie ich das meinte, ich –«

Plötzlich wurden alle unterbrochen.

»Feuervogelwanderung!«, gab der braunhaarige Junge bekannt, dessen Kopf in den Trainingsraum hineinschaute.

Ehe Annelya seine Worte registrieren konnte, stürmten alle Jünglinge schubsend und rennend nach außen.

»Was zum …!«, rief Annelya, in jede Richtung stolpernd, während sie versuchte, der rasenden Herde auszuweichen.

»Das musst du sehen!«, entschied Kaiden und griff nach ihrer Hand, als er auch zu rennen begann.

»Was – was ist denn looooos!?«

»Kaiden, warum drehen denn alle so durch?«, fragte Annelya, Kaidens schnellen Schritten durch die Palastgänge hinterhertrampelnd. Die Gänge wurden voller und voller. Palastbewohner stürmten aus ihren Zimmern, rannten die Stufen der Stockwerke hastig herunter, als ob sie es auf gar keinen Fall verpassen dürften. Was nach Panik aussah, war pure Freude, echtes Staunen.

Dann schaute Annelya nach draußen. Der Himmel war in einen tieforangenen, glühenden Schleier getaucht. »Was …«

»Komm!« Kaiden zog fester an ihrer Hand und beide stürmten samt der Masse aus dem Palastausgang in die Stadt hinein, bevor sie nach mehreren großen Schritten stehen blieben.

Ein einziger Blick reichte und Annelya war gefesselt von dem Schauspiel, das sich über dem Pan De Sartum zeigte.

»Sind das Feuervögel!?«, staunte sie. »Das müssen Hunderte sein!«

»Sind es auch! Zum Ende des Sommers hin verlassen sie die Stadt und ziehen in den Westen. Sie formieren sich in Schwärmen, was das hier erzeugt«, erklärte Kaiden mit ausgestrecktem Finger auf den feurigen Schleier zeigend, den jeder Feuervogel mit seinem Schweif und seinen Flügeln verteilte. Sie flogen parallel zueinander, stiegen immer höher empor, kreuz und quer.

»Chumbawa!«, hörte Annelya Yuvelee rufen, als sie zu den Straßen mit den schicken, kleinen Häusern links von ihr schaute. Chumbawa eilte über den glatten Steinboden, ohne auch nur eine einzige Fuge zu berühren. Er landete ausschließlich auf den Steinplatten, als ob er die kleinen Pflanzen und die Erde zwischen ihnen nicht verletzen wollen würde.

Yuvelee hingegen … war etwas ungeschickter.

»Annelya!«, rief sie winkend und griff gezielt nach Chumbawa. »Hab dich!«

Mal schaute Annelya auf Yuvelee und Chumbawa, mal nach oben.

»Es dauert nie lange an«, informierte Yuvelee sie, mit Chumbawa in ihrer festen Umarmung, als auch sie nach oben schaute. Soldaten, Kinder, Männer und Frauen, ob vor ihren Häusern, auf dem Markt, ob Palast- oder Stadtbewohner, alle teilten das gleiche Staunen. Gelächter und Rufe, ausgestreckte Finger und staunende Augen, die alle das Funkenspiel der Feuervögel bewunderten.

»Schau, schau!« Yuvelee zeigte hüpfend nach oben.

Die Feuervögel hatten sich formiert. Sie bildeten ein gigantisches Dreieck mit den stärksten und schnellsten Vögeln ganz vorne und den kleineren weiter hinten. Alle flogen im gleichen Rhythmus und in ähnlichem Tempo in die gleiche Richtung.

Wie ein unendlicher Umhang sah das Feuer aus, das die Vögel über den Himmel zogen und hinter sich wieder sterben ließen. Es sah nicht nur warm aus, es fühlte sich auch so an. Funken sprühten, wanderten durch die Luft, während ihr Feuerschleier weiter über den Himmel stieg.

Langsam drang das Licht der Sonne wieder hindurch und Orange wurde schleichend wieder zu Blau und Weiß.

»Woah, es sieht so aus, als ob sie an einer Tischdecke ziehen würden«, staunte Yuvelee.

Annelya nickte. Sie musste von den kräftigen Farben, die wie ein Pinselstrich über den Himmel streiften, hypnotisiert gewesen sein. Wer wäre es nicht? »Wahnsinn …«

Die Stimmen wurden leiser, denn das kurze Spektakel endete nun. Manche trauerten den Vögeln mit glänzenden Augen hinterher, andere widmeten sich wieder ihrem Alltag.

»Hey, ich will dir etwas zeigen!«, rief Yuvelee und zog an Annelyas weißem Ärmel.

Annelya strich sich eine Locke vom Gesicht. »Was denn?«

»Ist eine Überraschung.« Yuvelees Zöpfe schaukelten mit ihren verspielten Schritten. Sie biss sich auf die Lippe, um bloß nichts zu verraten, während sie Chumbawa liebevoll quetschte. Seine hellen, tiefen Töne klangen hilfesuchend.

»Komm in einer halben Stunde zum Untergrund. Ich gehe Chumbawa füttern und dann zeige ich es dir!«

»Sag mal?« Annelya brachte ihr Gesicht ganz nah an Yuvelees. Mit gerunzelter Stirn und Nase untersuchte Annelya das Grinsen. »Ist dir ein Zahn ausgefallen!?«

Yuvelee kicherte fröhlich, lachend und hüpfend, als sie davoneilte. »Halbe Stunde!«

Annelya sah nur noch zwei rote, hüpfende Zöpfe und einen hilflosen Chumbawa über Yuvelees Schulter lugen.

»Schätze, ich habe eine Verabredung«, verkündete Annelya belustigt.

»Kannst du Gedanken lesen?« Warum klang Kaiden so spöttisch? Hatte sie etwas nicht verstanden?

»Yuvelee – sie … wie meinst du das?«

Annelya war sich nun sicher. Das Silber in Kaidens Augen kann nur von Saretum selbst gegossen worden sein, er wollte es nur nicht zugeben. Es sah wie für das Pan De Sartum geschaffen aus, so wie das Silber hier tatsächlich aussah. Hätte er sie noch etwas länger ohne zu sprechen angeschaut, hätte sich ihn wohl zur Rede stellen müssen.

»Nein, ich meinte uns.«

»Uns?«, quietschte Annelya und Kaiden nickte.

Sein Lächeln war ganz fein, unauffällig. Anders als das Strahlen in seinen Augen.

Annelya war eindeutig noch verwirrt, denn sie warf immer wieder ein Auge dorthin, wo Yuvelee bereits verschwunden war.

»Uns, eh – also, *uns* uns?«, stotterte sie.

Kaidens Lächeln war nicht mehr unauffällig, stattdessen explodierte es zu einem herzlichen Gelächter.

»Jaa, Annelya, du und ich, heute Abend, nach dem Unterricht. Bevor ich in die Elite rekrutiert wurde, habe ich da draußen gewohnt.«

Annelya folgte Kaidens Finger. Zeigte er zwischen die großen, dichten Bäume am anderen Ende der Gasse oder zu der kleinen Häusersiedlung etwas weiter rechts unter den Treppen, die zu einer tieferen Ebene der Stadt führten?

»Da, da«, korrigierte Kaiden sie, indem er vorsichtig ihr Kinn anfasste und ihren Blick in die richtige Richtung lenkte. Es war die kleine Siedlung rechts, abgegrenzt vom Herzen der Stadt.

»Shibukos Nudelsuppe, Saretum!« Kaiden tropfte das Wasser aus seinem Mund. »Da war ich fast jeden Abend mit den Jungs vom Klingentanztraining essen, das musst du probiert haben!«

»Aha, *wirklich* so lecker?«, witzelte Annelya, bevor sie wieder schüchtern zu werden schien. Ihr schwacher Blick, der immer wieder von Kaiden wich, verriet sie. Doch er sprang vor sie, ließ ihr keine Chance.

»Unglaublich lecker! Das Leckerste, was du je gegessen hast!« Seine Worte waren so voller Überzeugung, dass sie wohl auch den größten Zweifler hätten überreden können, Shibukos Nudelsuppe zu probieren. »Und die Stadt muss man sowieso gesehen haben, also, klingt nach einem satten Gewinn!«

Annelya betrachtete für eine kurze Weile die Stadt, ohne zu sprechen. Sie verweilte mit ihren Gedanken am Ort, den Kaiden zeigte, bis sie zustimmend nickte.

»Ja, ja, wieso nicht. Wird bestimmt spaßig.«

Kaidens brennende Freude war kaum noch zu übersehen. Er sah aus, als ob er sich mit aller Macht beherrschen würde, um nicht in die Luft zu springen.

»Perfekt! Ja! Gut, dann, triff mich hier, genau hier, bei Sonnenuntergang!«

»Sonnenuntergang, genau hier«, wiederholte Annelya und stampfte spielerisch mit ihrem Fuß auf den Boden. »Klingt nach einem Plan, Soldat. Aber nun sollte ich mich mal auf den Weg machen. Ich glaube, Yuvelee sollte man nicht warten lassen. »Kurz sammelte sie ihre Gedanken, runzelte die Stirn. »Sag mal, hast du Surnei gesehen?«

»Surnei? Hmm …« Kaiden strengte sich offensichtlich an. »Das letzte Mal habe ich ihn gestern mit Jah… Jarh–«

»Jango!«, schoss es aus Annelya und Kaiden hob den Finger.

»Mein ich doch, Jango! Aber nein, tut mir leid, ich habe keine Ahnung, wo er ist. Oder wo er sein könnte … Ich kann dir suchen helfen?« Kaidens Schmunzeln verflog, Begeisterung trat an dessen Stelle.

»Nein, schon gut, du solltest zum Unterricht. Ich finde ihn schon.« Annelya war bereits losgelaufen. Sie stoppte mit einem Schritt vor dem Eingang des Palastes, als sie nach oben blickte und die Arme ausstreckte. »Es ist ja nicht ganz so groß, da kann man sich bestimmt nicht drin verirren!«, spottete sie und grinste über ihre Schulter.

Kaiden rollte fröhlich mit seinen Augen. »Nun gut. Dann sehen wir uns bei Sonnenuntergang, Prinzessin.« Er streckte die Brust heraus, hob sein Kinn. »Bitte bring eine Menge Hunger mit!«, sprach er ernst und salutierte ihr auf Wiedersehen, bevor er als erster im Palast verschwand.

Ein gellender Schrei folgte Surneis Schwerthieb. Die Klinge blieb im zersplitterten Hals der hölzernen Trainingspuppe stecken, ehe er sie mit rasender Wut herauszog und die Holzsplitter in der Luft verteilte.

Noch ein Hieb. Bauch, Brust, Hals. Er schrie und schrie und schrie und mit jedem Schrei wurden seine Hiebe mächtiger, brachen die Puppe Stück für Stück auseinander. Erneut blieb das Schwert stecken und er ließ los.

Der Geschmack von Jangos Lippen lag immer noch auf seinen. Er hatte sich eingenistet wie ein Parasit, der Surneis Wunden ohne Gnade aufriss.

Bilder von warmen Lichtern und noch wärmeren Augen wurden schnell zu Blitzgedanken von goldenen Tempeln und raschelnden Palmblättern. Er spürte Jangos Finger auf seiner Brust und schlug noch einmal mit der Schwertspitze in die Brust der Puppe, bevor er brüllend, mit tosendem Ausdruck und aufgerissenen Augen einen Schritt zurückfiel.

Sein Geist reiste weiter zurück.

Mama ist tot, hörte er Annelya sprechen, während er ihr aus dem Ozean half.

Schreiend presste er sich seine Hand gegen den Kopf, als die ersten kleinen Blitze zwischen seinen Fingern entfachten.

»Nein«, wisperte er und griff schwungvoll nach dem Schwert, zog es heraus. In nur einer rasend schnellen Umdrehung schlug er den Kopf der Puppe ab.

Konhama. Konhama, schallte es in seinem Verstand.

»Nein, nein!« Noch ein Hieb.

Die Stimmen wurden lauter, lauter, die Bilder intensiver, bis er seine eigenen Rufe nicht mehr hören konnte und die Blitze immer wilder um sich schlugen. Sie griffen nach dem Boden und nach der Luft um ihn, wanderten seinen ganzen Körper auf und ab, als der *weitentfernte Babyschrei* jedes andere Bild zerbrach. *Er sah einen Himmel voller Blitze und Hände voller Blut.*

Paladijhen, hörte er die Stimme in seinem Ohr flüstern, als er seine glühend roten Augen aufriss. Oh, der Tag, er war in kreischendes Blau getaucht, die Blitze, lodernd und laut.

»Es reicht!«, brüllte Surnei und brach durch das Echo des Trainingsraumes. Die Blitze glühten auf, folgten seinem Kommando, rissen wie gewaltige Krallen den Boden auseinander und schlugen in einer grellblauen Explosion alles nieder.

Verschwitzt trat er einen Schritt zurück – das Lichterspiel war vorbei.

»Was im heiligen Namen Saretums«, flüsterte Daneel, der knapp vor dem Eingang des Raumes wie angewurzelt stehen geblieben war. Hinter ihm eine Gruppe von sprachlosen Schülern. Ein Glück, dass sie noch nicht eingetreten waren.

Surneis Blinzeln wurde schneller, während sein tiefer Atem langsamer wurde. Hatte *er* das angerichtet!?

Verwundert schaute er sich um, drehte sich vorsichtig um seine eigene Achse. Wut schwand, Verwirrung und Schock nahmen ihren Platz ein.

Er sah die abgetrennten Holzköpfe, es müssen zwanzig gewesen sein. Die anderen zehn Puppen waren nicht mehr zu erkennen, in Asche verwandelt. Manche Holzbeine und Arme lagen dampfend dort, verteilt im ganzen demolierten Trainingsraum. Manche Wände bröckelten immer noch.

»Los, ab zum Unterricht«, befahl Daneel ohne sich umzudrehen.

»Aber, Sir –«

»Verschwindet!«, fuhr Daneel sie an und die Schüler und Schülerinnen befolgten seinen Befehl.

Zum ersten Mal schaute Surnei in Daneels Richtung. Die Angst auf seinem Gesicht war kaum zu übersehen.

»Es tut mir leid, ich weiß nicht, wie –«

Daneels erhobene Hand schnitt ihm das Wort ab. Er trat näher, schien viel weniger Angst zu empfinden als Surnei. Vielleicht war er auch nur tatsächlich gut darin, vorzutäuschen. Daneel schaute mit jedem Schritt in eine neue Richtung.

Die Ketten auf dem dunkelblauen Gewand schlugen gegen seine Waden und erzeugten schrille Töne.

»Surnei Elim!«, rief er, als er mit glänzenden Augen vor Surnei stehen blieb.

Surnei schluckte fest. Sollte er seinen Blick erwidern oder weiter auf die abgetrennten Köpfe starren?

Daneels Mund war offen, doch er sprach nicht. Stattdessen zeigte er stolz um sich.

»Du hast gerade mit nur einem Hieb dreißig Männer eliminiert.«

Surneis blinzelte konfus. »Ich weiß, es – es tut mir leid«, wollte er sagen, als Daneel ihn stoppte.

»Dir leidtun? Surnei, das ist gut. Das ist hervorragend. Das ist Macht!«

»Ich habe die Kontrolle verloren, ich habe die Blitze nicht bewusst beschworen. Es hätte jemanden treffen können.«

Surneis Sorge entlockte Daneel nichts weiter als ein spöttisches Stöhnen.

»Hätte? Es *hat* welche getroffen, ein Glück, dass sie aus Holz und nicht aus Fleisch waren!« Daneels Hand landete auf Surneis Schulter, Surneis Blick auch. »Junge, solch eine Macht muss man kontrollieren lernen, das ist wahr. Wird sie nicht gebändigt, kann sie dir alles nehmen, was dir lieb ist. Aber wird sie verstanden, wird sie bewusst genutzt und gelenkt, ist sie deine effektivste Waffe und dein robustestes Schild.« Surnei war der Lar, doch Daneel durchdrang ihn, als sei er es, der in fremde Köpfe blicken konnte. Er runzelte die Stirn und schnaufte mit der Nase. »Dein Problem ist kein praktisches, nicht? Ich kenne deine Noten und die Berichte deiner Ausbilder von Sare. Aber was dir niemand beigebracht hat, ist, wie man mit dem, was auch immer da vor sich geht, umgeht.« Er zeigte auf Surneis Brust, zielte auf sein Herz.

Ertappt. Surneis Blicke wichen ihm aus und sein Ausdruck zeugte von Nervosität.

»Ich habe meine Mutter verloren …«

»Ach, hör mir auf! *Das!?*« Daneel zeigte noch einmal um sich. »Das ist Wut, die länger als ein paar Tage in dir haust, Junge. Du musst damit umgehen lernen, bevor sie dich konsumiert.«

Surnei sah nicht mehr weg. Nun hing er an Daneels Lippen.

»W-wie?«, räusperte er sich. »Wie … mache ich das?«

Daneel musterte den jungen Lar. Seine Hand lag immer noch auf seiner Schulter.

»Indem du ehrlich zu dir selbst bist. Egal, wie hässlich es ist, egal, wie schwer die Wahrheit ist, oder wie verboten das Verlangen, du musst ehrlich sein.« Der Griff um Surneis Schulter war mittlerweile ein ausgestreckter Finger vor seinem Gesicht. »Du musst nicht zu den anderen ehrlich sein. Einen Mist kannst du auf sie geben. Belüg sie, so viel dein Herz begehrt. Ich tue es auch. Aber – dich selbst ...« Daneel drang so nah vor Surneis Gesicht, dass Surnei seinen eigenen Atem schon mit Daneels verwechselte. »Niemals dich selbst«, zischte er. »Niemals.« Tief ausatmend gab Daneel ihm wieder Raum und trat einen Schritt zurück, während er sich wieder umschaute. »Unter normalen Umständen würde ich dich dazu verdonnern, diesen Boden jetzt mit deiner Zunge sauberzulecken, aber wir brauchen dich und dieses Köpfchen ausgeruht, während Tenna Nameel an der magischen Maschine arbeitet, die N'Artem in den Hintern treten wird.«

»Wie weit ist er eigentlich?« Ob Surnei das Thema wechseln wollte? Dafür hörten sich jene abrupten Worte jedoch zu ehrlich an.

»Lass das nicht deine Sorge sein. Du gehst jetzt zur Palasttherme und nimmst ein dampfendes Bad«, murmelte Daneel, bereit sich umzudrehen.

»Nein, schon gut, ich –«

»Das war ein Befehl, Soldat.«

Sie starrten sich lange an, doch Daneel gewann.

Schwer schluckend nickte Surnei. »Ja, verstanden. Therme. Dampfend ...«

»Aha.« Daneel fuhr sich über die Lippe. »Mal schauen, wer sich im Unterricht nicht so ganz benommen hat, diese Woche. Irgendjemand wird das sauberlecken müssen.«

Annelya spazierte durch den Untergrund. Heute schienen die jüngeren Kinder keinen Unterricht zu haben, denn die Bänke waren leer. Yuvelee und sie hatten zwar keinen Treffpunkt ausgemacht, das war jedoch der logische Ort, um auf sie zu warten. Schließlich hatten sie sich hier kennengelernt.

In sechs Wochen war der Sommer zu Ende, was sich an der Intensität der Plasmalichter deutlich bemerkbar machte, denn der Untergrund wirkte etwas dunkler als gestern. Sobald der Sommer sich dem Ende näherte, wurde die Energie der Plasmalichter heruntergefahren. Es war schon schwer genug, ausreichend Sonnenenergie von der Oberfläche des Palastes hierherzuleiten. Deshalb hatte das Pan De Sartum so unglaublich viele und große Fenster und Wasserböden, wie im Trainingsraum. Alles, um mehr Sonne zu sammeln, zu intensivieren und für den Winter zu speichern. Doch auch die Dunkelheit des Winters hatte hier ihren Zauber.

Ich konnte es mir nur vorstellen. Ich schaute hinauf zum funkelnden Mosaik und betrachtete ihn, Saretum. Die Statuen neben dem Podest fühlten sich kühl, weich an. Es kribbelte in meinen Fingern, wie eine Melodie, die unter meiner Haut summte. So viel Ruhe. So viel Luxus, Licht und Farbe, dass ich alles zu vergessen schien. Hier gab es keinen Platz für Dunkelheit oder Furcht. Ich wünschte, ich hätte für immer dortbleiben können.

»Annelya!« Das war Yuvelees Stimme. Ich hörte sie und … ein neuer Wunsch machte sich in mir breit.

»Du bist gekommen!«, jubelte Yuvelee. Das Mädchen sah so fröhlich wie immer aus, doch eine Sache war entscheidend anders.

»Hey, du trägst ja keine Zöpfe!« Annelya lachte und sank instinktiv nach unten, als Yuvelee in ihre Umarmung sprang und sie fest drückte, bevor sie zurücktrat und in einer schnellen Drehung ihr lavendelfarbenes Kleid präsentierte.

Saretum, so sah wahrer Stolz aus … dieses Lächeln, dieses Funkeln. Yuvelee musste dem Feuerelement angehören, es ging nicht anders, denn es war eben Feuer, das sie ausstrahlte. Ihr Herz, ihr Lächeln, ihre Augen und dieses rote, flammende Haar.

»Boah, schau dich an!«, staunte Annelya und strich sanft über Yuvelees Wellen.

»Ja, ich habe schon mal geübt, für meinen Auftritt.« Die Kleine grinste ganz breit und stellte ein Bein hinter das andere, während sie mit ihren kleinen Fingern nach ihrem Kleidchen griff und sich verbeugte. Dann hob sie den Finger, ganz elegant, ganz grazil hoch hinaus und blickte nach oben. Ihre Zehenspitzen stützten ihren Körper, als sie sich zur Seite bog und eine atemberaubende Position einnahm.

Klatschen, Jubel: Annelya gab sich extra viel Mühe. »Du nimmst diesen Auftritt ja wirklich ernst.«

»Aber sicher! Ich wollte, schon seit ich klein war, auf der Bühne stehen!«

Yuvelee zauberte Annelya ein Lachen hinter ihre Hand.

»Seitdem du klein warst also …«

»Komm! Das Kleid ist nicht das, was ich dir zeigen möchte!« Schon im Lauf schnappte Yuvelee nach Annelyas Hand.

»Schon gut, schon gut, ich komm ja schon!«

Vielleicht musste sie sich daran gewöhnen, durch die Gänge gezerrt zu werden.

Nach einigen Abzweigungen und ganz viel Gelächter stoppten die beiden vor einem großen goldenen Tor.

Yuvelees kleine Hände schossen neben ihr Gesicht.

»Bist du bereit?«, fragte sie mit riesigen Augen.

Annelya schaute auf die eingravierten Flügelmuster auf der altgoldenen Oberfläche der Tore.

»Ich denke schon?«, hauchte sie und Yuvelee drückte mit kräftigem Stöhnen und Seufzen die Tore auf.

Annelyas Aufmerksamkeit wanderte direkt nach vorne, als das

dunkelblaue Plasmalicht des großen, nicht möblierten Raumes auf sie traf. Sachte Schritte und leicht ausgestreckte Finger. Sie lief hinein, während Verwunderung ihr Gesicht einnahm.

»Was ... ist das?« Sie sah die riesige Glaswand, hinter der sich ein ganzes Ökosystem zu befinden schien. Bäume, Pflanzen, Wasserstellen und sogar Schimmerlinge fanden ihren Weg hinein und aus den Dachkanälen des Palastes wieder heraus.

»Das ist der König!«, verkündete Yuvelee mit ausgestreckter Hand. Still fand auch ihr Feuer Ruhe. Geräuschlos tapste sie nach vorn und griff nach Annelyas Hand.

Annelya spürte ihre kleinen Finger und schickte ein Lächeln nach unten, bevor die beiden wieder hinters Glas blickten. Sie traten näher und näher. Schimmer, er wanderte hinter und vor das Glas, fiel wie eine Feder auf Annelyas helle Wangen und verblasste wieder.

»Yuvelee ...«, flüsterte Annelya, als Yuvelee mit ihrer Fingerkuppe zwei Mal gegen das Glas tippte.

»Schaaaaaaau«, wisperte sie, verloren im Anblick dessen, in das sich auch Annelya verlieren sollte.

Ein lauter Stampfer und alle Blätter raschelten. Die Schimmerlinge flogen hinfort, verstreuten ihren Schimmer über das blaue, mächtige Fell über den roten Federn.

»Heilige Schöpfung ...« Annelyas Gesichtsausdruck, ihre Mimik, kein Wort der Welt hätte diese Emotionen beschreiben können, die sich hier abspielten.

Noch ein Schritt und alles bebte. Sein gelblicher Greiffuß stieß tief in den Boden, während sein Fell die Bäume entlangstreifte. Er wirkte genauso neugierig und näherte sich langsam den beiden staunenden Gesichtern mit den weit offenen Mündern.

»Das ist ein –«, wollte Annelya sprechen, als sie und Yuvelee voller Respekt einen Schritt nach hinten traten und das blaue Licht brachen.

Sein Ruf, ein majestätischer Klang, der den ganzen Untergrund erfüllte. Langsam senkte er seinen Kopf und offenbarte die rotglänzenden Federn, die sich wie eine Königsmähne über seinen Hals legten. Bernsteingoldene Augen glänzten tief wie das Wunder der Schöpfung selbst. Noch ein Schritt und es bebte erneut, bis er knapp hinter der Scheibe stehen blieb. Sein Kopf war drei Mal so groß wie Annelya und Yuvelee zusammen.

»Ein Königsares.« Annelya glaubte ihren eigenen Worten nicht. »Wie!?«, schoss es aus ihr heraus, so wie ihr Blick auf Yuvelee schoss.

»Man fand ihn, als er klein und verletzt war, und behielt ihn eigentlich nur bis zur Genesung. Damals hatten sich die roten Federn aber noch nicht gebildet, also wusste man nicht, dass man es mit *so* einem Ares zu tun hat. Ja und dann ... ist er halt geblieben. Es wäre unmöglich, ihn rauszubringen, ohne ihn und die Bürger in Gefahr zu bringen«, erklärte Yuvelee. »Lernen alle Kinder im Geschichtsunterricht!«

»Du bist ...« Annelya trat wieder näher, langsam, beobachtend und bewundernd, näher ins Licht, in den Schimmer hinein.

Sein Kopf und ihre Hand, nur von einer kräftigen Glasscheibe getrennt, auf die sie ihre Handfläche legte. Blick an Blick, golden und blau. In seinen Augen lag Ruhe und in ihren Mitleid.

»Ein solches Wesen kann man nicht gefangen halten.«

Annelyas Hand rutschte langsam herunter, als der Atem des Ares die Glasscheibe für einen kurzen Augenblick beschlug.

»Es ist schade, aber es ist die einzige Lösung. Und der Raum wird immer wieder ausgebaut und verbessert mit mehr Pflanzen, Tieren und Schimmerlingen!«, sagte Yuvelee wieder etwas feuriger. Erst dann bemerkte sie Annelyas aufkommende Tränen.

»Was ist denn? Ihm geht es gut! Versprochen, ich besuche ihn jeden Tag mit Chumbawa!«

»Nein – das – das ist es nicht ...« Annelya wischte sich unter die Augen, als das Spiegelbild vor ihr langsam deutlicher wurde. Sie guckte auf sich selbst, zwischen dem Ares und dem Glas, nachdem der Ares sanft mit seinem Schnabel gegen die Scheibe schlug und sich mit einem heftigen Ruck auf den Bauch legte. Sogar sein Ausatmen klang wie ein lautes Jaulen.

»Meine Mutter …«

»Königin Annabel«, schmunzelte Yuvelee.

»Sie hatte einen –«

»Einen Königsares!?«

»Sie hatte einen getötet, auf dem Weg zum Berg von Sare, als die Energie in ihr versiegelt wurde«, erzählte Annelya und schnappte still nach Luft.

»Oh« Yuvelee blickte auf den Königsares. Mit der einen Hand hielt sie noch Annelyas fest, die andere legte sie auf die Scheibe.

»Die Energie, die damals manipuliert wurde, ich frage mich, ob dieses Geschöpf etwas davon wusste. Ob es diese Welt – beschützen wollte«, grübelte Annelya laut. Sie tauchte immer tiefer in Gedanken. Das Licht fühlte sich gedämmter an.

»Vor Gion N'Artem?« Yuvelees trauriger Blick ruhte auf Annelya.

»Ja.« Annelyas knappes Lächeln war von Schmerz gezeichnet.

»Wie kann man so etwas tun? Was in Sare passiert ist, ist schrecklich. Weißt du, sie wollten alle leben«, klagte Yuvelee, während Annelya sie ansah. Yuvelee musterte den ruhigen Königsares. »Diese Kinder hatten Träume so wie ich. Und Gion hat sie alle zerstört.«

»Ja, Yuvelee. Das hat er. Und dafür wird er büßen.«

Annelyas Augen glänzten feuchter.

»Wirst du ihm wehtun, Annelya?«

Annelya schwieg.

»Weißt du, die Kinder vom Palast, die mich hänseln … manchmal möchte ich ihnen ins Gesicht schlagen, aber eigentlich möchte ich, dass es einfach aufhört.« Die Faust, die sie geformt hatte, öffnete sich wieder. »Sir Daneel wird Gion aufhalten und dann können Chumbawa und ich uns um die Kinder und Familien kümmern! Ich möchte Essen und Trinken verteilen. Wir haben hier genug.«

Annelyas schmerzerfülltes Ächzen wich wie eine bittersüße Melodie aus ihrer Lunge. Durch ihre nassen Augen sahen Yuvelees noch glänzender, noch tapferer aus.

»Hey! Mach dir keine Sorgen, Annelya. Bald ist alles wieder beim Alten. Wenn du willst, kannst du später Chumbawa kuscheln, das hilft mir immer, wenn ich weinen muss!«

Annelyas Lächeln fing manche ihrer Tränen, als sie tief die Nase hochzog und Yuvelees Hand fester drückte. »Weißt du was?«

»Hm?«, fragte Yuvelee und drückte ihre Nase gegen die Glasscheibe.

»Die Kinder, die dich hänseln?«

»Mhm?«

»Ich möchte ihnen auch ins Gesicht schlagen.«

Lachen raubte Tränen und die Schwere, sie zerfiel wieder im blauen Licht, so wie im Anblick seines blauen Fells.

Es herrschte – Ruhe.

XX

WAS ZUSAMMENGEHÖRT, BLEIBT ZUSAMMEN

Tennas ganze Konzentration stach wie eine Nadel in den klitzekleinen Schlitz zwischen den zwei flachen Eisenstücken, die die Kugel zusammenhielten.

Fokussiert zielte er mit dem dünnen Kupferdraht auf den Schlitz, bevor Seraphines Ruf ihm jegliche Vorsicht raubte.

»Snow!«, rief sie laut, als sie den Gang entlangeilte.

Kupferdraht und Kugel, beides fiel auf den Tisch, zersprang wieder in hundert kleine Teile.

»Verfluchter Mist!« Er stieß sich vom Tisch zurück. »Snow?«

Einen kurzen Moment dauerte es, bis er Seraphines Ruf verarbeitet hatte. »Snow! Was?«

Er raste samt seiner Gedanken zum Ausgang, weit hinter Seraphine, die schon den Hauptsaal erreicht hatte. Sie steuerte auf Daneel zu, der mit drei Soldaten aus der Ferne schimpfte. Tenna konnte nicht genau erkennen, was geschah, denn der Gang versperrte ihm noch die Sicht.

»Ein Weib, das sich in eine verdammte Bestie verwandelt, was habt ihr daran nicht verstanden, ihr unqualifizierten Hohlköpfe!?«, zischte Daneel die drei eingeschüchterten Soldaten mit den silbernen Speeren an, als Seraphine das Tempo verlangsamte. Er schaute zurück, sah sie an.

320

»Ist er da?«, hauchte sie.

»Nun, anscheinend darf jetzt jeder uneingeladen diese Mauern betreten!«, fluchte Daneel.

»Aber Sir, es ist Snow Ivahem, er hat Autorisierung über –«, begann der Soldat, ehe Daneel ihn brüllend unterbrach:

»Er hat einen verfluchten Drachen dabei!«

Tenna erreichte den Hauptsaal, doch bevor er sich zu Seraphine und Daneel stellen konnte, wanderte seine Aufmerksamkeit zu einem der anderen Palastgänge, aus dem das Rot hervordrang, das sein Herz einmal schneller schlagen ließ. »Mel«

Meleoidy eilte in ihrem dunkelgrünen Seidenhemd und in einer engen, braunen Lederhose heraus. Sie musste vergessen haben, ihren roten Lippenstift aufzutragen, denn ihre Lippen waren blass. Nur etwas braungoldener Lidschatten schimmerte hinter ihren vollen roten Wimpern. Es stand ihr. Sie strahlte klarer.

Er hätte sie noch unzählige Tage und Nächte bewundern können, wären diese gigantischen Tore des Palastes nicht geräuschvoll geöffnet worden. Kalte Luft stürmte herein und die Soldaten streckten ihre Speere in Kampfposition nach vorne.

»Oh! Ich dachte, wir wären willkommen?« Rea schob ihre Lippe vor und zog ihren Kopf zurück. Zögernd schaute sie zu Snow, eindeutig nach einer Erklärung suchend.

Snows eiskalter Blick ignorierte jeden Einzelnen. Außer *ihr* schienen die Soldaten, Daneel, Tenna, Seraphine und sogar Rea egal zu sein, nicht einmal zu existieren.

»Du«, grollte er.

Tenna verstand, als er Snows Blick auf Meleoidy folgte.

»Nein«, flüsterte er und streckte seine Arme aus.

Meleoidy stand wie eingefroren vor dem Gang, mit offenem Mund auf Snow starrend.

»Daneel, Feuer!«, krächzte Tenna, Snows kreisende Hand neben

321

seinem Bein beobachtend, während er sich schnell nach vorne warf.

Daneel stockte für einen Augenblick, bevor er Tennas Worte begriff und mit aufgerissenen Augen seine Feuerbeschwörung entfachte. Er schwang seinen Arm mit erhobener Hand zur Seite in Meleoidys Richtung, während sich das Feuer von unten nach oben stürmisch ausbreitete und die meisten von Snows raubschnellen Eissplittern in seiner Glut versanken.

Tenna schrie Meleoidys Namen, nachdem ein Eissplitter seinen Arm und einer seine Wade streifte. Den dritten konnte er nicht abfangen.

Alle, die auf Meleoidy schauten, empfanden die gleiche dunkle Verwunderung. Nur auf Snows Gesicht erschien langsam ein ironisches, zynisches Lächeln, das an Genugtuung grenzte.

Denn Meleoidy hatte den Splitter abgewehrt, allerdings waren es wabernde Schatten um ihre Finger, die das Eis zu Wasser verwandelten.

»Elementarabwehr …«, flüsterte Daneel.

»Schattenkunst.« Seraphine starrte sie an. »Ich dachte, es wäre nur der Blutzauber gewesen?«

»*Nur*«, ächzte Snow und stürmte los. Ein schleifender Schritt über den Boden und er beschwor eisige Wellen herauf, die ihn nach vorne schleuderten.

»Ivahem, bist du dem Wahnsinn verfallen!?« Daneel trat mit seinem Bein kräftig auf den Boden, wodurch eine schnelle, dünne Flammenschicht über den Marmor glitt und Snows Eis schmolz.

Doch was zu Wasser wurde, wurde schnell wieder zu Eis. Die Tropfen, die über den Boden flogen, verwandelte Snow in feine, spitze Nadeln. Alle flogen in Meleoidys Richtung.

»Snow, verdammt, hör auf!«, protestierte Tenna und griff suchend in die Hüftaschen seines braunen Rüstungsgürtels.

»Erst, wenn ich den Kopf dieser Schlange abgetrennt habe!«

Snow hob den Arm über seinen Kopf, zog ihn samt seiner Wasserbeschwörung schnell nach unten, knapp vor Meleoidy. Sein scharfer Eisschnitt zerfiel zwischen Meleoidys übereinander gekreuzten Händen. Während die Schatten ihr Werk vollbrachten, trafen sich ihre Blicke.

»Du hast Leyla umgebracht!«, brüllte Snow, stampfte mit dem Fuß auf den Boden und zog seine ausgestreckten Arme drehend zurück, sodass all das Wasser und Eis unter seinen Füßen wie eine mörderische Welle um Meleoidy stürmte. Das Wasser wirbelte um sie herum, raubte ihr die Sicht, während sie mehr und mehr in seinem Kokon verschwand.

»Du Heuchler!«, brüllte Tenna. Er fand, wonach er suchte, als er die rostgoldenen Armringe aus den Taschen zog und in einem Schwung über seine Handgelenke warf. Sie transformierten sich, schlangen sich um seine Hände und formten ihre kleinen Plasmakanonen in seinen Handflächen, bevor er zwei Plasmakugeln in solch einem Winkel abfeuerte, dass sie geradeaus in Meleoidys Richtung schossen und kurz vor ihr aufeinandertrafen. Eine leuchtende, schrille Druckwelle wurde ausgelöst, die Snows Wasserbeschwörung neutralisierte und ihn zur Abwehr zwang.

Tausend kleine, spritzende Wassertropfen regneten über Snow. Sie glitten über seine Stirn und über den Arm vor seinem Gesicht.

»Ivahem, genug!«, befahl Daneel.

Auch Rea rief seinen Namen.

Snows wütender Blick kreuzte Tennas.

»Hast du dich von ihrer Schönheit täuschen lassen, Erdmännchen? So sei es.«

Bereit auch gegen Freunde anzutreten, stürmte er los, denn er war eindeutig der Überzeugung, dass Meleoidy für den Schmerz bezahlen musste, der sich in seinem eisigen Herzen breitmachte. Er würde kämpfen, nicht? Für die Frau die er einst liebte. Ja, auch gegen Tenna. Ein Kampf, den der Wissenschaftler vermutlich verloren hätte, wäre Seraphine nicht mit dem silbernen Halseisen heim-tückisch hinter Snow gelaufen, um seine Kehle darin zu fangen. Sie legte das Eisen über seinen Nacken und die kleinen eingravierten Runen leuchteten weißblau auf. Das Eisen schmiegte sich komplett um seinen Hals. Je fester Snow daran zog, desto enger wurde es.

»Seraphine, verflucht!«

Der Zweifel und die Verwirrung in Seraphines Augen waren nicht zu übersehen, genauso wenig wie das silberne Armband um ihr linkes Handgelenk, das ähnliche leuchtende Runen trug.

»Du musst dich beruhigen.« Ihre mitfühlende Stimme klang dennoch nach einem Befehl. »Beruhige dich«, flüsterte sie, tief in seine Augen versunken.

»Sie ist ein Feind!« Leyla ist wegen dir gestorben! Wegen dir!« Er streckte seinen Finger vor seinem rotgefärbten Gesicht aus, wäh-rend das Band eng auf seine pochende Ader drückte.

»Leyla ist tot?«, wisperte Meleoidy konfus. »Ich – ich wusste nicht …«

»Kann mir einer von euch Erstklässlern sagen, was hier ver-dammt nochmal gespielt wird!?«, fluchte Daneel.

Alle blieben still, niemand rührte sich. Bis Rea einen bedach-ten Schritt nach vorne tat und das Licht hinter ihr ihren Schatten brach.

»Sie sagt die Wahrheit.« Ihr sanfter Blick galt Snow und Snow allein.

Doch anscheinend wollte er andere Worte hören, denn er schüt-telte den Kopf im Irrglauben. Es war das erste Mal, dass Tenna Tränen in seinen Augen sah. Neugierig musterte er die junge Frau, die jedermanns Aufmerksamkeit stahl.

»Ihre Gedanken lügen nicht. Ich kann sie spüren. Sie hatte nicht damit gerechnet«, wisperte Rea Snow zu.

Er verschloss die Augen so fest, wie er konnte. Es sah so aus, als ob er auch seine Schreie versiegelt hätte.

»Ihre Gedanken lügen nicht?« Seraphine analysierte Reas Worte. Eine Frage in Erwartung einer Antwort.

Rea nickte. »Ich kann sie hören, Gedanken.«

»Bei den acht heiligen Sternen, König Saretum …«, stöhnte Daneel und hielt sich den Kopf fest. »Amtsstube. Jetzt!«, befahl er.

Einige Stunden später.

Surnei hatte noch seine silberne Trainingsrüstung an, auf den Händen trug er ein frisches Leinenhemd und eine Leinenhose. Der Eingang des Apodyteriums, dem Auskleidezimmer der Therme, war viel kleiner, als die Eingänge des Pan De Sartums sonst waren. Möglicherweise hatte das etwas mit der Beheizung des Tepidariums, dem Wärmeraum, zu tun. Es trat zwar kein Dampf aus dem Apodyterium, die Feuchtigkeit war aber deutlich spürbar.

Zögernd trat Surnei herein und der Mann im ärmellosen braunen Oberteil begrüßte ihn.

»Kannst alles da draufpacken«, nuschelte er, auf die Steinbänke vor der Wand im Inneren des Raumes zeigend, bevor er sich wieder dem Nähen seiner Tunika auf dem kleinen Tisch widmete.

Surneis stilles Nicken war begleitet von stillen Schritten. Er musterte jeden graubraunen Quadratzentimeter, legte dann seine Leinensachen auf den Steinplatten ab. Mit dem einen Stiefel presste er gegen die Hinterkappe des anderen Stiefels, zog seinen Fuß langsam heraus und schaute zu den gewölbten, halbrunden Decken. Je weiter er nach oben blickte, desto mehr Gleichgewicht verlor er. Er stützte sich mit der einen Hand gegen die feuchte Wand und zog mit der anderen seine Socken aus. Beides, Wand und Boden, gaben ihre Wärme unter seinen Füßen und Fingerkuppen weiter.

Langsam löste er die Schnallen um seine Rippen und zog die Rüstung über seinen Kopf aus, bevor er die Gürtelschnalle öffnete.

Er war schüchtern, zumindest blickte er den Mann so an, während er auch Hose und Oberteil auszog und vorsichtig gefaltet auf die Steinplatten neben die Rüstung legte. Schnell schnappte er seine Leinenklamotten, dann hinkte er zum Dampfbadeingang.

»Ey, ey, warte, warte!« Das Nuscheln des Mannes war bestimmt dem Zahnstocher geschuldet, mit dem er zwischen seinen Lippen spielte. »Die brauchst du da drin nicht, zu unrein.«

»Oh, ja – verständlich«, stotterte Surnei, auf seine Klamotten schauend, und tapste schnell wieder zurück zur Steinbank.

»Und die auch nicht!«, informierte ihn der Mann.

Zeigt er auf meine Unterhose?, dachte der junge Lar.

Surnei verhaspelte sich. Seine roten Wangen zeugten von Scham, als er sich traute, nach unten zu gucken. Zaghaft folgte er den Anweisungen des Mannes und die Unterhose landete genauso ordentlich wie der Rest seiner Sachen auf dem Stein, bevor er mit gesenktem Kopf wieder in die andere Richtung huschte.

»Kann ich jetzt rein?«

»Viel Spaß«, murmelte der Mann, wieder ganz in seine Arbeit vertieft, als ob Surnei schon längst verschwunden wäre.

Surnei trat durch den schmalen, dunklen Gang, bevor sich ihm der helle Raum mit den hohen gläsernen Decken offenbarte, durch die das verwaschene Sonnenlicht hineindrang.

Allerdings waren es nicht die beigen, feuchten Wände mit Mosaikmuster, sondern die Besucher des Dampfbades, die ihn zum Staunen brachten. So viele nackte Männer hatte er noch nie gesehen, nicht mal nach dem Training in der Akademie von Sare. Dabei waren es nur drei. Einer fand im dampfenden Wasser etwas, das man nur als erleuchtende Entspannung hätte beschreiben können. Die anderen zwei unterhielten sich nahe dem kleineren, schmäleren Becken, neben den Trauben, dem Brot und Wein auf der erhöhten Steinplatte.

Glubschaugen. Er atmete tief ein, senkte seinen Kopf und hielt den Blick fest auf seine Füße, Schritt für Schritt nach vorn. Ohne nach links oder rechts zu schauen, stieg er die erste Stufe hinab und versank mit seinem nächsten Schritt im warmen Wasser.

Verdammt, war das Wasser oder Feuer? Aber er konnte nicht zurück, er wollte sich verstecken, also biss er auf seine Zunge und tauchte bis zum Bauchnabel hinein. Die Hitze des Wassers wanderte Stellen hoch, die nie zuvor diesen Schmerz ertragen mussten. Rote Wangen waren dieses eine Mal nicht das Resultat von Nervosität, doch langsam gewöhnte er sich und erwiderte das nette grüßende Lächeln des Mannes gegenüber. Der Mann schloss wieder seine Augen, lehnte sich tiefer zurück ins Wasser, als würde er nicht inmitten höllischer Flammen sitzen.

Atmen, Sur, atmen. Langsam tauchte er tiefer, lehnte seinen Kopf nach hinten. Als er den Rand des Bades berührte, war der Schmerz endlich verflogen.

Tatsache … so schlimm fühlte es sich nicht an.

Jeder Muskel ließ nach und nach die Anspannung los und seine Augenlider gingen zu. Rauschen, Sonnenlicht und Dampf, sie brachten ihn in tiefe Entspannung, zeigten ihm den Weg, den der Mann vor ihm bereits gegangen war.

Auch das gedämpfte Gespräch der beiden Männer hallte wie Musik in seinen Ohren, bevor –

»Surnei?«

Mit aufgerissenen Augen drückte Surnei sich wieder höher und schaute hinter sich, obwohl er komplett abtauchen wollte. Es war ein Reflex, genauso wie der peinliche Laut, der seinen Lippen entfloh, als er direkt zwischen Jangos Beine sah.

Kurz schwenkte sein Blick nach oben. Jangos warme Augen grüßten ihn, doch Surnei verabschiedete sich mit einem Schwung schnell unters Wasser.

Was tust du!? Vielleicht geht er wieder, halt die Luft an.

Er schaute zu seiner Linken und sah den ersten Männerfuß ins Wasser tauchen.

»*Verflucht!*«

Jango setzte sich langsam hin, was Surnei unter Wasser einen neuen Anblick gewährte. Das war der Moment, an dem er wieder auftauchte und nach Luft schnappte. Sollte er nach vorn? Nach hinten? Mist, da war Jangos Arm. Wieso legte er ihn ausgerechnet dorthin, wo er seinen Kopf anlehnen wollte? Und wieso lächelte er so!?

»Hey«, grüßte Jango sanft und schaute den jungen Lar an.

Surnei lehnte sich nicht an, stattdessen saß er mit nach vorne gekrümmten Rücken.

»Gut geschlafen?«, fragte Jango.

»Es ist schon fast wieder abends«, antwortete Surnei trocken, mit dem Blick geradeaus. Wasser tropfte von seiner Nasenspitze.

»Hm, ja … du hast dich ja auch seit gestern Mittag vor mir versteckt.« Obwohl Jangos Worte vorwurfsvoll klingen sollten, hörte Surnei nichts außer Ruhe in seiner Stimme.

Über der tropfenden Nase verengten sich zwei Augen zu Schlitzen. »Das stimmt nicht.«

»Nein?«

»Nein«, schoss es aus Surnei.

Jango japste und lehnte sich weiter zurück. »Nicht? Soweit ich mich erinnere, bist du nämlich weggerannt, nachdem du mich –«

»Können wir bitte nicht darüber sprechen?«

Jango grinste breit. »Na, sieh mal einer an. Er kann mich noch anschauen.«

Surneis Blick verweilte schuldbewusst auf Jango. Was war das? War das Schmerz, der es sich in seiner Brust gemütlich machte? Löste Jango Schmerz aus? Oder war es das, was er für ihn zu fühlen begann, etwas, das nicht möglich, nicht richtig war. *Anma.*

»Was machst du überhaupt hier?«, fragte Surnei offensichtlich genervt.

»Daneel meinte doch, ich soll ein Auge auf dich werfen?«

»Du hast mich beobachtet!?«

»Ich habe auf dich aufgepasst.«

Keiner sprach mehr außer den beiden Männern am anderen Ende. Jango und Surnei schauten sich an. Wer würde als erstes aufgeben?

»Prächtig«, sagte Jango.

Surnei zog seine Augenbrauen zusammen und spannte seine Augenlider an.

»Deine Wimpern, sie sind echt schön«, erklärte Jango.

Surnei gab als erster auf. Er blickte weg, wieder nach vorn. Jangos Arm hatte er wohl vergessen, denn sein Kopf landete dort, wo er nicht landen sollte. Schnell hob er ihn wieder.

Jango sah ihn an, als er seinen Arm seufzend wegnahm.

»Fremder –«, wollte er sprechen, doch die beiden Männer die dazustießen, ließen ihn schweigen.

»Der Kerl hat zwischen Eis und Wasser getauscht, als wäre es Erstklässlerbeschwörung«, erzählte der eine Mann und stieg ins Wasser.

Eis? Surnei wurde aufmerksamer, trotzdem schaute er nicht in die Richtung der beiden Männer. Ob es an ihren Körpern oder an Jango lag?

»Und wie er schrie: ›Du hast Leyla getötet‹, und: ›Sie ist ein Feind!‹«, schnatterte der andere Mann mit gespreizten Fingern.

»Von ihrer Schönheit würde ich mich auch täuschen lassen«, bemerkte sein Kumpel lachend, bevor sein Blick auf Surnei schärfer und klarer wurde. »Saretum … S-Surnei Elim, Prinz, Ver-Verzeihung. Ich habe Sie nicht erkannt.«

»Eine Berühmtheit«, flüsterte Jango und feixte Surnei an.

»Weswegen solltet ihr um Verzeihung bitten?« Surnei lehnte sich aufmerksam nach vorn, während die beiden Männer zögernd einen Blick wechselten.

»Na, Sie sehen, Miss Elim, Meleoidy Elim, sie ist Ihre Tante und ich wollte nicht der Respektlosigkeit verfallen –«

Surnei sprang auf. Jango folgte mit seinem Blick Surneis Schwung und wanderte von den vollen Wimpern zu Surneis Armen, glitt über seinen Rücken, seine Hüften und seine Beine.

»Eis? Sie ist der Feind?«, murmelte der junge Lar.

»Snow«, stellte Jango fest. »Ey!«, rief er Surnei hinterher, der schnell aus dem Bad stieg, bevor er ihm zügig folgte.

»Es tut – tut uns aufrichtig für die Aufregung leid, Prinz Elim!«, hörten Jango und Surnei die Stimmen in den schmalen Gang dringen.

»Snow ist hier!?« Von Surneis Nervosität war nichts mehr übrig. Mit offenen Schritten stürmte er zu seinen Anziehsachen. Rüstung oder Leinen?

»Ich weiß es nicht, ich war, wo du warst«, sagte Jango und fing an, sich anzukleiden.

»Pssscht!« Fast hatte der braungekleidete Mann die Tunika fertiggenäht.

»Ich muss ihn sprechen!« Surnei griff nach seiner Rüstung.

Annelya trug ihr Lächeln ununterbrochen auf ihrem Gesicht, als ob sie Angst davor hatte, es zu verlieren. Wieder streifte sie mit ihren Fingern über die pan-de-saretorianischen Wände der langen Gänge. Je länger sie hier war, desto stiller wurde der Schmerz. Je mehr sie von diesen atemberaubenden, jahrhundertealten Kunstwerken, Kulissen und Räumen sah und anfasste, desto einfacher wurde es, zu verdrängen, zu vergessen, wie viel Blut in den letzten Tagen vergossen worden war.

Eine bittere Illusion. Und sie hatte nur eine einzige Bitte, einen haltlosen Wunsch.

Sie wollte lächeln.

»Annelya!«

»Sur?« Sie drehte sich um und sah ihn und Jango den Gang schnell entlanglaufen.

»Snow! Er ist hier!«, gab Surnei bekannt, in Annelyas Richtung wedelnd, als er sie überholte. »Komm!«

Annelya stoppte kurz, dann lief sie schneller.

Ihr Lächeln war fort.

Alle drei hetzten durch die Gänge, doch es war Surnei, der führte.

»Woher wissen wir, wo sie sind!?«, rief Annelya hinterher.

»Ich spüre ihn. Meine Verbindung –« Surnei drehte sich kurz um, während er weiter vorauslief.

»Meine Verbindung fühlt sich irgendwie stärker, klarer an.«

Daneels Kopf ruhte immer noch auf seinen Händen. Sein Gesicht spiegelte jedoch seine Unruhe.

»Du willst mir sagen, dass du seit sechzehn – *sechzehn* – Jahren Bescheid wusstest?«

Alle schwiegen, niemand wagte es zu sprechen. Es waren nur entsetzte Blicke, wie die Seraphines, die auf Meleoidy fielen.

Plötzlich schoss Reas Hand an ihre Schläfe.

»Rea. Was ist?« Mit jedem Wort, das durch Snows Kehle zu dringen versuchte, wurde er an das Eisen um seinen Hals erinnert.

Daneel warf ein Auge auf Rea.

»Ich – meine Verbindung, mein Geist, es fühlt sich alles so – klarer … stärker an.«

Die Tür der Amtsstube flog auf und der junge Lar trat hinein.

Es war Eis, das Snow bändigte, und dennoch war es Eis, das sich unkontrolliert über sein Gesicht legte.

»Surnei!«, raunte er. War es Angst? Erleichterung? Schrecken?

Langsam drängte sich auch Annelya hinein. Enttäuschung stand ihr ins Gesicht geschrieben.

Snows tiefer Atemzug presste seine Kehle noch einmal gegen Eisen. Er starrte sie an, tief in die Augen. »Kristallmädchen …«

Nicht ein einziges Wort würde er von ihr bekommen. Sie schwieg und trat still neben Surnei, während sich kleine Falten auf ihrer Nasenwurzel bildeten und Enttäuschung zu Ekel wurde.

»Ist das Snow?«, flüsterte Jango Surnei zu.

Daneel schnaufte spöttisch, während er jeden im Raum kopfschüttelnd betrachtete.

»So, so. Schätze, was zusammengehört, bleibt zusammen.«

XXI

IST DAS DIE RUHE VOR DEM STURM?

Annelya trug zwar eine weiße schlichte Bluse, doch sie wirkte wie eine Soldatin, bereit, sich in den Kampf zu stürzen. Sie eilte zu Snow und ehe er auch nur eine einzige Silbe sagen konnte, schlug Annelya ihm mit einer Backpfeife fast den Kopf vom Hals.

»Sie hat dir vertraut. Wir haben dir vertraut!«

Vorsichtig hob er den Kopf wieder und schaute Annelya schamvoll an.

»Elim!«, rief Daneel zweimal.

Erst beim zweiten Ruf wich Annelyas strafender Blick von Snow. Schwarze Locken rieben gegen ihr Kinn, als sie über ihre Schulter schaute.

»Ist es wahr?« Daneel klang streng. »Hat deine Tante deine Mutter und Cesantra ermordet?«

Mittlerweile vermied Annelya sonst den Augenkontakt zu Meleoidy, doch heute schaute sie sie ohne Zögern an. Es war fragwürdig, ob Annelya das Gleiche sah, was auch Tenna in Meleoidy sah.

Was ist das für eine Frage?

Suchte Daneel noch nach Unschuld in diesen Augen? Die Anspannung zwischen ihr und Annelya war offensichtlicher als die Sünden, die ihr rotes Haar preisgab.

»Ja.« Solch ein kleines Wort und trotzdem fiel es wie schweres

Glas auf harten Boden, bevor es zerbrach und schneidendes Chaos anrichtete.

Blicke glitten umher, jeder schaute jeden an, auf der Suche nach Antworten, unschlüssig darüber, was er denken, wie er handeln sollte.

»Aber anscheinend war es Notwehr«, ergänzte Annelya mit leicht erhobenen Mundwinkeln und Augenbrauen.

»Notwehr?« Seraphines Neugier färbte auf jeden ab, doch das Einzige, das Annelya ihnen als Antwort geben konnte, war ein verbittertes Schulterzucken.

»Tenna, du hast gesagt, dass es Notwehr war. Warum?« Surnei? Normalerweise hielt er sich zurück, doch seine Emotionen schienen ihn voranzureißen.

Tenna hatte keine Zeit, nach Worten zu suchen, denn Meleoidy sprach bereits:

»Weil sie herausgefunden hat, dass ich für Gion gearbeitet habe.«

Kurz herrschte bittersüße Stille. Sie hatte gesprochen, hatte gestanden. Als ob sie sich ergeben würde, atmete sie all ihre Luft aus.

»Das ist nicht wahr«, wisperte Rea und jedermann sah sie an, während ihr Blick auf Surnei lag. »Du spürst es auch, nicht?«

Mit gerunzelter Stirn verlangte Annelya nach dem Widerspruch ihres Bruders. Er schien gegen Wut und Verwirrung zu kämpfen, während der Rest im Raum konfuse Gedanken bekriegte.

»Annabel wusste es nicht. Sie spekulierte, dass Cesantra Herim hilft, deshalb brachte sie sie um.« Rea starrte Meleoidy förmlich an. Nicht eine einzige Sekunde ließ sie sie aus den Augen. Sie blinzelte nicht einmal.

»Du lügst«, schoss es aus Annelya. »Surnei, sie lügt?« Erwartungsvoll blickte sie ihn zittrig und mit angespanntem Hals an.

Wahrscheinlich wollte er aus tiefstem Herzen nicken, das war nicht zu übersehen. Jedoch war es eine verneinende Geste, die er mit dem Kopf machte.

Annelya verschloss die Augen, während Rea Meleoidy wie ein offenes Buch las.

»Dann hat Annabel versucht, dich umzubringen. Erst, als du dich gewehrt hast, hast du gebeichtet. Erst dann wusste sie, dass du für Gion arbeitest.«

Meleoidys Schweigen war kaum zu ertragen. Ein Glück, dass Rea weitersprach:

»So viel Schmerz … Du möchtest nicht, dass sie es wissen. Dass sie Annabel so sehen –«

»Genug«, sagte Meleoidy leise und unterbrach Reas Trance.

Daneel riss sich fast die Stirn ab, so fest wie er seine Haut zurückstrich.

Annelya und Surnei teilten das gleiche beklemmende Gefühl. Sollte Wahrheit sich nicht anders anfühlen? Nicht so würgend.

»Wieso hast du seinem Befehl Folge geleistet?« Daneel wiederholte die Frage von vorhin, alles andere scheinbar ignorierend, während er dieses Mal erwartungsvoller klang.

Jango bemerkte Surneis beobachtenden Blick.

Hörte der junge Lar Meleoidys Herz schneller schlagen? Spürte er das aufbrausende Gefühl in ihrem Magen, das fast ihre Kehle erreicht hatte?

Langsam öffnete Meleoidy ihren Mund, während Tenna abwechselnd auf sie, Annelya und Daneel schaute.

»Weil sie keine andere Wahl hatte.«

»Tenna?« Annelya klang entsetzt.

»Tenna, nicht …«, hauchte Meleoidy.

»Weil sie Angst um ihr Leben und um unseres hatte«, fuhr er fort, als er seine Gedanken schnell zu gerissenen Wörtern zusammenreimte. »Sie hatte es mir verraten. Dass Gion sie zwang – Dinge für ihn zu tun. Vor Annelyas Geburt, vor der Versiegelung, bevor sie es mich wieder durch Schattenkunst vergessen ließ, um mich zu beschützen. Auch Annabel hatte sie vor Gion gewarnt, doch diese

335

glaubte ihr nicht.« Hier hörte er auf, der Versuch, um eine zweite Chance zu kämpfen. Er schwieg und wich Meleoidys gepeinigtem Blick aus.

Annelyas Tränen sammelten sich unter den Augenlidern. Das war zu viel.

Einfach zu viel.

»Rea?«, fragte Daneel befehlend. »Sagt er die Wahrheit?«

Die Spannung schlich sich an alle an, flüsterte ihnen wie ein abenteuerlustiger Freund ins Ohr, während sie auf Reas Urteil warteten. Nur Surnei legte den Kopf zur Seite, da er ihre nächsten Worte bereits kannte.

Meleoidy atmete tief ein, Tenna hielt hingegen die Luft an.

Rea nickte. »Ja …« Sie kniff die Augen zusammen und senkte ihr Kinn. »Er – er sagt die Wahrheit.«

Das Zögern in Reas Gesicht bemerkte keiner außer Tenna. Während Tenna verständnisvoll zurücksah, schaute Rea in Dankbarkeit in seine Augen hinein.

»Das ändert nichts an dem, was sie getan hat«, bemerkte Annelya.

»Ich gebe Annelya recht. Das ist Hochverrat. Diese Situation wäre eindeutig zu vermeiden gewesen, hätte sie gesprochen«, erklärte Seraphine grimmig.

»Das mag sein. Und sie wird die Konsequenzen tragen müssen. Aber nicht heute«, entschied Daneel, als Annelya im gleichen Zuge voller Spott zischte.

Nachdenklich musterte sie Meleoidy.

»Falls du nicht aus Überzeugung, sondern Angst gehandelt hast, dann solltest du keine Gefahr darstellen. Du kennst Gion, das verschafft uns einen Vorteil, den wir zu unserem Gunsten nutzen können. Fürs erste wirst du dieser Mission dienen, doch sobald das alles vorbei ist, wirst du dich vor dem höchsten Gericht erklären müssen. Das Urteil wird final sein. Und solltest du auch nur für einen Augenblick Misstrauen in mir erwecken, werde ich dafür sorgen, dass jenes Urteil so schwer wie möglich ausfällt.« Daneel sprach zu ihr. Wort für Wort brannte er seine Warnung in Meleoidys Verstand. Bevor irgendjemand etwas sagen konnte, fuhr er fort. »Und du.« Er zeigte auf Snow. »Bist du bereit, dich wie ein Mann und nicht wie ein Junge zu verhalten?«

»Ja, Sir«, flüsterte er zögerlich und entlockte Daneel somit ein zustimmendes Kopfnicken, das an Seraphine gerichtet war.

Ohne Widerwort folgte sie seinem Befehl und streifte über ihr Armband. Die leuchtenden Runen auf diesem und auf Snows Halseisen erloschen. Sie nahm es ihm ab, ließ ihn endlich aufatmen, als er mit der Hand über seinen Hals und Nacken strich.

»Wie haben sie dich dazu gebracht?«, fragte Daneel.

Snow zeigte schon auf Meleoidy, bevor Daneel seinen Satz zu Ende aufsagen konnte. »Leyla.«

»Deine Exfrau?« Seraphine verschränkte ihre Arme.

»Meleoidy weihte mich ein, bevor Annabel mich nach Sare beschwor. Ich sollte ein Auge auf Annelya haben, dafür sorgen, dass alles glattläuft. Würde ich es nicht tun, würde Leyla sterben. Sie hatten sie bereits in Geiselhaft.« Es war seltsam, nicht einen einzigen Witz in Snows Worten zu finden. »Leylas Kampfgeist brachte sie nicht zum ersten Mal in Gefahr.«

»Sie hat einen Fluchtversuch gestartet. Einige Kinder befreit, einen Soldaten ermordet. Leider kann eine einzige Frau sich nicht gegen Schweine wie diese wehren. Leyla ist nicht weit gekommen«, flüsterte Rea. Ihr Mitgefühlt gehörte eindeutig Snow.

»Hast du das auch aus seinem Kopf? Denn soweit ich mich entsinne, war er auf der Jagd, während Leyla starb?«, fragte Daneel.

Jeglicher Hauch von Mitgefühl war verschwunden.

»Hast du sie nicht gesehen? Die Beschwörung? Mich nicht gesehen? Wie ich mich in *das* verwandelte?«, zischte Rea und streckte ihren Arm aus, auf dem sich langsam kleine Drachenschuppen formten.

337

»Heiliger Saretum …«, flüsterte Seraphine.

Jeder, außer Snow, verfiel in das gleiche Staunen.

»Du kannst es tatsächlich kontrollieren.« Jango schaute Surnei an.

»Davor war ich wochenlang gefangen, ich sah Leylas Rebellion und Tod mit eigenen Augen.« Rea ließ wieder porzellanweiße Haut über die Schuppen wachsen.

»Gut, scheint sich ja einiges zu klären. Außer *das.*« Daneel zeigte auf Rea. »Wieso kannst du es kontrollieren?«

»Weil sie ein Lar ist«, sagte Snow.

»Ja … Lar. Davon habe ich nun auch einiges gehört. Unser Freund Jango hier, der von einer geheimen Insel kommt, hat uns darüber aufgeklärt. Es war auch seine Theorie, dass das Mädel ein Lar ist«, entgegnete Daneel mit erschöpftem und ironischem Ton. »Die Frage ist, wieso weißt du, was ein Lar ist?«

Stille. Alle Blicke waren auf Snow gerichtet.

»Mein Großvater.«

»Dein Großvater?«, fragte Surnei.

»Ori. Er erzählte mir Geschichten von der Antike und unzählige Legenden, bevor er starb.«

»Dein Großvater hatte Informationen über ein Stück Geschichte, über das das ganze Archiv nichts hat?«, rätselte Daneel, noch spöttischer, fast wütender.

»Soll ich ihn aus dem Grab holen und befragen, Daneel? Er hat viel erzählt. Über Lar, über Dämonen, vor denen sich Kinder früher fürchteten, über Schatten und andere Welten …«

»Andere Welten?« Tenna wurde hellhörig und verschränkte seine Arme, während er erwartungsvoll Snows Worten lauschte.

»Mhm, Erdmännchen.« Da! War das der erste Scherz? »Frag mich nicht, ich werde es nicht wiedergeben können. Das war das komplizierteste und langweiligste seiner Rätsel.«

»Genug. Ich habe genug gehört«, beschloss Daneel und hob die

Hand, um jedermanns Aufmerksamkeit auf sich zu lenken. »Wir haben sehr viel, das wir noch erfragen und verstehen müssen. Das Einzige, das gerade zählt, ist, dass in vier Tagen Vollmond ist. Trotz der Umstände, haben wir einen großen Vorteil errungen« Er meinte Rea. Zumindest ließ sein Seitenblick es vermuten. »Noch ein Lar. Und anscheinend einer, der diesen Bestien das Wasser reichen könnte. Das ist gut. Das ist sehr gut. Wir bleiben beim Plan und bauen diese Maschine. Danach heißt es, Krieg gegen die Droknen, gegen N'Artem. Und danach kümmern wir uns um das ganze restliche Gewirr.«

»Eine Maschine?« Fragend guckte Rea in den Raum.

»Einen Katalysator«, sagte Annelya.

Wort für Wort wiederholten sich die Gedanken der letzten Tage. Droknen, Katalysator, Vollmond, Opferung, Lar, Annabel. Seltsam war es, dass ich mich mit jedem Mal ein klein wenig tauber gefühlt habe. Trauer und Freude vermischten sich und schufen eine verworrene Illusion, die in tausend verschiedenen Farben funkelte. Solch durcheinander gemischte Farben, dass ich kaum eine greifen konnte, bis die nächste meine Hingabe verlangte.

Als ich ein paar Stunden später in meinem Zimmer war und mich vor dem großen runden Spiegel mit dem Silberrahmen schminkte, etwas, das ich nicht oft tat, als ich meine Haare hochsteckte und wieder löste und an warmem Aresbeerentee schlürfte – da vergaß ich für einen kurzen Moment, dass die Zeit am Rennen war. Ich vergaß viel, das war das Verschulden der funkelnden Farben. Es fühlte sich so an, als ob nie etwas passiert wäre, als ob nichts mehr passieren würde.

Fast zu gut um wahr zu sein. Und als Seraphine ins Zimmer trat, als ich ihr Lächeln im Spiegel auf mich fallen sah, da hüpfte kurz mein Herz. Das letzte Mal, als ich sie in einer Lichtreflektion betrachtet hatte, befanden wir uns in der gleichen Situation. Ich hatte die Stille gespürt, gedacht, dass nun alles in Ordnung wäre, bis mich die böse

Überraschung packte und mich aus jener Illusion riss. So fragte ich mich, tief in den Spiegel starrend, während es mir immer schwerer fiel, das Lächeln auf meinem Gesicht zu halten: Ist das die Ruhe vor dem Sturm?

XXII

ICH FÜHLE BLAU

»Der Ball ist doch erst morgen, weswegen machst du dich denn so hübsch?«

Oh nein, das klang ironisch. Und sie lächelt auch noch so blöd, verflucht.

Annelya legte den rosa Lippenstift im silbernen Gehäuse auf dem marmornen Tisch ab. Ihr Unwohlsein versuchte sie mit einem Lächeln zu verbergen, das immer wieder von ihrem Gesicht glitt.

»Ich ... ich treffe mich mit Kaiden.«

»Mit Kaiden!?« Seraphines Satz endete in einem hohen Ton. Sie lugte über Annelyas Schulter und griff in einem Schwung nach dem hölzernen kleinen Hocker neben dem Bett. »Silber und Sterne, du hast ja wirklich Geschmack!«

»Geschmack? Was soll das denn heißen!? Er – er zeigt mir nur die Stadt. Wir wollten Nudelsuppe essen gehen und – und ...«

Seraphines Schmunzeln hatte Annelya ertappt, das war ihr eindeutig bewusst. Sie quasselte und plapperte, es klang ganz stark nach Rechtfertigung.

»Entspann dich, Annelya, ich habe ja nichts gesagt.«

Warum schmunzelst du dann so?

»Es wird dir guttun, einen normalen Abend zu haben«, stellte Seraphine fest.

Annelya zog die Schultern zurück und hob ihr Kinn stolz, bereit, sich ein weiteres Mal zu erklären.

»Ich bin gewiss die einzige Prinzessin des Saretoriums, die das Pan De Sartum nie gesehen hat. Kaiden zeigt mir alles, Daneel hat es ihm – uns – befohlen.«

Die eingearbeiteten Plasmalichter im dicken Stahlrahmen des Spiegels erhellten Annelyas linke und Seraphines rechte Gesichtshälfte.

»Trägst du Lidschatten?« Seraphine lehnte sich vor Annelyas Nase. Ihre Augen kniff sie konzentriert zusammen, während Annelya ein kleines Doppelkinn machte, um etwas Abstand zu gewinnen.

»Nein. Wie kommst du drauf?«

»Nur so, sieht nur etwas bräunlich aus – mit etwas Glitzer hier …« Sie zeigte mit dem Finger auf Annelyas Augen, prüfte ihr Gesicht und zeigte zum anderen Auge: »… und hier.«

»Ja, gut, gut!« Annelya drückte Seraphines Hand von ihrem Gesicht weg. »Ich habe etwas Lidschatten drauf. Das ist doch nicht schlimm, ich möchte mich auch mal hübsch machen. Mama hat es nie erlaubt.«

Etwas in Seraphines Augen schimmerte plötzlich anders. »Annelya …«

Annelya verstand nicht, wieso Seraphine sie so anguckte.

»Das ist das erste Mal, seitdem ihr hier angekommen seid, dass du deine Mutter freiwillig erwähnst.«

Die junge Prinzessin blinzelte schneller, fast sogar beschämt.

»Du hattest kein einfaches Leben, Annelya. Du solltest den Abend genießen.«

War das ein Ratschlag oder schon ein Befehl? Ich war mir nicht sicher, so eisern wie Seraphine immer klang. Ihr Gesicht verriet Gefühl, aber ihre Stimmlage? Nicht wirklich.

Annelyas Schultern sanken wieder nach unten, als sie nachdenklich ihr Spiegelbild betrachtete. So viele Farben, sie verschwammen zusammen mit ihrem Geist, weckten Emotionen bittersüßer Natur.

»Stell dir vor, Iuel wäre das, wofür wir ihn hielten. Wofür ich ihn gehalten habe, ein Leben lang«, wisperte Annelya und betrachtete die rosa Nuancen auf ihren Wangen. »Ich hätte ihn aufgehalten. Ich wäre trotzdem hier, vor diesem Spiegel, mit dir.« Ihr Blick schwebte zu Seraphine herüber. »Mit Mama.«

Mit zusammengepressten Lippen atmete Seraphine aus der Nase aus, als ihre Hand auf Annelyas Schoß landete.

»Sie ist hier, da bin ich mir sicher.« Dieses Mal widersprachen sich Stimme und Ausdruck nicht.

Dieses Mal war auch Annelyas Lächeln nicht aufgezwungen.

»Und du siehst verdammt gut aus«, stellte Seraphine fest und lockerte die Stimmung mit nur einem Fingerstrich hinter Annelyas Ohr. »Sogar Ohrringe!«

Annelyas Lächeln explodierte zu einem schüchternen Lachen.

»Die waren in der Schublade, keine Ahnung, wem sie gehören.«

»Oh, ich garantiere dir, wer auch immer hier Gast war, der wird auch keine Ohrringe vermissen!«

Warm. Es wurde wieder warm.

Annelya hauchte laut. »Wie spät …« Sie warf einen schnellen Blick auf die Fenster hinter dem großen Spiegel. »Es ist Sonnenuntergang! Ich muss los!«

Seraphine nickte still, als Annelya hochschoss und zum Ausgang eilte, bevor sie wieder stehen blieb und einen leichten Schritt rückwärtslief. Ihre schwarzen, frischgewaschenen Locken verbreiteten mit einem Schwung ihr Blütenaroma in die Luft.

»Kann ich das anziehen?«

Seraphine inspizierte die hellblauen Pufferärmel vom Minikleid, das Annelya bis knapp über die Knie reichte und in Bahnen aus Tüll endete. Unter dem blauen Tüll verbargen sich noch weiße und silberne Schichten zwischen anderen Blautönen, die mit jeder Bewegung ein neues Spektakel garantierten. Der Ausschnitt reichte bis zum Bauchnabel, doch er war eng genäht, mit dünnem, blauem

Netzstoff unterfüttert, sodass man nur einen Hauch von Haut erkennen konnte. Das Haar reichte bis zur Brust. Es war voluminös und satt, ihre blauen Augen hinter diesen vollen Wimpern waren strahlend. An den Füßen trug sie porzellanweiße Schuhe, die ihre Zehen bedeckten und einen kleinen, dicken Absatz hatten.

Ob sie sich eingeölt hatte? Denn egal ob Seraphine auf ihre Arme, langen Beine, auf ihren Hals oder Brust schaute, alles glänzte so rein und lebendig.

»Ich würde sagen, es wird schwer, das in der Ballnacht zu übertreffen«, gab Seraphine bekannt, während Annelyas Freude wuchs.

Sie nickte strahlend, lächelte ganz aufgeregt. »Danke Seraphine!« Und schon war sie weg, wie ein Luftzug.

»Viel Spaß!«, rief Seraphine grinsend hinterher.

Klack, Klack, Klack. Dieses Geräusch kannte man normalerweise von Meleoidy. Nun waren es Annelyas Schritte, die das Echo der Gänge ritten. Allerdings war der Klang der kleinen Absätze unter ihren Füßen pure Stille im Vergleich zum Klackern und Klopfen ihres Herzens.

Gut, Annelya, du siehst gut aus, entspann dich.

Sie griff nach der Klinke der kleinen Schlupftür im Tor und richtete noch einmal ein paar Strähnen, bevor sie sie nach unten zog.

Orange fiel auf sie, stach als gerader Strahl durch die kleine Öffnung in den Palast hinein. Der Sonnenuntergang färbte die Grenze der Stadt in einem Ton, den nur Märchen hätten beschreiben können. Und trotzdem war es nicht dieser, der die Sprachlosigkeit und das Staunen auf seinem Gesicht verursachte.

»A-Annelya«, stotterte Kaiden, im orangenen Licht und dem schwarzfunkelnden Seidenoberteil mit dem schmalen, spitzen Lederkragen, aus dessen silberverziertem Ausschnitt sein Schlüsselbein herauslugte.

»Hey«, hauchte Annelya.

Die schwarze Farbe stand ihm gut. Sie betonte seine silbernen Augen und seinen markanten Kiefer. Sein welliges, dunkelblondes Haar wirkte wie ein Accessoire, das sein Gesicht schmückte und seine hohen Wangenknochen noch mehr hob.

»Du – du siehst toll aus.« Er schaute auf ihre Beine, bewunderte das Kleid und Haar und betrachtete schließlich das Wunder, das er in ihren kristallblauen Augen zu finden schien. »Total toll«, stammelte er.

»Danke.« Ein breites Lächeln. Sie hatte ihre Bestätigung bekommen, so konnte sie sich beruhigen. »Du auch! Die Hose und die Schuhe sind ein echter Hingucker.« Kaidens schwarze, lockere Seidenhose und die glänzenden, nach oben gebogenen Lackschuhe bildeten eine interessante, aber ästhetische Kombination.

»Ach, nichts im Vergleich zu dem, oder?« Er zeigte auf den leuchtenden Stadthorizont, der den aufkommenden Abend ankündigte.

Annelyas Funkeln machte sich breit, als sie die Passanten bemerkte, all die Leute, die in Ruhe und Vergnügen spazierten. Manche waren schick, sie gingen bestimmt Essen so wie sie und Kaiden. Andere spazierten in großen Truppen in den bunten Parks des Pan De Sartums. So viel Schönheit. Sie legte sich wie eine beruhigende Hand auf Annelyas Brust, drückte vorsichtig in sie hinein und erreichte langsam ihr Herz. Magisch. Nur so – *hätte ich es beschreiben können.*

Kaidens Räuspern war nicht zu überhören, der Arm, den er ihr anbot, genauso wenig zu übersehen. »Wollen wir?«

Sie nickte in Zustimmung, als ihr Arm in seinen glitt. Ein Schritt und ihr Duft vermischte sich mit seinem.

Jede Stufe brachte sie dem Zauber der Stadt näher. Zentimeter, welche die Sommernacht noch größer, noch tiefer wirken ließen.

Sie genoss jeden Reiz. Ob es der angenehme, lauwarme Wind auf ihren nackten Beinen und Wangen war, der Kaidens frisches Seifenaroma aufs Neue in ihre Nase trug, oder die Plasmalichter, die sich häuften, je mehr das Orange der Sonne verschwand. Es war ein wispernder liebevoller Traum, dazu bestimmt, Träumende sogar in ihren dunkelsten Nächten zu küssen. Zu hüten.

»Kaiden!« War es nicht schon genug Schönheit gewesen? Nun, das raubte ihr den Atem: als ihr Gesicht in die Stadtlichter tauchte und die lebendigen Straßen ertönten. So viele Saretorianer, Kinder, Frauen und Männer. So viele Lokale, Stände, Häuser, Kneipen und Restaurants, die alle mit Leben gefüllt waren. Egal, wo man hinschaute, man fand immer etwas.

Alle Treppen, die die Stadt in verschiedene Ebenen unterteilten, führten zum gleichen Glück. Manche Ebenen waren stiller, wie die oberhalb des Hauptmarktes, begrünt mit riesigen Bäumen und Pflanzen. Manche hatten kleine Brunnen und Marmorbänke, die unter den Plasmalaternen für eine romantische Atmosphäre sorgten. Sogar den ein oder anderen Schimmerling erwischte man hier und dort.

Der Hauptmarkt war großflächig. Er war auf der zweiten Ebene der Stadt angesiedelt, dem Erdgeschoss sozusagen. Darüber, jeweils rechts und links, führten die stilleren Wege in jegliche Richtungen.

Was ich besonders mochte, war, dass alles so offen war. Obwohl es viele große Gebäude zwischen den schicken Ständen mit den hängenden Plasmakugeln gab, wie die Gaststube links vor mir, gab die Stadt einem das Gefühl von absoluter Geborgenheit.

All diese Stimmen … Balsam für die Seele. Ich lauschte Gesprächen Fremder, die sich spaßend darüber stritten, welches Element das effektivste sei, hörte den Geschichten zu, die die Männer in den goldrotbraunen Tuniken erzählten, während ihre Frauen lautes Gelächter genossen.

Ich sah den Kindern zu, die sich über ihr neues Spielzeug, Murmeln und Holzpuppen, freuten. Gekauft an dem marmornen Stand rechts neben dem Kohlegrill, auf dem frisches Hitakifleisch zubereitet wurde.

Herrlich. Dieses Gefühl kannte ich nicht einmal aus Sare. Ich hatte es kurz kennenlernen dürfen, als ich seine Mauern verließ, und nach Iuel dachte ich, dass ich es nie wieder spüren würde, doch ich hatte mich getäuscht. Dieses Mal zu meinen Gunsten.

Und trotz der blauschwarzen Nachtvögel und der Katzen, die durch die Straßen flitzten, trotz des halswärmenden Geruchs von Fleisch, Zimt und Mandeln, trotz des künstlerischen Porzellans hinter dem Stand, der fast acht Meter Länge erreichte, war es das Gefühl, das über meinen Atem herrschte, als seiner über meinen Nacken strich.

Ich drehte mich zu ihm. Dass meine Nase über seine streifte, war nicht geplant. Dass wir uns so anschauten, war Instinkt.

Wollte er sprechen? Oder wollte er –

»Oh, ich bitte um Verzeihung!«, betonte die junge Frau mit dem dunklen Bobschnitt, nachdem sie aus Versehen in Annelya reingelaufen war. Sie erlangte ihr Gleichgewicht wieder und richtete ihr Haar, dann erstarrte sie beim Anblick von Annelya.

»Heiliger Kristall, Prinzessin Elim!« Hinter ihren schmalen Händen vor dem Mund klang ihr schriller Ruf gedämpft.

»Alles in Ordnung, keine Sorge, ich war abgelenkt«, erklärte Annelya und schielte ganz kurz zum lächelnden Kaiden herüber.

»Ja, ist – ist unsere Schuld!«

»Oh, was für ein Wunder, ich wusste nicht, dass Sie hier sind. Ganz schrecklich, was N'Artem da anrichtet …«

Annelya musterte die großen, runden Augen der besorgten Frau. Sie war so dramatisch, so hektisch, irgendwie verworren. Genau wie das rotbraune Gewirr aus Stoff ihres Oberteiles.

»Die Elite wird Gion N'Artem aufhalten, Sie brauchen sich nicht zu fürchten«, versicherte Kaiden.

Kaiden … wie attraktiv möchtest du noch werden?

»Ich hoffe doch!«, rief die Frau mit breitem Grinsen, als ihre grüßende Hand nach vorne schoss. »Makira! Freut mich!«

347

Annelya schreckte fast zurück, doch sie besaß genug Manieren und war im königlichen Verhalten geübt, sodass sie keinen Anschein von Respektlosigkeit erweckte.

»Freu-freut mich, A-Annelya.« Annelyas Lächeln war nichts im Vergleich zu Makiras weit aufgerissenem Grinsen, dem ein unkontrolliertes, übertriebenes Lachen entsprang.

»Ich weiß doch! Prinzessin!« Wo war ihre Nervosität hin?

»Wir –«, setzte Annelya an, doch Kaiden übernahm die Kontrolle.

»Wir müssen jetzt weiter. Pass auf dich auf, Makira.« Er klang streng, bestimmend. Es war glasklar zu erkennen, dass er von der Elite ausgebildet wurde.

»Oh, ja, ja natürlich, Verzeihung! Ich wünsche Ihnen noch einen spannenden Abend!« Makira griff nach dem verworrenen Stoff, der über ihre enge Lederhose fiel, und eilte schnell hinfort.

Annelya und Kaiden schauten mit dem gleichen Blick hinter sich.

»Spannender Abend?«, grübelte Annelya.

»Da hat wohl jemand etwas zu viel LukLuk getrunken«, witzelte Kaiden.

Makira entschuldigte sich bei jedem, den sie anrempelte, während sie die Steintreppen zur oberen Nebenstraße hinaufkletterte. Sie hüpfte, erwischte immer nur jede zweite Stufe und glitt dann hinter ein paar Bäume, bevor sie mit schiefem Lächeln hinter der dunkelbraunen Rinde hervorlugte.

»Prinzessin …«

Konzentriert schweifte ihr Blick auf ihre Hand. Das waren schwarze Adern. Sie presste ihre Finger gegen ihre Wange und Schläfe und die schwarzen Adern vermehrten sich, bis sie ihr Augenweiß erreichten, welches sie genauso dunkel färbten. Ihr Ausdruck sah nach tiefstechendem Schmerz und gleichzeitig nach purer Befriedigung aus.

»Die Prinzessin lebt. Sie hat ein wirklich, wirklich schönes Kleid an, hihi! Aber rot würde ihr besser stehen!« Die Adern kreuzten ihren verrückten Blick, wanderten weiter über ihr Gesicht bis zu ihrem Kiefer. »Soll ich es tun!?« Makira wippte ungeduldig vor und zurück.

»Noch nicht«, hörte sie Uriels entfernte Stimme in ihren Gedanken flüstern. »Stelle sicher, ob der Rest auch dort ist. Wir bleiben beim Plan.«

Makiras Lachen spielte sich hinter ihren Zähnen ab. »Laaaaangweilig. Ich möchte Blut schmecken!«

»Da.« Kaiden zeigte links nach vorn in die Seitenstraße hinein.

»Da?«, wiederholte Annelya und lächelte ihn an, bevor die beiden weiterliefen.

Diese Straße war ruhiger, obwohl sie direkt an den Hauptmarkt anknüpfte.

Erst dachte ich, es sei der Sternenhimmel, der so über mir funkelte, doch das war Straßenschmuck. Er hing von Stand zu Stand und zog sich über die gesamte Straße. Weiße, runde Behälter, gefüllt mit gedimmtem, warmem Plasmalicht.

»Hier«, sagte Kaiden, während er den hohen Hocker aus robustem, glattem Ebenholz zurückzog. »Setzt Euch, Prinzessin.«

Vorsicht, Annelya, wenn du weiter so auf seine Lippen schaust, verfehlt dein Po den Hocker.

»Danke.« Annelyas Augen weiteten sich. Das war unglaublich gemütlich, dafür, dass es Holz war. Sie schielte kurz zu ihren Oberschenkeln.

»Angenehm, oder? Ich könnte Stuuunden darauf sitzen, haha.«

»Ist das Holz oder Watte?« Annelya lächelte Kaiden immer noch an. Ganz große Augen, strahlendes Gesicht.

Beide setzten sich hin und rückten näher zueinander und näher an die hölzerne Theke des kleinen, gemütlichen Lokals.

Annelya lehnte sich mit beiden Armen auf die Theke. Das Licht von der kleinen Markise über dem Tresen fiel wie Sternenstaub auf sie herab und offenbarte ihre Neugierde.

Spritzendes Öl in den Stahlpfannen flog hoch hinauf und verteilte Düfte bunter Gerichte. Drei Köche, eine Frau und zwei in weiß gekleidete Männer eilten von einem Topf zur nächsten Pfanne, griffen nach verschiedenen Gemüsesorten, die unter ihren scharfen Messern starben.

Die Theke mündete dort, wo die offene Küche endete, neben dem Eingang, der zu einem breitflächigen Raum des Lokals führte. Innen sah es auch gemütlich aus. Viel dunkler, doch voller als draußen. Fast jeder Tisch war besetzt, hauptsächlich von jungen Leuten.

Annelya versuchte, die Bilder auf den Steinwänden zu erkennen, doch das gedimmte Licht erschwerte ihr die Sicht. Es musste abstrakte Kunst gewesen sein.

»Kaiden!«

»Shibuko!« Kaiden klemmte sich mit dem Fußrücken hinter die Holzleisten des Hockers, als er sich leicht erhob, um mit Shibuko einzuklatschen, der gerade von dem Gastraum in die Küche trat und sein beiges Tuch über seine Schulter warf.

Seine perlenweißen Zähne und seine alte, aber glatte Haut waren Merkmale, die nur pan-de-saretorianische Köche aufweisen konnten. Wie viele Goldtaler wohl hier täglich reinrollten?

»Wie geht es dir, Junge? Ich habe dich lange nicht mehr hier gesehen. Und was für einen ehrenhaften Gast du dabeihast! Prinzessin Elim!«

Er war erfreut, aber nicht verblendet wie die Frau vorhin am Markt. Das gefiel mir. Das gefiel mir hier im Pan De Sartum. Ich war etwas Besonderes, aber so waren es auch die Bewohner dieser Stadt. Um ehrlich zu sein, verehrten sie Saretum mehr als mich und den Kristall. Eine nette Abwechslung.

»Hallo!«, grüßte Annelya mit höflichem Händedruck.

Shibuko stöhnte und lehnte sich mit beiden Händen gegen die Holzkante, bevor er kurz nach hinten schrie: »Temeho, bring uns doch bitte mal etwas Jinlu!«

»Nein, nein, Shibuko! Ich kann nicht, ich habe morgen Training.« Kaiden wollte sich rausreden, doch Shibuko kaufte kein Wort ab.

»Ha, Junge! Entspann dich, es ist nur ein kleines Glas. Wie möchtest du sonst solch eine Schönheit ertragen?«, rügte er ihn, nah vor sein Gesicht gebeugt. Großäugig schaute er auf Annelya und flüsterte ganz bewusst, ganz laut: »Und du bist ja jetzt auch stolze siebzehn Jahre auf dieser Welt, Junge. Ein Mann. Unsere Männer trinken Jinlu!«

Annelya konnte nicht anders, als sich von Shibukos spielerischer Energie anstecken zu lassen.

»Komm, ich trinke auch einen! Ich werde auch bald siebzehn.«

»Stimmt, Sonnenhüter! Wann genau!?«

»Zwei Tage vor Ende des siebten Monats«, murmelte Annelya ganz verlegen. Dabei hatte sie doch noch keinen Jinlu getrunken.

»Ah, danke, Temeho!« Shibuko nahm dem lächelnden kleinen Mann die schwere schwarze Glasflasche mit der braunen Flüssigkeit ab und griff nach zwei Gläsern im rechten Holzfach neben sich.

»Soooo.« Es war ziemlich demonstrativ, wie er Kaiden das Glas zuschob.

»Aber erst die Prinzessin«, sagte Shibuko, bevor der schwarze Korken auf der Theke landete und die Flüssigkeit in Annelyas Glas perlte. Anscheinend war sie grün, nicht braun. Das dunkle Glas musste die Farbe verfälscht haben.

»So, das sollte reichen!« Shibuko öffnete den Mund und weitete die Augen, während er auch Kaiden etwas einschenkte. »Prinzessin, ich hoffe, dass ich keinen Ärger dafür bekomme …«

»Von wem solltest du denn jetzt Ärger bekommen?« Kaidens Lachen hielt nicht lange an. Sein humorvoller Ausdruck wechselte schnell zu schamvollem Terror, als er Shibukos vorwurfsvollen Blick registrierte. »A-Annelya, so meinte ich es nicht – ich meinte, dass hier, jetzt gerade, im Lokal –«

»Hey. Ich verstehe schon.« Nur ein Lächeln von ihr reichte, um sein angespanntes Gesicht wieder zu lockern.

»Eine Tragödie, Prinzessin. Eine Tragödie …«, jammerte Shibuko und füllte auch sein Glas mit einem Schluck dieses schmackhaften grünen Jinlu.

Annelyas gedankenversunkener Blick ins Glas war genauso fest wie ihr Griff darum. Ihr sattes Haar und ihre reine Haut wirkten wie die eines Engels, einer magischen Gestalt, die nur in Träumen und Sagen vorkam. Zumindest schaute Kaiden sie so an.

»Aber lasst uns nicht in der Dunkelheit verweilen. Das Pan De Sartum, wie findest du's, Prinzessin? Musstest du schon viele Bewunderer abwimmeln oder nur diesen einen hier?« Shibuko beherrschte den Ton seiner Stimme wie ein Instrument, das jemandes Emotionen nach Belieben bestimmen konnte.

Ein sanftes Lächeln bildete sich langsam zwischen Annelyas Wangen, dann folgte ein Nicken, der erste Blick nach vorn, nachdem sie aus den Tiefen des Jinlu hervortauchte.

»Ich liebe es. Es ist magisch. Anders kann man es nicht beschreiben.«

»Mhhh, das ist es in der Tat, in der Tat. Dabei ist es gar nicht das Zuhause der Könige«, grinste Shibuko und packte die schwarze Flasche wieder zurück zu den anderen aufs Holzregal. »Nun!« Er griff nach seinem Glas und hob es an. Annelya und Kaiden tauschten ein kleines, gar heimliches Lächeln aus, bevor sie sich Shibuko anschlossen. »Auf Saretum!«

Schon war der ganze Jinlu hinter den Schluckgeräuschen verschwunden. Shibuko atmete noch ganz befriedigt aus, doch die anderen beiden kämpften mit Husten und Tränen.

»D-das ist verdammt scharf«, hechelte Annelya mit feuchten

Augen. Kaiden tat das Gleiche, doch er zeigte etwas mehr Selbst-
beherrschung.

»Sehr – scharf.«

»Ich weiß, was ihr jetzt braucht!«, rief Shibuko und erntete zwei
nervöse Blicke. »Nudelsuppe!«

Konhama ... Konhama ...

Wer hätte gedacht, dass ein Windzug, so sanft und wohltuend
wie dieser, Sorgen, so bitter und schamvoll wie seine, für wenigstens
einen Augenblick rauben könnte.

Surneis Atemzug floss durch seinen ganzen Körper, so wie jener
Windzug durch die Tür zum marmornen Balkon in das Zimmer,
vor dem er stand. Weiße Gardinen auf den kastanienbraunen Gar-
dinenstangen und perlenweißer Stoff auf seiner Porzellanhaut tanzten im stillen Rhythmus des späten Abendwindes.

Und ehe seine Gedanken wieder der dunklen Einsamkeit verfallen konnten, klopfte es zwei Mal an der Tür.

Nein ...

Der junge Lar atmete mit verschlossenen Augen tief aus, bevor
er sich umdrehte. Die Tür fühlte sich kilometerweit entfernt an,
dabei waren es wahrscheinlich nur fünf Schritte bis dahin gewesen.
Zögernd ging er sie. Es waren sogar nur vier.

»Was willst du?«, murmelte Surnei, knapp vor der Tür stehend,
während er die Schatten unter dem Türspalt beobachtete.

»Woher wusstest du –?«

»Ich kann dich hören.«

»Du meinst mein Herz?«

Stille.

»Ja«, wisperte Surnei.

»Können wir reden?«

Surnei rollte seine Augen, doch seine Mimik endete in etwas
Schmerzhaftem. »Worüber?«

»Na über das Geheimnis der Lar«, flüsterte Jango.

Surneis Stirnrunzeln war eher spöttischer Natur.

»Du lügst. Ich kann es spüren.«

»Perfekt. Dann weißt du, dass meine nächsten Worte wahr sind.«

Am liebsten würde Surnei die Augen geschlossen halten. Wieder entwich ihm ein tiefer Seufzer.

Jango, verdammt nochmal …

»Fremder, bitte.«

Wie lange müsste Surnei ihn ignorieren, damit er ging? Fünf Sekunden? Zehn Minuten? Eine Stunde? Anscheinend war er nicht bereit, das herauszufinden, denn der Türgriff war nach kurzem Zögern in seiner Hand versunken.

»Was ist denn?«

Jangos Gesicht erstrahlte, als das weiche Plasmalicht des Zimmers auf ihn fiel. »Hallo.«

»Hallo.« Surnei presste die Lippen zusammen und trat einen Schritt zur Seite, als Jango sich entschloss, einzutreten. Er lief auf den Balkon hinaus und griff nach dem schicken Geländer, während er nach Luft schnappte.

»Schöne Nacht, nicht?«, murmelte Jango und Surnei schloss die Tür des Zimmers.

»Jango …« Vier Schritte zurück. »Was möchtest –«

»Anma und ich lieben uns nicht«, schoss es aus Jango heraus und er wandte sich abrupt um.

»Jango.« Surneis Stöhnen war schmerzerfüllt.

»Also, doch, aber nicht so. Nicht so wie sich Frau und Mann lieben. Wir respektieren uns, wir –«

»Ihr habt ein Kind.«

Selbst wenn Jango die Augen schließen würde, hätte er Surneis Verwirrung nicht übersehen können. Er zögerte, bis ein langer Seufzer seine Aufregung verfliegen ließ.

»Ja. Weil Anma das Kind des Oberhauptes war und ich als Clanführer gewählt wurde. Das Kind des Oberhauptes wird der Person geschenkt, die sich als würdig erweist, die Führung zu übernehmen. Eine Tradition, die seit Hunderten von Jahren befolgt wird. Eine Tradition, die wir befolgt haben, damit wir das Gleichgewicht und die Ordnung des Clans wahren. Wir wussten beide, worauf wir uns einlassen, dass wir andere lieben dürfen, so wie wir es einander niemals tun könnten.« Jangos Augen, wie konnten Augen so herzerwärmend blicken?

»Jango …«

»Ich habe viel geopfert, so wie du es getan hast, Surnei. Für mein Volk, für meine Pflicht, für meine Familie. Es hat ein einziger – ein einziger Blick gereicht, als ich dich in diesem Zelt sah, um zu verstehen, was es bedeutet, zu spüren. Jemanden zu verlangen. Wie es aussieht, bin ich nicht der Einzige.« Jango wurde schneller mit seinen Worten, dann wieder langsamer. Vorsichtig trat er tiefer in den Raum hinein, begleitet vom lauwarmen Windzug der goldenen Nacht.

Surneis Gedanken führten Krieg mit seinem Herzen. Ob er Jangos oder seines hörte, das war nicht mehr zu unterscheiden.

»Jango, es geht nicht darum – selbst, wenn es so ist.«

»So ist es!« Noch ein Schritt.

»Das ändert nichts daran, dass ich eine Grenze überschritten habe, die ich nicht hätte überschreiten dürfen. Ich bin loyal. Mein größter Traum war es, in die Elite aufgenommen zu werden, ich – ich habe Prinzipien, Pflichten – und ich bin meinen Impulsen gefolgt, obwohl ich es nicht hätte tun sollen.« Surnei wollte einen Schritt zurückweichen, denn Jango war zu nah. Doch die Bettkante blockierte seinen letzten Schritt. Schnelles Blinzeln, rasendes Herz.

»Ja, das mag sein. Du bist deinem Impuls gefolgt und du hast eine Grenze überschritten. Und dafür scheinst du dich genug bestraft zu haben. Was viel wichtiger ist … zum ersten Mal hast du dir genommen, was du wirklich wolltest.«

»Das bin ich nicht!«, schoss es aus Surnei.

Jango griff nach Surneis markantem Kiefer, schmiegte seine Finger über seine Wangen.

»Hör auf! Hör auf. Ich kenne das. Ich kenne diesen Kampf. Wer du glaubst, sein zu müssen und sein zu wollen. Das hatten wir. Du brauchst dich nicht zu verstecken, nicht vor mir. Das Spiel habe ich lange genug gespielt.

Seine Augen ... hör auf, Surnei.

»Fremder. Das Schicksal fordert dich heraus, zu werden, wer du bestimmt bist zu sein. Elite, Soldat ... du bist ein Wunder.«

Surnei hörte Jangos tobendes Herz. Es wurde lauter, tiefer, schneller, während ihre Blicke mit jedem neuen Aufeinandertreffen Funken sprühten.

»Hör auf, dich kleinzuhalten. Du stehst in keiner Schuld, Surnei Elim. Du wurdest nicht gerettet. Schicksal hat dich dorthin geführt, wo du hingehörtest. So wie es dich zu mir geführt hat.«

Atem auf Atem. Die Plasmalichter verloren langsam an Intensität. Anscheinend wurde sie geraubt von der magnetischen Anziehung zwischen Surneis und Jangos Brust.

Surnei entwich ein stiller, zögerlicher Ton. Ihre Blicke wurden immer schneller, tanzten immer inniger, bis die Stille brach und Jango seinen Atem in Surneis tauchte.

Dieses Mal war es anders, das Gefühl, das durch Surnei raste. Wie eine Schlange, die sich häutete, fiel die dünne, tote Schicht an Schuld zu Boden. Neue, glänzende Farben erstrahlten, wanderten von seiner zu Jangos Seele. Keiner beschwor Flammen, doch nur so könnte dieses Gefühl beschrieben werden.

Atem wurde schneller, während die Plasmalichter dunkler und dunkler wurden, sich der aufkommenden Nacht fügten, wie Surnei sich ihm fügte. Langsam strich das Leinenhemd über seine nackten Arme, bevor Jangos Finger durch das bitterschwarze Haar streiften, fest nach diesem griffen und Surneis Kopf vorsichtig nach hinten zogen. Jangos Duft stieg empor, während sein Kopf sank.

Das Bett war keine Blockade mehr, es wurde zu einer Einladung. Haut traf auf Haut und Haut auf weißen, teuren Stoff.

Kurz löste sich der Kuss, als sich ihre Blicke erneut trafen.

»Hier gehören wir hin«, wisperte Jango in Surneis weiches Gesicht.

Wie konnten Wimpern so lang und sanft sein? Wie konnte droknisches Blut so unschuldige Augen erschaffen?

Surnei nickte und legte seine Hand auf Jangos Nacken, das Bein über Jangos Hüfte.

Je tiefer der Kuss, je kräftiger der Atem, desto wilder die winzigen Blitze zwischen Surneis Fingern. Sie schnappten nach Jango und zwickten über seine Haut, doch es schien ihm nichts auszumachen.

Mit jeder neuen Bewegung flog ein weiteres Stück Stoff auf den Marmorboden und offenbarte mehr Haut, mehr Schweiß.

Jango entwich ein Stöhnen, als Surnei sich an seinen Rücken krallte. Er streckte den Kopf weit nach hinten, schnappte nach Luft und tauchte zwischen weiße Stoffe, während Jango langsam in ihn tauchte.

Diese Farben, diese explodierenden Lichter, waren sie wirklich zu sehen oder sah nur er sie? *Surnei.* Ein Gefühl, das zwischen seinen Beinen anfing, bevor es ein rasendes Kribbeln über seinen ganzen Körper, von Kopf bis Fuß, entfachte.

Der junge Lar stöhnte seinen Namen, als Jango ihn sachte packte und nach oben drehte.

Nun war es Jango, der auf weißem Stoff lag.

Surnei fasste nach der warmen starken Brust unter ihm. Ob er was zu sagen hatte oder nur nach seinem Namen rief, würde keiner je erfahren, denn Jangos Stoß raubte dem jungen Lar Atem und Worte.

Finger glitten ineinander, Stoff zwischen ihren verfangenen Beinen. Der Rhythmus wurde schneller, genauso wie Jangos Atem, als er mit seinem Daumen nach Surneis Zunge griff.

Er schaute auf jedes Zucken, jede Mimik in Surneis Gesicht, bevor er mit der anderen Hand Surneis Hüften fester nach unten, zu sich, drückte.

Und als der junge Lar vollständig losließ und sich mit geweitetem Brustkorb, strammem Bauch und offenbarter Kehle nach hinten streckte, glitt Jangos Daumen vom Mund, den ganzen durchtrainierten, verschwitzten Körper hinunter, bevor auch er die Kontrolle verlor und seinen Kopf weit in den Nacken senkte.

Feuer. Jangos Herz pochte unter Surneis Fingerkuppen, so wie Jango in ihm pochte.

Während die Lichter verloschen und der Mond erstrahlte, als die Flammen zwischen den beiden Männern wie Wildfeuer wuchsen, da wurden Jangos Gedanken zu Surneis, die synchron im gleichen Ton erklangen:

Hier gehöre ich hin.

Lauwarmer Wind schlich sich in den Raum, fuhr über spiegelnden Marmor und kroch feuchten Stoff hinauf, küsste nasse Haut und pustete die letzten Plasmalichter hinfort.

Nur noch Mondschein. Nur noch Frieden. Nur noch Liebe.

XXIII

ICH BIN VIOLETT

Es waren drei Stunden seit dem Sonnenuntergang vergangen, doch die Stadt war trotzdem noch voll. Immer wieder wich Annelyas Aufmerksamkeit von Kaiden zur Gaststube oder zu den Bewohnern auf den Straßen hinter ihr.

Er musste ihre wiederkehrende Abwesenheit gemerkt haben. Dass er sie nicht darauf ansprach, zeugte von Verständnis. Vielleicht sogar von etwas Egoismus, denn Annelyas Lächeln war am sanftesten, wenn sie sich in den Gesprächen und dem Gelächter auf der Straße verlor.

So glänzendes Haar und so schimmernde Haut. Die Farbe ihres Kleides stand ihr gut. Sie betonte ihre eigenen, wie das diamantenverzierte Silber auf ihren Ohrläppchen.

Annelya beugte sich zur Schale und ließ ein paar Nudeln, die sie zwischen den hölzernen Stäbchen festhielt, in ihrem Mund verschwinden.

»Lecker, oder?« Kaiden sprach mit Stolz, als ob er die Suppe selbst zubereitet hätte und auf Annelyas notwendige Bestätigung warten würde. Wenn ihr Nicken mit den aufgerissenen Augen nicht alles sagte, dann bestimmt ihr saftiges Schlürfen.

»Pikant, süß, trotzdem salzig … wie kann man alles so gut kombinieren?«, mampfte Annelya hinter ihrer Hand. Lachen durfte sie nicht, schließlich hatte sie noch den Mund voll Nudeln.

359

»Du isst aber echt langsam.« Kaiden grinste.

»Bitte? Du isst einfach viel zu schnell!« Annelya ließ die letzte Nudel in ihren Mund verschwinden.

»Wieee zu schnell?«

»Hey, du hast zwei gegessen! Zwei Portionen!«, stellte sie fest.

Kaiden legte die Finger auf seine Brust und streckte den Kopf zurück. »Prinzessin, gute Suppe muss man ehren!«

Beide lachten unbeschwert, bevor sich ihre Hände auf der Holztheke berührten.

Kaidens Blick wanderte von Annelyas Hand zu ihren blauen Augen. Plötzlich fing er an, seinen Kiefer zu dehnen und seltsame Grimassen zu ziehen.

»Öhm … was wird das?«

»Etwas das Gesicht lockern. Wegen dir kriege ich noch den schlimmsten Muskelkater meines Lebens.«

»Wieso das?« Annelya leckte kurz über ihre Lippen.

Verdammt, hing da ein Stück Paprika!?

»Schaut man dich an, kann man nicht anders, als zu lächeln«, offenbarte Kaiden, als er mit den Grimassen aufhörte.

Ja, da, schon wieder: ein Lächeln auf Annelyas Gesicht. Sie wagte nicht, wegzugucken. Verdammt, er war so unbeschreiblich …

Schön.

»Danke«, flüsterte sie.

Für sie war ihre Dankbarkeit selbstverständlich, doch bei Kaiden verursachte sie ein Runzeln auf der Stirn.

»Wofür? Die Nudelsuppe hab nicht ich gekocht.«

Annelya rollte mit ihren Augen. Konnte man sich mit Gelächter betrinken?

»Dafür.« Sie zeigte um sich, bevor das Plasmalicht über der Theke wieder ihren dankbaren Blick erhellte. »Für diese Nacht. Du hast mich gut fühlen lassen. Vor einigen Nächten hätte ich schwören können, dass ich mich nie wieder lebendig fühlen könnte …«

Kaiden folgte Annelyas Blick auf die Straße. Ein Mädchen, gekleidet in rosarot, spielte mit einem kleinen Jungen, der wahrscheinlich ihr großer Bruder war, während sie immer wieder nach den kleinen Fleischstückchen griffen, die ihre Eltern ihnen von der öligen Papiertüte runterreichten.

»So stellte ich mir die Welt hinter den Mauern vor.« Annelya verweilte eine kurze Weile mit dem herzlichen Gefühl, das sie gerade überkam.

Kaidens liebevolle Hand schmiegte sich um ihre. Sie konnte nicht anders, als ihn anzuschauen. Silber und Dunkelblond sahen in diesem Licht noch klarer aus.

»Was du dir vorstellst, genauso sollte es sein. Friedlich. Lebendig. Jeder, der etwas anderes behauptet, liegt falsch. Gion liegt falsch.«

Ihr Lächeln schwand, während sie mit Kaidens Fingern spielte. Diese Stille, diese aufkommende Kälte, spürte er sie auch? Sie machte sich auf ihrem Gesicht breit, ließ ein Stück Wahrheit zu.

»Kaiden. Weißt du, wie es sich anfühlt, wenn dein ganzes Leben eine Lüge ist?« Blinzelnd schaute sie hoch und sah seinen mitleidigen Blick. »Seit meiner Geburt wusste dieser Mann, wofür ich bestimmt bin. Denn er hatte sich meine Bestimmung selbst ausgesucht. Ich … ich erwische mich dabei, wie ich immer besser verstehe, dass jeder Traum, jeder Wunsch, jeder Gedanke in meinem Leben … eine Lüge gewesen ist.«

»Annelya, nein. Nichts davon war eine Lüge. Wer du bist, was dich ausmacht, das hast du zu entscheiden.«

»Ja, Kaiden. Genau. Und ich habe mich genauso entschieden, wie er es wollte. Er kennt mich besser als ich mich selbst.«

Kaidens Stirnrunzeln wurde tiefer, sein Blinzeln schneller, doch er lehnte sich trotz seiner Verwirrung weiter zu ihr.

»Wie meinst du das?«

Annelya atmete langsam ein. Es klang so erschöpft.

»Als ich auf Iuel Herim traf, war meine Energie noch nicht vollständig vom Katalysator abgezogen. Iuel war schnell genug, mich von der Wahrheit zu überzeugen. Schnell genug, um die Arbeit des Katalysators abzubrechen. Er öffnete ein Schattenportal, schickte mich zurück nach Sare, um Gion aufzuhalten. Und die Wahrheit ist, dass ich noch genug Energie übrighatte, um das zu tun.« War das Scham in ihrer Stimme, die so kalt zustach? »Stattdessen habe ich den Katalysator gefüllt, meine restliche Energie abgegeben.«

Kaiden zog sich wieder zurück, während sein Griff schwächer wurde. »Ich verstehe nicht ...«

»Er hat mir gedroht. Surnei. Er war die Versicherung ihres Plans. Sollte etwas schiefgehen, sollte Iuel es doch hinbekommen, mich zu warnen, dann sollte Snow Surnei töten, falls ich mich widersetzte.«

»Snow ...«, flüsterte Kaiden.

»Kaiden.« Annelyas sah ihn eindringlich an. »Ich habe nicht eine Sekunde gezögert.«

Kaiden musterte Annelyas schmerzerfüllten Ausdruck. Langsam schüttelte er seinen Kopf.

»Wieso solltest du? Es ging um deinen Bruder.«

Ein spöttisches Schnaufen entschlüpfte Annelya. »Es ging um mich. Ich hätte es nicht ertragen können, ihn zu verlieren. Dabei habe ich das Leben aller riskiert. All meine Träume, diese Welt von Herim zu befreien, das Saretorium in Licht und Würde zu führen ... würde eine würdige Prinzessin, eine Königin, dieser Gott, für den sie sie alle ihr ganzes Leben lang gehalten haben, so handeln? Es war nicht Gion. *Ich* war es. Ich hätte ihn aufhalten können, alles beenden können. Doch ich habe es nicht getan. Weil ich den Schmerz nicht ertragen konnte. Und das – das macht mich zu einer Lüge. Ich bin nicht würdig. Ich bin schuldig. Das, was er erschaffen hat: sein erfolgreiches Experiment. Als meine Aufgabe vorbei war, hat er mich erdolcht. Es war abgeschlossen, ich war nicht mehr zu gebrauchen.«

»Hey, hey, Annelya!«, Kaiden strich über ihre Wange und alles um sie herum war vergessen. »Die meisten von uns hätten so entschieden. Surnei ist dein Volk. Die Liebe, die du zu ihm spürst, die kann man nicht so einfach opfern. Schon gar nicht, wenn man nie mit Krieg konfrontiert war. Annelya, du wurdest verraten und missbraucht. Wie viel hätte dein Geist noch stemmen können? Das war pure Manipulation. Ich meine, wir sind sechzehn, siebzehn. Ich habe nicht mal einen Eliteabschluss. Über sowas sollten wir uns keine Sorgen machen müssen und du bist mit Sorgen groß geworden. Dein Leben wurde dir in einem Zug entrissen, natürlich klammerst du an der einen Sache, die wahr ist.«

Annelyas und Kaidens Blicke waren untrennbar. Sie wurden eins, säten neue Gefühle in ihre Herzen. »Surnei ist dein Bruder. Und schau: Du stehst hier, nachdem all das passiert ist, auf einer Mission, N'Artem aufzuhalten. Wer sagt, dass dein Schicksal in dieser grässlichen Nacht endete? Ich glaube, es hat gerade erst begonnen, Prinzessin.«

Sie sah Kaidens Gesicht durch die Tränen, die langsam aufkamen. Die Gedanken pochten in ihrem Kopf, die Gefühle wollten aus ihrem Herzen herausschreien.

Mit zittriger Lippe sprach sie nur ein Wort, noch einmal: »Danke.«

Kaiden zögerte nicht eine Sekunde und zog Annelya in seine Umarmung. Er drückte sie fest an sich, schenkte ihr Halt.

»Wir werden es beenden. Und dann werden wir herausfinden, wer Annelya wirklich ist, gemeinsam. Versprochen.« Kaiden schaute über Annelyas Schulter zu Shibuko, der sich sorgevoll annäherte, als Annelyas Weinen nicht mehr zu überhören war. Der Junge verneinte mit seinem Kopf, er signalisierte Shibuko, auf Abstand zu bleiben.

Immer wieder fiel ein sorgevoller Blick auf Kaiden und Annelya, von den Köchen, von Passanten und Gästen.

Doch in Kaidens Armen fühlte sie sich geborgen, behütet.

»Wollen wir zurücklaufen? Wir können uns etwas auf die Palasttreppen setzen und uns den Horizont der Stadt angucken«, flüsterte Kaiden in ihr Ohr.

»Ja … gut-gute Idee.« Sie schnappte tief nach Luft, bevor sie kurz auflachte. »Gut, dass ich keinen Lidstrich gezogen habe.«

»Oh Saretum, diese Sorge wird man wohl keiner Frau je nehmen können.«

Da war Annelyas Lächeln wieder, auch wenn es sich etwas durch ihr schweres Herzklopfen kämpfen musste.

»Ich – kann – nicht – mehr.« Seraphine klappte das Buch zu und ließ ihr Gesicht zwischen ihre Hände fallen. »Wir werden niemals etwas finden!«

Meleoidy antwortete nicht, sie reagierte nicht einmal mit einem Ton, nichts. Seraphine lugte zwischen ihren Fingern hindurch.

»Ich bin diejenige, die nicht mehr mit dir reden sollte, das ist dir bewusst o–«

»Hier!«, schoss es aus Meleoidy, als sich ihre gekreuzten Beine lösten und sie mit dem Buch vom Stuhl nach vorne kippte. Sie knallte das Buch auf den Tisch, warf ihren zielgenauen Blick darüber, auch eine Strähne, die sie schnell wieder hinter ihr Ohr strich.

Seraphine versteckte sich nicht mehr hinter ihren Händen, denn Meleoidys kalte Euphorie steckte sie allmählich an. »Hast du etwas gefunden?«

»Nein, nein, nein, nein …«, wiederholte Meleoidy, während ihr Finger über die Zeilen strich und das Plasmalicht auf den Tischen zu flackern begann. »Wir haben ein Problem.«

»Warst – warst du das?«, stockte Seraphine, sich vorsichtig nach hinten lehnend, das flackernde Plasmalicht genau inspizierend.

»Noch vier Tage bis zur Opferung … das heißt es wurden schon sechs Tribute ausgewählt«, murmelte Meleoidy, als Seraphine wieder nach vorn schoss.

»Was?«

»Hier. *Es waren Narben, Narben, die sich über zwei Herzen legten. Narben, die nicht zu heilen waren, die an sechs krummen Monden Schmerz versprachen und Schmerz verteilten. Sie gehörten nicht den Markierten, sie gehörten ihnen. Dienten dem Gleichgewicht zwischen Hell und Dunkel. Ein Versprechen, dass sie kommen würden, dass sie gebunden waren – für immer zu lieben und zu fürchten – wegen jener Liebe zu sterben«*, las Meleoidy laut vor, bevor sie ihr angstgebadetes Gesicht hob.

»Ein Poet, der über Herzschmerz dichtet, was für ein Fund. Hatten wir schon, und!?«, zischte Seraphine. Sie streckte ihr Gesicht weiter vor.

»Ich glaube nicht, dass es um Herzschmerz geht.«

»Wieso nicht?«

»Weil es nicht Saretum geschrieben hat. Er wurde von einem antiken Dichter, Orios Ka Wan, dessen Gedichte er nie wiederfinden konnte, nachdem er sie gelesen hatte, inspiriert, selbst zu schreiben. Er sehnte sich danach, nach der Kunst, der Tiefe und Komplexität, die sie besaßen, also fing er an, selbst zu dichten. Orios Ka Wan hat das Gedicht –« Meleoidy verschluckte ihre eigenen Worte und schaute wieder zum Buch.

»Mel? Meleoidy? Welches Gedicht?«

Meleoidy schaute Seraphine an.

»Mist, Mel!« Sie sah Meleoidys Angst. Was auch immer sie gefunden hatte, es war sicher.

»*Die Dämonen der Monde*«, sagte Meleoidy. »Sie gehörten nicht den Markierten, sie gehörten ihnen. Seraphine, heute ist der vierte Mond vor dem Vollmond. Der Text spricht davon, dass sich zu sechs krummen Monden, also keinem Vollmond, sondern sechs Monde vor einem Vollmond –«

»Sich die Droknen zwei Tribute aussuchen«, hauchte Seraphine.

»Genau.«

»Verfluchte Schatten … wir müssen zu Daneel!«

Annelya konnte nicht genug kriegen von diesem frischen Duft, der auf seiner Haut haftete. Ihr Haar sammelte sich zwischen seinem Kinn und seinem Hals, sie legte den Kopf auf seine Schulter, während unzählige Plasmalichter und Schimmerlingsstaub ihre Augen vergnügten.

Zehn Finger, fünf von ihr, fünf von ihm, umarmten sich, tauschten Wärme und Sinnlichkeit.

All diese Farben konnten nur eine Illusion sein. Das Schwarz der Nacht, das sich mit dem Schwarz seines Anzuges und dem Blau ihres Kleides vermischte. Ein Gemälde von violetten Tönen, von pinken Lippen und weißer Haut, verfeinert mit goldenem Schimmer und grünen, still tanzenden Blättern.

»Ich möchte für immer hierbleiben«, wisperte Annelya, versunken in den Zauber des Pan De Sartums.

»Wer sagt, dass du gehen musst?«

Ihr Haar strich seine Schulter hinunter, weil es ihrer sanften Bewegung hinauf folgte. Im Silber vor ihr fand sie den gleichen Zauber, aber hier war er greifbarer. Sie konnte ihn festhalten, spürte ihn auf ihrer eigenen Haut, unter ihrer eigenen Brust. Kaidens Wärme hatte sie ummantelt wie sein Duft.

»Elim …«, hauchte er, näherkommend. »Bleib …«

Langsam schloss sie die Augen, doch ihr Herz war offener als je zuvor, denn seine Lippen waren näher als davor.

Plötzlich flossen alle Farben ineinander und wickelten wie ein konfuser, berauschender Sturm, wie fließendes, heilendes Wasser beide ein, eng verschlossen im Klang ihres Atems. Das Mondlicht brach zwischen ihre Gesichter, kurz davor, hinter versiegelten Lippen zu erlöschen, doch er schreckte zurück.

»Kaiden!?«

Kaiden schnappte nach Luft, als ob er die Schatten selbst gesehen hätte.

»Kaiden, was ist los? Habe ich was falsch gemacht?«

Plötzlich stieß er einen gellenden Schrei aus, der von wahrem Schmerz zeugte. Seine Augen fest verschlossen, seine Finger an seiner Brust zerrend und reißend.

»Kaiden!? Was hast du!?« Annelya sprang auf, griff vorsichtig nach seiner Schulter.

»Es brennt! Es brennt!«, klagte Kaiden, als Annelya ihm schnell dabei half, die Knöpfe unter der ersten Stoffschicht seines Oberteiles zu öffnen. Mit jedem Knopf wurde es deutlicher, das Glühen unter seiner Kleidung.

»Heiliger Kristall, was im Namen …« Annelya riss Kaidens Anzug komplett auf. Der junge Soldat zog ihn panisch aus und offenbarte seinen muskulösen, gepeinigten Körper.

»Annelya, was ist das!?« Er schrie immer wieder auf, versuchte den Schmerz aus seiner glühenden Brust herauszuziehen, während sich langsam eine gerade Narbe formte, von knapp unter seiner Kehle bis kurz über seinem Bauch.

»Ich – ich weiß es nicht, los – wir müssen rein – sofort!« Ohne zu zögern, griff sie nach Kaiden und zerrte ihn hinter sich her. Das Oberteil auf dem Boden dampfte.

»Nameel!«, brüllte Daneel. Wie auf Kommando ließ Tenna die Werkzeuge fallen.

»Was ist passiert?« Er eilte aus dem Raum. Das Erste, was er sah, war die Sorge auf *ihrem* Gesicht. »Mel, Leute, was ist?«

Sie rannten zur Amtsstube, Meleoidy blieb noch draußen stehen, um Tenna hastig zu empfangen. »Die Tribute, sie –«

Plötzlich folgten Tenna und Meleoidy dem Schrei, der die Gänge entlangwanderte.

»Daneel! Tenna!«, kreischte Annelya, Kaiden mit voller Kraft stützend.

»Nein.« Mel schluckte fest.

»Kaiden!« Seraphine ließ keine Sekunde vergehen. Sie lief los, warf Kaidens anderen Arm über ihre Schulter und half Annelya dabei, ihn zur Amtsstube zu tragen. Sie schaute auf die dampfende, frische Narbe, die sich über seinem Herzen geformt hatte, bevor ihr in Furcht getauchter Blick auf Meleoidy fiel.

»Was ist mit ihm passiert?«, fragte Tenna und drang als Letzter in den Raum.

XXIV

ICH SEHE ROT

»Setz ihn auf den Sessel!«, befahl Daneel mit ausgestrecktem Finger und Seraphine und Annelya setzten Kaiden in Daneels teuren, schweren Ledersessel.

»Wasser, er braucht Wasser.« Annelya suchte den Raum nach etwas Trinkbarem ab. »Da!«

Seraphine war schon unterwegs. Eine gläserne Kanne neben den Blumen vor den Fenstern, das sollte reichen.

Kaiden stöhnte in Erschöpfung und Schmerz, riss seinen Kopf weit nach hinten, als die Narbe zu glühen aufhörte.

»Was ist das?« Annelya inspizierte Kaidens Brust, während sie nach der Kanne griff.

»Das ist nichts Gutes«, gab Seraphine bekannt und übergab Meleoidy das Wort. »Meleoidy.«

»Hier, trink …« Annelya hob die Kanne vorsichtig und langsam an, um das bisschen Wasser, das sich darin befand, in Kaidens zitternden Mund zu gießen.

»Ist das Schattenkunst?«, rätselte Daneel, das Geschehen ganz genau musternd.

»Könnte man so sagen. Es sind –« Meleoidy stoppte instinktiv, als sie Annelyas Blick auf sich spürte.

»Es ist was, Meleoidy!?«

»Mel?«, hauchte Tenna und strich über ihren Unterarm.

»Es sind die Droknen.«

»Die Droknen? Was?« Daneel lugte zu Kaiden herüber.

Annelya wagte nicht, das Gleiche zu tun.

»Was meinst du damit?«

»Wir haben in Nemayas Tagebüchern etwas gefunden«, erzählte Meleoidy.

»Saretums Frau?«

Sie nickte Tenna zu.

»Ein antikes Gedicht, das Saretum zum Schreiben inspiriert hatte. Dort erklärt der Dichter, wie sich an sechs krummen Monden Narben über Herzen bildeten, Narben, die unheilbar waren und ihre Träger markierten. Träger, die nun *ihnen* gehören würden. *Das Gedicht der Dämonen der Monde.*«

Ein weinerliches »Nein« entwich Annelya, als sie Kaidens Gesicht fasste. Kopfschüttelnd beobachtete sie die Schweißperlen auf seiner Stirn und Brust. *Bitte nicht.*

»Willst du mir damit sagen, dass die Droknen sich ihre Tribute selbst aussuchen!?« Daneel ging mit bedachten Schritten durch den Raum und rieb sich durchs Gesicht.

»Es ist der vierte Mond vor dem Vollmond. Und Kaiden ist siebzehn Jahre alt«, erklärte Seraphine zögerlich.

»Nein, das können wir nicht zulassen, auf keinen Fall, wir müssen Trupps schicken, jetzt, jetzt sofort!«

»Annelya!« Daneel drehte sich in ihre Richtung, brüllte sie fast an, bevor er schnell wieder leiser wurde. Er sah ihr Zittern. Ihre Angst konnte man nicht übersehen.

»Daneel, bitte«, bettelte sie. »Bitte.«

Es war so, als ob jedem ein kleiner, fieser Stein in die Kehle gelegt wurde. Keiner wagte, tief einzuatmen, keiner konnte richtig schlucken.

»Was soll ein Trupp tun? Wir haben nicht genug Lar, um gegen die Droknen anzutreten«, vermerkte Daneel.

»Die Maschine, wir müssen Surnei holen, Rea – Tenna, ist sie fertig? Wir müssen sie testen.« Annelyas Worte überschlugen sich. Wo sollte ihr Fokus hin? Auf Kaidens Brust? Auf Tennas bemitleidenden Gesichtsausdruck?

»Die Maschine ist noch nicht fertig, falls sie überhaupt funktionieren wird, das – das ändert alles. Wenn Gion sich nicht die Tribute aussucht, was passiert mit ihnen? Werden sie versammelt?«, grübelte Tenna laut.

Seraphines Kopfschütteln war das Erste, das er sah. Das Erste, was auch Annelya sah.

»Wenn bis zum sechsten Tag Tribute markiert werden, würden sie es nicht schaffen, sie rechtzeitig aus dem ganzen Saretorium zu sammeln und an einen Ort zu bringen. Die Droknen – wir wissen nicht, wie schnell sie fliegen können. Falls sie in einer Nacht das ganze Land bereisen können, dann …«

»Dann holen sie sich die Tribute vor Ort.« Tenna beendete Seraphines Satz.

Bittere Stille kehrte ein. Annelyas Blau strahlte nicht mehr so wie vorhin. Es funkelte nicht wie Hoffnung, es schimmerte wie Kälte.

Kaiden krächzte ihren Namen. Sofort griff sie nach seinen ausgestreckten Händen und kniete sich vor ihm hin, den Blick scharf nach oben gerichtet. Sie hielt alle Worte, jede Mimik zurück. »Wir werden ihn aufhalten …«

Er redete, sie nickte. »Ja, ja das werden wir. Das werden wir.« Auffordernd sprach sie zu Daneel. »Wir müssen diese Dinger vernichten.«

Meleoidy war die nächste, die sie anschaute, doch anscheinend verschluckte sie ihre Worte, als ihr Blick beschämt wieder zu Kaiden schwankte.

»Das ist meine Schuld … meine Schuld.«

»Nein, Annelya, ist es nicht«, hustete er. Der Schmerz schien langsam zu verfliegen, doch die Narbe prangte wie eingraviert mitten auf seiner Brust.

»Die Droknen, was, wenn sie sich aufteilen?«, warf Meleoidy in den Raum.

»Sich aufteilen?« Daneel blieb stehen.

»Ja. Wenn sie verschiedene Saretorianer aus dem ganzen Land markieren, ist es viel wahrscheinlicher, dass sie sich aufteilen und die Tribute getrennt konsumieren. Statt sieben – sechs – auf einem Haufen wären es nur noch einzelne.«

Annelyas schaute instinktiv zur Truppe.

Nein.

»Das wäre ein großer Vorteil«, fügte Seraphine großäugig hinzu.

»Ein Vorteil?« Daneel wollte verstehen, jedes einzelne Wort, jeden einzelnen Gedankengang. »Wieso?«

»Wir müssten es mit weniger aufnehmen. Wir haben Rea und Surnei, eine ganze Armee. Die Chancen stehen gut.« Meleoidy nahm Fahrt auf, denn ihre Worte versprachen Hoffnung, doch sie verrieten auch einen Preis.

»Und der Rest?«, flüsterte Tenna.

Annelya hörte ganz genau zu, hin und her gerissen zwischen Kaidens gelegentlichem Stöhnen und der bitteren Erkenntnis, die zwischen den Worten der anderen immer deutlicher wurde.

»Wir können uns nicht aufteilen. Zwölf Tribute. Bis wir sie lokalisieren, wird es zu spät sein, selbst, wenn wir die Maschine rechtzeitig fertigbauen und Kontakt knüpfen.« In Seraphines Stimme schlummerte die gleiche Beklemmung, die jeder in diesem dunklen Raum spürte.

Dunkel, obwohl das Mondlicht hell schien. Doch der Mond war fortan kein Freund mehr. Er war eine tickende Zeitbombe.

»Wir können die erste Opferung nicht verhindern …«, stöhnte Tenna und sah Meleoidys gepeinigten Ausdruck.

»Nein. Nicht vollständig. Aber wir können Kaiden beschützen und mindestens einen Droknen zurück in die Schatten schicken«, sagte Seraphine.

»Aber die Kinder …«, wisperte Meleoidy.

Annelyas Zittern verstärkte sich mit jedem Wort, das sie aufnahm. Sie hielt sich immer noch an Kaidens Silber fest.

»Sobald wir die Maschine fertighaben, können wir langsam und genau vorgehen. Wir hätten einen Monat Zeit bis zum nächsten Vollmond, um genug Lar zu finden und gegen Gion zu mobilisieren.« Seraphines Gedanken formten sich Stück für Stück zu einem neuen Plan.

»Und lassen elf andere sterben!?«, wandte Annelya fast brüllend ein. Das Brechen ihrer Stimme zeugte von Entsetzen. Fand sie denn in keinem Gesicht Zustimmung? Gedanken rasten, raubten jeden noch so tiefen Atemzug. »Nicht schon wieder«, flüsterte sie, schuldbewusst wieder in Kaidens Augen sinkend.

Meine Schuld. Das ist alles meine Schuld.

»Was bleibt uns sonst übrig, Elim? Wir können die Tribute nicht lokalisieren und selbst wenn dem so sein sollte, wir haben zwei frischgeborene Lar, die wir hier, hinter den Mauern dieser Stadt, beschützen und nutzen müssen. Den Feind Stück für Stück zu schwächen, klingt nach einem guten Plan!«

»Annelya, nicht …«, bat Kaiden, Annelyas Wange streichelnd, während er an Kraft gewann. »Meine erste Mission, hm?« Er lächelte schwach, als Annelya nach seiner Hand an ihrem Gesicht griff.

»Ich werde nicht zulassen, dass dir etwas passiert«, murmelte sie, Daneels Worte ignorierend. »Ich werde es nicht zulassen, dass irgendwem etwas passiert!« Zitternd schnappte sie nach Luft und stand auf. Sie brannte vor Furcht. »Wir können –«

»Wir können nichts, Annelya Elim! Außer weiter den Plan zu befolgen!« Daneels eiskalter, lauter Befehl musste das ganze Pan De Sartum zum Schweigen gebracht haben.

Zittern und Zucken wechselten sich auf Annelyas Gesicht ab, ehe sie wie besiegt Kaiden ansah.

Meleoidys Schweigen verstand wahrscheinlich nur Tenna. Langsam schob sich sein Finger zwischen ihre, bevor er ihr ein schiefes, schwaches Lächeln schenkte.

»Nun gut. Nameel, du baust weiter an der Maschine. Ich mobilisiere unsere Truppen. Seraphine, du hilfst mir. Wir müssen jeden Winkel dieser Armee und dieser Mauern verteidigungs- und angriffsbereit gestalten. Elim«, sprach Daneel. »Meleoidy«, fügte er hinzu. »Du beweist dich immer wieder als ein helles Köpfchen. Du wirst Nameel helfen, bei allem, was er braucht. Bringt mir eine funktionsfähige Maschine.« Als letztes schaute er zu Kaiden und Annelya.

»Prinzessin. Dein Befehl bleibt der gleiche. Bleib fern vom Ärger und pass auf Kaiden auf. Soldat, ruh dich aus. Habe keine Angst. Die Elite steht vor, hinter und neben dir.«

Kaiden nickte. »Für das Saretorium.«

»Für das Saretorium«, nickte Seraphine.

Daneel atmete tief ein. »Für das Saretorium.«

Annelya … schwieg.

Sogar hier hatte er mich erreicht, hinter den sichersten Mauern des Landes. Unter all dem Gold und Platin, zwischen den unzähligen bunten Lichtern, die mir Ruhe versprachen, hatte er einen Weg gefunden ein weiteres Mal, Angst in mein Herz zu sähen.

Meine Gedanken begaben sich auf Reise und entdeckten immer neue Welten. Welten voller Freude, Glück, das von einem Unterton Panik begleitet wurde, als würde alles in mir explodieren. Die Stadtlichter hauchten mir Versprechen ins Gesicht, bevor sie zu zittern begannen. Dort, wo sich Himmelsschwarz und Stadtblau trafen, wirkte es nicht mehr wie eine fabelhafte Verbindung zweier Energien — es war viel eher ein blutiges Aufeinandertreffen, das schiefe Töne von Schreien und Terror sang.

Vielleicht bin ich nicht dafür geschaffen, sicher zu sein. Anschei-

nend muss ich leidend durch peinigendes Feuer laufen. Vielleicht ist das die Strafe für seine Sünden. Immerhin bin ich seine größte.

Ich fühlte mich, als ob jemand Besitz von mir ergriffen hätte. Ein Hund, der die Leine erst bemerkt, wenn er nach bunten, freien Vögeln jagt und zu weit rennt. Erst dann verstummt sein elendiges Kläffen unter dem stacheligen Halsband. Und er tut es dennoch immer wieder. Rennt los, im Glauben, den Vogel dieses Mal zu fangen. Doch es ist der Vogel der frei ist, nicht der Hund. Er wird daran erinnert, wo er hingehört, wie weit er gehen darf. Mit jedem neuen Anlauf stoppt er schneller, da er sich an den stechenden Schmerz um seine Kehle erinnert, der ihm das Trugbild, welches er Freiheit nennt, offenbart.

Irgendwann sticht es nicht mehr, denn er rennt gar nicht mehr los. Langsam spürt der Hund den Schmerz nicht mehr. Dafür musste er mit seiner Hoffnung bezahlen.

Und wenn das geschehen ist, kriecht eine neue Frage in sein kleines verdunkeltes Hirn:

Renne ich noch einmal los? Bis die Stacheln meinen Hals durchbohren? Oder bleibe ich liegen, gehe keinen einzigen Schritt weiter und denke über einen einzigen wiederkehrenden Gedanken nach, nämlich den:

»Wofür bin ich überhaupt geboren?«

XXV

(M)EIN LETZTER VERSUCH

Weinen und Klopfen ertönten im Gang. Annelya hörte nicht auf, es wurde immer lauter, bis Jango die Tür aufriss.

»Annelya?«

»Jango?«, wunderte sie sich verheult und schaute über Jangos Schulter aufs Bett. »Sur?«

»Annelya, was ist los?« Jango sah die fließenden Tränen, die ihre Spur auf Annelyas Wangen und Hals gezeichnet hatten, während Surnei sich blitzschnell anzog. Er schlüpfte in seine Stiefel, schwirrte zur Tür. »Elya …«

In seine Umarmung zu fallen, war Instinkt.

»Kaiden wurde ausgewählt«, schluchzte sie.

»Ausgewählt?«, flüsterte Jango.

»Die Droknen – die Tribute – Gion sucht sie sich nicht aus, die Droknen tun es. Er – er wurde markiert.«

»Markiert?« Jangos verwirrter Blick traf auf Surneis verzogenes Gesicht, dann strich er über seine Schulter. »Wie Surneis Mal?«

»Eine Narbe auf der Brust, so markieren sie die Tribute. Ich kann nicht mehr.«

Das war das Signal, welches Surnei brauchte, um ihr Gesicht in seine Hände zu nehmen. Seine Finger wurden nass. »Es wird ihm nichts passieren. Ich werde es nicht zulassen.«

»Ich möchte nur, dass es vorbei ist. All das!« Sie versteckte sich

wieder tief in seiner Umarmung. »Ich kann nicht mehr«, wiederholte sie, immer erschöpfter, immer verzweifelter, während sie sich
tiefer zwischen seine Arme grub, so wie er sich in Jangos mitfühlende Augen.

»Annelya …« Jango legte seine stützende Hand auf ihren Kopf.
Mit der anderen fasste er Surneis Rücken an, bevor auch er seine
Arme um die beiden schlang. »Mach dir keine Sorgen. Wir sind
hier. Kaiden ist hier. Er ist nicht allein. Wir sind nicht allein«, wisperte er, während Annelyas Heulen stiller und Surneis Umarmung
sanfter wurde.

Drei Tage vor der ersten Opferung.

»Du wirst unglaublich aussehen!« Yuvelee flocht die roten Federn
präzise in Annelyas lange Mähne ein.

Ein Garten, er befand sich im Palast, denn ganz weit oben gab
es ein Glasdach, gestützt vom typischen pan-de-saretorianischen
Eisen.

Annelya saß auf der vorletzten Stufe, vor dem großen marmornen
Brunnen mit den Areskopffontänen, aus denen das klarste Wasser
des Landes ins große, runde Becken hinein und aus den winzigen
kleinen Löchern wieder hinaus in die Erde des Gartens floss.

Gläserne Augen beobachteten die Kinder und Palastbewohner,
die im runden, großen Garten spazierten, spielten und sich aus-
ruhten. Manche warfen Stoffbälle durch die Gegend, andere übten
Tänze für den kommenden Sommerwendeball.

Jede Stimme, all das Lachen klang gedämpft im Hintergrund
ihrer gebrochenen Gedanken. Das herrliche Sonnenlicht garnierte
wie eine goldene Flut all die verschiedenen Blüten und Blätter, egal
ob groß oder klein, blau, grün oder weiß.

Schmetterlinge, Schimmerlinge und kleine Vögel zeichneten Freude mit ihren Luftbahnen, während Chumbawa und eine fremde Mina-katze in ihrem spielerischen Kampf miteinander rangen.

Mit unbiegsamem Fokus positionierte Yuvelee die letzte Feder im mittleren Fischgrätenzopf. Annelyas Frisur glich einem Kunst-werk. Wie lange das wohl gedauert hatte, all diese kleinen Zöpfe über ihrer offenen Mähne, geschmückt mit roten Aresfedern, ein-zuflechten? Egal, wohin Yuvelee schaute, zeigte ihr Blick Begeiste-rung. Annelyas dunkles, glänzendes Haar und ihre kristallblauen Augen bewiesen sich als der beste Kontrast zu diesem tiefen Königs-rot.

»Mehr Federn habe ich nicht! Wir sammeln die immer, wenn der Große sie verliert. Also nicht *wir*! Aber die Wächter mit ihren langen Stäben!« Yuveele hüpfte kichernd neben Annelya und setzte sich hin. Sie wedelte mit den Füßen, musterte Annelya. Irgend-etwas stimmte nicht, das verriet Yuvelees wechselndes Gemüt. Ihr Gesicht verbarg nichts – rein gar nichts. »Geht es dir sicher gut?«

Annelya sammelte all ihren Atem und Mut, um Yuvelee ein mühe-volles Lächeln zu schenken. Das Sonnenlicht ließ ihre porzellan-weiße Haut glitzern. »Ja. Ich habe nur nicht so gut geschlafen.«

»Mhm, ja, das sieht man«, stellte Yuvelee fest und ließ Annelya zum allerersten Mal heute auflachen.

»Wie bitte?«, betonte Annelya.

Yuvelees kleiner Finger kreiste unter Annelyas Augen. Sie legte den Kopf zur Seite und offenbarte ihre Zahnlücken. »Ist ein biss-chen dunkler als sonst!«

Gekicher. Ach, für einen Augenblick …

… spürte ich die Farben wieder. Yuvelee, dein Feuer steckt an. Es steckt mich an.

»Du kommst aber heute, oder!?« Wie war das? Yuvelees Gesicht verriet alles? Das hier war ängstliche Erwartung, die zwischen ihren Blicken tanzte.

Mit großen Augen und leichten Augenringen starrte Annelya sie an. »Aber natürlich! Den besten Auftritt der Geschichte des Saretoriums lasse ich mir doch nicht entgehen.«

Yuvelee schoss mit plötzlich feuchten Augen auf Annelya. Sie umarmte sie stürmisch, fest.

»Oh, hey, Yuvelee …«

»Danke! Du bist meine beste Freundin!«, flüsterte das Mädchen, als Annelya auch ihre Arme um sie legte.

»Und du meine.«

»Wenn ich älter bin …«, Yuvelee flog fast von den Stufen, so wie sie sich nach hinten, mit ausgestreckten Armen lehnte, »… dann gehen wir trinken und ganz viel tanzen und – und wir werden so viel Gutes tun!«

Je mehr sie erzählte, desto müheloser wurde Annelyas Lächeln. Sogar ihre Augenringe schienen zu schwinden.

»Du bist etwas ganz Besonderes, weißt du das?«

Yuvelee nickte, in Gedanken vertieft.

»Ich gebe mein Bestes.«

Noch ein Grinsen, während ihre reibenden Hände zwischen ihren kleinen Knien verschwanden. »Ich bin wirklich aufgeregt. Du weißt ja, ich habe mein Leben lang –«

»Dein Leben lang auf diesen Auftritt gewartet, ja, ich weiß.« Annelyas Lachen war mühelos.

»Ich ziehe übrigens was anderes an!«

»Wie!? Nicht das lavendelfarbene Kleid?«

Yuvelee schüttelte ganz schnell den Kopf. »Ich glaube, Gold steht mir besser!«

Chumbawa sprang schnurrend auf Yuvelees Schoss und kuschelte sich an.

»Chumbawa, hey! Willst du nicht mehr spielen?« Sie streichelte über Chumbawas dunkelblauen Rücken und teilte ihre Sorge mit Annelya: »Er hat Hunger, sonst hört er nicht so leicht auf, zu spielen. Ich sollte ihm was zu essen machen. Wir sehen uns heute Abend!?«

»Ich werde in erster Reihe stehen und so laut jubeln, wie es mir nur möglich ist«, deklarierte Annelya, während Yuvelees Strahlen grenzenlos wurde.

Der kleine Rotschopf nickte. Es war purer Stolz, pure Vorfreude in ihren grünen Augen.

»Das wird genial!«, rief sie und sprang auf, Chumbawa fest in ihrer Umarmung haltend. Es sah lustig aus, wie sich kleine Beine so schnell bewegten und wie ihre langen Zöpfe ihr hinterherbaumelten. »Bis später, Annelya!« Yuvelee winkte und floh aus dem Garten. Chumbawa durfte nicht verhungern!

Kurz hielt Annelya inne. Wie Yuvelee senkte sie ihre Arme zwischen ihre Knie, spürte den beigen dünnen Stoff des luftigen Kleides. Sie traute sich nochmal, die Bewohner zu beobachten. Als ihre Brust sich hob, sanken ihre Mundwinkel.

In ihrem Kopf herrschte in diesem Augenblick nichts außer Ruhe. Doch welche Art von Ruhe das war, hatte sie noch nicht entschieden.

Tief ein … halten. Tief aus …

Rea saß vor dem Eingang des Palastes und hörte ganz genau hin. Nicht darauf, was all die Leute zu sagen hatten, sie lauschte in wildfremde Gedanken.

Wilde Nacht. Was koche ich denn heute?

Laurel hat mir immer noch keinen Brief geschrieben.

Da ist Rea.

Verwundert schlug sie die Augen auf.

»Surnei, ich …«

»Du hast mich gehört, nicht?« Er strahlte anders als sonst. Irgendetwas an seiner Aura hatte sich verändert, etwas, das nicht nur ein Lar spüren konnte.

»Surnei Elim.« Er streckte ihr die Hand zum Gruß entgegen.

»Ich weißt, wer du bist.« Rea schüttelte witzelnd ihren Kopf.

War das Schauspiel, wie streng und doch weich sie sprach, das Kinn erhob? »Rea Seliyn.«

Reas Händedruck fühlte sich passend an.

»Laurel hat ihr immer noch keinen Brief geschrieben«, klagte Surnei.

»Du kannst sie auch hören!?«

»Seitdem du hier bist, viel deutlicher und stärker. Es ist, als ob, als ob deine Präsenz …«

»… unsere geistigen Fähigkeiten verstärkt!« Sie lag richtig, denn er nickte neugierig.

»Ja … deine auch?«

»Wahrscheinlich ist das so ein Lar-Ding, nicht? Ob das irgendwo aufhört? Was passiert, wenn noch mehr Lar aufeinandertreffen?«, grübelte Rea laut.

»Das fragst du mich? Ich bin genauso ahnungslos wie du. Vor ein paar Tagen konnte ich nur Schwerter schwingen und jetzt schießen Blitze aus mir heraus … Darf ich?«

»Klar!« Rea rückte etwas zur Seite, damit er sich neben sie setzen konnte. Obwohl die Stufen sehr viel Platz boten, war es eine Geste der Freundlichkeit.

»Was kannst du eigentlich so? Außer dich in einen – einen Droknen zu verwandeln?«

»Ehrlich gesagt, hat sich mir bisher nichts anderes offenbart. Vielleicht liegt es an der Beschwörung? Ein Drokne, der in mir lebt? Wir werden wohl noch grübeln müssen, das steht fest, mein Lieber! Aber, es freut mich, dass du mit mir sprichst. Nach Snows Auftritt hatte ich etwas Bedenken, ob ich hier überhaupt erwünscht sein würde.«

»Hm, glaub mir, Snow sind wir schon alle gewohnt! Und ich dachte, dass es eine gute Idee ist, wenn die einzigen zwei Anomalien, die diese Dinger töten können, sich etwas besser kennenlernen würden«, spottete Surnei und schaute zum Himmel, während Rea ihn musterte.

»Du spürst keine Wut … ihm gegenüber.«

»Hey, raus aus meinem Kopf!«, befahl Surnei scherzhaft.

»Ich kann es nicht kontrollieren! Zumindest das Spüren. Das Gedankenlesen erfordert ganz viel Kraft«, erklärte Rea.

»Geht mir genauso. Aber, um auf deine Frage zurückzukommen … es stimmt. Ich weiß nicht mehr, wer weshalb wie handelt, wer hier richtig oder falsch liegt. Aber, ich spüre Dinge, genauso wie du. Ich spüre Snows Reue.«

»Er wollte Leyla retten …«

Surnei lockerte seinen Nacken, schaffte sich Raum und Zeit zum Nachdenken.

»Mir war nicht mal bewusst, dass er eine Frau hatte.«

»Exfrau«, korrigierte ihn Rea spaßend. »Was ist mit dir?«

Surnei scheute sich vor einer Antwort, dazu musste Rea sich nicht in ihn reinfühlen. Ein Blick auf seine nervösen Hände reichte aus.

»Du sollst das nicht tun«, redete er leise.

»Was denn? Ich habe nicht deinen Gedanken gelauscht, ich habe nur gespürt, was du spürst. Nicht unter meinem Einfluss, vergessen?« Rea stupste ihn freundlich mit dem Finger an, er blickte auf.

»Was spüre ich denn?«

Rea summte mit verschlossenen Lippen und zusammengekniffenen Augen. Sie beobachtete seine auf- und absteigende Kehle, seinen aufgelösten Blick.

»Du bist verliebt«, flüsterte sie, bevor er den Kloß in seinem Hals schluckte.

»Und – was ist mit dir – wo kommst du her?«

»Oh, so geheimnisvoll, Herr Elim? Die Dame muss es dir angetan haben.« Rea schaute ihn immer noch mit zusammengekniffenen Augen an. »Oder der Herr.« Zwinkernd sprach sie weiter: »Ich komme aus Takari.«

»Takari? Das ist Wochen von Sare entfernt, wie hat Gion –«

Surnei stoppte, denn diesmal war es er, der sie spürte. Reas Furcht, ihre peinigende Erinnerung. »Tut mir leid. Wir müssen nicht darüber reden.«

»Ich bin Waise«, gab Rea mit einem Lächeln bekannt. »Meine Mutter ist bei meiner Geburt gestorben und mein Vater lange davor. Ein einfaches Ziel für Leute wie N'Artem. Vor allem, wenn dich die Tante für ein paar Goldtaler verkauft ...«

»Sie hat dich an Gion verkauft?«

»Nicht direkt an Gion. Er war ja offiziell tot. An irgendeinen seiner Handlanger. Ich habe mit allem gerechnet. Mistarbeiten, Prostitution ... Aber, dass mich der Anführer des Hohen Rates als Hülle für einen antiken Drachen benutzt, dessen Form ich zu kontrollieren lerne, weil ich ein sogenannter Lar bin, damit hätte ich niemals gerechnet.«

Ein scharfes Ächzen entfloh Surnei. »Was du nicht sagst, Rea Seliyn.«

»Und du, Prinz von Sare? Hast du mit all dem gerechnet?«

Ich hab nicht mal damit gerechnet, die Mauern von Sare jemals zu verlassen.

Bedacht erfasste Surnei Reas schweigsamen Ausdruck. »Ey, hast du ...«

»Es tut mir leid, es ist automatisch passiert, ich schwöre es hoch und heilig! Das muss die Verbindung sein!« Rea hob ihre Hände hoch.

Surnei pustete all die Luft in seinen Lungen aus.

»Daran werden wir üben müssen!«

»Annelya, hey!« Kaiden senkte sein Schwert und blickte zu Annelya, die gerade den Trainingsraum betrat.

»Kaiden, sieht ausruhen so für dich aus!?« Schimpfend huschte sie zu ihm.

»Wow, deine Haare –«

»Na, na!«, jammerte Annelya.

Ihn zu unterbrechen war die eine Sache, nach seinem Schwert zu greifen die andere.

»Prinzessin, was wird das?«

»Ich habe überall nach dir gesucht, du müsstest irgendwo liegen, nicht trainieren!«

Sie war gerade dabei, das Schwert zurück zum Waffenstand zu bringen, als sie Kaidens Finger über ihren Rücken streifen spürte. Schwungvoll kreiste sie nach hinten, die Schwertspitze scharf unter sein Kinn haltend. Ihr Blau sah strafend aus.

»Kaiden. Ausruhen. Das war ein Befehl.«

Kaidens Grimmasse wirkte äußerst amüsiert von Annelyas Strenge, seine Hände folgten seinem Kinn nach oben, bevor er flink zur Seite und dann nach vorne auswich, während er mit einer Hand nach Annelyas Schwerthand und mit der anderen nach ihrer Hüfte griff.

Ein lustiger Hilferuf begleitete ihren weiten Fall in seinen stützenden Arm. Er bückte sich, bis seine Nase ihre anstupste und die aufwendige Frisur fast den Boden sauberwischte.

»Kaiden!« So einfach würde sie sich aus diesem festen Griff bestimmt nicht lösen können.

»Mach dir keine Sorgen um mich, Prinzessin. Ich kann auf mich aufpassen.«

Sogar sein Atem roch so frisch wie er. Trotzdem übernahm Wut das Steuer ihrer Gefühle. Das konnte er nicht tun, er musste hören. Schließlich ging es um seine eigene Sicherheit.

»Kaiden, das ist nicht witzig, du bist in Gefahr …«

»Annelya, ich bin hier am sichersten«, sagte er und erlöste sie aus dieser Haltung. Das Schwert hatte er allerdings wieder an sich gerissen. Er wirbelte damit zwei Mal, bevor er es in die Schwertscheide an seiner Hüfte steckte.

»Das mag sein, aber du solltest unter Leuten sein. Was, wenn

Gion –« Überrascht bewegte sie die Augen zu seinem Finger. Sie spürte den Druck, als er ihn auf ihre Lippen presste.

Ein flinker Schlag auf Kaidens Hand löste das Problem, zumindest für die Sekunden, die er brauchte, um den anderen Finger zu benutzen.

»Kai–« Noch ein Schlag.

»Kaiden, das –«, noch einer.

»Kaiden!«, rief sie, im verzweifelten Versuch, nach hinten zu flüchten, als er wieder nach ihrer Hüfte griff und ihre hilflosen Hände auf seine Brust fielen. »Leg noch einen Finger auf meinen Mund und ich schneide ihn dir ab, ich schwöre es dir.«

Er guckte überrascht, doch sein fieses Grinsen ließ nicht lange auf sich warten. »Ein echtes Feuerzeichen …«

Annelya war bereit, gegen seine Brust zu drücken, um sich zu lösen.

»Nein, warte«, wisperte er. Die Ironie in seiner Stimme war verflogen, was ihren Fluchtdrang geschickt dämpfte. »Du hast recht.«

Jeglicher Widerstand, der zwischen ihnen existierte, verwandelte sich nach diesen Worten zu einer gewollten Umarmung.

»Es tut mir gut, zu trainieren. Es lässt mich sicherer fühlen. Es gibt mir etwas Kontrolle.« Er stellte Annelya gerade auf und drückte sie an sich heran, während ihre Arme sachte über seine Schultern glitten.

Nicht der geringste Hauch von Wut war mehr zu finden, Sorge hatte die Führung übernommen.

»Kaiden … ich werde nicht zulassen, dass dir etwas zustößt.«

Welch ein sanftes Nicken. Wäre Annelya aus Schnee, hätte sie schon längst seine Hände in Wasser getränkt.

»Genug von Gion und bösen Drachenmonstern. Das ist Tage weg und wir werden sowieso gewinnen. Aber heute ist der Sommerwendeball. Ich schätze, die Frisur ist deshalb so?«, befragte er sie.

»Yuvelee hat sie gemacht.« Ein leichtes Grinsen formte sich auf ihren Lippen.

»Das Mädchen mit den kupferroten Haaren und dem blauen Kater?«

»Ja, genau. Meine beste Freundin!«

Kaiden musste auch aus Schnee gewesen sein, denn er schmolz unter Annelyas Lächeln.

Ihre Worte wurden zu einem Flüstern, ihre Sätze immer kürzer.

»Deine beste Freundin?«, hauchte er, während Silber und Blau sich annäherten.

»Ja.«

Annelyas Herzschlag war nicht mehr zu überhören. Er pumpte brennendes Blut in ihre Adern, kurz bevor Kaidens verzaubernde Nähe den Boden unter ihren Füßen raubte.

»Aha«, erklang es unter seinem warmen Atem.

Wie sich so volle Lippen auf ihren anfühlen würden? Wieder vermischten sich die Farben um sie herum, alles verschwand, außer ihm, außer dem Pochen in ihrer Brust. Ein letzter Millimeter –

»Kaiden!«, brüllte Daneel und schreckte beide Turteltäubchen auf.

»S–«, Kaidens Stimme quietschte. »Sir!«, räusperte er sich, während Annelya Falten auf ihrem Kleid glättete, die es nicht gab.

»Rüstungsschmiede, sofort«, befahl Daneel.

»J-ja, Sir.« Kaiden lief los, blieb dann kurz wieder stehen. »Heute, kurz nach Sonnenuntergang, ich hole dich ab, zum Ball!«, rief er nervös und eilte zum Ausgang. »Ich freu mich, Elim!«

Annelya hatte jeden imaginären Fussel von ihrem Kleid entfernt. Tief atmete sie ein.

»Ich mich auch«, keuchte sie.

»Interessant, dass so ein kleines Stück Metall so viel draufhat.« Meleoidy beobachtete den dünnen Hauch vom Plasmalicht, das sich auf dem Kupferdraht widerspiegelte.

»Es ist die Kombination aus mehreren Metallen und ihren Komponenten, die Frequenzmechanik so besonders machen, nicht ein einziger Stoff«, erklärte Tenna, höchst konzentriert auf das runde Gerät vor ihm, das immer mehr Form annahm.

»Wie dem auch sei, es würde wahrscheinlich Jahre dauern, mir all das hier zu erklären.« Sie seufzte, legte den Kupferdraht auf den Arbeitstisch und widmete sich dem Erkunden der Werkstatt. Tenna schaute hoch.

»Nun, vielleicht dauert es ja nicht so lange, mir zu erklären, warum du so viele Schattenkünste beherrschst. Blutzauber, Schattenportal, Elementarstörung …«

Meleoidys Blick wanderte von einem Holzbrett zum nächsten. So viel Werkzeug, so viele Gegenstände auf diesem Regal, mit denen sie nichts anfangen konnte. »Iuel hat es mir beigebracht.«

»Ja, ich erinnere mich. Kurz bevor wir fast von Uce ermordet worden wären und du vergiftet wurdest. Eine geschickte Art, das Gespräch zu beenden, das muss ich dir lassen«, spaßte Tenna und zauberte ein schwaches Grinsen auf Meleoidys Gesicht.

»Herim war Teil von Gions Experimenten und einer der Auszubildenen. Wir haben viele Missionen zusammen erledigt, bevor er es schaffte, ihm zu entkommen.«

Nanu? Woher kam denn diese plötzliche Offenheit? Er musste es nicht aus ihr herausquetschen. Verwirrt schaute Tenna sie an.

»Ich bezweifle, dass Herim das Buch der Schatten hatte, als er noch unter Gions Kontrolle war?«

»Korrekt«, sagte Meleoidy und drehte sich zu ihm, ihre Hände hielt sie hinter ihrem Rücken.

»Das heißt, du standest mit ihm in Kontakt, nachdem er das Buch ergattert hatte.« Er drehte an einer Schraube.

»Richtig. Er wollte mir helfen. Mich *da rausholen*. Bis zu seiner Hinrichtung …« Sie stand wieder vor ihm, am anderen Ende des Tisches. Ihre Schwarzen durchsichtigen Ärmel fielen über ihre Hände, mit denen sie sich nach vorne stützte.

»Die er mithilfe des Buches überlebte …«, grübelte Tenna laut.

»Davon gehe ich aus.«

»Davon gehst du aus? Hast du es nicht gelesen?« Mit beiden Händen stützte er sich auf die Tischkante, während er tief einatmete.

Wieder eine verneinende Gestik. »Ich konnte nicht. Nur dem Träger des Buches werden die Geheimnisse der Schatten offenbart. Herim brachte mir einiges bei: Anfängerkünste zur Verteidigung und Abwehr, zur Tarnung und Fortbewegung«, zählte Meleoidy auf.

»Blutzauber? Anfängerkunst?« Tenna legte den Kopf leicht zur Seite und zog die Augenbrauen zusammen.

Wenn der Blutzauber Anfängerkunst war, was verbargen dann die Meisterränge der Schatten? Es musste mehr dahinterstecken. Meleoidys Kiefer spannte sich nur dann so an, wenn sie die Worte in ihrem Mund verschlossen halten wollte, das wusste er jetzt, hatte es oft genug erlebt.

»Mel?«

»Es war nicht Iuel, der mir den Blutzauber beibrachte.«

»Nicht Iuel? Ich dachte, nur der Träger des Buches kann es auch lesen?« Neugier wuchs, so tat es auch Meleoidys Anspannung.

»Das bedeutet nicht, dass Teile seines Inhalts nicht über Generationen und Generationen weitergegeben wurden …«

Es war nicht zu übersehen, dass sie am liebsten schweigen würde, und dieses Mal entschied er sich, es auf sich beruhen zu lassen. Er hatte genug gebohrt und sie hatte ihm ehrliche Antworten, zumindest klangen sie so, gegeben.

»Verstehe. Dann wollen wir hoffen, dass Herim dieses Buch verschwinden lassen hat, bevor er –« Tenna senkte den Blick, griff langsam nach dem Schraubenzieher. »Wie dem auch sei, kannst du mir mal den Plasmakonfigurator geben?«

»Den – den …« Der Blick sprang vom Tisch zum Regal, vom

Regal zum Tisch. Meinte er die silbernen kleinen Dinger, die wie zu groß geratene Staubkörner aussahen, oder das gelbliche Glas, das ihr Spiegelbild verzerrte?

»Das blaue Teil da.« Schmunzelnd zeigte er hinter Meleoidy auf das höchste Brett im Regal.

»Aber natürlich, Plasmakonfigurator!«, betonte Meleoidy mit einer geschauspielerten Selbstverständlichkeit, die Tennas Schmunzeln verstärkte.

»Übrigens ... was ich dich noch fragen wollte –«, begann er.

»Nein, ich weiß nicht, was Gion N'Artems Lieblingsblumen sind«, spottete sie und reichte ihm das gewünschte Gerät.

Tenna verschloss die Augen, als sein Schmunzeln zu einem offenen Lächeln wurde. Er schüttelte den Kopf, schaute sie an.

»Eigentlich wollte ich wissen, welche deine sind«, sagte er in ihr verblüfftes Gesicht.

»Meine Lieblingsblumen?«

Tenna nickte bejahend. »Na, für den Sonnenwendeball. Ich dachte, wir – dass wir – zusammen da hingehen könnten.«

Zeugte Meleoidys schnelles Blinzeln und offener Mund von Schrecken oder von Begeisterung? Er konnte es nicht einschätzen, was ihm noch mehr den Atem raubte.

»Rosen.«

Anscheinend war es kein Schrecken gewesen.

»Rote?«

»Rosa«, wisperte Meleoidy und fing sich einen staunenden Blick von ihm ein.

»Rosa? Echt jetzt?« Schwarze Schuhe, schwarzes Netzkleid, rote Lippen, dunkel geschminkte Augen, er zählte alles auf, musterte sie von Kopf bis Fuß, doch sie schien es ernst zu meinen, denn sie nickte ziemlich eindeutig.

»Ja, rosa Rosen. Und ja, wir können zusammen hin.« Sie klang so sanft wie schon lange nicht mehr.

Tenna griff schnell nach seinen Werkzeugen. Ein Glück, dass sie nicht wissen konnte, was er da gerade tat, denn es war definitiv nichts Produktives.

»Fabelhaft – ich – ich freue mich, eh – Plasmakonfigurator«, stotterte er.

Meleoidys amüsiertes Lachen half gegen seine Nervosität nicht gerade. Allerdings klang es auch unbeschwert, ehrlich. Erwärmend. Das war er nicht gewohnt, nicht von ihr.

»So!«, rief er und aktivierte den Konfigurator.

»Und jetzt?« Meleoidy blickte neugierig über das silberne Kugelkonstrukt, das Tenna in den blauen, durchsichtigen Behälter mit den goldenen Ringen, die sich drumherum langsam auf und ab bewegten, positioniert hatte.

»Jetzt messen wir die Frequenzen. Falls wir alles richtig eingestellt haben, dann werden diese drei Ringe ihre jeweilige Markierung bedecken.« Er zeigte auf die drei kleinen Schlitze im blauen Gehäuse. »Wenn alle Ringe ihren Schlitz bedecken, also den gleichen Abstand zueinander schaffen, dann ist die Frequenz richtig eingestellt.«

»Und dann haben wir einen Katalysator?«

»Eh – nein, nicht ganz. Dann haben wir eine Maschine, die Signale über Entfernungen senden kann. Wie eine Funkmuschel oder ein Lichtprojektor. Eine Fähigkeit, zu verstärken und sie zu senden … dafür werden wir mit Surnei und Rea experimentieren müssen«, sagte Tenna, bevor er sich auf die Lippe biss und Meleoidy anguckte. »Entschuldigung.«

»Schon gut. Es ist nur ein Wort …«, merkte sie an.

»Sagte die Schattenkünstlerin!«

»Schattenkünstlerin? Ich bitte dich!«, witzelte Meleoidy.

Sie verloren sich ineinander, ließen die Schwere der letzten Tage im tiefen Ton des Plasmakonfigurators erlöschen.

»Wie lange wird das dauern?«

»Ein paar Tage«, sagte Tenna und wich Meleoidys bestürztem Blick schnell aus: »Nein, das war ein Scherz. Ein paar Stunden.«

»Tenna Nameel … du wirst ja noch zum richtigen Komiker …«

So vergingen die Stunden und die Atmosphäre verwandelte sich wie der Tag in Nacht. Jeder teilte das gleiche aufgeregte Gefühl, das spürte man in der Luft und in allen funkelnden jungen sowie alten Augen. Die Straßen waren ja immer voll, aber an jenem Tag müssten es dreimal so viele Leute gewesen sein. Gut, dass der Palast groß genug war, denn es nahmen nicht nur Palastbewohner am Sonnenwendeball teil. Alle, die wollten und konnten, kamen hierhin. Manche reisten sogar aus weiter Entfernung an, um das Essen, die Getränke, Tänze und Musik des luxuriösen Pan De Sartums zu genießen, doch die meisten verabschiedeten den Sommer bei sich zuhause. Manche Dörfer und Städte hielten ihre eigenen Zeremonien und Feiern ab.

Sare nicht. Das war die erste Sommerwende, die ich feiern sollte. Ein Spektakel … trotzdem waren es Gedanken finsterer Natur, die mich heimsuchten. Wir sollten elf sterben lassen, im Versuch, wenigstens einen zu retten. Ich weiß nicht, ob ich das so richtig realisiert hatte, ob ich es überhaupt wahrhaben wollte. Doch sie hatten recht, was sollten wir tun? Was sollte ich tun?

Jeden zu warnen, wäre zu gefährlich gewesen, meinte Daneel. Wo sollten sie hin? Ins Pan De Sartum? Alle Droknen auf uns lenken? Preisgeben, dass wir zwei lebendige Lar hinter den Mauern versteckten? Das war der beste Plan … Surnei und Rea, sie waren das Einzige, das dem ein Ende setzen konnte. Und vielleicht hätten wir mit dem Katalysator doch noch Glück …

Ich verdrängte diese Gedanken. Wenigstens an dem Tag sollte ich glücklich sein. Kaiden war hier, es ging ihm gut, er hatte mich zum Ball eingeladen. Yuvelees großer Traum würde in Erfüllung gehen, mein Bruder war stärker als je zuvor.

Mama fehlte, doch vielleicht hatte Seraphine recht. Vielleicht war sie bei mir. Tief durchatmen, Annelya. Spaß haben. Du musst heute jubeln. Ja, ich muss heute jubeln.

Ein letzter Versuch.

Mein letzter Versuch.

XXVI

EIN UNVERGESSLICHER AUFTRITT

Eintausendsiebenundachtzig. So viele Silberpailletten hatte dieses Kleid laut Seraphine. Sie waren so fein, sogar die studiertesten Astronomen der Elite hätten sich darüber streiten können, ob es nicht tatsächlich Sternenstaub war, der diesen weiß-silbernen Stoff schmückte.

Es fühlte sich teuer an, wirklich teuer. Annelya fuhr ganz langsam mit den Händen über den Bauch, streifte über ihre Hüften, während sie sich leicht zur Seite drehte und jeden Lichtstrahl tausendfach auf ihrem Körper widerspiegelte. Den gleichen Schimmer, den das Lichterspiel auf den großen Spiegel warf, fand sie auch auf ihren Wimpern wieder. Kleine silberne Perlen, gemischt mit hellblauem Lidschatten und einem hauchdünnen weißen Lidstrich, der ihre Augenlider in Kunst verwandelte.

Sie blinzelte zweimal. Jede neue Bewegung, jeder neue Winkel hypnotisierten die Dunkelheit, ließen sie schwinden, um dem Licht Raum zu schaffen. Annelya Elim. Sie sah wie ein Diamant aus. Wie ein Kind, das eine ganze Galaxie trug.

Ein Schritt nach vorn und der silberne Absatz, der genauso glänzte, schimmerte im Licht. Das Kleid endete knapp über ihren Knien in hellblauem, fast weißem Tüll, das von noch helleren Ornamentmustern bedeckt war. Hinten war es etwas länger, reichte bis zu ihren Kniekehlen. Ihre Schultern und der Saum um das Dekolleté waren mit den gleichen Ornamentmustern versehen.

Dass die majestätische Frisur noch hielt, war bei der Mühe, die sich Yuvelee gegeben hatte, kein Wunder.

Sie trat näher an ihren Spiegel, tauchte fast hindurch, während sie tiefer und tiefer in ihre eigenen Augen schaute.

»Sei glücklich, Annelya …«, flüsterte sie im Kampf gegen die aufkommenden Tränen.

Es klopfte an der Tür, sie rief »herein« und Surnei trat hinein.

»Sur …« Sie betrachtete ihn im Spiegel. Der dunkelsilberne, pompöse Kragen aus Metall verpasste seinem schlichten weißen Anzug ein atemberaubendes Merkmal. Der Ausschnitt reichte bis zum Bauchnabel, dort, wo eigentlich Knöpfe die Anzugsjacke schließen sollten, und präsentierte seine nackte Haut. Am Saum der Ärmel und der Hosenbeine befand sich das gleiche Metall wie am Kragen, dessen Muster von Aresfedern inspiriert war.

»Deine Haare!« Annelyas Augen weiteten sich, staunend drehte sie sich um und eilte zu ihm.

Normalerweise bedeckte das dunkle Haar seine Stirn, aber der heutige Anlass bedurfte etwas Schickerem, wie diesem lackierten Scheitel. Sein Haar war leicht nach hinten und zur Seite gekämmt, an den Seiten kürzer als oben. Es betonte seine mandelförmigen Augen mit den satten Wimpern und seine markanten Züge.

»Meine? Schau dich an! Wie sehen wir eigentlich aus?« Plötzlich brach herzerwärmendes Gelächter aus.

»Du siehst toll aus! Das steht dir so gut!« Annelya bestand darauf, sie klang ernst und sicher.

»Danke … du auch.« Er sprach gedämpft. »Hey, es tut mir leid, dass wir in den Tagen hier nicht so viel Zeit zusammen verbracht haben. Ich hatte sehr viel, was mich beschäftigt hat.«

Annelya griff nach seinen Händen. Seine Finger waren kühl. Das waren sie immer, wenn er nervös war.

»Sur, es gibt nichts, was dir leidtun muss. Daneel hat uns aufgeteilt, wir hatten viel zu entdecken und mir geht es genauso. Aber, sag mal ... du und Jango ...«

»Anma und er sind nicht verheiratet«, entschlüpfte es ihm schnell. Sein Auge zuckte leicht, das war Anspannung. Anspannung, die auf seiner Stirn deutlicher wurde, je länger er in Annelyas verwirrtes Gesicht guckte.

»Aber Paco?«

»Scheinehe. Sie haben es für den Clan getan. Sie lieben sich nicht, nicht so wie wi–« Surnei verschluckte seine Worte und richtete seinen Kopf auf.

Annelyas Verwirrung wurde zu einem Lächeln. »In Ordnung. Ich freue mich. Jango ist sympathisch und es war sowieso ziemlich offensichtlich, dass er dich mag.«

»Offensichtlich? W-wieso das – wie?« Sein Stottern und Räuspern machten ihn in ihren Augen noch niedlicher.

»Bitte! Hast du keine Augen im Kopf? Wie er dich anschaut?«

»Ah – ah ja?«, murmelte Surnei mit hervortretenden Augen.

»Ja, Sur! Ja!«

Das gleiche Lachen wie vorhin entfachte sich und raubte die Kälte aus seinen Fingern und die Nervosität aus seinem Magen.

»Na gut, ja, er ist toll. Er ist einfühlsam, aufmerksam, charmant, hübsch«, zählte Surnei immer weiter auf. Mit jedem Wort nickte Annelya belustigter.

»Er tut dir gut. Das ist alles, was zählt. Ich ... gehe mit Kaiden zum Ball.«

Da! Der Quietscher, als sie *Kaiden* sagte, hatte sie verraten. Surneis Grinsen wuchs endlos.

»Aaaha! Kaiden, der Abschlussbeste?«

»Rangbeste. Noch hat er keinen Abschluss.«

»Ich freue mich. Wir haben das verdient. Du hast es verdient«, flüsterte Surnei und musterte Annelyas wunderschönes Blau, das zweifelnd wirkte.

»Ja … vielleicht. Wir sollten los, gleich beginnt Yuvelees Aufführung und Kaiden wartet bestimmt.«

»Yuvelee?«

Annelya zog ihn schon hinter sich her.

»Meine beste Freundin!«, erklärte sie und beide verschwanden aus dem Raum.

Es gab so viel zu sehen, Kleidung in allen möglichen Farben, Gänge voll mit freudigen Gesichtern und lachenden Palastbewohnern, die an alkoholischen Getränken schlürften.

Alle Plasmalichter waren gedimmt. Das Licht aus dem Hauptsaal des Palastes, in dem der Ball stattfand, leuchtete in unvorstellbaren Farbkombinationen, die durch die Dunkelheit brachen.

Magie, das ist pure Magie, dachte Annelya.

»Schau!« Surnei bot Widerstand und blieb stehen, wodurch Annelya auch stehenblieb. Sie blickten beide aus dem Fenster, folgten dem Feuerwerk synchron bis zum Himmel und öffneten gleichzeitig den Mund, als die Farbexplosion sie in blauviolette und weiße Nuancen tauchte.

»Wahnsinn …«, flüsterte Annelya.

»Annelya!«, rief Kaiden aus dem Eingang zum Hauptsaal.

Annelya riss die Farben auf ihren Pailletten mit sich. Kaiden trug wieder Schwarz, doch dieses Mal sah es noch edler, noch hochwertiger aus. Sein Anzug hatte einen ähnlichen Schnitt wie Surneis. Pan-de-saretorianische Mode halt.

»Kaiden!«, grüßte Surnei winkend und grinsend, bis er den leichten Schlag in seine Rippen spürte. »Was denn?«, flüsterte er Annelya zu.

Grenzenlose Schönheit, nur so etwas könnte den Atem eines Mannes so rauben. Kaidens Füße trugen ihn zwar nach vorn, doch er schien abwesend, versunken in Annelyas Farbenspiel.

»Du … du siehst unglaublich aus.«

»Danke«, wisperte Annelya und hob das Kinn, um in seine Augen zu blicken.

»Surnei«, grüßte Kaiden mit einem höflichen Kopfnicken.

»Hey, Kaiden. Ich such mal Jango!« Surnei schwand wie ein schneller Luftzug in den Hauptsaal.

»Ich habe Yuvelee entdeckt. Sie hat mehrmals nach dir gefragt.«

»Natürlich hat sie das«, kicherte Annelya.

»Komm.« Kaiden hielt ihr seine offene Hand entgegen, bevor sich ihre Blicke und Finger wieder trafen.

»Annelya!«, rief Seraphine mit ausgestreckten Armen. Sie trug auch Silber, aber ihres war um einige Nuancen dunkler und der Schnitt des Kleides, das sich eng an ihren Körper bis knapp vor ihren Knöchel schmiegte, ein völlig anderer.

Die Musik hier drinnen war lauter, als man im Gang wahrnahm. Die festen Wände des Palastes dämpften die Lautstärker stark ab.

Annelya bemerkte die Trommeln und die ringartigen Instrumente, mit denen Luftbeschwörer die komplexen und verzauberten Klänge komponierten. Je nachdem wie stark die Luftbeschwörung war, variierte die Lautstärke des Knalls der Lufttrommeln. Die Luftringe bedurften hingegen äußerster Präzision. Sie schwebten in der anhaltenden Magie und erzeugten je nach Luftdruck mithilfe ihrer feinen Saiten sehr unterschiedliche Töne.

Tanzende Bewohner überall. Gelächter und freudiges Chaos.

»Seraphine!« Annelya stürzte in Seraphines Umarmung, dann in Tennas neben ihr.

»Du trinkst!?«, stellte Annelya fest, aufs Glas in seiner Hand schauend.

»Nur etwas!«

Meleoidy und ihr blutrotes Seidenkleid schaute sie sich nur kurz an. Sie trug eine rosa Rose in ihrem feinen Dutt. Schnell widmete sich Annelya wieder Kaiden und Seraphine.

»Das erlebt ihr jedes Jahr!?«, staunte sie, als sie vor der Feuerbe-schwörung neben sich wegschreckte.

Kaiden und Seraphine konnten sich das Lachen nicht verkneifen.

»Oh, sie tanzen damit …«, murmelte Annelya mit eingezoge-nem Kopf, während sie immer wieder auf die Tänzer schaute, die mit Armen und Beinen ihre Feuerschleier lenkten und mit jedem Schwung die eingenähten Symbole der Sommersterne auf ihren Tuniken präsentierten.

»Feuertanz hält den Raum warm!«, spaßte Seraphine.

Annelya erfasste den gigantischen Kronleuchter in der Mitte der Hallendecke. Ein riesiger Diamant, so hätte sie ihn beschrieben. Fast so groß, wie der, der vor ihr erschien.

»Annelyaaa!« Yuvelee stürzte in ihre Umarmung, bevor sie mit aufgerissenen Augen und offenem Mund wieder zurücktrat. »Du siehst ja unglaublich aus!«

»Yuvelee!« Annelya erwiderte das Staunen und hockte sich hin, als sie nach Yuvelees Händen griff und ihr goldenes Kleid mit dem sternförmigen Kragen und dem blauen Fell musterte. »Ist das …«

Ja, es war Chumbawa, der es sich hinter Yuvelees Kragen gemüt-lich gemacht hatte. Er miaute und kletterte auf ihre Schulter, wäh-rend Seraphine, Kaiden und Annelya den gleichen Ton erzeugten, als ob sie im Chor singen würden.

»Ist das eine Schleife!?«, fragte Seraphine, auf Chumbawas Hals schauend.

»Eine goldene sogar! Habe ich aus den Stoffresten des Kleides gebastelt!«

»Das ist ja echt lustig«, sagte Kaiden, doch Yuvelee schenkte ihm außer einem Nicken wenig Aufmerksamkeit.

»Wann ist dein Auftritt?« Annelyas Augen glänzten.

»In zehn Minuten!« Noch mehr Stolz.

»Sehr gut, dann gehe ich eben nochmal für kleine Mädchen!«, sagte Annelya.

Yuvelee nickte, bevor sie nach Annelyas Hand griff und nah vor ihr Gesicht trat.

»Ich bin so froh, dass du hier bist. Du bist eine wahre beste Freundin. Eines Tages werde ich genauso da sein, an deinem wichtigsten Tag!«

»Oh, Yuvelee …« Verdammt, sie hatte sich vorgenommen, heute nicht zu weinen. *Die Schminke, Annelya, die Schminke!* »Du wirst heller als jeder Stern leuchten, das weiß ich.«

Yuvelee nickte und setzte wieder ihr Lächeln auf. »Ja, jetzt geh, geh, du sollst ja auch Spaß haben gleich und nicht den Boden vollpinkeln!«, kicherte sie.

»Recht hast du!«

»Chumbawa, komm!« Yuvelee hielt Chumbawa fest und rannte in die andere Richtung im Saal, wo die ganzen Kinder standen, die sich mit ihrer Lehrerin auf den Auftritt vorbereiteten.

»Bin gleich wieder da«, informierte Annelya Kaiden und Seraphine.

Surnei und Jango, die sich gerade an einem der Tische am LukLuk bedienten, zwinkerte sie zu.

»Hier, Hübscher, kannst meinen haben«, sagte die Frau mit dem Bobschnitt am Tisch und reichte Surnei ihr volles Glas.

Verwirrt schaute er neben sich, griff instinktiv nach dem Glas der Frau, die bereits in Richtung Ausgang lief.

»Eh – das trinke ich nicht«, murmelte er.

»Die war ja komisch«, rief Jango in Surneis Ohr.

Surnei schaute der davonhastenden Dame hinterher. Ihr kurzes schwarzbraunes Kleid endete in violetten Pailletten, die mit jedem Schritt klimperten.

»Ja …«, flüsterte er nachdenklich.

Annelya wich manchen Betrunkenen aus, andere nüchterne Bewohner grüßte sie lächelnd, während sie den Gang zurückspazierte und in einen anderen abbog, der zur unteren Etage führte.

Normalerweise stand auf solchen Veranstaltungen vor dem Badezimmer eine Schlange – nicht so im Pan De Sartum, denn hier gab es einen ganzen Gang voll Badezimmer.

Sie stürmte in das erste und blieb kurz stehen, um die überwältigenden langen Spiegel des Badezimmers zu verarbeiten.

Ist das Waschbecken aus Gold? Echt jetzt?

So sahen auch die Böden und Wände des Raumes aus. Sogar die Türen, die zu den Klosetten führten. Schnell glitt sie hinein und schloss den Türriegel, als die Badezimmertür aufging und die Schritte einer anderen Person erklangen.

Sie musterte die glatte Oberfläche der goldenen Tür, das rötlichbeige Marmor der Innenwände. Ihr Blick fiel auf die violetten, hohen Schuhe einer Frau unter dem Türspalt, die sich auf die andere Seite des Waschbeckens vor den Spiegel stellte.

Es dauerte nicht lange bis alles erledigt war und Annelya sich von dem Klosett erhob. Einmal den eisernen Hebel gezogen und das Wasser floss durch das Rohrsystem des Palastes.

»Los geht's«, flüsterte sie zu sich selbst, bevor sie die Tür öffnete und sich ihr Blick mit dem der Frau im Spiegel traf, die sich gerade Lippenstift auftrug.

»Prinzessin!«

»Oh, ha-hallo.« Stirnrunzelnd trat Annelya zum Waschbecken, etwas weiter weg von der Frau. Sie zog an dem Hebel und tauchte ihre Hände in das Wasser. »Ma-Ma-Makira, richtig?«

Makiras Augen fielen ihr fast aus dem Kopf, als sie den Lippenstift herunterzog und hysterisch hüpfte.

»Du hast dir meinen Namen gemerkt? Das ist ja klasse, klasse, klasse!« Schnell schmierte sie sich noch mehr Rot auf die bereits gemalten Lippen. »Klasse, klasse, klasse!«

Annelya wirkte etwas unbeholfen. Die Frau, die sie gestern angerempelt hatte, schien noch aufgedrehter, noch komischer.

»Du hast richtig schöne Haare. Das sind Aresfedern, nicht?«, fragte Makira, wobei ein Stück vom Lippenstift brach und ins Waschbecken fiel. Sie musste zu fest zugedrückt haben, nun hatte sie die Sauerei. »Mist, Mist!«

»Ja … das sind Aresfedern.« Annelya rieb ihre Hände schneller zusammen, während sie dabei zuschaute, wie Makira den Lippenstift mit ihren Fingern aufhob und dann wieder auf die Lippen schmierte.

»Der wahre König!«, schrie Makira mit ausgestreckten Händen, was Annelya das Herz zum Hals jagte.

Schnell legte sie wieder den Hebel um und das Wasser stoppte, ehe sie sich umschaute. *Mist, keine Tücher?*

»Oh, hier, Prinzessin!« Makira reichte ihr das Tuch neben sich, das sie mit roter Farbe beschmiert hatte.

Wie viel Lippenstift wollte sie noch auftragen?

Zögernd, aber dankend nahm Annelya es an.

»Da wir ja von Königen sprechen … ich wollte mein äußerstes Beileid ausdrücken, dafür, was mit Ihrer Mutter passiert ist.«

»Danke …« Annelya legte das Tuch über die goldene Stange vor dem Waschbeckenrand.

»Was Gion da tut, das ist der absolute Wahnsinn!« Makira verschluckte kein einziges Wort. Dass Annelya langsam aus dem Gespräch zu flüchten versuchte, bemerkte sie wohl nicht.

»Wir werden ihn aufhalten, keine Sorge –«

»Echt?«, schoss es aus Makira. Sie hörte auf, ihre Lippen zu bemalen. »Ich weiß ja nicht.«

Annelyas Stirnrunzeln vertiefte sich. »Bitte?«

Mit einem tiefen Atemzug drehte sich Makira zu Annelya, ihrer Mimik und Gestik freien Lauf lassend.

»Ich meine, diese Viecher sahen schon echt brutal aus. Das wird 'ne harte Nummer.«

»Wir haben die Situation im Griff. Wenn du mich entschuldigen würdest, ich muss zu einem Auftritt«, sagte Annelya und lief hastig zum Ausgang.

»Aber du besitzt doch gar nicht mehr die Energie der Schöpfung. Wie willst du sie dann töten?«

Wie angewurzelt blieb Annelya stehen, ihr schwarzes Haar strich über ihre Schultern wie die roten Aresfedern. Das Grinsen, in das sie schaute, war nicht mehr normal.

»Was hast du gerade gesagt?«

»Was denn?«

Annelya drehte sich vollständig um, während sie sich vorsichtig Makira wieder näherte. »Warum sollte ich sie nicht töten können?«

Dieses Grinsen auf Makiras Fratze, es hörte einfach nicht auf.

»Nun – G-Gion hat es doch gesagt, als er – die Botschaft gesprochen hat!«

»Gion hat gesagt, die Energie der Schöpfung sei fort. Er hat nicht erklärt, dass ohne die Energie die Droknen nicht sterben können, Makira.«

Endlich war dieses Grinsen fort. Aber das, was sich auf Makiras Gesicht abspielte, war genauso verstörend. Weinte sie? So plötzlich? Verwirrt trat Annelya einen Schritt zurück, als Makira flennend in ihrem Täschchen zu suchen begann.

»Ich – Ich hab's vermasselt, oder? Ich – verfluchte Scheiße, verfickter Aresmist, ich – hab's – so sollte es nicht ablaufen!« Es flogen mehrere rote Lippenstifte aus ihrer Tasche zu Boden.

»Was …« Annelya trat mit offenen Handflächen einen weiteren Schritt zurück, bevor sie in Makiras verheultes Gesicht blickte, als ob sie jeglicher Funke Leben verlassen hätte.

»Makira, was ist das!?«, flüsterte Annelya auf die rote Schnur zwischen Makiras Fingern blickend. Ihre Frage war unnütz, denn in der Waffenkunde wurde es ihr schon von klein auf beigebracht. Das war eine …

Siegelbombe!

»Ich sollte es eigentlich anders tun – ihr solltet alle versammelt sein, aber ich wollte dich unbedingt selbst umbringen, mit meinen eigenen Händen«, flennte Makira und zog ihre Nase hoch.

Annelya wich die Farbe aus dem Gesicht. »Wovon redest du?«

»Ich wollte, dass es überraschend – erschreckend ist – während du dir die Hände wäscht, dass ich dich erdolche«, erklärte Makira, als sie den spitzen, dünnen Dolch aus dem anderen Ärmel in ihre Hand gleiten ließ.

»Makira, beruhige dich – leg den Dolch ab. Wo ist die Siegelbombe?« Annelya agierte mit äußerster Vorsicht, während Makiras Schluchzen in Gelächter überging.

»Na, wenigstens hast du das nicht rausgefunden«, jubelte sie und zeigte mit dem Finger, um den die Schnur gewickelt war, nach oben.

»Nein«, hauchte Annelya, als ihr Herz gegen ihren Brustkorb schlug. *Der Ball.*

»Niemand hat es bemerkt, ich habe beim Aufbau geholfen, hahaha! Wahnsinn, oder? Und jetzt ruinierst du alles, Mist!« Auf Makiras Kreischen folgte Stille und sie schaute zu Boden.

»Makira, leg den Dolch ab, was auch immer es ist, wir können darüber sprechen, wir –«

»Heil Aishjatan.«

»Makira, nein!« Annelya stürmte nach vorn, doch Makira war schneller und Annelyas Schrei übertönte ein gewaltiger Knall.

Dunkel.

Sechs der zehn Plasmalichter, die das Badezimmer erhellten, zersprangen in tausend Splitter und zerbrachen nochmal im Aufprall gegen die Wände. Annelya bedeckte ihre Ohren, das schrille Pfeifen darin war jedoch nicht aufzuhalten.

Es bebte. Sie hörte nur noch ihren Herzschlag rasen, ihren Atem tosen, als sie Makiras Dolchschwung durch das flackernde Licht auswich und der ganze Palast sich kurz schüttelte.

Hell. Dunkel. Hell. Dunkel.

»Ich will dich bluten sehen, Prinzessin!«, schrie sie und verschwand immer wieder in der kurzen Dunkelheit, die sich im Raum breitmachte.

Die Stimmen in den Gängen schrien in Terror, sie bettelten panisch um Hilfe, während Risse über das Marmor aller Wände zogen.

»Verflucht!«, brüllte Annelya und wich einem weiteren Hieb aus, bevor sie Makiras rotglänzendes Grinsen sah. Sie schlug mit dem Rücken gegen die Stange des Waschbeckens, wich noch einem Dolchschwung aus und trat mit voller Kraft Makira in den Bauch, bevor sie nach dem Tuch schnappte. Makiras hässliches Lachen klang wie unter Wasser.

»Aua, Prinzessin! Das tat weeeeh!« Ihr nächster Schwung war gefolgt von einem zerfleischenden Brüllen. Sie zerschlug den Spiegel des Badezimmers.

Annelya wollte zur Tür rennen, als Makira ihr Haar griff. Ein gellender Schrei wich von Annelyas Lippen.

Hell – dunkel.

Annelya griff blitzschnell nach Makiras Hand, nachdem sie sich umdrehte und einem weiteren Dolchstoß auswich, der auf ihren Bauch zielte. Ein Tritt und Makira ließ los.

»Schlampe«, fluchte Annelya und wechselte mit geballten Fäusten zur Offensive, das Tuch fest um ihre Hand gewickelt.

Egal wie oft sie in Makiras Gesicht schlug, das Grinsen konnte sie ihr nicht daraus verbannen.

Noch ein Tritt, diesem wich Makira aus, schnitt in Annelyas Wade und schleuderte sie mit voller Kraft und grässlichem Kreischen auf den Boden.

Annelya krachte auf den harten Marmor, die Verrückte auf sie drauf, bereit, den Dolch zwischen ihre Augen zu rammen.

Annelya handelte schnell und schnappte nach Makiras Händen. Sie hielt den Dolch knapp vor ihrer Stirn.

»Lass mich in deinen hübschen KOPF, Prinzessin!!«

Annelya drückte und drückte, doch Makira war deutlich in der überlegenen Position.

Das flackernde Licht offenbarte immer wieder die Wut und Furcht in Annelyas angestrengtem, verzogenem Gesicht.

»Hahaha, auf Wiedersehen Prinzessin!« Als der Dolch in Annelyas Haut schnitt und Blut über ihre Nase fließen ließ, stieß sie einen schmerzerfüllten Schrei aus.

»Sei nicht traurig. Gleich bist du wieder mit deinen Freunden vereint. Mit deiner MAMA!« Makiras Lachen löste sich im Pfeifen in Annelyas Ohren.

Als ihr Blick auf Makira fiel, fühlte sie sich plötzlich entspannter. Diese Worte hatten etwas ausgelöst, ein Gefühl, das gleiche, das sie vor einigen Tagen schon gespürt hatte.

Dieses Grinsen, dieses hysterische Lachen wirkten nicht mehr bedrohlich. Sie wirkten erbärmlich.

Annelyas Blick glitt zur Seite auf den Boden.

Makira schrie, stützte sich mit aller Kraft auf den Dolch, als Annelya in einem Atemzug ihren Kopf zur Seite zog und eine Wunde über ihr Gesicht riss, bevor Makira den Dolch in den Marmorboden rammte und Annelya nach der Scherbe neben sich griff.

Stille.

Die Prinzessin atmete tief ein, als sie Makira zur Seite drückte und krabbelnd nach hinten wich. Makiras ganzer Körper zitterte. Blut pumpte aus ihrem Hals, dort, wo Annelya mit der Scherbe zugestochen hatte.

»Pri-Prinzessin – du – du bist ja eine – Mör-Mör–« Die Worte schwanden, wie das Licht aus Makiras Augen. Sie knallte keuchend auf den Boden und ihr Blut verteilte sich in den Fugen, während Annelya schnell aufstand, den Blick immer noch aufs Grinsen gerichtet.

»Eine Mörderin«, krächzte Makira schwach. Sie hörte auf zu zappeln.

»Surnei«, hauchte Annelya, aus dem Raum rasend. Sie tauchte in dunkelgrauen Rauch und schwarze Asche ein.

Die Farben der Wände waren beschmutzt, keine einzige funkelte mehr. Die meisten Plasmalichter waren erloschen. Verletzte überall, heulende Männer, Frauen und Kinder die unter Schock standen. Sie rannte, rannte hoch, den Gang zurück. Waren diese reglosen Palastbewohner tot oder bewusstlos?

»Surnei!«, kreischte sie, als sie Jango gebückt hinter der Masse an Saretorianern sah. »Lasst mich durch, Surnei, lasst mich durch, durchlassen, lasst mich durch!«, wiederholte sie, sich durch die Masse kämpfend, bevor sie verwirrt stehen blieb.

Surnei war unversehrt. Er und Jango halfen einer verletzten Person am Boden.

»Annelya«, stotterte Surnei, als er seine Schwester anschaute, als ob er ihr etwas verheimlichen wollte.

»Sur?«

»Annelya, du blutest!«, rief Kaiden und stürzte durch die Menge in ihre Umarmung.

»Kaiden, dir geht es gut«, wisperte sie, um sich schauend. Meleoidy, Tenna, wo war Seraphine?

»Seraphine, wo – geht es ihr gut?«, hauchte sie ohne Atem, bevor sie Kaidens und Surneis besorgte Blicke wahrnahm.

»Annelya –«

»Was ist los? Was ist – ist Seraphine etwas passiert?«, fragte sie mit aufgerissenen Augen.

Funken, überall. Doch die meisten Flammen waren von den Feuerbeschwörern erstickt worden. Sie waren wohl schnell genug gewesen, hatten die Flammen gebändigt, bevor sie den Ball konsumieren konnten. Nur die Wände, die Deko und die Decken hatten deutliche Spuren. Wahrscheinlich, weil das Feuer irgendwo gegen geprallt werden musste, um zu erlöschen. Der Überdruck hatte in allen Gängen und Räumen seine Spuren hinterlassen.

»Annelya, lass uns gehen«, sagte Surnei. Sie wehrte jeden seiner Griffe ab.

»Gehen? Nein – die Leute brauchen unsere Hilfe, wo ist Seraphine, was –« Und plötzlich schaute sie geradeaus, als ein herzzerreißendes Jaulen ihre Lungen verließ. »Nein. Neeein!«

»Annelya!« Kaiden und Surnei versuchten sie aufzuhalten, doch sie schlug ihrer beider Arme weg und lief durch die weinende, flüsternde Masse, unter dem Licht des Kronleuchters nach vorn.

Kaiden wischte sich übers Gesicht. Er schaute mit gleicher Sorge auf Surnei.

»Das wird sie umbringen …«, flüsterte Surnei.

Annelyas Mund zitterte genauso wie ihre Hände. Schritt für Schritt drang sie durch die Menge und verlor Tränen, die ihr gepeinigtes Gesicht hinunterrollten, als sie auf Seraphines blutige Hände blickte.

»Nein«, hauchte Annelya. »Nein!«

Sie warf sich auf ihre Knie und drückte Seraphine, die das Mädchen hielt, ohne zu zögern weg, bevor sie Yuvelee in ihre eigene Arme nahm.

Chumbawa, er stand daneben, die Ohren gesenkt, die Augen feucht.

»Yu-Yuvelee«, stotterte Annelya, ihr blutiges Gesicht mit zittrigen Händen abwischend, als Yuvelees mühevolles Lächeln auf sie traf, während sich die Menge immer weiter beruhigte. Die meisten hatten gefunden, wen sie suchten. So wie Annelya …

»Keine Toten!«, bestätigten die Soldaten in den Gängen. Doch das Licht, das in hunderten Augen kurz aufflackerte, schwand wieder mit Blick auf Annelya und Yuvelee.

»A-Annelya«, wisperte Yuvelee lächelnd und griff mit ihrer kleinen Hand nach Annelyas Wange. »Du bist gekommen …«

»Nein, nein, nein, Yuvelee – alles wird gut – es wird alles gut!« Zitternd brachte sie ihre Hand auf Yuvelees in Blut gebadeten

Bauch, der von einem großen, abgebrochenen Stück des weißen Kronleuchters durchbohrt wurde.

»Annelya –«, weinte Seraphine.

»Nein! Es wird alles gut – alles gut.«

Ihre Tränen versperrten ihr die Sicht und tropften auf Yuvelees goldenes Kleid. Mit vollem Fokus schaute Annelya auf ihre Hand, die sie über Yuvelees Bauch spreizte. Sie konzentrierte alle Kraft, die sie hatte. »Komm schon – komm schon!«

»Annelya …«, hauchte Seraphine und schloss ihre Augen fest.

»Komm schon, KOMM SCHON!« Zitternd und wimmernd schaute Annelya in die Masse. »Sur … Ich kann nicht –«

Surnei drang durch die Menge, blieb dann aber wieder stehen. Er ging keinen Schritt weiter, schaute mit verweintem Gesicht auf seine gebrochene Schwester.

Annelyas und Yuvelees Kleider reflektierten das Weiß der Plasmalichter im Raum und auf dem Kronleuchter. Es erhellte ihre Gesichter.

Sie blickte immer noch Surnei an.

»Elya …«

»Ich kann sie nicht heilen«, weinte sie. »Ich kann sie nicht heilen«, realisierte sie.

»Ich – ich …«, wisperte Yuvelee mit schwerem Atem und drückte Annelyas Gesicht langsam wieder in ihre Richtung. Manche Aresfedern fielen von Annelyas Haar auf den Boden. Yuvelees Grün, es sah so mutig aus. »Ich bin müde …«

»Nein – Yuvelee – du musst durchhalten.« Annelyas Tränen glitten über die kleinen Finger, die sie wieder wegwischten.

Doch Yuvelee lächelte nur, während sich Chumbawa langsam und winselnd annäherte und mit seiner Schnauze gegen Yuvelees Arm stupste.

Sie schaute ihn kurz an, streichelte sanft über seinen blauen Kopf. »Chumbawa hat bestimmt Hunger … wir – wir müssen ihn füttern …« Yuvelee versuchte sich aufzusetzen, ehe sie wieder stöhnend in Annelyas Arme sank.

»Ich – ich glaube, du – du musst ihn für mich füttern, Annelya.« Annelya verschluckte ihre Schreie, doch ließ ihren Tränen freien Lauf.

»Warum – weinst – du?«

»Weil – weil ich Angst habe, Yuvelee«, stotterte Annelya, im vergeblichen Versuch, den Atem zu bündeln und ihre Tränen zu fangen.

Ein Lächeln zeichnete sich auf Yuvelees sanftem Gesicht ab. Immer wieder schlugen ihre zarten kupfernen Wimpern auf und zu, im Kampf, die Augen offenzuhalten. Sie wirkte friedlich. Das Feuer, das in ihr herrschte, es schien auszutreten, den ganzen Raum einzunehmen. Ein warmes, stilles Feurer. So schwach ihre Worte auch klangen, sie wurden klarer, wahrer.

»Das – das brauchst du nicht, Annelya.« Langsam fielen Yuvelees Augen zu, doch das Lächeln hielt sich wie ein unerschütterlicher Felsen. »Habe keine Angst, Annelya. *Du* wirst diese Welt befreien …«, wisperte der kleine Rotschopf.

»Nein, Yuvelee – bitte – du musst durchhalten«, jammerte Annelya durch ihr Geheule, während sie über Yuvelees zarte Wangen streichelte und das Licht heller zu werden schien, genauso wie ihre Augen es taten, als sie sie noch einmal aufschlug. Sie blickte tief, ganz tief hinein.

»Du wirst diese Welt befreien«, wiederholte Yuvelee flüsternd in Annelyas Gesicht.

Ihr Grün, es strahlte noch heller.

»Warum – warum sagst du das?«, fragte Annelya und noch mehr Tränen fielen herab.

Das Licht, es wurde heller. Noch heller.

»Weil du …«, atmete Yuvelee ganz schwer. Ihr Lächeln wurde friedlicher. »Weil du die Einzige warst, die sich jemals neben mich gesetzt hat. Meine beste Freundin …«, sprach Yuvelee glasklar, als ihre Hand langsam von Annelyas Gesicht glitt und auf den Boden fiel.

Ihr Grün, es leuchtete nicht mehr. Doch ihr Lächeln war für immer besiegelt.

»Nein, Yuvelee, YUVELEE!« Nicht einmal die Wände des Pan De Sartums hätten diesen Schrei dämpfen können.

Seraphine schaute weg, bevor sie sich traute, den Blick wieder zu heben. »Annelya, sie ist tot.«

Chumbawa leckte und stupste mit gesenktem Kopf an Yuvelees kleinen Fingern, während Annelya noch auf das Lächeln schaute.

Stille …

Keiner sprach, nur Geheule.

»Annelya –«, setzte Seraphine an.

»Bringt mir einen Projektor«, sagte Annelya.

Seraphine und Surnei blickten genauso verwirrt.

»Einen Pro–«

Auch ihn unterbrach sie. Dieses Mal schaute sie starr nach vorn.

»Bringt mir einen Lichtprojektor.«

»Einen Projektor?«, rätselte Meleoidy, während Geflüster in der Menge ausbrach.

Es dauerte eine Weile, bis sich jemand in der Masse rührte. Es war einer der Feuertänzer, der ihr einen der Projektoren brachte, die für den Ball bestimmt waren. Er näherte sich mit zögerlichen Schritten.

»Stell ihn dort ab«, sagte Annelya und deutete mit dem Blick einige Meter vor sich.

Schnell stellte er ihn ab und verschwand wieder.

»Annelya, was wird das?« Seraphine sprach die Frage aus, die jeder in sich trug.

»Schalte ihn ein. Notfrequenz, an alle Projektoren des Saretoriums.«

»Was?«

»Tue es«, befahl Annelya.

»Oh nein …«, flüsterte Meleoidy.

»Was – was hat sie vor?«, rätselte Tenna, als er die Antwort in Meleoidys Gesicht sah.

»Wir müssen sie aufha–« Ihr Arm stoppte ihn.

»Wenn wir das tun, wird die letzte Faser, die ihre Seele zusammenhält, für immer reißen«, flüsterte sie und Tenna blieb mit schnellem Blinzeln stehen, als er seufzend nach vorne blickte.

Seraphine betätigte den Projektor. Ein Klang und er war an. Das Licht schien auf Annelya und Yuvelee, während aus Geflüster ganze Gespräche wurden.

Kurz schaute Annelya zu ihrem Bruder, dann zum Lichtprojektor.

Währendessen im Dorf von Sare.

»Siehst du das?«, fragte Uriel, der in den Raum stürmte. Doch Gion schaute bereits auf seinen eigenen Projektor. Er starrte neugierig hinein.

»Sie lebt. Makira hat versagt«, stellte er fest und blickte zu Nhaghar herüber, der auf dem anderen thronähnlichen Sitz saß.

»Geehrte Bürger und Bürgerinnen des Saretoriums!«, grüßte Annelya mit ironischer, gebrochener Stimme und fing Gions Aufmerksamkeit sofort ein.

Pan De Sartum.

Das Licht prallte gegen ihre nassen Wangen. Sie weinte allerdings nicht mehr.

»So hat er uns gegrüßt, nicht? An dem Abend der Beschwörung der *heiligen* Droknen.« Das war nicht nur Ironie. Das war Zorn.

»Er sprach von Gleichgewicht, von einer neuen, besseren Welt. Doch bevor er euch diese Welt zeigen konnte, das Leid, das er in jener Nacht zufügte, unterbrach er die Verbindung. Ich möchte euch zeigen, wie seine Welt wirklich aussieht«, erzählte Annelya und schaute auf Yuvelees toten Körper.

Sare.

»Was tut sie da?«, grübelte Nhaghar, auf den Projektor starrend.

Gion stützte sein Gesicht entspannt auf seine Hand. Sein Zeigefinger versteckte sein Lächeln.

»Sie lernt …«, flüsterte er.

Pan De Sartum.

»Annelya … was tust du?«, wisperte Seraphine, doch die Prinzessin ignorierte sie.

»Er schickte heute jemanden ins Pan De Sartum, eine Handlangerin, an einem der schönsten Tage des Jahres, der wichtigsten Traditionen des Saretoriums, um alles in die Luft zu jagen. Ein Mann, der uns Frieden und Freiheit verspricht, indem er unsere teuersten Momente stiehlt? Indem er unschuldige Leben raubt?« Sie drückte Yuvelee etwas höher. »Ihr Name war Yuvelee. Sie hatte heute den ersten Auftritt ihres Lebens. Die Bombe ging hoch, bevor sie auftreten konnte. Damit starb einer von zwei Träumen, die Yuvelee hatte. Wenn sie älter werden würde, wollte sie eine Hilfe für Waisenkinder, so wie sich, gründen, um jedem Kind auf dieser Welt ein Zuhause, eine Familie – wie sie es nannte – zu bieten. Denn Yuvelee wusste, unsere Welt war nicht perfekt, das habe ich erkannt. Bürger und Bürgerinnen starben an Krankheit und Hunger. Kinder wuchsen ohne Eltern auf und wurden schikaniert. Dinge, an denen meine Mutter, Annabel Elim, und ihr Regime beteiligt waren.

Doch der Weg eines Feiglings wie Gion wird nichts bessern. Ein Leben lang hat er mich, uns, belogen, benutzt, manipuliert und missbraucht. Und nun verlangt er, dass wir uns ihm fügen. Dass wir ihm unsere Herzen, die Herzen unserer Kinder, unserer Geliebten aushändigen. Einem Verräter, einem Feigling«, zischte Annelya.

Kurz schwenkte ihr Blick auf Surnei, bevor sie messerscharf in den Projektor guckte.

»Gion N'Artem. Du möchtest herrschen? Dann musst du dir den Thron holen«, gab Annelya bekannt und die Stimmen um sie herum wurden lauter.

»Annelya, hör auf!«, befahl Seraphine und sah Daneel der gerade mit zwei Soldaten in den Eingang stürmte.

»Schaltet es aus, sofort!«, befahl er.

»Morgen, zur Mittagsstunde, werde ich dich am Kavghastrand erwarten. Die Regeln sind einfach: maximal zehn deiner Männer und zwei deiner Biester.«

Die Soldaten stürmten durch die Menge in Annelyas Richtung.

»Kein Versteckspiel mehr, du Feigling. Ich fordere dich zu einem Thronkampf heraus.«

»Nein!«, brüllte Daneel, als die Soldaten den Projektor ausschalteten.

Annelya schaute ohne jegliches Anzeichen von Emotion nach vorn. Daneel stoppte neben Surnei und guckte ihn bestürzt an. »Wieso tut ihr nichts!?«

Seraphine zuckte. »Was hast du getan?«

Annelya schaute auf Yuvelee, während langsam wieder Ruhe in den Raum einkehrte. Sie strich eine kupferrote Strähne von Yuvelees Gesicht und schloss mit ihren Fingern ihre Augen.

»Das, was ich schon längst hätte tun müssen. Nicht elf. Nicht fünf. Nicht ein einziger darf durch seine Hand sterben«, wisperte Annelya. »Ich werde es beenden.«

XXVII

WENN NICHTS MEHR BLEIBT

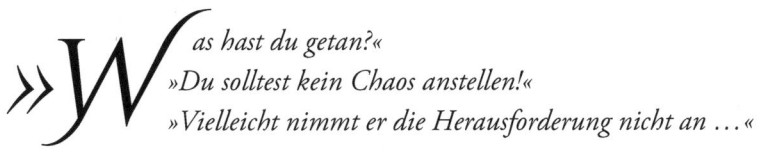

»*Was hast du getan?*«
»*Du solltest kein Chaos anstellen!*«
»*Vielleicht nimmt er die Herausforderung nicht an ...*«

Annelya starrte in die Leere aus den großen Fenstern der Amtsstube. Das Mondlicht fühlte sich wie ein verachteter Feind an und trotzdem ließ es sie wie einen Diamanten funkeln, unter dem Blut auf den silbernen Pailletten, das sie in Rot gefärbt hatte.

Die Truppe redete durcheinander, schlug mit ihrer Angst auf sie ein, während Annelyas Gedanken zu der Aresfeder schweiften, die sie zwischen ihrem Daumen und Zeigefinger rieb.

»Das wird er.«

Alle schauten sie an, doch sie erwiderte nicht einen einzigen Blick. »Er will, dass sie ihm folgen, dass sie an die antike Tradition glauben. Dafür muss er sich beweisen. Er wird das Wort *Feigling* nicht auf sich sitzen lassen«, flüsterte Annelya mit trockenem Hals und angeschwollenen Augenringen.

»Er wird uns pulverisieren, ist dir das bewusst!?« Daneel war außer sich. Er hatte ihr einen Befehl gegeben. Sie sollte sich zurückhalten.

»Wieso?« Annelya schaute ihn zum ersten Mal an diesem Abend an. »Es war doch der beste Plan, ihn Stück für Stück zu schwächen, nicht? Der einzige Unterschied ist, dass wir es tun, bevor es elf Unschuldigen das Leben kostet.«

Wieso Daneels Feuerbeschwörung noch nicht alles in Brand gesetzt hatte, war beim Anblick seines roten Kopfes nicht zu erklären.

»Ja, Elim! Am Abend der Opferung, an dem wir es höchstwahrscheinlich nicht mit sieben Droknen aufnehmen müssten. Hier, hinter diesen Mauern, mit einer ganzen Armee! Wer garantiert uns, dass er sich an die Bedingungen halten wird, verstehst du nicht –«

Annelya unterbrach ihn. Nicht mit Worten, sondern mit eiskalten Augen.

»Du wirst mir jetzt ganz genau zuhören.«

Alle erstarrten in gleicher Überraschung. Sie hatte ihn anvisiert, trat Schritt für Schritt näher. Mal tauchte ihr Gesicht in Licht, mal in Dunkelheit.

»Ich habe sechzehn Jahre lang gewartet, um zu handeln, habe um Erlaubnis gebettelt, als wäre ich ein übliches, kleines Kind gewesen. Rate mal, Daneel. Das bin ich nicht. Ich wurde vom verdammten Kristall der Schöpfung erschaffen und ich bin es leid, mich herumkommandieren zu lassen. Königliches Blut fließt durch meine Adern, denn wenn ich mich nicht irre, war es meine Mutter, die diese gottverdammte Welt regierte. Nicht du«, zischte sie vor seinem Gesicht. Sie schwitzte, er schwitzte.

Meleoidy ... es muss Angst gewesen sein, mit der sie Annelyas familiären Ausdruck wahrnahm, der an jemand anderen erinnerte.

»Gion wird sich an die Bedingungen halten. Der Kavghastrand liegt zwischen Sare und dem Pan De Sartum, westlich der Wüste, weit entfernt von jeglichen Dörfern und Städten. Keiner wird in Gefahr kommen. Wir haben zwei Lar, bereit zuzuschlagen, den besten Wasserbeschwörer des Königreichs an einem Ort mit grenzenlosem Zugriff auf Wasser und die gefährlichsten Krieger der Elite. Gion wird fallen«, deklarierte Annelya.

Er musterte sie ganz genau, die Wut in ihren Augen.

»Du überschätzt dich, Elim ...«

»Sie hat nicht ganz unrecht«, wagte Seraphine einzuwenden, bevor sie Daneels finsteren Blick kassierte.

»Nicht ganz unrecht? Keine Dörfer und Städte? Eine offene Angriffsfläche für fliegende Drachen. Ein Ozean für Snow? Darf ich euch daran erinnern, welches Element N'Artem beschwört? Und welch kannibalische Variation er nutzen kann? Zwei Lar, doch die Macht eines einzigen Droknen ist uns unbekannt. Meine besten Krieger nützen mir nichts, wenn sie wie verdammte Makarikeulen zerfleischt werden.«

»Es wäre nie ein fairer Kampf gewesen«, entschlüpfte es Surnei. »Wir haben aber einen Vorteil. Gion weiß nichts von Rea und mir. Du hast selbst gesehen, wozu ich in der Lage bin.«

Jangos Neugier galt Surnei.

»Ich würde bezweifeln, dass er nicht bemerkt hat, dass eines seiner Haustiere fehlt«, spottete Meleoidy und entschuldigte sich mit einem reuevollen Blick bei Rea. »Ein Kampf mit Gion birgt neue Risiken, aber auch größere Vorteile. Falls wir ihn aufhalten können, könnten wir die Opferung verhindern, diese Kinder retten – es beenden.«

»Sieh einer an, die Heldin hat gesprochen«, spottete Snow und löste seine verschränkten Arme.

»Snow, lass es!«, schimpfte Tenna.

»Wegen ihr sind wir hier! Sie hätte das alles verhindern können!« Snow streckte seine urteilende Hand in ihre Richtung aus.

»Du hättest es genauso verhindern können.«

Er hätte bestimmt damit gerechnet, dass ihm irgendjemand anderes widerspricht, aber Annelya? Ihr verwundetes Gesicht schwankte zu ihm herüber.

»Ihr seid ein und dasselbe. Heuchler, die alles tun würden, um zu überleben. Genau deshalb werdet ihr wie Furien kämpfen«, sagte sie leise, doch streng.

»Also treten wir gegen ihn an?«, fragte Jango. Seine warmen Augen streiften über Surneis, bevor Surnei nach Reas Zuspruch verlangte.

»Unsere Fähigkeiten verstärken sich, wenn wir nah beieinander sind. Wir haben beide droknisches Blut. Vielleicht verstärken uns die Droknen genauso. Vielleicht verstärken wir sie – ein ausgeglichenes Spielfeld.«

Rea nickte.

»Wenn wir nah genug an Gion kommen, können wir seine Beschwörung mit dem Siegeleisen blockieren. Die Blutbeschwörung wäre kein Problem mehr«, grübelte Seraphine laut.

Blick für Blick, Stimme für Stimme verwandelten sich Zweifel in Überzeugung, während Annelyas Kinn sich hob und ihr Atem immer tiefer wurde. Es war Daneel, auf den sie herabschaute.

»Ich brauche eine Rüstung und ein Schwert«, sagte sie.

Kopfnicken und Seufzen, das war die einzige Sprache, die Daneel noch sprach. Lähmte ihn Entsetzen oder Respekt?

Niemand? Würde ihr niemand mehr widersprechen?

»Im Namen Saretums, Elim, jeder Tropfen Blut, der fallen wird, wird an deinen Händen kleben. An deinen Händen! Bist du bereit, das zu verantworten!?« Sein Finger zeigte auf sie, während ihr Zorn wuchs. Daneel folgte der Bewegung ihrer Hand, hoch zu ihrem Gesicht, schaute dabei zu, wie sie auf das getrocknete Blut auf ihren Fingern und Wangen zeigte.

»Ich werde darin baden, wenn das sein Ende bedeutet. Ich werde ihn vernichten.«

Was anderes, als zu nicken, blieb Daneel nicht übrig. Er zögerte, bis er zustimmte.

»Nun denn, Elim. Ich hoffe für dich, dass du das nicht bereuen musst.«

Sare.

Gions Kopf ruhte auf seinen ineinander gekreuzten Fingern. Er starrte tief in das flackernde Kerzenlicht vor ihm hinein, während die Schatten auf dem Marmor hinter Uriel aufzogen. Er hatte es gelesen, das war zu spüren, in der Luft, in der Atmosphäre, diese – diese Finsternis.

»Der verlorene Drokne ist bei ihnen. Makira hat es bestätigt«, sagte er.

»Na und? Wir haben sechs.« Uces Lachen klang giftig. »Das Prinzesschen liefert sich uns selbst aus.«

»Was, wenn sie eine Geheimwaffe hat?«, grübelte Uriel und schlenderte durch den Raum.

»Wir haben das Buch der Schatten, sie hat keinen Tropfen der Energie, was will sie tun – uns mit magischen Steinen bewerfen?«, spottete Uce, als Uriel zu Gion schaute.

»Wirst du es annehmen? Einen Thronkampf?«

Gions grauer Bart strich über seine Finger. »Bleibt mir etwas anderes übrig? Elim weiß genau, was sie getan hat. Tauche ich nicht auf, säht sie Hoffnung in ihre Herzen.«

»Nun, warum dann so nachdenklich?«, hakte Uce nach und schlug die Füße auf dem Tisch übereinander, als er noch einen kleinen Fisch aus der eisernen Schale hob und in seinen Mund schmiss.

»Sie hat Potenzial gezeigt, das ich nie zuvor in ihr erkannt habe. Ich bin mir nicht sicher, ob ich sie umbringen ...« Langsam schaute Gion auf Uce.

Uce kaute langsamer, Gions Worte, die Art wie er sprach, löste selbst unter dieser robusten Panzerrüstung einen Schauer aus.

Uriel lief keinen Schritt weiter. Der gleiche Schauer wanderte seinen Körper hoch.

» ... oder verwandeln möchte«, sprach Gion.

Pan De Sartum.

Für einen Augenblick erkannte Annelya die Person nicht, die zurückschaute. Wie aus einem Schlachtfeld gerissen, so sah sie aus, blutig und erschöpft. Doch es war das Blut einer einzigen Person, das an ihr klebte, nicht einer Armee. Es sollte Gions Blut sein, nicht Yuvelees.

Chumbawa brummte unter dem Marmortisch vor dem Spiegel eine traurige Melodie.

Ich wusste nicht, ob er mich beruhigte, mir das Gefühl gab, dass sie noch bei uns war, oder ob er mich daran erinnerte, dass sie es nicht mehr war.

Obwohl sie Schmerz plagte, fiel keine einzige Träne, egal wie lang sie in den Spiegel schaute. Ihr Gesichtsausdruck blieb leer und kalt.

Nur als sein blauer Schweif tröstend über ihre Beine zog, zuckte sie mit Mund und Augen. Ganz egal, ob er Nähe suchte oder Nähe geben wollte, seine mitfühlende Wärme drang langsam in Annelya hinein.

»Chumbawa ...«

Seine großen, müden Augen sprachen die Worte, die er nicht aussprechen konnte, Worte, die nur sie verstand.

»Sie wird nicht umsonst gestorben sein«, schwor Annelya und bückte sich zu ihm. Er fühlte sich weich an, anders als der Druck in ihrer Brust ...

»Du gibst ihr die Schuld«, murmelte Seraphine. Ihre Hand drückte in ihre Wange, ihr Ellenbogen auf den Tisch.

Sie befand sich in einem der großen, um diese Uhrzeit leeren Speisesäle. Nicht ein einziger Palastbewohner außer ihr und Snow war zu sehen, denn alle waren in ihren Zimmern verschwunden, als ob es heute nie eine Feier gegeben hätte. Ob sie schliefen, war zu bezweifeln. Keiner tat es, wie denn auch? Schreie, Asche und Feuer hingen noch in jedermanns Gedanken.

»Du nicht?«, flüsterte Snow. Er saß etwas weiter neben Seraphine und betrachtete das Pan De Sartum durch die großen Palastfenster, das genauso ruhig wie vor der Explosion im Palast wirkte.

»Doch, aber du hättest es genauso verhindern können.«

Es war nicht mehr das Pan De Sartum vor Snows Augen. Seraphine erwiderte seinen Blick.

»Und Leyla hätte ich sterben lassen sollen? Ich habe es für sie getan.«

Seraphines Nicken zeugte von tiefen, verzwickten Gedankengängen. »Genau die gleiche Rechtfertigung wird wohl auch Meleoidy gehabt haben. Irgendjemanden versuchte sie zu schützen, wenn es auch nur sie selbst war.«

»Sie hat Leyla auf dem Gewissen –«

Snows auflodernde Erbostheit erlaubte sie nicht.

»Nein. N'Artem hat es. Gion ist der Feind. Verlauf dich nicht in Schuldzuweisungen und Rage, Snow. Die wichtigste Lektion eines Kriegers, vergiss sie nicht.«

Snow schwieg. Bedacht schaute er wieder auf die Stadt, in der Hoffnung, das bisschen Ruhe zu erhalten, das ihm die blauen und orangenen Lichter der Straßen schenkten.

»Ich spucke auf deine Lektionen …«, flüsterte er.

Tennas Lederweste lag auf dem Boden. Er lehnte sich mit seinem Rücken gegen die Wand neben der Tür, seine Arme gekreuzt, während sie tief in den Spiegel hineinschaute und mit einem Tuch ihren Lippenstift wegwischte.

»Hast du es gesehen?«, wisperte sie.

Das Kerzenlicht auf dem Tisch vor Meleoidy warf sein schwaches Licht in den Raum hinein. Nicht ein einziges Plasmalicht war eingeschaltet.

»Was gesehen?« Tenna sah nur Meleoidy in dem Spiegel, so wie sie ihn sah. Ihre Stirn war angespannt, ihr Hals auch.

»Wie sie mit Daneel gesprochen hat, sie –« Meleoidy schnappte nach Luft, langsam und tief, während ihr rotglänzender Blick das Kerzenlicht einfing. Auch ihr Dekolleté schimmerte vom leichten Duftöl, das sie vor dem Ball auf ihre Schlüsselbeine aufgetragen hatte.

Tenna atmete genauso synchron ein. Im gleichen Zug ließ er seine Arme fallen, lief auf Meleoidy zu, bevor seine Hände sanft auf ihre Schultern drückten.

Sie blinzelte etwas schneller. Es dauerte einen Augenblick, bis sie ihre Hand auf seine legte und sich Blicke so wie Herzen näherkamen.

»Sie stirbt«, sagte Meleoidy.

Tenna sprach nicht, doch er verstand, das war eindeutig. Sie sah es im Spiegel, auf seinem entrückten Ausdruck. »Ich kenne dieses Gefühl. In der Nacht, in der mein Vater …«

Tennas Hand drückte fester und sie schloss die Augen, als ihre Finger seinen Arm höherglitten.

»Sie ist nicht allein. Nicht so, wie du es warst.«

»Warst?« Ironie schwang in Meleoidys Worten. Sie öffnete ihre Augen.

Tenna nickte und langsam drehte sie sich zu ihm, als Funke auf Funke traf, er sachte zu ihr hinunterschaute, während ihre Zehen über den Teppich unter ihr strichen. Seine Hand wanderte von ihrer Schulter zu ihrer Wange.

»Was du in dieser Nacht getan hast, als du meine Erinnerungen genommen hast …«

»Tenna, es tut mir leid, ich wollte dich –«

»Mel. Das wollte ich nicht sagen. Ich konnte es nicht verstehen, vor allem nicht, nachdem du uns hintergangen hast. Dieses Gefühl, dieses Vertrauen … Ich wusste, dass mehr dahintersteckt. Dass mehr in dir steckt.«

»Tenna …«

Sein Griff wurde fester, hob ihr Kinn höher.

»Dieser Schattenzauber hat mir meine Gedanken geraubt, jeden Moment, den ich mit dir hatte, doch dieses Gefühl, Mel, das, was ich für dich empfinde, konnte er nicht nehmen. Es war – es ist zu stark.«

So viele Gedanken und Gefühle, die sich kreuzten. Manche prallten aufeinander, flogen dann in verschiedene Richtungen, während andere ineinander verschmolzen, stärker wurden. Einige trugen noch bittere Verwirrung hinter sich her, doch andere schenkten Verständnis.

Er biss sich auf die Zunge, bevor es aus ihm herausbrach, wie Feuer, das die Vergangenheit in Brand setzte, und Wasser, das sich heilend über jede ihrer Wunden legte.

Die Kerze brannte kräftiger, stieß ihr zitterndes Licht in den Raum, sandte es zwischen Blicke und Berührungen.

»Ich liebe dich, Meleoidy Elim.«

Langsam hob sich ihre Brust. War das Schmerz, der sich auf ihrem Gesicht breitmachte?

»Ich habe es schon immer getan.« Seine letzte Silbe verflog in dem Duft, der sich im Raum verteilte, als Meleoidy aufstand und sich drohend vor ihn stellte.

»Nameel, tue es nicht.« Sie bettelte ihn an, wonach, das wusste sie selbst nicht.

»Wenn wir morgen sterben, dann nicht ohne diese Erinnerung«, wisperte Tenna und presste seine Lippen auf ihre.

Der Druck zwischen den beiden explodierte in einem Augenblick und ließ Millionen kleiner Schmetterlinge emporsteigen, bis sie schnell in der Glut des warmen Lichtes erloschen, dann als Funken hinaufstiegen.

Ein Kuss wurde zu zehn, bis sie nicht mehr zählen konnte – nicht mehr zählen wollte. Fünf Schritte zurück, sie riss sein weißes Hemd entzwei, bevor sie die rosa Rose aus ihrem Haar zog und ihre rote Mähne wie ein Wasserfall über den Rücken fiel, den er vom roten Kleid befreite. Es fiel zu Boden und sie stieg mit einem Schritt darüber. Noch ein Schritt und Tenna fiel mit seinem Gesäß aufs Bett, hielt sie an den Hüften fest, als sie sich auf ihn setzte.

»Das ist ein Fehler«, hauchte sie zwischen Kuss und Atem.

»So fühlen sich Fehler nicht an.« Er strich über ihren glatten, weichen Rücken, bevor sie sich vollständig nach hinten streckte. Er hielt sie fester als zuvor, beugte sich nach vorn. Sogar ihr Stöhnen klang nach Magie. Sie fiel tiefer, weiter nach hinten, während seine Lippen ihren Körper nach unten wanderten.

In einem Schwung strich ihr Haar fast über den Boden, bevor er aufstand und sie die Beine hinter ihm kreuzte.

Kurz löste sich ihr Kuss und ihre Blicke trafen sich ein weiteres Mal. Er hielt sie fester als sie je zuvor gehalten wurde, während die Fingerkuppen ihrer Linken über seine nackte Brust tapsten. Der rechte Arm war um seine Schultern gelegt, kurz bevor sie nach seinen Wangen griff.

Er zögerte nicht, er drehte sich, wirbelte ihr Haar und sie zum Bett, ehe sie unter ihm landete und das Kerzenlicht zwischen den beiden schimmerte. Ihr Rot verteilt auf dem weißen Bett, sein goldenes Braun erstrahlend über ihr.

Sie griff nach seinem Kopf, erkundete mit den Fingern sein volles, welliges Haar, während seine Zunge zwischen ihre Beine tauchte.

Mit tiefem Atem stöhnte sie seinen Namen, als er nach ihrer Brust griff.

Es müssen Minuten gewesen sein, doch es fühlte sich wie eine himmlische Ewigkeit an, nachdem er endlich wieder zu ihr hinaufstieg.

Solch ein Gefühl von Sicherheit war ihr fremd. Er musterte sie, drückte ihre Beine höher, bereit mit all ihrer Emotion zu tanzen.

»Darf ich?«

Er musste gewusst haben, was diese Frage für sie bedeutete, *wie viel* sie bedeutete. Es brannte in seinen Augen, er wollte sie an sich reißen, aber nur, wenn *sie* es *erlaubte*.

Ein schnelles zustimmendes Nicken, gepaart mit schnellem Atem, der unter seinem Griff erlosch. Sie keuchte, rang nach Luft, ihn anschauend, während er fester um ihre Kehle drückte. Im gleichen Moment war es geschehen, besiegelt von einem lauten Atemzug, der unter einem lauteren Kuss schwand.

Finger wurden zu Krallen, zogen über seinen Rücken, als er tiefer drang. Je fester er an ihrem Haar zog, desto sanfter fuhr seine Zunge über ihren Hals.

Ihr Herz pochte unter seinem, so wie er zwischen ihren Beinen pochte. Sie drehten sich, nicht nur einmal, verwandelte die Energie, den Duft im Raum in einen Tornado, der beide in seinen stürmischen Bann zog.

Wie konnte nackte Haut sich so schenkend, so achtsam und vertraut anfühlen? Er raubte nicht, er gab. Sie gehörte ihm, also gab sie sich hin und nahm es an. Stoß um Stoß nahm sie mehr, ließ ein weiteres Stück ihren Rücken wölben und streckte den Kopf weit in ihren Nacken, als sein fester Griff ihren Hals erlöste und zum Kinn wanderte. Ihr Gesicht lenkte er zu sich, so wie sie das Gefühl zwischen seinen Beinen lenkte. Sie waren verbunden, unzertrennlich ineinander verwurzelt.

Er hatte recht, so fühlte sich kein Fehler an.

Und falls es doch einer gewesen sein sollte, dann hoffte sie, ihn heute Nacht nicht zum letzten Mal begangen zu haben.

»Du solltest zurück zur Insel«, murmelte Surnei, die Sterne am Himmel vom Balkon aus betrachtend. Er saß neben Jango auf dem Marmorboden, den Kopf auf Jangos Schulter. Jango spielte an seinen Fingern.

»Das kommt nicht infrage, Fremder.«

»Jango. Du hast eine Familie, um die du dich kümmern musst.«

»Meine Familie ist sicherer, wenn ich dir dabei helfe, die Gefahr zu beseitigen. Das habe ich dir schon einmal gesagt.«

Surnei schielte hinüber. Jedes Mal, wenn er Jango sah, breitete sich die gleiche Wärme in ihm aus. Dieses Mal war sie jedoch von Kälte begleitet. Der junge Lar richtete den Blick nachdenklich geradeaus.

»Jango, ich habe kein gutes Gefühl.«

»Wie meinst du das?«

Surneis Nasenflügel hoben sich und er schluckte fest, immer noch die Dunkelheit der Nacht vor sich aufsaugend.

»Ich kann es nicht beschreiben, ich weiß nicht, ob es Angst ist oder etwas mit meinen Fähigkeiten zu tun hat, aber ich …«

Vielleicht hatte Surneis Zögern die wachsende Dunkelheit vor ihm verschuldet.

»Du was?«

»Ich spüre Kälte. Absolute Kälte. Ich – ich habe das Gefühl …« Surnei verkrampfte leicht.

»Hey, Surnei, was ist denn?« Jango setzte sich aufrecht hin, hob Surneis Kopf von seiner Schulter und schaute in seine zögernden Augen.

»Jango, ich habe das Gefühl, dass das nur der Anfang ist.«

Jango hob seinen Kopf leicht nach hinten. Surnei sah ernst aus. Das in seinem Gesicht – das war Furcht.

»Fremder, wir werden morgen siegen, davon bin ich überzeugt. Und wenn wir das getan haben, entführe ich dich zurück zur Insel, begebe mich auf tausende Reisen, Missionen und Expeditionen mit dir an meiner Seite, ehe ich deine Lippen unter den schönsten Kirschbäumen dieser Welt erkunde. Dir wird nichts passieren, Surnei Elim. Dafür werde ich sorgen.«

Vielleicht hatte er recht, vielleicht war es nur Angst, die Surnei spürte. Vielleicht waren es Kirschbäume und zarte Küsse, die auf ihn warteten. Zart, wie dieser hier, den er ihm gerade gab.

»Danke. Für alles«, wisperte Surnei. »Du hast mich gesehen, so wie ich wirklich bin. Ich hoffe, es eines Tages genauso sehen zu können.«

Wie ich es geschafft habe, einzuschlafen, war mir ein Mysterium. Vielleicht war es die Erschöpfung oder der Wunsch, diesem stechenden Schmerz in meinem Magen zu entkommen. Die ersten Sonnenstrahlen hatten mich schon aufgeweckt, bevor ich Daneels Stimme und die Panzerrüstungen der Soldaten durch die Gänge Echos werfen hörte.

Chumbawa hatte sich an mich gekuschelt, als würde er nie wieder aufstehen wollen. Eigentlich wollte ich das auch nicht.

Was war das für ein Leben? Das Bewusstwerden des Schmerzes ist schlimmer als der Schmerz selbst. Ich fühlte mich leer. Geboren, um zu dienen, einem Mann und seinem Wahnsinn. Alles, was er wollte, das hatte ich ihm gegeben, alles, was ich schätzte, das hatte er mir genommen.

Ich blickte auf die silberne Rüstung, die auf dem Stuhl vor dem Tisch lag, und das Schwert daneben. Am Tag zuvor um diese Uhrzeit hatte Yuvelee mein Haar geflochten. An diesem Tag sollte ich ihren Tod rächen. Verrückt, nicht? Wie sich alles ändern kann? Einfach so.

Ich wurde sechzehn Jahre lang vorbereitet, um auf Iuel Herim zu treffen. Ich hätte mit allem gerechnet, war für alles bereit. Entweder er würde versagen, sich ergeben – und ich würde siegreich zurückkehren und die Mauern von Sare ein für alle Mal verlassen, um meine Welt zu erkunden, oder ich würde versagen und meine Welt enttäuschen.

Ich wollte jedes Getränk probieren, jeden Stoff berühren und jede Stadt sehen. Im schlimmsten Falle hätte ich das nicht gekonnt, weil Iuel einen Weg gefunden hätte, mich zu töten. Dann wäre die Jagd vorbei.

Wer hätte gedacht, dass sich jemand so sehr irren konnte. Irrte ich mich heute wieder? Hatte ich die falsche Entscheidung getroffen?

Doch wie sollte es falsch gewesen sein, es beenden zu wollen? Elf Kinder, Jugendliche, wie Yuvelee und ich, sollten in zwei Tagen sterben. Wofür? Für den barbarischen Glauben eines einzelnen Mannes? Kaiden, ich wollte ihn beschützen. Würde ich damit alle anderen in Gefahr bringen? So viele Fragen ... und trotzdem war ein Gefühl am stärksten. Ich hielt es fest, ließ es wachsen und toben. Es war stärker als das, was ich damals gegenüber dem Schattenkünstler empfunden hatte.

Ich erinnere mich, als meine Mutter mich beauftragt hatte, ihn zu töten. Ob ich es wirklich getan hätte? Doch heute? Heute hätte es mir keiner einreden, niemand befehlen müssen. Ich wollte es. Ich würde es tun, denn er hatte viel zu viel genommen. Nicht noch mehr. Hier hört es auf, ja.

An diesem Tag würde ich es beenden ...

Ich würde es beenden.

»Genau genommen ist Annelya Elim die Thronfolgerin von Königin Annabel Elim, da sie nicht in einem königlichen Kampf bezwungen worden ist. Ein Thronkampf unterliegt den Bedingungen des Herausforderers und ist nur geltend, wenn der König oder die Königin die Herausforderung annimmt. In diesem Fall, hat Annelya Elim die Herausforderung gestellt, also hat sie eingewilligt. Ob N'Artem mit fairen Mitteln kämpfen wird, wissen wir nicht, doch was auch immer passiert, Elim darf nicht zu seinem Opfer werden. Diesen Kampf dürfen wir nicht verlieren. Das ist unsere Chance, Macht zu beweisen und unseren Bürgern Sicherheit zu versprechen.

Zehn Soldaten und zwei Droknen. Was Gion nicht weiß: Wir haben selbst zwei Kandidaten mit droknischem Blut. Rea Seliyn und Surnei Elim, weshalb ich sie nicht zu den Soldaten zähle«, erklärte Daneel und warf ein Auge auf Rea und Surnei.

Surnei trug eine schwarze Wildlederrüstung, die leichte silberne Panzer an Schultern, Armen, Beinen und Brust vorwies. Gerade der Brustpanzer schien ursprünglich nicht zur Rüstung gehört zu haben. Er schimmerte dunkler als der Rest. Tenna musste diesen Panzer angebracht haben, um Surneis Brust zu schützen, schließlich konnte ein Lar nur auf zwei Wegen sterben: ein fataler Angriff auf das Herz oder ein abgetrennter Kopf, was den Anteil des Kettenhemdes um seinen Hals erklärte.

Rea war in Stoff gekleidet. Die Rüstung würde sie sowieso nicht brauchen, wenn sie ihre droknische Form annahm.

Alle im Raum waren ausgerüstet. Daneel, Meleoidy, Jango, Snow, Seraphine und vier von Daneels besten Soldaten: Ramul, Don, Abel und Nadu. Manche leichter, manche schwerer. Alle vier Männer trugen die gleichen blausilbernen Panzer. Don und Ramul waren mit pan-de-saretorianischen Schildern und Schwertern bewaffnet, Abel und Nadus Spezialisierung war der Speer, genau wie Jangos.

Sogar Tenna trug unter seinem braunen Leder eine dünne Kettenrüstung. Snows Lederrüstung unter dem weißen Mantel war üblich für Wasserbeschwörer. Sie erlaubte viel Bewegung, fließende Freiheit.

Die interessanteste Ausrüstung besaß wohl Seraphine. *Transformationswaffen,* die sich je nach Einstellung der verstellbaren Eisenteile in Schwert, Bogen, Doppelklinge oder Schild verwandelten. Ausgebildete Soldatinnen wie sie lernten, solche Waffen in Sekunden mit der richtigen Bewegung und dem richtigen Winkel umzustellen. An ihren Hüften waren zwei Elementarringe befestigt, die mit den Armbändern an ihren Handgelenken verbunden waren.

»Unser allererstes Ziel ist es, Gion einen Elementarring anzulegen. Wir wissen nicht, wie weit und wie stark seine Blutbeschwörung reicht, weshalb Seraphine und Meleoidy sich darum kümmern werden, dass wir es nicht herausfinden müssen. All eure Rüstungen sind markiert und mit Meleoidy verbunden, was ihr erlauben wird, im Notfall Schattenportale zu öffnen. Verlasst euch allerdings nicht darauf. Schattenkunst ist keine einfache Sache.«

War das eine Frage oder eine Aussage, an Meleoidy gerichtet?

»Auch wenn verboten, heute werden uns die Schatten dienen müssen. Der Rest kümmert sich um Gions Soldaten. Wir wissen nicht, ob er außer Uriel Soriah und Uce Rahul, Beschwörer hat. Dafür haben wir einige. Unser Ziel ist es, so viel Chaos wie möglich anzurichten, N'Artem abzulenken, bis er immobilisiert ist. Rea und Surnei, ich denke, euch ist klar, was zu tun ist.«

Surnei nickte, genauso wie es Rea auch tat.

»Wir kümmern uns um die großen bösen Buben«, gab Rea bekannt.

»Und ich bohre Gion eine Klinge durch die Brust«, informierte Annelya sie, als sie in den Raum trat. Sie trug eine blausilberne Rüstung, wie die vier Soldaten und Seraphine. Ein Schwert an der Hüfte ihrer schwachen Hand, zwei Kurzdolche an der anderen.

All die Aufmerksamkeit entglitt Daneel und richtete sich auf Annelya und Chumbawa, der wie ein Schal auf Annelyas Schultern ruhte.

»Gut, du bist hier. Ich habe gedacht, dass wir den Thronkampf ohne dich führen müssen«, spottete Daneel mit Wut in seiner Stimme.

»Hey!« Seraphine schlug Annelyas Hand weg. Sie wollte nach einem Elementarring greifen.

»Auf keinen Fall!«, sagte Daneel und Annelyas rauer Blick traf ihn. »Ich werde mich ihm stellen, nicht ihr.«

»Das kannst du gerne tun, nachdem Seraphine seine Beschwörung unter Kontrolle hat«, befahl Daneel.

»Aber –«

»Kein aber! Konzentration, Elim. Wir haben keine Zeit für Spielchen. Du willst gewinnen? Dann wirst du meinem Befehl folgen!«

Annelya schwieg, biss sich fest auf die Lippe und trat einen Schritt zurück.

»Zwei Kutschen werden uns zum Strand bringen. Sobald wir am

Strand ankommen, werden die Kutscher den Platz verlassen, um keinen ängstlichen Eindruck zu erwecken. Vergesst nicht, Flucht ist unsere allerletzte Option und sie bedeutet Disqualifizierung. Gion würde den Thronkampf gewinnen. Habt ihr das verstanden?«

Jeder stimmte zu.

»Gut. In zehn Minuten werden wir uns draußen versammeln. Die Kutschen erwarten uns. Liebe Freunde, Brüder und Schwestern. Was auch immer heute geschieht, es war mir eine Ehre, neben euch gekämpft und euch gekannt zu haben. Mögen wir diesen Wahnsinn ein für alle Mal beenden.«

Gruppen lösten sich, manche Soldaten verließen den Raum, andere sprachen noch miteinander. Nicht alle, die zuschauten, waren für den Kampf ausgewählt. Manche von ihnen schätzten sich glücklich, andere hätten lieber Verantwortung übernommen und dafür gesorgt, dass N'Artem niemals siegen würde.

»Hey …«

Annelya grüßte Surnei mit einem Lächeln zurück.

»Hast du geschlafen?«, fragte er und blickte auf ihre gerunzelte Stirn.

»Erstaunlicherweise, ja.«

»Das ist gut, du wirst all deine Kräfte brauchen.« Der junge Lar trug ein gezwungenes Lächeln.

Von Annelya kam nur ein leises, nachdenkliches Seufzen, das einen Hauch von Zweifeln verriet. »Denkst du, dass ich einen Fehler begehe?«

»Nein, ich denke, dass keiner unserer Pläne perfekt war. Dafür ist Gion zu mächtig. Also … noch. Heute haben wir zumindest die Chance, die Opferung zu stoppen, so wie wir es von Anfang an wollten.«

Surneis Worte wirkten wie Balsam für ihre gespaltene Seele, seine Hand in ihrer fühlte sich noch besser an.

Blau traf auf Schwarz.

»Ich werde nicht zulassen, dass dir irgendetwas passiert. Ich habe den Dreh mit diesen Blitzen noch nicht raus, doch ich habe erlebt, wie zerstörerisch sie sein können, wenn ich wütend bin. Und glaub mir – ich bin sehr wütend.«

»Ich auch. Kein Zögern mehr, kein Versteckspiel. Er wird fallen, heute.« Das Lächeln auf ihren Gesichtern wurde breiter, ihr Händedruck wurde fester, bis er sich in eine Umarmung verwandelte. »Für Mama und Yuvelee …«

»Für Mama und Yuvelee …«, wiederholte Surnei, als Daneels Ruf ertönte.

»Ey, ey, ey, was wird das, was hast du da an?«, schimpfte er und machte zwei Schritte voran, während ihm der ausgerüstete Kaiden entgegenkam.

»Auf keinen Fall«, wisperte Annelya. »Hier, bring Chumbawa in Sicherheit«, bat sie Seraphine und lief auf die beiden zu.

»Ich komme mit.«

»Einen Dreck wirst du tun, Kaiden«, rügte Daneel, bevor Annelya sich ihm überraschenderweise anschloss.

»Kaiden, bist du wahnsinnig? Du wurdest als Tribut ausgewählt, du kommst diesen Dingern nicht einen Schritt näher.«

»Ich kann es nicht glauben, dass ich das sage, aber deine Freundin hat recht.« Daneel nickte kurz in Annelyas Richtung und zeigte mit dem Finger auf sie, bevor er sich wieder Kaidens dunkelsilberner Rüstung widmete. »Diese Rüstung war für den Tag der Opferung geplant, du schlüpfst sofort in deine gemütlichsten Klamotten.«

Annelya musterte Kaidens Rüstung. Stimmt. Sie war anders. Dunkler, aus einem besonderen Material.

»Als er mich zur Rüstungsschmiede rief, wollte er mir das zeigen. Sie ist feuerfest und hält sogar Aresklauen auf. Vielleicht also auch die der Droknen«, erklärte Kaiden mit ausgestreckten Armen. Er präsentierte seine neue Rüstung und beantwortete Annelyas wortlose Frage. »Warum sollte ich sie nicht nutzen?«

»Weil sie zum Schutz gedacht war, Kaiden. Es reicht, ich werde nicht diskutieren, Soldat. Du bleibst hier, das ist ein Befehl!« Daneel schimpfte, während er sich schon auf den Weg aus dem Raum gemacht hatte.

»Nein, ich –«

»Kaiden, Kaiden.« Annelya griff nach seinem Arm.

»Annelya, ich muss kämpfen, ich werde dich nicht allein gehen lassen, ich –«

»Daneel hat recht. Wir wissen nicht mal, was es mit den Droknen anstellen würde, wenn ein Tribut in ihrer Nähe ist. Vielleicht verstärkt es sie, macht sie gefährlicher. Außerdem sind die Soldaten schon ausgewählt. Wir können die Bedingungen nicht brechen, sonst ist der Thronkampf nicht rechtens.« Es schwang volles Mitgefühl in ihrer Stimme.

»Aber, Annelya, was – was, wenn dir was passiert? Das möchte – das kann ich nicht zulassen.«

»Mir wird nichts passieren. Ich vertraue auf die Fähigkeiten dieser Truppe. In ein paar Stunden ist all dieses Chaos, all diese Finsternis ein Stück trauriger Geschichte und dann komme ich zurück, du trägst dein schickstes Hemd und wir gehen Nudelsuppe essen.« Mit feuchten Augen und brüchiger Stimme kam sie näher an sein Gesicht.

»Annelya …« Der Kampf in ihm war offensichtlich. Mal schaute er weg, dann wieder zu Annelya, die seine Hände fester in ihre nahm.

»Kaiden, du hast es mir versprochen. Diese Welt, sie darf dich mir nicht nehmen. Bitte fordere es nicht heraus. Bleib hier und warte. Ich werde zurückkehren. Das ist mein Versprechen. Ich werde zu dir zurückkehren.«

Kaiden zögerte, doch langsam neigte sich sein Kampf dem Ende zu, denn sie hatte recht, er hatte es ihr versprochen. Diesem Blau hätte er sich nicht widersetzen können. Er musterte ihre Augen, fuhr mit seinem Daumen über ihre Wange, als er mit schwerem Atem sprach:

»Na gut. Aber wenn auch nur eine Sache schiefläuft, werde ich mir ein Pferd schnappen und kommen. Und dann werde ich diesem Bastard das Gehirn wegvibrieren.«

Wie konnte er sie in so einem Moment zum Lachen bringen? Sie verstand es nicht, noch viel weniger als dieses tosende Gefühl in ihr, das sie für einen winzigen Moment jene Dunkelheit vergessen ließ, die über ihren Geist herrschte.

»Ich werde auf dich warten, Prinzessin«, flüsterte er.

Diesmal war es sicher, sie wollte nicht mehr zögern, also tat sie es nicht. Es war das erste Mal, dass sie sich auf Zehenspitzen hochstreckte. Beide verschlossen ihre Augen.

Herzpochen. So schmeckte er also. Sanft ließ sie los und ihre Füße berührten wieder den Boden. Der Schmerz war wieder da, denn nun wusste sie genau, wie es sich anfühlte, wie er sich anfühlte.

»Eigentlich wollte ich das zu einem fröhlicheren Anlass tun«, flüsterte Kaiden, während er ihre Wange streichelte.

»Heute Abend kannst du das«, wisperte sie lächelnd.

»Annelya«, rief Surnei, der am Ausgang stand. Der Rest der Truppe war schon fort.

Annelya hielt nur noch mit einer Hand die von Kaiden.

»Es wird Zeit«, sagte er.

»Ich werde zu dir zurückfinden. Das ist mein Versprechen.«

Für Tränen gab es keinen Grund, also lächelten sie beide, nickend, wenn auch zögernd.

»Und ich werde auf dich warten. Das ist meines«, flüsterte Kaiden, als er langsam ihre Hand losließ und zu Surnei blickte.

»Ich werde auf euch beide warten.«

Ein letztes warmes Lächeln und Annelya lief mit gesenktem Kopf zum Ausgang.

»Bist du bereit?«, fragte Surnei leise.

»Ich bin bereit.«

XXVIII

WER WIRST DU SEIN?

Drei Stunden später.

Die Hufe wirbelten Erde und Stein in die Luft, schlugen schnell auf den Boden und ließen die Kutschen wackeln.

»Wir sollten Gion einfach die Luft aus der Lunge ziehen«, spottete Ramul, die Nase über seinem blonden Bart rümpfend. Er zeigte auf Jango und Abel. »Ihr beschwört doch Luft. Vielleicht kriegt ihr das zusammen hin.«

»So einfach ist das nicht«, sagte Jango mit gegen die Kutschwand angelehntem Kopf.

»Ihm welche ins Gesicht zu schießen und zu hoffen, dass er dran erstickt, das wäre eine Möglichkeit«, fügte Abel hinzu.

Surnei schaute auf seine glänzende Glatze. Er sah so jung aus, dafür, dass er kein Haar hatte.

»Wir sind gleich da«, flüsterte Tenna in der anderen Kutsche.

»Hoffentlich hält er sich an die Bedingungen«, bangte Seraphine.

»Das wird er.« Sie sagten es gleichzeitig, Meleoidy und Annelya. Kurz schweiften ihre Blicke aneinander vorbei.

»Stimmt, ich vergaß, wie gut du ihn kennst. Warum gehst du nicht direkt mit ihm reden und stichst ihm dann einen Dolch in den Rücken? Oder machst du das nur mit Freunden?«

436

»Snow, nicht hier – nicht jetzt«, betonte Seraphine.

Er schluckte seine nächsten Worte und jeder schwieg. Zumindest bis die Kutsche stehenblieb.

Plötzlich klopfte Annelyas Herz schneller und stärker, sie spürte den Puls in ihrer Kehle.

»Wir sind da.« Daneel seufzte.

»Wir halten an«, stellte Jango fest. Sein Blick schoss zu Surnei. »Ich bin bei dir, jeden Schritt.«

Surnei nickte, als die Türen hinter der Kutsche aufgingen.

»Kavhgastrand.« Sogar der Kutscher klang ängstlich.

Einer nach dem anderen traten sie heraus, fassten Fuß auf dem Boden, der nach Salz und Wasser duftete. *Der Kavhgastrand.* Surnei schaute zu seiner Rechten, hinter die Kutschen und hinter Seraphine, die gerade aus der anderen Kutsche ausstieg.

Weißer Sand und ein gewaltiger Ozean, der Strand war umrandet von braungrauen Felsen, manche kleiner, manche größer, manche flacher, manche spitzer.

Ein Herzschlag? War es Jangos? Nein, dieser klang anders, er kam aus der Kutsche vor ihm.

»Annelya«, flüsterte er und schaute nach links. Das war Jangos Herzschlag, aber … nein, das war Abels. Er blickte auf Rea.

Ich spüre es auch, hörte er sie in seinen Gedanken sprechen.

Ich – ich höre sie alle, ihre Herzen, ihre Angst, dachte Surnei. *Bedeutet das …*

Droknen …, antwortete Rea mit einem stockenden Nicken, bevor Surnei nach Luft schnappte.

Eigentlich sollte dieses glasklare Wasser positive Gefühle erwecken und nicht solche finsteren, wie Surnei sie von allen Menschen ausgehen spürte.

»Los, los. Haltet eure Augen offen«, befahl Daneel und winkte der Truppe zu. Alle liefen los, doch Tenna ließ er nicht weiterlaufen. »Warte.«

»Was ist?« Seine Verwunderung wuchs weiter, als er den kleinen rostigen Gegenstand betrachtete, der unter Daneels Rüstung hervorschlüpfte. »Ist das – eine Uhr?«

Er musterte das runde Teil, das etwas kleiner als Daneels Hand war. Es sah tatsächlich wie eine Uhr aus, doch es hatte weder Zeiger noch Ziffern, ähnelte vom Aufbau her eher einem Kompass mit einem verrosteten X in der Mitte. Was auch immer es war, es musste schon sehr alt gewesen sein. Im X war eine kleine, flache Oberfläche, die so aussah, als ob man sie nach innen drücken konnte.

»Nutze es im allerschlimmsten Falle.« Daneel spaßte nicht, dafür klang er zu streng. »Sollte das alles schieflaufen, drückst du auf diesen Knopf und ihr verschwindet.«

»Verschwinden? Was – wie?«

»Alte pan-de-saretorianische Geheimtechnologie. Ich müsste dich eigentlich jetzt umbringen, da du nun davon weißt –«, fing Daneel an zu erklären, als ihm Tenna ins Wort fiel.

»Geheimtechnologie!?« Seine wissenschaftliche Ader war erwacht. Instinktiv griff er nach dem kleinen Gegenstand, bevor Daneel es wieder wegzog.

»Äußerster Notfall. Es würde Gion verraten, dass es existiert. Ein perfektes Versteck. Sollte mir etwas zustoßen, werden dir die Wellenführerinnen alles erklären.«

»Die – die Wellen –, was zum …, Daneel, was – soll das bedeuten?«

»Hoffen wir, dass du das nicht herausfinden musst«, antwortete er und drückte Tenna die Maschine in die Hand. »Äußerster Notfall! Und jetzt los. Wir haben einen alten Sack zu köpfen.«

Langsam wurde Stein zu Sand. Schritt für Schritt traten sie auf den Strand, während eine Melodie aus Klingen und Panzern ertönte, bevor sie im Klang der Bestien zerbrach.

»Im Namen Saretums und des heiligen Kristalles«, murmelte Seraphine mit aufgerissenen Augen und angespannten Fäusten.

Annelya klappte den Mund kurz auf, schloss ihn aber wieder und konzentrierte sich auf das Gefühl der Wut, des Zorns, bevor das der Angst deren Platz einnehmen konnte. Sie lief, genauso wie der Rest, doch sie lief ganz vorn, war die Erste, die das Rotbraun oben in der Höhle des Felsens am Ende des Strandes wahrnahm. Je näher sie kam, desto klarer wurde dieses bittere, verhasste Gesicht.

Gion.

»Er ist tatsächlich gekommen«, staunte Nadu.

»Und er scheint sich an die Vereinbarung gehalten zu haben«, fügte Snow hinzu.

»Leute.« Seraphine räusperte sich. Daneel stieß einen langen Seufzer aus.

»Heiliger Kristall der Schöpfung …«

»Sind das –«

»Droknen«, rollte es leise von Reas Lippen.

Die Biester strichen mit ihren Schweifen über den steinigen Felsboden der Höhle, knurrten so laut, dass man es mit Schreien verwechseln könnte. Die knochigen Körper, Flügel und Schädel dieser Monster raubten jedes Wort.

Mit jedem Schritt wurden sie deutlicher, die Rillen und Schuppen, die sie bedeckten, welche Annelya den Atem nahmen.

»Verfluchte Schatten!«, rief Daneel. Alle schreckten gleichzeitig zurück, als einer der Droknen seinen Kopf erhob und ein höllisches Gebrüll ausstieß, so laut, dass das Pan De Sartum selbst es hören müsste.

Doch Gions erhobene Hand beruhigte das Biest.

»Er kontrolliert sie«, wisperte Meleoidy, sein Gesicht genauso verwirrt betrachtend wie Annelya.

Jeder blieb stehen, einige Meter entfernt vor den neun schwarz-gepanzerten Soldaten am Strand unter der Höhle, die Speere und Schilder hielten. Von Uce war keine Spur zu sehen. Das schwarze lange Haar war jedoch bekannt: Uriel trat aus den Schatten hinter Gion, ließ seine Hand über einen der Droknen fahren.

Und als er sprach – als sein Blick auf mich fiel und ich mein Herz schneller und schneller schlagen spürte, bevor Bilder von meiner Mutter, von ihm und Iuel zurück in meinen Verstand schossen – da herrschte Stille in mir. Alle Gedanken erloschen, außer einem einzigen: Ich wollte ihn bluten sehen.

»Annelya Elim.« Langsam senkte er seine mit Ringen schwer ge-schmückte Hand. Er lächelte nicht oft, doch heute tat er es. »Du bist gekommen«, rief er laut. Man hörte seine Stimme in der Höhle hallen. »Wieder einmal beweist du Mut, Kind. Vergiss nicht, dass es einst Mut war, der dich alles gekostet hat.«

»Kannst du deine verdammte Fresse halten, du verfickter Bas-tard!?«, brüllte Snow, als seine Fingerkuppen in Eis tauchten.

»Snow …«, wisperte Seraphine.

Obwohl die Sonne auf Gions faltiges Gesicht traf, als er einen Schritt nach vorn trat und die Hände hinter dem Rücken positio-nierte, war es pure Dunkelheit, die er ausstrahlte.

»Ich muss zugeben, Kind, ich habe dich unterschätzt. Noch un-reif, doch gestern hast du Scharfsinnigkeit bewiesen. Du hast Dun-kelheit bewiesen. Es war zu sehen in deinen Augen und zu hören in deiner Stimme. Du hast die Aufmerksamkeit eines ganzen Landes auf dich gelenkt, die Schachfiguren neu aufgestellt. Du hast mir keine Wahl gelassen, außer hier heute vor dir zu stehen. Ich bin beeindruckt, Annelya«, sprach er und Annelya seufzte in finsterer Ironie. »Deshalb möchte ich dir ein Angebot machen, Kind.«

Plötzlich prallten Blicke aufeinander, durcheinander, Fragen und

Geflüster, die Annelya nicht wahrnahm, wurden in der Truppe hörbar. Sie hörte nur ihn, sah nur ihn.

»Wir müssen diesen Kampf nicht antreten. Ergib dich, komm mit mir und ich werde dich und deine Freunde verschonen. Du hast Potenzial, zu etwas Großem zu werden, etwas, das du vielleicht noch nicht zu erkennen vermagst.«

Meleoidy zuckte zusammen.

»Hey«, flüsterte ihr Tenna zu. »Er hat keine Kontrolle mehr. Du bist hier, bei mir und ich bin bei dir.«

»Ich möchte dir helfen zu erkennen, was in dir steckt. Eine Königin, das sah ich gestern Abend, Annelya. Jemand, der tun wird, was er tun muss, um sein Volk zu führen.«

Annelya schüttelte den Kopf und ihre schwarzen Locken streiften über ihre Rüstung.

»Ich gebe dir eine zweite Chance, diejenigen zu retten, die du liebst. Entscheidest du dich für einen Thronkampf, dann solltest du dich jetzt von ihnen verabschieden. Es liegt in deiner Hand, Kind«, sagte er und hob seinen Kopf.

»Das Mädchen, der siebte Drokne«, flüsterte Uriel, doch Gion ignorierte es. Wie konnte er so entspannt sein? War er sich so sicher? Nicht ein einziger Zweifel daran, dass er gewinnen würde?

»Annelya ...«, flüsterte Surnei. Keiner sprach, alle schauten sie an.

Langsam erschien auch auf ihrem Gesicht ein Lächeln. Ihre Stimme bebte leicht in wahrer Rage und trotzdem sprach sie ruhig, fast so ruhig wie er:

»Wie kannst du es wagen?« Sie trat einen Schritt vor, das Lächeln schwand. »Ein ganzes Leben lang hast du jeden Tag die Entscheidung getroffen, jeden um dich herum zu benutzen und zu betrügen. Du hast mich missbraucht, hast mir mein Licht geraubt, bevor du mir einen Dolch in den Rücken gerammt hast. Und nun stehst du hier, stolz, mit erhobenem Kopf und erhoffst dir, mich zu bekehren?« Das Lächeln tauchte wieder auf, verwandelte sich fast in Gelächter.

Gion schwieg und musterte Annelyas langsames Kopfschütteln.

»Du hast mir alles genommen. Uns. Du hast sie auf dem Gewissen«, krächzte Annelya, als ihr Gesicht rot anlief und ihre Augen feuchter wurden. Zähne, sie zeigte sie, ihre Hand, sie rutschte zum Schwert. »Und dafür wirst du teuer bezahlen.«

Stille. Ihr Herz pochte einmal, genauso wie es die der anderen auch taten. Alle griffen nach ihren Waffen, während jeder Funke Schmerz, Wut und Trauer auf Annelyas Gesicht entfachte.

»Angriff«, befahl sie. »Gion N'Artem –« Sie blickte ihn an und zog ihr Schwert. »Das ist dein Urteil.«

Gebrüll wurde laut, Soldaten stürmten los und Elemente erwachten.

»So sei es«, hauchte Gion und senkte den Kopf. »Heilige Droknen … Attacke.«

Es war nicht zu beschreiben, wie brutal und schnell diese Monster nach vorne schossen. Ihre Flügelspanne betrug mehrere Meter, so finster, dass sie das Licht des Tages in Dunkelheit verwandelten. Sie rasten vor, rissen jeden Ton mit sich, als Seraphine ihren Schild formte.

»Verdammt!«

Annelya blickte zum Himmel, als einer der Droknen über ihr auf Seraphine zuraste. Klingen trafen auf Klingen, Feuer auf Feuer.

»Annelya!«, brüllte Jango und Annelya folgte seinem Ruf, um dem Speerhieb des schwarzgepanzerten Soldaten auszuweichen.

»Rea!«, schrie Surnei.

Reas Verwandlung geschah in Sekunden. Normalerweise war es nicht so einfach, doch die Droknen verstärkten sie ohne Zweifel.

Surnei schaute zwischen seine Finger. Blitze.

Jango brüllte seinen Namen und schleuderte den angreifenden Soldaten mit einer Windbeschwörung nach hinten, bevor er auf Surnei zurannte, genauso wie der zweite Drokne auf ihn zuflog.

Surnei ließ seinen Blitzen freien Lauf und schlug mit voller Kraft gegen den Sandboden, kurz bevor die Krallen des Drachen auf ihn trafen. Es schleuderte ihn nach hinten, hinterließ mit tosenden Blitzen eine Spur. Rote Augen schauten in rote Augen. Die Bestie brüllte und stieß in einem Augenblick alles verschlingenden Flammen aus ihrem gewaltigen Maul, die von Jangos Wind- und Daneels Feuerbeschwörung abprallten.

Seraphine warf sich schreiend auf den Boden, den Schild über sich halten, als die Flammen des Droknen wie ein Wasserfall auf sie strömten. Sie schrie und schrie, während der Sand um sie herum langsam zu Glas wurde. Die Hitze um sie herum muss unerträglich gewesen sein, doch sie hielt sich tapfer.

Ein Brüllen erklang, ein Heulen so mächtig wie das der Viecher. Es war Rea.

»Sie kontrolliert ihre Form«, stellte Uriel mit großen, interessierten Augen fest.

Gion war immer noch still, betrachtete den mörderischen Tanz unter ihm.

Mit einem Schwung und einem Schrei traf Annelya auf die Kehle des Soldaten. Es spritze Blut.

Gions Mundwinkel zuckte, als sie ihn erfasste.

Ich komme zu dir, du Bastard.

Surnei wich jedem neuen Angriff aus, wie Jango und Daneel.

»Diese Dinger sind schnell!«, brüllte Daneel und bückte sich, ehe ihm der Flügelhieb den Kopf zertrennen konnte. Mit jeder Abwehr stieß er mehr Flammen auf die Bestie zurück.

»Annelya«, hauchte Surnei. »Nein!«

Annelya rannte auf die Höhle zu.

»Snow!«, brüllte Surnei.

Snows Gesicht offenbarte sich, als der Soldat vor ihm tot auf seine Knie fiel. Er rannte mit verzerrtem Gesicht los und ließ seine Hand ausgestreckt zum Meer hinter sich gleiten, bis die Wellen zu schlagen begannen. Er holte aus, schleuderte all das Wasser rasend nach vorn. Die gewaltige Welle stürmte vor Annelya, bevor sie sich in Sekundenschnelle in Eis verwandelte.

»Annelya, bleib zurück!«, befahl er und wich einem neuen Angriff aus.

Endlich hörten die Flammen auf, sie schlugen nicht mehr auf Seraphine ein. Doch bevor sie nach Luft schnappen konnte, brachen die Krallen der Bestie durch das Schild und zerschnitten fast ihren Brustkorb. Sie ließ den Schild los und rollte sich schnell zur Seite. Der Drokne war bereit, sie mit einem Biss in Hackfleisch zu verwandeln, als Rea mit voller Wucht gegen ihn flog und die beiden Drachen durch den Sand rollten.

Abel konnte nicht ausweichen. Die Stacheln und Knochen des Droknen bohrten sich durch seine Brust, seinen Bauch und seinen Mund, bevor er wie eine Puppe durch die Luft geschleudert wurde.

»Ein Mann ist tot!«, brüllte Daneel, bereit anzugreifen. Diesmal erwischte ihn der Schweif des Droknen, schleuderte ihn meterweit zurück.

»Surnei, du musst sein Herz treffen!«, brüllte Jango und die Bestie jaulte hoch in den Himmel hinaus.

Der Speerhieb endete zwischen Meleoidys Dolchen, welche sie mit ausgestreckten Händen nach oben streckte. Sie wich einen Schritt zurück und strich die Waffe des Soldaten nach unten, bevor sie die Dolche befreite, auf den Speer hüpfte, sich mit zwei Schritten dem Soldaten näherte, bevor sie ihre Dolche in seinen Hals rammte und in einem Salto hinter ihn sprang. Das Blut folgte ihrem Schwung.

Seraphine drückte sich hoch.

»Annelya, nein«, hauchte sie und rannte los.

»Genug gespielt«, sagte Gion und blickte zu Uriel. »Du bist dran. Lass das Mädchen unversehrt.«

Uriel grinste wie besessen. Zwei Schritte und er sprang nach vorn, verwandelte sich in schwarzen Nebel.

»Was!?« Meleoidy schaute auf die dunkle Wolke.

»Mel?«, rief Tenna.

»Er hat das Buch«, schoss es aus ihr heraus.

Jeder, der konnte, warf Uriels Schatten einen furchterfüllten Blick zu.

Annelya stoppte und schaute hinter sich. Sie kannte dieses Gefühl, den Klang der Schatten. Aber wie? Das Buch war sicher, Iuel, der Friedhof.

»Nein, nein, nein«, wiederholte sie, blickte entschlossener wieder auf Gion. Doch ehe sie weiterlaufen konnte, packte Seraphine ihren Arm.

»Bist du von allen guten Geistern verlassen!?«

»Lass mich los!«

»Annelya, er wird dich umbringen!«

Beide warfen einen Blick zurück. Dieser Schrei war unerträglich.

Uriel hatte sie durchbohrt, Ramul und Nabu, mit zwei langen Schatten, geformt wie schwarze Tropfsteine, bevor er sich wieder in Schatten auflöste.

Reas Kralle krachte auf das Maul des Droknen, was ihm ein lautes Jaulen entlockte. Er schlug mit dem Schweif auf Reas Bauch, bevor er seine Krallen zwischen ihre tauchte und mit dem Kopf gegen ihren haute. Rea taumelte zurück und die spitze Kralle durchbohrte ihren Bauch.

»Rea!«, brüllte Snow und lief los, ehe er vor den Schatten stehenblieb. Ohne zu zögern, schloss er die Arme schützend vor sich und fing die schwarzen, fliegenden Nadeln in seine Eisbeschwörung ein. Eis, das in Schatten brach, bevor Uriels Schattenschnitte Snow zum Tanzen aufforderten.

Er schlug jedes Mal mit neuem Eis auf ihn, doch Uriel negierte jede seiner Beschwörungen und schlug zurück.

»Snow, er braucht Hilfe«, sagte Tenna. Er und Meleoidy liefen los, während er seine Plasmakanone aktivierte.

Mit einem Ruck beschwor Uriel eine Welle an Schatten hinter sich, die sich zu mehreren dieser dunklen Spitzen formten. Er war bereit, sie auf Snow abzufeuern, als Tennas Plasmakugeln durch die Schatten brachen und ihn zurückschlugen. Ein Schlag, der Uriel hätte töten müssen, doch die Schattenkunst heilte das Loch in seinen Rippen schnell.

Ein gellender Schrei entwich Surnei, seine Blitze leuchteten auf. Sie schlugen auf den Droknen, durchfuhren ihn immer wieder, ließen ihn zappeln und krächzen.

»Surnei! Sein Herz!«, schrie Jango nochmal und wehrte den Speerhieb des Soldaten hinter sich mit seinem eigenen ab. Er wirbelte mit seiner Waffe, zog dann in einem Zug den Soldaten nach vorn und bohrte die Speerspitze in seinen Mund, bevor ihn der Droknenschweif wegschleuderte.

»Jango!« Surneis Blitze wurden stärker, sie schlugen wilder und wilder auf das Vieh, schwächten es, während er sich näherte und all seinen Zorn hinausbrüllte.

Uriel beschwor mit jedem Schlag Schatten, die ihm langsam Energie raubten. Sein Lächeln traf auf Meleoidy und er verschwand in schwarzem Nebel.

»Nein, verdammt!« Genau wie Snow nahm sie eine abwartende Kampfposition ein.

»Annelya, komm!«, befahl Seraphine und zog fester an ihrer Hand, als das Schattenportal hinter ihr entfachte und sie über ihre Schulter blickte.

In diesem Moment drehte Annelya ihre Hand und griff nach Seraphines Armband, das sie ihr abzog. Seraphine wollte reagieren, doch Uriels Hieb raubte all ihre Aufmerksamkeit. Sie aktivierte ihre zweite Waffe, formte einen Speer, der die Schatten durchbrach, die auf sie stürmten, als Annelya einen der Elementarringe packte.

»Annelya, nicht!« Doch darauf konnte sie sich nicht konzentrieren. Sie musste überleben.

»Lange nicht gesehen, Seraphine!«, schallte Uriels Stimme, immer wieder in Schatten schwindend und an neuer Position auftauchend.

Gion sah Annelya in den Eingang der Höhle rennen, der nach oben führte. Ein leichtes Lächeln formte sich auf seinem Gesicht.

Fast war Surnei an der Brust des kreischenden Biestes angekommen. Er streckte seine Hand aus, als er Annelya sah.

»Annelya«, hauchte er, bevor der gewaltige Schlag des Droknen ihn meterweit nach hinten warf. Die Bestie brüllte, breitete ihre Flügel aus und stieß sich in die Luft.

»Annelya!«, brüllte Surnei und rannte los, ohne auch nur einen Hauch von Schmerz zu registrieren.

»Surnei!« Jango folgte ihm sofort.

Annelya raste durch den feuchten Eingang, bog rechts ab und sah das Licht aus dem oberen Ausgang der Höhle langsam durchdringen.

»Meleoidy, Mel!«, brüllte Jango.

Der Dolchhieb des Soldaten streifte über ihren Oberarm, bevor er in Eis tauchte. Sie schrie und Snow packte seinen Kopf, versenkte ihn in Eis, kurz bevor Tenna ihn mit einem Plasmaschuss in tausend Splitter verwandelte.

»Ihr kümmert euch um Annelya, ich mich um Rea!«, befahl Snow und rannte los.

Meleoidy konzentrierte sich, streckte ihre Hand aus und zog sie mit voller Wucht zurück. Nichts passierte, Schock stand in ihrem Gesicht. »Was zum …«

»Mel, das Schattenportal, öffne es!«, keuchte Tenna.

»Ich – ich kann nicht«, stotterte sie verwirrt und inspizierte ihre Hand. »Sie – sie hat die Markierung entfernt«, verstand sie und Tenna fiel einen Schritt zurück. »Sie hat mir nicht vertraut.«

»Nein …« Er schaute zu Surnei, dann zur Höhle. Es waren noch viele Meter, viel zu weit entfernt. »Wir müssen da hoch, sofort. Komm! Komm!« Beide rannten los.

Salziges Wasser tropfte von der Decke der kühlen Höhle. Ihr Herz pochte schneller und schneller, sie rannte – bis … Da.

Annelya stoppte und schnappte nach Luft.

»Kind, oh Kind …«, wisperte *er.*

»Annelya, weg da! Weg da!«, kreischte Surnei heulend. Er rannte so schnell, wie er konnte.

Als Gion sich drehte, traf die Sonne auf Annelyas angstgebadetes Gesicht.

»Was hast du dir dabei gedacht?«, fragte er.

»Wie – Wie kannst du all das verantworten? Gion … du hast so viel Leid geschaffen.« Plötzlich stürmte Schmerz in ihr Herz.

»Kind. Wann verstehst du es? Ich bin nicht hier, um Leid zuzufügen. Ich bin hier, um es zu reinigen. Etwas, das du verstehen würdest, wenn du mit mir kommst. Du bist jung. Ich habe Königreiche entstehen und fallen sehen, Annelya. Leid, ich habe Leid gesehen. Das ist es nicht. Das ist Erlösung.«

»Nein. Das ist nicht der Weg.«

»Kind. Das ist der einzige Weg.«

Erneut kreischte Surnei ihren Namen und kam langsam er näher, als sich ein Schattenportal hinter Jango öffnete.

Annelya nickte still, nachdenklich, als all die Furcht und all der Schmerz schwanden. Er würde nicht aufgeben, niemals. Sie musste es tun. Jetzt oder nie.

»Das ist für Yuvelee«, flüsterte sie und stürmte brüllend los, bereit, den Elementarring auszustrecken.

Doch sie erstarrte mitten in der Bewegung. Zittern verwandelte sich zu Keuchen und Husten. Der Ring fiel zu Boden und ihre Hände schossen zu ihrem Hals. Sie rieb, tastete an ihrer Kehle.

Er trat einen Schritt näher.

»Kind, diese Welt, so lange lebt sie in Sünde, in Lüge. Sie dürstet nach Frieden. Kannst du nicht erkennen, dass getan werden muss, was getan werden muss? Nicht erkennen, dass das größere Wohl nach einem Opfer verlangt? Nichts, Annelya, rein gar nichts auf dieser Welt, geschieht einfach so. Alles hat seine Konsequenzen, alles verlangt nach Gleichgewicht.«

Annelyas Konzentration schwand samt ihres Gleichgewichts und sie fiel auf ihre Knie. Mit einer Hand stützte sie sich ab, während sie mit der anderen noch gegen ihren Hals rieb, als ob es etwas bringen würde. Sie keuchte, hustete. Ein Tropfen Blut rollte aus ihren blau angelaufenen Lippen.

Er trat näher.

»Ihr Herz! Es schlägt langsamer!«, brüllte Surnei.

Meleoidy schaute zu Jango, während sie und Tenna aus dem Schattenportal schlüpften.

Tenna hielt ihm seinen Handschuh entgegen. »Kannst du den hier mit einem Luftstoß nach da oben schießen!?«

Jango verstand nicht. »Wie-wieso?«

»Annelya hat ihre Markierung entfernt, ich kann kein Schattenportal öffnen«, erklärte Meleoidy.

Er nickte, griff nach dem Handschuh.

Surneis Luft floh aus seiner Lunge wie Annelyas Blut aus ihrem Mund. Er presste seine Lippen zusammen und streckte die Hand aus, bündelte kleine Blitze zwischen seinen Fingern, die sich rasant häuften.

Gion trat näher, während Annelya blauer und blauer anlief, nach Luft ringend tiefer in die Hocke sank. Er kontrollierte ihn, ihren ganzen Kreislauf.

Es fühlte sich kalt an, verboten und raubend. Solch ein Gefühl kannte sie nicht. Einst war sie unbiegsam, unsterblich und nun? Nun herrschte absolute Machtlosigkeit über sie.

Blauer, blauer, kälter. Langsam bückte er sich über sie, als er die Blitze zischen hörte.

»Doch vielleicht, Kind … wirst du es bald verstehen. Vielleicht.«

»Jetzt!«, befahl Tenna. Jango warf den Handschuh hoch und ließ mit einem Brüllen den heftigsten Luftdruck heraus, den er je beschworen hatte.

Der Handschuh wirbelte in die Richtung der Höhle, während Annelya langsam das Bewusstsein verlor und auf ihre Hände fiel. Sie stützte sich, krampfhaft, blickte noch in Gions kalte Augen.

»Ja!«, brüllte Jango, als der Handschuh hinter Annelya landete. »Mel, hol sie da raus, schnell!«

»Sag mir …«, flüsterte Gion näher an ihrem Gesicht, sich immer tiefer zu ihr bückend, als Annelyas Licht langsam zu schwinden begann. Dieses Geräusch, es kam näher und er – er lächelte.

Mit einem krampfenden, zerfleischenden Gebrüll schleuderte Surnei seine Hand nach oben und ließ einen gebündelten, gezielten Blitz so stark, so schnell nach vorne schießen, dass der ganze Himmel in kreischendem Blau versank.

Mel zog ihre Hand zurück und die Schatten rissen die Luft entzwei.

»Was bist du bereit zu opfern?«, wisperte Gion und drehte sich in einem Ruck zurück, als all das Blau, all das Brüllen auf seine Fingerspitze trafen.

Es leuchtete noch einmal auf, bevor seine Blutbeschwörung brach und Annelya die Augen in unvorstellbarem Terror aufriss.

Sie brüllte, brüllte lauter, schmerzvoller als sie je zuvor gebrüllt hatte, während die Schatten hinter ihr entfachten und Meleoidy in purem Schock nach vorne blickte.

Tenna stoppte, er hörte nichts mehr. Jangos kreischende Rufe, Annelyas Brüllen, alles klang gedämpft.

Sie blickten alle auf den Blitz, folgten seiner strömenden Bewegung, welche Gion zurücklenkte. Der Blitz schoss, erhellte den Himmel in tieferem Blau, als er seinen Weg in Surneis Herz fand.

Sie brüllte seinen Namen, lauter als Droknen jaulen konnten. Sie wollte nach vorne stürmen, doch Meleoidy hatte sie bereits gepackt, nach hinten in das Schattenportal gezerrt.

Dampf stieg aus Surneis Brustkorb hervor, als Jango seinen stürzenden Körper auffing. Er heulte und schrie, während Tenna auf das

Massaker hinter sich blickte. In diesem Moment sah er die Droknenklaue, die Daneels Bauch durchstieß. Den Kampf, den Rea und Snow langsam verloren. Er sah Seraphine, deren Wunden er nicht mehr zählen konnte. Sah Meleoidys Schattenportal neben Surnei auftauchen, Annelya die heulend und schreiend zu ihm stürmte.

Es pochte in seinem Kopf. Langsam zog er den kleinen Gegenstand heraus und drückte den Knopf, ohne zu zögern.

Fünf.

Vier.

Drei.

Zwei –

Ein tiefer, dunkler Ton erklang, als das Meerwasser entzweibrach und die gewaltige, eiserne Maschine an Land krachte. Es sah wie ein rechteckiges, großes Schiff aus, mit riesigen Fenstern und eingeritzten Runen. Es musste zehn Meter hoch und fünfzig Meter lang gewesen sein. Verwirrt blickte Tenna auf die mechanische Tür, die sich langsam auf den Sand legte.

»Schnell!«, rief eine in grau gekleidete Frau am Eingang.

Er wusste nicht, was es war, wusste nicht wer sie war, doch eins wusste er:

»Schnell, rennt, alle rein, schnell!«

Jeder trug das gleiche Chaos im Gesicht, doch keiner zögerte. Jango, Annelya und Meleoidy packten Surnei und trugen ihn.

»Sur – nein – Surnei«, heulte Annelya.

Jeder rannte, während sie sie mit allem, was sie noch hatten, zurückschlugen. Snow ließ Wasser regnen, verwandelte alles in Eis, bis er auf den metallischen Boden trat.

Tenna rannte hinauf zu der Frau. »Wir haben einen Verletzten, kritischer Zustand.« Es tauchten zwei weitere Frauen auf, bevor sie kurz stoppten und eine der eingebauten Notfallliegen von der Wand trennten.

Tenna, Snow und Meleoidy schauten sich um, doch für Fragen war keine Zeit.

»Kommt!«, brüllte Tenna, als Jango Surnei losließ.

»Was tust du!?«, fragte Meleoidy empört.

»Euch beschleunigen!«, erklärte Jango und stieß mit einem Luftstoß nach dem anderen die drei weiter nach vorn, während er stehenblieb.

»Komm schon, komm schon, komm schon«, flüsterte Tenna und griff nach Seraphine, verhalf ihr schnell aufs Schiff.

Rea schlug mit einem Feuerschwung einen Droknen zurück, während Snow immer wieder die Beine des anderen vereiste. Schnell verwandelte sie sich zurück, rannte ins Schiff rein, als der letzte Luftstoß von Jango auch Meleoidy, Surnei und Annelya über Stahl beförderte.

»Wir müssen das Tor schließen«, sagte die Frau in Grau. Tenna schaute zu Jango. Er war der Einzige, der noch draußen war.

»Noch nicht«, sagte er zur Frau. »Jango, los!«, befahl er.

»Bli-Blitz, Blitz durchs Herz«, keuchte Meleoidy und legte mithilfe der Frauen Surnei auf die weiße Stoffliege mit den Rollen, bevor sie ihm jeweils zwei Eisenringe um die Arme legten, die Elementarringen ähnelten.

Sie griffen nach der Liege, zogen sie schnell hinter sich her und verschwanden in dem Raum mit den gläsernen Türen, die sich hinter ihnen automatisch schlossen.

»Sur, Surnei!«, kreischte Annelya und fiel mit ihrem Körper gegen eine der Frauen, die sie zurückdrückte. »Lasst mich los! Loslassen!«

»Er muss stabilisiert werden! Du müsst zurückbleiben, sie müssen arbeiten!«, erklärte die Frau, während sie mit voller Mühe Annelyas Heulen und Schreien abwehrte.

»Jango, los!«, rief Tenna. Nur noch ein Schritt.

Meleoidys Hände schossen vor ihren Mund und Tenna blieb mit ausgestreckter Hand nach Jango wie vereist stehen.

Annelya schaute kurz nach hinten, bevor sie ein weiteres Stück mehr zusammenbrach.

»Wir müssen schließen, jetzt!«, rief die Frau, die den Hebel betätigte und Tenna zurückzog.

Sein Gesicht war immer noch vereist. Alle guckten nach draußen, während das Tor sich langsam schloss und das Blut aus Jangos Kehle pumpte.

Uriel tauchte aus dem Nebel hinter ihm auf, denn seine Schatten hatten Jangos Hals zerschnitten.

Jango lächelte Annelya an, als er langsam zu Boden fiel und sie wie erstarrt stehen blieb. Das Letzte, was sie sah, war Uriels finsteres Grinsen, bevor das Tor sich schloss und das Schiff startete.

Nicht lange und es tauchte unter Wasser, raste mit voller Geschwindigkeit in den Ozean hinein.

Stimmen, Geheule, Schmerz, sie hörte nichts mehr davon.

»Nochmal!«, riefen die Frauen hinter der Scheibe als die metallischen Ringe einen tiefen Energieimpuls durch Surneis Körper jagten. »Nochmal!«

Annelya schaute sich um, alles war verschwommen, alle Bilder in ihrem Kopf, die Rufe um sie herum, die Gefühle in ihrer Brust, die sie lebendig zerstückelten.

»Annelya!« Ihr Name erklang gedämpft in ihren Ohren. »Annelya!«

Es war Meleoidy, sie rüttelte sie, inspizierte ihr Gesicht. »Er hat ihr Blut kontrolliert, vielleicht gibt es irgendwelche inneren Schäden.«

Die Frauen griffen nach Annelya, doch sie stieß sie alle – alle – weg.

»Lasst mich los, fasst mich nicht an – fasst mich nicht an!«, schrie sie kurz und drehte sich um, näher vor die Scheibe dringend.

»Nochmal!«

»Nochmal!«

Nichts um sie herum, die Wände aus Stahl, die Technik, die sie nicht kannte, den weißen Raum und die Gänge mit den blauen, kleinen Lichtern an den oberen und unteren Leisten der Wände, nichts davon nahm sie wahr. Rein gar nichts. Sie trat näher, guckte auf den reglosen Körper ihres Bruders.

»Was …«, hauchte sie und brach in stillen Tränen aus.

»Nochmal!«

»Was habe ich getan …«

»Nochmal!«

»Nochmal …«

Nochmal …

…

Zwei Wochen später

Der Energieimpuls wanderte wie ein hauchdünner Schleier immer wieder seinen Körper hoch und runter. Mittlerweile wusste sie, was diese Ringe waren. Wasser und Plasmatechnologie miteinander verbunden. Sie arbeitete mit Magnetismus, um Wunden und Schäden im Körper zu heilen, Homöostase herzustellen.

Das gedimmte weißliche Licht des Raumes sollte energetisierend auf die Rezeptoren seines Gehirnes wirken. So sagten es die Frauen in Grau. Ihre Namen konnte sie sich nicht merken. Sie konnte sich nichts mehr merken außer dem Moment, in dem dieser Blitz den Panzer zerschoss und seine Brust durchbohrte.

Die Frauen in Grau sagten, dass der Panzer ihn vor dem direkten Tod bewahrt hatte. Nun lag er im Koma, regte sich nicht ein einziges Mal in zwei Wochen. Sollte er in einer nicht aufwachen, stünden die Chancen schlecht.

Annelya strich mit ihren Fingern über seine, als sie langsam ihre

Hand entfernte. Es war spät, denn der Ozean hinter den dicken Fenstern war bitterschwarz. So wie ihre Locken, so wie die Farbe unter ihren Augen.

Und dieses Geräusch, dieses pulsierende Geräusch der Ringe, raubte ihr den Verstand. Sie konnte es nicht mehr wegdenken, hörte es Tag und Nacht.

Er sah so friedlich aus, so sanft, als würde er einfach nur schlafen und gleich aufwachen, um mit ihr zum Training zu gehen. Das träumte sie in jeder Nacht, in der sie schlafen konnte, bis sie dann aufwachte und sich im Bruchteil einer Sekunde erinnerte, wo sie war und was mit ihm war.

Langsam streichelte sie über seine Wange, ihr Blick ging ins Leere. Sie streichelte ihn nicht mehr, stattdessen stand sie still auf und verließ den kleinen Raum.

Die dunklen Gänge mit den kleinen Lichtern sollten beruhigend wirken, doch sie hörte noch das Kreischen und die Impulse in ihrem Hinterkopf. Normalerweise bog sie links ab, doch dieses Mal schaute sie nach rechts.

Meleoidy stellte das halbvolle Weinglas auf den kleinen gläsernen Tisch neben dem Sessel, auf dem sie saß. Sie schlug eine Seite in ihrem Buch um und verlor sich in den Zeilen.

Abrupt blickte sie zum offenen Eingang des Raumes.

»Annelya«, hauchte sie, schloss schnell das Buch und lehnte sich nach vorn, als Annelya einen Schritt in den Raum hineintrat.

Was war das, das sie mit sich zog, das sie in der Atmosphäre verteilte? Meleoidy konnte es nicht sehen, sie konnte es nur spüren. Die Nacht, je näher Annelya hineintrat, desto dunkler schien sie zu werden.

»Weißt du noch, in der Wüste?«, fing Annelya an zu erzählen, während Meleoidy noch verwirrter wurde.

»Ahkari?«, fragte sie.

»Genau.« Annelya nickte. Ihr Blick war leer, kein Ausdruck, kein Zucken, nichts.

Meleoidys Haar strich über ihre Arme, als sie sich weiter nach vorn lehnte. »Was – was ist damit?«

»Du sagtest zu mir, dass man manchmal als erstes zustechen muss.«

»Annelya, wenn du damit meinst, dass du deshalb Gion herausgef–«

»Nein.«

Meleoidy kniff die Augen leicht zusammen. Sie atmete kurz aus, neugierig, verwundert.

»Das meine ich nicht.«

»Worum geht es denn dann?«

Annelyas Gesicht, es verlor immer mehr an … Leben. Der dunkle Ozean war kaum noch von ihrem unregelmäßigen Blinzeln zu unterscheiden.

»Wie hast du es getan?«, fragte sie und Meleoidy setzte sich an die Kante des Sessels.

»Was getan? Annelya – ich verstehe nicht.«

»Überlebt. Gelernt, als Erste zuzustechen«, sagte Annelya.

Meleoidy öffnete leicht den Mund. Dieses Mal schnappte sie nach Luft und legte den Kopf besorgt leicht zur Seite.

»Ich möchte, dass du es mir beibringst.«

»Ann–«

»Ich will nie – niemals wieder zögern. Nie. Ich will zustechen, als Erste.«

Meleoidy wollte sprechen, doch Annelya ließ es nicht zu, nicht ein einziges Widerwort. Meleoidy verschloss ihre Lippen. Mit gerunzelter Stirn und angespanntem Gesicht schaute sie ihre Nichte an. Das war das erste Gefühl, das in Annelyas Augen brodelte.

»Ich möchte lernen, wie ich ein Leben nehme, ohne zu zögern. Denn ich habe vor, einige zu nehmen«, sagte Annelya und hob ihr Kinn.

Die Dunkelheit, sie wuchs.

»Ich verstehe nicht …«, flüsterte Meleoidy.

»Ich möchte ihn leiden – ihn auf seinen Knien betteln sehen.«

Je mehr sie sagte, desto tiefer atmete Meleoidy.

»Erst dann, wenn ich Furcht in ihm gesehen habe, werde ich ihm das Leben nehmen.«

»Annelya, du weißt nicht, wovon du sprichst, du willst dieses Gefühl nicht zulassen, das wird ganz schnell ein ziemlich dunkler Pfad, vertrau –«

»Gion N'Artem. Ich werde ihn töten. Und jeden anderen, der ihm dient oder sich in meinen Weg stellt, werde ich auch töten. Also, Tante …«, zischte Annelya, während Meleoidy sich langsam zurücklehnte und sie anstarrte.

»Wirst du mir helfen? Oder wirst du mir im Weg stehen?«

Fortsetzung folgt …

Dieses Buch widme ich nicht nur den Kindern dieser Welt,
sondern auch jemandem, der seine Kinder
vor der Dunkelheit dieser bewahrt hat.
Einem Vater, Bruder, Macher, einem reinen Herzen:

Meinem Großvater.

Die Größe und Stärke dieses Herzens ist auf den ersten Blick nicht
offensichtlich. Es zeigt sich kaum, redet kaum, doch es handelt.
Es hat eine ganze Generation von aufrichtigen, starken Herzen
erschaffen, weil es selbst so aufrichtig und stark war.
Ein Herz, das unzählige andere mit Wärme gefüllt hat,
sie immer, ohne Wenn und Aber, unterstützt hat.
Dies ist das Herz, das ich mit Stolz in meinem weitertragen
und ehren werde, auch wenn es eines Tages nicht mehr da sein wird.
Im Namen deiner ganzen Familie:

Danke, Georgios Hagias.

Möge ich in meinem Leben auch nur die Hälfte des Mannes sein,
der du in deinem gewesen bist.

INHALTSWARNUNG

In diesem Buch werden Folter, sexueller, physischer und emotionaler Missbrauch, Gewalt an Kindern und sexueller sowie ritueller Kindesmissbrauch, Rückblenden auf eine Vergewaltigung (Ritueller Missbrauch/Kindesalter), Mordversuch durch ein Elternteil, Kindestod, Versklavung und körperlich sowie geistig manipulierende und missbrauchende Experimente geschildert. Gerade die Themen Kindesmissbrauch und Vergewaltigung werden immer wieder im Laufe der Geschichte angedeutet. In Kapitel »XVII – Ich glaube dir« wird der sexuelle und rituelle Kindesmissbrauch, die Vergewaltigung, Folter und der versuchte Mord durch ein Elternteil, in einer Rückblende, bildlich und explizit dargestellt. In dieser Rückblende wird ein kleines Mädchen gefoltert und vergewaltigt, während ihr ebenso gefolterter Vater zuschauen muss.